A E
& I

La isla de Alice

Autores Españoles e Iberoamericanos

Daniel Sánchez Arévalo

La isla de Alice

Finalista Premio Planeta
2015

Planeta

© Daniel Sánchez Arévalo, 2015
© Thilopía, Lola Castejón Fernández de Gamboa, 2015, por las ilustraciones de interior
© Editorial Planeta, S. A., 2015
 Diagonal, 662-664, 08034 Barcelona (España)
 www.editorial.planeta.es
 www.planetadelibros.com

Primera edición: noviembre de 2015
Segunda impresión: enero de 2016
Tercera impresión: febrero de 2016
Cuarta impresión: marzo de 2016
Quinta impresión: marzo de 2016
Depósito legal: B. 16.613-2015
ISBN 978-84-08-14788-6
Composición: Víctor Igual, S. L.
Impresión y encuadernación: Unigraf, S. L.
Printed in Spain - Impreso en España

El papel utilizado para la impresión de este libro es cien por cien libre de cloro y está calificado como **papel ecológico**

A mi madre, a mi hermana
y a todas las mujeres que me han enseñado
a escribir la vida

PRIMERA PARTE

—

Moby Dick

«No está marcada en ningún mapa: los sitios de verdad no lo están nunca.»

«La verdad no tiene confines.»

«Existen algunos momentos y ocasiones extrañas en este complejo y difícil asunto que llamamos vida, en que el hombre toma el universo entero por una broma pesada, aunque no pueda ver en ella gracia alguna y esté totalmente persuadido de que la broma corre a expensas suya.»

HERMAN MELVILLE, *Moby Dick* (1851)

Día 0. Año IV d. C.

Redacción de mi hija Olivia para su clase de 4.º curso de Primaria:

Hoy murió mi padre. Bueno, hoy hace tres años, y es un día que cada año me da más pena, porque cuando murió yo era muy pequeña porque tenía seis años y no me enteré de mucho. Pensaba que se había ido de viaje y cuando mi madre me dijo que no iba a volver, lo que más pena me dio es que no iba a traerme un regalo. Porque mi padre viajaba mucho y siempre me traía un regalo cuando volvía. Pero ahora que ya soy más mayor, estoy más triste porque conozco más las cosas de la vida y aunque mi madre y mi hermana me hacen bastante feliz casi todos los días, de verdad que es muy triste no tener un padre. Por eso cuando murió nos vinimos a vivir a Robin Island porque mi madre pensó que si nos íbamos de nuestra antigua casa, lo íbamos a superar antes y que necesitábamos un cambiado de aires, y la verdad es que un poco de razón sí tenía, y estamos muy bien aquí, porque es una isla muy bonita, menos los días que llueve o nieva porque no me gusta la lluvia y odio la nieve, y porque aquí casi todo el mundo es bastante feliz casi todos los días también, y eso siempre ayuda mucho a sobrellebar las cosas malas. Además dio la casualidad de que la primera vez que estuvimos aquí nació mi hermana Ruby y eso es de mucha suerte. Espero que el próximo año esté un poco más triste que este año, porque eso significará que no he olvidado a mi padre, y que le sigo queriendo y echando de menos. Eso para mí es muy importante.
Fin.

13

Día 0. Año 1 d. C.

Puede que el día 0 no exista en los calendarios, pero sí en la vida. Mi día 0 fue el día que murió Chris, aunque también barajé la posibilidad de que fuera el día que me mudé a la isla. Pero al final me pareció más contundente una muerte que una mudanza, y además me hacía gracia —de una manera bastante retorcida— el juego de palabras: día 0 d. C. Después de Cristo. Después de Chris.

De hecho, de vez en cuando bromeaba con él y, en vez de llamarle Chris, le llamaba Chris/Christ[1] —así le tenía registrado en el móvil—, sobre todo cuando se empeñaba en imponer amablemente su opinión con palabras limpias y sonrisa luminosa. Algo que en los últimos tiempos ocurría a menudo cuando discutíamos sobre qué nombre poner a nuestro bebé —estaba embarazada de siete meses—. «Cariño, tú elegiste el nombre de la primera, querías un nombre internacional, que se escribiera igual en inglés, español, italiano y francés. Y me pareció bien: Olivia. Me gusta. Ahora me toca a mí. Quiero un nombre que suene a joya, que es lo que vamos a tener, una joya preciosa: Ruby», decía él. Y yo: «Perdona, pero ni de broma, Chris/Christ. Busca otro, que Ruby suena a nombre de prostituta de culebrón». «Acabas de manchar la memoria de mi bisabuela Ruby, Alice», dijo haciéndose el ofendido. Nunca me llamaba por mi nombre completo, solo cuando quería buscarme las cosquillas. Por lo general me llamaba Ali, Al o preferiblemente A. A mí me gustaba A.

1. En inglés, «Cristo».

Cuando sonó el teléfono sabía que era él. Estaba dándome un baño de espuma con dos cucharadas de aceite de oliva y un vaso grande de leche entera —remedios caseros para evitar las estrías de mi enorme tripón—, mientras comía helado de chocolate belga —honrando la memoria de mis ancestros—. No hice el más mínimo amago de salir de la bañera para coger el teléfono. Solo esperé que no despertara a Olivia; me había costado mucho dormirla y por fin ese era mi momento de relax y autocomplacencia. Chris lo entendería y no se molestaría, al contrario, le parecería fenomenal.

El baño terminó cuando di cuenta de la tarrina de medio kilo de helado —tenía licencia para engordar—; me sequé, me puse crema de almendras en pecho, tripa y culo, y escuché el mensaje que me había dejado en el buzón de voz: «Hola, cariño. Acabo de terminar. Quería llegar a casa a cenar, pero nada, imposible, el cliente ha insistido en que nos tomemos algo por aquí, en un bar a las afueras de Yale. Salgo ya para casa. Calculo que llegaré a eso de las doce. No hace falta que me esperes despierta. Besos, amor».

No le llamé de vuelta, me limité a mandarle un mensaje:

> Estaba dándome un baño y atiborrándome a helado cuando llamaste 😿 ☺ 🍵 🎶😊. No vale llamarme gordi que estoy sensible! Buen viaje de vuelta, cariño. Aquí te esperamos las tres. TQM 😺 😺 😺 😺 😺 ♥

El móvil volvió a sonar dos horas después. En realidad, no sonó, vibró y se iluminó la pantalla intermitentemente. Me había quedado dormida en la cama viendo un maratón de «M*A*S*H» —la serie favorita de mi padre: yo crecí viéndola en bucle— en un canal exclusivo de reposiciones de series. Normalmente silenciaba el móvil por la noche, pero cuando Chris estaba de viaje me quedaba más tranquila si lo dejaba en modo vibración. La pantalla se iluminó. Chris/Christ. No me asusté ni me alarmé cuando vi que era él. Cuando viajaba por la noche a veces me llamaba por el manos libres para no sucumbir al sueño. Me encantaba que me usara para mantenerse despierto. No era pose de mujer subyugada, era que tenía una increíble capacidad de cerrar los ojos y dormirme, a cualquier hora en cualquier lugar. Así que estas breves interrupciones del sueño no solo no me perturbaban, sino que las disfrutaba. Me recordaban a cuando éramos adolescentes y yo me llevaba el teléfono inalámbrico de casa a la cama, y él el suyo a la suya, y nos pasábamos toda la noche hablando, y así, de alguna manera, dormíamos juntos.

—Hola, cariño, ¿por dónde vas? —pregunté aún adormilada.

—Buenas noches —contestó una voz femenina. Entonces sí que me sobresalté. Miré de nuevo la pantalla del móvil. Chris/Christ. Había mucho ruido de fondo. Ruido envolvente de carretera y motor—. ¿Es usted Alice Williams?

—Eh... Sí, soy yo. —Inmediatamente me empezaron a temblar las manos.

—Su marido ha sufrido un accidente de tráfico. Le estamos trasladando al hospital Saint Luke, en New Bedford.

—¿Cómo que New Bedford?

—¿Su marido es Christopher Williams, con domicilio en el 668 de Hope Street, Providence?

—Sí...

—Su marido se salió de la carretera en la US-6, a la altura de Marion.

—¿Marion? ¿Dónde está eso?

—Marion, Massachusetts. A la altura del río Weweantic —añadió, como si aquello me fuera a ayudar a ubicarme.

—Perdone, pero es que no sé de qué me está hablando —dije aturdida, luchando por no despertarme. Mientras siguiera durmiendo, todo aquello no sería más que una pesadilla.

—Se lo repito, señora. Su marido ha tenido un accidente de tráfico, 35 kilómetros al este de New Bedford. Le estamos llevando al hospital de...

—No, tiene que ser un error —la corté aliviada, poniendo por fin orden a mis pensamientos—. Es imposible. Mi marido está, estaba en Yale.

Nosotros vivíamos en Providence, Rhode Island. Yale está en New Haven, a unos 150 kilómetros al oeste. New Bedford está en dirección contraria, hacia el este. Entonces no sabía exactamente a cuánta distancia, pero más o menos a una hora en coche.

—Señora, acabo de volver a revisar su documentación —dijo con paciencia, entendiendo lo complicado que debía de ser digerir una información así—. Es Christopher Williams.

—¿Puedo hablar con él, por favor? —musité angustiada.

—Está inconsciente. Su estado es muy grave, señora Williams. Es importante que venga cuanto antes. Hospital Saint Luke, en New Bedford.

Cuando colgué miré instintivamente la hora que marcaba el reloj digital de mi mesilla. Vi como pasaba de marcar las 00:01 a las 00:02 del 13 de mayo de 2015. Desde muy pequeñita, mi número favorito era el 13, porque pensaba que todos los números traían la misma buena suerte. Una suerte concreta que había que compartir con toda la gente. Y como nadie elegía el 13, toda su suerte sería para mí. Era el número que siempre usaba en cualquier equipo de cualquier deporte que jugara. El número que me cubría las espaldas. A partir de entonces, el 13 dejó de ser mi número de la suerte.

Y aquel día se convirtió en el día 0 del año 1 d. C.

Tras cinco minutos conduciendo, que parecieron interminables horas, una nueva sacudida de cabeza a pies, un latigazo de pánico me recorrió la espina dorsal e hizo que me diera cuenta de que había dejado sola a Olivia, como si hubiera salido simplemente a recoger el correo y el periódico al buzón de la entrada de casa.

Mientras me castigaba por semejante lapsus, llamé a mis padres con el manos libres del coche. Deseé que lo cogiera mi padre.

—¿Qué pasa, hija? —Era mi madre, alarmada por la hora.

—Mamá, Chris ha tenido un accidente de coche. Lo están llevando al hospital.

—Ay, Dios mío, ¿y es grave?

—No lo sé, mamá. Luego te llamo y te cuento. He salido corriendo. Olivia está sola en casa. No quiero que se despierte y no haya nadie. Id para allá, por favor.

—Vale, hija, ya vamos. Ay, madre mía, George, despierta, que Chris ha tenido un accidente. ¿Y dónde ha sido, hija?

No quise seguir teniendo que dar explicaciones.

—Cerca de Yale, donde estaba trabajando.

Odio los hospitales. Es entrar y marearme, y más con el susto que llevaba encima. Me fallaban las piernas. No sabía muy bien cómo había sido capaz de conducir hasta allí. Un velo poroso me nublaba la vista. Sufro de astenofobia, un miedo irracional a desmayarme en público. Casi siempre me pasa en situaciones de estrés, cuando me siento atrapada, cuando estoy rodeada de extraños o cuando soy el centro de atención. Cualquier combinación de esos factores basta para disparar la taquicardia, los escalofríos, la dificultad para respirar y la sensación de pánico.

Una enfermera me acompañó a una sala de espera al lado de la UCI.

—Pase aquí y espere. El médico saldrá en cuanto pueda. Están operando a su marido ahora mismo.

Vi una máquina expendedora de refrescos. Necesitaba azúcar y cafeína. No me dio tiempo siquiera a llevarme la mano al bolso para buscar monedas. Fundí a blanco más o menos a la misma hora que luego señalaría el certificado de defunción de Chris. ¿Acaso me quería ir con él?

Me desperté en un box de la sala de urgencias. El médico y la enfermera jefe me miraban con tanta amabilidad, comprensión y empatía que supe que Chris había muerto. Poco después de que me lo confirmaran pensé en si tendría que llamar a nuestra hija Ruby honrando sus deseos o si podría elegir el nombre que quisiera. Trucos de la mente para sobrevivir. Esos pequeños detalles sin importancia a los que uno se aferra cuando la vida convierte el suelo que pisas en una sustancia viscosa que te ahoga, paraliza y fagocita.

Me habían colocado una vía en el brazo para ponerme suero y me habían administrado un calmante intravenoso. Anestesia vital para enfrentarme a la pesadilla de la muerte. ¿Sería esto compatible con el embarazo? Aunque probamente era más adecuado que asumir el riesgo de que me pusiera de parto en pleno disgusto.

—Aún no están muy claras las circunstancias en torno a la muerte de su marido. Pensamos que ha sido por el traumatismo craneoencefálico provocado por el impacto del coche. Pero la policía nos ha informado de que no había huellas de frenada en el asfalto, con lo cual es probable que se quedara dormido al volante o perdiera el conocimiento antes de salirse de la carretera o... —Se detuvo considerando que no era oportuno especular más sobre el tema—. Un forense le va a practicar una autopsia para aclararlo y determinar la causa exacta.

En ese momento no me di cuenta de que estaba insinuando también la posibilidad de que Chris se hubiera suicidado.

—¿Cuánto tarda eso? ¿Cuándo podrían trasladar el cadáver a Providence?

—Hay un ala del hospital especialmente habilitada para velar y recibir a familiares y amigos. —Al ver que no reaccionaba, añadió—: Ahora vendrá una psicóloga para asistirla a usted y a sus familiares. Lo siento mucho, señora Williams. Si quiere, podemos ayudarla a ponerse en contacto con ellos...

—No, quiero llevarme a mi marido a casa cuanto antes, por favor —dije o pensé. En ese instante no sabía distinguir muy bien entre lo que hacía y lo que imaginaba. Lo único que tuve claro es que sí, que claro que iba a llamar a nuestra hija Ruby.

Fuera estaba amaneciendo. El ansiolítico estaba dejando de hacer efecto. Era el momento de llamar a mis padres. Me derrumbaría, lloraría y les contaría todo lo que había pasado. Y entre sollozos les diría que no podía parar de pensar que si le hubiera cogido el teléfono cuando llamó, tal vez seguiría vivo. Que no sabía qué hacía Chris allí, que me había mentido y que estaba muy triste, muy asustada, y que sentía que todo aquello no estaba sucediendo, que era una mentira. Que me habían pedido que identificara el cuerpo, y al verle, pensé que no, que no era él. Porque no podía ser él, porque Chris nunca me mentía y cuando lo hacía —por cosas generalmente insignificantes— yo siempre se lo notaba y él se reía como un niño pillo y yo le adoraba por ello. Por eso, aquel cadáver que había visto en el depósito de cadáveres no era Chris, era un Chris de mentira. No era mi Chris. Todo aquello no era verdad. «¿A que no, papá; a que no, mamá?, decidme que todo esto no está ocurriendo.» Llamé al móvil de mi padre. Lo cogió mi madre.

—Sí, mamá, está muy grave... No sé, en una carretera cerca de Yale, iba de camino a casa... Mamá, no sé nada más, en cuanto tenga noticias te llamo... No, no quiero que vengas... Que no, que tampoco quiero que venga papá... No quiero que Olivia sospeche algo y se asuste... Prefiero que os quedéis cuidándola... Yo os llamo y os mantengo informados... Hasta luego.

No sabía que se me daba tan bien mentir, porque era algo que casi nunca había tenido la necesidad de hacer. ¿Por qué? ¿Por qué no había sido capaz de contar la verdad? Ni siquiera que Chris estaba muerto. Era como si necesitara ganar tiempo. ¿Tiempo para qué? Ni idea, solo sabía que necesitaba dos horas o así. En ese momento era difícil de prever que el tiempo que necesitaba no era cuestión de horas, ni de semanas, ni de meses. Era cuestión de años.

Día 2. Año 1 d. C.

«Mi marido acaba de morir y no le conozco», pensaba. La primera vez que le sonreí no fue porque fuera guapo, divertido, popular e inteligente, fue porque sentí que le conocía de toda la vida. Como si hubiera estado toda mi corta vida aprendiendo a sonreírle. Y desde esa primera sonrisa fugaz que nos cruzamos en un pasillo del instituto sentí que ya era parte de mí, y yo parte de él. ¿Quién era mi marido? Y dado que llevaba dieciocho años enamorada de su sonrisa, y de la que él me provocaba a mí: ¿quién era yo? «Hola, me llamo Alice Williams, tengo treinta y tres años y estoy sentada en el pasillo del tanatorio Monahan Drabble Sherman escuchando a Dire Straits por el hilo musical.»

¿Hilo musical? ¿En serio? ¿En un tanatorio? *Brothers in Arms,* de los Dire Straits, el primer disco que se compró Chris en un rastrillo cuando era niño. Su favorito. ¿Cómo lo sabían? Sonaba «So Far Away». Qué apropiado, qué macabro. Qué ridículo. Pero ¿quién se lo había contado a los responsables del tanatorio? De repente me di cuenta de que había sido yo. «¿Hay alguna música especial que quiera que suene durante el velatorio? Disponemos de un hilo musical que se puede personalizar», me había contado la amable encargada de hacer más llevadera nuestra pérdida. No recuerdo qué le contesté, pero era obvio que, si sonaba eso, era porque yo se lo había dicho. Aunque igual había sido Tricia, la hermana de Chris. Estaba teniendo problemas de memoria. Y cuando digo problemas me refiero a que olvidaba todo menos lo que realmente quería olvidar: que era viuda a los treinta y tres años.

Todo el mundo estaba allí. Mis padres, abuela, tíos, primos, los padres de Chris, su hermana y demás familiares, conocidos, compañeros y amigos mutuos y propios, porque siempre nos había parecido importante preservar nuestras parcelas exclusivas de amistades. Todo mi pequeño y, hasta hacía muy poco, controlado y ordenado universo. Mi burbuja. Una burbuja que explotó con aquella llamada de madrugada, que me despertó en un mundo hostil que no conocía, en el que no quería estar. Por eso, en apenas dos días, me había construido una nueva burbuja, temporal, de emergencia, donde me mantenía relativamente viva, en un estado cercano a la hibernación, de estar sin estar. Y aunque estuvieran delante de mí, no los veía ni los oía. No quería que me hablaran, ni que me tocaran. No acababa de entender por qué no me refugiaba en sus palabras de consuelo y en sus cariñosos y sinceros abrazos.

No le conté a nadie lo de Chris, lo de que no estaba donde se suponía que tenía que estar. *Vergüenza* era la palabra que más me venía a la cabeza.

Olivia se acercó cuando sonaba «Walk of Life». Era la única que tenía la llave de entrada y salida a mi burbuja de emergencia. Ella y Dire Straits.

—Mamá

—¿Qué, hija?

—¿Dónde está mi regalo?

—¿Qué regalo, cariño?

—El de papá, el que siempre me trae cuando se va de viaje.

—No lo sé, amor.

—¿Miraste si estaba en el coche?

—No, cielo, no miré.

—¿Crees que se ha muerto por mi culpa?

—¿Por qué dices eso, pequeña? —Pequeña, cielo, amor, cariño. No sabía de qué manera llamarla para paliar su (nuestra) pérdida.

—A lo mejor estaba yendo a comprar mi regalo y se murió. De camino.

—No, Oli, seguro que ya te lo había comprado y seguro que está en el coche. Mañana lo miro y te lo cojo.

—Entonces, si no es culpa mía, ¿de quién es la culpa?

—De nadie. No es culpa de nadie.

—Entonces, ¿no es una cosa mala? —La miré sin entender—. Papá dice que dentro de las cosas malas siempre hay un responsable.

Después de asegurarle que tampoco era culpa de ninguno de sus abuelos, ni de sus bisabuelos —cada uno por separado, los vivos y los muertos—, ni de Tricia, ni mía, ni de nadie que ella conociera o desconociera, me dijo:

—Entonces, si no fue culpa de nadie, ¿fue culpa de papá?

—No, cariño, no es culpa de papá tampoco.

—¿Y por qué está cerrada la caja de papá? Quiero verle.

El féretro estaba cerrado. Había sido una decisión mía, precisamente para proteger a Olivia, por preservar la imagen viva que tenía de su padre.

—No, Oli, es mejor así.

—Cuando cierro los ojos le veo, a papá.

—Eso está bien, así le recuerdas.

—Le veo muerto, en el coche. Le faltan trozos de la cara. Un ojo y muchos dientes y más cosas. Y sangra mucho. Me da mucho miedo cerrar los ojos, mamá.

Pensé que el alma no se me podía romper en más pedazos. Pero sí, podía, y lo hizo. Olivia tenía seis años y nunca antes había tenido ideas obsesivas, al menos tan palpables, solo pequeñas manías sin importancia. Le acaricié el pelo. Era algo que la tranquilizaba mucho. A ella y a mí. Me gustaba surcar su cabello rubio y fino, igualito que el de Chris. Había heredado el pelo, boca y sonrisa de su padre; los ojos verdes, nariz y mofletes pecosos de su madre. Lo mejor de cada casa.

—Cuando lleguemos a casa te imprimo fotos de cuando estuvimos el verano pasado los tres en el crucero por Alaska, ¿vale?

—No va a servir, mamá. Necesito verle. Dentro de la caja.

La miré y pensé: «Qué lista es mi hija. Igual es superdotada. Debería comprarle un piano o regalarle un ajedrez. Pero regalárselo hoy mismo, para que cuando fuera la primera mujer campeona del mundo de ajedrez o estuviera tocando en el Carnegie Hall, dijera en las entrevistas: "El día que enterramos a mi padre, mi madre me regaló un piano —o un ajedrez—. Aquello fue mi tabla de salvación. Quiero dedicarle este concierto —o campeonato del mundo— a mi difunto padre y a mi madre por convertir mi dolor en arte y pasión"». Mi hija tenía algún talento oculto y mi obligación en esta vida era descubrirlo. Pensar aquello me animaba un poquito.

—No se llama caja, se llama ataúd, cariño.

Fue todo lo que acerté a decir. Luego la cogí de la mano y la llevé al interior de la cámara donde estaba expuesto el féretro de Chris.

Lo que más me llamó la atención fue que la cámara estaba insonorizada. «Qué absurdo, si los que están aquí dentro están muertos», pensé. Aunque por otro lado, si yo me tuviera que ir, también preferiría irme sin oír lamentos. Hacía frío, mucho frío. Pero eso era normal. Hay que mantener fresca la carne. El frío es el desodorante de los muertos. Nunca se me había dado bien el humor negro. No sé de dónde me salía aquella vena.

La primera que se dio cuenta de que nos habíamos metido allí dentro fue mi madre. Estaba hablando con mi tía Sally sin parar de llorar; no había dejado de hacerlo ni un solo segundo. No es una crítica, sino una simple observación. Dejó a mi tía con la palabra en la boca, se acercó y golpeó con los nudillos en la mampara que nos separaba. No la oí, pero pude leer sus labios diciendo: «¿Qué hacéis ahí, hija? No deberíais estar ahí». Me acerqué a la mampara. Miré a mi madre. Dos o tres segundos. Ella me miró, esperando que dijera algo, pero me limité a correr una cortinilla que hacía mucho tiempo que nadie se había ocupado de limpiar, concediéndonos a Olivia y a mí un momento de intimidad.

Cogí una papelera de metal —¿para qué necesitan los muertos una papelera?—, la puse boca abajo y subí a Olivia encima de ella para que pudiera asomarse al interior del ataúd.

—¿Estás segura, Oli?

—Que sí, mamá, venga...

Abrí la tapa. Olivia sonrió inmediatamente. Fue una sonrisa tan llena de vida que pensé que iba a resucitar a Chris, que se iba a levantar y decir: «Qué frío hace aquí. Vámonos a casa».

La autopsia había determinado que Chris no había muerto por el impacto del coche, tal y como sospechaba la policía y el perito forense. Sufrió un aneurisma cerebral que le hizo perder la conciencia al volante, provocándole el accidente. Tenía una malformación arteriovenosa. Una bomba de relojería alojada en su cerebro que había estallado en el momento más inoportuno. Por dolorosa y fría que fuera aquella explicación, me alivió escucharla, porque descartaba que Chris hubiera podido cometer un suicidio. La ausencia de huellas de frenada en el asfalto les hizo sospechar a la policía y al perito del seguro de vida que tenía contratado. Y no es que me preocupara no cobrar la indemnización; me preocupaba que, cuando les dije ofendida y tajantemente a la policía y al perito que Chris era una persona alegre y vital que se sobreponía a cualquier problema, en mi fuero interno dudé, por primera vez en mi vida, dudé de él. Cuando me confirmaron la causa de su muerte, no pude evitar mostrar mi incredulidad porque Chris llevaba un modo de vida muy saludable. El médico forense me dijo que no tenía nada que ver con eso, que era una enfermedad congénita. Y en un alto porcentaje, hereditaria. Nadie en su familia, a la que conocía en detalle, había fallecido en semejantes circunstancias o había tenido algo parecido. Y ahí dudé de él por segunda vez.

—Qué guapo es papá.

—Mucho.

—Y qué bien huele. Huele a papá.

Betty, la madre de Chris, había pasado previamente por nuestra casa para coger del ropero su traje, corbata, camisa y zapatos preferidos, además de su aftershave y desodorante habituales.

—Parece como si estuviera dormido.

Olivia acarició la mejilla sonrosada de Chris. El que le había amortajado se había pasado con el maquillaje, tal vez para disimular algún corte o cardenal.

—Está muy frío. ¿Por qué hace tanto frío aquí, mamá?

—Para que el cuerpo no se estropee.

—¿Como las hamburguesas en la nevera?

—Sí, más o menos.

—¿Se va a comer alguien a papá?

—No, hija, claro que no...

—Yo siempre te he querido más a ti que a papá. Si te hubieras muerto tú, me habría puesto mucho más triste. Mucho más... —dijo sin dejar de acariciar a su padre.

—Venga, vámonos ya, mi vida...

Mi madre seguía dando golpes intermitentes en la mampara. ¿Estaría mandando un mensaje en morse? Intenté cerrar la tapa del ataúd, pero Olivia me frenó.

—Espera...

Olivia cerró los ojos, para comprobar que la imagen que tenía de su padre en la cabeza había cambiado. Al cabo de unos instantes, los volvió a abrir. Parecía aliviada.

—Vale, ya nos podemos ir.

«Un piano —pensé—, le voy a regalar un piano. Enorme, de cola, el mejor piano del mundo.» Un piano que cuando lo tocase, se elevara por los aires y volara. Para sacarnos de allí, a las tres.

Días 3-5. Año I d. C.

Dejaba el móvil encendido por las noches en la mesilla. Como si una parte de mí esperara que llamase, que sonara la melodía personalizada que tenía asociada a su número de móvil. «As Long As You Love Me», de los Backstreet Boys. Corría el año 1998, él estaba en el último curso de Bachillerato, yo iba a 2.º, nos gustábamos, nos saludábamos por los pasillos del instituto, nos mirábamos en la cafetería mientras cuchicheábamos con nuestras respectivas pandillas, él mandaba a su amigo Troy a decirle a mi amiga Suz que yo le gustaba, yo mandaba de vuelta a mi amiga Suz a decirle a su amigo Troy que estaba loquita por él; yo iba a verle a los partidos de tenis, él venía a verme a los partidos de lacrosse; y un día, en una fiesta en casa de su amigo Melvin, aprovechando que sus padres se habían ido el fin de semana al casino de Foxwoods, en la reserva india de Mashantucket, a dejarse los cuartos, por fin hablamos. Después de tres horas y doce cervezas él y siete yo, justo cuando sonaba esa canción, por fin se atrevió a darme el primer beso mientras bailábamos embriagados en todos los sentidos, quedando sentenciados de por vida a adorar esa canción tan ñoña.

Pero no, Chris/Christ no llamó, ni resucitó al tercer día.

Me desperté por la mañana dormida en la diminuta cama de Olivia. No recuerdo en qué momento me cambié.

—Me has dado patadas —me dijo más divertida que contrariada.

—No he sido yo, ha sido el bebé.

Olivia rio. Parecía que estaba bien, sin secuelas, sin traumas.

Una hora después, mientras recogía el desayuno, Olivia entró en la cocina con su plumas rosa fosforito.

—¿Qué haces con el plumas puesto? Hace mucho calor, Oli.

—No, allí hace mucho frío.

—¿Allí, dónde?

—En la nevera... ¿Podemos ir a ver a papá a la nevera?

Bueno, igual bien, lo que se dice bien, no estaba.

❧

Fui nombrada «Profesora del Año» del Seekonk River School, donde era profesora de Artes Plásticas de Primaria, y al que además fui de pequeña. Todo quedaba en casa. El galardón era algo que siempre había deseado conseguir. Era un proceso abierto, democrático y limpio. Votaban los niños. Valoraban a sus profesores de 0 a 10 en varias categorías: «Aprendo mucho con él/ella». «Es divertido/a.» «Se preocupa por nosotros/as.» «Me ayuda fuera de clase.» «Me hace ser mejor persona.» «Le gustan las actividades extraescolares.» Vamos, solo faltaba preguntarles si escupíamos perdigones de saliva al dar las clases. He de reconocer que el mes previo a las votaciones/encuestas, todos los profesores estábamos un poquito más atentos y amables. Nos picaba una sana y a duras penas disimulable competencia que era bienvenida, porque en definitiva revertía en beneficio de los alumnos. Pero los piques no eran tanto por ganar, sino por no quedar el último. No es que se publicaran los resultados íntegros de las votaciones. No, solo se hacía público el ganador. Pero claro, el resto de los profesores sí sabíamos en qué posición habíamos quedado. Y claro, ¿quién querría quedar el último? Nadie. En mis ocho años en el colegio había quedado siempre en el top 3, pero nunca había ganado por culpa del maravilloso Mr. Buck, el profesor de Ciencias, que era una mezcla entre Indiana Jones y MacGyver. Organizaba yincanas muy elaboradas para aprender disfrutando, investigando, descubriendo las pequeñas e insondables maravillas de la naturaleza, corriendo grandes «peligros» por todo el recinto escolar, convirtiéndolo en un documental digno del National Geographic. Todo al alcance de la mano. Su lema: «No mires a la vida. ¡Pruébala!». Con tal de estimular la curiosidad de los niños era capaz de construir una aeronave espacial, a base de palillos y propulsada con un combustible elaborado de los mocos reciclados de los alumnos, y llevárselos a Marte para buscar yacimientos de agua potable y vida inteligente. Así que recibir tal honor debería haberme hecho sentir honrada y emocionada. Pero no, yo sabía que me lo habían dado por lo que me lo habían dado. Aunque se habían hecho las pertinentes votaciones, estaba segura de que no se habían tenido en cuenta, que los profesores, con el campeón vigente a la cabeza, Mr. Buck, habían decidido por unanimidad otorgarme dicha distinción.

Y allí estaba el galardón largamente deseado, en mi salón. Era un diploma enmarcado en forma de pergamino con una manzana roja encima de un libro de texto, como símbolo indiscutible de la enseñanza, homenaje a Isaac Newton. Detrás, una pizarra con una foto mía, muy sonriente. «Mrs. Williams. Profesora del año.» El marco lo habían pintado mis propios alumnos con colores vivos que resaltaban mi naricilla pecosa, mis ojos verdes con pintitas amarillas y mi larga melena pelirroja. Yo no lo había colgado. Lo hizo mi padre, por orden directa de mi madre. Lo encontré al volver de la recepción posterior al funeral de Chris en casa de sus padres. Al verlo, me dieron ganas de patearlo y tirarlo por la ventana. Pensé seriamente en devolverlo. Llevarlo de vuelta al colegio, plantarme en la sala de profesores y estamparlo contra la mesa. «Meteos vuestra maldita caridad por donde os quepa...» Pero no, no lo hice.

El director Preston se extrañó mucho al verme en la sala de profesores. Le gustaba llegar una hora antes que el resto del cuerpo docente para disfrutar de la soledad y la paz del centro escolar antes de que llegaran las hordas de pequeños y adorables diablillos —así los llamaba él—. «Y por pequeños y adorables diablillos no me refiero solo a los alumnos», decía riendo.

—Hola, Alice. ¿Qué haces aquí? No deberías haber venido —dijo con un afectado tono de preocupación, como si quisiera dejar claro en cada sílaba lo mal que lo estaba pasando por mí y lo mucho que sentía todo aquello—. ¿No te ha llegado mi email?

Me había escrito un email mostrando una vez más sus condolencias —además de venir al funeral y al entierro, claro, y mandar una corona de flores al tanatorio, de parte del Seekonk River School, y a mi casa, de parte de la familia Preston—, diciéndome que me olvidara de mis obligaciones en el colegio, que lo importante era que me recuperara y cogiera fuerzas para el próximo curso. Vamos, que no hacía falta que volviera. Quedaba poco más de un mes de clase.

—Sí, me llegó, y te lo agradezco, Nick, pero... He venido a dejar a Olivia en clase y... prefiero reincorporarme.

—Alice, no te preocupes. Mr. Wolf ha retomado tus clases. Estás embarazada de siete meses. Por ley podrías haber dejado de venir ya.

—Quedamos en que si me encontraba bien aguantaría hasta final de curso.

—Sí, Alice, claro que sí... Pero ¿te encuentras bien? ¿Realmente te encuentras bien?

Me callé y me prometí no llorar. No estaba preocupado por mí. Lo único que le perturbaba era tener que ver todos los días a alguien a quien se le acababa de morir su marido. Una mujer viuda embarazadísima sería una estampa demasiado funesta para el aire jovial del colegio. «Quiero que este colegio sea de colores, que parezca pintado por las ceras de un niño. Creativo, libre, divertido y luminoso», decía. Es decir, que teniéndome por allí, no se lo podrían pasar abiertamente bien, sobre todo él y el resto del profesorado, reír entre clases compartiendo un café en la sala de profesores o comiendo alegremente en la cafetería mientras comentaban los resultados de los diferentes equipos del colegio. No, nada de eso, todos tendrían que estar preocupados por la pobre Alice. «Es que es tan frágil, porque es artista, y todos los artistas, los de verdad, son frágiles y vulnerables.» Esto es lo que yo pensaba que el director Preston le habría dicho a Mr. Wolf cuando le anunció que debía hacerse cargo de mi clase. Tenía ganas de soltarle todo esto, pero no me atreví. Igual porque efectivamente era frágil y me costaba el enfrentamiento. O igual era solo que mi mente me estaba jugando una mala pasada y estaba paranoica. ¿Por qué dudaba de las intenciones del director Preston? ¿Por qué no creía que era genuina su preocupación por mi bienestar? Siempre había sido atento y cariñoso conmigo. Fue él quien vino a buscarme antes incluso de terminar la universidad para reclutarme y ayudarle a convertir el colegio en lo que era hoy: un colegio de vanguardia, que no usaba libros de texto y que trataba de escapar de las estrictas y vetustas normas y modos de enseñanza habituales.

«Y a todo esto, Alice, ¿realmente quieres estar aquí?», me pregunté. El director Preston tenía razón. Ahora mismo el colegio no era donde debía estar. Pero tampoco quería estar en casa. Se me caía encima, sobre todo cuando Olivia no estaba. Entonces, ¿dónde? Trataba de pensar un sitio, un lugar que me hiciera sentir mejor, una actividad que me ayudara, una amiga con quien hablar, llorar e incluso reír, pero no se me ocurría nada ni nadie. Me había quedado sin sitio en el mundo. Sola.

Días 6-7. Año I d. C.

No sabía dónde colocar el ramo de flores. ¿En el guardarraíl? Se me había olvidado llevar cinta americana. Tendría que haberla llevado para poder sujetar el ramo de flores. En el suelo no iba a durar mucho tiempo. Pero ¿qué hacía allí? «Hija, hay que ir a poner flores al lugar del accidente —me había dicho mi madre—. Vamos juntas», insistió. Me costó mucho convencerla de que no, que era un acto íntimo, algo que quería hacer yo sola. No lo quería convertir en un circo ni en un lugar de peregrinaje familiar. Por suerte, los padres de Chris estaban de acuerdo conmigo. «Y además, es que verás, mamá, Chris murió en un lugar muy lejos de donde se suponía que tenía que estar. Me mintió. Ya sé que me debería dar igual, porque está muerto y eso ya nadie lo puede remediar, pero es que, ¿qué hacía en aquella carretera costera? ¿Adónde iba? No, adónde iba no. ¿De dónde venía?» Obviamente no le dije nada de esto a mi madre. Me bastó decirle: «Mamá, voy a ir sola, no hay más que hablar. A ti te necesito para que te quedes con Olivia, porque evidentemente, no pretenderás que llevemos a Olivia a ver el lugar donde su padre se despeñó». Salí de casa antes de que pudiera decir algo así como: «No es el lugar donde se despeñó, es el lugar donde su alma subió al cielo». Mi madre es fervientemente religiosa. Yo no, aunque en ese momento me hubiera gustado serlo. Todo hubiera sido mucho más fácil, creía.

El guardarraíl aún seguía partido en dos y había un cordón policial cansado de aislar un área que ya no era necesario preservar. Liberé la cinta de un manotazo porque me pareció una falta de respeto, como si hubieran tratado a Chris de criminal. ¿Lo era? La cinta se escabulló correteando por la carretera, animada por el viento. Me asomé al arcén. Una caída de cuatro metros. Enfrente, el río Weweantic, flanqueado por hermosas casas con sus propios embarcaderos privados. Un sitio precioso para hacer una parada, sacar fotos, ver una puesta de sol, respirar, pasear, meditar. Lo que sea menos morir. Me fijé en que efectivamente no había huellas de la frenada, síntoma de que perdió el conocimiento antes de salirse de la carretera. Al menos fue una muerte dulce. Esto no lo decía yo, me lo había dicho el médico. ¿Dijo dulce? No, dulce no dijo. Dijo otra cosa. Debería empezar a tomar notas de las cosas. ¿Qué cosas? Las cosas importantes. No las que habían ocurrido, sino las que iban a ocurrir a partir de entonces.

No dejé el ramo en la carretera, ni en el guardarraíl, caminé unos doscientos metros, cruzando el río, y bajé al terraplén que lo bordea. Volví sobre mis pasos y deposité el ramo donde el coche había volcado, justo en la orilla. Había restos de aceite de coche, cristales y un pequeño cráter creado por el violento choque.

Pensé en rezar, pero lo descarté. Luego pensé en bañarme en el río. Pero me dio miedo que aquello fuera un canto de sirena. Dejarme llevar por la corriente hasta perderme en el mar. No eran impulsos suicidas, era simplemente que estaba muy cansada. Así que me limité a hacer pis entre los juncos salvajes. Antes miré alrededor. Me embargó cierta sensación de pudor y ridículo. Una preñada de siete meses en cuclillas haciendo pis en el lugar donde su marido había sufrido un accidente mortal. No era una imagen que me agradara mucho. Pero es que realmente me estaba haciendo mucho pis. El embarazo me había provocado cierta incontinencia. Entonces reparé en una gasolinera chiquitita al otro lado de la carretera, Sam's Gas. «Alice, allí hay cámaras de seguridad, ¿quieres acabar en YouTube? Categoría: Pelirroja preñada meona.» Mientras hacía pis repetía en mi cabeza como un mantra: cámara de seguridad, cámara de seguridad, cámara de seguridad...

Estar embarazada de siete meses tiene sus ventajas. ¿Quién no se iba a apiadar de una embarazada? Era algo de lo que no me gustaba aprovecharme, ni regodearme, ni dejarme atender o aceptar un trato preferencial. Me sentía fuerte estando embarazada, poderosa. Al menos hasta el día 0. Pero ahora me iba a venir muy bien, porque es muy fácil empatizar con una mujer preñada; y más si acaba de perder a su marido en un accidente de tráfico; y mucho más si encima ha sido justo frente a tu gasolinera; y ya ni te cuento si encima se echa a llorar desconsolada. Era la primera vez que lloraba abiertamente en público. Y era por interés, para conseguir un claro objetivo: la grabación de la cámara de seguridad de la noche del accidente. ¿Para qué? Aún no lo sabía. Pero la quería. Tal vez porque ya había escuchado mil veces el mensaje que Chris me dejó en el contestador, buscando algo en su tono de voz, un deje de duda, de culpa, o al menos algún ruido de fondo. Una pista. De lo que fuera. Llevábamos toda la vida juntos. Podía deletrear sus silencios, catalogar cada leve interjección. Y al no encontrar nada sospechoso, pensé que todo era una sospecha. Nuestra relación entera estaba bajo sospecha. Una relación que era como el sol de otoño. No necesitábamos protección. Era dulce y relajada. Ahora me planteaba si aquello la hacía poco excitante e interesante. ¿Necesitaba Chris más? ¿Necesitaba yo más y no me daba cuenta? Ahora estaba buscando ese más de Chris. Su más se había convertido en mi más. Cosa extrañamente paradójica, porque todo iba a menos.

—La grabación ya se la llevó la policía para investigar el accidente —me dijo el dueño de la gasolinera.

«Vale, mejor, déjalo estar. Ya está. Buen intento. Vuelve a casa.»

—¿Y no tiene una copia? —pregunté.

—Puede —dijo haciéndose el interesante—, pero dígame una cosa, señorita: ¿para qué quiere la grabación? —me preguntó con toda la lógica del mundo.

No sabía qué contestar que sonara medianamente convincente. Iba a tirar la toalla. Disculparme y salir de allí con la esperanza de que no colgaran en YouTube mi vídeo meando. Pero entonces Ruby habló por mí: me dio una fuerte patada. ¿O fue una sucesión de ellas? Me retorcí de dolor durante treinta o cuarenta segundos. Parecía que me estaba poniendo de parto. Tal vez prolongué el gesto de dolor más tiempo del necesario y solté un par de gritos ahogados (bastante sobreactuados), porque... cómo debe de asustar a un tranquilo dueño de una gasolinera de carretera secundaria poco transitada que una mujer se le ponga de parto delante de sus narices, sin hospitales ni asistencia sanitaria cercana. Que se vaya de aquí, cuanto antes.

Cinco minutos después estaba de vuelta a casa con un CD que contenía un archivo de vídeo con la grabación de la videocámara. Gracias, Ruby.

~⌒⌐

El todoterreno estaba siniestro total. El capricho de Chris/Christ. Un Cadillac Escalade de alta gama con todos los extras imaginables y tan desproporcionadamente grande que a menudo bromeaba con Chris que en caso de pelearnos siempre podría irse a vivir dentro de él. Al final, ironías del destino, no se había ido a vivir, se había ido a morir en él.

Me sentí muy identificada con el estado en el que se encontraba el todoterreno, tal vez por eso, cuando el jefe del taller al que lo habían trasladado me dijo que allí lo único que hacía era ocupar espacio y que habría que mandarlo al desguace, le miré muy seria y le dije:

—No.

Revisé el Escalade de arriba abajo. Miré en la guantera. Los papeles del todoterreno en regla, algunos envoltorios de chocolatinas (míos). Y nada más, ni una mísera multa. Chris era un conductor muy responsable. Era una persona muy responsable.

La pantalla del navegador estaba hecha añicos, pero el aparato seguía funcionando. Lo encendí y revisé si tenía rutas memorizadas. Nada. Nunca lo usaba porque se vanagloriaba de que tenía un sentido de la orientación privilegiado y que no necesitaba asistencia en ruta. ¿Seguro que no estabas perdido, Chris?

Por último, abrí el maletero. Allí estaba su mochila negra

de cuero para portátil, que yo misma le regalé, y un osito de peluche. El Oso Apestoso. Con una cinta rosa de regalo con pompón alrededor de su esponjosa tripita. El oso que Olivia llevaba semanas reclamando como algo fundamental para su existencia. ¿Dónde lo había comprado? ¿Por qué no estaba metido en la bolsa de una tienda de juguetes? ¿Por qué no encontraba el tique por ningún lado? ¿Por qué no aparecía en ningún extracto de sus tarjetas de crédito? —Las había revisado ya—. Cogí el osito e instintivamente lo olí. No olía a nada. «¿Por qué se llamaba Apestoso entonces?», me pregunté.

Cuando se lo di a Olivia, su rostro se iluminó.
—¡El Oso Apestoso! —Lo abrazó y lo besó como si fuera su mejor amigo de toda la vida—. ¿Es de papá?
—Claro, hija. ¿Ves? No se olvidó de tu regalo.
—Pero ¿es del viaje de ahora o el de antes?
—¿Cuál es el viaje de ahora, Oli? ¿A qué te refieres? —pregunté lo más suave que pude.
—La abu me dijo que papá sigue de viaje.
«Genial, mamá, gracias. ¿Y ahora qué le digo yo?»
—Una pregunta, Oli: ¿por qué se llama Oso Apestoso?
Olivia apretó el culo del peluche. Sonó una pedorreta.
—¡Porque se tira pedos! —dijo Olivia partiéndose de risa—. ¡Marrano! ¡Los pedos se tiran en el baño! —le recriminó al oso. Y salió corriendo—. Hala, venga, al baño a hacer caca.

Sabía que no iba a encontrar nada relevante en su mochila. Chris y yo no teníamos secretos. Me sabía su contraseña de Facebook, del email, su clave para desbloquear el móvil, etcétera, etcétera. Bueno, no es que me las supiera, es que Chris era un poco desastre para recordar estas cosas —yo siempre le decía que usara la misma, pero él decía que no, que eso no era seguro, que lo había leído en un artículo—, así que las tenía apuntadas todas en un pósit, pegado en el monitor del ordenador de su despacho. A plena vista. Pero nunca se me había ocurrido entrar a cotillear. Me fiaba de él. Y él de mí.

Después de su muerte sí las usé, no sin poder evitar sentirme como si estuviera traicionando nuestra confianza. Revisé su email, su Facebook, su Linkedin, su Twitter, su Instagram, sus (nuestras) cuentas del banco, extractos de tarjetas, cajones, armarios. No encontré ni descubrí nada que no supiera que iba a encontrar o descubrir, salvo que seguía a Taylor Swift en Instagram. Era uno de sus 30 millones de *followers*. Y yo sin saberlo...

Comparé los contactos de su móvil con los míos. Número a número, para asegurarme de que coincidían los teléfonos, que no tenía algún número comprometido camuflado en el nombre de un colega o familiar. Nada. Y al resto de los contactos que no coincidían con los míos les hice una llamada desde un móvil prepago que compré. Escuchaba sus voces y si coincidía con el perfil del contacto colgaba. Tampoco encontré nada sospechoso.

Nuestra vida era un puzle. No en el sentido de caos y confusión, sino en el sentido de armonía, de encajar. Un puzle que hicimos juntos, pieza a pieza. Sabíamos lo que queríamos. Teníamos una imagen de nuestra vida perfecta y las piezas necesarias para componerla. Vivíamos en una casa de estilo colonial de Nueva Inglaterra en Hope Street. Lo bastante cerca y lo bastante lejos de la casa de mis padres y de los suyos, y a medio camino entre ambas, así de ecuánimes y bien avenidos éramos. Fieles a nuestra ciudad natal; la que nos vio crecer; la que nos vio enamorarnos en el instituto Hope High School (a escasos minutos de nuestra casa, coincidencia provocada que a ambos nos hacía ilusión); la que nos vio separarnos para estudiar nuestras respectivas carreras en nuestras respectivas universidades (Chris, Administración y Dirección de Empresas en la Universidad de Virginia; y yo, Bellas Artes en Brown, la prestigiosa universidad de la Liga de la Hiedra, también a escasos minutos de nuestra casa, de hecho vivíamos colindantes al campus); y la que nos volvió a abrigar a la vuelta de Chris, con un amor más sólido, maduro y resistente a los desenfrenos de la universidad y los peligros de la distancia; y la que nos recompensó con una hija, Olivia. La última pieza era Ruby. Siempre quisimos tener dos, una parejita. Era un bebé deseado. Ambos lo queríamos, a pesar de las disputas sobre el nombre. Ambos lo buscamos y lo hicimos con mucho placer. Esas eran las piezas de nuestro puzle. Y estaba terminado. El paisaje de nuestra vida definido, precioso e ideal. Estaba ya pegado, enmarcado y colgado en la pared. Para admirarlo, disfrutarlo y vivir dentro de él. Y ahora era como si tuviera delante un puzle de cinco mil piezas sin saber ni siquiera cuál era la imagen que tenía que componer... ¿Qué mierda de metáfora era esa? Me sentía como una niña pija con metáforas estúpidas e infantiles. Pero no podía esperar más de mí en ese momento. Estaba triste, sola, desconcertada y embarazadísima. Podría ser peor, podría haberme puesto a hacer una metáfora con una baraja de naipes, donde el rey Chris/Christ ha desaparecido y ni siquiera sé a qué estoy jugando. O aún peor: una partida de ajedrez sin rey Chris/Christ. Entonces, para qué jugaba, para qué estaba defendiendo la vida de un rey que ni siquiera estaba, o que a lo mejor se había ido al otro bando. Así que mi mierda de metáfora del puzle tal vez no estaba tan mal.

～

La carretera estaba desierta. Pasaron apenas un par de coches antes de que el Cadillac Escalade se saliese de la carretera, precipitándose por el terraplén y desapareciendo de la imagen. Iba a una velocidad moderada. Pulsé la pausa del reproductor. La grabación marcaba las 23:15. Le di de nuevo al play. Aceleré la imagen. Un coche con dos ocupantes se paró a socorrer. El conductor se asomó al terraplén, al tiempo que se llevaba las manos a la cabeza. No se atrevió a bajar. Mientras, la otra persona llamaba por teléfono a los servicios de urgencia. La ambulancia tardó doce minutos en llegar. Poco después llegó un coche de la policía del Condado de Plymouth y un camión de bomberos de Marion, la localidad más cercana. Los camilleros no pudieron sacar a Chris del todoterreno. Estaba atrapado dentro. Tras la intervención de los bomberos, que cortaron con una radial la puerta del conductor, por fin consiguieron sacar a Chris en camilla. Iba inconsciente. Le metieron en la ambulancia. La policía y los bomberos se quedaron en la zona del accidente. «¿Por qué estás viendo esto, Alice? ¿Qué pretendes?», me preguntaba mientras lloraba en un silencio que me había autoimpuesto.

Marqué con una X el lugar del accidente en un mapa. Ruta US-6, a la altura del río Weweantic. Con otra X marqué nuestra casa en Providence. Y con otra X donde se suponía que estaba, en Yale, New Haven. Era como si necesitara corroborar visualmente la mentira.

«Hola, cariño. Acabo de terminar. Quería llegar a casa a cenar, pero nada, imposible, el cliente ha insistido en que nos tomemos algo por aquí, en un bar a las afueras de Yale. Salgo ya para casa. Calculo que llegaré a eso de las doce. No hace falta que me esperes despierta. Besos, amor.»

Había escuchado el mensaje decenas de veces. No decía el nombre del cliente, no decía el nombre del bar... Ningún ruido reconocible. En cualquier caso, demasiado silencio. Raro. Afueras de Yale. Besos, amor. Casi nunca me llamaba amor, porque decía que era una palabra demasiado importante como para quitarle valor, hacerla conveniente o rutinaria. Por eso me hizo especial ilusión oírla en el mensaje. Ahora cuando la oía, me venían a la mente esas tartas falsas que hay en los escaparates de las pastelerías para llamar tu atención. Una cuidada reproducción que aguantara el paso del tiempo. Una verdad que al tocarla se convertía en mentira. Eso estaba intentando hacer yo, tocar la verdad de Chris para descubrir su mentira.

Si no hubiese tenido el accidente, habría llegado a casa justo a la hora que decía. A las doce. Así que, desde donde fuera que me llamó, se aseguró de estar a la misma distancia que hay desde Yale hasta Providence: 170 kilómetros. Volví a echar mano del mapa. Desde el lugar del accidente hasta casa hay 67 kilómetros. Así que llevaba conduciendo en torno a 90 kilómetros. Usando esa distancia como referencia, tracé un radio desde el río Weweantic, en dirección contraria a casa, hacia el este, para determinar desde dónde era lo más lejos que podría haber conducido. Al ver el resultado de mis cálculos, mi burbuja de emergencia se resquebrajó como la luna de un coche en marcha golpeada por una chinita, y antes de que pudiera ponerle una tirita, estalló y me empapó todo el cuerpo en sudor frío. 170 kilómetros hacia el este. Eso prácticamente abarcaba cualquier rincón de la parte oriental del Estado de Massachusetts, incluyendo Boston y prácticamente todo Cape Cod. ¿No querías piezas de puzle? Toma piezas de puzle.

En la nevera, entre imanes y dibujos de Olivia, había una hoja donde ponía: «Los viajes de papá». Chris iba para estrella del tenis. Ganó el torneo del Estado de Rhode Island en los dos últimos años de instituto y le concedieron una beca completa en la Universidad de Virginia, que tenía uno de los mejores equipos de tenis del país, y donde tuvo una trayectoria brillante: llegó a ser subcampeón del Open Junior de Estados Unidos, cuando perdió ante Andy Roddick. Se graduó en ADE con honores, pero quería ser tenista profesional. En solo un año alcanzó el puesto número 143 del ranking mundial de la ATP. Una rotura del tendón de Aquiles truncó su recién estrenada carrera. Pero no se vino abajo. «Hoy en día en el tenis profesional (y en casi cualquier cosa en la vida), lo que no hayas conseguido antes de los veinticinco, no lo vas a conseguir nunca. Así que si a los veintisiete, por darme un par de años de margen, no he conseguido que mi careto esté en una caja de cereales, lo dejo», decía medio en broma pero muy en serio. Cuando ese día llegó, le hice una edición especial de Fruity Pebbles, sus cereales favoritos, con una foto suya en el cartón de la caja, sonriente, con una cinta en el pelo y abrazando su raqueta. No era una manera de recordarle su fracaso, al revés, era mi forma de hacerle ver que hay muchas maneras de salir en una caja de cereales, que esa no era la soñada, pero que no significaba que fuera necesariamente peor, simplemente distinta. Y así pareció entenderlo porque se emocionó muchísimo. Tanto que la colocó en su vitrina de trofeos, junto al del subcampeonato Open Junior de Estados Unidos, el punto álgido de su carrera y su derrota favorita, como él mismo la llamaba. Ese mismo día, delante de toda la familia, anunció que dejaba el tenis. «Yo quería ser Andy Roddick, que solo tres años después de ganarme en el US Open junior fue número 1 del mundo. Tengo veintisiete años, llevo dos años lesionado, y ni me atrevo a mirar en qué puesto del ranking estoy. No me quiero dedicar a algo en lo que no soy uno de los mejores. Lo dejo», sentenció seguro, sin mostrar ningún resquicio de rencor o frustración. Ahora no podía evitar pensar si esa decisión de abandonar el tenis profesional, que pareció tomar de manera tan orgánica y relajada, no le habría sumido en algún tipo de frustración, de pesadumbre vital, que le hubiera provocado una herida inconfesable en su autoestima, en sus sueños de grandeza —cultivados desde muy pequeño—. Un vacío incapaz de compartir —porque no soportaba que nadie sintiera lástima por él—, que tuviera que ver con lo que fuera que estuviese haciendo a escondidas de mí.

Poco después montó una empresa dedicada a la fabricación, distribución y venta de pistas de tenis (quería seguir vinculado a su pasión y ejercer su carrera). Incluso desarrolló y patentó una superficie artificial que, además de secarse en tiempo récord, absorbía el impacto de las pisadas y ayudaba a evitar lesiones como la que él sufrió. Encima estaba hecha de material reciclado (tenía mucha conciencia ecológica). Controlaba gran parte del mercado de pistas de tenis de Rhode Island, y estaba empezando a expandirse por Connecticut y Massachusetts. Era solo el comienzo, según él. En su último viaje estaba precisamente (y supuestamente) cerrando un contrato con la Universidad de Yale para renovar todas las pistas de tenis de su campus. Si le salía bien, su empresa se dispararía. «La mayoría de las universidades siguen la estela de Yale. Si Yale me elige a mí, todas me elegirán a mí», aseguraba.

Intentaba concentrar los viajes para pasar el máximo tiempo posible en casa. Era muy hogareño. Muy de sus cosas. Muy de mí. Por eso todo aquello debía de tener una explicación. Una explicación buena.

Newport, Charlestown, Worcester, Manchester, Boylston, Hartford, East Greenwich, Block Island y Yale. Esos eran los viajes que había hecho en lo que llevábamos de año. Y una vez más, ni rastro de facturas de hoteles, gastos en restaurantes de la zona pagados con tarjeta, ni nada de nada. ¿No me había sorprendido esto antes? No necesariamente. Su padre decía que el dinero hay que pagarlo de verdad, en verde, en billetes, no en plástico. Porque si no, parece que no te estás gastando nada, y gastas más, claro. Hay que ser consciente de lo que se gasta porque si no, cualquier día, sin darte cuenta, no te queda nada, decía. Sí, los Williams eran un poco agarrados —aunque Chris se consideraba más como una hormiguita—, y esas cosas inevitablemente se heredan. Nadie es perfecto. Así que si por un casual me hubiera llamado la atención, él me habría recordado las palabras de su padre, me habría enseñado el fajo de billetes que siempre llevaba en el bolsillo con un clip de plata que perteneció a su abuelo y yo no albergaría la más mínima sospecha de que decía la verdad.

En mi estudio de pintura, situado en el sótano de la casa —antes lo tenía en el desván hasta que nació Olivia—, había una mesa central, repleta de todos mis bártulos: botes de pintura (óleo, acrílico), pinceles, lápices, platos de plástico de pícnic donde mezclo la pintura, trapos, lienzos, bastidores, bocetos, una mesa de luz, muchos libros y mi portátil, tuneado con motas de pintura, escupitajos de mis pinceles, heridas de guerra. Era un caos controlado. Un auténtico bodegón. Un cuadro en sí mismo. Me gustaba que fuera así. A pesar de no ser idílico, tener mucha humedad y echar de menos la luz natural, era mi rincón, mi mundo, donde nadie más que yo entraba. Me gustaba que se fuera llenando de vida y experiencia. Pero no dudé ni un segundo en despejar sin contemplaciones la mesa entera. Necesitaba espacio, necesitaba intimidad.

Cogí un mapa de carreteras que nos había regalado mi padre hacía mil años y arranqué todas las páginas del Estado de Connecticut, Rhode Island y Massachusetts. Pegué todas las hojas encima de la mesa —sí, otra vez haciendo un puzle—, configurando un mapa enorme y detallado de la costa nordeste. Luego tracé todas las rutas de los viajes de «negocios» de Chris, con diferentes colores, siguiendo la ruta más lógica. Ninguno de sus supuestos viajes pasaba ni remotamente cerca de la US-6.

Su lado de la cama aún seguía oliendo a él, revelaba ante mí el abismo de su ausencia. Un precipicio sin fondo, oscuro, un agujero negro de tristeza. A pesar de eso, me resistía a cambiar las sábanas. Antes de dormirme —por suerte no había perdido el sueño, cuantas menos horas estuviera consciente, mejor—, pensé: «Tengo la grabación de Chris volviendo. Pero claro, si pasó por allí en el camino de vuelta, probablemente también lo hizo en el trayecto de ida, fuera a donde fuese. ¿Coincidiría esa fecha con el día que se fue a Yale? ¿Cómo se llamaba el dueño de la gasolinera? Es igual, Alice, la gasolinera lleva su nombre. Duérmete ahora».

Y me dormí, pero antes lo apunté todo en una libreta. Ahora llevaba siempre una encima para no olvidarme de los pocos pensamientos lúcidos que tenía.

No sé en qué momento me levanté, me fui a la habitación de Olivia y me metí en su cama. Estaba dormida, seguro. Pero sabía lo que estaba haciendo y que no era un sueño. Era un extraño sonambulismo consciente. Habría sido genial que ese estado me hubiera acompañado a lo largo de todo el día. Lo habría hecho todo mucho más llevadero.

—Mami, ¿por qué tú puedes venir a mi cama cuando quieras y yo a la tuya no? —preguntó Olivia encantada, sin esperar respuesta, arrebujándose en posición fetal en torno a mi tripa, adoptando exactamente la misma postura que Ruby, como si estuviera jugando a estar dentro.

El dueño de la gasolinera se llamaba Sam y estaba observando abrumado la extensa lista que le acababa de pasar con las fechas de las grabaciones de las cámaras de seguridad que quería. Las fechas de los viajes de Chris.

Enero, del 17 al 22 y del 28 al 31. Febrero, del 6 al 11 y del 24 al 28. Marzo, del 4 al 7 y del 17 al 23. Abril, del 15 al 19 y del 28 al 3 de mayo. Y finalmente mayo, del 9 al 13.

—¿Se va a poner de parto otra vez si le pregunto para qué quiere todas estas grabaciones?

—Es probable —le dije acariciándome la tripa.

—Solo una pregunta: ¿todo esto es por la persona del accidente?

Decidí no contestar, a ver qué pasaba. Pareció funcionar.

—Tengo una buena y una mala noticia —dijo—. ¿Cuál prefiere primero?

—¿De verdad vamos a jugar a esto? —Sam imitó mi silencio. También funcionó—. La mala primero.

—Le voy a dar las grabaciones.

—¿Esa es la mala? —pregunté sin comprender.

Sam cogió una calculadora mugrienta que tenía un plastiquito encima de las teclas para que no se mancharan más de lo que ya lo estaban.

—Señorita, me está pidiendo cuarenta y ocho días de grabaciones. —Tecleó—. 48 x 24 son 1.152 horas de grabación. Es un poco locura, ¿no? ¿Qué está buscando? Yo sé lo que está buscando. Está buscando el todoterreno. Quiere saber si ese Escalade ha pasado por aquí otras veces. Leo muchas novelas de misterio. —Volvió a la calculadora sin esperar respuesta mía—. Entonces, si viera las grabaciones enteras, a velocidad de x2, suficiente para ver claramente cualquier coche, y a una media de ocho horas al día, en plan funcionario... —Tecleó de nuevo—. 1.152 entre 2... 576 horas... Y entre 8... 72 días con sus 72 noches tardaría en verlo todo —dijo triunfante como si me acabara de ganar al póquer.

—¿Y cuál es la buena noticia, Sam? —pregunté mareada ante el despliegue de cifras. La verdad es que eso sí que no lo había pensado.

—Pues que la mayoría de los sistemas de vigilancia por circuito cerrado van borrando las imágenes almacenadas. No es una cuestión legal. En este Estado te las puedes quedar de por vida si te da la gana. Es una cuestión práctica y económica. Se almacenan durante veintiocho días. ¿Por qué veintiocho días y no un mes entero? Pues ni idea. —Sam consultó de nuevo la lista que le había proporcionado—. Así que le puedo dar las grabaciones del 15 al 19 de abril y las del 28 de abril al 3 de mayo, además de la que ya tiene. —Alzó la mirada y me sonrió ahora más vacilón que triunfante—. Esa es la buena noticia. Que solo va a tener que visionar...

Se puso a teclear de nuevo. Tuve ganas de partirle la grasienta calculadora en la cabeza. Pero no lo hice.

Días 10-13. Año I d. C.

Al principio, cada coche que pasaba ante mis ojos me encogía el corazón. Pensaba: «¡Es ese!». Y paraba y rebobinaba y resultaba ser un pequeño Chevrolet Spark color pistacho, por poner un ejemplo. Yo buscaba un Cadillac Escalade negro de considerable tamaño. Pero en poco tiempo mi vista se adaptó a la oscuridad del momento vital y acabé incluso pudiendo pasar las imágenes a velocidad x4.

De los seis trayectos de ida y vuelta, logré identificar el todoterreno en cinco —dos de ida y tres de vuelta, incluyendo el del momento del accidente—. No coincidían siempre con el día exacto en que Chris se iba o volvía. Con lo cual especulé con que en sus viajes sí cumplía con parte de sus obligaciones, pero que las solventaba en un día o menos, y luego se escapaba quién sabe adónde y por qué. Utilizando aquella carretera, la US-6, para ir o volver de algún sitio. ¿Sería el mismo sitio? ¿Acaso importaba? Ya había demostrado que me había mentido, y que la mentira siempre le llevaba supuestamente al mismo sitio. «Ya. Suficiente. Tu difunto marido estaba haciendo algo malo. ¿Necesariamente tenía que ser algo malo? Tenía su pequeño gran secreto que no quiso compartir contigo. ¿No puedes vivir con eso, Alice? ¿Es realmente tan imposible de asumir? ¿Acaso no te trataba bien? ¿Acaso no te quería? ¿No te lo demostraba? ¿No te admiraba? ¿No te respetaba? ¿No te deseaba? ¿No te hacía el amor? No, sí, sí, sí, sí, sí, sí, sí y sí.»

Alguien llamó a la puerta de mi estudio —estaba cerrada con llave por dentro, cosa que nunca antes había hecho—. Era mi madre.

—Hija, ¿qué haces ahí dentro?

48

—Lo mismo que tú cuando estás en el jardín, mamá.

—¿Tienes rosales ahí dentro?

—No, tengo mis cosas, las cosas que me gusta hacer sola, para mí, sin que nadie me moleste.

—A mí no me molesta que me mires o me hagas compañía mientras cuido mis rosales.

—Pues a mí, sí.

—Pero si tú no tienes rosales... —Silencio, inspiré y contuve el aliento—. Ah, te refieres a lo que sea que haces ahí dentro. Pues haberlo dicho, hija, que yo soy muy respetuosa... —Seguí sin soltar el aire—. ¿Y por qué no plantas unos rosales? Te vendría bien que te diera el aire en vez de estar ahí todo el día encerrada.

Cuando se fue aguanté aún quince segundos más la respiración.

Recorrí la US-6 desde el lugar del accidente, en dirección contraria, hacia el lugar de origen, o destino, según se mire. Tratando de trazar la ruta que había seguido Chris. Le había reservado el rotulador de color rojo. ¿Cómo debería llamar a esa ruta? Tenía que ponerle un nombre. ¿La ruta del accidente? ¿La ruta de la muerte? ¿La ruta del horror? ¿La ruta del secreto? ¿La ruta de la mentira? O tal vez, la ruta bonita. Porque realmente era preciosa. La típica carretera que en su momento fue principal y que ahora se había acabado convirtiendo en una reliquia para gente sin prisas. A lo mejor se iba a conducir sin más. Le gustaba conducir, le relajaba. Tenía fobia a casi cualquier otro medio de transporte. A Chris eso de no tener el control en todo momento no le gustaba.

Pasé por delante de la gasolinera. Estuve a punto de parar a saludar a Sam y llevarle un regalo de agradecimiento. «Toma, Sam, una calculadora nueva, para que sigas calculando si tu vida tiene sentido... Pobre, no la tomes con él, encima que ha colaborado.» Claro que igual era eso lo que me había contrariado. ¿Y si me hubiera dicho que no, que no me iba a dar las grabaciones? ¿Qué habría hecho? ¿Habría parado? ¿Habría desistido de mi empeño y le estaría inconscientemente agradecida por haberme frenado a tiempo?

No, no habría parado, pensé mientras bajaba la ventanilla. Me estaba mareando. De pequeña me mareaba siempre que viajábamos en coche. Pero no me había vuelto a pasar. «Claro, Alice, porque este mareo no tiene que ver con conducir. Lo que te pone enferma es lo que estás haciendo. Lo que estás intentando descubrir. Te marea sentir que no puedas parar. Te marea ver todas estas casas bordeando la carretera. Toda esta infinidad de posibilidades, de callejuelas, de bifurcaciones, de orígenes, de destinos. Y sobre todo te marea que Chris te haya hecho lo que sea que te ha hecho. Ahora, vomita.»

Cuando llegué a Wareham, me paré en la intersección con la calle principal. Llevaba ya un tiempo conduciendo, hipnotizada, avanzando por la US-6 muy despacio, como una zombi, ignorando todas las pequeñas intersecciones, con miedo de mirar hacia los lados, completamente abrumada, a punto de tirar la toalla. Deseando hacerlo. «Vuelve a casa, Alice. Olvida todo esto.»

Un pájaro se posó en la rama de un cerezo, justo a la altura de mi Jeep Cherokee rojo. Cucú, cantó llamando mi atención. Era un cuco —mi padre me contagió algo de su pasión por la paciencia y el silencio de la ornitología—. Me miró ladeando la cabeza. Chris siempre me miraba ladeando la cabeza cuando notaba que estaba enfurruñada y no decía qué era lo que me había hecho enfadar. Era un leve gesto de «Venga, A., estás enfadada, sabes que lo sé, no me hagas preguntarte mil veces por qué estás enfadada, y no me niegues mil veces que no estás enfadada, porque al final me lo vas a contar y para entonces ya estaremos enfadados ambos por esta mierda de juego». ¿Y yo qué hacía?, lo mismo que estaba haciendo ahora. Me quedaba callada y evitaba cualquier contacto visual con sus ojos. Al final, Chris se cansaba de esperar, se levantaba y se iba. ¿Y si era el espíritu de Chris/Christ? Su alma se había alojado en aquel cuco. «¿No son estos pájaros los que ponen sus huevos en nidos ajenos? Sí, lo son. ¿Es esto algún tipo de mensaje subliminal? ¿Me está intentando decir algo?» Chris. Nido ajeno. El cuco me iba a enseñar el camino que debía seguir. O todo lo contrario, iba a despistarme para que no descubriera su secreto. Me quedé quieta. No quería asustarle ni condicionar sus decisiones.

El cuco levantó el vuelo justo en el instante en el que se me cruzó ese pensamiento. Era Chris, sin duda. ¿Adónde iba? Lo seguí con la mirada. Se fue justo en la dirección en la que había llegado. «Ajá, te vas hacia casa, cobarde. Me quieres alejar del lugar del crimen.» Me quedé pálida. ¿Lugar del crimen? No lo había pensado. A ver si ahora resultaba que...

Un claxon casi me hizo ponerme de parto. Cuando dije que me había parado en la intersección, es que literalmente estaba en mitad de la carretera bloqueando el paso de los coches. Un conductor impaciente me hizo aspavientos en plan «¡mujer tenías que ser!». Avancé unos metros y me detuve en el arcén. «Haz caso al cuco, regresa a casa... ¿Izquierda o derecha?... Te estaba advirtiendo. No husmees en nidos ajenos... ¿Izquierda o derecha? ¿Para dónde voy?... Para atrás, para casa. Todavía estás a tiempo de llegar a tu clase de aquagym para embarazadas... Mira, el hombre que te ha pitado se ha parado delante de un banco... Un banco, ¿y qué? ¿Para qué quiero un banco ahora? Alice, en los bancos hay cámaras de seguridad.» Estos diálogos internos los tenía yo mucho antes de todo este drama. No eran fruto de ningún trauma. Soy hija única. Por fuerza tuve que aprender a pasármelo bien conmigo misma. «A ver si vas a ser esquizofrénica, Alice... Pues claro que no soy esquizofrénica. No oigo voces. Oigo solo una. ¡La mía! Muy pesada, eso sí, todo hay que decirlo.»

El banco se llamaba Pilgrims Bank y era casi de juguete. Observé que en efecto había cámaras de seguridad instaladas en el exterior. ¿Y quién estaba tras el mostrador? Sí, el hombre que me había pitado impaciente en la intersección. Tenía el pelo grasiento, pegado hacia un lado, ocultando probablemente su incipiente calva. Estaba gordo y tenía un lamparón en la corbata. Una de dos, o iba a ser muy fácil o muy difícil llevármelo al huerto. «¿Hasta dónde estarías dispuesta a llegar para conseguir lo que quieres conseguir, Alice? ¿Por ejemplo, pagarías dinero? ¿Le masturbarías en el baño?» Seguro que a él se le pasaría por la cabeza antes de decidir si te daba las imágenes así por la cara, con la posibilidad de meterse en un buen lío.

—Quería pedirle disculpas.

El hombre gordo del claxon con lamparón en la corbata y ganas de que una embarazada le masturbara en el baño me miró sin entender. «No te ha reconocido, Alice. No digas nada. Cambia de tercio.»

—Antes le estaba bloqueando el paso, en la intersección. «Estupendo, Alice.»

—Ah, no se preocupe. No pasa nada. —Sonrió afable—. Perdone usted por haberle pitado. Es que justo un poco antes, mientras venía, se me cayó un poco de café en la corbata. Suelo llevar una de repuesto en la guantera porque soy un desastre para estas cosas y siempre me mancho. Las cosas de comer en el coche. Pero me encanta, no puedo evitarlo. Y cuando fui a cambiármela, me di cuenta de que la que tenía de repuesto también tenía una mancha y que se me había olvidado reemplazarla. Total, que he acabado pagándolo con usted, pitándole como un maleducado. —Me tendió la mano—. Mi nombre es Karl. ¿Usted?

—Angela.

—Bonito nombre. ¿En qué puedo ayudarla, Angela?

De repente, el hombre gordo del claxon con lamparón en la corbata y ganas de que una embarazada le masturbara en el baño se convirtió en Karl, un empleado de un banco humilde al que le gustaba su trabajo y que realmente quería que sus clientes sacaran el máximo provecho de sus ahorros.

—Verá, Karl, es que estoy un poco desesperada. Necesito su ayuda.

—Pues nada, saque la pistola, le doy lo que hay en la caja, que tampoco es mucho, las cosas como son, y asunto terminado. —Levantó las manos soltando una risa demasiado aguda para un cuerpo tan voluminoso.

Le conté que mi hermano había muerto hacía poco en un accidente de tráfico. Le habían hecho la autopsia y había dado positivo en metanfetamina (soy muy fan de «Breaking Bad»). En el coche encontraron restos de la droga. Se acababa de meter una dosis. Estaba adulterada y le provocó un ictus, que le hizo salirse de la carretera. La policía había cerrado el caso porque para ellos mi hermano era un simple drogata que se merecía la suerte que había corrido, pero yo necesitaba saber de dónde venía. Estaba convencida de que acababa de ir a ver a su camello y necesitaba encontrar al responsable de la muerte de mi hermano. Lo que le conté era el argumento de un telefilme de sobremesa espantoso que había visto hacía un par de meses, de estos que empiezas a ver y por muy malos que sean no puedes parar hasta el final. Me sentí fatal por haber perdido el tiempo con semejante bazofia y encima haberme comido a puñados una caja de cereales de Cap'n Crunch sabor mantequilla de cacahuete (antojos y privilegios de embarazada). El telefilme se titulaba *La Angela Vengadora* porque ella se llamaba Angela. Quién iba a decirme que me acabaría siendo útil.

Karl lloró con el relato, justo después de decirle que iba a llamar a mi bebé Derek, como mi hermano. Y así fue como descubrí que Chris había seguido por la US-6 en dirección este. Sé que igual no hacía falta mentir en estos aspectos. Supongo que me estaba entrenando para toda la mentira que estaba por venir. Tanto la de Chris, como la mía. Sobre todo la mía.

Días 14-18. Año I d. C.

Al día siguiente tenía compromisos ineludibles y no pude continuar rastreando y trazando la ruta con el rotulador rojo.

Mi madre llamó a la puerta de mi estudio.

—¿Estás bien?

—Sí, mamá, estoy bien. No hace falta que me preguntes cada media hora si estoy bien.

—Es que pego la oreja a la puerta y no te oigo ni respirar... ¿Recuerdas que hoy tienes cita con el abogado?

—Sí, sí, me acuerdo.

—¿Seguro que no quieres que te acompañe?

—Que no, mamá... —«Paciencia, Alice.»

—¿Y papá tampoco? A ver si te van a timar. No me fío yo de los abogados del seguro.

Abrí la puerta impidiendo con mi cuerpo que mi madre se asomara.

—No te preocupes, mamá. No pasa nada... Prefiero ir sola. Me apañaré.

—Vale, vale... Pero, hija, en serio, ¿por qué pasas tanto tiempo ahí encerrada?

—Mamá, es mi estudio de pintura. Soy pintora. Me gusta pintar. Me relaja. Me hace olvidarme de todo durante un rato.

—No huele a pintura, hija —me dijo sin ningún atisbo de hostilidad. Todo lo contrario, quería transmitirme cercanía. De repente me di cuenta de que había convertido a mi madre en una amenaza en vez de en una posible cómplice. Estuve a punto de derrumbarme y confesárselo todo. Todo.

—Es que estoy dibujando, mamá. Los lápices no huelen.

Cerré la puerta. Con llave, por supuesto.

El abogado era un abogado con pinta de abogado en un despacho de abogado con pinta de despacho de abogado, dentro de un bufete de abogados con pinta de bufete de abogados.

—Su marido tenía contratado un seguro de vida que cubría el caso de muerte por accidente. Tras revisar la autopsia y determinar que no estaba bajo los efectos de ninguna sustancia estupefaciente, que no cometió ninguna imprudencia y que el accidente se originó por causas naturales, la correduría ha aprobado el pago de la cantidad íntegra del seguro contratado. ¿Quiere saber a cuánto asciende la cantidad?

—Un millón y medio de dólares... —dije inexpresiva. Bromeábamos mucho en torno a la conveniencia de un fatal accidente.

Cuando el abogado empezó a aconsejarme varias maneras de invertir el dinero para sacarle rentabilidad, le frené amablemente. No quería especular con ese dinero. No quería usarlo. Era un dinero sucio que no me iba a devolver a Chris. «Pero igual sí te puede ayudar a encontrarlo.» Fue un pensamiento fugaz que, a pesar de pasar veloz por la periferia de mi mente, agarré al vuelo y ya no solté nunca.

Al volver a casa, el piano acababa de llegar. No, no me había olvidado del piano de mi presunta hija prodigio. Para nada. De hecho, lo compré ese mismo día en el tanatorio. Estaba en la sala principal, en mi burbuja de emergencia, haciendo como que escuchaba a no recuerdo quién, cuando miré el móvil, di un respingo y salí corriendo al baño. Todos pensaron que me había emocionado al ver la foto de Chris en el fondo de pantalla. Pero no, no fue por eso, o no solo por eso. Fue porque vi que apenas me quedaba un 4 % de la batería del móvil. Me encerré en el baño. Entré en el navegador del móvil, tecleé en el buscador: «Tiendas de piano compra online». Tras un par de segundos me mostró los resultados de la búsqueda. Como siempre, y como hacía la mayoría de la gente, pinché en el enlace del primer resultado. Los de cola me parecieron demasiado pomposos y caros. «Los genios hacen que cualquier piano suene bien», pensé. Así que compré un piano digital vertical, marca Roland (me sonaba que era buena) de color blanco pulido. 1.999 dólares. Tardé menos de cuatro minutos.

Ahora ese lindo piano, porque era muy bonito, estaba en el salón, pegado a la pared donde teníamos todas las fotos de familia.

—¿Y esto para qué es? —preguntó Olivia abrazada al Oso Apestoso. No lo había soltado desde que se lo di.

—¿Cómo que para qué es? Es un piano, Oli. Para tocar música.

—Ya, pero ¿por qué está aquí?

—Está aquí para ti. Es un regalo que dejó encargado papá.

Levanté la tapa del piano y quité el tapete que cubría las teclas.

—¿No te apetece aprender a tocar el piano?

Olivia se asomó. Tocó una tecla. Varias veces, pero solo una tecla.

—Puedes tocar más teclas —dije—. Todas suenan. Y suenan distintas.

Toqué una escala completa. Do, re, mi, fa, sol, la, si, do... Olivia observó con una curiosidad bastante desdeñosa.

—Esto no es un regalo de papá.

—Sí lo es.

—No, papá no me hacía estos regalos.

—¿Cómo que no? ¿Y por qué no?

—Papá me hacía regalos mejores. Divertidos. Si tú te hubieras muerto, papá me habría regalado un poni para que se me quitase la pena, no un piano.

Una genia estaba claro que no era, desde luego, pero lista sí que era. Iba a abandonar el salón cuando le arrebaté el peluche de las manos.

—¡Deja a Apestoso, dámelo! ¡Mamá!

Puse una voz entre aflautada y retorcida, como si fuera la del Oso Apestoso.

—*Olivia, si tú no quieres el piano, me lo quedo yo, que a mí me encantan los pianos.*

—¡No pongas esa voz, que no me gusta!

La ignoré.

—¿*Y sabes por qué me gustan los pianos? Porque así me puedo tirar pedos mientras toco y nadie los oye. ¡Ja, ja, ja, ja! ¡Montones de pedos musicales!*

Senté en mi regazo al Oso Apestoso y aporreé a mansalva las teclas graves del piano con las patas delanteras del peluche.

—¿*Te gusta? Es una composición original mía. Se llama «Melodía de la Caca en Pedo Mayor». Baila para mí, Olivia. ¡Baila!*

Olivia había dejado de forcejear tratando de recuperar el peluche, y se reía y bailaba dando vueltas sobre sí misma. Dos semanas después de la muerte de Chris por fin había conseguido hacer reír a Olivia. No es que no se hubiera reído en todo ese tiempo, es que nunca había sido por una risa que yo hubiera provocado. Solo por eso, la compra había merecido la pena. Además, tenía un plazo de cuarenta y cinco días para devolverlo.

~⁓~

Siempre me había provocado mucho rechazo la América *conspiranoica*, la de la cultura del miedo, la de la obsesión por la seguridad. No podía con ella. No me gustaba nada ser parte de esa sociedad enferma, que fomenta la desconfianza. Siempre he sido una persona confiada —también ayudaba mi entorno, lo sabía, no estaba tan ciega—. Pero ahora, gracias a aquella chifladura del «ojo con lo que haces que te estoy viendo», estaba siguiendo los pasos de Chris. Bueno, los de su todoterreno Cadillac Escalade. La ruta del rotulador rojo.

Por cortesía de Karl, el banquero con corazón y lamparones en la corbata, averigüé que Chris atravesó el río Wareham, siguiendo la US-6. Seguí su trayectoria en dirección contraria hasta llegar a un minigolf a pie de carretera, en la Cranberry Highway, el Sand & Surf, donde observé que había una cámara de seguridad. ¿Una cámara de seguridad en un minigolf? Estaba completamente vacío.

El encargado, Charlie —lo pude leer en su chapa identificativa—, paseaba aburrido por la moqueta desgastada de los hoyos, con un *putt* en ristre a modo de rifle. Tenía el pelo rapado y una cicatriz le atravesaba todo el cráneo justo hasta el entrecejo.

La historia de mi hermano echado a perder por las drogas le conmovió tanto que le hizo llorar sin lágrimas, pero según él fue porque cuando se abrió la cabeza, además de perder un 11 % de masa cerebral, se le secó el lagrimal. Tenía que echarse gotas entre seis y siete veces al día para que no le picaran y se le secaran. Él también había caído en aquel terrible y devastador vicio —palabras textuales—. De hecho, la cabeza se la abrió cuando iba hasta arriba de coca, en un viaje a Miami con un colega que conoció por internet al que le molaba también el rollo este suyo de las pistolas. Nada raro ni mariquita, ¿eh? —palabras textuales—. Le ocurrió haciendo *balconing*, que me explicó, sin yo preguntarle, que es tirarse desde el balcón de la habitación de tu hotel a la piscina. Y claro, falló. Estuvo veinte minutos en parada cardiorrespiratoria y un mes y medio en coma en el hospital. Pero se obró el milagro por la gracia de Dios Nuestro Señor —palabras textuales—, se despertó y juró no volver a meterse nada. Cada vez que sentía la tentación se miraba al espejo, veía la cicatriz y eso le recordaba lo puta que se te puede poner la vida en un instante por esa mierda —palabras textuales—. Otra cosa que le ayudaba a vencer los demonios era ir a disparar ardillas y pájaros al bosque. Una buena ronda de disparos es mucho mejor que una raya de coca, te pone mucho más a tope —palabras textuales—. Charlie siempre había querido ser marine, pero le rechazaron porque tenía una ligera cojera.

—¿Tú me ves la cojera? —preguntó caminando en círculo. Sí, claro que se la veía.

—¿Qué cojera?

—Pues eso mismo digo yo. ¡Qué cojera ni qué cojera!

Después lo intentó en prácticamente todas las ramas de las Fuerzas Armadas estadounidenses, con la misma mala pata —nunca mejor dicho—. Más tarde, probaría suerte, por este orden, en: la policía estatal, comarcal, del condado, forestal, y de carretera... Tampoco. Hasta acabar allí, portando un *putt* como única arma para disuadir a los borrachos y graciosillos de turno. Me explicó que la cámara de seguridad la colocaron después de una disputa en un torneo de minigolf infantil, cuando un padre acusó a otro de dar una patada al tablón de madera que marca los límites del hoyo y así empujar la bola de su hijo para que entrara y ganar el campeonato. En la pelea, el padre acusado acabó clavando en el abdomen la bandera del hoyo al padre acusador. Estuvo a punto de morir desangrado.

Charlie no solo se ofreció a pasarme todas las grabaciones de la cámara de seguridad, sino que quiso acompañarme en mis pesquisas. Si me iba a internar en los bajos fondos, necesitaba protección, alguien que me cubriera las espaldas y no tuviera miedo a recibir un disparo en el pecho protegiéndome a mí y a la criaturilla que llevaba dentro —palabras textuales.

Decliné la oferta muy amablemente. Un rechazo más en su vida. Una nueva posibilidad truncada de convertirse en un héroe. ¿Adónde le llevaría toda esa frustración acumulada? ¿Lo vería pronto en las páginas de sucesos y en los telediarios locales?

Antes de darme las grabaciones, me pidió por favor si me podía hacer una foto para uso personal, nada de colgarla en las redes sociales. Es que le ponían mucho las MQMF, «Madres que me follaría», y más si encima estaban embarazadas. Esto no era una secuela de su accidente, era una movida que le pasaba desde siempre. Había leído en internet que podría ser por no sé qué rollo del complejo de Edipo porque a él se le murió la madre siendo muy canijo, y estaba muy apegado a ella, y puede que la estuviera buscando en todas las mujeres, y a lo mejor por eso igual solo le ponían las maduritas sexis como ella. No quería una foto en bolas ni ninguna movida rara, de eso ya está plagado internet para las pajas. Quería un *selfie* de nosotros dos, así en plan familia. Más palabras textuales.

Posamos sonrientes. Él apoyó con mucha ternura su mano en mi vientre, como si fuera responsable directo de lo que había dentro. Con las grabaciones ya en mi poder, me atreví a pedirle dos cosas más: que no volviera a intentar lo del *balconing*, y que si veía un cuco, no le disparase porque creía que era el espíritu de mi hermano.

Charlie levantó la mano derecha.

—Prometida la primera.

La bajó y la volvió a levantar.

—Y prometida la segunda.

~~~

No todos los personajes que me ayudaron a trazar la ruta del rotulador rojo hacia el punto de partida o de destino de Chris —¿qué era para él?, ¿qué era para mí?— eran tan peculiares, ni tan atentos, ni tan fáciles. Algunos se negaron a colaborar y para nada se sintieron conmovidos por mi historia ni mis circunstancias personales. Otros incluso amenazaban con denunciarme al intentar sobornarlos. Otros solo tenían las cámaras de seguridad como elemento disuasorio, vamos, que no funcionaban. En algunos tramos tenía lagunas, tenía que tomar decisiones a ciegas, suponiendo que seguía una ruta, para luego descubrir que no había pasado por allí, y volver sobre mis pasos para probar otra ruta. Pero por suerte —o desgracia—, vivíamos inmersos de lleno en una sociedad obsesionada por preservar su territorio. No te animaba a cuestionarte si te gustaba estar donde estabas o si estabas haciendo lo que querías hacer. Te animaba a proteger a toda costa lo tuyo, tu lugar en el mundo. A poner barreras y vallas para que nadie pudiera expugnarlas, pero que te impedían a ti mismo saltarlas, salir, quedando atrapado en tu raquítico espacio, sin molestar. «¿De quién estás hablando, Alice? ¿De Charlie, de Karl, de Sam? No, ¿verdad? Tú sabes de quién estás hablando, lo sabes, ¿verdad?... Sí, sí, calla, que el que calla otorga.»

Chris atravesó Buzzard's Bay —«Sí, eso, sigue con tus mapitas y tus rutas. Corre, escapa, di que sí»—, pasando por el motel Bay Motor Inn —información cortesía del gerente, Hugo—, hasta desembocar en una enorme rotonda a la altura del puente de Bourne, en la que confluían varias carreteras principales. En la rotonda había una tienda de armas, con campo de tiro incluido, el God Riffle & Gun Club. Vincular a

Dios con las armas de fuego, solo ocurre en América.[2] ¿Sería allí donde Charlie se habría comprado a las niñas de sus ojos?

Resultó que la dueña del local, una mujer de aspecto rudo en torno a los cincuenta años, tenía todas las grabaciones desde hacía más de cinco años. Su padre y anterior dueño estaba en una residencia de ancianos con demencia senil. Ella le iba a visitar todos los lunes por la mañana —el único día que cerraban el club— y le llevaba las grabaciones de toda la semana, porque era lo único que le gustaba ver y que le despertaba de su lenta y agónica expiración.

—Y dime, Angela, ¿cuántas pistolas estás dispuesta a comprar para que te dé lo que quieres?

Le compré un Volga 9 mm, cinco cajas de cartuchos y diez días de grabaciones a razón de 400 dólares cada una.

Chris había tomado el desvío a la US-28 en dirección este, cruzando el puente de Bourne. Uno de los dos únicos puentes de entrada o salida a Cape Cod. ¿Cape Cod? ¿Venía de alguna parte de Cape Cod? A Chris no le gustaba nada Cape Cod. Al menos eso decía. Yo había pasado algunas vacaciones de verano con mis padres en la localidad de Chatham cuando era pequeña y adolescente, y tenía un recuerdo maravilloso, pero no había vuelto desde entonces en parte, ya digo, por Chris, porque le ponían muy nervioso los sitios excesivamente poblados, sobre todo en fechas vacacionales. Decía: «Uno se va de vacaciones para estar tranquilo, no estresado todo el día metido en atascos para ir a cualquier sitio o volviéndose loco para encontrar aparcamiento». Y yo: «Hablas de Cape Cod como si fuera una ciudad, un único lugar. Cape Cod es una península enorme. Hay miles de sitios en los que perderse durante las vacaciones y ni siquiera coger el coche». Pero él insistía en que no, en que Cape Cod era el parque temático por antonomasia de Nueva Inglaterra. «Es que no soporto la idea de que todo el mundo vaya al mismo sitio como borregos, como si no hubiera lugares maravillosos, mucho más tranquilos y más baratos por toda la Costa Este.» Recordaba vagamente que en uno

2. *God,* en inglés, «Dios».

de sus viajes de negocios, hacía como mínimo dos años, había estado en un club de campo en alguna parte de Cape Cod. Pero no llegó a ningún acuerdo, cosa que pude corroborar al revisar todos sus contratos y no encontrar ninguno en la zona.

¿Me estaría mintiendo? De repente me planteé si su rechazo visceral a Cape Cod podría estar motivado por el hecho de querer mantenerme alejada de allí, de lo que fuera que estuviera ocultando. No, no podía ser. A Chris le abrumaban las muchedumbres. No le gustaban las grandes ciudades. Necesitaba mantener al mínimo las posibles variantes, las esquinas de la vida. Nada de aviones. Nada de ciudades de millones de habitantes. Nada de lugares de peregrinaje vacacional. «Y además, un sitio al que solo se accede a través de un puente me pone nervioso, no me gusta. Me da claustrofobia», me dijo una vez. Y ahí estaba ahora, en la pantalla de mi ordenador, enfilando el desvío hacia el puente de Bourne, internándose en Cape Cod.

Días 19-21. Año I d. C.

Avanzaba —o mejor dicho, rebobinaba— más o menos a una media de dos o tres kilómetros al día. Despacito. En silencio. A solas. Sin contárselo a nadie. Llevaba a Olivia al colegio. Seis horas. Ese era el tiempo que tenía para ir, averiguar lo que pudiera, seguir trazando la ruta del rotulador rojo, volver, recoger a Olivia, jugar un rato con ella, bañarla, darle la cena, meterla en la cama, leerles un cuento a ella y al Oso Apestoso, y luego revisar todo el material recopilado. Aquella rutina me mantenía la cabeza ocupada y jugaba al escondite con el desconsuelo que todo lo anegaba, la angustia de la ausencia de Chris y la inquebrantable y demoledora esperanza de que iba a aparecer en cualquier momento a la vuelta de la esquina. Me sentía mal y culpable, como cuando cotilleas el móvil de tu marido o le revisas su email o los bolsillos de los pantalones mientras él se ducha —cosas que yo nunca había hecho—. Pero a la vez me conectaba con Chris, como si lo mantuviera vivo, porque lo estaba viendo en aquellas grabaciones, lo estaba siguiendo. Y me gustaba. Lo bueno y lo malo. Disfrutaba de ambas cosas. El juego, lo secreto, el paisaje, la tristeza, conducir, la rabia, los avances, la soledad. Me sentía lista. Cada noche antes de irme a dormir abría el email de Chris, su Facebook, su Linkedin y demás redes sociales. Como si fuera una secretaria que atendía sus asuntos durante su ausencia. Por si de repente surgía alguna nueva notificación, alguna pista. Pero nada, casi todo *spam* o cosas de trabajo.

Mantenía encendido su teléfono móvil. La pantalla se había quedado hecha añicos tras el accidente, pero seguía funcionando. Lo llevaba conmigo en el bolso, a la espera de que recibiese alguna llamada. Tal vez de alguien vinculado a su secreto que le echara en falta. Si sonaba, nunca contestaba —ya fuera alguien conocido o desconocido—; esperaba que dejaran mensaje. No quería ahuyentar ni poner sobre aviso a quienquiera que le llamara. Tuve que activar su buzón de voz porque él siempre lo tenía desactivado. Era una táctica comercial suya que nunca acabé de entender muy bien, aunque al parecer le funcionaba. «Mucha gente te llama a horas raras, cuando sabe que no lo vas a coger, para dejarte un mensaje de voz. Los típicos que se han comprometido a algo y no van a ser capaces de cumplirlo y se quieren escaquear por la puerta de atrás. A muchos de esos, si los llamas o, mejor, los vas a ver, no son capaces de echarse para atrás. A la gente le cuesta decir que no a la cara», aseguraba.

En las tres semanas desde su muerte, había recibido nueve llamadas: una del director asociado del departamento deportivo de Yale para confirmarle que se había aprobado la renovación de las pistas de tenis. Había ganado la contrata, y todos nos pusimos muy contentos y tristes a la vez; dos de T-Mobile para ofrecerle un contrato ventajoso para móviles de empresa; tres de diferentes proveedores de material para sus pistas, y tres de un número oculto que no dejó mensaje. ¿Tendría que ver con Chris y su mentira? Aún no sabía muy bien cómo calificar todo aquello. A veces lo llamaba mentira, a veces misterio, a veces secreto. Tal vez hasta que no lo descubriera no podría concretarlo.

Tras su muerte, su padre Christopher —se llamaba igual— y su hermana Tricia se habían hecho cargo del negocio, de los flecos sueltos, los trabajos sin terminar, cobros, pagos pendientes, etcétera. «Tú ya tienes suficientes quebraderos de cabeza, Alice. No te preocupes por nada de esto. Y tranquila, que obviamente todo el dinero que genere será para ti y las niñas», me dijo mi suegro. Habían decidido disolver la empresa a pesar de que las cuentas estaban muy saneadas y era muy solvente. Seguirían adelante con los contratos firmados e incluso con las pistas de tenis de Yale —sería un bonito homenaje a Chris—. Pero después cerrarían. No tenía sentido mantenerla sin Chris, porque Chris era la empresa. La había levantado él solo y no había querido incorporar a nadie, se sentía lo bastante capacitado para atender todos los asuntos, estar en todos los frentes. El ubicuo Chris/Christ. Toda la gente que contrataba era por obra. Sabía que en algún momento tendría que expandir la empresa, pero todo a su debido tiempo. «Paso a paso, sin prisa, sin tener que recular, siempre hacia delante», decía. Lo de Yale iba a ser el punto de inflexión, lo que le llevara a la siguiente fase.

Mientras, en mi lado de la familia, mi madre: «Hija, ¿adónde vas tanto tiempo? Tantas idas y venidas. No estás ya para estar por ahí dando vueltas, que estás a punto de dar a luz. Deberías estar en casa». Y yo: «Mamá, voy a clases de preparación al parto. Mamá, voy a la ginecóloga. Mamá, voy a yoga. Mamá, voy a aromaterapia y musicoterapia, que al parecer es muy bueno para el feto. Mamá, voy a nadar, que al parecer también es bueno para el feto. Mamá, voy a comprar ropa para el bebé. Mamá, mamá, mamá...». Aparte de eso, yo también tenía mi propio combate interno, esa era la especialidad de la casa. En una esquina: «Alice, no estás atendiendo tus obligaciones para con tu bebé. Alice, deberías estar haciendo todas esas cosas que dices estar haciendo. Alice, no te estás preparando adecuadamente para traer un bebé al mundo...». Y en la otra: «Igual sí, igual sí que estoy atendiendo mis obligaciones. Estoy haciendo los deberes, solucionando cuentas pendientes. Porque quiero que, cuando nazca Ruby, todo esté limpio, en orden, en su sitio. Despejado». Era un combate contra mí misma que siempre perdía.

Una vez en Cape Cod, Chris había seguido circulando por la US-28 hasta coger el desvío de la US-151, para después incorporarse a Falmouth Road a la altura de Mashpee, siempre en dirección este.

Así es como llegué al pequeño aeropuerto municipal de Barnstable, a la altura de Hyannis, donde confluían varias carreteras y se encontraba el Airport Shopping Center

—Dios bendiga Norteamérica por poner un centro comercial en cada rotonda del país—. Entre los negocios situados a la vera de la US-28 (con sus cámaras de vigilancia testigo del tráfico de coches) se encontraba un taller mecánico y tienda de repuestos de automóvil World Tech Auto Center, un centro de estética SalonCentric, una tienda de alfombras y moquetas Kent's Carpetland y una tienda del espía llamada Night Eyes.

Estaba cogiendo experiencia y sabía que era inútil probar suerte en las franquicias porque solían tener estrictas políticas de seguridad y privacidad y cualquier petición como la mía debía ser consultada en las altas instancias. Así que me iba a sitios donde las decisiones dependieran de una sola persona con la que yo pudiera negociar directamente. Mi instinto se había afilado ya lo suficiente como para no pasar interminables minutos barajando dónde entrar y qué estrategia usar. Bueno, eso pensaba, porque después de que me despacharan con desdén en todos los establecimientos del centro comercial, solo me quedaba por intentarlo en la tienda del espía. Nunca había tenido una racha tan mala seguida. Me había confiado. El del taller mecánico World Tech —primer sitio al que fui—, después de ponerme muchas pegas en cuanto a la legalidad de aquella extraña petición, me había pedido una cantidad exorbitante por las grabaciones. Decidí rechazar su propuesta. No era solo una cuestión económica. Me vine arriba. Me creía más lista, más preparada y segura de poder conseguirlas más baratas. Era como si yo misma me pusiera cada vez el listón más alto. Como si fuera superando niveles y buscara nuevos retos. «No, Alice, no es cuestión de poner la pasta encima de la mesa. No, tú puedes conseguirlo con tus propios argumentos, tus propias historias. Puedes camelártelos con tu sonrisa y tu tripón.»

Night Eyes es una tienda pequeña y cutre, por mucho que un letrero rece: «Supertienda de Seguridad y Electrónica». Para más inri, en el exterior hay un altavoz que emite en bucle la banda sonora de *La Pantera Rosa*.

La tienda estaba vacía. Tras el mostrador había un hombre de mediana edad comiendo una naranja mientras veía la tele en un pequeño televisor de esos que uno piensa que ya no existen.

—Hola, rubia, ¿qué puedo ayudar? —me dijo con un marcado acento del que no supe descifrar su procedencia. ¿Ruso, tal vez? ¿Sería un exagente de la KGB que tras la guerra fría había decidido montar su chiringuito del espía aquí, en las líneas ya no tan enemigas?

Igual a este era más difícil mentirle, pensé. Dado que se dedicaba a vender *gadgets* para descubrir a los mentirosos. ¿Le soltaba el cuento de mi hermano drogadicto o mejor iba al grano? Estaba insegura después de mis recientes derrotas. Me notaba el cuello rígido. Me vio dudar.

—Puedes decir abiertamente problema. Todo cuentes aquí confidencial. Soy cura en confesión. Amén.

—Pues verás, es que mi hermano...

—Tuvo accidente tráfico, ¿verdad? —me cortó—. Muerto conduciendo volante con sobredosis droga.

Lo miré sin dar crédito. ¿Acaso en mi locura había entrado ya allí? No hubiera olvidado su acento ni su peculiar, por ser amable, forma de hablar.

—Me llamado Eddie, de taller coches final centro comercial —me aclaró—. Y ha dicho: ojo, loca embarazada trata conseguir grabación cámaras seguridad. He aviso a todos los comercios zona. No des nada. No legal. Ilegal. No des. Ojo zorra embarazada.

Me dieron ganas de salir corriendo. «Alice, para ya, estás haciendo el ridículo. Vas a terminar en la cárcel por idiota.»

—¿Y esa historia hermano? Muy mal —sentenció—. Salió hace poco telefilme. Yo veo mucho tele para mejora inglés. Está mejor cada vez mejor. Al principio cuando llegar solo decir: «hola», «adiós» y «te den por culo, maricón».

Me di la vuelta para irme. Me sentía como una niña que se ha hecho pis delante de toda la clase en el colegio. ¿Había roto aguas?, pensé, e incluso miré para cerciorarme. La sensación era tan precisa que parecía real.

—Espera. No marchar. Estoy burlando ti. Eddie soplapolla que cae mal porque nunca descuenta cuando llevo coche arreglar. Seguro llama a mí y todos para tú volver luego con él y sacar más dinero ti.

—Le he ofrecido mucho dinero. —Eran mis primeras palabras desde que había entrado—. Tengo dinero. —«¿Cuánto dinero querer yo pagar ti?», estuve a punto de decirle en su idioma, para que me entendiera, lo aceptara, me diera las grabaciones y largarme de allí.

—¿Por qué no venir primero mí? Quiere información. Confidencial. Secreta. Esto tienda del espía. Pato/pato. Claro como agua. Me decepcionando un poco. ¿Por qué no confía a mí? Además, aquí no preguntar. Aquí solo soluciones encontrar.

Me recordaba al Yoda de *La guerra de las galaxias*. Pero no, no era de un planeta muy muy lejano, ni un exagente ruso de la KGB. Era español. De Málaga. Se llamaba Antonio, como Antonio Banderas, también de Málaga, precisó. La naranja que se estaba comiendo era de Valencia, porque según él las naranjas de Florida y California eran «pedazo mierda comparar a española». La Crisis (así, en mayúsculas) le había hecho emigrar de su propio país en busca de la tierra prometida. Eso y que una semana después de ser despedido de la empresa de seguridad en la que trabajaba, su mujer se lio con su jefe. Tardó mucho en descubrirlo y pensó: «Ojalá alguien hubiera ayudado mí como yo ayudando ahora gente». Ahí le surgió la idea de la tienda del espía. «En España también muy buenos espías y mucho chorizo. Espías son ladrones información. Y eso se da muy bien en España. Si algo puédese robar, roba. Si nadie mira, tú llevarse, aunque no necesites. Se llama picaresca española.» Todo este resumen biográfico no me lo contó en aquel primer encuentro. Esto es una brevísima recapitulación de todas las historias que me contó en mis múltiples visitas posteriores.

Me cayó bien Antonio. Tal vez ayudó el hecho de que yo tuve un novio español. Se llamaba Diego. Cuando estudiaba en la Universidad de Brown, me fui seis meses de viaje de estudios a Madrid —la primera vez que salía del país—. Allí lo conocí. Yo estaba en plena crisis con Chris (sí, claro que hemos tenido crisis), por las dudas lógicas de la distancia al estar en universidades muy alejadas, por haber estado «toda la vida» juntos y no haber tenido otras relaciones, otras experiencias, por sus ganas de vivir otras cosas (enrollarse con otras tías) y por mis ganas de descubrir mundo (enamorarme de otros chicos). Diego fue un dulce paréntesis en mi vida. Era profesor adjunto de la Facultad de Bellas Artes de la Universidad Complutense de Madrid, pintor (también) y escultor. Sensible, divertido, bailaba muy bien (no como los americanos) y me encantaban sus manos (cómo me tocaba) y sus gemelos (cosas en las que se fijaba una). Fueron seis meses muy... Únicos. Seis meses en los que viví cosas que no había vivido antes, ni que viví después. A su lado me sentía artista y bohemia. Era como si me hubiera salido de mí misma, de mi mundo, y hubiera fingido ser otra persona. «¿Fingido? ¿Otra persona? Igual era esa la persona que en realidad siempre quisiste ser y no te atreviste.» Diego tenía una hermana a la que yo adoraba, se llamaba Olivia. Cuando la conocí, pensé: «Qué nombre más bonito y universal, se escribe igual en español, inglés, francés e italiano». Nunca le hablé a Chris de Diego. Quedamos en que lo que pasó durante ese espacio de tiempo, pasó, y que ni queríamos ni debíamos darnos explicaciones el uno al otro.

—Entonces, rubia, ¿en qué yo ayudar? Dispara.

Justo en ese instante entró Eddie, el de la tienda de repuestos de automóvil World Tech. Venía muy mosqueado. Creía que Antonio estaba negociando conmigo para sacarme más dinero por las grabaciones. «Mierda de españoles, venís aquí a quitarnos nuestro trabajo y nuestro dinero. ¡Volveos a México, cabrones!»

—Por mil dólares te doy lo que necesitas —me dijo Eddie.

Antes de que pudiera decir sí o no —iba a decir que sí—, Antonio se me adelantó.

—Setecientos, rubia, y todo tuyo.

—Quinientos —replicó Eddie. Una puja en toda regla.

—Trescientos dólares —ofertó a la baja Antonio.

—¡No seas hijo de puta! —le dijo—. Que nos dé mil, y la mitad para cada uno.

Antonio le ignoró. Me miró y me guiñó un ojo.

—Cien dólares, rubia.

—¡Os voy a denunciar a la policía! ¡Es ilegal! —nos amenazó Eddie. Pero lejos de amedrentarse, Antonio contraatacó:

—Claro, Eddie. Como quieras, venga poli. Luego tú explicar ellos esos coches que vienen madrugada y no salir de taller. Bueno, salir, pero en piezas vendes ilegalmente. Explica eso policía, comepollas.

De repente, incluso su inglés había mejorado. Eddie se quedó pálido.

—¿Te crees yo chuparme el dedo? Vete a meter tubo de escape robado por culo.

Eddie se marchó profiriendo todo tipo de amenazas que Antonio ignoró mientras terminaba con parsimonia su naranja.

—A todo esto, ¿cómo llamas, rubia? —me preguntó cuando nos quedamos a solas.

—Grace. —La Angela Vengadora había pasado oficialmente a mejor vida.

—Ah, pues placer, Grace. Como Grace de Mónaco. Rubia también.

—No soy rubia, soy pelirroja.

Ignoró el comentario.

—¿De verdad ibas pagar Eddie mil dólares?

—Sí. Y a ti si quieres te pago más.

—No, más no. Es justo lo justo. Mil dólares justo, rubia. —Me tendió la mano—. Ah, y soy daltónico. Tú para mí ya siempre rubia.

Sonreí y le estreché la mano. Se me quedó impregnado el olor de la naranja de Valencia. Aroma que me recordó a España y a Diego. «Ahora que eres viuda, podrías localizarle», pensé, y me sentí muy sucia.

De vuelta al coche, con las grabaciones en un *pendrive* de memoria USB, decidí dejarme de historietas y recuperar la táctica de ir con el dinero por delante y punto. ¿Acaso no era millonaria? ¿Acaso no sentía que ese dinero estaba sucio? Pues a gastarlo, sin miramientos. A la mierda. Ese dinero me recordaba todo el rato lo que había sucedido, y cuanto antes desapareciera, antes superaría el luto, y sobre todo, antes resolvería el misterio/secreto/mentira de Chris. En cualquier caso, de vuelta a casa, paré en la sucursal de mi banco y abrí una cuenta corriente a nombre de Olivia. Le ingresé 300.000 dólares —a repartir con su hermana cuando naciera—. Una cosa era dilapidar mi pequeña y sucia fortuna y otra dejarlas sin poder ir a la universidad.

Días 22-30. Año I d. C.

Chris no había atravesado la US-28 a la altura del Airport Shopping Center. Lo revisé dos veces. Eso significaba que había entrado en Hyannis. Lo revisé otra vez. Que tal vez había partido de allí; que era de allí de donde venía. Que en las entrañas de aquella población de 14.500 habitantes, considerada «la capital del Cape» —según la Wikipedia—, estaba el punto de origen —o destino, según se mire— de Chris. Lo revisé una cuarta vez. Recordaba vagamente haber estado allí de pequeña, pero no sabía por qué motivo. Tal vez simplemente una de las muchas excursiones de aquellos veranos en Chatham.

Esa noche llamé a mi padre por teléfono.

—¿Papá?

—Dime, hija.

—Cuando pasábamos los veranos en Chatham, ¿alguna vez estuvimos en Hyannis?

—Sí, un par de veces. Pero solo de paso.

—¿Cómo que solo de paso?

—En Hyannis es donde se cogen los ferris a Martha's Vineyard y a Nantucket. ¿No te acuerdas cuando fuimos a Martha's Vineyard? Es la isla donde se rodó *Tiburón*. Ese verano no hubo manera de que te metieras en el agua. Eras muy pequeñita.

—Es verdad, ya me acuerdo... —rememoré con una sonrisa—. Y Nantucket, aparte de que recuerdo que era una isla preciosa, ¿de qué me suena tanto?

—Pues probablemente porque yo te habré dado mucho la matraca contándote una y mil veces que Nantucket era un puerto ballenero y que allí era donde Ismael se embarcaba en el *Pequod* a las órdenes del capitán Ahab.

Moby Dick es la novela favorita de mi padre.

—Ah, claro. Me solías leer fragmentos del libro de pequeña.

Nantucket. Ballenas. *Moby Dick*. ¿Era Chris Moby Dick y yo el capitán Ahab? ¿Cómo terminaba Moby Dick? ¿Quién ganaba? ¿Cazaba la ballena? ¿El capitán Ahab acababa medio loco tratando de alcanzar lo imposible? No recordaba, pero me sonaba que acababa mal, terriblemente mal. Eso era una señal. «Déjalo, Alice. Ya no es legal cazar ballenas. Son especies protegidas. Protegida. Protección. Protégete, Alice. Eres una especie protegida. Inestable y frágil.»

—¿Sigues ahí, hija?

—Eh, sí, perdona, que estaba aquí con mis cosas... Oye, papá, ¿tú tienes un ejemplar de *Moby Dick*?

—Claro. Una primera edición de 1851.

—¿Me la dejarías?

—¿Para qué?

—Para leerla.

—Hija, está valorada en treinta y cinco mil dólares. No sé si es buena idea manosear un libro de treinta y cinco mil dólares. Pero te lo he dejado en herencia. En cuanto me muera, podrás hacer lo que quieras con él.

Al día siguiente, mi padre llegó con un ejemplar en tapa dura de *Moby Dick*. Cosa que me extrañó porque le había dicho que me iba a comprar el libro electrónico. Pero él no era muy amigo de lo digital.

—El tacto del papel te hará estar más cerca de los personajes. Pasar las páginas te hará sentir la brisa del mar navegando a bordo del *Pequod*.

—Muchas gracias, papá. —Abrí el ejemplar y lo curioseé—. ¿De qué dirías que trata la novela? No me refiero al argumento, sino al mensaje.

—Pues... —Reflexionó unos segundos, no le gustaba hablar en vano—. De la necesidad de ponerle cara al mal. Crear demonios y perseguirlos hasta la locura, o desde la locura, fundamentalmente para no ocuparnos de los que habitan dentro de nosotros mismos.

—Ya... —Intenté que no se notara en mi tono de voz la

73

bola de fuego que sentía en mi cabeza—. Pero una cosa, papá, el libro acaba mal, ¿verdad?

—No, hija, acaba como tiene que acabar.

Me dio un beso y se marchó. Mi padre nunca quiere molestar, ni interrumpir a nadie en lo que sea que esté haciendo. Porque tampoco quiere que le molesten ni le interrumpan a él en su discreto —en el sentido de sigiloso y prudente— discurrir por la vida. Además, nunca me pregunta qué tal estoy, porque de eso ya se encarga mi madre mil veces al día. Mi padre me lee, me huele en la distancia. Me mira y lo sabe, sin preguntas. El amor de mi padre es silencioso. Es como esa manta con pelotillas con la que te tapas por las noches en el sofá para ver la televisión. No es que tengas frío, es que te hace sentir recogida, protegida, a gusto.

Me quedé con ganas de preguntarle si yo era el capitán Ahab o la ballena blanca asesina. El verdugo o la víctima. El perseguidor o el perseguido. Aunque más tarde, cuando me empecé a leer la novela, advertí que ambos personajes asumían todos los roles. ¿Sería ese mi fatal destino?

—¿Adónde vamos, mamá?

Olivia estaba sentada en su sillita homologada, en el asiento trasero del Cherokee. Curioseaba los planos de la ruta del rotulador rojo. En ese instante me di cuenta de que estaba todo hecho un asco. Botellas de agua vacías, envases de poliestireno de todos los lugares en los que me había parado a comprar comida —siempre la comía en el coche, como Karl el banquero—. Envases que no había tirado porque quería reciclarlos como Dios manda. Latas de bebida, vasos de papel, rotuladores, libretas, CD de música y multas. Me habían puesto varias, y cada vez que me había parado la policía lo primero que pensaba era que me habían pillado, que me iban a llevar arrestada y que acabaría en la cárcel acusada de un delito contra la intimidad de Chris.

Era media tarde. Podría haber dejado a Olivia con mi madre, pero no iba a activar aún su máquina de hacer preguntas. Así que hice lo único que se me ocurrió, llevármela conmigo.

—¿Qué hacemos, mamá, adónde vamos? ¿Qué es esto?

—Deja eso, cariño.

—Parece el mapa de un tesoro. ¿Estamos buscando un tesoro?

—Sí, Oli —le dije quitándole el mapa.

—¿Y qué tesoro?

—No lo sé, hasta que no lo encontremos no sabremos lo que es.

—¿Y de quién es el tesoro? ¿Nos lo ha dejado papá?

—Sí, más o menos.

—¿Y vamos a encontrarnos piratas?

—Espero que no.

—¿A papá lo mató un pirata, mamá?

Igual sí que debería haberla dejado con mi madre.

Día 23. Chris había entrado en Hyannis (o salido) por Barnstable Road. (Cortesía del párroco de la Iglesia de los Primogénitos. Donativo de 100 dólares.)

Día 24. Palos de ciego.

Día 25. El cumpleaños de Betty, la madre de Chris. Sesenta y cinco años. Y mi madre: «No podemos faltar, hija, hay que mantener una buena relación con ellos. Nos quieren mucho. Y nosotros a ellos, claro, faltaría más. Ya sé que va a ser un día triste, pero es importante que estemos todos unidos, que pasemos el día juntos, en el jardín, haciendo una barbacoa. Es importante, ¿no crees, hija?».

Olivia se puso mala en el cumpleaños. El calor —encima se empeñó en llevar el disfraz de princesa—, los juegos, la comida, la excitación, más carreras, helado, chuches. Empacho. Insolación. Vómitos. Fiebre. Y claro, algo —o mucho— de tristeza/extrañeza porque el ambiente era normal pero solo en apariencia. La ausencia de Chris consumía casi todo el oxígeno.

Día 26. Chris había atravesado Main Street para continuar por Ocean Street. (Cortesía del dueño de la tienda de empeños Yankee Peddler. 500 dólares y una edición infantil ilustrada de *La isla del tesoro* protagonizada por ratones, que se convirtió inmediatamente en el libro favorito de Olivia.)

Día 27. Chris había continuado por Ocean Street hasta llegar al puerto, al embarcadero de las diferentes compañías de ferris. (Cortesía del barman de Black Cat Tavern. 400 dólares.) Y girado a la izquierda en Ocean Street, entrando en lo que parecía un parking. (Cortesía del gerente del Hyannis Harbor Hotel. 1.000 dólares. Pagué esa cifra tan exagerada no porque tuviera la sensación de que me estaba acercando al final —o al principio—, y por lo tanto fuera la información más valiosa, sino porque estaba tremendamente nerviosa y era incapaz de ponerme a regatear.)

Día 28. Paré el coche justo donde Chris giró, donde le perdí de vista. Era la entrada al parking de la terminal de un ferri. Taquicardia. El atracadero del ferri de Robin Island. ¿Robin Island? Nunca en mi vida había oído hablar de Robin Island. Me costaba respirar. Dieciocho días hasta llegar a un punto de no retorno. Del río Weweantic a la altura de la US-6 a la terminal del ferri de Robin Island. 60,5 kilómetros. ¿Terminaría ahí la ruta del rotulador rojo? Me temblaban las piernas cuando me bajé del todoterreno. «Quédate aquí un segundo, cariño», le pedí a Olivia con voz temblorosa. «Jo, nunca me dejas bajar, qué rollo, yo también quiero buscar el tesoro», se quejó Olivia.

Me acerqué al operario encargado de colocar los coches por orden de llegada para que subieran al ferri.

—Perdone, ¿este ferri va a Robin Island?

—Sí, señora, por eso se llama el Robin Island Ferri. Así de originales somos por aquí —contestó sin ninguna maldad.

—¿Y va solo a Robin Island?

—Sí, señora, solo a Robin Island.

—¿Y desde la isla se puede ir a otro lado?

—Sí, señora, desde la isla se puede ir a Nantucket y a Martha's Vineyard, pero solo en los meses de verano. En cualquier caso, sería un poco absurdo hacerlo, porque ahí enfrente están las terminales de los ferris a Nantucket y Martha's Vineyard, que van directos, son más modernos y tardan mucho menos tiempo. Hay hasta servicio exprés. Así que si quiere ir a Nantucket o a Martha's Vineyard, no compensa ir a través de Robin Island. ¿Me entiende lo que le quiero decir?

Como no contesté, el operario se fijó en mi coche y en Olivia, que acababa de desobedecerme y bajarse.

—¿Un vehículo y dos personas? —preguntó.

—¿Vamos a subir al barco de los piratas?

—Olivia, métete en el coche.

—¿Ida y vuelta?

—Quiero subir al barco de los piratas.

—Cuarenta y cinco dólares. Solo le cobro una persona, a la cría la invito.

—¡Vamos a la isla del tesoro!

Me estaba apagando. Estaba empezando a desmayarme. La euforia que creí sentir por mi descubrimiento era solo el comienzo de un ataque de ansiedad. Pensé que la vía más rápida de escape era pagar, y así lo hice, tratando de disimular el temblor de mis manos.

—Póngase en el carril 1. —Me señaló el lugar indicado, donde ya había dos vehículos esperando.

Me monté en el coche con Olivia. Arranqué y maniobré marcha atrás. Estuve a punto de embestir a otro vehículo que se aproximaba. Me pitó con razón. No me disculpé y salí de allí. Por el retrovisor pude ver al operario haciéndome aspavientos, en plan «¡¿adónde vas, chiquilla?!», mientras Olivia se quejaba amargamente.

—¡Pero, mamá, yo quiero ir a la isla del tesoro!

A pesar de las náuseas, aguanté hasta llegar a casa. No paré. La única razón por la que no perdí el conocimiento y me derrumbé allí mismo fue que me afloró el instinto animal de protección de mi hija. De mis dos hijas. Otra cosa que me ayudó a no sucumbir al pánico fue la rabia. Estaba enrabietada conmigo misma. «¿Por qué has tenido que hacer todo esto? ¿Qué sentido tiene? ¿Qué quieres, arruinar tu vida? ¿Machacarte viva? ¿Para qué has emprendido este viaje? ¿Adónde quieres llegar? Y ahora te arrepientes. Ahora te entra el miedo. Ay, pobrecita viuda embarazada. Pero ya no puedes volver.

Has abierto una puerta que tienes que traspasar. Ahora te jodes y apechugas. Por ir de lista.»

Entramos en casa. Olivia me pidió ver la tele —no se la dejaba ver de manera indiscriminada—. Le dije que okey. Subí al dormitorio y vomité en el baño. Cuando uno vomita, por desagradable que sea, siempre siente cierto alivio después. En este caso, yo no lo sentí. Mi entramado de emociones se había derrumbado, pero aún seguía dentro de mí. Tenía a Moby Dick dentro, peleando por su vida, o tratando de acabar con la mía.

En la oficina de venta de la terminal del ferri había una cámara de seguridad. La vi nada más llegar la primera vez. Ya tenía bastante desarrollado el olfato para detectarlas. Custodiaba el parking y la entrada al ferri. ¿Por qué no intenté conseguir las grabaciones? El operario parecía simpático y claramente le caí bien. Seguro que hubiera colaborado, y si no, cualquiera que trabajara en el edificio de la terminal.

¿Por qué no lo hacía? ¿Qué me pasaba? Había localizado el escondrijo de Chris y de repente había huido despavorida. Pero aparte del susto, había algo más. Estaba tan cerca que cualquier movimiento en falso podría asustar a la presa. Había que andarse con cuidado. No podía sobornar a nadie para conseguir las grabaciones de la cámara de seguridad porque eso pondría a todo el mundo alerta en la isla. No podría entrar y pasar desapercibida. Tampoco podía acercarme al operario con una foto de Chris y preguntarle si lo conocía, si lo había visto antes. Podría ser hasta su colega. Si se subía en ese ferri a menudo, seguro que se saludaban con familiaridad. Chris era muy atento y amable con todo el mundo. Rebosaba carisma y cercanía. Todas estas elucubraciones podían parecer excusas para no resolver el misterio/secreto/mentira. Y claro que estaba asustadísima. Pero... «Vale, imagínate que le enseño la foto al operario y dice que sí, que Chris iba a la isla muy a menudo, que lo recuerda perfectamente, que él es muy buen fisonomista. Pero a partir de ahí me quedo vendida. Eso puede enterrar el secreto/misterio/mentira, o al menos los motivos. Porque no se trata de descubrir si iba o no iba a la isla, se trata de descubrir qué es lo que iba a hacer allí dentro. El operario podría avisar a quien tuviera que avisar, en plan: "ojo, que hay una preñada haciendo preguntas sobre Chris, cuidadito con ella". No, no puedo preguntar, ni intentar conseguir las grabaciones de la cámara de seguridad... Vale, sí, todo eso está muy bien, pero estás cagada, eso es lo que te pasa.»

A todo esto, igual Chris no iba a la isla. Igual simplemente dejaba el Escalade aparcado en el parking. Era público, gratuito, sin controles y abierto las veinticuatro horas del día.

Día 29. El encargado del taller de coches me había llamado en numerosas ocasiones, quejándose de que no podía seguir manteniendo allí el todoterreno de Chris, y por más que yo le decía que me cobrara lo que considerara necesario, él insistía en que no era una cuestión de dinero, era cuestión de espacio.

Así que fui. Quería revisarlo una vez más antes de mandarlo al desguace. Tenía la sensación de que me había dejado alguna pista por descubrir. Aunque en realidad eso me ocurría allí por donde mirara o pasara. Mientras lo hacía, el encargado del taller seguía con su monserga quejumbrosa.

—Señora Williams, compréndalo, el todoterreno no puede ser reparado, está siniestro total, y entiendo su situación, de verdad que la entiendo...

Ahí dejé de escuchar, porque bajé la visera parasol del conductor —ya había mirado la vez anterior— y debajo de una lengüeta de plástico —donde sí que no había mirado la vez anterior— encontré dos llaves unidas por una simple anilla. Una era la llave de un coche, ni demasiado moderna —de esas que llevan la llave plegada como una navaja—, ni demasiado antigua. Tenía en el centro un botón para controlar el cierre centralizado. Ford, ponía. La otra llave era pequeña y de la marca Master, de un candado o una cerradura de tipo taquilla, buzón o similar. Dos llaves, una anilla. ¿Un Ford? ¿Tenía o había tenido Chris un Ford? ¿Era aquella llave un amuleto, una reliquia que tal vez guardaba de su primer coche? Pero no me sonaba que hubiera tenido ningún Ford. Ni él ni su familia.

Y su primer coche lo heredó de su abuelo, un viejo Buick Gran Sport Skylark, que albergó nuestros primeros encuentros sexuales. ¿Y la otra llave pequeñita? ¿Guardaba algo bajo llave en casa? No que yo supiera. ¿Era miembro de algún gimnasio, club o similar donde tuviera una taquilla? No que yo supiera.

—Además, con todos mis respetos, señora Williams, no creo que sea bueno para usted que...

Le corté.

—Deshágase de él.

Antes de volver a casa, pasé a hacerles una —interesada— visita a los padres de Chris. Mientras estaba en el porche de entrada, me acerqué al garaje y accioné el botón del cierre centralizado, esperando que algún coche reaccionara. Nada.

Después de tomarme un café con Christopher y Betty y preocuparme —genuinamente— por cómo estaban, subí a la habitación de Chris, que seguía intacta desde que era un adolescente, con pósters en las paredes de sus ídolos tenísticos: Agassi, Sampras, McEnroe y Chang; sus ídolos musicales: Guns N' Roses y AC/DC; y sus ídolos cinematográficos: Bruce Willis y *La jungla de cristal*. Las estanterías estaban plagadas de sus trofeos de tenis, y en el corcho había fotos con sus colegas de instituto y conmigo, yendo al baile de graduación. Ahora se había convertido en un mausoleo *in memoriam*. Cuando me encerré dentro, sus padres entendieron que necesitaba un poco de tiempo a solas con Chris. Tal vez era cierto, y de hecho lloré bastante revisando sus cosas, pero no había ni rastro de un Ford. Ni nada que precisara de una llave para ser abierto. Ninguna de las dos llaves encontraron su sitio.

De vuelta a casa, tras escudriñar cada rincón —por vigésimo novena vez— en busca de una cerradura en la que encajase esa llave pequeña —pero cargada de significado para mí—, que ya había denominado como la Llave Master, caí exhausta en la cama y me dormí con las dos llaves en la mano. No de manera consciente: caí rendida sin más tras un par de horas mirándolas en la cama, pensando, tratando de encajar aquellas piezas del puzle. Debió de surtir efecto, porque me desperté a las seis y media de la madrugada con muchas ganas de hacer pis y con la suficiente decisión y energía para volver a la terminal del ferri. Aquellas llaves fundidas en una me daban coraje como la pluma de Dumbo. Solo que la pluma de Dumbo no servía realmente para nada. Las llaves sí. Al menos una, de momento.

Día 30. Era una furgoneta Ford Ranger gris tipo pick-up. Estaba en el parking de la terminal del ferri. Cuando llegué había siete vehículos aparcados, dos de la marca Ford. Un Taurus y la furgoneta. Primero probé en el Taurus. No abrió. Mientras me acercaba discretamente a la furgoneta haciendo como que hablaba por el móvil, pensé que mi intuición me había fallado. La furgoneta era gris, un color que Chris aborrecía, y era bastante vieja, tenía lo menos quince años. Además, estaba muy sucia. Chris era muy escrupuloso con los coches y su cuidado. No, no podía ser.

Pues sí. Fue. De nuevo volví a sentir unas irrefrenables ganas de salir corriendo. No subí de inmediato a la furgoneta. Pasé de largo, mientras echaba un vistazo de reojo alrededor para asegurarme de que nadie me veía. Pero estaba en la parte trasera de la terminal, en la zona más discreta y menos transitada.

La furgoneta estaba prácticamente vacía. Un par de trapos, una botella de agua, un vaso vacío de café del Dunkin' Donuts y una mochila de niño de una de las Tortugas Ninja, no sabía cuál. Era muy antigua y estaba muy deteriorada por el uso. También vacía. Me sonaba que había sido de Chris, incluso creía haberla visto en algún altillo de casa. Pero tenía tal grado de confusión que a lo mejor me lo estaba inventando.

Me senté en el asiento, al volante. Introduje la llave en el contacto. Le costó, pero arrancó. El depósito estaba casi lleno. Abrí la guantera. Allí se encontraban los papeles de la furgoneta y del seguro. A su nombre. Lo había comprado, y pagado al contado, en MBM Auto Sales, un concesionario de coches de segunda mano en Hyannis. Hacía casi tres años. ¿Tres años? Madre mía...

No sé cuánto tiempo estuve allí, quieta, con el motor en marcha, absorta en mis pensamientos, hasta que me fijé en tres pegatinas rectangulares pequeñas, de distintos colores, que había pegadas en el parabrisas. Salí de la furgoneta para ver de qué eran. Eran un abono para el ferri de Robin Island. Un abono anual para entrar y salir de la isla las veces que quisiera, de los años 2013, 2014 y 2015.

Mientras observaba las pegatinas, pensé que si junto a la llave de la furgoneta que le llevó a la isla durante más de dos años había otra llave, la Llave Master, hermanada por una anilla, era porque esa diminuta llave, abriera lo que abriera, abría algo que estaba allí, en Robin Island.

—Pero, Chris, ¿qué has hecho? ¿Qué me has hecho? —susurré sin palabras, porque me había quedado sin ellas.

Día 31. Año 1 d. C.

El ferri a Robin Island era pequeño. Tenía capacidad para unos doce coches en la cubierta, ordenados en tres filas. Tardaba cuarenta y cinco minutos en llegar a la isla. Cuando lo cogimos, apenas había tres coches, una furgoneta de reparación de tejados y otra del servicio postal UPS. Ninguno de los ocupantes se bajó a disfrutar del paisaje. Solo uno, cinco minutos, a fumar un cigarrillo. Estaba claro que eran habituales de la isla, gente para la que era un mero tránsito entre A y B, no un precioso paseo por el estrecho de Nantucket disfrutando del sol, la brisa y las suaves temperaturas de principios de verano.

No podía quitarme de encima una enorme sensación de intrusismo. No es que nos hubiera mirado mal alguno de los ocupantes. Todos estaban demasiado enfrascados en sus móviles y tablets. El operario de la terminal me reconoció cuando volvimos. Me preguntó por mi espantada de hacía tres días; le dije que me había sentido indispuesta, cosas del embarazo. Él me dijo que en ese caso me hubiera devuelto el dinero sin problemas y se negó a volver a cobrarme. Muy agradable, comprensible y sin ningún atisbo de sospecha. Aun así, yo estaba todo el rato esperando a que alguien me preguntara a qué iba a la isla. No en plan amable, no, sino en plan: «¡¿A qué narices vas tú a la isla?! ¡¿Qué estás buscando aquí?!». Pero esa pregunta en ese tono solo me la hacía yo. A nadie le extrañaba. «¿Y por qué iba a extrañarles? Es una isla. La gente va a las islas a visitarlas, a pasar el día, a hacer un pícnic en la playa. Es verano.» Aunque Robin Island era diminuta y tenía una población de apenas 450 habitantes. Se congratulaba de haberse preservado del turismo de masas, al contrario que las islas vecinas, Nantucket o Martha's Vineyard. Islas de gran tradición turística, hiperpobladas y preparadas para ser un gran parque temático de diversión para toda la familia durante el verano.

Me llevé a Olivia. No me atrevía a ir sola. Además, pensaba que yendo con mi hija sería más fácil no generar suspicacias. Y ella encantada, claro.

—¡Mira un barco, mamá!

—Sí, es un velero.

—¡Mira otro barco, mamá!

—Sí, es un carguero.

—¡Mira otro barco, mamá!

—Sí, es un yate.

—¡Mira otro barco como el nuestro, mamá!

—Sí, es otro ferri que va en sentido contrario.

Mira un pájaro. Una gaviota. Mira un pez. No sé qué pez. Mira. Mira. Mira. Mira. Mira. Veo. Veo. Veo. Veo. Veo. Pero solo buscaba una cosa. Bueno, a una persona, a Chris.

Mientras ponía nombre a todo lo que Olivia señalaba, pensé en los viajes de Chris, en el folio de la nevera que había sido mi hoja de ruta. Allí solo estaban los viajes de lo que llevábamos de año. Solo me había dedicado a seguir sus pasos durante esos cinco meses. Pero ahora resultaba que había estado más de dos años yendo de manera regular a Robin Island. Hice mis cálculos. A los veinticinco fue cuando se rompió el tendón de Aquiles. Un año y medio de idas y venidas hasta que decidió dejar el tenis. Justo al cumplir los veintisiete. Luego trabajó dos años para Williams Consulting, la firma de consultoría de su padre, para la que había sido criado como un príncipe heredero y reinar algún día. Lo dejó porque sentía claustrofobia, que se traducía en ataques de asma, cosa que nunca antes había tenido ni tuvo después. Odiaba estar a las órdenes de su padre. «Ya le hice caso durante dieciocho años sin rechistar ni cuestionar nada. Un padre es un padre, pero ahora me toca serlo a mí», me decía. No sé cómo lo hizo, pero se lo montó tan bien que su padre no se sintió dolido ni rechazado, y le pasó la patata caliente, el marrón de la sucesión, a su hermana Tricia, que justo acababa de terminar la carrera. Chris era muy bueno evitando el conflicto y el enfrentamiento, y aun así siempre se salía con la suya. Después montó WTT, Williams Tennis Tech. Para entonces tenía treinta años. Hasta un par de años después no empezó realmente a despegar el negocio y a viajar. A los treinta y dos. Llevaba tres años viajando regularmente, al menos dos veces al mes. ¿Cómo era posible que no hubiera notado nada? Me resultaba inconcebible. ¿Cómo había podido mentirme de esa manera? ¿Mentirme o haberme dejado engañar? Me pregunté cuál de las dos palabras era más apropiada. ¿Acaso importaba? Nunca en mi vida me había fijado en los fallos o defectos de Chris. Tener los tenía, claro que sí, pero no malgastaba energía ni tiempo en eso, solo me fijaba en sus aciertos y virtudes. ¿Había sido ese mi gran error?

«Bienvenido a Robin Island. Establecida en 1652. Población: 455», rezaba una placa en la terminal del ferri de la Isla. Un mapa de bronce con relieve de la isla la situaba justo en el baricentro del triángulo que formaban las dos islas —Martha's Vineyard y Nantucket— con Hyannis. A su lado, un impresionante tótem de unos cinco metros de altura, hecho con madera de cedro y coronado por una talla de un petirrojo con las alas desplegadas. Una inscripción informaba de que el tótem era obra de la tribu india nativa de los wampanoag. «Robin Island. Antiguamente conocida como Opechee Island, la Isla del Petirrojo.[3] Para los wampanoag, el petirrojo simbolizaba el rumbo de la sabiduría del cambio.» ¿Me había guiado hasta allí la sabiduría del cambio? ¿O la ceguera del duelo? Lo único que tenía claro era que la ruta del rotulador rojo había llevado a una pelirroja hasta un petirrojo.

La terminal era mucho más pequeña que su hermana al otro lado, y sin cámaras de seguridad. Más que decepcionarme, me alivió. Además, me gustó ver que la isla no se había rendido a la paranoia generalizada del país. Había decidido mantener un perfil bajo y no preguntar para no ser pregunta-

---

3. «Petirrojo» en inglés es *robin*. Y en lengua nativa americana es *opechee*.

da. Ese día no estaba preparada para más sobresaltos. Lo segundo que me llamó la atención fue que la gente se desplazaba en coches de golf eléctricos; luego me enteraría de que se debía a una ordenanza municipal aprobada por mayoría absoluta que obligaba a todos los habitantes a usar vehículos eléctricos en los desplazamientos por el interior de la isla. Una medida muy ecológica, sin duda.

En aquel primer contacto con la isla, la palabra que me venía a la mente todo el rato era: *bucólico.*

—¿Es esta la isla del tesoro, mamá?

—Sí, creo que sí.

—¡Vamos a por los piratas!

Y fuimos. No tardamos mucho en recorrerla de punta a punta en el coche. Diez kilómetros escasos de diámetro. No nos bajamos ni paramos en ningún momento, otra vez por miedo a parecer fisgona y sospechosa. Tuve que hacer un gran esfuerzo para no dejarme seducir por la belleza del paisaje. No quería que eso me despistara. Quería información. Tenía que maximizar esa primera visita. Necesitaba hacer una radiografía huyendo de los cantos de sirena de la isla. No podía enamorarme de ella. Tenía que desollarla y sacarle las tripas.

En consecuencia, esto es lo que capté durante el trayecto —aunque casi nada se me quedó en ese momento:

El puerto (muy pequeño), Heise Harbor, con barcos de recreo atracados y algunos de pesca.

Una lancha ambulancia.

Un concesionario de venta y alquiler de barcos de recreo, cochecitos de golf y bicicletas eléctricas: Burr's Marine.

La calle principal, Grand Ave (que de gran no tenía nada), en la que había un café: Le Cafe; una tienda deli: Provisions; una clínica veterinaria y tienda de mascotas: Family Pet Land —al pasar, Olivia me recordó por enésima vez que quería un poni, que papá le prometió un poni y que, como él ya no estaba, yo tenía que comprárselo, que era mi obligación—; una tienda de licores: O'Gorman; una agencia inmobiliaria: MacArthy Realty; y una farmacia que también tenía bebidas, periódicos, libros y demás.

Un banco: Dime Bank.

Una comisaría y una estación de bomberos (juntas, muy pequeñas).

Un Inn: Karen's Petite Maison.

Una iglesia presbiteriana: Our Lady of Grace.

Una consulta de dentista.

Un vivero/floristería.

Un negocio de alcantarillado, fontanería y gestión de residuos llamado Dirty Works.

Una oficina de correos.

El depósito de agua.

Una granja de ostras: Bishop Oysters.

Una granja de caballos: Horse Rush Farm, por la que evité pasar para que Olivia no me diera la matraca otra vez a cuenta del dichoso poni.

Caballos salvajes en libertad que corrían entre las dunas de la playa. «Qué maravilla», pensé enfadada por sucumbir a su gracilidad.

Casas, muchas casas, de todos los gustos y colores. Casas humildes, casas medianas, casas majestuosas, pero sobre todo casas bucólicas. Bucólicas. Bucólicas. Bucólicas.

Un molino que parecía sacado de un cuadro de Van Gogh.

Un faro, situado en un pequeño islote, al que se accedía a través de un pequeño puente colgante de madera blanca.

Y un mirador, en lo alto de una colina, coronada por un imponente roble, desde donde se podía observar la isla en todo su pequeño gran esplendor. Ahí, en la Montaña del Árbol de los Besos, tal y como denominaba al lugar una inscripción, fue donde decidí parar y poner mi primer pie en la isla. Fundamentalmente porque no había nadie y porque, ahora sí, me permití deleitarme con las vistas. «Qué bien colocado está todo», pensé.

Pero ¿qué es lo que no había visto en mi rápido tour por la isla? Pistas de tenis. Eso igual lo hubiera explicado todo. Bueno, todo no, pero algo sí. «¿Dónde estás, Chris, en qué rincón te escondes?»

—¿Y a qué hemos venido aquí, a olvidar a papá?

—No. —«Todo lo contrario», pensé—. Nunca vamos a olvidar a papá.

—¿Y por qué está el árbol lleno de letras, mamá? —preguntó Olivia.

El tronco del roble estaba acribillado de centenares, probablemente miles, de iniciales enmarcadas en corazones de parejas sellando su amor. Supuse que era el equivalente, en versión local, al pont Neuf, de París, o al ponte Milvio, de Roma —con esa manía de los candados como terrible símbolo del amor verdadero en pareja—. ¿Y si estaba allí la inicial de Chris vinculada a la de otra mujer? No me atreví a mirar porque sabía que cualquier C que viera me iba a atravesar el corazón. No estaba preparada, y menos con Olivia de testigo presencial. Además, me parecía un ejercicio absurdo e inútil, que solo aportaría sombras, confusión y frustración. «Claro, porque el resto de las cosas que haces son superproductivas y te llenan de luz.»

«¿Y ahora qué, Alice? Ya estás aquí. ¿Qué vas a hacer ahora? ¿Eh? ¿Te sientes bien? ¿Te sientes victoriosa? ¿Victoriosa de qué? Jo, tía, has pillado el escondrijo de tu marido. Jo, tía, eres la leche. Qué lista y espabilada a la par que ingeniosa. ¿Qué se creía Chris, que te la iba a colar? ¿A ti? ¡Ja!» No me dio tiempo a seguir machacándome porque...

—Mamá, te has meado encima...

Había roto aguas. ¿No habíamos quedado en que hoy nada de sobresaltos?

En cuestión de dos o tres segundos, pensé: «Aquí no hay hospital. La lancha ambulancia la deben de tener para trasladar al hospital de Hyannis a los enfermos. No puedo respirar, no sé respirar. ¿Por qué no fui a las clases de preparación al parto? Pero si ya tienes una hija, Alice, ya has dado a luz, ya has tomado todo tipo de clases. Sí, claro, pero hace seis años. Se me ha olvidado todo, no sé nada. Tengo miedo. ¿Cuánto hemos tardado en llegar aquí? ¿Cuánto se tarda en dar a luz desde que rompes aguas? ¿Cuándo es el próximo ferri de vuelta? Mamá, ahora sí que quiero a mi mamá. ¿Cuándo he salido de cuentas? ¿He salido de cuentas? Ni siquiera lo sé. He perdido la noción del tiempo. Soy una irresponsable. No, no he salido de cuentas, porque mi madre me lo habría recordado mil veces. Haz algo. Venga, métete en el coche y vete al puerto. No sé si puedo conducir. Me duele mucho. Cuando rompí aguas con Olivia, tardé menos de una hora en dar a luz. No dio tiempo ni a que me hiciera efecto la epidural. "Esta niña tenía prisa por llegar al mundo", dijo la obstetra. Respira. Olivia está asustada. Está a punto de llorar».

—Estoy bien, Oli. Es Ruby, que ya está de camino. Vamos al coche, cariño.

No pude avanzar. Una fuerte contracción me dobló de dolor y caí al suelo.

—¿Por qué te está haciendo daño Ruby, mamá? —Ahora Olivia sí que lloraba.

Entonces llegó alguien corriendo. Corría porque estaba haciendo deporte, no por que corriera en mi auxilio. Bueno, eso también, pero solo en los últimos metros, en cuanto se hizo una composición de lugar.

—Tranquila, soy médico. Bueno, en realidad dentista, pero sacar un niño no puede ser mucho más difícil que sacar una muela del juicio, ¿no?... Vale, chiste malo. No estamos para chistes ahora...

Me ayudó a incorporarme. Me gustaba como olía. «¿Estás a punto de dar a luz en mitad de la nada y te regodeas en su sudor? Ya te vale, Alice.»

—Me llamo Mark. ¿Y tú?

—Alice. Ella es mi hija Olivia.

—Hola, Olivia. ¿Tienes ganas de tener un hermanito?

—Hermanita —le corrigió—. Y todavía no, que tengo que hacerle un dibujo de bienvenida. —La presencia de Mark la había calmado. Bueno, me había calmado a mí, y Olivia lo había notado.

—Seguro que te da tiempo antes de que ocurra. Venga, vamos al coche.

—¿Hay piratas en esta isla? —le preguntó Olivia a Mark mientras me ayudaba a levantarme y entrar en el coche. En mala hora le regalé el dichoso libro. Me hacía leérselo todas las noches.

—Depende, ¿tú quieres que haya piratas en la isla? —le preguntó Mark.

—¡Síííííí!

—¿Y no te dan miedo los piratas?

—No, porque son ratoncitos.

—¡¿Ah, sí?! ¡Pues yo soy John Silver el Largo! ¡¡Y soy una rata!! —dijo agarrando en volandas a Olivia y metiéndola en el coche para salir pitando de allí. Olivia gritó divertida, lejos de estar asustada.

Antes de arrancar, Mark hizo una llamada.

—Ben, una chica se ha puesto de parto. Hay que preparar el traslado de urgencia. Vamos hacia el puerto.

Ya de camino, Mark me explicó que en la isla no había servicios médicos. Solo contaba con un paramédico, Ben, de edad avanzada, que se hacía cargo de la atención primaria a pacientes —cogerles vías, administrar sueros, reanimación cardiopulmonar, estabilizar constantes vitales, etcétera— mientras los llevaban al hospital Cape Cod en Hyannis.

—Pero tranquila, que no se tarda más de diez o quince minutos en lancha ambulancia —me dijo Mark al ver mi cara de terror envuelta en una fuerte contracción que trataba de ahogar para no asustar a Olivia. No habían pasado ni dos minutos de la anterior.

Ni siquiera pude llegar al embarcadero. En cuanto intenté poner un pie fuera del coche, mis fuerzas flaquearon y me dio una nueva contracción.

—Creo que no puedo andar.

—¿Te importa que eche un vistazo ahí abajo? —me dijo Mark levantándome directamente la falda para comprobar la dilatación. Justo en ese instante llegó Ben. Lo de edad avanzada era un eufemismo porque había dejado atrás los ochenta años y juraría que tenía principio de párkinson.

—Ya está todo listo. Vamos.

—Espera. Tiene diez centímetros de dilatación. Mínimo.

Ruby parecía venir con el claro propósito de batir la plusmarca de su hermana.

—¿Diez centímetros? Déjame ver. —Ben se puso las gafas y se asomó.

En aquel instante, la vergüenza se impuso al miedo y al dolor. Y más cuando se unió a la fiesta la jefa de policía Margaret, que había oído el aviso por la radio y acudió inmediatamente. Rondaba los cincuenta y era pequeña, delgada y fibrosa, con cara de muy mala leche, para dejar claro que las apariencias engañan y era dura de pelar. «Nada de Maggie, yo soy Margaret», parecía decir con la mirada. Tras asomarse y corroborar que la dilatación era considerable, sentenció:

—Yo creo que esta muchacha no llega a Hyannis.

Me sorprendía que hablaran como si yo no pudiera oírlos. Como si ni siquiera importara mi opinión. Aunque en realidad lo agradecía, porque no me sentía en condiciones de tomar ninguna decisión.

—Vamos a mi clínica —convino Mark—. Alice, vas a hacer honor al sobrenombre por el que se conoce popularmente a la isla: Mom's Island, «la Isla de Mamá».

Mark y Ben me cargaron en volandas mientras la jefa Margaret se hacía cargo de Olivia. De camino, Ben, para demostrarme que estaba en buenas manos, me contó que el *Boston Globe* le había dedicado un artículo titulado «Un salvavidas en la isla» porque a sus ochenta y seis años era el paramédico más veterano de todo Estados Unidos y atendía en torno a trescientas llamadas al año, que siempre había tratado con total profesionalidad.

Al entrar en la clínica, había una paciente en la sala de espera.

—Barbara, tu empaste va a tener que esperar, pero nos vas a venir muy bien. ¿Nos ayudas a traer un potrillo salvaje al mundo? —le dijo Mark, sin frenarse—. Barbara es la veterinaria de la granja de caballos —me explicó, como si aquello fuera a tranquilizarme.

Barbara no dudó ni un segundo. Asumió su rol de inmediato como si nos hubiera estado esperando. Me sonrió con sus ojos de gato azul celeste marcando unos lindos hoyuelos en los pómulos. Abrió la puerta de la consulta y despejó el camino.

—Venga, a la camilla —dijo Mark—. A la de tres.

—No, no la pongáis ahí —intervino Barbara—. Es mejor en el suelo, de costado, del lado izquierdo, para no presionar la vena cava.

Me colocaron en el suelo, encima de varias batas sanitarias

impermeables. En ese instante se unieron al séquito Gail, la jefa voluntaria de los bomberos, y la alcaldesa DeRoller. Las mujeres ocupaban los puestos de máxima responsabilidad en la isla. Esta observación la hice meses después. En aquel instante solo podía concentrarme en respirar a base de breves y agudos jadeos.

—Eso es, jadea. Nariz, boca, nariz, boca. Muy bien —me animaba Mark—. Resiste el impulso de empujar. Deja que salga sola. Así, genial, lo estás haciendo muy bien, Alice.

A pesar del panorama, me sorprendió lo fácil y natural que fue. Todo salió muy bien menos para Olivia, a la que no le dio tiempo a terminar el dibujo de bienvenida para su hermana en la sala de espera, y para Barbara, la veterinaria, que, contra todo pronóstico, sufrió un ligero mareo justo después de arropar a Ruby con una toalla. «¿Qué esperabas, que saliera un potrillo de mis entrañas? A Olivia desde luego que le hubiera encantado», le dije para demostrar, sobre todo a mí misma, que estaba calmada y bien, que hasta podía bromear, que estaba incluso feliz. Porque lo estaba. En el momento en el que tuve a Ruby entre mis brazos, sentí una enorme paz. Todo dejó de tener importancia. Había llegado a la isla buscando a Chris. Y ya lo había encontrado. Chris estaba dentro de Ruby. No en la isla.

Tras expulsar la placenta y con Ruby tranquila enganchada a mi teta, me trasladaron a la lancha ambulancia para llevarme al hospital Cape Cod en Hyannis. Varios curiosos se habían acercado a husmear, o a mostrar apoyo y solidaridad, quién sabe. Pensé que en aquella isla se corría muy rápido la voz y que nadie pasaba desapercibido. Cosa que me pareció favorable para mis intereses.

A partir de aquel día fui conocida como «la pelirroja que puso un pie en la isla y dio a luz».

Días 34-115. Año 1 d. C.

Me puse morena.

Me puse morena y me pelé.

Me puse morena, me pelé y después me puse *aftersun*.

Me puse morena, me pelé, me puse *aftersun* y me volví a poner morena.

Y planté un rosal en el jardín. Así es como me puse morena, porque a mí tomar el sol por tomarlo nunca me ha gustado.

Así podría haber resumido los dos primeros meses del nacimiento de Ruby.

Pero bueno, también hice alguna que otra cosa más.

Después del parto estuve haciendo lo que tenía que hacer: ser buena madre y buena hija. Despejé mi estudio de todo el material acaparado para trazar la ruta de rotulador rojo. Lo guardé en cajas, las sellé con cinta americana y las etiqueté como: «Los viajes de Chris». Luego taché «Los viajes» y puse «El viaje», porque siempre era el mismo. Después taché «de Chris» y finalmente taché «El viaje». Me costaba mucho etiquetar todo aquello, ponerle nombre. Mejor así, un borrón, un tachón en mi vida. Pero ya, se acabó aquella fiebre. Era normal que me hubiera pasado. El estrés, el susto, el miedo a lo desconocido. Pero el nacimiento de Ruby me había devuelto a la vida. Había estado en un limbo, a medio camino entre los vivos y el muerto Chris/Christ. Celebramos el nacimiento de Ruby. Ella nos guio al lado positivo de la vida. El lado luminoso. Dormía bien, comía bien, sonreía todo el rato. Era la justa recompensa por el sufrimiento padecido. Todas las ma-

93

ñanas salía a correr. Me llevaba a Ruby en una silla deportiva Baby Jogger de tres ruedas y muy ligera que me había regalado Tricia, la hermana de Chris. Empecé corriendo 4 kilómetros, que fui ampliando a medida que cogía fondo hasta llegar a los 10, curiosamente el diámetro de Robin Island. ¿Me estaría preparando para algo inconscientemente? A mediodía íbamos a clases de yoga Mommy & Me, ideales para reconectar con el cuerpo mientras disfrutas de tu bebé. Y por las tardes, hacía gimnasia abdominal hipopresiva para rehabilitar perineo y suelo pélvico. Recuperé mi figura bastante rápido, siempre tuve un físico muy agradecido.

De vez en cuando me sorprendía a mí misma pensando que en algún momento debería rehacer mi vida sentimental. Pensamiento que me provocaba mucho rechazo y tristeza. Pero lo cierto es que tenía treinta y tres años. Era joven y venía de una estirpe longeva. Si no había más sobresaltos, me quedaban en torno a dos tercios de vida. Por lógica iba a haber más hombres. Echaba mucho de menos querer y que me quisieran. Me gustaba vivir en pareja, compartir. Ver series en la cama con alguien a mi lado, a ser posible después de hacer el amor. Pero me revolvía el estómago pensar en alguien que no fuera Chris en todas esas circunstancias. Tanto que pensaba que ya había vivido todo lo que tenía que vivir en cuanto a lo que al amor en pareja se refiere. Y ni siquiera me parecía mal.

Curiosamente, cuando peor me sentía era cuando había gente alrededor. La burbuja de emergencia que me había construido había hecho costra, me alejaba, me producía una sensación de irrealidad. Al principio era necesaria, pero ahora no podía derribarla. Era una herramienta defectuosa que ya no me hacía ningún bien. Porque ahora sí que quería preocuparme por todo lo que se preocupaban mis amigas, colegas y familiares. Quería reírme y compartir momentos, cenas, anécdotas. Y lo hacía, claro que lo hacía. Todos los días había alguien en casa. La gente venía, visitaba, traía algo de comer, hablábamos de lo mismo, es decir, de todo y de nada, y se acababa el día. Seguía estando sin estar. Normalmente las noches son el momento más delicado en este tipo de situaciones. Los fantasmas acechan en la oscuridad, en cualquier rincón del silencio. Pero era mi momento favorito. Dormir, dormirme, desaparecer. Un refugio inexpugnable que no había sucumbido a los disgustos. El sueño no me había abandonado. Al revés, había asumido su responsabilidad, su importancia capital en esta nueva etapa de mi vida, y no se había achicado. Mis ocho horas no me las quitaba nadie. Cuatro y cuatro. Me despertaba, le daba el pecho a Ruby, se dormía y me dormía. Limpio e inmediato.

Pero a pesar de la apariencia de normalidad, mientras todo el mundo pensaba que lo estaba llevando bien y superándolo poco a poco, sentía por dentro un vacío que me pesaba demasiado. No mejoraba con el tiempo. Se hacía más grande. No era angustia, ni tristeza. No es que estuviera mal, es que no estaba. Punto. ¿Depresión posmuerte? ¿Debería ir al psicólogo? ¿Tomar antidepresivos? «No te exijas, Alice, es normal sentir un vacío. El vacío que te ha dejado Chris. Es parte del proceso. Ya lo rellenarás poco a poco. O no, ya te acostumbrarás al vacío, será parte de ti, una habitación anexa. Será el sitio de Chris. Su hueco en tu vida. Y no será algo necesariamente malo ni oscuro. Podrás decorarlo, poner flores. No, mejor plantas, que no se marchitan.»

Busqué a Diego en Facebook. Fue más un acto de provocación hacia mí misma que otra cosa. Lo hice sin ganas, con apatía, mientras le daba el pecho a Ruby. Quería hostigar mis emociones, que se me removiera algo por dentro. Diego Sánchez Sanz. Lo encontré. Es lo bueno de que los españoles usen dos apellidos. Los hace más localizables. Diego se reía mucho de mí porque era incapaz de pronunciar las zetas de sus apellidos. Apenas reaccioné al ver su página de Facebook, y eso que estaba viviendo en Nueva York. A cinco horas en coche. Parecía que le iba bien. Las fotos que tenía —compartidas con todo el público— eran de una exposición suya en una galería de arte del barrio de Chelsea, en Manhattan.

«The ones who looked at me»,[4] se titulaba la exposición. Eran retratos hiperrealistas de 2 x 2 metros, enormes. Primeros planos mirando a cámara de gente que había pasado por su vida. ¿Estaría yo ahí? No me lo merecía, desde luego. Le dejé con la promesa de un reencuentro. Lloramos desconsolados en el aeropuerto de Barajas, incapaces de soltarnos. A mi regreso iba a pedir una beca para irme a estudiar a España. Iba a hacer lo que siempre había querido hacer: conocer mundo. Conocer otras culturas. Ser artista. Habíamos planeado pasar juntos el verano, atravesando Europa en Interraíl hasta llegar a Grecia. Y allí, en una isla, pintar y amarnos. Pero desaparecí. Chris me estaba esperando en el aeropuerto T. F. Green, de Warwick, con un ramo de rosas rojas y amarillas en honor a la bandera de España. Y de repente todo lo que había vivido en Madrid quedó atrás, muy lejos, como esos sueños que vives de manera muy intensa, pero que al despertar olvidas casi de inmediato. Una semana después escribí un email a Diego explicándole mi reencuentro con Chris, que sentía que era el hombre de mi vida, que queríamos volver a darnos una oportunidad y que, aunque lo nuestro había sido muy especial y maravilloso, pues eso, que adiós, Diego Sánchez Sanz. Adiós.

Y ahora quería estar en su exitosa exposición en Nueva York, porque claro, seguro que le había dejado una huella imborrable. Seguro que se había quedado traumatizado y el cuadro era un grito en el desierto, un mensaje desesperado en una botella. Con la esperanza de recuperar ese amor tan breve como intenso. Todo esto pensaba mientras pasaba las fotos de los cuadros. Hasta que me vi. Entonces sí que me dio un vuelco el corazón. *Las dos Alice* se titulaba el cuadro. Me acordaba al detalle de aquel momento. Estábamos en su minúscula buhardilla en el barrio madrileño de La Latina. Hacía calor. Acabábamos de discutir. Acabábamos de hacer el amor. Una cosa después de la otra, el sexo se mezclaba con la rabia aún latente del enfado. Justo después de que alcanzáramos el orgasmo de manera casi simultánea, cogió su cámara. Me hizo

4. En inglés, «Los que me miraron».

sentarme en la cama inmediatamente para aprovechar ese minuto, porque según él era solo un minuto en el que el sol del atardecer se colaba por la ventana. Me enfadé pero le obedecí. «Qué poco romántico, me podrías haber abrazado un poco después de correrte», le dije. Me ignoró. Me movió para situarme justo en el margen que separa la luz de la sombra. El sol me partía literalmente en dos. «Las dos Alice. El lado luminoso y el lado oscuro», dijo cogiendo su cámara y enfocando. «Yo no tengo lado oscuro», le repliqué de morros —aunque en realidad estaba encantada—. «Todos tenemos un lado oscuro.» Y disparó. Estaba abrazada a mi pierna derecha, ocultando mi desnudez, y con la barbilla apoyada en la rodilla, aún sudando, con los churretes de las lágrimas y el rímel corrido. Un solo disparo. Dejó la cámara. Se tiró en la cama, me abrazó y volvimos a hacer el amor.

No le agregué al Facebook. Ni le di al «Me gusta». Apunté el número de teléfono de la galería. Llamé y pregunté por el cuadro. No estaba vendido. 20.500 dólares. Me dio envidia que él sí hubiera hecho realidad sus sueños. Que se hubiera convertido en un pintor de éxito. «¿Y tú, Alice? ¿Acaso lo has intentado?» Diego estaba guapo. Más que antes incluso. Maduro, con su barba —antes no llevaba— y sus primeras canas. «Contacta con él. Vete a verle a Nueva York. Un café. Un reencuentro. Le contarás tu historia entera. Será tu confidente. Y llorarás, y él te consolará. Será bonito. Sin más. No tiene por qué pasar nada. Seguro que tiene pareja. Normal. Mejor. Un paseo por el parque. Os cogéis de la mano. Recordáis momentos bonitos. Un beso al atardecer. Tal vez un polvo. Un polvo sin culpables, sin consecuencias. No será sexo, será cariño. Y sigues con tu vida.» Vida. Eso es lo que vi en el cuadro. Estaba lleno de vida. Yo estaba llena de vida. Compré el cuadro sin consideraciones previas, mientras le sacaba el aire a Ruby y ella regurgitaba leche en mi hombro manchándome la camiseta. Ni siquiera me escudé en que podría ser una buena inversión. Hice una transferencia desde un Western Union. Para no dejar rastro, usé el nombre de Grace Kelly. No quería que Diego me localizara. Me informaron de que no me lo podrían mandar hasta que terminara la exposición, en mes y

97

medio. Me pareció bien. El cuadro nunca llegaría a mi casa en Providence.

⁓

Mi lento discurrir por la autopista de la normalidad y el vacío dio un giro brusco el día que llevé a las niñas al cementerio y el veneno se volvió a instalar en mí. El veneno de necesitar/querer saber. ¿Veneno? Igual no era un veneno, igual era un antídoto de salvación. Quería que Chris «conociera» a Ruby, que acababa de cumplir un mes. Compartir un momento los cuatro, en familia. Lo necesitaba. Un pícnic en la tumba.

—¿Adónde vamos, mamá? —me preguntó Olivia ya en el coche.

—¿Te acuerdas de cuando nos despedimos de papá?

—¿Ese sitio donde había cisnes?

—Ese. Ahí vamos.

—Me gustan mucho los cisnes.

Tuvimos que parar y volver a casa. Olivia se empeñó en llevar a su papá uno de sus dibujos. Entró corriendo en la casa. Salió un minuto después con varios dibujos, porque no sabía cuál era el que quería regalarle, y su plumas rosa fosforito.

—Hija, si hace muchísimo calor. Te vas a cocer.

Dio igual. Asociaba a su padre con el frío. En casa no se podía usar el aire acondicionado. Y se negaba a entrar en cualquier sitio en el que hiciera frío, lo que en pleno verano prácticamente eliminaba cualquier restaurante —que no fuera al aire libre—, supermercados, tiendas, cines, etcétera, etcétera. Incluso *Frozen* había dejado de ser su película favorita. La había dejado de ver, cuando las Navidades anteriores la veía en bucle y soñaba con ser la princesa Elsa. ¿Qué iba a ser de ella —de nosotras— a partir del otoño? ¿Se le habría pasado para entonces?

Haciendo honor a su nombre, el cementerio de Swan Point[5] tenía un precioso lago con patos y cisnes. Allí estaba enterrado Chris, en una parcela comprada por su familia,

5. *Swan* es «cisne» en inglés.

junto a su abuelo Richard, ocupando el sitio reservado de manera natural para su padre. Su lápida no era una lápida al uso, sino una roca de mármol blanco sin pulimentar, que precisamente le había regalado su difunto abuelo. Era marmolero y se la dio junto con un cincel y un martillo para que le fuera dando forma a lo largo de los años, para esculpir sus sueños, pulir sus ideas, liberar sus frustraciones, para reflexionar, tomar decisiones, machacar sus miedos. Era una roca multiusos, una roca que le ayudaría a forjar su carácter. Chris estaba muy apegado a esa roca. La tenía en el jardín de la casa de sus padres y, en cuanto nos casamos y nos mudamos a nuestro actual hogar, fue lo primero que se llevó. Acudía a ella para espantar lo malo y celebrar lo bueno. Su roca era su tótem, su oráculo, su confesionario, su mascota, su fiel compañera. Chris era un animal de costumbres y todos los días pasaba un rato con su roca. Ojalá pudiera hablar. Algo me dice que la roca sabía cosas que yo desconocía. Es más, confieso que tras su muerte estuve repasándola minuciosamente para ver si encontraba alguna pista esculpida en alguna de sus cuencas.

Puse un mantelito a los pies de la tumba. Sándwiches, refrescos, chuches variadas y el Oso Apestoso. Olivia, con el plumas puesto y sudando como un pollo, pintaba otro dibujo —decidió que ninguno de los que había llevado valía—. Yo le daba el pecho —muy discretamente— a Ruby. La poca gente que pasaba nos miraba con una sonrisa entre la pena, la ternura y la extrañeza. Mientras estábamos allí, pensé: «Si yo le echo de menos, alguien más puede echarle de menos». *Clic.* Veneno/antídoto. Furia/curiosidad. Tortura/diversión. Vacío/plenitud. La locomotora volvió a ponerse en marcha. ¿Qué hacía Chris en la isla? Esa pregunta volvió a copar todos los titulares en mi cabeza. Imaginaba a esa otra alguien, que encima habría tenido que vivir todo esto en silencio, sola —¿acaso no lo estaba haciendo yo también?—. Querría ir a «verle», necesitaría ir a llorarle, a despedirse. ¿Por qué estaba dando por hecho que había «otra», que el secreto/misterio/mentira de Chris escondía una doble vida, un romance, una amante, una historia con otra mujer? ¿Tal vez alguna de aquellas con las que se lio en nuestro paréntesis de seis meses en la universidad?

Olivia terminó su dibujo. Su padre a lomos de un cisne volando entre las nubes, y nosotras tres saludándole —o despidiéndole— desde tierra. Pero esto no era lo que yo veía, era lo que ella contaba que había dibujado. Yo veía una jirafa suspendida en el cielo con un gnomo en su chepa y tres ratas rabiosas con dientes afilados en tierra, mirando hacia arriba, como si estuvieran esperando a que la gravedad devolviera al suelo a sus presas para devorarlas. Mis esperanzas de tener una hija superdotada quedaron completamente disipadas. A esas alturas, el piano blanco del salón tenía termitas de indiferencia carcomiendo las teclas. «Bueno, aún me quedan un par de días para devolverlo», pensé.

Dimos de comer los restos de los sándwiches a los cisnes, a pesar de que estaba prohibido alimentar a los animales, y nos fuimos.

Unos días después, aprovechando que los padres de Chris se llevaron a Olivia un fin de semana a ver a unas primas segundas de su edad que vivían en Berlin, Vermont, volví a la tienda del espía Night Eyes.

Antonio me reconoció nada más entrar. Llevaba a Ruby en una mochila portabebés, tipo canguro, con su cabecita apoyada en mi pecho, escuchando mis latidos, los que la habían acompañado durante su gestación. El sonido de estar en casa.

—¡Rubia, alegría verte! ¡Ya tenido hija! ¡Qué enhorabuena! ¿Cómo llamarse? —preguntó bajando la voz y haciendo un gesto de silencio al advertir que Ruby estaba profundamente dormida. Era como si entendiera que mamá estaba tratando un asunto importante y no quisiera molestar.

—Hola, Antonio. Se llama Ruby. —¿Debería haberle dicho otro nombre? «Anda ya, Alice, no seas paranoica.»

—Igual bonita que madre.

—Gracias.

—¿Y qué quiere? ¿Más grabación cámaras seguridad?

—No, ahora quiero comprar una cámara.

—Ah, muy bien... Toca ti turno espiar. Pasar acción.

—Sí, más o menos...

—¿No será marido? Espero no sea típica historia marido tiene cría y pierde interés. Se fijar en otras. No puedo creer alguien engañe mujer bella como tú. Si fuera marido, sería yo pondría cámaras vigilancia porque no creer que estuviera conmigo.

En ese instante me arrepentí profundamente de haber ido hasta allí. Haberme desplazado casi dos horas para comprar una simple cámara que podría haber comprado por internet con total discreción. Pero no quería dejar ninguna huella de mis pasos y acciones. ¿Acaso lo que estaba haciendo era algo malo? Tal vez ilegal, pero ¿malo? Igual malo también. Pero no era eso lo que me preocupaba en ese momento. Chris no había dejado ninguna huella (o casi). Yo tampoco quería dejarlas. Si él se había empeñado tanto en borrar todas las posibles pistas, por algo sería. «Sí, Alice, porque no quería que te enteraras. TÚ. No porque fuera un capo del narcotráfico.»

—Perdón, voy tangencial, no necesita explicaciones. Aquí nunca explicaciones —rectificó Antonio al ver que me perdía—. Dime qué querer y yo digo qué necesitar.

—Una cámara. Pequeñita. De vigilancia.

—Hay cientos modelos cámaras: india, kerala, estenopeica, botón, llavero, cinturón, webcam, inalámbrica, de visión nocturna, con sensor de movimiento. ¿Dónde quieres ponerla? ¿Y para qué usar? ¿Fotografía? ¿Vídeo? ¿Ambas? Insisto: dime qué querer y yo digo qué necesitar.

Me sentí igual de abrumada que cuando miré en internet. Por eso también decidí ir hasta allí.

—No sé, algo pequeño, que se pueda esconder, para hacer fotos de la gente que vaya o pase por un sitio concreto. Que se pueda dejar allí, que no haga falta tener que cambiar la batería. Vamos, que dure. Ah, y que sea para exteriores.

La elegida fue una cámara de camuflaje Bushnell Trophy Cam. Antonio me dijo que se utilizaba para caza mayor, y que ya veía que yo también iba de caza y soltó una risilla más cerca del «jujuju» que del «jajaja». Era del tamaño de un pequeño transistor y me costó 290 dólares. Totalmente estanca, para aguantar en las condiciones climatológicas más adversas, de 8 megapíxels, con sensor de movimiento y una tarjeta de memoria Flash de 64 Gb, es decir, unas 22.000 fotos en HD. Con ocho pilas AA que en modo *stand by* podían durar más de un año fácilmente. Antonio me formateó la tarjeta y me configuró la cámara para tomar fotos —también hacía vídeo— a intervalos de tres segundos, cuando detectara movimiento, con impresión de fecha y hora. «Así no escapar ningún bicho con cuernos», me dijo Antonio. Pensé en decirle que en todo caso la de los cuernos era yo, pero me limité a sonreír levemente y pagar, al contado, claro.

En el coche, me dije: «Vale, ya tienes tu juguete, ahora te vas a casa, te lo piensas un poquito y...». Ahí se quedó mi diálogo interno, porque había decidido ir directamente al cementerio a colocarla. Cada día contaba. A lo mejor ya había estado «la otra» llorándole.

Frente a la tumba de Chris había un arbusto de hoja perenne bastante tupido y con ramas sólidas. Esperé a que pasara el vigilante que sueña con que algún día los muertos resuciten y emerjan de sus tumbas para darle sentido a su triste y aburrido trabajo. Me saludó cordialmente con un gesto. Le saludé de vuelta. Se fue y me acerqué al arbusto. La cámara llevaba un clip para facilitar su colocación. Situé el cochecito de Ruby —con ella durmiendo, otra vez para no interrumpir la misión de su madre— al lado de la tumba para tener una referencia que me ayudara a encuadrar. Pero no me convencía. «El cochecito es muy bajo, no me vale, un adulto es más alto», farfullé. Miré alrededor, vi un rastrillo tres tumbas más allá. Lo cogí. Lo coloqué dentro del cochecito en posición vertical, con mucho cuidado de no tocar ni despertar a Ruby. Me coloqué al lado. «Bien, más o menos mi misma altura. ¿Habría buscado una mujer parecida a mí o todo lo contrario? ¿Por qué te empeñas en que haya otra mujer? Demasiado tópico. Es que nosotros éramos tópicos, en el buen sentido al menos. Y ahora voy a descubrir si también en el malo.» Volví al arbusto y encuadré. Agité y zarandeé la rama para asegurarme de que la cámara estaba bien sujeta. Perfecto, no se descolocaba. Activé la cámara. Y así quedó inmortalizada la primera de las miles de fotos que estarían por llegar.

~~~

No sé muy bien en qué momento decidí mudarme a la isla. Tal vez fue justo después de colocar la cámara de camuflaje Bushnell Trophy Cam en el cementerio. Esa ráfaga de adrenalina que me surfeó todo el cuerpo al apretar el botón y hacer la primera foto de prueba. Ese sentirme despierta, interesada por algo, viva —en efecto, parecía más un antídoto que un veneno—. O tal vez fue al cabo de un par de semanas, cuando después de ir todos los días al cementerio —modificando la ruta de mi carrera diaria para pasar por allí— a revisar compulsivamente las fotos de la cámara de camuflaje sin obtener nada ni de lejos interesante, me frustré y me di cuenta de que no podía esperar a que la persona viniera, tenía que ir yo a buscarla, a la isla. O tal vez fue mucho antes, cuando descubrí la isla, y me había limitado a dilatar el momento de la verdad. O puede que fuera cuando tuve allí a Ruby, entendiendo aquello como una señal divina que me señalaba el sitio donde debía criarla. Aunque lo más probable es que fuese consecuencia de la suma de todas ellas, como casi todo en la vida y sobre todo en la muerte. Tal vez porque no quería admitir mi necesidad/deseo de darle un vuelco a mi vida y abandonar la autopista del vacío. O por miedo a que me pillaran, a que solo por el mero hecho de cultivar el pensamiento mi madre me pudiera pillar —aunque el experto en leerme la mente era mi padre—. Así que apelotoné en orden cronológico en mi mente todos los pequeños y grandes pasos que iba dando hacia mi nuevo destino: parecía un giro brusco, un cambio de dirección súbito, espontáneo. Como si todo hubiera ocurrido en tres días. «Pero, hija, ¿todo esto en tres días? ¡Es una locura! ¡Estas cosas no se hacen así!», insistía mi madre. Yo ni se lo negué ni se lo rebatí, porque en mi mente, en efecto, era como si apenas hubiera pasado ese tiempo. Pero la realidad era que ocupaban tres meses, los que habían transcurrido desde la muerte de Chris y el comienzo de mis pesquisas detectivescas de andar por casa. Que tampoco es que tres meses fueran un mundo, dada la magnitud de la decisión. ¿Cómo? ¿De qué magnitud hablaba? Me estaba yendo a vivir a tres horas de mi casa, a un sitio bucólico bucólico bucólico. ¿Dónde estaba la magnitud? La magnitud estaba en mi pequeñez, en lo diminuto y claustrofóbico que era mi mundo... «Y por eso te vas a vivir a una isla diminuta y claustrofóbica en la que probablemente tu marido guardaba un secreto igual de diminuto y claustrofóbico. Genial. Un gran avance, sin duda.»

En cualquier caso, aquella decisión la tomé siguiendo una de las reglas de oro de Chris. Una regla zen que decía algo así como que los asuntos de vital trascendencia hay que tratarlos con ligereza, y los asuntos ligeros con máxima trascendencia. De esta manera, en los dos meses posteriores al nacimiento de Ruby, mientras trataba de llevar una vida «normal», me ponía morena, corría, iba a clases de yoga Mommy & Me y rehabilitaba el perineo, pues eso:

Que si un día tecleé en Google: «Robin Island agencia inmobiliaria» y el primer resultado que me salió fue: MacArthy Realty.

Que si otro día llamé y quedé con Miriam MacArthy, la dueña de la única agencia de la isla, y al verme con Ruby en la mochila portabebés, ató cabos y me dijo: «Eres la pelirroja que puso un pie en la isla y dio a luz, ¿no?». Y yo asentí y ella añadió: «Ya eres famosa en Robin Island. Normal que te quieras venir a vivir aquí». Y yo sonreí, le estreché la mano y le dije que mi nombre era Alice Dupont y que de momento solo quería echar un vistazo, y que, en todo caso, si alguna me gustaba, solo la querría alquilar por un año. Y Miriam me explicó que allí no hay viviendas en alquiler, que aquella isla es como una cooperativa de vecinos que tomaron por unanimidad la decisión de prohibir alquilar o subalquilar ninguna casa para preservarla del turismo —solo hay un Inn con seis habitaciones— y fomentar un sentido puro de comunidad, de convivencia armoniosa, en paz e intimidad, y para que no se despoblara y se convirtiera en una isla fantasma durante los inviernos. Y a pesar de mis reticencias, se empeñó en enseñarme varias viviendas mientras trataba de convencerme de que alquilar era tirar el dinero, y que debería aprovechar para comprar porque tras el paso del huracán Sandy y las ventiscas posteriores, que fueron casi peores, la zona se vio muy afectada, y había más casas a la venta que nunca, con lo cual el precio se había desplomado, pero que el mercado ya estaba volviendo a animarse.

Que si otro día fui al registro civil y recuperé mi apellido de soltera, Dupont, cosa que me hizo sentir muy pero que muy ruin, pero lo consideré necesario si quería pasar «desapercibida» en la isla sin contaminar las pistas o los posibles contactos/motivos de Chris.

Que si otro día busqué colegio donde matricular a Olivia cerca de la zona y me enteré de que hay uno muy bueno en Nantucket, el Nantucket Lighthouse School, y que un pequeño hidroavión recoge a los niños todas las mañanas y los lleva allí como si fuera un autobús escolar.

Que si otro día le pregunté a Olivia si le gustaría vivir en aquella isla tan bonita que fuimos a visitar un día y me contestó: «¿Cuál? ¿La isla de la Montaña del Árbol de los Besos?». Y yo le dije que sí, esa misma. Y ella, muy entusiasmada: «¡Sí! Porque me gusta mucho y porque no me dio tiempo a poner mi letra en el árbol».

Que si otro día le conté a mi padre mis planes de mudarme antes que a mi madre porque sabía que él me iba a entender y porque me quemaba mucho la cabeza todo el rato y estaba asustada.

Que si otro día me empecé a ahogar como si me hubiera olvidado de respirar y acabé en urgencias y me dijeron que había sido un ataque de ansiedad y decidí que era por toda aquella locura y la deseché e intenté olvidarme del tema.

Que si otro día me volví a ahogar y otra vez acabé en urgencias.

Que si otro día me volvió a ocurrir y ya no fui a urgencias porque me habían dado unos ansiolíticos —Xanax— para los ataques de ansiedad.

Que si otro día me volvió a dar y mi padre me dijo que a lo

mejor lo que me provocaba los ataques de ansiedad no era la idea de irme, sino la idea de quedarme. «Hija, tú no eres el capitán Ahab, ni Moby Dick. Tú eres el joven Ismael. Es tu relato. Tú eres la que sobrevive», me dijo respondiendo a la duda que nunca le planteé, como si hubiera estado todo este tiempo esperando el momento adecuado para que la respuesta tuviera el impacto necesario. Y lo tuvo. Y lloré en su hombro y le quise mucho.

Que si otro día volví a Robin Island y Miriam, la de la inmobiliaria, me volvió a enseñar las tres casas que más me gustaron y que mejor se ajustaban a mis necesidades —tras una obsesiva revisión de todos los detalles—, y me enamoré definitivamente de una de estilo victoriano, con dos plantas más desván, tres dormitorios, dos cuartos de baño, jardín y un porche con vistas a la playa. Y a Miriam le pareció fenomenal porque estaba al lado de su casa y le encantaba la idea de tenerme de vecina.

Que si otro día me llamaron de la galería de arte del barrio de Chelsea en Manhattan para decirme que ya había terminado la exposición y que me iban a enviar el cuadro de Diego.

Que si otro día Miriam me llamó para decirme que le habían hecho una oferta por la casa que tanto me gustaba y yo pensé que era un farol pero acabé tomándome un Xanax por miedo a perderla.

Que si otro día di una paga y señal para ganar algo de tiempo.

Que si esa misma noche me dije: «Alice, ¿para qué quieres ganar tiempo? Eso es perder tiempo. Si de verdad quieres ganar tiempo, compra ya la casa y vete, que es lo que quieres hacer. Cada día cuenta, ¿recuerdas? Cada día que pasa es más difícil resolver un misterio/secreto/mentira».

Que si al día siguiente me planté en el banco para avisarles de que necesitaba hacer una cuantiosa retirada de efectivo.

Que si dos días después —lo que tardó el banco en atender mi petición— compré la casa en Robin Island pagando 785.000 dólares al contado y no me dio ningún ataque de ansiedad —ligereza, ligereza, ligereza—, en parte porque me agarré como a un clavo ardiendo a una frase que me dijo Miriam al tiempo que me guiñaba un ojo: «En un año, te aseguro que valdrá como mínimo entre 900.000 y un millón. Esto sí que es una buena inversión, vecina».

Que si ese mismo día llamé a la galería de arte y les di la dirección de Robin Island —48 Shelter[6] Road— para que me enviaran allí el cuadro. Y pensé: qué bonito nombre de calle para vivir mi nueva vida. La carretera de mi refugio.

Que si otro día se lo conté a mi madre y casi se muere del disgusto y se enfadó muchísimo conmigo y más aún con mi padre por haberme animado y sobre todo por no habérselo contado antes. «Porque seguro que se lo contaste antes a tu padre. ¡Seguro!»

Que si otro día pensé en dar una fiesta de despedida y decidí que no, que no quería airear demasiado que me iba y adónde me iba.

Que si otro día me planteé teñirme el pelo por aquello de que una pelirroja siempre llama más la atención —y yo pretendía todo lo contrario—, y al final decidí que no, entre otras cosas porque en la isla ya era conocida como «la pelirroja que puso un pie en la isla y dio a luz» y hubiera sido un poco sospechoso el cambio de color, pero aun así me lo corté, mucho, más corto que nunca en mi vida para disgusto —uno más— de mi madre. Adiós a mi larga melena, hola melena corta desenfadada.

Que si otro día hablé con el director Preston y le dije que iba a dejar mi puesto de profesora en el Seekonk River School, y él entendió que necesitara cambiar de aires y se emocionó y se puso triste y me dijo que mi puesto era vitalicio y que lo podría recuperar siempre que quisiera y se despidió de mí dándome un ligero beso en la comisura de los labios y diciéndome lo bien que me sentaba mi nuevo corte de pelo y pensé que una de dos: o estaba enamorado de mí o era gay.

Que si otro día mi madre insistió en que ella se quería venir a vivir con nosotras aunque fueran unos meses para ayudarme a instalarme, y me tuve que tomar otro ansiolítico.

6. En inglés, «Refugio».

Que si prácticamente todos los días pensaba que estaba huyendo, hasta justo la mañana de la mudanza, cuando, quien sabe si por puro instinto de supervivencia, decidí que no, que huir era quedarse, huir era no hacer nada.

Día 116. Año 1 d. C.

Me desperté canturreando obsesivamente en mi mente: «Alice en la isla. Alice se aísla. Alice en la isla se a-isla. Alice se a-isla en la isla. Sea isla. Se a-isla. Isla, isla, isla. Aísla, a-isla, aísla».

«Un año —le prometí a mi madre para aplacar su tristeza—. Un curso escolar, y volvemos.»

«Un año —me prometí a mí misma para aplacar mi vértigo—. Lo que no descubra en un año, no lo voy a descubrir nunca. Pero ¿un año desde la muerte de Chris o desde este día? No, un año desde la muerte de Chris. Desde que empezaste a investigar. No te hagas más trampas.»

Y así, con estas dos promesas a cuestas y una canción absurda resonando en bucle, nos mudamos a Robin Island. Olivia, Ruby, mi nuevo corte de pelo y yo. Ah, y el piano blanco. Se me olvidó, o no quise, devolverlo en el plazo correspondiente. Igual era Ruby la llamada a copar el virtuosismo de la familia.

En el 48 Shelter Road nos esperaban dos cosas al llegar: el cuadro de Diego Sánchez Sanz y un misterio/secreto/mentira por resolver. Las dos cosas embaladas y a la espera de encontrar su sitio.

Lo que había sido allí, ahora era aquí. Y aquí es donde continuaría la historia de Chris y empezaría la mía. O donde terminaría la historia de Chris y continuaría la mía. No sabía muy bien.

No me acabé *Moby Dick* y tampoco me llevé la novela a la isla. No fue un despiste, lo hice aposta. Preferí escribir yo el final. Bueno, y el principio también.

«Llamadme Ismael —Alice—. Años atrás —no importa cuánto exactamente—, con poco o ningún dinero —más de 700.000 dólares— en mi bolsillo y nada en particular que me interesara en tierra —al margen de mis hijas—, pensé que podría navegar por algún tiempo y visitar la parte acuática del mundo.»

SEGUNDA PARTE

—

La isla del tesoro

«Si tenemos la fortuna de ser impelidos por viento favorable, arribaremos pronto a la isla y nos llevaremos el más fabuloso de los tesoros.»

«Os prometo que callaré como callan las tumbas.»

«Que se haga un viaje fantasma, me parece absurdo; pero si además toda la tripulación sabe que nuestro objetivo es la caza de un tesoro, las cosas varían a peor.»

«... y las penosas reflexiones que pasaban por su cabeza le daban un aire tan ridículo y cómico que sentí tentaciones de sonreír.»

ROBERT LOUIS STEVENSON,
La isla del tesoro (1883)

Día 0. Año IV d. C.

En el desván tengo instaladas cuatro pantallas de 27 pulgadas, que emiten ininterrumpidamente las señales de 154 cámaras ocultas en unos 82 hogares —la mayoría tienen dos—, locales y demás puntos de interés de la isla. Los peces de mi pecera. Hace tiempo me debatí entre llamar «jaula» o «pecera» a cada una de las señales que recibo. Me decanté por «peceras», que son lo mismo que las jaulas, pero el cristal crea una falsa ilusión de libertad. Y una vez que aprendes a no chocar contra los muros de cristal, te acabas olvidando de lo estrecho que es tu mundo. Te acabas convenciendo de que lo has creado tú mismo —lo cual en el fondo es cierto— y dejas de cuestionarlo.

Un enorme panel/mural/mapa de la isla ocupa una pared de 4 x 3 metros, donde están identificadas todas las propiedades inmobiliarias, con sus ocupantes, su estado civil —casados, separados, divorciados, nuevas alianzas, casados en segundas nupcias, etcétera—, la salud de su relación sentimental —sobre la base de una clasificación con tres tipos de emoticonos: triste, normal, sonriente—, sus hijos, sus trabajos, estatus social y económico, número de cámaras colocadas en cada casa —numeradas todas— y su localización exacta —cocina, salón, dormitorio y demás—. Así como cualquier otro dato medianamente relevante que merezca la pena ser tomado en consideración.

Por las mañanas nunca suele pasar nada. Nada que sea significativo, que se salga de lo ordinario y lo cotidiano. Nada que no sean cereales, cafés, duchas, afeitados, vestirse con prisas, besos fugaces y hasta luegos.

—¡Mamá! —Olivia aporrea la puerta del desván—. ¿Te has leído mi redacción? Me dijiste que me la ibas a corregir. Que tengo que leerla hoy en clase...

Abro la puerta.

—Te he dicho mil veces que no des golpes en la puerta, Oli.

Salgo y cierro tras de mí —cerrojo al canto.

—Seguro que no te la has leído —insiste Olivia enfurruñada.

Camino hacia la cocina, donde Ruby marea su papilla de cereales.

—Sí que me la he leído. Tres veces. Está muy bien. Te ha quedado muy bonita. Y deberías saber que se dice «cambio de aires», no «cambiado de aires». Y «sobrellevar» se escribe con uve. Y no es «eso es de mucha suerte», es «eso da mucha suerte». Te lo he señalado con un círculo rojo. Corrígelo, vístete y vámonos al hidroavión.

Conduzco el coche de golf hasta el puerto. Olivia lee su redacción en voz alta en el iPad. Está nerviosa. Es muy importante para ella. Ha cambiado el tipo, tamaño y color de letra siete veces.

—«Hoy murió mi padre. Bueno, hoy hace tres años, y es un día que cada año me da más pena, porque cuando murió yo era muy pequeña porque tenía seis años y no me enteré de mucho...»

He decidido no ir al cementerio. Ya estuvimos el fin de semana pasado con mis padres y la familia Williams. Hoy hay colegio, y además por la tarde Olivia tiene clase de equitación con Barbara en Horse Rush Farm. Algo sagrado para ella.

Llegamos al muelle donde espera el hidroavión que lleva a Olivia al colegio en Nantucket. Se baja, se despide con un «hasta luego, mamá» y corre al hidroavión.

Aparte de los fines de semana —que vienen turistas ocasionales a pasar el día—, casi nunca abro mi tienda de iluminación y decoración, Alice in Wonderlight.[7] Solo bajo previa

---

7. En inglés, «Alicia en la Luz de las Maravillas».

cita. Así que después de dejar a Ruby en la guardería, como quiero mantenerme ocupada, pinto durante tres horas, me abstraigo por los colores de la isla, en la rugosidad de una ola, para que así el día pase más rápido. Pero hoy me cuesta, no acabo de conseguirlo. Es normal. Así que decido ir a Hyannis a comprar material para mi nueva colección de lámparas. Y ya de paso, casi como quien no quiere la cosa, me acerco a Night Eyes para adquirir algo a lo que hace tiempo le eché el ojo, y que hoy, tal vez por aquello de paliar un poco la inquietud y la nostalgia lógica de la fecha, he decidido regalarme: un dron de vigilancia aérea con cámara de visión nocturna. De vuelta a casa, decido bautizar a mi nueva adquisición con el nombre de *Huck III,* después de las misiones fallidas de *Huck I* y *Huck II.* Al primero lo estrellé contra las rocas del faro durante un vuelo rutinario. El segundo lo abatieron a disparos desde un barco pesquero mientras trataba de grabar cómo descargaban un alijo de drogas en la isla. *Huck III* es un modelo de dron mucho más avanzado que sus antecesores. Controlado por una sencilla interfaz desde el móvil o la tablet. Rango de 6 kilómetros y velocidad máxima de 45 kilómetros por hora. Con función automática de «retorno a casa». Los drones llevan un par de años prohibidos por la Agencia de Seguridad Nacional después de que una célula terrorista los emplease para cometer ataques y actos de espionaje. Pero en esta isla no hay nadie controlando el espacio aéreo. Bueno sí, yo.

Acuesto a las niñas —Olivia está muy contenta porque la profesora le ha puesto un sobresaliente a su redacción y toda la clase le ha aplaudido—. Salgo a correr porque necesito liberar tensión. Lloro durante los cuarenta y cinco minutos de carrera. No es un llanto triste. Es liberador. Hace tiempo que dejé atrás la agonía y la pena intensa. Las lágrimas ya no duelen y juegan a confundirse con las perlas de sudor.

Me ducho, no me seco el pelo. Me pongo unos pantalones de chándal cortados justo por encima de las rodillas y una sudadera raída de Chris, de la Universidad de Virginia, tan usada y desgastada que ya solo se lee «Un ersi a e V rgi a».

Entro en el desván y me acomodo en una vieja butaca que saqué de un contenedor de basura y que yo misma restauré. Es muy mullida y acogedora. Mi favorita para el final de jornada. Hago un rápido barrido con la vista por los monitores. Todo está tranquilo en la isla. Cosa que me alegra. Esta noche prefiero calma.

Decido sacar al terreno de juego a *Huck III*. Quiero probar la cámara de visión nocturna. Me coloco las gafas inteligentes FPV, hago despegar al dron desde mi desván, y este sale por la ventana principal. Surca silencioso la isla. Me congratulo de mi franca mejoría en el manejo. Llevo muchas horas de vuelo acumuladas con sus antecesores, experimentando y ensayando con la complicidad de Olivia, que lo ve como un juego y que, por cierto, es bastante más ducha que yo en su manejo.

Mientras estoy en pleno vuelo de reconocimiento, oigo a través de la emisora de radio de la policía —que siempre tengo activa, de fondo, muy bajita— un aviso de la guardia costera del condado de Barnstable. Un yate a la deriva en el estrecho de Vineyard ha encallado en la costa, a la altura de Mashpee, justo donde se encuentra el campo de golf del New Seabury Country Club. No presto mucha atención porque estoy concentrada en mantener la horizontalidad del dron. Hay mucho viento. Creo que no ha sido buena idea sacarlo. Me han podido las ansias.

No han encontrado a nadie a bordo del yate. Hay marejada grado 4.

Intento activar el modo «retorno a casa» del dron, pero lo he debido de configurar mal porque no me obedece.

Temen que la persona que tripulaba el yate haya caído por la borda. Los servicios de rescate se dirigen a rastrear la zona.

Una corriente de aire. El dron se escora. Consigo controlarlo a duras penas. Intento posarlo en el suelo.

Entonces oigo el nombre del yate y del tripulante desaparecido. Me da un vuelco el corazón. Miro instintivamente a la radio con estupor, pidiéndole explicaciones.

Pierdo el control de *Huck III*. Se estampa contra el campanario de la iglesia. Queda completamente destrozado.

Día 117. Año I d. C.

La playa está desierta. Las espigas bailan acompasadas al son del viento del nordeste. La arena forma pequeños remolinos en las dunas. Hace frío a pesar de ser primeros de septiembre. Un hombre observa el mar erizado e hipnótico desde la orilla. No puedo verle la cara. No necesito verle la cara. La melena alborotada y encrespada por el viento y el salitre. Está descalzo y con unos pantalones caqui remangados un par de vueltas. Las olas rompen furiosas y bellas. La corriente de resaca traza surcos alrededor de las plantas de sus pies. Me acerco despacio, como si quisiera darle una sorpresa, o como si me diera miedo asustarle. Estoy desnuda, a excepción de un jersey de chico de cuello vuelto muy holgado que me llega casi hasta las rodillas. Creo que acabo de hacer el amor con ese hombre y que el jersey es suyo. El relincho de unos caballos salvajes. Una gaviota suspendida en el aire. Paz es lo que siento. Amor por ese hombre. Eso es por lo que no quiero que se asuste: el amor, que no se vaya, nunca. Llego a su altura y le abrazo por la espalda. Tiene la camisa desabrochada. Le rodeo con mis brazos por la cintura. Juego con el vello de su tripa. Sé que le gusta. Él me agarra las manos. Suavemente. Entrelaza sus dedos con los míos. Y aprieta con fuerza progresiva. Lo que parece un gesto de amor, de unión, pasa al desconcierto, al dolor, la angustia. Se da la vuelta. Es Chris. «Me haces daño, Chris, suéltame», pienso, pero no digo nada porque me da mucho miedo la cara con la que me mira. La cara ensangrentada tras el accidente. «¿Qué haces aquí? —me grita—. ¡¿Qué haces AQUÍ?!»

Cuando me desperté, pensé que había tenido el sueño a la misma hora que recibí la llamada de la chica del servicio de urgencias para avisarme del accidente de Chris, las 00:01. Pero no, eran las 03:24 de la madrugada. Tras la muerte de Chris, una de mis mayores inquietudes era despertarme justo a esa hora. Solía irme a dormir antes. Pero si por lo que fuera a esa hora estaba aún despierta, paraba, frenaba en seco cualquier actividad que estuviera haciendo —menos respirar—. No era un tributo a Chris. Era pura superstición. Miedo irracional a que fuera a ocurrir alguna otra desgracia. Y una vez que el reloj marcaba las 00:02 y pasaba ese fatídico minuto, seguía con lo que fuera que tuviese entre manos, sin darle mayor importancia.

Estuve todo el día anterior paralizada —y no parecía que fuera a cambiar la tónica—, abrumada, arrepentida, rodeada de cajas embaladas, sin salir a la calle —aún tenía muy presente ese miedo atroz a ser «descubierta»—. Solo organicé las cosas de Ruby: su cuna, su moisés, cambiador, cremas, sacamocos, pañales, sacaleches eléctrico, termómetro digital, biberones, calentador de biberones, esterilizador, chupetes, etcétera, etcétera. Y un par de cajas de Olivia con sus juguetes y pinturas. El resto se quedó literalmente donde lo dejaron los chicos de la mudanza.

Cuando sonó el timbre de la puerta, no reaccioné, en parte porque nunca lo había oído antes y en parte porque pensé: «Ya está, ya me han pillado». Hasta que no siguieron al repicar de campanas unos leves golpes amistosos con los nudillos no me acerqué a abrir. Era Miriam, la propietaria de la agencia inmobiliaria que me había vendido la casa. Llevaba un precioso cesto de margaritas púrpuras de Nueva Inglaterra.

—Florecen justo en esta época del año, al final del verano. Las he cogido yo misma, la isla está plagada de ellas.

—Son preciosas —dije aceptando el cesto—, muchas gracias.

—Esto no es un obsequio en calidad de tu agente inmobiliaria; ya te he sacado la pasta, no necesito hacerte la pelota. Esto es en calidad de vecina. Bueno, en realidad, todos somos vecinos aquí, pero yo más que nadie. —Vivía en la misma calle, a unos 100 metros—. Iba a venir ayer a darte oficialmente la bienvenida, pero me dije: Miriam, deja pasar un día, deja que la chica coloque sus cosas, que respire después de la mudanza, que los psicólogos dicen que es una de las cosas más estresantes junto con un divorcio, un despido y perder a un ser querido. —Se frenó al darse cuenta de la metedura de pata. Le había contado que mi marido había muerto, pero un par de meses antes de que ocurriera y en un accidente aéreo, de avioneta, algo casi imposible de rastrear y corroborar. Había una media de cinco accidentes aéreos al día y más de quinientos muertos al año en Estados Unidos. Lo había buscado—. Ay, lo siento...

—No te preocupes, doy fe de dos de esas cosas —dije de buen humor para que no se sintiera mal. No me había molestado. De hecho, agradecía su presencia, su melena rubia ondulada, su enorme sonrisa y sus margaritas púrpuras. Supe que íbamos a ser buenas amigas. «Tenéis que ser buenas amigas, Alice, necesitas aliados, información, necesitas indagar en la vida de todos.»—. Y ya ves que colocar, lo que se dice colocar, no he colocado mucho. —Me di cuenta de que no la había invitado a pasar—. Perdona, pasa si quieres.

—No, gracias, ya me conozco la casa de sobra. Y no soy la típica vecina cotilla. Supongo que te estarás planteando ir al pícnic en la playa para celebrar el Día del Trabajo. Te has enterado de que hay un picnic, ¿no?

—Sí, he visto varias pancartas anunciándolo. Pero no sé yo, tengo tanto lío...

—Te da corte, ¿no?

«No, me da miedo, pavor.»

—Un poco sí.

—Que si no conozco a nadie, que qué van a pensar de mí, madre viuda con dos hijas, y todo ese rollo.

«Que me van a pillar. Que me van a pillar. Que me van a pillar.»

—Te voy a ser sincera, Alice.

«Yo no pienso ir, no me lo puedo permitir por muy bien que me caigas así de primeras.»

—Me acabo de separar.

«¿Recién separada? ¿Por qué se ha separado? ¿Tendrá que ver con Chris?»

—Y tengo una niña de casi un año, Chloe —añadió mostrándome un escuchabebés.

«¿Casi un año? ¿Chloe? Chris tiene una prima llamada Chloe. ¿O era una tía?»

—Aún no se lo he contado a nadie, pero aquí en la isla todo se sabe.

«¿Todo? Eso habrá que verlo.»

—Y no quiero ir porque no soporto lo cotilla que es la gente, y menos aún tener que hablar de cosas muy dolorosas para mí. Pero si no voy, va a ser aún peor. Porque seguro que el capullo de mi ex estará allí ahora mismo poniéndose hasta arriba de cervezas y contando su versión de los hechos a sus colegas, rajando de mí de lo lindo. Así que te propongo una cosa: vamos juntas, con nuestras hijas, así no te sientes tan perdida y abrumada. Nos ponemos un poquito alejadas del resto. Yo te presento a la gente, porque va a estar todo el mundo, y te pongo un poco al día, y al estar contigo, a mí nadie se va a atrever a preguntarme cosas que no me apetece que me pregunten. Salimos ganando las dos. ¿Te parece? Y por cierto, me encanta tu nuevo corte de pelo —añadió por si eso servía para camelarme.

Pero no hacía falta. Me lo había puesto en bandeja. En mi segundo día en la isla, iba a conocer a todos los habitantes y encima me iba a contar sus vidas. El trabajo de meses en un solo día.

Antes de irnos me aseguré de que el móvil estaba cargado al 100 % y abrí un par de cajas en busca de un bolso de macramé que yo misma había hecho, perfecto para dejar dentro el móvil grabando discretamente nuestra conversación. Incluso hice una prueba en casa para asegurarme de que el sonido llegaba nítido a través de los agujeros del bolso. «Bien pensado, Alice. Esto va a ser pan comido.»

Tuve una intensa sensación de primer día de colegio nuevo. Excitada, nerviosa, con ilusión, con miedo —«Te van a pillar, te van a pillar...»—. Casi podía oler el plástico adhesivo con el que se forran los libros de texto para que soporten todas las perrerías infantiles del curso escolar. El aroma de las páginas aún por estrenar, llenas de quebraderos de cabeza, desafíos y conocimientos. Era algo que como profesora seguía disfrutando al ver las carillas asustadas y las orejas gachas de los nuevos alumnos. Pero ahora era yo la nueva, la que tenía que hacer amigos, sacar buenas notas y ser popular. Y cual niña, me sentía pequeña y abrumada allí en Pleasant Beach,[8] sentada junto a Miriam en nuestras toallas, bajo una sombrilla, con mis gafas de sol, una gorra de los Boston Red Sox, crema solar 50+FPS, y Ruby en mis brazos. Todo con el objetivo de protegerme de todo y esconderme de todos. Me sobresaltaba cualquier ruido. Los ladridos de los perros rebozándose en la arena, las gaviotas buscando sobras de comida, las olas rompiendo suavemente en la orilla, los gritos de los niños correteando y las risas de los adultos conversando. Los *frisbees*, las cometas y los balones de playa parecían armas de destrucción masiva. Como si en vez de estar en una playa agradable, como su propio nombre indicaba, rodeada de gente con ganas de diversión, estuviera en el epicentro de una batalla perdida, enemigo de ambos bandos.

—Aquellos apostados en la barbacoa son Karen y su marido John. Karen es la dueña del único Inn de la isla: Karen's Petite Maison. Lo abrió porque se sentía muy sola. John es ingeniero de la Armada y pasa varios meses al año fuera de casa, metido en un submarino. Cosa que casi todos agradecemos, pero sobre todo ella... Y su hijo Rick.

—Rick, ¡¿qué te he dicho?! —gritó John a su hijo, que estaba jugando un improvisado partido de fútbol americano con chavales más o menos de su edad.

—Déjale, que un día es un día —reprendió Karen a su marido.

—Un día es un día perfecto para lesionarse. Déjate de partiditos absurdos y ven a ayudarnos con las hamburguesas.

Miriam me explicó —creo— que Rick era el capitán del equipo de vela del instituto, y que su padre estaba empeñado

8. En inglés, «Playa Placentera».

en convertirle en estrella olímpica. Llevaba metido en un 470 desde pequeño. Estaba en el último curso y esperaba recibir jugosas ofertas de importantes universidades para irse becado, y para eso era fundamental que hiciese una buena temporada, libre de lesiones y llena de trofeos. Rick obedeció a su padre cabizbajo y sumiso, con cierta sensación de humillación por haberle tratado como a un crío delante de sus colegas, que no disimulaban sus burlas. Me recordó al tipo de presión que sufría Chris por parte de su padre con el tenis. Me dieron ganas de llorar de repente.

—Más pronto que tarde, Karen te invitará a cenar al Inn —continuó Miriam— para presentarte a su hermano Keith, que vive solo en un castillo, en Napoleon Island, un islote privado junto a Martha's Vineyard. Vamos, que está forrado y soltero, cosa que su hermana no entiende y quiere remediar a toda costa.

Una chica espectacularmente guapa y pizpireta con una camiseta de tirantes holgada y unos minishorts que enseñaban los cachetes del culo se acercó al puesto de la barbacoa para coger un par de perritos calientes.

—Esa chica es Summer Monfilletto. Dieciocho añitos recién cumplidos. Es la niñera oficial de la isla. Todos los niños la adoran. Y los padres ni te cuento. La expulsaron de su colegio en no sé qué Estado del Medio Oeste, nadie sabe por qué, y su madre la envió a pasar una temporada en la isla, a casa de su tía, para reconducirla y ya de paso sacarse un poco de dinero haciendo de canguro. Al final parece que se va a quedar. Se especula que está preñada. En breve saldremos de dudas.

Después de acaparar las mal disimuladas miradas de casi todos los hombres con los que se cruzaba, Summer llegó a la altura de una mujer de unos cuarenta y pico años, que estaba sentada en una silla de nailon, bajo una sombrilla multicolor, con expresión serena, como si portara un secreto que nadie supiera y eso la situara por encima del resto, pero sin vanagloriarse de ello. Podría ser juez del Tribunal Supremo.

—Esa es su tía, Jennifer. Casi nunca se deja ver en público. Tiene a su marido Stephen en casa en coma vegetativo desde hace tres años. Las posibilidades de que despierte son prácticamente nulas, pero ella se niega a desenchufarle. Le cuida en casa, ella sola. Muchas se preguntan, bueno, yo también, cómo una mujer tan guapa, aún joven, porque tiene cuarenta y nueve años, con tanta vida por delante, puede vivir encarcelada de esa manera.

No me estaba enterando de nada de lo que me contaba Miriam. Las conversaciones, las presentaciones, los saludos, la vida real, eran una nebulosa, como si todo lo viese con un cristal de por medio, amortiguado, lejano. Desconectada y aletargada. Tenía activado el micrófono del móvil dentro del bolso, pero dudaba de que pudiera estar captando la conversación —bueno, monólogo— de Miriam. La prueba que había hecho en mi casa, y que tan astuta me hizo sentir, fue con total ausencia de ruidos. Y allí en la playa rugía el viento —así lo percibía yo, al menos—. Pero nada de esta zozobra y enajenación mental debía de notarse, porque Miriam hablaba sin parar, no en plan pesada ni acaparadora, sino de manera cordial, cercana e instructiva, como las audioguías de los museos. Hablaba porque yo se lo había pedido, y ella solo trataba de complacerme y hacer más fácil mi entrada en la sociedad isleña.

Una chica se debió de dar cuenta de que llevaba un rato observándola y me miró. La conocía de algo, pero no sabía de qué. Lejos de parecer molesta, la chica me saludó amable en la distancia. Le devolví el saludo muerta de la vergüenza y aparté la mirada.

—Acabo de saludar a alguien que debo de conocer, pero no tengo ni idea de qué —le dije a Miriam entre dientes.

—¿Dónde?

—A la izquierda. A unos veinte metros. A las diez en punto —dije sin mirar ni señalar—. Una chica morena que está con un señor mayor.

Miriam miró en la dirección indicada antes de que pudiera pedirle que no lo hiciera.

—¿Treinta años, muy morena de piel, con una coleta baja y que está comiendo un plato de pasta?

—Sí, creo que sí.

—Es Barbara. —¿Barbara? No me sonaba de nada—. Y el de al lado es su padre, Frank Rush. Es el veterinario. Tiene una clínica veterinaria y tienda de mascotas en Grand Ave. Es el dueño de la granja de caballos Horse Rush Farm, aunque desde que murió su mujer Rose, hace ya años, es su hija Barbara la que se hace cargo de toda la granja. También es veterinaria, especializada en caballos.

—Ah, la chica de los caballos —caí por fin en la cuenta, con cierta sensación de alivio. Incluso me atreví a volver a mirar discretamente—. Esa chica estuvo presente durante mi parto, tenía cita en el dentista.

Un chico de su misma edad llegó a su altura. Venía de darse un baño. Recogió sus cosas, le dio un casto beso en la mejilla, se despidió del padre y se marchó apresurado.

—Ese es su novio, Jeffrey Sorensen. Es piloto. Tiene un servicio de aerotaxi. Seguro que ha recibido una llamada.

Miré a Olivia. Bueno, más bien la busqué alarmada, pensando que la había perdido, como si hubieran pasado horas desde la última vez que la vi, cuando apenas había pasado un minuto y estaba a unos escasos quince metros de mí, jugando en la orilla del mar, haciendo castillos de arena con otros niños de su edad. Me asombró su enorme capacidad para hacer amigos —que claramente había heredado de su padre, ese don natural para caer bien de inmediato y congeniar con todo el mundo al instante—. Estaba con un niño moreno de ojos verdes. Olivia: «¿Cómo te llamas?». Él: «Oliver». Olivia: «¿Oliver? Yo, Olivia. Casi te llamas igual que yo». Se notaba que le gustaba la coincidencia y el niño. «Oliver, ¿sabes que mi mamá me ha prometido comprarme un poni para que me ponga contenta porque mi papá ha muerto?»

—Qué fácil es todo cuando eres niño, ¿no? —Miriam se había dado cuenta de que había desconectado de su monólogo y miraba a Olivia. Asentí.

—Te acercas, dices «hola», te pones a jugar y ya sois amigos.

—O novios, que ahora cada vez están más espabilados. Es Oliver, el hijo de Mark y Julia. A Mark ya le conoces, claro...

¿Mark? ¿Qué Mark? Pensé durante un par de segundos, incapaz de recordar un solo nombre de todos los que me había dicho en la hora y media que llevaba hablando y presentándome gente. Hasta que Miriam señaló discretamente con el dedo el lugar donde se encontraba. Mark, claro, qué idiota. Mark el dentista, el hombre que orquestó mi alumbramiento de urgencia, el que hasta sudado olía bien. Estaba de espaldas a una mujer, o tal vez era ella la que estaba de espaldas a él, y a todo y todos, porque tenía la vista perdida en el mar, ajena por completo a la celebración. Ni siquiera hacía amago de controlar ocasionalmente a su hijo, acción involuntaria que todos los padres tenemos instalada en el sistema nervioso autónomo como la respiración. Mark comía en silencio y sin ganas —ella no había tocado su plato—. La tensión entre ellos era patente. Ambos bajo una sombrilla, en la misma postura, dándose la espalda, creando sensación de espejo, dos realidades simétricas, pegadas y separadas por el mismo filo que las une, tan juntos y tan lejos. Parecía que estaban posando para un artículo del *Reader's Digest* sobre las crisis de pareja.

—No sé si sabes que Mark era un superdentista en Nueva York, de estos con clínica en el Upper East Side que tratan a toda la jet set pija neoyorquina y demás *celebrities*. Pero decidieron alejarse del mundanal ruido y venirse a vivir a la isla. Sobre todo fue decisión de ella. Julia es escritora. ¿Has leído *El vestido del funeral*?

—¿Julia Ponsky? —pregunté admirada. Miriam asintió—. Guau...

Claro que había leído *El vestido del funeral*. ¿Y quién no? Fue su primera novela, y estuvo muchas semanas en la lista de superventas —así fue como yo acabé comprándomela, además de que me la había recomendado el siempre exquisito profesor Buck—. Había ganado muchos premios que era incapaz de recordar, y menos en ese momento.

—Pues lleva meses sumida en una depresión de la que no sale.

—¿Bloqueo creativo?

Miriam se encogió de hombros. Nadie lo sabía. «Es guapa, ¿eh, Alice? Podría ser el tipo de Chris perfectamente. ¿Está deprimida por la muerte de Chris? Pregunta a Miriam cuánto tiempo lleva deprimida. Venga, anímate. Es una pregunta inocente, sin doble lectura. Una simple curiosidad, preocupación por una de tus escritoras favoritas. No va a parecer extraño ni sospechoso. Jo, vaya faena, con lo que yo la admiro; espero que se recupere pronto y vuelva a escribir. ¿Lleva mucho tiempo deprimida?» Sí, era fácil, pero fui incapaz. Miré el móvil de manera mecánica, como quien consulta si tiene un nuevo mensaje aunque no haya sonado el tono correspondiente. La grabadora no estaba grabando. En algún momento se había parado. ¿Tendría algún límite? Seguro que tenía un límite. ¿O acaso me había olvidado de darle al botón? A saber. A la mierda mis fantasías de encontrar el tesoro sin buscar. ¿Por qué calificaba de tesoro una mentira que seguro que escondía cualquier cosa menos joyas y monedas de oro? Y la realidad era que no estaba en la fase de buscar la X del mapa, porque tenía un mapa mudo. Aún tenía que delimitar el nombre de cada espacio en blanco.

—¿Ves esa congregación de machos alfa? —me preguntó Miriam al tiempo que me señalaba un grupo de hombres que bebían cerveza. Asentí—. Pues en diciembre, cuando estemos bajo cero, seguirán yendo en bermudas para demostrar lo duros y machotes que son; solo habrán cambiado las zapatillas de deporte por botas Timberland, y encima de las camisetas llevarán un chaleco de plumas. Pero ojo, chaleco, sin mangas, taparse los brazos tatuados en invierno es de mariquitas. Pues el gordo bajito y calvo, ese que está rojo como una langosta, al que le cuesta respirar y que es clavadito a Homer Simpson, es mi ex.

—Ajá... —fue todo lo que alcancé a decir, mientras asentía mecánicamente como un muñeco de perro con cabeza basculante de esos que se ponen en el salpicadero del coche. Así pasé un tiempo indefinido hasta que Miriam se partió de risa.

—¡Vaya con Alice Dupont y su cara de póquer! ¡Ojito! ¡No pienso jugar a las cartas contigo! Era broma, tonta, relaja la cara. —Sus risas por fin consiguieron desmontar mi rictus—. Aunque te juro que preferiría que Conrad fuera mi ex. Porque ese es Conrad, el director y único empleado de la sucursal bancaria.

«Conrad, Conrad, Conrad... ¿Tendría Chris una cuenta corriente en ese banco?»

—Mi ex es el rubio que está al lado, el más guapo de todos, bueno, el único guapo, Mike.

Aunque era imposible que nos pudiera oír, bastó que Miriam dijera la palabra *ex* para que Mike se girase levemente y nos mirara con cierto tono desdeñoso. Parecía un jabalí herido y peligroso, pensé decir, pero preferí ser cauta. Para mi asombro, muchas veces había sido testigo de cómo amigas o conocidas ponían a parir a sus novios o maridos, pero ojo, como alguien en esa conversación estuviera de acuerdo y le criticara abiertamente también, la amiga o conocida en cuestión se ponía de inmediato a la defensiva y se mosqueaba.

—Está rebotado y con el ego tocado, esperando que cometa cualquier cagada para quitarme la custodia —«¿Cómo se llamaba su hija? ¡¿Cómo se llamaba su hija?!»—, simplemente para fastidiar. Porque pasa por completo de la cría. Tiene una empresa de gestión de residuos. Pero vamos, para basura, él.

Si tan impresentable era, ¿por qué habían tenido una hija? Nadie se vuelve impresentable de la noche a la mañana, pensé mientras le hacía una carantoña al bebé a ver si así recordaba su nombre. ¿Carla? ¿Carol? ¿Cody? Empezaba por C, creo. ¿Chelsca?

—Hola, Chloe, bonita...

«¡Chloe! ¡Eso! ¡Chloe, Chloe, Chloe...!»

La que había pronunciado su nombre era Karen. Se había acercado a nosotras con una botella de vino blanco y varios vasos de plástico. Me miró:

—Hombre, por fin conozco a la pelirroja que puso un pie en la isla y dio a luz...

Miriam nos presentó.

—Karen, esta es Alice. Alice, esta es Karen.

«Karen, Karen, Karen... ¿Esta a qué se dedicaba?»

—Hola, Karen, encantada de conocerte.

Nos estrechamos la mano. Firme por parte de ambas, cosa que me gusta.

—Igualmente. Bienvenida a Robin Island. El secreto mejor guardado de todo Cape Cod y gran parte de Estados Unidos. —Karen le tocó la naricilla a Ruby con el dedo índice—. ¿Y este bichillo?

—Es Ruby —dije. Menos mal que del nombre de mi hija sí que me acordaba.

—Bueno, vamos a brindar por tu llegada. ¿Un poco de vino fresquito? —Karen me guiñó el ojo y mostró la botella de vino blanco.

Pensé lo bien que me sentaría una copa de vino. Lo que fuera con tal de mitigar la sensación de peligro, de vulnerabilidad a flor de piel. Una copa/capa protectora alcohólica. Pero no quería dar la imagen de mala madre por aquello de que se supone que no debes beber mientras le das el pecho a tu bebé, cosa que, sinceramente, creía que era una chorrada. No soportaba esa creciente ola de hiperprotección infantil, que yo asociaba a la cultura del miedo reinante en el país y gran parte del mundo. En cualquier caso, no quería dar mal ejemplo, bueno, más bien quería pasar desapercibida —casi imposible porque era la nueva—. No quería publicidad ni notoriedad. «Dijo la mujer viuda que puso un pie en la isla y dio a luz.» Invisible. Inofensiva. Cercana. No levantar sospechas. Yo solo quería ser parte del coro y no desafinar. No quería jugar ese partido. Quería celebrar el primer lunes de septiembre desde la grada, mezclarme entre la masa de gente y ser una más, una espectadora.

—Yo no, gracias. Estoy dándole el pecho aún a Ruby. No debería beber vino.

Miriam y Karen se miraron y se rieron.

—¡Anda, venga ya! ¡No seas antigua! O perdón, ¡moderna! ¿Tú qué eres, de la liga de la leche? ¿De esas madres que dan el pecho a sus hijos a demanda hasta los veinticuatro años? —dijo Karen descorchando la botella, que ya estaba a medias—. ¿Aquí quién manda, la madre o el bebé? Ya te lo digo yo: ¡la madre! Ya está bien de tanta tontería. Mi madre fumaba como un carretero y se metía sus buenos lingotazos de burbon, antes, durante y después de tenerme a mí y a mis hermanos. Y míranos. Como una rosa.

—Yo me apunto —dijo Miriam.

No sabía qué hacer. «Tienes que ser popular, Alice. No

puedes ser la aburrida del grupo. Te tienes que integrar. Tienen que querer tenerte en sus vidas. Tienen que confiar en ti y contarte sus vidas. ¡Bebe!»

—Bueno, si es bueno para la madre, tiene que ser bueno para el bebé, ¿no? —cedí al fin.

—¡Así me gusta! —Karen me tendió un vaso, que yo sujeté en alto para que pudiera servirme. Lo llenó hasta arriba. «Ojo, Alice, no te emborraches ahora y te vayas a ir de la lengua. Es al revés, son ellas las que se tienen que emborrachar. Aún más.»— Vas a ser muy feliz en la isla. Ya verás. Y por cierto, perdona la indiscreción, pero no veo a ningún hombre por aquí, vamos, que te has venido sola con las niñas, ¿no? ¿Eso significa que no hay ningún hombre en tu vida?

—Karen, no seas burra, a ver si va a pensar que en esta isla somos unas cotillas y se lleva una impresión errónea —intercedió Miriam con ironía.

—No soy burra. Es una pregunta normal. De hospitalidad y cortesía. Es preocuparse por una persona nueva y... Vale, sí, soy una cotilla. —Soltó una risotada. Llevaba un buen pedo. Pude observar a lo lejos cómo su marido nos miraba con desaprobación y suficiencia—. Es que eres muy guapa, Alice. ¿Sabes que mi hermano siente debilidad por las pelirrojas? Tienes que conocerlo. Un día de estos organizo una cena en el Inn. Te va a encantar. —«Ah, ¡es la del Inn! La del hermano rico»—. Se llama Keith —codazo y guiño—, y tiene una isla. Una isla, Alice. Napoleon Island. Con un castillo y un yate de 40 metros de eslora. Para él solo y la mujer de sus sueños, que aún está por llegar. Está forrado, Alice.

Miriam y yo intercambiamos una mirada cómplice.

—Cuando quieras. Estaré encantada de conocer a tu hermano Keith.

«Keith, Keith, Keith, Keith... ¿Me acordaría? Keith, Keith, Keith...»

—Genial. —Karen miró a Miriam—. Y bueno, tú también te puedes venir. Que ya me he enterado de que vuelves a estar en el mercado. ¿O sigues pasando el luto?

Antes de que Miriam pudiera contestar o rehuir la pregunta, un estruendo ahogó toda posibilidad de conversación. Era un hidroavión, el de Jeffrey Sorensen —de ahí la urgencia con la que se había ido—, el novio de Barbara Rush, la de los caballos y el desmayo en mi parto. Sobrevoló la playa a una altura muy baja. Llevaba una enorme pancarta enganchada a la cola que rezaba: AMANDA, ¿QUIERES CASARTE CONMIGO?

Gran conmoción en la playa. Chillidos. Vítores. Algarabía. Aplausos. Todo el mundo se giró en dirección a la protagonista del momento: Amanda. Joven, apenas veinte años recién cumplidos, diría. Estaba extasiada y encantada de acaparar la atención. Diría que ya se había visto en situaciones similares. ¿Reina de belleza del condado, tal vez? Como mínimo reina del baile de graduación. Sonreía y lloraba de la emoción, soltando unos chillones: «¡Ay, Dios mío! ¡Ay, Dios mío! ¡Ay, Dios mío!», como si no se lo esperara ni estuviera preparada. Pero claro que lo estaba. Llevaba toda la vida esperando y preparándose para ese momento. Eran las siete de la tarde. El sol bajo, tostado y cálido, era el lazo rojo que envolvía aquel momento perfecto. Entonces apareció él, Alex —me enteraría más tarde de su nombre: Alex, Alex, Alex...—. Misma edad que ella, subido a lomos de un caballo percherón blanco majestuoso. Los habitantes de la isla al completo, que hasta entonces estaban desperdigados por la playa en diferentes actividades lúdicas, se apiñaron y, como si fuera algo ensayado, formaron un pasillo que le conducía hasta ella. Un paseíllo que aumentó la sensación de catarsis colectiva.

Allí estaban todos juntos, arracimados. Todas las piezas revueltas del mapa de mi tesoro. Algo más de cuatrocientas vidas por descifrar. «Y dale con lo del tesoro. No es un tesoro, es una condena. Y esa llave que llevas siempre encima como si fuera tu amuleto, la Llave Master, la que estaba junto a la llave de la furgoneta, no va a abrir nada bueno. Esa llave abre el vacío, la oscuridad, dará paso a un agujero negro que va a succionarte y del que nunca volverás. «¿Qué haces aquí, Alice? ¡¿Qué haces aquí?!», no era mi voz, era la de Chris.

Lo primero que sentí fue un pitido muy agudo en ambos oídos que tiró de mí hacia atrás de manera furiosa y me dio una vuelta de campana en la cabeza.

Alex llegó a la altura de Amanda. Iba vestido todo de blanco.

El latigazo en los oídos provocó una onda expansiva de la cabeza a los pies. Un tsunami de sangre que abandonaba mi cuerpo.

Alex se bajó del caballo de un salto ágil.

Taquicardia. Sequedad de boca. Me aferré a Ruby para que mi instinto materno se impusiera al pánico. No sirvió.

Alex se arrodilló ante Amanda. Ella, anticipando lo que venía a continuación, no paraba de repetir: «Oh, Dios mío. Oh, Dios mío. Oh, Dios mío...». Lloraba muy bien, sin descomponer nada la cara.

«¿Dónde está Olivia? No veo a Olivia. Me quiero ir de aquí, de la isla, no quiero estar aquí.» Se me nubló la vista. Me desintegraba.

Alex sacó un estuche con un anillo. Amanda se llevó las manos a la boca con un gesto de asombro.

Eché mano al bolso. Ahora siempre llevaba un Xanax encima. Me temblaban las manos. No lo encontraba a pesar de guardarlo en un bolsillo muy concreto —junto a la Llave Master—, precisamente para tenerlo localizable en caso de emergencia. Pero los brazos me ignoraban. Tenía todas las extremidades rígidas, disecadas.

—Amanda Elizabeth Younker —pronunció ceremoniosamente Alex como un príncipe de cuento—, deberías contestar a la pregunta del hidroavión antes de que se le agote el depósito de la gasolina.

A lo que ella replicó de inmediato con un chillido:

—¡¡Sí!! ¡Sí, claro que sí! ¡Sí! ¡¡Sí!! ¡¡¡¡¡Síííííí!!!!!

Me olvidé de respirar. Y por consiguiente, de vivir.

Alex sacó una pistola de bengalas y la disparó hacia el cielo. Sentí el estallido dentro de mí. «Me voy —dije. Solté a Ruby—. Lo siento, mi pequeña...»

El hidroavión giró 180 grados, en dirección contraria, desvelando el otro lado de la pancarta: HA DICHO SÍ.

Me apagué.
Fundí a blanco.

⌒⌒

Miriam se hizo cargo de las niñas. Yo insistía en que estaba bien, que me había dado un golpe de calor —aunque mucho calor no hacía—. El triunvirato de emergencias: Ben, el paramédico, Margaret, la jefa de policía, y Gail, la jefa voluntaria de bomberos, querían llevarme al hospital Cape Cod en Hyannis. Pero Mark, que debía de intuir que lo mío era más psicosomático que otra cosa, intercedió como si al haber traído a Ruby al mundo tuviera potestad sobre las decisiones que atañesen a mi persona. Al final me llevaron a la comisaría, donde guardan un kit de emergencia —desfibrilador, Duralone, adrenalina, atropina, sueros, tensiómetro...—, para asegurarse de que estaba bien. Tenía un sarpullido rojo por todo el pecho. Ben pensaba que era una reacción alérgica grave y quería inyectarme Duralone, pero Mark nos había acompañado y, con mucha mano izquierda para no poner demasiado en evidencia el dudoso criterio médico del octogenario Ben, de nuevo opinó que era mejor esperar, que el Duralone era una bomba que me iba a dejar noqueada y que, una vez descartado el shock anafiláctico, lo mejor era aguardar un poco a ver cómo evolucionaba. Se ofreció a quedarse conmigo y llevarme a casa en cuanto dejara de estar tan pálida. Así Ben, Margaret y Gail podrían regresar al pícnic. Les preocupaba el nivel de alcoholismo tan avanzada la fiesta. «Siempre hay algún gracioso con ganas de bronca. Pasa todos los años», dijo la jefa Margaret. En cuanto se fueron, Mark me invitó a pasar a su consulta de dentista —justo enfrente—, donde estaríamos más cómodos.

El tensiómetro pitó con los resultados. Mark me había vuelto a tomar la tensión, e iban tres. Estaba tumbada en la camilla y seguía mareada. Era la segunda vez que entraba en su consulta sin que tuviera que ver con mi dentadura.

—8/6, todavía la tienes muy baja. ¿Es la primera vez que te pasa?

—Qué va, soy bastante propensa a los desmayos.

—No, me refiero a sufrir un ataque de ansiedad.

—No, pero si no ha sido más que un bajón de tensión...

—Alice, te he sacado un bebé de las entrañas. Puedes confiar en mí. Y además tomo Zoloft desde hace tres años, sé reconocer un ataque de ansiedad a kilómetros de distancia.

El sarpullido del pecho comenzó a arder, señal de que debía rendirme a la evidencia.

—Madre mía, qué vergüenza, la que he montado ahí en mitad de la pedida.

—No te preocupes, diremos que has sufrido una sobredosis de ñoñería. Todo el mundo lo entenderá. Esos chicos nacieron empeñados en convertirse en la pareja más feliz y perfecta de la isla.

¿Eran Amanda y...? Ya ni me acordaba.

Me llamó la atención lo nuevo que estaba todo en la consulta, como si aún no hubiera estrenado el equipo.

—Aquí no debes de tener muchos pacientes, ¿no?

—No, esto es una tapadera. Hago blanqueo, pero no de dientes, de capitales —bromeó. Luego—: Una o dos veces al mes bajo a Nueva York. Tengo una clínica allí con un socio. Una semana de endodoncias a pijos ricos del Upper East Side da para mucho. Además, está bien salir de aquí de vez en cuando. Las islas pueden llegar a ser muy claustrofóbicas.

Mark me contó que era de Cedarburg, Wisconsin, un pequeño pueblo de cuento situado muy cerca del lago Michigan. Su padre era el único dentista de la localidad. Un tipo campechano y tranquilo que en su tiempo libre pescaba salmones en el lago y hacía queso y cerveza en su garaje. Siempre quiso que alguno de sus hijos, Mark o su hermano mayor Paul, heredara la consulta y siguiera con la tradición familiar —su abuelo también había sido dentista—. Pero Mark no quería ser dentista. Aquello le parecía demasiado banal. Quería ser médico, pero de los que salvan vidas, cirujano o algo así, y quería salir del pueblo, que de tan idílico que era, le asfixiaba. Así que sintió un gran alivio cuando, con apenas diez años, en las incursiones a hurtadillas que hacía con Paul en el bosque para cazar ratones, ardillas, conejos y demás roedores, mientras Mark se dedicaba a abrirlos en canal para practicar sus dotes de cirujano, Paul solo mostraba interés en extraerles los dientes a los animales con unos alicates. Llevaba la vocación en la sangre. Años después, durante la noche del baile de graduación, Paul, ya matriculado en la Facultad de Odontología de la Universidad de Illinois, tuvo un accidente de coche junto con su novia, Samantha, y dos parejas más. El conductor de la limusina que habían alquilado, que luego se descubrió que estaba ebrio, perdió el control del vehículo, se salió de la carretera y se estampó contra un árbol. Murieron tres de los ocupantes. Una de ellos, Samantha. Paul se salvó, pero sufrió quemaduras graves en la cara y parte del cuerpo al tratar de sacarla a ella de la limusina ardiendo, atrapada como estaba en un amasijo de hierros. Paul perdió la vista de por vida. Sufrió una fuerte depresión tras el accidente. Mark lo pasó fatal. Quería con locura a su hermano. Le veneraba. Quería hacerle sentir mejor. Quería convertirse en los ojos de su hermano, que pudiera vivir ciertas cosas a través de él. Tal vez por eso, un año después, cuando llegó el momento de su graduación, decidió cambiar de idea a última hora y, en vez de irse a la Facultad de Medicina de la Universidad de Michigan —donde ya había sido aceptado y se iba a especializar en Cirugía—, se decantó finalmente por la Facultad de Odontología de la Universidad de Illinois, donde iba a estudiar su hermano. De poco sirvió aquel gesto tan loable, porque cuatro años después, apenas tres meses antes de graduarse, su hermano, que había acabado enganchado a los analgésicos para paliar los dolores crónicos provocados por las secuelas de las quemaduras y la muerte de su novia, se mató al ingerir una mezcla letal de alcohol, analgésicos, relajantes musculares y antidepresivos. Su padre le siguió apenas cinco meses después, con Mark recién graduado, de un infarto de miocardio fulminante mientras pescaba salmones en el lago Michigan. Cerraron la consulta del padre, su madre se fue a vivir con su hermana a Key Biscayne, en Florida, y Mark se marchó a Nueva York, donde se planteó retomar su vocación de cirujano, pero aún le quedaban por devolver más de 60.000 dólares del préstamo de estudiante que había solicitado para pagar la carrera. Así que empezó a trabajar a tiempo parcial en una consulta de dentista mientras hacía un máster en Endodoncia clínica en la Universidad de Nueva York.

—Conclusión —terminó Mark su breve relato—: ¿Qué es lo quería evitar? Ser dentista en un pueblo tan idílico como asfixiante. ¿Qué es lo que he acabado siendo? Un dentista en una isla tan idílica como asfixiante. Un gran avance, sin lugar a dudas.

Sonreí mientras pensaba: «¿A qué te suena eso, Alice?». Ya me encontraba bastante mejor. Por fin me había desaparecido el temblor de manos y el cosquilleo en la cabeza.

Antes de llevarme en su cochecito de golf a casa de Miriam a recoger a las niñas, me dio un vial de Valium.

—Es más efectivo que el Xanax para los ataques de ansiedad.

Tuve todo el rato la sensación de que Mark se las había apañado para quedarse a solas conmigo con la única intención de ligar. No, rectifico, de flirtear, es decir, de dar señales sin comprometerse. Aunque tal vez, si no hubiera sido testigo directo del cuadro crítico de su relación, si le hubiera visto acaramelado con Julia, esa sensación de coqueteo la hubiera vivido como una simple y llana acción ciudadana solidaria. Un buen vecino, con ciertos conocimientos de medicina general. Y punto. Así que decidí no darle más vueltas, entendiendo que era una mera proyección, que en nada respondía a un deseo emocional o sexual —que los tenía completamente anulados—, sino a una necesidad de que un hombre guapo, seguro y entretenido se fijara en mí y me cuidara. No era un deseo hacia Mark, era un anhelo de Chris.

Día 118. Año I d. C.

La puerta del desván estaba atrancada. Llevaba tanto tiempo sin abrirse que la madera se había dilatado por la humedad. Un empujón seco con el hombro. Au. Otro. Au. Otro. Au. Y se abrió. De inmediato oí cómo algo se escabullía en el interior. Garras rascando la madera. Patas cortas y pequeñas reaccionando y huyendo a buscar escondite. «Ratones», pensé. No los mataría. Los cazaría —sin trampas— y los sacaría con suma paciencia. Desde mi incidente con el cuco que me miraba como si fuera Chris en una intersección de la ruta del rotulador rojo, me había vuelto muy sensible con la fauna que me rodeaba. No creía en la reencarnación —al menos hasta entonces—, pero pensaba que el espíritu de Chris podía habitar en cualquier criatura del reino animal. Así que no mataba ni una mosca, ni una araña, ni cualquier bichejo incómodo. Las únicas que no se libraban eran las cucarachas. A esas seguía pisándolas con saña. «Chris, no sé qué me estabas haciendo, pero espero que no sea tan grave como para que algún dios hindú te haya condenado a habitar cualquiera de las cucarachas que he despachado por los Estados de Rhode Island y Massachusetts.»

La estancia estaba a oscuras. Dentro solo había una mesa de madera en el centro, una pizarra de tiza, antigua y mal borrada, y alguna silla rota. Sábanas clavadas en el marco de los ventanales bloqueaban la entrada de luz y le daban el aspecto de haber sido el escenario de un horrible crimen que los dueños nunca lograron superar.

Arranqué las sábanas, y la luz y el polvo inundaron la estancia. Más ruidos de patas asustadas buscando escondrijo.

«Tranquilo, ratoncito, que no te voy a hacer daño, solo te voy a desahuciar amablemente.»

Al darme la vuelta solté un grito: unos dientes rabiosos me amenazaban. Era un mapache dispuesto a defender a muerte lo que él consideraba su madriguera, y me gruñía interponiéndose entre la puerta y yo. «De aquí solo va a salir uno vivo», parecía decir.

Nunca había visto gritar tan fuerte y agudo a Olivia. Acababa de entrar para ver qué hacía su madre allí arriba, cuando se encontró con el mapache y el duelo a muerte. El chillido pilló tan de sorpresa al mapache que salió disparado alejándose de la niña, a por mí.

Me alcanzó con las garras en el antebrazo izquierdo. Un zarpazo con cinco trayectorias paralelas sangrientas. «Dios, como tenga la rabia», pensé. Pero en vez de asustarme me hizo reaccionar. Me cabreó. Una pata de madera suelta de una silla. Un golpe seco y certero. *Pum.* «Chris, espero que no estés dentro de ese mapache.»

Tuvimos que enterrar al animal con todos los honores. Olivia se sentía culpable de su muerte. Cuando lo vio inerte en el suelo, muerto, lo primero que dijo fue: «Oh, qué bonito, es tan puchi puchi... ¿Va a despertar ahora, mamá?». Cuando le expliqué que sí, pero que mañana por la mañana, que ahora tenía que descansar, que se había llevado un buen susto, Olivia no me creyó, en parte porque alrededor del animal se empezó a formar un charco de sangre que salía de la oreja. Hala, venga, un nuevo trauma para la pequeña. Así que cavamos un agujero en el jardín, lo enterramos, le pusimos una cruz con su nombre inscrito: «Puchi Puchi». Y Olivia rezó una oración: «Puchi Puchi, que descanses en el cielo y digas hola a papá de mi parte y espero que seáis amigos y que le digas a papá que mamá no quería matarte porque eres muy puchi puchi y nos hubiera gustado que te quedaras con nosotras. Te queremos, Puchi Puchi, y si encontramos a tus hijos, los cuidaremos y los llamaremos Puchi Puchi como a ti. Adiós, Puchi Puchi. Te echaremos de menos como a papá. Amén».

El desván iba a ser mi centro de operaciones, pero antes tenía que dejarlo completamente limpio. «¿Sabes para qué deberías usarlo, Alice? Para pintar. Mira qué vistas: los árboles y la vegetación asomándose a la orilla del mar, tierra y agua, verde y azul viviendo un hermoso idilio, orientación este para disfrutar de los amaneceres, las nubes, las dunas, los veleros, los pájaros... Ya no te puedes escudar en la falta de luz natural del sótano de tu casa de Providence y en que no tienes vistas en las que inspirarte. Ya no tienes excusa. ¿Hace cuánto que no pintas, Alice? ¿Por qué renunciaste a tus sueños de ser una gran pintora? No, no renuncié, porque mis grandes referentes se inspiraban en lo cercano, casi sin salir de casa. Wyeth y Hopper hubieran pintado maravillas sin moverse de aquí. Vale, y entonces, ¿por qué no lo has hecho o intentado? ¿Por qué no has sabido compaginarlo con tu maravillosa vida? ¿Era maravillosa tu vida?»

Decidí subir allí el cuadro de Diego Sánchez Sanz. Me incomodaba verlo en el salón. Demasiado grande. Lo probé en el recibidor. En mi cuarto. El pasillo. Nada, no me gustaba en ningún sitio. El problema no era el lugar. Era la imagen. No la plasmada, sino la que me devolvía. La distancia abismal —a todos los niveles— entre ese momento y el actual. Me costaba reconocerme. Tal vez decidí ponerlo allí para tratar de no perderme —aún más—. Mostrarme el camino para reencontrarme conmigo misma. O para vigilarme. Alguien tenía que estar pendiente de mí. Y solo había una persona que podía estarlo: yo.

Y me puse manos a la obra. Usé lejía y amoniaco para limpiar todos los rincones y abrasar todos los pensamientos que me alejaran de mi objetivo. Me dolía mucho el culo por la vacuna antirrábica. Me la puso Gail, que además de ser la jefa voluntaria de los bomberos, era ATS y dueña de la única farmacia de Robin Island —me empezaba a dar cuenta de que casi todo el mundo en la isla era más de una cosa—. «Hija, no ganas para sustos», me dijo mientras limpiaba con alcohol la zona donde iba a practicar la inyección.

Me gustaba la pizarra, grande, señorial, inteligente, como

si hubiera memorizado y archivado todo lo que se había escrito en ella. Esa pizarra sería mi aliada. Me ayudaría a organizar mis pensamientos, mis descubrimientos. Había un cajetín con tizas rotas de varios colores. Elegí el blanco. Me aparté un par de metros y la miré. Me pareció muy importante meditar qué iba a ser lo primero que escribiera, como si eso marcara un camino que ya no se pudiera desandar. Pensé. ¿Qué quería averiguar? ¿Cuál era mi objetivo? Si tuviera que resumirlo en una sola frase, ¿cuál sería? ¿Cuál era la pregunta madre? Di un paso al frente. «Creo que ya lo sé.» Otro paso. «Piénsalo bien, Alice.» Otro paso. «Sí, ya lo sé.» Escribí en letras mayúsculas:

¿QUÉ HACÍA CHRIS EN LA ISLA?

«Tampoco es que te hayas devanado los sesos, chica.» Lo escribí en la esquina superior izquierda. Como si buscara un sitio donde no molestara la pregunta. Donde no me abrumara y bloqueara, por inabarcable. Pero era importante no olvidar nunca el propósito de todo aquello para no volverme —aún más— loca.

Luego escribí, ya casi sin pensar:

¿Qué busco?
Señales de duelo.
Ansiedad. Pena. Dolor.
Comportamiento anormal.
Crisis.

Posibles motivos por los que Chris iba a la isla:
Doble vida. ¿Amante? ¿Un hijo? ¿Una mujer? ¿Las dos cosas?
Algo relacionado con la familia (hermano, padre o madre secreto o algo así, investigar familia de Chris).
Algo ilegal (?). No creo.
Huir/escapar/refugio. ¡Un poco lo mismo que tú, Alice!

Maneras de investigar/averiguar/espiar:

Hacer amigos. Intimar.
PERRO – ayuda a socializar.
Actividades sociales. Generar confianza.
Seguimiento.
Colocar micrófonos.
Cámaras ocultas.

Cosas que podría abrir la Llave Master:
Taquilla. Caja de seguridad. Caja de caudales.
Puerta pequeña. Cajón. Aparador. Armario.
La guantera de un coche.
Un coche de golf (o vehículo pequeño y eléctrico).
Cadenas de todo tipo.

Sitios lógicos donde convendría buscar la cerradura de la Llave Master:
Banco. Caja de depósitos.
Oficina de correos. Apartado postal. Casillero.
El Inn. Caja seguridad habitaciones.
Burr's Marine (alquilan y venden coches de golf).
Casas. Cualquier casa. ¡TODAS las casas!
Calles. Cualquier bici, scooter.

Lista de películas:
La ventana indiscreta. La conversación. Memento. Fargo. Ace Ventura. La vida de los otros. La trilogía de Bourne. Pack de James Bond.

Lista de series:
«The Wire.» «Se ha escrito un crimen.» «Kojak.» «Sherlock.» «Alias.» «Homeland.» «MacGiver.» «Twin Peaks.» «The Killing.» «True Detective.»

Frases que me hacen reflexionar (y me deberían ayudar):
Regla zen I: «La mejor manera de dar en la diana es no apuntar al centro».
Stephen Hawking: «¿Por qué recordamos el pasado, pero no el futuro?».

Werner Heisenberg (principio de incertidumbre): «El acto mismo de observar cambia lo que se está observando».

Donald Rumsfeld: «Hay cosas que sabemos que sabemos. También hay cosas desconocidas conocidas, es decir, que sabemos que no sabemos. Pero también hay cosas desconocidas que desconocemos, las que no sabemos que no sabemos».

Robert McNamara: «Ver y creer suelen estar a menudo equivocados».

Mi padre: «Nacemos con pocos talentos, y son muy difíciles de descubrir. Cuando lo haces, debes aprovecharlo».

Mi abuelo Vince: «Que cada perro se lama su pijo».

Chris/Christ: «La impaciencia lleva a cometer errores».

Luego traté de recordar algo de todo lo que me había contado Miriam el día anterior. Efectivamente, la grabadora solo había registrado veinte minutos de conversación y el sonido era igual de perturbador e inservible que cuando el teléfono se marca solo estando en un pantalón.

Esto es lo poco que pude rescatar de mi naufragio en el pícnic:

– Miriam – bebé Chloe – agencia inmobiliaria – convendría tener acceso a sus archivos. ¡Ja! A ver cómo – separada del hombre rubio (jabalí herido) – mal rollo.

– Hombre gordito, igual que Homer Simpson, director de la sucursal banco. Investigar si Chris tenía cuenta. ¿Cómo? Ni idea...

– Margaret (nunca Maggie) – la jefa de policía, sargenta de hierro.

– Mark – dentista, viaja a Nueva York todos los meses – Mujer: Julia Ponsky (deprimida) – un hijo, Oliver (Oli jugó con él todo el rato) – ¿Y si los viajes de Mark coinciden con los de Chris? ¿Veía a Julia cuando Mark no estaba? ¿Depresión de Julia relacionada con Chris? No lo creo, pero conviene mirar.

– Ben – paramédico – muy muy mayor.

– La niñera – ¿nombre? – ¿posible embarazo? (¿de quién?) – Tía (¿nombre?) con marido en coma.

– Karen – Karen's Petite Maison, Inn – Marido armada, submarino (¿John?) – mucho tiempo fuera. Conviene investigar. ¿Se quedaba Chris en el Inn? – Hijo (¿nombre?), practica vela.

– El de la tienda de mascotas y veterinario – vejete, buena gente. Hija, Barbara, veterinaria granja de caballos. Asistió parto. Su novio (¿nombre?) piloto.

– Esa pareja joven que se va a casar. Amanda y ??? ¡¡¡Muy hortera todo!!!

Un punto de partida muy poco prometedor. Suspiré y pensé en los Valium que me había dado Mark mientras me frotaba la cara y me manchaba la mejilla de tiza. Otro suspiro. Cogí la tiza de color rojo y escribí en grande, en el centro:

¿POR QUÉ NO PREGUNTAS Y YA ESTÁ, ALICE?
¡¡¡¡¿POR QUÉ?!!!!

Marqué el punto que cerraba la última exclamación con tanta fuerza e impotencia que partí la tiza y mi uña en dos.

Días 119-132. Año 1 d. C.

Olivia miraba el hidroavión como si fuera el epicentro de un tornado. Los niños se subían animosos en su primer día de colegio.

—Pero ¿el colegio está dentro del avión?

—No, el hidroavión te va a llevar al colegio.

—¿Y aquí no hay colegio?

—No, aquí solo hay guardería, y tú ya eres mayor para la guardería. —Oli seguía de pie apoyada contra la puerta del coche, sin intención de moverse—. Es como coger el autobús. Pero este autobús va por el agua y vuela.

—No sé si me gusta. Me da miedo.

—Pero si a ti no te dan miedo los aviones. A Alaska fuimos en avión y te encantaba verlo todo desde el cielo.

Mark llegó con Oliver en su coche de golf. Nos cruzamos una mirada fugaz y, por su sonrisa comprensiva, vi que intuía la situación.

—¿Y si me encuentro a papá?

—¿Cómo que si te encuentras a papá?

—La abu me dijo que papá está en el cielo. Me da miedo verle. A lo mejor no se acuerda de mí. Hace ya mucho que no me ve. Yo le veo en las fotos. ¿Él se llevó fotos mías?

Quise matar a mi madre en ese instante. Pero en realidad, le había dicho lo que ella y su fe cristiana realmente creían. Ahora a mí me tocaba explicarle a mi hija que el cielo de los muertos no es el mismo cielo que veíamos y surcábamos los vivos, que son capas distintas de la estratosfera. Pero conocía a Olivia y aquella charla requeriría una descripción gráfica con dibujos y demás parafernalia. No había tiempo para eso ahora.

—¿Cómo se va a olvidar de ti papá con lo preciosa y bonita que eres? No necesita fotos.

No pareció surtir efecto ninguno.

—¿Por qué no volvemos a casa?

Estaba a punto de echarse a llorar, y yo a punto de tirar la toalla.

—Cuando vuelvas del cole, yo voy a estar aquí con Ruby esperándote para llevarte a casa.

—No me refiero a esta casa, me refiero a nuestra casa de verdad.

Aquello se me clavó en el esternón. Me sentí mala madre por haberla arrastrado allí en mi delirio. Pero a ella le había parecido bien la idea. Se lo consulté y estaba encantada. «¡La isla del tesoro! ¡Voy a vivir en la isla del tesoro!», exclamó. Ya, pero era una niña, no sabía las repercusiones de esa decisión. «¿Acaso las sabes tú, Alice? Y esto no es una novela clásica, esto es una cagada clásica.»

Mark se acercó con Oliver, que iba con la cabeza gacha por la vergüenza.

—Hola, Olivia. ¿Sabes que a Oliver también le dio miedo la primera vez que se subió al hidroavión? ¿A que sí, Oli?

Oliver asintió, mirándose los zapatos y rascándose su cara pecosa.

—Pero ahora le gusta mucho —continuó Mark—. Sois los únicos niños de todo Estados Unidos que vais en avión al cole. Mola, ¿no?

—No, si no me da miedo, si yo ya he volado a Alaska en avión, que está muy lejos —dijo Olivia, que se había envalentonado con la presencia del niño. Parecían sacados de una postal de San Valentín con los mofletes rojos y mirándose de reojillo.

—Pues venga, Oli —animó Mark a su hijo—, dale la mano a Oli y os vais juntos.

Mark cogió el brazo de Oliver y lo extendió hacia Olivia. Un, dos, tres, cuatro segundos de incertidumbre hasta que el piloto arrancó el motor del hidroavión. Olivia del susto le cogió la mano a Oliver. Mark lo empujó suavemente.

—¡Hala, corred! Oli y Oli juntos al «coli».

Los niños corrieron, entre la vergüenza y la excitación por ir de la mano, como si quisieran que pasase rápido el momento pero perdurara para siempre en el recuerdo.

—Oli y Oli juntos al «coli». Vaya rima más ridícula. No me lo tengas en cuenta.

Nos reímos, le di las gracias una vez más por el cable, esperamos a que despegara el hidroavión, me preguntó si ya me encontraba mejor, le dije que sí, que de momento el vial de Valium seguía intacto, se alegró mucho, nos despedimos, me subí al coche y me marché. Por el retrovisor pude ver cómo me seguía con la mirada.

Esa misma mañana salí a correr con Ruby en el *stroller* deportivo, cosa que le encantaba y le hacía reír y agitar los brazos como si me pidiera que fuera más rápido. No me podía haber salido un bebé más perfecto, empático, discreto y adaptable a cualquier circunstancia y evento de la vida, como si supiera que ya había pasado su peor trauma —perder a su padre antes de conocerlo— y ya todo fuera a ir bien, sin mayores sobresaltos. Puro disfrute. No tenía ganas de correr, demasiadas cajas sin desembalar en casa y en mi cabeza, pero me ayudaría a despejarme, a activarme y sobre todo a poder echar un vistazo alrededor y empezar a hacerme una composición del lugar. Mirar sin que me parasen, sin que me hicieran preguntas, intercambio de sonrisas cordiales y observar, cotillear. Me llamó mucho la atención la cantidad de perros que había. Eso justificaba la existencia de una clínica veterinaria en una isla donde no había médico. Y más que la cantidad de perros, me llamó la atención la cultura del perro, la vida social en torno a sus mascotas. En el Shoreline Park había una zona exclusiva para perros, el Bark Park, con fuentes, lavaderos, elementos de salto y túneles, donde los perros podían correr, saltar, chapotear y jugar mientras sus dueños hablaban y hablaban tomando café. ¿Estarían hablando de Chris? «¿Os acordáis de aquel hombre joven que venía a la isla? Aquel que tal y que esto y que lo otro. Pues al parecer murió en un accidente hace unos meses...» Yo tenía que estar ahí. Me acuciaba la sensación de estar perdiéndome información relevante. Habían pasado casi cuatro meses desde la muerte de Chris. Lo había leído y visto cientos de veces en las noticias: en las investigaciones, cuanto más tiempo pasa, más difícil es recabar datos para dar con... ¿El qué? ¿El criminal? ¿El desaparecido?

Cogí el ferri a Hyannis y me acerqué al refugio de animales Animal Rescue League, en Brewster. Me había criado rodeada de perros. A lo largo de mi infancia y adolescencia pasaron por mi vida dos pastores alemanes, hermanos de la misma camada: Jack y Jill. Un beagle: Clifford. Un Jack Rusell: Hawkeye. Y un caniche (de mi madre): Cotton. Así que hacerme con un perro, además de ayudarme a introducirme en la comunidad, era algo natural para mí, necesario, lo echaba de menos. Aunque he de reconocer que también me hacía sentir un tanto culpable, como si le fuera infiel a Chris. Él era alérgico a los perros. Por eso nunca habíamos tenido uno. Meter un perro en casa era como alejarle un poco.

Pasear por las instalaciones del refugio era una mezcla entre estar en una tienda de dulces y el corredor de la muerte. Pena y dolor, combinado con amor y gemidos desesperados. Historias terribles en busca de un final feliz. Era muy sencillo. Los que no encontraban familia de acogida acababan siendo sacrificados. Así que yo buscaba un perro que tuviera menos opciones en esta criba antinatural. Cada perro al que me acercaba me lo quería llevar, su mirada suplicante, sus lloros que te partían el corazón, su necesidad de ser amados y dar amor. Lametones. Muchos lametones. Perros abandonados, perros perdidos que nadie reclamaba, perros que han sufrido un accidente, perros enfermos. Antes de llegar a la tercera jaula, ya me había echado a llorar. El encargado me miraba desdeñoso y con prisa, como si fuera un vagabundo que entra en Tiffany. Como si pensara que mucho lloriqueo y tal, pero seguro que al no encontrar al cachorrillo de labrador del anuncio de la tele me iría derechita a la tienda con la conciencia tranquila por haberlo intentado, al menos. Pero no, yo estaba allí para llevarme un perro tan abandonado como yo.

Estaba tumbado, en un rincón, con la cabeza apoyada en sus patas delanteras, como si ya se hubiera visto en muchas situaciones similares y hubiera perdido cualquier esperanza.

—¿Qué le pasa?

—¿A cuál?

—A aquel, el negro que está tumbado.

Parecía o el más tonto o el más listo de todos. El único que había optado por una estrategia diferente. Le cacé mirándome de reojo, y en cuanto hicimos contacto visual, retiró la vista. Efectivamente era una estrategia. Listo. Muy listo.

—¿Qué le va a pasar? Mire dónde está metido. Tiene cinco años. Ha tirado la toalla.

«No, no la ha tirado —pensé—. Está esperando su oportunidad. Está cavando un túnel para escapar de allí. Como yo cuando decidí irme a vivir a Robin Island. Un túnel desde Providence que cavé yo sola y que solo compartí cuando asomé la cabecita al otro lado.»

—¿Qué raza es?

—¿Raza? ¡Ja! —dijo confirmando sus sospechas de que yo era una farsante y una pija—, es un chucho. Una chucha, de hecho. Es hembra.

Pelo duro negro, con tres manchas blancas en el lomo y una en la cara. Muy delgada, se le marcaban las costillas, con orejas lánguidas y gachas. Aunque estaba claro que era un cruce entre dos razas, se parecía mucho a un McNab. Estuve a punto de decírselo al encargado para demostrarle mis conocimientos sobre perros. Pero pasé.

—¿Tiene nombre?

—¿Nombre? Ja, ja, ja. —Buscó algo irónico que contestarme, pero no lo encontró. Le entró un aviso por el walkie: «Oye, colega, está llegando la furgoneta. Te necesitamos aquí abajo». Me dio la espalda para contestar pensando que así no le oiría decir—: Sí, enseguida, despacho a esta señorita que ha venido solo a mirar y voy.

Abrí la puerta de la jaula. La perra ni se inmutó. Me acerqué. Me agaché a su altura. Llevaba a Ruby en la mochila portabebés. El encargado me vio.

—Perdone, pero no se puede entrar en las jaulas.

No le hice caso. Ruby, que siempre era maravillosamente oportuna, se despertó. Abrió los ojillos y giró la cabecilla. La perra alzó la cabeza, a la defensiva.

—Oiga, señorita. Haga el favor de salir.

La perra le olfateó la naricilla a Ruby y le hizo cosquillas. Una risotada de Ruby, que estiró las manos y acertó a agarrar a la perra de una oreja. La perra se dejó. Otra risotada. La perra le dio un lametón. Solo uno. Otra risotada más. La perra volvió a tumbarse, como si no quisiera encariñarse con la niña y luego llevarse otro chasco.

—En serio se lo digo, haga el favor de...

—Me la llevo.

Tenía dos hijas: una, un terremoto, y la otra, enganchada a mi teta. Quería una perra tranquila que viniera cagada y meada de fábrica, aunque fuera de una fábrica de desguace.

—¿De verdad? —La cara del encargado se relajó y pasó a ser un personaje con nombre, Saul—. Cómo odio ser borde. Pero me obligan, porque mucha gente no entiende lo serio que es esto y que no se puede hacer a la ligera. Nos obligan a poner mil trabas y asegurarnos de que hay un compromiso firme. De hecho, no viene ninguna furgoneta, es solo una táctica para apremiar a la gente y que no se anden con rodeos. Mucha gente llega en verano, adopta un perro para las vacaciones, para que sus hijos jueguen con él, como si fuera una colchoneta hinchable. Pero luego vuelven a su lugar de residencia y parece como si el perro no cupiera en el maletero del coche y fuera un trasto prescindible. Pensarían: bueno, aquí estará al aire libre, correteando por la playa a sus anchas. El mes de septiembre siempre es el peor. —De repente volvió a apretar la mandíbula. Había enseñado sus cartas antes de terminar la partida. Agravó la voz y frunció el ceño—. Tiene mucho papeleo que rellenar, no damos un perro a cualquiera, señorita.

—Claro, lo que haga falta.

El chico me sonrió aliviado. Parecía otro perrillo abandonado deseando que lo adoptasen. «Lo siento, ya he cubierto el cupo.»

Mi plan era perfecto. Olivia volvería del cole, abrumada de tantas emociones contradictorias. Y cuando llegara a casa y viera a la perra, se pondría muy contenta, le daría un nombre y ya sí que aquella sería su casa, y la isla, nuestro hábitat natural. Sentía un gran peso oprimiéndome el pecho desde que me había dicho que se quería ir de allí. Bueno, yo también me había querido ir ya varias veces.

Los padres esperaban a sus hijos. Algunos charlaban entre sí. Otros permanecían en sus coches de golf enfrascados en sus cosas, aprovechando los últimos momentos antes de que sus hijos y sus deberes fagocitaran todo su tiempo y energía.

Vi a Julia. Tuve el impulso de acercarme a hablar con ella. Pero en su mirada parecía haber una señal de advertencia: «Manténganse alejados». No hacía nada. Nada era nada. Ni siquiera miraba, a pesar de tener los ojos abiertos.

Que Olivia se alejara del hidroavión dando saltitos, corriendo hacia mí, despidiéndose de Oliver, Ginger, Tracy, Ryan, Britney y no sé cuántos niños más, me devolvió uno de los galones de madre que había perdido.

Al llegar al Cherokee, Olivia dio una vuelta completa alrededor, contando las ruedas. Una, dos, tres, cuatro.

—Olivia, ¿qué haces?

Y luego otra en dirección contraria, volviendo a contarlas. Una, dos, tres, cuatro. Y se subió al coche.

—Sí, están todas, no hemos perdido ninguna por el camino —dije sin darle importancia, pensando que sería un juego que habría aprendido en el cole—. ¿Qué tal te ha ido, cariño?

Al escuchar su atropellado e ilusionado relato, la angustia que dominaba gran parte de mi territorio perdió un par de puntos estratégicos en favor de la tristeza —cosa que agradecí, la pena es sólida y manejable, la angustia es gaseosa e inasible—. Yo era profesora. Yo debería estar dando clases, haciendo memorable el primer día de muchos niños asustados. Recuerdos perdurables, pequeñas grandes aventuras. Moldear carácter. Descubrir virtudes. Aplacar taras. Enseñar a vivir.

Media hora había dejado a la perra sola en casa. Le había puesto un lazo muy mono en el cuello que ahora estaba destrozado. En resumen, este es el mensaje que pareció querer mandar al mundo, a nosotras: «Os he engañado», acompañado de una risotada maléfica. Se había cagado y meado por doquier, cosa que no había hecho en el coche, ni en el ferri, ni cuando llegamos a casa, ni después de darle de comer y beber, ni después de un pequeño paseo por la calle, ni después de jugar con ella en el jardín. Se lo estaba guardando para un propósito mayor. La gran batalla final, aniquilación y destrucción. Cojines, zapatillas y mandos a distancia destrozados. Cajas sin desembalar que la perra había decidido que ya era hora de abrir y sacar su contenido y colocarlo a su manera. Insisto: todo en apenas media hora. El demonio de Tasmania reencarnado en una perra de tamaño mediano, que nos miraba muy quieta, con las orejas gachas y el rabo entre las patas, sabedora de que bien, lo que se dice bien, no se había portado. Y lo peor de todo: con el Oso Apestoso en sus fauces, con un brazo arrancado y un ojo menos, desaparecido en combate. ¡Sorpresa!

—¡Apestoso! —gritó Olivia, y se abalanzó a por la perra con la misma determinación y ausencia de miedo con que una madre protegería a su bebé de un malhechor.

La perra huyó despavorida y gimoteando asustada.

Dos horas después, Olivia estaba encerrada en su habitación, aún compungida. Entré con el Oso Apestoso restaurado, con su ojo y su brazo recién cosidos. Imité la voz de Apestoso:

—*Hola, Olivia, mira, ya estoy como nuevo. Qué susto nos hemos pegado, ¿eh? Pero no fue culpa de la perra, fui yo, que me puse a jugar con ella y se me fue la cabeza. No te enfades con la perrita, ¿vale?*

Olivia cogió su peluche. Estaba pintando. No sé muy bien el qué, pero había mucho rojo.

La perra se asomó tímida por la puerta. Parecía genuinamente arrepentida, un angelito que se acercaba despacio.

—Mira quién ha venido a pedirte perdón...

—Yo no quiero una perra. Me dijiste que me ibas a comprar un poni. —Abrazó a Apestoso en un gesto muy sobreactuado.

Estuve a punto de decirle que yo nunca le había prometido tal cosa, y que las promesas de los padres difuntos no se heredan, que expiran con la persona en cuestión. Pero no me pareció apropiado ni justo.

—Pero si no es una perra. Es un poni. Mírala bien. Un poni negro y blanco. Un poni precioso.

—No me hagas burla. Es una perra. Una perra mala.

—Que no, mira.

Me puse de rodillas, sentada encima de la perra a horcajadas. Le cogí las patas delanteras y las levanté, haciendo como que cabalgaba mientras relinchaba.

—¡Arre, poni, arre!

En condiciones normales, Olivia se habría partido de risa y me habría dicho: «Déjame, me toca a mí. ¡Déjame, mami!». Pero nada.

—¡Al galope, poni, al galope! —insistí en balde.

—No podemos tener perros, mamá.

Me frené en seco, oliéndome lo que venía a continuación.

—Papá no puede tener perros. Se pone malo.

«Ya, Oli, pero papá no está. Ya no está ni va a estar», esa habría sido la frase lógica. Pero ¿cómo podía decirle algo así a mi hija? Ella ya lo sabía. Lo sabía, ¿no?

—Es muy buena, Oli, nos va a dar mucho cariño y amor. Y te aseguro que ya nunca más volverá a hacer daño a Apestoso. Estaba asustada porque era su primer día en casa. Igual que tú cuando has ido al cole hoy.

—Yo no he destrozado el cole ni me he comido el brazo de ningún niño.

—Vamos a ponerle un nombre. ¿Cómo quieres que se llame nuestro poni?

—No es un poni, no es un poni. No-es-un-po-ni.

—¿Y si la llamamos Poni? ¿Te gusta?

—No, porque no es un poni, no es un poni. No-es-un-po-ni.

—Bueno, vale. Pero de alguna manera tendremos que llamarla, sea el animal que sea. Venga, elige el que quieras.

—Noesunponi.

—Que ya, Olivia, para, que ya lo has dejado claro.

—Que no, que quiero que se llame así.

—¿Así, cómo?

—Noesunponi. Ese es su nombre.

Fue el primer comentario sarcástico de su vida.

Para colmo, resultó que Poni tenía fobia social. No le gustaba estar con otros perros. Así que nuestros paseos por el Bark Park fueron un desastre absoluto: se escapaba, salía corriendo y no paraba hasta llegar a casa. Una vez incluso saltó desde el muelle al mar, como si quisiera huir a nado de la isla. Pero resultó que no sabía nadar. ¿No sabían nadar todos los perros por instinto? Pues Poni no. Chapoteaba dando vueltas sobre sí misma, hundiéndose, tragando agua, agonizando. Me tuve que tirar para salvarla. Desde entonces cogió tal fobia al agua que un aspersor en marcha era como oír el silbido de las balas a su alrededor. Hasta se acercaba a su bebedero de agua con suma precaución, agachada, arrastrándose por el suelo, como si aquel pequeño bol de plástico fuera un agujero negro y un abismo directo al infierno.

A los pocos días de convivencia entendí que Poni no me había engañado, ni camelado, ni perpetrado un elaborado plan para escapar de su destino fatal dando una imagen contraria a la suya, simplemente había vuelto a nacer. Volvía a ser un cachorro. Tenía que volver a aprenderlo todo. Lo bueno y lo malo. Había borrado todas las penurias que debía de haber pasado a lo largo de sus cinco años. Un mecanismo de defensa como quien olvida un trauma para poder seguir viviendo. «¿Te suena de algo, Alice?» Y ahora tenía que aprender a darle la vuelta —como yo—: tomar posesión de su nueva vida. Cuando me di cuenta de esto, acaricié a la perra y le dije: «Tú me vas a enseñar el camino que debo seguir. Y no solo eso: vas a ser mi fiel cómplice en mi búsqueda del tesoro/misterio/secreto. Porque sí, querida amiga, estoy harta de hablar conmigo misma —a veces incluso me sorprendía haciéndolo mientras me miraba en el cuadro de Diego Sánchez Sanz—. Necesito un interlocutor que me ayude a sacar todas las cosas malas que llevo dentro y que me hacen daño. Eso que nos nubla y nos revuelve. Así que, Poni, tienes que aprender a entenderme». Y justo en ese instante —bueno, tal vez unos minutos después—, vomitó en la alfombra. Sí, estaba claro que había empezado a entenderme. O al menos a empatizar, que no era poco.

Días 134-138. Año I d. C.

«¿Tú quieres solucionar este asunto que te traes entre manos? ¿De verdad quieres solucionarlo? Pues es muy fácil, Alice, yo te lo explico. Mira, coges una foto de Chris, una que te guste, más o menos reciente, en la que esté reconocible. La que guardas en la cartera, por ejemplo. La escaneas, la amplías y pones debajo:

¿Conoces a este hombre?
Se compensará
$$$$$$$$$$$$$$$
Razón: Alice Dupont
(La pelirroja que puso un pie en la isla y dio a luz)

»Imprimes cien o doscientas copias, empapelas toda la isla y listo. Ya verás como obtienes resultados inmediatos y dejas de tener esta sensación tan de arenas movedizas que te tiene paralizada.»

Todo esto me espetaba mientras observaba la foto de Chris que siempre llevaba encima. Mi favorita. Últimamente apenas la miraba porque me ahogaba en nostalgia y soledad. Pero necesitaba sentirla y tenerla cerca. Esa foto para mí era tierra, sentido, necesidad, verdad, vida. Se la hice con una cámara de fotos analógica Nikon en una visita a la granja zoo Charming-fare Farm, en Candia, New Hampshire. Estaba observando embelesado a Olivia, que había salido de voluntaria para dar de comer a un cabrito y se asustaba y se reía cuando el animal trataba de atrapar con el morro las briznas de heno que sostenía en la mano. Se acercaba, risa, balido, se apartaba, chillido, balido. Se acercaba, risa, balido, se apartaba, chillido, balido. Carrera, persecución, chillido, balidos, risas. Y por supuesto, una vez superada la prueba, quiso que nos lleváramos el cabrito a casa para que nos diera leche y queso fresco todos los días. Allí fue también donde por primera vez en su vida montó en poni. A lomos del animal, con su padre a su lado sujetando las bridas mientras yo tiraba fotos, Olivia no paraba de decir: «Quiero un poni, quiero un poni, quiero un poni...». Y por supuesto que su padre se lo prometió.

Por la noche, en las cabañas de la granja zoo con olor a establos, le eché la bronca por prometerle cosas que no le íbamos a poder dar. Él le quitó importancia diciendo que al día siguiente vería los cerdos pigmeos y que los querría más que nada en el mundo y se habría olvidado del poni. Luego le conté que tenía un retraso —un poco así de sopetón—. Fue a una farmacia de guardia, compró un test de embarazo y velas aromáticas de cereza y piruleta. Las encendimos en un pequeño ritual amoroso improvisado, invocando a Venus, la diosa del amor, la belleza y la fertilidad, porque los dos lo deseábamos y buscábamos. Salió negativo. Hicimos el amor y nos dormimos abrazados viendo cómo las velas se consumían. Al día siguiente vimos los cerdos pigmeos y, efectivamente, Olivia aseguró que se moría por tener uno, no, mejor dos para que no se sintieran solos. Volvimos a casa y Chris se fue una semana en uno de sus supuestos viajes de negocios. ¿Estuvo en la isla? Yo diría que sí. Pero no rastreé los datos concretos de esa fecha. ¿Hacía falta? No. Pues eso. Al volver, hicimos el amor, le dije que seguía sin venirme la regla, cenamos y repetimos el test de embarazo —ya sin ritual—, en ese orden. Salió positivo. «Venga, haz memoria, Alice, ¿notaste algo raro a su regreso? ¿El polvo que echasteis fue de los que se echan porque toca, de los que son mejor echar porque si no los echas, va a provocar demasiadas preguntas, inseguridades y dudas que gastarán más energía que un esfuerzo físico (y además con recompensa) de veinte minutos máximo? ¿Fue uno de esos polvos? Porque claro que habéis echado polvos de esos, ¿quién no lo ha hecho? ¿Y el juego previo? ¿Y el cariño posterior? ¿Y la alegría por el embarazo? ¿Había alguna sombra de agobio?

Las aletas de la nariz. Cuando Chris estaba agobiado ensanchaba las aletas de la nariz, como si las abriera para que pasara más aire, y tú lo notabas. Piensa, Alice. Malgasta tu tiempo en buscar respuestas que multiplicarán las preguntas. Alimenta la existencia de tu caos. Súmete en un pozo de irrealidad hasta que tu cara se ponga borrosa en todas las fotos de familia. ¿Por qué no te quedas con que sencillamente era perfecto? Todo era perfecto. Y ya está. Fue perfecto porque tú lo hiciste perfecto. Y podrás volver a hacerlo perfecto. Y ya. Descansa. El descanso necesario antes de volver a la cumbre. Alice, eras una alpinista del amor. Llegarás a la cima siempre que quieras. Ve para arriba. No para abajo.»

Guardé la foto en la cartera y, en vez del cartel de «se busca», hice este:

CLASES PARTICULARES A DOMICILIO
DE PINTURA Y ARTES PLÁSTICAS.
Para todas las edades.
Individuales o en grupo.
Anímate y descubre tu lado artístico.
Precios económicos. Primera clase de prueba gratis.
ALICE
48 Shelter Road
email: pintandoconalice@gmail.com

No lo necesitaba. El dinero, digo. Al menos de momento. Lo único que quería era colarme en sus casas. En la de todos. Y revolver en los trapos sucios de su intimidad hasta decir «Ajá, te pillé». Eso y encontrar la cerradura en la que encajase la Llave Master.

A pesar de llevar poco tiempo en la isla, me sentía frustrada. La paciencia nunca ha sido mi punto fuerte. No entendía por qué aún no tenía la más mínima pista que justificara que hubiera dado un vuelco radical a mi vida —«Pero, Alice, si te has mudado a la vuelta de la esquina, a la periferia de tu vida.»—. Todo el mundo era muy amable conmigo. Una amabilidad tan extrema como superficial. Las charlas eran completamente inanes. Caía bien. Siempre había caído bien. Siempre fui una chica popular. Siempre tuve la necesidad de ser la buena niña/hija/amiga/novia/estudiante/profesora/esposa/madre. Pero donde de verdad suceden las cosas importantes es de puertas adentro. De ahí las clases de pintura. Además, es que me apetecía. Había empezado el curso escolar y tenía mono. Sentía cierta rabia interior cada vez que dejaba a Olivia en el hidroavión. «¿Y yo qué? ¿Yo por qué no? ¿Qué quieres? ¿Qué vas a hacer ahora durante todo el día? No eres policía. No puedes ir abiertamente enseñando tu placa y haciendo preguntas. Debes tener paciencia. Colarte en sus vidas.»

Imprimí cien copias. Iba de local en local. Pedía amablemente permiso, siempre me lo concedían. Lo colocaba en la vidriera o en la puerta, y dejaba algunos sueltos en el mostrador. Y ya de paso hacía algún tipo de gasto o consumición para no parecer una gorrona aprovechada, a la par que fisgoneaba posibles destinos para la Llave Master —era lo único tangible a lo que agarrarme— mientras recababa información, datos útiles sobre los dueños, sus familias y respectivas ocupaciones.

Dime Bank. Conrad. Soltero o divorciado, por determinar. Un perro bulldog, Chubs, con el que comparte sobrepeso y dificultad para respirar. Abrí una cuenta corriente, contraté una caja de depósitos —la llave en nada se parecía a la Llave Master— y charlé amistosamente con Conrad, el director, que me contó que era de Boston y que trabajó en Lehman Brothers hasta la crisis de 2007, aclarando que no le echaron, que se marchó porque le daba asco todo el asunto de las *subprimes*. Le pregunté si los niños de la foto que tenía en su mesa eran sus hijos y me contestó que no, que eran sus sobrinos. Barajé retorcidas maneras de seducirle para averiguar si Chris tenía una cuenta allí, y salí preguntándome qué pasa con el dinero de una cuenta corriente cuando falleces.

Le Cafe. Mindy Bishop. Casada con Matt Bishop, dueño de la granja de ostras Bishop Oyster Farm. Me tomé un expresso y compré café molido de Colombia.

Oficina de correos. Lina. Su marido Martin gestiona el depósito de agua. Alquilé un apartado postal para ver si se podía hacer sin ningún tipo de documentación ni papeleo, y efectivamente así era. ¿Tendría Chris una? ¿Y para qué tendría una? La Llave Master tampoco encajaba en los buzones.

Tienda de comestibles Provisions. Cung y Michelle Nguyen. Dos hijos mellizos de quince años, Leyna y Han. Compré chocolate negro para matar la ansiedad, fruta y verduras para compensar y un bol grande de Ca Kho To, un guiso vietnamita de pescado caramelizado cocinado a fuego lento en cazuela de arcilla, que había preparado Michelle según una receta de su abuela vietnamita. Los Nguyen son emigrantes survietnamitas que el 29 de abril de 1975, con apenas dos y tres años, escaparon a bordo del barco *USS Kirk,* mientras los norvietnamitas tomaban Saigón provocando la rendición incondicional y dando por terminada la desastrosa guerra. El padre de Cung, un sastre que hacía ropa de calle a medida para los soldados norteamericanos, se quedó en Saigón sacrificándose por sus hijos y mujer porque no había sitio para evacuar a todo el mundo; les prometió que volverían a reunirse, pero los comunistas lo declararon culpable de crímenes de guerra, y fue enviado a un campo de «reeducación» y ejecutado meses después.

Tienda de licores O'Gorman. Jodie y Keevan. Hijos por determinar. Perra Tootsie. Compré una botella de Pinot Noir del White Russian Valley en Oregón.

Burr's Marine. Concesionario de venta y alquiler de barcos de recreo, coches de golf y bicicletas eléctricas. Rodney Burr. Padre de Alex, el novio de Amanda. Los de la pedida de mano en el pícnic del Día del Trabajo. Alquilé un coche de golf y una bicicleta eléctrica, ambas cosas durante un año, aunque Rodney insistía en que me saldría más a cuenta comprarlas o hacer un *leasing.* Pero yo seguía con mi plan de estancia provisional. «Un año, Alice, lo que no descubras en un año no lo vas a descubrir nunca.» La Llave Master tampoco encajaba ni en el contacto del coche de golf ni en la bicicleta eléctrica.

Vivero. Lorraine y Peter Southcott. Dos hijos, de quince y diez años. Un perro bóxer. Compré una violeta africana.

Iglesia presbiteriana. Padre Henry. Viudo con cinco hijos. Donación de 20 dólares.

Agencia inmobiliaria MacArthy Realty. Miriam. Hija Chloe. Mi querida vecina. Charlamos sobre su ex y lo cabrón que es mientras pensaba cómo echar mano de sus archivadores. Tenía que averiguar si Chris era dueño de alguna propiedad. Prioridad absoluta.

Comisaría. Jefa Margaret. Me preguntó qué tal me iba apañando y me dio su móvil personal para que la llamara sin dudar con cualquier contingencia. Le gustaba mantenerse ocupada. En parte porque Robin Island tenía una tasa de criminalidad casi inexistente. Solo pequeños actos vandálicos sin importancia —Miriam me lo había recalcado cuando estaba valorando mudarme a la isla con las niñas—. Como no había más acceso que en ferri —que dejaba de funcionar a las nueve de la noche en verano, a las ocho en primavera y otoño y a las siete en invierno—, era como un barrio residencial peninsular protegido por el océano Atlántico. La jefa Margaret se congratulaba de tener el trabajo más maravillosamente aburrido del mundo. Aun así, decía que nunca bajaba la guardia, que la clave era no relajarse, tener los ojos bien abiertos, lo cual era un eufemismo para alguien con gafas de culo de vaso. Por todo eso, salí pensando que era imposible que la presencia de Chris en la isla hubiera pasado desapercibida.

Clínica veterinaria y tienda de mascotas, Family Pet Land. Frank Rush. Padre de Barbara Rush —novia del piloto Jeffrey—. Dueños de la granja de caballos Horse Rush Farm. Compré chuches y empapadores para Poni —que no iban a servir para nada— y un pez guppy del que Olivia se encaprichó. «¿Para qué quieres un pez en casa si vivimos rodeados de peces?», le dije. Y ella: «Porque quiero una mascota». Y yo: «Ya tienes una mascota: Poni». Y ella: «¡Ja! ¡Ja! ¡Ja! Noesunponi no es *mi* mascota, es *tu* mascota». Así que nada, no hubo manera. Llamó Flint al pez, en honor al capitán Flint de *La isla del tesoro.*

Karen's Petite Maison. Karen y John. Hijo Rick. Gato Dingleberry. Le regalé la violeta africana, aunque seguro que hubiera preferido la botella de vino blanco. Localicé la oficina donde está el ordenador en el que llevan el registro y las reservas de los huéspedes. Tenía que averiguar si Chris se había hospedado allí.

Farmacia. Gail. ATS y jefa voluntaria de bomberos. Su hermano es uno de los operarios del ferri. Compré pañales para Ruby y me encontré con la mujer que se comía con mucho glamur el perrito caliente en el pícnic del Día del Trabajo. La del marido en coma. La de la sobrina canguro guapísima y jovencísima que a lo mejor andaba preñada. Entablé una breve conversación con ella. Me recordó que se llamaba Jennifer. La animé a apuntarse a las clases, pero me dijo que no se veía pintando, que no sabría dónde encontrar la inspiración. Yo le cité una frase de Hopper que dice: «El gran arte es la expresión externa de una vida interior en el artista». Pero no pareció surtir efecto.

Entretanto me dedicaba a pintar un enorme mural en la pared del desván, una pintura rupestre. Alice, cual troglodita, pintando la isla en una pared de 4 x 3 metros, con la inestimable ayuda del señor Google Maps, su Street View —que no abarcaba todos los rincones, solo las calles principales—, mis carreras por la isla, móvil en mano, haciendo fotos a diestro y siniestro, y por supuesto, Olivia, que lo veía como un juego. Así, mientras ella pintaba barcos, nubes, gaviotas y demás cosas en la periferia del contorno de la isla, donde no entorpecía mi labor, yo ubicaba todas las calles y sus principales puntos de interés: el faro, el ferri, el tótem de la tribu india de los wampanoag con el petirrojo coronándolo, las playas, rutas, el Haven Creek —que era un riachuelo que atravesaba la isla cortándola en dos—, el molino que parecía sacado de un cuadro de Van Gogh, la Montaña del Árbol de los Besos, etcétera, etcétera. Un tablero de juego gigante, donde iba colocando poco a poco las piezas/casas/personas que iban a librar la batalla. Yo contra todos. Yo a por el rey fantasma Chris y ¿su reina?

Pero a pesar de que las dimensiones de la isla eran muy pequeñas y de que a esas alturas podía cerrar los ojos y trazar su contorno de memoria, a mí me seguía resultando absolutamente inabarcable. Por eso decidí que había llegado el momento de hacer una lista de sospechosos. Alguien en el que centrar la atención un poco más que en el resto. Pensaba que cada persona que conocía escondía un secreto vinculado con

Chris. Y eso no podía ser. Me provocaba quemazón en la cabeza y me metía en una espiral paranoica que nunca podría acabar bien. Necesitaba concretar todo un poco. Escribirlo en la pizarra. Darle lugar.

Ejemplo I: Miriam, recién separada y enfrentada a su ex, con una niña de un año. Joven, guapa, simpática, campechana y con buenos pechos, cosa que a Chris le encantaba. ¿Tenía que ver con su separación? ¿Y esa niña, Chloe, de ojos color miel como él?

Ejemplo II: Julia Ponsky. Deprimida. Relación tirante con su marido Mark, que además viaja asiduamente a Nueva York. ¿Coincidirían sus viajes a Nueva York con las escapadas de Chris a la isla? ¿La depresión de Julia era por la desaparición/muerte de Chris?

> *Lista de sospechosos:*
> 1. Miriam.
> 2. Julia.

Sé que eran unos razonamientos muy azarosos, faltos de consistencia, y que no había razones de peso suficientes. Que todo estaba fundamentado en conjeturas, no en pistas. Y que más que sospechosas, parecían descartes. Que no podía ser algo tan obvio. Tan visible a primera vista. Pero también es cierto que cuando lo escribí en la pizarra y quedó inaugurada oficialmente mi lista de sospechosos, se me pasó la quemazón de la cabeza y sentí en la boca del estómago un pinchazo de ilusión, cosa esta última que no me pareció en absoluto apropiada.

Días 140-143. Año I d. C.

Cuando era pequeña, mi padre siempre nos llevaba a Poconos, en Pensilvania, para disfrutar de los colores del otoño. Y aunque Poconos era nuestro destino para pasar el fin de semana montando en kayak y dando largas caminatas en las que tomar centenares de fotos, era casi más importante el viaje en sí. Rutas cuidadosamente seleccionadas por carreteras secundarias rodeadas de árboles en plena explosión otoñal. La ruta del otoño, la llamaba él. «Fíjate, Alice, ¿ves los colores? Dime qué colores ves en los árboles», me preguntaba mi padre. «Naranjas, rojos, marrones, verdes y una mezcla de todos», contestaba yo. «Esa mezcla de todo es el ocre. En otoño, el verde de las hojas pierde el azul y se incrementa el amarillo hasta el ocre. El ocre es un color que mezcla verde, amarillo, marrón, blanco y negro. Imagínate una línea de colores del verde rabioso al amarillo pálido muerto. Pues el ocre es el que está en medio.» Ahí comenzó mi pasión por los colores, por la pintura, por mezclar y conseguir esas sensaciones tan vivas y plasmarlas en una hoja de papel, una cartulina, una tabla y finalmente un lienzo. Con lápices, rotuladores, ceras, acrílico, pastel y por último óleo. La escala evolutiva de la pintura. Pintaba mientras esperábamos la comida en algún restaurante de carretera, después de la ducha, antes de cenar en el hotel, antes de dormirme y nada más levantarme. Cualquier pausa o tiempo muerto lo dedicaba a pintar de memoria los paisajes que habíamos visto. Menos en el coche. En el coche siempre me mareaba. Era para mí una tradición vomitar en la campiña holandesa, que estaba llena de curvas, antes de pasar por la colonia amish, sin duda mi lugar favorito, porque al festín de colores en el follaje se le unía lo pintoresco y tradicional de ese pueblo. Para mí era como entrar en otra dimensión. «Quiero vestir como los amish, mamá.» «Quiero vivir con los amish, papá.» «Quiero ir en carruaje de caballos a todos los sitios, mamá.» «Quiero cultivar nuestra propia comida y hacer el pan de la Amistad y queso cheddar como los amish, papá.»

Por eso, salir a correr todas las mañanas por la isla en los albores del otoño era una experiencia liberadora y necesaria para mí, aunque no consiguiera reavivar la llamada de la pintura —tampoco lo pretendía—. Mi padre, al contrario que mi madre, nunca vio con buenos ojos que me dedicara a la docencia. Él pensaba que tenía un talento innato para la pintura. Y que tratar de inspirar a generaciones de niños me desviaba de desarrollarme yo como pintora y trascender. Que era una manera de conformarse. «Asentarse —corregía mi madre—, no es conformarse, sino a-sen-tar-se, George, no despistes a la niña.» *Trascender*. Creo que mi padre nunca se dio cuenta de que tal vez esa palabra fue la que me bloqueó. Demasiada responsabilidad. Era una meta tan alta que se me quitaban las ganas de saltar. «No culpes a tu padre de tu fracaso como pintora. Bueno, es que no es ni fracaso, porque ni siquiera lo has intentado en serio. Diego lo intentó. Y mírale, exponiendo en Nueva York. ¿Vas a contactar con él o esa meta también es demasiado inalcanzable?»

Al principio, mis carreras nunca seguían la misma ruta porque estaban orquestadas en torno a hacerme una composición de lugar. Pasar por cada calle y rincón de la isla. Cuando terminé de configurarla, empecé a hacer una selección natural, al igual que mi padre en nuestras escapadas a Pensilvania, eligiendo la ruta más bella, la que mejor me hiciera sentir, la que se ajustara a mí como un traje hecho a medida, cómoda, hogareña, reconocible. Casa. Nido. Refugio. Faro. Siempre terminaba frente al faro. Allí me paraba, recuperaba el aliento, bebía agua, me aseguraba de que Ruby estaba a gusto en el *stroller,* dormida abrazada a Poni, y vuelta a casa. Al principio intenté que Poni corriera conmigo y se ejercitara, pero no hubo manera. Era tozuda y cualquier sitio que no fuera casa o la tienda de mascotas no le gustaba, le resultaba hostil. Se plantaba en el suelo, en plancha, y buena suerte si querías hacerle dar un solo paso.

—¿Estás buscando la salida de emergencia de la isla?

Mark me pilló de espaldas. Estaba observando la mole de rocas erosionadas que sostenía el faro. Un minúsculo islote. Tenía forma de cráneo. Las olas y el paso del tiempo habían esculpido con nitidez las concavidades de los ojos, la nariz chata, la mandíbula, los pómulos y el mentón. La calavera de un barco pirata. ¿Sería yo la única que lo veía?

No me asustaron las palabras de Mark. Venían arropadas por el rumor de las olas y el suave viento del suroeste.

—¿Tú te has dado cuenta de que las rocas de...?

—Lo llaman el Faro del Simio.

Vaya, y yo que pensaba que era superespecial viendo algo que nadie más apreciaba.

—Hay un debate en torno a si es la calavera de un *Homo sapiens* o de un Neandertal. ¿Tú qué opinas?

—Que es el espectro de un pirata que escondió ahí su tesoro y nunca pudo recuperarlo. Que oculta una maldición y el mayor de los tesoros. La fortuna y el infortunio para quien lo desvele. Es la X del mapa.

—Mucho mejor tu teoría. Me la apunto para contársela a Oliver.

También había salido a correr. ¿Me había estado siguiendo? A pesar de estar a un metro y medio de mí, volví a percibir su agradable olor a sudor.

—¿Y tú qué pasa, que nunca trabajas?

—Claro que sí. Estoy de guardia las veinticuatro horas del día. ¿Quieres ver mi oficina?

—Ya he estado dos veces en tu oficina.

—No, esa es la consulta. Además, tengo una oficina.

Su oficina se llamaba literalmente *The Office,* «La Oficina». Un velero con aire *vintage* pero moderno, con madera de caoba de 12 metros de eslora. Mark solo iba a la consulta para atender a los pacientes, odiaba tener que estar allí esperando, atendiendo llamadas o haciendo papeleo, se asfixiaba. Por eso su centro de operaciones, adonde acudía cada mañana, era su barco, saliera o no a navegar. Y desde luego que lo tenía perfectamente equipado para vivir de manera confortable en él. Más que su barco, parecía su hogar, su escondite.

Desamarró y salimos del puerto —a motor, sin desplegar aún las velas—. Ni siquiera me preguntó si quería salir a dar un paseo. Entendía que una vez dentro, él mandaba.

El mar estaba tranquilo, el viento templado. Nubes ocasionales. Hasta Poni parecía disfrutar del paseo. Al principio no quería subir al barco, pero cuando vio que yo lo hacía y que Mark encendía el motor, saltó dentro y se fue directa al camarote a esconderse bajo la cama, donde por cierto se meó y vomitó. Superado el miedo, se colocó en la proa, con la cabeza erguida y el rabo estirado, en posición de caza, como si fuera un vigía con ganas de gritar «¡Tierra a la vista!», o Leonardo DiCaprio y su «¡Soy el rey del mundo!».

Mark decidió que al ser mi primera vez —¿daba a entender que habría más?; desde luego que habría más—, mejor no salir a alta mar. Nos limitamos a navegar por el estrecho de Nantucket. Yo llevaba a Ruby en brazos. ¿Era para defenderme por miedo a que se me insinuara? «¿Es un miedo o un deseo, Alice? Tal vez sea un miedo deseo, o un deseo miedo.»

—Cada día de otoño me digo: venga, Mark, el último del año y ya, el último paseo y hasta la primavera. Pero...

—Una de las pocas cosas buenas del cambio climático...

—Sería absurdo quedarme esperando en la consulta con esta oficina a mi disposición, ¿no crees?

Decidí preguntarle cómo había conocido a Julia. No podía evitar sentirme incómoda, pensar que estábamos haciendo algo «malo», poco apropiado. Me pareció una pregunta lógica y una manera discreta de desactivar cualquier posibilidad de tensión sexual.

Mark conoció a Julia en su consulta de Nueva York. Fue de urgencia porque se le partió una muela mientras dormía. Tenía bruxismo, rechinaba los dientes al dormir, cosa de la que no fue consciente hasta ese momento, y que justificaba los dolores de mandíbula y cabeza con los que se despertaba cada mañana. Y es que estaba pasando una época delicada en su vida. Estaba bloqueada con su primera novela, y lo achacaba a su actual caos sentimental. Estaba saliendo con un colega de la Facultad de Literatura Comparada, David Drouin. Era mucho más joven que ella, con la presión que eso suponía, y había publicado ya su primera novela, con la presión que eso suponía también. Su taller de escritura creativa era el más solicitado de todo el programa académico. Era el *enfant terrible* y niño mimado de la facultad. Todo a la vez. Indisciplinado, atormentado, caprichoso, consentido, alcohólico, heroinómano ocasional, pero tremendamente talentoso, carismático, frágil y un alma sensible. Vamos, lo tenía todo para ser uno de los grandes escritores malditos de la literatura contemporánea norteamericana porque parecía que sus planes incluían no vivir más allá de los treinta. Todo esto se lo contó Julia a Mark en esa visita de urgencia a la consulta, como si en vez de ir al dentista hubiera ido al psicólogo. «¿Qué hago yo con un niñato de ese calibre? Su novela no es ni siquiera tan buena. ¿Por qué estoy tan agobiada para que no me vea con una muela rota? Me siento muy estúpida, sobre todo por haberte contado todo esto sin conocerte de nada. Igual es porque me dan pánico los dentistas y quiero que te apiades de mí.» Mark le sonrió y, tras aplicarle la anestesia sin que apenas lo notara, le dijo: «Ahora vas a estar al menos una hora con la boca abierta y sin poder hablar, ni tú ni yo, porque me gusta concentrarme en mi trabajo y simplemente escuchar música. Así que lanzo una reflexión al aire para los dos: ¿por qué siempre nos empeñamos en estar con la persona equivocada?». Porque Julia no era la única que estaba metida en una relación tóxica. Desde la muerte de su hermano Paul, Mark tenía serios problemas con el compromiso. Siempre tuvo la teoría de que lo que acabó matando a su hermano no fue su ceguera, ni su carrera truncada, ni el insufrible dolor que le provocaban las secuelas del accidente. Fue perder a su gran y único amor, a Samantha, con la que salía desde que tenían once años. Paul siempre le decía a Mark: «Algún día llegará a tu vida una Samantha, hermanito. Entonces el cielo se despejará y tu vida cobrará sentido. Y te dará igual ser dentista, cirujano o vendedor de biblias a domicilio. Ya verás, y te pondrás gordo como yo. Gordo de felicidad. Bueno, y de pizzas y de cervezas. No, de cervezas tú no, que eres muy peque todavía, hasta que no cumplas quince, nada de cervezas». Y le daba un capón cariñoso. Por eso Mark tenía tanto miedo a las Samanthas de la vida y las evitaba de manera semiconsciente. Porque todo el amor del que te podían colmar, toda la luz que te podían aportar, todo el espacio que te podían rellenar, podía convertirse de la noche a la mañana en el mayor de los abismos, la mayor de las cegueras, la oscuridad absoluta. El fin. Cuando conoció a Julia, Mark estaba saliendo con Sarah van der Pol, una actriz, bailarina y cantante de musicales. En ese momento hacía el personaje de la tetera en *La Bella y la Bestia*. Completamente ajeno al mundo de la farándula, Mark no entendía sus códigos de conducta, ni sus horarios, ni que se paseara en bolas por los camerinos, ni sus besitos en la boca a todas horas, ni ese absurdo ombliguismo que padecían los actores con sus absurdos dramas, creyéndose el centro del universo. Aquello le mantenía alejado, distante, pero no lo suficiente como para cortar. Tal vez en parte por el culo espectacular que ella tenía. Encima, Sarah era muy celosa y pensaba que, al igual que ellos se habían conocido en su consulta —sí, también fue una paciente—, podría estar ligando con cualquier mujer que fuera a una simple revisión. Cosa que, por mucho que Mark negara, había sucedido en más de una ocasión.

Cuando terminó la reconstrucción de la muela y consiguió que Julia recuperara parcialmente la sonrisa, le hizo unos moldes de silicona de la dentadura y le encargó férulas de descarga para usar por la noche. Antes de despedirse, le preguntó a Julia si había llegado a alguna conclusión en aquella hora de reflexión. Y ella contestó: «Sí, a dos: que me encanta la música que hemos estado escuchando —era William Fitzsimmons— y que desde hoy vas a ser mi dentista porque es la primera vez que me pinchan la anestesia y no me hacen daño. Me ha gustado mucho que no me hayas hecho daño. No estoy acostumbrada, tanto en el dentista como en la vida en general. —Y luego añadió—: Y tú, ¿a qué conclusión has llegado?». A lo que Mark contestó: «Pues a dos también: a que no hago daño porque a mí tampoco me gusta que me lo hagan y a que creo que va siendo el momento de encontrar a mi Samantha».

Julia dejó ese mismo día a David Drouin, empezó a salir con Mark, se desbloqueó, decidió que no hacía falta estar abonada a la vida tormentosa para ser creativa, se quedó embarazada, se planteó abortar, decidió que Mark le hacía mucho bien y que no se le ocurría mejor padre para sus hijos, terminó su maravillosa primera novela y tuvo a Oliver. Más o menos en ese orden.

Por su parte, Mark dejó a Sarah van der Pol una semana después, empezó a salir con Julia, se apuntó a un máster en Implantología, se agobió al enterarse de que Julia estaba embarazada, pensó en decirle que abortara pero no lo hizo, volvió a ver a Sarah van der Pol, tuvo un gatillazo con ella por primera vez en su vida, se alegró de que le sucediera porque lo entendió como una señal, volvió con Julia, le pidió perdón por haber estado raro durante las últimas semanas, le contó la historia de Samantha y su hermano Paul, le dijo que creía que ella era su Samantha y que deseaba tener el hijo, terminó el máster en Implantología, no volvió nunca más a ver a Sarah van der Pol, y nació Oliver. Más o menos en ese orden.

Sonreí a pesar de las náuseas. Llevábamos ya casi una hora de paseo y había empezado a sentirme mareada. No dije nada porque me daba vergüenza admitirlo. Me excusé y me fui al baño. Me fijé en su mesa escritorio. Agendas, papeles, ordenador portátil. Pero antes de que me pudiera plantear hacer nada, me vino una nueva ráfaga de náuseas, esta vez mentales: «¿Qué haces aquí metida? ¿Tú crees que esto es manera de "entrar" en la isla? De paseíto con el marido de una escritora famosa. Seguro que alguien te ha visto subirte al barco. Ya lo saben todos los de la isla. Ya tienes la letra escarlata tatuada en la frente. ¿Y para qué te ha metido él en el barco? ¿Qué quiere, qué busca? Y tú, ¿le estás incitando? ¿Le estás dando señales? Vuelve. Tengo que volver. Ya. Ahora». Lloros. Los de Ruby.

Cuando salí, Mark la acunaba en sus brazos —qué tierno me pareció aquello—. Estaba de espaldas. Me recordó inmediatamente a Chris haciendo lo mismo con Olivia. Una punzada entre el dolor y la emoción. Era Chris. Durante un segundo vi a Chris. Lo sentí.

—Creo que Ruby tiene hambre —dijo Mark.

Estuve a punto de echarme a llorar. De echarme en sus brazos. De saltar al mar. De vomitar. De algo.

—Sí, le toca su toma.

Silencio. Momento incómodo. Cogí a Ruby. «¿Dónde le doy el pecho?» Antes de pensar una respuesta, me saqué un pecho y enchufé a Ruby. Nada me pareció menos sexy y más cortarrollos que eso. Eso sí que desbarataba cualquier posibilidad de cortejo. Lejos de incitar, era marcar territorio. Era un «mi teta solo es un instrumento para alimentar a un bebé hambriento».

Mark desvió la mirada suavemente, sin movimientos bruscos, para dejar claro que aquello no le incomodaba, tan solo me daba intimidad. Viró 180 grados y regresamos al puerto. No hablamos en todo el recorrido de vuelta, cada uno demasiado enzarzado en su propio runrún.

Días 145-154. Año I d. C.

Considerar a Miriam la sospechosa número 1 fue casi una manera de exculparla inmediatamente. Era imposible que diera en el clavo a las primeras de cambio. Me caía bien, la necesitaba a mi lado en la isla. Lo cual no iba a impedir que rascara y ahondara en su vida, por supuesto. Una cosa no quitaba la otra. Vamos, que sospechosa era sospechosa, pero sin una gran interrogación flotando en el aire, pendiendo de su cabeza como un globo de helio. Era algo así como otorgarle inmunidad diplomática. Además, para conocer su vida, no iba a tener que hacer demasiados esfuerzos porque ella me convirtió casi de inmediato en su válvula de escape durante su fea separación.

A iniciativa propia, cogimos la costumbre de quedar todas las mañanas antes del almuerzo y pasear a nuestras hijas y perras —aunque Poni tenía pavor a la suya, Sandy, un precioso labrador negro—, lejos del parque de perros Bark Park, donde hacía tiempo que no rascaba ningún dato relevante. Miriam era mucho más útil como confidente del devenir de la isla. Además, lo que empezó como una estrategia para acaparar información acabaría poco a poco transformándose en lo más cercano a una amiga que en ese momento me podía permitir.

—El huracán Sandy arrasó muchas viviendas de la isla. Mike y yo vimos clara la oportunidad de negocio aquí. Encontramos inversores interesados, compramos una docena a precio de ganga y monté la inmobiliaria. Mike se dedicó a rehabilitarlas, mientras yo las vendía por tres o cuatro veces el precio original.

—O sea, que me has metido un buen sablazo.

—No lo dudes ni por un segundo —dijo. Reí.

—¿Y eso de llamar a tu perra Sandy...? Es un poco como llamar a tu periquito 11-S, ¿no?

Ahora fue ella la que rio.

—No, tonta. Sandy apareció en la isla después del huracán. Nadie la había visto nunca. Yo creo que el ojo del huracán la trajo hasta aquí. La encontré asustada y famélica y la adopté. No tenía microchip ni nada que la identificara.

—¿Y vendiste todas las casas que compraste? —Traducción de la pregunta: ¿le has vendido alguna de las casas a Chris?

—No, qué va. Aún quedan varias. En este caso concreto, el tiempo es un factor que juega a favor. Casi siempre la demanda es mayor que la oferta. Hay que saber jugar bien las cartas. Además, desde que monté la inmobiliaria, gestiono muchas otras propiedades de gente que no vive en la isla. Sobre todo terrenos o locales comprados como mera inversión. Pero en general hay muy poco movimiento. Esto es muy pequeño.

Mientras la escuchaba, no paraba de garabatear notas en mi mente: «Tengo que colarme en la inmobiliaria... Tengo que acceder a sus archivos... Documentos, escrituras, compras, ventas, alquileres... Lo guarda todo en dos archivadores... Miriam tuvo que conocer a Chris...».

Miriam sacó un pequeño estuche que contenía un kit de diabético. Lo reconocí al instante porque mi abuela Brigitte tenía diabetes tipo 2. Pero nunca se puso a dieta ni se quitó los dulces. «Me voy a morir igual, ¿no? Pues quiero morir gorda y feliz.» Y ahí seguía, vivita y coleando a sus noventa y dos años.

—¿Te importa si me pincho aquí? —me preguntó.

—No, para nada —contesté a pesar de mi fobia a las agujas—. ¿Desde cuándo eres diabética?

—Me diagnosticaron diabetes gestacional, que no veas la faena que es. Adiós a todos los antojos. Lo pasé fatal porque encima se me mezcló con la ansiedad de ver como mi matrimonio se iba a la mierda. Pero aguanté como una campeona, por la salud de mi bebé. —Se pinchó en la tripa. Aparté la mirada—. Pero resulta que doy a luz, y se supone que ya, que solo es durante el embarazo, pero que no se va, que no se va. Y mientras, todas las movidas con Mike, y la glucosa por los aires, y las pastillas que tomaba ya no sirven, y más movidas, y más estrés. Sed, mareos, todo el día meando, pérdida de peso. Más movidas. Hiperglucemia. Visión borrosa, hormigueo, cansancio. Al hospital y diabetes tipo 2.

—A mí más que a diabetes tipo 2, me suena a diabetes tipo ex.

—Pues sí. —Rio—. Porque me la causó él, estoy convencida.

La agencia inmobiliaria MacArthy Realty es un pequeño local de piedra rojiza, con grandes ventanales repletos de fotos de las propiedades en venta o alquiler. Aún no había descolgado la mía, aunque una tira en diagonal decía «Vendida». De hecho, más de la mitad tenía la misma tira. Resultaba complicado encontrar las que seguían disponibles. Miriam me contó que era un reclamo para que a la gente le entrara la prisa, la sensación de que si no compraba pronto, iba a perder la oportunidad de su vida. Ya había estado en el interior en varias ocasiones y había echado el ojo a los dos archivadores, cerrados bajo llave. La puerta trasera daba a un callejón, donde Miriam siempre aparcaba su coche. La cerradura era estándar y nunca echaba el doble cierre. Confiaba en que se pudiera abrir con una radiografía. Ese fue el lugar y el objetivo escogido para mi primera gran misión.

«Ropa deportiva, oscura. Para que no me vean. ¿Cuál es tu excusa? He salido a correr, tengo a las niñas dormidas, ahora es mi momento, una carrera breve para desfogarme. Dos kilómetros de ida y dos de vuelta. Breve, lo que se dice breve, no es. Pero hay que ir corriendo, no queda otra, es la única manera de no levantar sospechas. Mallas negras, camiseta negra. Nada llamativo. Estamos de misión de incógnito. ¿Una linterna? No, el móvil, con eso vale. Asegúrate de tenerlo cargado. Sí, todo en orden. ¿Las ganzúas? Las tengo. ¿Las niñas dormidas? Profundamente. ¿Has activado el escuchabebés? Sí. ¿Qué rango tiene? Tres kilómetros, el más sofisticado del mercado. Muy justo. Deberías haberlo probado antes. ¿Abortamos misión? No, no. Se hace esta noche. La radiografía de Chris, del cráneo, donde se ve la lesión que le provocó el accidente. Qué macabro, ¿no? ¿Por qué la has guardado? Por si había que emprender acciones legales. Por si su muerte involucraba una negligencia médica, y porque era parte de la documentación para cobrar el seguro de vida. Por eso la he guardado. Esta noche Chris se viene conmigo para allanar la agencia inmobiliaria. ¿Dónde la guardo? En la espalda, no. Lleva mejor una mochila, tienes que llevar el escuchabebés. Mete una botella de agua para disimular. Nadie se va a extrañar de verte correr con una mochila deportiva. ¿Y qué haces con Poni? No puedes llevártela, demasiado imprevisible, demasiado asustadiza. Pero si la dejas sola en casa con las niñas, va a llorar, seguro que llora. Y las despierta y ya está el lío montado. ¿Le das un tranquilizante? No, qué cruel drogar a la perra. ¿La dejas fuera? Peor, se pondría a aullar, despertaría a todo el vecindario, a toda la isla, y después desenterraría a Puchi Puchi y se lo llevaría a Olivia para jugar. ¿Por qué has cogido un perro, Alice? Como si no tuvieras ya suficiente. De verdad, qué ansiosa y compulsiva eres. ¿Qué hago con Poni? Me la llevo. ¿Tú crees que va a correr dos kilómetros de ida y dos de vuelta? Ni hablar. No me mires así, Poni. No vale poner esa cara de pena. Se está oliendo que me voy. La va a liar en cuanto ponga un pie fuera de casa. ¿Abortamos? No, la bici eléctrica. La metes en el remolque de la bici para niños que compraste el otro día. Has salido a dar una vuelta en bici. Mucho mejor. Más rápido todo. Venga, vamos. No, no, espera, no puedo dejar solas a las niñas. Menuda locura. Sobre todo a Ruby. Es una extensión de mí. Vale que es buena y nunca llora y duerme casi siempre de un tirón siete horas después de su última toma de pecho. Pero a lo mejor duerme así de profundo porque me siente cerca. Igual si me alejo, se despierta y llora y despierta a Olivia. No, si voy, me la tengo que llevar. ¿Abortamos misión? No, el coche de golf. Vamos en el coche de golf. Si me pillan, digo que a la niña le relaja, que no paraba de llorar y la he sacado a dar una vuelta. ¿Y Olivia, vas a dejar sola a Olivia? Cuarenta minutos máximo. Dos kilómetros. Un escuchabebés. Es imposible que le pase absolutamente nada. Si te pillan, te quitan la custodia. Fijo. Ay, qué cague, no digas eso. ¿Vamos o no vamos? ¿Abortamos?»

Yo, que había tenido tanto cuidado en no llevar nada llamativo, acabé en el coche de golf con faros, paseando a un bebé y una perra. Por fortuna no me crucé con nadie. La suerte del principiante. Primero pasé de largo por la agencia. Al llegar al final de la calle, di media vuelta. Me metí por el callejón. Aquello no le gustó a Poni, pero no dijo nada. No hay nada que soporte menos que pensar que ya estamos volviendo a casa y que cambie de ruta o me pare en algún sitio. Se desconcierta y le entra ansiedad. Le di una chuche. Llevaba todo el bolsillo lleno. «Esta va a ser tu noche de suerte, Poni, te vas a poner las botas. Así que pórtate bien.»

Abrir la puerta trasera fue asombrosamente fácil —había ensayado antes en mi casa durante horas con diferentes puertas—. Introduje la radiografía entre el marco y la puerta. La deslicé hacia abajo. Una, dos, tres veces, y *clac*, se abrió. Ventajas de vivir en una isla residencial, donde todo el mundo se conoce —o cree conocerse—, donde las puertas de los coches y las casas se dejan abiertas a no ser que se produzca una larga ausencia de sus propietarios.

La luz de la farola —la única que permanecía encendida en Grand Ave— se filtraba suavemente en la agencia. Hice un intento rápido de buscar las llaves de los archivadores. Era más que probable que, en ese clima de confianza, Miriam las guardara en alguna lata con gomas, bolis, lápices y clips, o en cualquier cajón de la mesa del despacho, pero no di con ellas. Probé por probar la Llave Master. Obvio que tampoco funcionó. Daba igual, venía preparada. Saqué el móvil, abrí la app de YouTube, donde tenía cargado un vídeo listo para reproducirse: «Cómo abrir un archivador sin llave». Duraba 1:15. Era de un chaval preadolescente, de unos once o doce años, con voz aflautada y cantarina, donde explicaba gráficamente todos los pasos que debía seguir: «Es de lo más sencillo para este tipo de archivadores. Tan fácil que hasta un niño puede hacerlo. Ja, ja, ja, ja. Ahí vamos: introduces una ganzúa en la ranura de la cerradura, si la mueves en el interior, notarás que la cerradura tiene cierta holgura. Ja, ja, ja, me ha salido un pareado. La giras en la dirección en la que supuestamente se tiene que abrir y, cuando notas el tope, aguantas y la dejas en esa posición. Entonces introduces una segunda ganzúa más fina, o un alambre o un clip, y comienzas a moverlo, como quien se hurga los dientes con un palillo, aunque mi madre dice que es de mala educación hacerlo en público, ja, ja, ja, ja, ja. Y así hasta que des en el lugar exacto y se abra la cerradura. *Clac.* ¿Veis? Como os decía, pan comido». A la quinta vez que reproduje el vídeo mientras trataba de abrir la cerradura, empecé a agobiarme en serio y a maldecir a la mierda del niño repipi empollón de las narices. Para entonces me había quedado sin chuches para Poni. Y dada la mala cobertura que hay en la isla —«Ni que estuviéramos en el Amazonas», refunfuñaba—, el vídeo iba dando desesperantes saltos y parones —aún hoy no entiendo por qué no descargué el vídeo—: «Si laaaaaa mueveee int rior nota ue la cerr dudu du du dud ura t ene cierta hol ura. Ja ja jaaaaaa, m ha sal do un pareadooooooooo do do do do». Para colmo, llegó la medianoche y la farola se apagó. Y, casi al mismo tiempo, me di cuenta de que la señal del escuchabebés no llegaba hasta allí. Le podría estar pasando algo a Olivia, y yo sin enterarme. Me fustigué mentalmente, me levanté y aborté la misión. El odio reconcentrado que sentía hacia el niño de once o doce años que tan fácil lo hacía parecer —«Ojalá se te quede esa voz para siempre, rata»— me llevó a darle una patada al archivador. Lo abollé un poco, Poni ladró inquieta, Ruby se despertó asustada, lloró y se cagó encima. Me encerré en el baño de la inmobiliaria para calmarla y que nadie nos oyera. Le cambié el pañal, dejó de llorar, rio, dejé un ventanuco abierto para que el olor no me delatara, y me fui. «Vas a durar más poco en la isla, chica...»

Los DeRoller, Gwen y Dan Sr., una agradable pareja de afroamericanos, son respectivamente la alcaldesa de Robin Island y el dueño de la ferretería Dan's True Value.

—Hay que fastidiarse, mi mujer es la que lleva los pantalones en casa y fuera de ella. Y yo mientras vendiendo tornillos y cebo vivo. Como dicen mis colegas: Dan, no eres más que un gusano de esos que vendes. En esta isla, las que cortan el bacalao de verdad son mujeres: mi Gwen, la alcaldesa; Margaret, la jefa de policía; Gail, la jefa voluntaria de los bomberos; y Julia, la escritora famosa que puso la isla en el mapa. Mucha gente viene de visita porque sabe que vive aquí. Qué frikis. ¿Te das cuenta, Alice? Todas mujeres, todas madres. Por algo llaman a la isla Mom's Island desde tiempos ancestrales. ¿Sabes la historia?

—No, no me la sé, Dan.

—Ya te la contarán. Yo no pienso hacerlo porque, cada vez que alguien la cuenta, agranda la leyenda, la maldición se cierne aún más sobre el género masculino de Robin Island —dijo jocoso—. ¿Y tú, Alice? ¿Te vas a convertir en alguien importante de la Isla del Petirrojo?

—Espero que no, Dan, no es notoriedad precisamente lo que busco.

Había un modelo de archivador idéntico a los de la agencia de Miriam. Seguro que los había comprado allí. A mí me bastaba encontrar un modelo parecido para hacer los deberes en casa. Que fuera el mismo aumentaba las opciones de aprobar mi asignatura pendiente: «Abrir un archivador sin llave».

—Necesito una regadera, unos cuelgafácil para cuadros, una escalera plegable de dos o tres peldaños, unas tijeras de podar, un desatascador de ventosa de los de toda la vida y..., y..., déjame pensar, que creo que se me olvida algo... Eso me pasa por no hacer listas y apuntar las cosas... Ah, ya, un archivador, ese mismo que tienes ahí me vale.

No necesitaba ninguna de todas aquellas cosas; las iba diciendo a medida que las veía en las estanterías. Todo era parte de mi táctica de despiste y de mi vena paranoica recién descubierta.

—Pues te lo puedo dar todo menos el archivador. Me lo ha reservado Miriam. Se le ha estropeado el suyo. No se le abre.

—«Glups»—. Encima, me ha exigido un descuento porque dice que no es culpa suya, que se lo vendí ya medio roto. Y yo, por más que le he dicho que la garantía había caducado ya y que nunca le hubiera vendido algo defectuoso, al final he tenido que prometerle un 20 % de descuento. ¿Ves lo que te decía? Que aquí las mujeres dictan su ley.

—Ya... ¿Y me podrías encargar uno, aunque sea similar?

—Para que no pareciera que quería el mismo—. ¡Pero exijo también mi 20 % de descuento! —«Aunque te pagaría el doble, si hiciera falta».

Pasaron tres días hasta que me llegó el archivador, durante los cuales tuve mi primer encuentro/encontronazo con Julia.

—¿Se los han llevado todos? —pregunté a Gail al ver que las hojas del anuncio de mis clases habían desaparecido de la farmacia.

—Ha sido Dan DeRoller Jr. —me contestó—. Quiere ser tu único alumno en la isla y dice que va a ser Picasso.

Dan Jr. es el hijo con síndrome de Down de Dan y Gwen. Al nacer le dieron cuatro años de vida, y ya tenía dieciséis. Le educaban ellos en casa. Fue mi primer alumno. Me llamó él mismo sin pedir permiso, el pobre debía de estar harto de estar con sus padres. Es adorable.

—Vaya, yo que me había hecho ilusiones... Te dejo más, ¿vale?

Gail emitió un leve asentimiento mientras ordenaba un pedido de vitaminas en forma de gominolas de todos los sabores y colores. Antes de irme me acerqué a la zona de libros. En un estante giratorio vi las dos novelas de Julia publicadas hasta la fecha, *El vestido del funeral,* en edición rústica y de bolsillo, y *Si volvieras a casa,* en tapa dura y blanda. Cogí un ejemplar de tapa dura, lo abrí y leí su breve biografía en la solapa:

En 2009 Julia Ponsky se dio a conocer para el gran público con la celebrada *El vestido del funeral,* una primera novela que la catapultó a las primeras filas de los clásicos contemporáneos y la convirtió en un fenómeno de ventas: permaneció varias semanas en la lista de *best sellers* de *The New York Times,* fue traducida a más de veinticinco idiomas y seleccionada por la Asociación de Libreros de Estados Unidos como uno de los libros más importantes del año, y por los reseñistas de *The New Yorker* como el libro del año. Los derechos cinematográficos se vendieron a Plan B, la productora de Brad Pitt, quien protagonizará la película. Considerada una de las mejores novelistas menores de cuarenta años por Granta, es colaboradora habitual de *Vanity Fair* y *Harper's.* Estudió en la Universidad de Princeton y tiene un máster en Ficción por la Universidad de Columbia, donde fue profesora de Escritura creativa. Actualmente vive en Robin Island, Massachusetts, con su marido y su hijo.

Si volvieras a casa es su esperada segunda novela.

Me fijé en la foto que acompañaba a la biografía. Guapa, sonriente, confiada... Se daba un aire de actriz de Hollywood de las buenas, de las que ganan Oscars, tipo Jennifer Connelly. Bajé el libro y me la encontré allí mismo, frente a mí, a Julia. El nivel de sofoco me desbordó las mejillas.

—Huy, hola...

—Hola.

—Soy Alice.

—Yo, Julia.

—Ya...

Me estrechó la mano.

—Qué vergüenza —tuve que confesar, porque era tan evidente que cualquier intento de disimularlo me iba a hacer parecer aún más idiota.

—Vergüenza me daría a mí si te lo leyeras.

Me arrebató el libro con tanta suavidad que tardé en darme cuenta de que no lo tenía en las manos, como un truco de magia.

—No quería publicarlo. Los editores me obligaron por contrato. Gail se empeña en reponerlo. ¿Verdad, Gail?

Gail alzó la vista por encima de sus gafas.

—Es que es el que mejor se vende —dijo volviendo a lo suyo.

—Porque vengo todas las semanas a comprarlos yo misma.

—Seguro que está muy bien —dije sin ninguna convicción y lamentando no haberme quedado callada.

¿Por qué me intimidaba tanto esta mujer? «Bueno, te acabas de leer su bio y es bastante impresionante. Ha hecho cosas importantes, ha trascendido, no como tú.»

—Me encantaría que me lo firmaras —le dije señalando con la mirada el ejemplar que me había quitado, como si fuera mío porque yo lo vi primero. Estuve a punto de decirle que yo también era profesora como ella, pero me reí inmediatamente en mi cara: «Vas a comparar ser profesora de la Universidad de Columbia con ser profesora de una escuela de Primaria medio hippy donde encima no eres la mejor. ¡Anda ya!».

—Si te lo firmo, nunca vamos a llegar a ser amigas. No es que quiera ser tu amiga, aún. Pero igual más adelante sí. Y no se puede ser amigo de un admirador que colecciona dedicatorias. Cada vez que firmo un libro, eso, en vez de acercarme al lector, pone una barrera. —Y sin esperar ni buscar reacción a sus palabras, añadió—: Soy un poco rara, no me hagas caso.

Julia cogió los cuatro ejemplares de *Si volvieras a casa* que quedaban en el estante. Tenía una vaga idea de que no se había vendido muy bien. Recordaba cómo el propio profesor Buck, que prácticamente me obligó a leerme el primero, me había dicho: «Bah, esta segunda te la puedes saltar, *ma chère amie*. —También daba clases de francés—. Casi todos los autores que han triunfado con su primera novela tropiezan en la segunda. Habrá que esperar a la tercera».

—Apúntalos en mi cuenta, Gail —dijo Julia mientras salía.

Me extrañó que no hubiera hecho ni un solo comentario sobre Ruby, a la que como de costumbre llevaba en la mochila portabebés. Todo el mundo le dedicaba una carantoña, un «qué mona es», un «hola, Ruby, bonita» con voz infantil. Un algo. Nada. Me molestaba que la gente tratara a mi bebé como a un mono de feria, como si fuera de ellos, haciendo cucamonas y emitiendo sonidos guturales. Pero me molestaba aún más que la ignoraran.

Esa misma noche, ya en la cama, comencé a leer el libro de Julia —me compré el ebook en Amazon—. No pasé de la página 25. Además de estar exhausta, me estaba pareciendo un tostón.

 ⁓

«Tú y yo nos vamos a hacer los mejores amigos.» Poni me miró desconcertada y tal vez celosa porque a quien hablaba en tono amenazante era a una estructura rectangular metálica con dos cajones y sus respectivos tiradores. Por fin me había llegado el archivador. Una vez instalado en el desván, cogí las ganzúas y apagué la luz para quedarme completamente a oscuras. Poni lloriqueó. ¿No se supone que los perros ven en la oscuridad? «Calla, Poni, deja que me concentre.»

En dos horas y media era capaz de abrir el archivador con las dos ganzúas, sin mirar, en menos tiempo aún que el niño de once o doce años del vídeo. Chúpate esa. Me dieron ganas de hacerme un vídeo y colgarlo porque realmente estaba muy contenta de mi progreso. Título: «Cómo abrir un archivador sin llave y sin mirar aún más rápido que el niño repelente de once o doce años de voz cantarina».

En la efusividad del momento, pensé: «¿Por qué no lo hago ahora? Son las doce de la noche. Es martes. Hay luna nueva —o casi—. Hace frío. Empieza a hacer frío —cosa que por cierto asustaba a Olivia. Ay, madre, la que nos esperaba—. Es la noche más fría desde que estamos aquí, no va a haber nadie por ahí fuera. Aprovecha este impulso. Estás en racha. Empiezas a estar al mando de la situación. Empiezas a estar más o menos bien, en general. Precisamente por eso igual es mejor dejarlo todo. TODO. No, no te vengas ahora abajo. No te escuches a ti, escúchame a mí. Venga, hazlo una vez más, abre el archivador una vez más y sal pitando para la agencia». Y así lo hice.

Abrí el archivador al primer intento. Los contratos de compra y alquiler estaban ordenados por fechas. Revisé todos desde el 2012, año en el que Miriam se montó la agencia. Tampoco había un gran volumen. ¿Estarían todos? Estaba el mío, lo vi el primero, o el último, según se mire. Sí, debían de estar todos. No había tanto que comprar o alquilar en la isla. Ya me lo dijo Miriam. Hice un primer repaso buscando como loca el nombre de Chris o el apellido Williams. Desesperada e insaciable, como quien vaga por el desierto y encuentra un oasis y se abalanza metiendo de lleno la cabeza en el agua, bebiendo, refrescándose, todo a la vez. Encontré un Williams. Brinco del corazón. Pero no era Chris. Un tal Brett Bayer-Williams. Hice un segundo repaso, buscando el nombre de la empresa de Chris, WTT. Nada, tampoco. Y como me conocía y sabía que esa misma noche, ya de regreso a casa, o al día siguiente, me iba a entrar la certeza absoluta de que los nervios del momento me habían jugado una mala pasada y que me había saltado algún detalle y no venía a cuento volver a allanar la agencia porque sería tentar demasiado a la suerte, decidí sacar fotos de todos los contratos. De la portada de cada carpeta y la primera página del contrato. Me los llevé al interior, al baño de la parte trasera. Me daba miedo que el fogonazo del *flash* llamase la atención de alguien en el exterior. «Muy bien pensado, Alice. ¿Ves? Estás aprendiendo rápido. Eres buena. Se te da muy bien esto.» Hasta Ruby y Poni, como si ya hubieran aprendido de la experiencia anterior, estuvieron impecables.

Salí de la inmobiliaria, me batí en victoriosa retirada y, al incorporarme a la calle principal, ya montada en el coche de golf, tuve que dar un frenazo para no atropellar a Frank, el veterinario y dueño de Family Pet Land. Estaba en mitad de la calzada, mirándome con los ojos muy abiertos, como un animal asustado, sorprendido en la carretera, inmóvil, cegado por la luz de los faros. Al frenar, Poni salió disparada del asiento y fue a dar con sus huesos en el suelo. No pareció importarle demasiado: siempre que veía a Frank se alegraba mucho.

—Frank, ¡qué susto me has dado!

—¿Por qué? —preguntó sin entender nada. Entonces me di cuenta de que iba en pijama. Había ido hasta allí en su coche eléctrico. Estaba mal aparcado, subido a la acera. Lo primero que pensé es que estaba borracho. Luego, que igual era sonámbulo—. Rose, ya es hora de irse a casa.

«¿Rose? ¿Quién es Rose?»

—Frank... Yo no...

—Tú no, tú no... Pero siempre tú sí, tú sí... Y me parece

muy bien que te vuelques con todos los animalejos que te cruzas por la isla. Y que trabajes hasta horas intempestivas. Pero, cariño, ya es hora de irse a casa...

Entonces recordé que Rose era su mujer, de la que hacía muchos años había enviudado. Frank no estaba borracho ni sonámbulo. Era algo mucho peor, algo irreversible.

—Claro que sí, Frank, vayámonos a casa —le dije adoptando el rol de Rose.

—Venga, sube al coche.

—No, cariño, voy con el coche de golf. Nos vemos en casa, ¿vale?

A Frank no le gustó este comentario en absoluto, le desconcertó.

—Rose, tú nunca vas con tu coche, vas conmigo. Vamos juntos. Siempre.

No había rotundidad en sus palabras. Se le notaba la confusión. Perdido, buscando no sabía muy bien el qué. Como en el clásico pasatiempo de encontrar las siete diferencias en dos dibujos.

—Ya, perdona, tienes razón, qué tonta soy. Pero es que tengo que llevar a esta perrilla a su dueña, que me la ha traído en su coche, me lo ha dejado, y bueno, pues que no quiero...

—Ah, vale, cariño —me cortó—, haber empezado por ahí. ¿Ves lo que te digo? Siempre preocupada por los animales de los demás. Que para eso estamos en la isla, pero no te olvides del animalillo que te espera en casa.

—Eso nunca —le dije sonriendo.

Me devolvió la sonrisa, se metió en el coche y, en plena posesión de sus capacidades motrices, emprendió el camino de regreso a su casa.

Le vi marcharse, triste. Yo que quería llegar a casa para celebrar mi «victoria». Pero ahora solo tenía unas ganas tremendas de seguirle, de asegurarme de que llegaba bien a la granja de caballos Horse Rush Farm y de comentarle a su hija Barbara lo que le había ocurrido a su padre para que se hiciera cargo del problema. Pero no podía. No sin arriesgarme a exponerme. Lo peor es que deseé que lo de Frank hubiera sido efectivamente un episodio de demencia senil y que al día siguiente no le hiciera a su hija algún comentario que me comprometiera.

Para corroborarlo, al día siguiente me planté en Family Pet Land no antes del mediodía —por miedo a que se me viera el plumero— para comprar pienso para Poni. En cuanto nos vio entrar, nos saludó muy efusivo:

—Mis chicas favoritas, Alice, Ruby y la pequeña Poni. Ven, Poni, bonita, toma una chuche del abuelo Frank...

¿Alice, Ruby, Poni? Perfecto control de la situación. ¿Acaso fui yo la que tuvo un episodio de alzhéimer? ¿Me estuvo mintiendo anoche? ¿Simuló un episodio de alzhéimer? ¿Me había pillado Frank con las manos en la masa?

Salí desconcertada y preocupada de la tienda. Miriam me vio desde la inmobiliaria, en la acera de enfrente, y salió corriendo a mi encuentro. «Madre mía, me han pillado, me han pillado. Frank se lo ha contado a Miriam.»

—Pero bueno, Alice —me dijo preocupada—. ¿Qué has hecho? ¿Tú te has visto? Esto no puede ser. Somos amigas, ¿no? Entonces, ¿por qué nunca me cuentas las cosas? ¿Por qué intentas ocultar lo que es tan evidente?

Miriam me miraba muy seria mientras yo contenía las ganas de llorar, pero sobre todo de confesar.

—Tienes muy mala cara —continuó—. Se nota que no has pegado ojo en toda la noche. Y no me digas que es culpa de Ruby, porque sé que duerme como un ángel. Y vale, si no quieres hablar de lo que nunca hablas, lo entiendo. Y no te voy a presionar. Pero al menos déjame mimarte y agasajarte un poco. Te invito a comer. Porque aunque no lo pienses, te mereces un premio. Porque lo estás haciendo todo muy bien. ¿Me entiendes, Alice? TODO.

Entonces lloré, aunque Miriam nunca supo realmente por qué.

Días 171-172. Año I d. C.

Siempre odié Halloween, menos en mi época rebelde en el instituto, en 3°, cuando, recién sacado el permiso de conducir, nos creíamos autónomos, independientes y con barra libre para cometer locuras y vivir la vida a tope. Volar del nido, en definitiva. Ese año, ese día de Halloween en concreto, nos pareció superbuena idea ponernos pasamontañas y dedicarnos a ir en coche tirando huevos, sembrando de verdadero terror —no la ñoñería del truco o trato— las calles del vecindario de Blackstone Boulevard, donde me crie —y mis padres seguían viviendo—. Pero ya digo, aquella fase duró cuatro huevos crudos en sus respectivas fachadas victorianas. Al quinto huevo nos detuvo la policía. Tres días de expulsión del colegio y trabajo comunitario —limpiando grafitis por las calles y parques de Providence—, multa de 200 dólares y la mayor decepción que nunca le he dado a mi madre —hasta que me mudé a Robin Island—. Recuerdo que mi padre se tiró una semana sin hablarme. Ni una mala cara, ni un mal gesto, pero ni una palabra. El peor de los silencios. Consiguió que me sintiera como si hubiera dinamitado el mismísimo monte Rushmore y hubiera mutilado las narices de los presidentes. Ahí se acabó mi fase rebelde.

—Quiero ir vestida de Puchi Puchi en Halloween, mamá —me dijo Olivia superconvencida.

La historia entre Olivia y Puchi Puchi no terminó con su entierro con honores. Dos noches después del desgraciado incidente, Olivia me dijo: «Mamá, tengo una cosa que confesarte. Yo no grité de miedo cuando vi a Puchi Puchi, grité de alegría porque pensaba que era un regalo para mí». Y una semana después de adoptar a Poni: «Yo quería a Puchi Puchi como mascota, en vez de a Noesunponi». Un día, cuando por fin Poni empezaba a entender que tenía que hacer sus necesidades en el jardín, Oli la pilló meando encima de la tumba de Puchi Puchi. Le gritó histérica y la persiguió con un palo como si hubiera profanado la tumba de su propio padre. Claro, después de aquello, Poni volvió a decidir que el sitio adecuado para hacer sus cosas era mi dormitorio, el salón, la bañera o la cocina, por ese orden de preferencia. ¿Cómo era posible que mi hija se hubiese encariñado tanto de un animal salvaje y rabioso, casi inexistente más allá de su propio deseo, y despreciara tanto a otro desesperado por darlo todo por ella y colmarle de protección y cariño? «Espero que no hagas lo mismo con los hombres, hija, o las vas a pasar canutas. Tú y ellos.»

Así que iba disfrazada de Puchi Puchi. Un precioso mapache llamando de puerta en puerta con su cestita de plástico en forma de calabaza para atesorar montañas de chuches. Lo cual me pareció interesante. Lo de ir de puerta en puerta, no lo de las chuches. Otear, atisbar lo que había dentro de las casas, aunque fuera desde el rellano de entrada. Unos segundos amables para hacerme una composición de lugar. Yo iba disfrazada de la novia cadáver. ¿En qué momento me pareció buena idea? ¿Qué clase de macabra idea era aquella? Con lo fácil que hubiera sido ir vestida de Dorothy de *El Mago de Oz*, de princesa Leia o de Wilma Picapiedra.

Una casa. Los Wilkins. Christina y Donald. Jubilados.

—Hola, soy Puchi Puchi, y si no me das chuches, te voy a comer todas las cosas de la casa y a tu perro y a tu gato.

—Cariño, creo que vale con decir «truco o trato».

Otra casa. Los DeRoller. Abrió Dan Jr. y se tiró literalmente en mis brazos. Nos besó a las tres como si fuéramos sus hermanas.

—Hola, soy Puchi Puchi, y si no me das chuches, te voy a comer todas las cosas de la casa y a tu perro y a tu gato. Truco y trato.

—O trato. Truco o trato, Olivia.

Otra casa. Los Hurlbutt. Tina y Josh. Casados en segundas nupcias ambos. Tina lleva la guardería. Josh, ni idea. Tres hijos. Jodie (¿nueve?), Karen (¿doce?) y no sé qué chico (¿catorce?).

Otra casa. Otra casa. Otra casa. Otra casa.

Empecé a marearme. De nuevo demasiada información, demasiada gente. Demasiadas historias sin contar. Demasiadas incógnitas. Jugueteaba con la Llave Master en la mano. Cerraduras, cerraduras, busco cerraduras. La llevaba en el bolsillo junto con media pastilla de Xanax y media de Valium. Ambas envueltas en papel de aluminio y que distinguía perfectamente con el tacto. No quería tomármelas, quería que me bastara con saber que estaban ahí.

Hasta mudarme a la isla no fui consciente de lo que me costaba entablar relaciones cordiales o de amistad con la gente, aunque nadie se diera cuenta. Me había criado en un entorno controlado, estable, inmutable. Había crecido con los mismos amigos desde la guardería al instituto. Mi mundo era cerrado y reconocible. El mismo barrio, el mismo colegio/instituto/universidad. Todo cerca. Una burbuja —hacía mucho que no aparecía este término que tan bien me define—. Y dentro de ella era cariñosa, abierta, simpática, divertida, buena. Pero al salir, al explotar, al tener que empezar de cero a tejer un nuevo radio de acción, me había dado cuenta del esfuerzo que suponía para mí relacionarme —supongo que en parte porque no buscaba amistades, buscaba sospechosos—. Me desgastaba mucho mantener todo el día el circo en pie, la sonrisa, la máscara, el disfraz. Algo parecido me pasaba en el terreno sentimental. Vale que era muy pronto para plantearme rehacer mi vida amorosa. Pero el simple hecho de pensar que tenía que pasar por lo mismo que ya había pasado con Chris... ¡¿Otra vez?! Era una relación cocinada a fuego lento, de más de dieciocho años, si contamos desde que empecé a amarle en secreto como buena adolescente en celo. Y ya sabía que no tenía que ser igual, pero sí que tenía que ser de cero. ¿Volver a disfrutar/acostumbrarme/tolerar el olor, el tacto, los besos, el sexo, las manías, los traumas, las taras propias y ajenas? Y compartir, crear momentos, crear gustos, lugares y comidas favoritas. Dejar entrar a alguien en mi vida y en la de mis niñas. ¿Compartir casa? ¿Tener más hijos? ¿Cambiarme el apellido? Lo veía absolutamente inviable.

Otra casa. La de Mark y Julia. Olivia se quedó boquiabierta al ver a Oliver vestido de Pirata del Caribe. Era como si fuera el mismísimo Johnny Depp. Ni truco ni trato ni nada. Julia no salió. Mark apenas me miró. Solo facturó una leve sonrisa prefabricada cuando le dije: «Hoy debe de ser tu día preferido del año, ¿no? Millones de personas celebrando la propagación de las caries».

Otra casa. Otra casa. Otra casa. Y el Inn. Karen's Petite Maison. Abrió Karen vestida de la madrastra de Blancanieves y con una copa en la mano, tipo santo grial, de la que seguro que bebía vino.

—Hola, soy Puchi Puchi y truco o trato. —El cansancio empezaba a hacer mella en Olivia. Cosa de la que me alegraba.

—¡¿Qué es esto?! ¡Un mapache y un canguro! —Ruby iba vestida de canguro; ya que la tenía que llevar en la mochila portabebés, me pareció lo más apropiado—. ¡Hay que llamar a la brigada de control de animales! —Desde luego que iba achispada.

Y entonces apareció John, su marido, vestido con un uniforme de fútbol americano. Todo el pack completo: mallas con protección, hombreras, zapatillas y casco. Los Virginia Cavaliers. Un vuelco en el corazón. John agarró en volandas a Olivia. Universidad de Virginia. Arritmia, temblor en el ojo derecho. «¡Me voy a comer a este mapache de cena!», dijo John mientras se la llevaba al interior. La misma universidad que Chris. Cuello rígido, piernas que se olvidan de serlo. «¡Los mapaches no se comen!», rio Olivia en *off*. No, no podía ser. Tenía que ser una mera coincidencia, John era mucho mayor que Chris —aunque los calvos, porque estaba calvo, a veces despistan con la edad—. Pero ni siquiera este pensamiento consiguió mitigar el cosquilleo en las manos y la quemazón en la cabeza.

—Lo sé, lo sé. Le queda bastante ridículo el uniforme de su equipo de fútbol de la universidad. Se cree que todavía tiene veinte años y veinte kilos menos —dijo Karen interpretando mi cara de susto.

191

«Sonríe, Alice. Vuelve. Finge. Disfraz. Veinte segundos más y estarás fuera de aquí», pensé mientras me colocaba discretamente medio Valium bajo la lengua para que su absorción fuera más rápida y llegara antes al torrente sanguíneo, que amenazaba con abandonar mi cabeza.

—¿Y tú por qué no vas disfrazada? ¿Por qué vas de ti? —me preguntó riéndose.

No pillé la broma. Pensé que tal vez no me había disfrazado, que se me había olvidado. De nuevo quedé atrapada en una desconcertante sensación de irrealidad. «Todo es mentira. No estoy en la isla. No ha pasado nada de todo esto. Nada es nada. No he hecho lo que he hecho. Es un sueño. Una pesadilla. No estoy aquí, estoy en mi casa de Providence llorando la muerte de Chris.»

—Hija, la novia cadáver —aclaró en vista de que no reaccionaba—. Perdona la indiscreción, pero siendo viuda, no me parece lo más apropiado. Ya sé que no tiene que ver, pero... Ay, no me hagas caso, que me he tomado tres copas de vino y digo groserías.

Agradecí mucho su impertinencia porque me trajo de vuelta a mi triste realidad. Pero realidad, al fin y al cabo.

—No te preocupes, yo también llevo un rato pensándolo —dije con una sonrisa tan forzada que me provocaría agujetas al día siguiente.

John regresó con Olivia en brazos. Aparté la vista. Ya había visto lo que tenía que ver. No quería volver a sucumbir. Solo quería irme y llegar a casa. Era incapaz de formular preguntas normales o lógicas, curiosidades amables de buen vecino como: «¿En qué posición jugabas en el equipo, John?», ¿De qué promoción eres, John?». Nada. No podía verbalizar nada coherente sin que se notara la tempestad que se había desatado dentro de mí. Menos mal que iba de novia cadáver para que no pudieran apreciar mi palidez en todo su esplendor.

Había tres cajas etiquetadas con «Las cosas de Chris». ¿Solo tres cajas? ¿En tres cajas cabía toda una vida? Aunque en realidad en esas cajas no había ropa. Al morir, su ropa de deporte —sobre todo sudaderas, camisetas y pantalones cortos— había pasado a formar parte de mi armario, por mucho que mi mejor amiga del instituto, Suz, que antes de que yo empezara a salir con Chris ya le rondaba y que siempre estuvo enamorada de él, insistiese en que desprenderse de ella era un paso necesario y sano para superar la pérdida. «Yo me hago cargo, si quieres», me dijo muy solícita. Y yo pensé: «Ya, lo que tú quieres es quedarte con su ropa». Fue una de las primeras personas de las que sospeché al verla llorar de manera tan escandalosa y sufrir un desmayo en la misa que dimos en su honor. Pero antes de que recobrara el conocimiento, ya había descartado esa posibilidad. Chris odiaba a las animadoras del colegio. Nunca en su vida había salido siquiera a tomar un helado con una. «¿Sabes por qué empecé a jugar al tenis de canijo? Porque no había animadoras —decía vehemente y gracioso—. A mí no me animaban, a mí me distraían. Pero no distraer en plan "míralas qué sexis con sus pompones y falditas a juego". No, distraer de no entender por qué no se están quietas y dejan de dar cabriolas y chillar con sus voces estridentes. Distraer de deprimir. De esa manera me distraían.» Y yo: «A lo mejor es porque te excitaban. Las veías y las deseabas, y no sabías qué hacer para tenerlas todas para ti, y eso te frustraba como un cachorrillo que aún no sabe dónde tiene que mear...». Y él: «Eso es, tú lo has dicho, lo único que me provocaban era ganas de mearlas a todas a ver si así salían corriendo y no volvían. Dame una M. Dame una E. Dame una A. Dame una R. ¡ME-AR!». Y yo me reía y le comía a besos. No, Suz siempre estuvo libre de toda sospecha. Bueno, casi siempre. Debería haberle dado al menos unos calcetines de Chris. Qué poca compasión la mía.

El resto de la ropa de Chris: trajes, zapatos, zapatillas, abrigos y demás, fue a parar a manos de: 1) primos y familiares cercanos que venían a casa de visita, y 2) el Ejército de Salvación. Yo era partidaria de que todo hubiera ido directamente a la opción 2, pero en aquel momento no estaba sobrada de fuerzas y esta fue una batalla que no libré. Fue decisión de Betty, la madre de Chris, a la que le pareció genial que en cualquier boda, bautizo, comunión, funeral o reunión familiar de postín apareciera cualquiera de los primos de Chris con su ropa, revolviendo el estómago de servidora. Porque para mí, llevar su ropa era una manera de estar en casa, de rendirle tributo —¿se lo merecía?— y sentirle cerca. Sin embargo, la perspectiva de ver a otra persona con su ropa ni siquiera me ponía triste: me cabreaba y me daban ganas de salir dando un portazo. «Cosa que en el fondo ya has hecho, Alice.»

Estuve un rato mirando las cajas, armándome de valor para abrirlas, como si temiera que dentro hubiese un monstruo que se había estado alimentando de todos los recuerdos, un monstruo de dientes afilados y albino por la falta de luz. La primera película de terror que vi en mi vida fue *Cementerio de animales*, basada en una novela de Stephen King. Tenía nueve años. Estaba en casa de mi prima Keegan, que tenía televisión por cable opción Premium y podía ver todos los canales de cine. Mientras mis tíos dormían, nos levantamos a ver la película de madrugada. Trataba de un cementerio de animales donde enterrabas a tu mascota muerta y volvía al mundo de los vivos, pero convertida en una criatura infernal y no el dulce y cariñoso animalillo que fue. Tuve pesadillas durante semanas, en las que mi perro Clifford moría y volvía para devorar a toda la familia y a sembrar el terror en las calles de Providence. Yo había enterrado a Chris en esas cajas. ¿Y si las abría y volvía a salir? Pero no Chris, mi Chris, sino una especie de Frankenstein. Barajé tomarme la otra mitad del Valium, pero me pareció excesivo. «Anda que no te vas a encontrar momentos mucho más tensos que este. Primero mira a ver si están, y luego ya lo vas viendo.» Olivia me llamó desde su cuarto con una voz quejumbrosa. Le dolía la tripa de tanta chuche. Vomitó en el baño mientras le sujetaba la cabecilla. Poni, a modo de solidaridad, también lo hizo casi de forma simultánea, despertando la ira de mi hija por robarle su momento de protagonismo y ensuciar el suelo de su habitación. Cuando ambas estuvieron dormidas y tranquilas, abrí las cajas, sin pensar —más de lo que lo había hecho ya—, como cuando te haces la cera para quitarte el bigotillo, de un tirón seco y rápido, sin concesiones.

Sobre todo buscaba los anuarios de la Universidad de Virginia de Chris, a ver si encontraba a John y alguna nota, firma, dedicatoria que los amigos se suelen hacer. Esperaba que no hubieran acabado en la basura durante alguna de las limpiezas generales que nos gustaba hacer. «Operación soltar lastre» las llamábamos, para ir por la vida más ligeros. Chris no es que renegara de sus años en la universidad, pero no le gustaba aferrarse a la nostalgia ni mirar atrás, siempre hacia delante, nuevos proyectos, nuevas cosas, ¿nueva vida en Robin Island a mis espaldas?

Encontré dos anuarios: el del primer año y el del último. Casi de inmediato recordé los motivos de la ausencia del resto. Chris había guardado el primero porque le gustaba saber y comparar dónde empezaba y terminaba casi cualquier cosa en su vida. Y el último porque además fue cuando el equipo de tenis de los Virginia Cavaliers quedaron campeones nacionales de la NCAA y en el que Chris completó la temporada con una sola derrota, para acabar como número 3 del ranking de la IAT y llegar a la final del US Open Junior. El primero y el último. Una especie de antes y después. El resto no le interesaba, decía que no tenían demasiada historia. ¿O tal vez tenían demasiada y la quería esconder? Porque nuestro «paréntesis» fue cuando él estaba en tercero de carrera.

Nunca antes había mirado los anuarios. Sentía que era un lugar privado, reservado, donde había vivido aventuras, historias, que yo no había compartido en primera persona. Sin rencor, sin preguntas, sin celos, sin entrar a cotillear. Recuerdo lo mal que lo pasó el primer año, tan lejos de mí. Incluso al final del primer trimestre se planteó matricularse en Brown para estar más cerca, aunque tuvieran peor equipo y peor programa de tenis. Pero yo no le dejé. Esas concesiones al final siempre acaban pasando factura. Realmente deseaba que estuviera en el mejor sitio posible para su vida y su carrera. No era pose de novia tolerante. Supongo que era amor generoso.

Empecé revisando el anuario del primer año. Directa a la sección de deportes, al apartado de fútbol americano. Nada, no encontré a John. Tampoco en el del último año. Volví a repasar el anuario del primer año. Ya entero, página a página.

Ningún resultado. Y de nuevo el del último año, de principio a fin. Y cuando estaba casi completamente segura de que lo de compartir universidad había sido una simple coincidencia, lo encontré. La primera vez lo pasé por alto. Estaba prácticamente irreconocible. Cuánto puede cambiar la gente en apenas diez años. Tenía pelo —melena noventera—, la cara con rasgos angulosos y bigote. Estaba guapo, fuerte y fibroso. Quinto por la derecha en la primera fila: «John Rushlow, coordinador de defensa, exalumno y jugador de los Cavaliers 1984-1988», ponía en el pie de foto. Era el segundo entrenador del equipo. Estaba junto al entrenador principal, orgulloso de regresar al equipo de sus amores como parte del cuerpo técnico.

Revisé por tercera vez el anuario del primer año, ya sabiendo lo que buscaba, pero nada, no salía. O sea, que no habían coincidido todos los años de universidad, solo algunos, y cuando John era ya exalumno, solo vinculado al equipo de fútbol americano. ¿Qué probabilidades reales había de que se conocieran? Pocas. Chris no era de ninguna fraternidad, las odiaba. No era muy juerguista, estaba en la universidad para lo que estaba: tenis, tenis, tenis, futuro, futuro, futuro. Además, para rematar, la temporada de fútbol americano era en otoño-invierno y la de tenis en primavera. Así que las opciones de que se hubieran cruzado eran ínfimas. No había conexión aparente. Pero por más que me cargaba de motivos y de cifras estadísticas para descartar aquel posible vínculo, sentí que John encajaba de manera natural en la categoría de sospechoso, no con calzador, como Miriam y Julia. De hecho, me planteé tacharlas como sospechosas y dejar solo a John como sospechoso principal. Pero no lo hice porque quería sentir que avanzaba, no que daba pasos atrás.

John – Chris – Universidad de Virginia – Fútbol / Tenis – coinciden al menos un año – ¿Casualidad? ¿Se conocían? – SOSPECHOSO n.º 3

Al principio me alegró el hecho de que en este caso el sospechoso fuera un hombre. Pero luego me abrumó porque abría un abanico de posibilidades que no había valorado hasta entonces. En cualquier caso, superado el shock inicial y el miedo irracional —pero lógico— posterior a mi hallazgo, me sentí perspicaz. Útil, más cerca. Divertida.

Luego busqué en Google: «Lactancia materna vino efectos perjudiciales». Existía cierto consenso en que, con moderación, sin sobrepasar los 200 mililitros, no había riesgo para el bebé. Así que me bebí copa y media —medí escrupulosamente la cantidad— de mi botella de Pinot Noir para celebrar mi pequeño descubrimiento.

Solo después de llevar 120 mililitros de mi dosis, me di cuenta de que no me había quitado ni el maquillaje ni el disfraz, ni el de la novia cadáver ni el otro, el de siempre.

Antes de irme a dormir, me asomé a la habitación de Olivia para asegurarme de que estaba tranquila y dormida. Algo me llamó la atención: había ordenado todas las chuches por forma, tamaño y color, formando cuadrados —si las chuches tenían forma rectangular o cuadrada— o círculos —si eran redondas—. Ahora entendía lo que me había dicho mientras vomitaba, lo que yo consideraba un delirio hiperglucémico, después de que yo la reprendiera levemente y con cariño por darse un atracón. «Solo me he comido las que no encajaban, mamá, las que sobraban.» No le di importancia hasta que fui consciente de que no solo las chuches habían sido objeto de un cuidadoso proceso de ordenación. También sus peluches estaban colocados en el suelo de mayor a menor estatura, pegados a la pared, como una rueda de reconocimiento de sospechosos en la comisaría. Cambié un par de peluches de orden y me comí tres chuches para romper la perfección geométrica. A ver qué pasaba.

Al día siguiente, cuando me encontré mi cuarto absolutamente revuelto, mi primera reacción fue un cóctel de pánico y paranoia. Ropa tirada encima de la cama, armarios abiertos, cajones volcados. «Me han pillado. Han entrado en casa para robarme. A buscar. ¿A buscar el qué? Las cajas de Chris. Alguien sabe que estás tras su pista. Han venido a confirmar tu relación con él. Te han cazado. Hay que salir corriendo, tu vida y la de las niñas está en peligro.» Una vez terminado mi pequeño gran melodrama y comprobado que las cajas de Chris estaban intactas, me invadió la ira al achacar aquel desmadre de objetos a Poni. Pero que yo supiera, la perra aún no tenía la habilidad de abrir cajones y volcarlos. Entonces, ¿qué? ¿Quién?

Encontré a Olivia en su cuarto, pintando tranquila, dándome la espalda. Me quedé en el quicio de la puerta. Di un par de golpecitos en el marco para llamar su atención. No reaccionó. Ahí supe que había sido ella.

—Olivia, ¿qué has estado haciendo en mi cuarto? —le pregunté sin dar rienda suelta a mi cabreo. Solo la llamaba por su nombre completo cuando quería reconvenirla. Bastaba para que entendiera que había hecho algo mal.

No se dio la vuelta. Ni me miró, ni dejó de pintar cuando dijo:

—Si tú me cambias las cosas de sitio, yo también te cambio las tuyas de sitio, Alice. —Creo que era la primera vez en su vida que me llamaba por mi nombre. Una clara provocación, en plan «yo también sé jugar a tu juego».

Para superar la congoja que me había provocado la situación, ahora sí que decidí recurrir al enfado. Iba a levantar la voz, hacerla recoger mi cuarto inmediatamente y castigarla cuando me di cuenta de que sus muñecos volvían a estar ordenados por estatura y sus chuches por figuras geométricas cuasi perfectas. Pero no solo era eso. Los libros también estaban ordenados por tamaño y los dibujos siempre respetaban una gama de color predominante. Volví a agarrarme a la posibilidad de tener un genio en la familia. Disipaba levemente la angustia de tener una niña obsesiva compulsiva en ciernes.

Día 173. Año 1 d. C.

Podía parecer que vivía dedicada única y exclusivamente a tratar de encontrar respuesta a la presencia de Chris en Robin Island, husmeando, buscando pistas, enredándome en los entresijos de la isla y sus habitantes. Pero no, la mayor parte del tiempo lo ocupaban Ruby y Olivia. Mi primera ocupación y preocupación era ser mamá. No me permitía bajar la guardia en ese aspecto. ¿Cómo lo hacía entonces? ¿Cómo era capaz de sacar ratos para hacer todo lo que estaba haciendo? Sinceramente, no lo sabía. Cuando nació Olivia, solo tenía energía para ella. No me podía concentrar en nada más. Los seis primeros meses me sumieron en una corriente desbordada de emociones y responsabilidades. Estaba feliz, inmensamente feliz, pero agotada, superada y con las hormonas disparadas, campando a sus anchas. Vivía en un permanente jet lag. No me daba la cabeza ni el cuerpo para hacer nada más. Ni siquiera para sentarme a leer un libro, ver una película y mucho menos pintar. Cuando Olivia dormía, yo dormía, me desenchufaba. Cuando estaba despierta, estaba despierta, con ella, para ella. En mi mundo no cabía nada que no fuera dar la teta, cambiar pañales, mocos, eructos, miradas, deditos, ajós, biberones, lloros, sonrisas, sonajeros, primeras papillas, vómitos, besos, besos, muchos besos y amor. Todo el del mundo, concentrado en el diminuto y precioso cuerpo de Olivia.

Así que cuando nació Ruby y decidí abandonar de manera temporal mi «misión», en parte fue porque creía que iba a entrar en una fase similar a la ya vivida. Y más teniendo en cuenta que Chris ya no estaba conmigo para ayudarme, mimarme y cuidarme, que estaba en pleno luto, anulada anímicamente y profundamente traumatizada. Pero contra todo pronóstico, la pena, el dolor y el vacío, sumados a la incertidumbre y rabia que me provocaba su secreto/mentira/misterio, tiraban de mí hacia arriba, me conferían determinación, energía e impulso. Era como si hubiera hecho una partición en el disco duro de mi vida. Un universo paralelo al de la maternidad. Dos universos, dos vidas simultáneas, compatibles, formando un solo conjunto dentro de una sola persona, dentro de mí.

Ahora bien, dicho esto, mientras estaba en la sala de espera de la consulta de la psicóloga, lo primero que pensé fue por qué había tardado tanto en llevar a Olivia. ¿Por qué me había empeñado en negar la evidencia de su extraño comportamiento y sus crecientes obsesiones? Aduciendo que eran una consecuencia lógica y fugaz de la muerte de su padre. No me perdonaría que esas taras fueran algo irreversible que la marcaran de por vida. Paralela a este pensamiento habitaba dentro de mí una fuerza opuesta muy poderosa y convencida de que era absurdo estar allí y que la niña estaba perfectamente bien y que vaya pérdida de tiempo y dinero. Por suerte, antes de que esa energía me expulsara de aquella sala de espera, salió la psicóloga a recibirnos. Doctora Ruth Poulton. Especialista en niños. Tenía su consulta en Sandwich, al lado del Sandwich Montessori School. La elegí tras una exhaustiva búsqueda en internet bajo el lema: «Mejor psicólogo infantil en Cape Cod».

Pasé yo sola. Quería hablar conmigo antes de atender a Olivia. Lo primero que hice al entrar al despacho fue barrer con la mirada los diplomas que colgaban en la pared. Universidad de Middlebury, en Vermont. Posgrado en Bowdoin College, en Maine. Curso de desarrollo infantil en el Saint Joseph's College, también en Maine.

—Dime, Alice, con tus propias palabras, ¿cómo describirías el problema de Olivia? ¿Por qué has decidido traerla aquí?

—Cuando su padre falleció, parecía estar bien. Muy triste, claro, pero asumiendo más o menos bien la situación. Ha pasado un verano tranquilo. Se divertía, jugaba, comía y dormía bien salvo esporádicas pesadillas. Solo le notaba cierta fobia al frío, miedo a pasar frío. Pero no ha ido a más, ni siquiera ahora que empieza a hacer frío de verdad. —«¿Ves? Si está bien, ¿qué haces aquí?»—. Y desde que nos mudamos a la isla, poco a poco ha empezado a tener comportamientos un tanto obsesivos: como si sus rutinas se estuvieran convirtiendo en manías.

—¿Por qué os mudasteis a Robin Island?

—Necesitaba un cambio de aires. Pensé que nos vendría bien a las tres.

—Entiendo. Desde luego que es una isla maravillosa. ¿Me puedes contar algunas de esas rutinas/manías?

—El orden. Sus muñecos, sus libros, sus chuches, sus juguetes, los tiene ordenados en su cuarto por altura, color, forma geométrica... Y ha cogido la costumbre de empezar a contar cosas en voz alta. Las ruedas del coche cada vez que sale de él, los peldaños de la escalera cuando los sube... —«Es una niña, está aprendiendo a sumar. Es normal, Alice. No es una tarada. ¡Es un genio! Dile que le haga un test de inteligencia y listo. Ya verás lo que sale»—. He intentado que aprendiese a tocar el piano, le compré uno, de hecho, pero no le interesa tocar música porque dice que las canciones están desordenadas, que saltan de una tecla a otra sin sentido. A ella le gusta tocar escalas, del do al si. De los graves a los agudos. Y no la sacas de ahí.

—Ya... Bueno, vamos a hacerla pasar.

Durante la media hora que pasó Olivia dentro con Ruth Poulton, para calmar la ansiedad por lo que pudiera «encontrarle» la psicóloga, busqué en Facebook a John. Le encontré. Valoré solicitarle amistad, pero eso supondría que tendría acceso a mis posts —aunque hacía siglos que no escribía nada— y sobre todo a mis álbumes de fotos —repletos de imágenes de Chris conmigo en todo tipo de actividades y circunstancias—. Más de una vez me había tentado borrarlas, o incluso cerrar la cuenta, pero eso habría acarreado tal maremágnum familiar que decidí dejarlo tal y como estaba. Un cementerio de elefantes. El cementerio de Chris. Porque había decenas de posts, que ni había leído y mucho menos contestado, de condolencias y buenos deseos tras el terrible suceso. Siempre me gustó dejar mi muro abierto para que la gente escribiera. Craso error. Y aunque un perfil de Facebook se puede tunear a medida, decidí que era mejor hacerme uno nuevo, con mi apellido de soltera, y colgar solo fotos de la actualidad, con mis peques en la isla. Un perfil isleño, alejado del resto de mi existencia. Así podría entrar en contacto con los demás vecinos de la isla y cotillear de manera natural y segura. Después pensé que tenía más sentido —y era menos sospechoso— agregar a Karen antes que a John, ya que había tenido más contacto con ella. Y así fue como descubrí que Karen y Mark eran primos, cosa que me sorprendió mucho porque no recordaba haberles visto interactuar nunca, ni hablar el uno del otro.

Cuando Olivia salió, Ruth me pidió que entrara de nuevo sola. Dentro me enseñó un dibujo que había pintado mi hija con ceras de colores. Le había pedido que pintara el «ahora», qué significaba para ella la palabra *ahora*. «Qué enrevesado para un niño», pensé. Pero parecía que Olivia había entendido el concepto a la perfección. Ella, su hermana y su madre en el centro del folio, las tres de la mano flotando en el aire; debajo la isla —un ovillo verde y marrón— rodeada de mar, el faro —un palo rojo y blanco—, el molino —una bola marrón con una X encima a modo de aspas— y algo parecido al mapache Puchi Puchi. Algunos barquitos —uno de ellos pirata—, ballenas, peces y varias gaviotas para aderezar. Y una cruz en el cielo clavada en una nube azul oscuro casi negra muy amenazante. Sin duda, la tumba de su padre. Nos había pintado suspendidas en el aire. Bueno, yo agarrando —o tirando— de la mano a mis hijas. En un limbo. Desde luego que sí que parecía un ahora bastante ahora. Por cierto, ni rastro de Poni.

Ruth no comentó el dibujo, al menos de momento. Se limitó a señalar las ceras de colores que había usado.

—La cera negra no la ha usado porque era la que más gastada estaba. Ha ido cogiendo el resto y usándolas en su justa medida hasta que todas las ceras midieran exactamente lo mismo y tuvieran la punta de la misma forma, puntiaguda. Y cuando eso ha ocurrido, ha dado por terminado su «ahora».

—Ya... —dije con la cinta adhesiva de la culpa amordazándome.

—Creo que es posible que tenga un trastorno obsesivo compulsivo. Lo que llamamos TOC.

—¿Crees que es por lo de su padre?

—Es posible, habría que verlo...

—Pero ya han pasado más de cinco meses —«173 días, que los cuento»— y hasta hace poco no ha empezado a hacer cosas... raras.

—A veces esas cosas permanecen latentes y salen cuando salen. En cualquier caso, es importante no calificarlas de raras, ni malas, ni reprenderla, ni hacerle sentir mal por ello. Simplemente está intentando poner orden en su vida. En el exterior, al menos. Porque dentro debe de tener un buen caos.

No dije nada porque se me habría quebrado la voz y no habría podido evitar echarme a llorar. Parecía que estaba hablando de mí. ¿Era yo la que tenía que ir al psicólogo? ¿Era una enferma mental? ¿Tenía un trastorno grave? Y lo que era peor: ¿estaba contagiándoselo a mi hija?

—Los niños en general mimetizan mucho lo que ven, lo que viven. Además, se nota que Olivia es una niña inteligente, sensible y empática. Son cosas que requieren seguimiento y hay que ir viendo poco a poco, pero probablemente está siguiendo un modelo de conducta similar de alguien cercano y que es una gran influencia en su vida.

—Yo no me dedico a desgastar ceras para que midan lo mismo —me defendí al darme por aludida.

—Me imagino. Con la edad, nuestros mecanismos se hacen más sofisticados... —Y antes de que pudiera enseñar los dientes, añadió con suma suavidad—: Perdona, Alice, no quiero que te sientas atacada ni culpable. No es mi intención, de verdad. Ni estoy sugiriendo que tengas un TOC. Y al igual que te he dicho que es importante que Olivia no se sienta mal ni culpable por lo que hace, tú tampoco deberías. Sé que tienes mucho con lo que lidiar ahora mismo y estoy segura de que el bienestar de tus hijas es tu mayor prioridad. Pero no solo te tienes que preocupar por ellas. También te tienes que preocupar por ti. Olivia es una niña sana y alegre y va a estar aún más sana y alegre. En apenas seis meses ha pasado por lo más traumático y duro que se puede pasar: la muerte de su padre. Sumado al nacimiento de su hermana. Tiene que reconfigurar todo su entorno. Lo suyo simplemente hay que controlarlo y tratarlo de forma adecuada. Canalizar sus miedos. Va a estar bien, ya verás. Pero para que eso ocurra, necesita que tú también lo estés.

Mientras esperábamos al ferri en la estación de Hyannis, notaba una fuerza que tiraba de mí, que me quería alejar, devolverme a Providence. Olvidarme de todo. Por el bien de mis hijas y el mío. Un lazo corredizo alrededor del diafragma que apenas me permitía respirar. A cada paso que daba en dirección a Robin Island, menos aire entraba por mis pulmones. Pero, por otro lado, era cierto que Olivia no iba a estar del todo bien hasta que yo estuviera bien. Y no valía disimularlo —cosa que hacía frecuentemente—, porque lo notaba. Lo sentía. ¿Y yo? ¿Qué necesitaba para estar bien? Cerrar. Solucionar el misterio/secreto/mentira de Chris. Necesitaba saber la verdad. No sabía si lo que estaba haciendo, y lo que iba a hacer, era lo correcto, ni lo más adecuado. Casi seguro que no. Pero sí sabía que era lo único que me ayudaba a mantenerme a flote, despierta, viva e incluso esperanzada. Y puede que me estuviera engañando, era más que probable, pero ese engaño al menos me provocaba una serie de vibraciones positivas y necesarias que transmitir a mis hijas.

De todas maneras, como no quería escudarme en estas reflexiones, antes de subirnos al ferri de vuelta a casa quise asegurarme precisamente de eso, de que estábamos regresando a casa.

—Oye, Oli, una pregunta. Ahora que ya llevamos en la isla casi dos meses, ¿te gusta?

—Sí, claro que me gusta.

—¿Más o menos que cuando vinimos?

—Más, porque he conocido a Oliver y me gusta ir al cole en hidroavión aunque al principio me daba miedo.

—¿Y dónde prefieres vivir, en Robin Island o en Providence?

—¿Una isla se puede llevar a otro sitio?

—¿Cómo que a otro sitio?

—¿Podemos llevarnos la isla a Providence y ponerlo todo junto? Así tengo los amigos de los dos lados juntos.

—No, las islas no se pueden mover. Me temo que tienes que elegir.

—Si nos vamos a Providence, ¿podemos dejar en la isla a Noesunponi?

—No, Oli, si nos vamos, Poni se viene con nosotras.

—Pues entonces, Robin Island. Aunque hay tres cosas que me gustaría cambiar.

—Vale, pues dime las otras dos porque una ya sé que es Poni.

—Las otras dos cosas que me gustaría cambiar son que Puchi Puchi estuviera vivo y que papá también. Y que vivieran con nosotras.

Un pellizco en el alma. Mi corazón se escondió.

—Ya, a mí también, Oli. A mí también... —dije al tiempo que la abrazaba—. Y si en algún momento prefieres que nos volvamos a Providence, me lo dices y nos vamos. ¿Trato?

—Trato...

La besé en la mejilla.

—Mamá, ¿tú sigues triste por lo de papá?

—Mucho, hija. Muchísimo.

—Yo también.

Noté que Olivia intentaba contener el llanto, tal vez porque yo misma lo estaba haciendo.

—¿Quieres que lloremos un rato por papá? —le pregunté.

—Vale —dijo sin poder aguantarse más.

Y lloramos abrazadas casi todo el camino. Sí, regresábamos a casa.

Días 174-183. Año I d. C.

Mientras trataba de gestionar en mi mente la pista sobre John y decidir cómo proceder sin precipitarme, calmé mi impaciencia abriendo una nueva vía de investigación. Una vez descartado que Chris hubiera comprado una vivienda en la isla, mi mente viró de inmediato hacia la posibilidad de que hubiera comprado o alquilado un barco y comprado o alquilado un amarre en el puerto deportivo. ¿Abriría la Llave Master la cabina principal o similar de un barco? No tenía recuerdos de Chris navegando, ni mostrando especial interés por el mar. Pero se suponía que también odiaba Cape Cod, y ahí estaba yo, viviendo en el corazón del Cabo, porque él había estado más de dos años pululando por aquí. Así que todas las suposiciones y certezas estaban en cuarentena hasta nueva orden.

Burr's Marine no tenía un acceso tan fácil como la agencia inmobiliaria de Miriam. Era una construcción moderna y con amplios ventanales acristalados que mostraban las flamantes embarcaciones de recreo a estrenar. No podría entrar discretamente por la puerta trasera, ni nada por el estilo. La oficina principal estaba bajo llave, aparte de que además había cámaras de seguridad en el interior. Vamos, que no era una opción a menos que hiciera un alunizaje. Acceder a las grabaciones de las cámaras de seguridad sobornando a algún empleado tampoco era viable. Además, en caso de que hubiera comprado un barco, ¿por qué habría de hacerlo allí? Podría haberlo comprado en otro concesionario o de segunda mano a un particular. Lo que sí estaba claro es que si pasaba temporadas en un barco en Robin Island, tendría que amarrarlo en el puerto. A todo esto, para tripular embarcaciones había que sacarse un título. Y desde luego que no se podía hacer con nombre falso. Así que, en ese caso, debería tener un permiso o carné, y figurar en algún registro en alguna parte.

Yo pensaba que el puerto deportivo lo gestionaría el ayuntamiento, pero no, resulta que tiene dueño, Pat Heise, de ahí el nombre del puerto: Heise Harbor Waterway & Boatyard.

—Hola, señor Heise. Soy Alice.

—Hola, Alice. Llámame Pat, no me hagas sentir mayor, por favor. ¿En qué te puedo ayudar?

—A ver, Pat, es que al estar en la isla, me ha empezado a picar el gusanillo de tener una pequeña embarcación. Algo sencillo para salir de paseo con mis hijas por la bahía. Pero antes de dar el paso, quería que me contaras cómo funciona el tema de los amarres, precios y demás. Y si me puedes asesorar acerca de cómo sacar el permiso para tripular pequeñas embarcaciones, si es que hace falta, que no lo sé.

Pat fue muy solícito y simpático conmigo. Ya conocía la respuesta a la mayoría de las preguntas que le hacía porque lo había investigado de antemano, pero me venía bien aquella charla para escudriñar su oficina. Tenía una pizarra parecida a mi mapa mural, con un plano del puerto y todos los amarres numerados, con chinchetas de tres colores: rojas, naranjas y verdes. Entendí que las rojas y naranjas eran distintos tipos de alquileres, y las verdes, amarres libres. Memoricé un par de posiciones y sus colores para luego confirmarlo in situ. No había archivadores; en vez de eso, un armario cerrado bajo llave que intuí que debía de guardar los contratos, documentación, etcétera. Y un ordenador, claro, que seguro que también estaba protegido con contraseñas variadas. Además, el acceso por la parte trasera estaba deshabilitado, con varios candados y una tranca de hierro forjado. La puerta principal tenía doble cerradura. Vamos, que la radiografía de Chris no iba a servir para nada.

Pat me explicó que efectivamente debía hacer un cursillo si quería conseguir el permiso para tripular embarcaciones, pero que podía hacerlo online y que era muy fácil. En cuanto al amarre, dependía del tipo de embarcación, pero por lo que le contaba, calculaba que valdría unos 1.500 dólares anuales.

—¿Y se pueden comprar para siempre?

—No, en mi puerto, no. Si no, me quedaría sin negocio, Alice. —Me guiñó un ojo—. Los alquileres son anuales. Aunque también pueden ser por meses, semanas, días e incluso horas.

Me dieron ganas de preguntarle qué pasaba si alguien alquilaba un amarre por un año y dejaba allí el barco y no volvía y dejaba de pagar, que hubiera sido el caso de Chris.

—A todo esto —continuó—, has hecho bien en venir directamente a mí y no a Rodney Burr, porque si entras en ese concesionario, te acaba encasquetando una lancha motora como mínimo.

—Ya entré, y salí con un coche de golf y una bici eléctrica que no necesitaba. —«Pero a la que luego bien que le estás dando uso.»

—¿Ves? Qué peligro tiene este Rodney. Y la verdad, Alice, si te estás iniciando, es mejor que empieces con algo pequeño, sin entrar en demasiados gastos. Puedes encontrar embarcaciones de segunda mano en perfectas condiciones y a muy buen precio. De hecho, yo tengo aquí varias en venta o alquiler. ¿Quieres que te las enseñe?

—¿Ahora?

—Sí, ahora. A no ser que tengas algo que hacer.

—No, no, claro. Perfecto.

No calculé los posibles abismos en los que mi vena impulsiva me podría precipitar. Mientras caminábamos por el puerto, mi mano palpó instintivamente el exterior del bolsillo monedero del pantalón vaquero, donde llevaba mi Valium partido en dos y la Llave Master.

Pasamos delante del velero de Mark. Estaba dentro.

—Hola, Mark —le saludó Pat—. ¿Qué, trabajando duro?

—Igual que tú, Pat —le contestó con un guiño. Me miró—. ¿A qué se debe este honor? ¿Vamos a ser vecinos?

—Puede —le contesté.

—No dejes que te embauque este, Alice. Que se lleva comisión de cada barco en venta o alquiler —me advirtió Mark. Luego volvió al interior del velero tras regalarme una sonrisa muy bonita que no supe, o no quise, interpretar.

Pat me enseñó varios tipos de embarcaciones cuyos nombres yo ni sabía: neumáticas, zódiacs, semirrígidas y de fibra. Con precios que oscilaban entre los 10.000 y los 20.000 dólares. Todas pequeñas, de recreo y paseo. No para vivir dentro. Pat se había tomado demasiado al pie de la letra mis necesidades.

—Oye, Pat, todas estas están genial, pero para hacerme una idea, ¿me puedes enseñar también embarcaciones más grandes? Para pasar un par de días navegando, donde se pueda dormir, cocinar y, vamos, hacer vida. Ya te digo, no para ahora. O sí, porque si de repente hay una ganga, pues igual es una buena inversión.

—No, buena inversión no es, porque los barcos, al igual que los coches, se deprecian con el paso del tiempo. Los normales, no los de colección, quiero decir. Pero claro, yo te las muestro, faltaría más. Y si lo quieres comprar, por mí mejor, porque efectivamente, como te ha soplado Mark, me llevo una comisión del 10 %.

Me enseñó embarcaciones con más empaque. Entre ellas estaba el velero de Stephen, el marido en coma de Jennifer. No porque estuviera en venta, más bien como mera curiosidad —cotilleo—. Jennifer no había vuelto a poner un pie dentro, pero seguía pagando escrupulosamente el alquiler. A Pat le parecía un pelín macabro todo aquello, no deshacerse del velero, mantener a Stephen con vida... A mí no. Yo también lo habría hecho. A decir verdad, de alguna manera ya lo estaba haciendo. También estaba manteniendo a Chris con vida.

—Y aquel pobre también se ha quedado desamparado —me dijo señalándome un barco—. Un Rio 800 Cabin Fish. 9 metros de eslora. Baño completo, cabina con cama de matrimonio, ducha externa, sofá convertible en cama doble, fregadero, cocina y frigorífico. Un barco de pesca y recreo muy majo.

—¿Desamparado por qué?

—Pues porque los dueños han desaparecido. Llevan casi un año sin venir.

¿Dueños? ¿Una pareja? ¿Casi un año? ¿Hace cuánto que murió Chris? Yo que siempre llevaba la cuenta escrupulosa de los días que habían pasado, de repente no sabía en qué día estaba. Ciento setenta y algo. «No, no ha pasado casi un año. Ha pasado más o menos medio año. Pero, Pat, cuando dices casi un año, ¿es casi un año de verdad o una manera de decir que han pasado varios meses?»

—Los he llamado. Pero nada. Nadie contesta. —Yo tenía activado el contestador de Chris. Si Pat hubiera llamado, habría dejado un mensaje identificándose y advirtiéndole de la deuda pendiente. Aunque claro, podría tener otro teléfono—. Ahora que, si te soy sincero, no es que les desee nada malo, Dios me libre, pero por mí, mejor. Si no dan señales de vida, pasará a mi propiedad. Si a los dieciocho meses no lo reclaman o abonan lo que me deben, me lo quedo. Y te lo dejaría a buen precio, por supuesto.

Siguió mostrándome otras embarcaciones, pero yo ya no escuchaba. Podría haber entrado en barrena, en una espiral de ansiedad, ojo de huracán, abismo y monstruos variados. Sin embargo, no lo hice. «El día 174, estoy en el día 174 d. C. Eso no está cerca del año. Aférrate a eso, Alice.» ¿Cómo se llamaba el barco? Por el nombre lo sabría. *The Call of the Wild.*[9] Igual que la novela de Jack London. La conocía. Era una lectura obligatoria en la clase de literatura americana en 2.° de Bachillerato. Recordé de inmediato que Chris me pasó su redacción para que me sirviera de guía. No estaba mal, sacó un notable. Yo un sobresaliente. Se lo eché en cara de broma. Era una de las novelas favoritas de la adolescencia de Chris. Una de las pocas que había leído y disfrutado. Pero no era por eso por lo que él bien que podría haber puesto ese nombre a un barco, era porque la novela trata sobre un perro doméstico y remolón que vive cómodamente en una mansión de California, al que secuestran y venden como perro de trineo en los fríos páramos de Alaska durante la fiebre del oro, y que debe hacer uso de sus salvajes instintos ancestrales para sobrevivir en un mundo hostil y salvaje. ¿Era ese el secreto/misterio/mentira de Chris? Su huida de la vida domesticada. No. O sí. No sabía. Tal vez. Lo que sí tenía claro en ese momento era

9. En inglés, «La llamada de lo salvaje».

que me tenía que tomar medio Valium y que esa sinopsis se acercaba más a mi realidad que a la mentira de Chris.

Por la noche regresé al puerto. Repetí el mismo *modus operandi:* coche de golf, Ruby, Poni, escuchabebés en el dormitorio de Olivia, nervios, adrenalina, cargo de conciencia, excitación y remordimientos. El pack completo. Límite: treinta minutos.

Estaba dispuesta a forzar la puerta del barco si hacía falta, pero no aquella noche, no justo después de que Pat me lo hubiera enseñado. Esperaría al menos una semana para que no pareciera sospechoso. Simplemente un acto vandálico de unos chiquillos que saben que aquel barco está abandonado.

Dejé a Ruby en el coche de golf, dormida en su capazo. Poni gimoteó un poquito cuando salté al interior de la embarcación. No me dio mucho tiempo a fabular en torno a las posibles consecuencias de lo que me podía encontrar al asomarme, porque realmente estaba muy agobiada con volver a casa cuanto antes. Usé una pequeña linterna de led unidireccional para asomarme. Nada. No vi nada. Nada que no fuera el interior de un barco. Nada que pudiera identificar a los dueños. Ningún elemento personal a la vista. Me asomé a través de todas las ventanas y ángulos posibles. Probé la Llave Master en la cerradura de la cabina. No encajaba. Y tras comprobar que Ruby seguía tranquila y dormida, decidí hacer lo propio en el resto de las embarcaciones del puerto, unas veinte o treinta. Nada. Tampoco.

Al emprender el camino de regreso, volví a pasar por el Rio 800 Cabin Fish, y casi sin pensar, rompí con el codo el cristal de la puerta de entrada a la cabina. Con el codo. No me hice daño y apenas hice ruido. «Pero ¿no habíamos quedado en esperar una semana?» Abrí la puerta y entré. Me asomé al camarote, revolví cojines, colchones, cajones. Peiné todo el barco hasta que encontré lo que entendí que le daba nombre. Un perro. Una foto de la cara de un alaskan malamute enmarcada en un pequeño marco ovalado, con una leyenda debajo: Buck. El nombre del perro de la novela. La foto estaba pegada en el panel de control —o como se llame—. No había reparado en ello desde fuera porque el volante —o como se llame— la tapaba. No podía ser de Chris, era alérgico a los perros. A no ser que también me hubiera mentido en ese aspecto, que ya, la verdad, a saber. Porque además, fijándome luego con más atención, observé que había pelo de perro en los cojines, colchones y suelo.

Al irme, sentí una ligera necesidad de celebrar mi no descubrimiento. Me aliviaba descartar cosas. Lejos de frustrarme, me hacía sentir que me acercaba sigilosamente. O me alejaba lentamente. A saber.

Desde Halloween, además de aquel día en el puerto, me había cruzado unas cuantas veces con Mark. Casi siempre al llevar y recoger a Olivia del cole. Julia casi nunca iba, y cuando lo hacía, se quedaba esperando en el coche sin salir y apenas intercambiábamos un saludo en la distancia. Si no supiera que estaba deprimida, pensaría que era una diva insoportable. Aunque igual era una diva insoportable deprimida, ¿no? Con Mark charlaba lo que se puede charlar durante tres o cuatro minutos, por lo general con algún que otro padre o madre de por medio. De las verduras, frutas y pescados de temporada, de las travesuras y logros de los niños, de deporte, y del tema estrella: el tiempo.

Otra vez nos vimos comprando en el mercadillo de Shoreline Park todos esos productos de temporada que habíamos comentado previamente. Ahí la conversación fue más cercana. Me preguntó cómo me iban las clases particulares, si ya tenía muchos alumnos, por mis agobios y el estrés propios de la mudanza a la isla, y me dijo que si en algún momento necesitaba más «provisiones», en clara referencia al Valium, ya sabía dónde tenía que acudir. «Previa cita, claro», añadí yo sonriendo. «Bueno, siempre te puedes pasar por La Oficina. Ahí siempre puedes ir sin avisar.» ¿Me estaba haciendo una proposición? Me parecía que sí. Seguro que sí. Pero de repente, en vez de sostener la mirada un nanosegundo extra que lo confirmara, se fijó en unos calabacines Kabocha y salió corriendo a por ellos antes de que se los quitaran.

Así todo el rato. Me desconcertaba. Era un constante tira y afloja. Cordial, distante. Cercano, frío. Amable, parco. Simpático, apático. Afectuoso, indiferente. Juguetón, serio. Insinuante, seco. Ahora quiero, ahora no quiero. Quiero, pero no puedo. Puedo, pero no quiero. Me gustas, por eso me alejo. Me acerco, porque no me asustas. Te pones a darle la teta a tu bebé delante de mí en el barco, eso es que no te gusto, no te incomodo, no te intereso. Adiós. A veces me hacía sentir especial, que había una conexión, una relación cercana, y otras simplemente normal, con la amabilidad de un buen vecino, y punto. No es que quisiera liarme con él —no me daba la cabeza para eso—, pero enterarme de que era primo de Karen abrió un hueco por el que colarme para averiguar más sobre John y su posible conexión con Chris. Necesitaba intimar, estrechar lazos para saber más cosas de su vida, de sus viajes, de la relación con su mujer. Más de una vez me había sorprendido especulando con la idea de que la depresión de Julia no era por culpa del fracaso de *Si volvieras a casa,* y que sus reticencias a publicarla tampoco tenían que ver con la falta de calidad, sino con el contenido. Un contenido que ella quiso ocultar al mundo y que estaba conectado con Chris. Pero hacía tiempo que ya me había terminado la novela y, aparte de que realmente era muy floja, no había nada que pudiera alimentar esa ridícula sospecha.

Un día nos cruzamos corriendo por la mañana. Íbamos por aceras opuestas, en dirección contraria. Él con sus cascos, yo con los míos. Nos sonreímos, nos saludamos. Seguí. Diez segundos más tarde me pegó un susto al tocarme en la espalda. Había dado media vuelta y se había puesto a mi altura. Sin parar de correr me dijo algo que no oí. Me quité los cascos.

—¿Qué has dicho?

—He dicho que no me gusta nada tu ruta. Ya sé que cada uno tiene la suya y es sagrada, pero la tuya es bastante mediocre. Tenía que decírtelo como buen vecino que soy.

—Ya. Pues muchas gracias, vecino, muy amable. ¿Y se puede saber qué le pasa a mi ruta?

—Pues que no pasas por el lugar más bonito de la isla.

—Ah, sí, ¿y qué sitio es ese?

—Donde casi te pones de parto, donde nos conocimos: la Montaña del Árbol de los Besos.

—Me gusta más ir bordeando la costa y ver el mar que internarme en la isla. Y a todo esto: ¿cómo es que sabes mi ruta? ¿Acaso me sigues?

—¿Seguirte? Si te siguiera, sería muy aburrido, no se le podría llamar correr, sería más bien caminar con tacatá.

—¿Me estás picando para echar una carrera?

—Creo que sí.

—Pues cuando quieras.

—¿Qué tal ahora mismo?

—Llevo ya media hora corriendo.

—Yo tres cuartos.

—Yo voy empujando un carrito con un bebé y una perra.

Mark me frenó. Sacó a Poni del carrito y la cogió en brazos.

—Ya estamos a la par —dijo—. Hasta la Montaña del Árbol de los Besos. Un, dos, tres, ya.

Y salió corriendo sin esperar respuesta. Tardé varios segundos en reaccionar. Aun así gané sobrada.

La Montaña del Árbol de los Besos se llama así por Nathaniel Haven, mercader de una empresa azucarera de Barbados. En 1652 había comprado la isla por 1.500 libras de azúcar a Thomas Mayhew tras una epidemia de leptospirosis que acabó con la totalidad de la tribu nativa de los wampanoag, y lo primero que hizo al llegar a sus nuevos dominios fue subirse al punto más alto con su prometida de diecisiete años, Grizzel, para desde allí otear el terreno y decidir dónde iban a construir su casa. Después de elegir un arroyo con agua potable en la parte más meridional de la isla —el Haven Creek, que llevaría su nombre ya de por vida, y en cuya desembocadura había un precioso molino de estilo holandés—, se besaron bajo el suntuoso roble y grabaron sus iniciales enmarcadas en un corazón. Con el tiempo, lo que no era más que un pequeño cerro pasó a denominarse montaña para darle más empaque al lugar, y todos los isleños y visitantes ocasionales solían pasar por allí para dejar testimonio de su amor.

Desde que nos mudamos a vivir a la isla, había estado solo una vez, con Olivia, que por supuesto se empeñó en poner su inicial y la de Oliver dentro de un corazón que yo le ayudé a grabar. Y luego a poner mi nombre y el de Chris en otro. «Ahora tú y papá, mami. ¡Venga!» Lo hice por no darle un disgusto, con cierta nostalgia y mucho dolor, como si lo estuviera tallando con un cuchillo en mi propia piel, porque pensaba que tal vez Chris ya había estado allí, grabando su inicial junto a la de otra mujer en algún rincón de aquel árbol tatuado de amores ajenos.

Mark llegó con la lengua fuera y Poni encaramada a su espalda, a caballito, encantada de que alguien cargara con ella y le hiciera caso —sufría de un acusado déficit de atención, sin contarme a mí, claro—. Realmente era hermosa la vista desde allí, con una panorámica de 360 grados: dominaba por completo la isla. «Chris, ¿dónde estás? Sé que estás ahí. Sé que ahora mismo estoy viendo algún sitio al que tú has estado yendo durante más de dos años.»

Tú pensarás que me has ganado. Pero te equivocas. Te he ganado yo porque te he demostrado que la ruta que haces es terrible por no pasar por aquí todos los días. ¿Lo dejamos en empate?

Mark soltó a Poni, que inmediatamente se subió al cochecito a dormir junto a Ruby, como si realmente hubiera corrido toda esa distancia y estuviera agotada.

Permanecimos un rato en silencio escuchando el mar, las gaviotas y un halcón de cola roja que se sentía más especial que el resto. Mark me contó la historia de Nathaniel Haven, que yo desconocía, y que, tras su muerte, sus dos hijos, Nathaniel II y Giles, heredaron cada uno la mitad de la isla, partida por la casa familiar en Haven Creek, y cómo estalló entre ellos una guerra civil por marcar los límites de la frontera y disputarse la propiedad y uso exclusivo del arroyo, en vez de compartirlo como hermanos que eran. La contienda se resolvió con la misteriosa muerte de ambos hermanos por una extraña enfermedad. La leyenda dice que la madre, Grizzel, harta de los constantes y violentos altercados —que su padre nunca hubiera tolerado—, les envenenó con *Abrus precatorius,* una planta que crecía en la arena, cerca de la playa, cuyas semillas contenían un alcaloide llamado abrina. La ingestión de una sola semilla podía matar a un niño. Y según Grizzel, eso es lo que eran: niños malcriados. A partir de ese momento fueron las tres mujeres —la madre y las dos esposas viudas— las que sacaron adelante a sus familias, creando un verdadero sentido de comunidad y convirtiendo la isla en un lugar próspero y de convivencia pacífica. Desde entonces a Robin Island se la conoce popularmente como Mom's Island en honor a la mamá Grizzel, que por cierto era pelirroja como yo. Ahí estaba la explicación que Dan Sr. se había negado a darme. Aunque para mí, en aquel instante, no era la Isla de Mamá. Era la Isla de Papá. La Isla de Chris.

Y poco más. Estábamos sudados. Se estaba levantando viento del noroeste y hacía frío. Nos dimos la vuelta, bajamos la montaña y corrimos ya por separado, cada uno hasta su casa. Solo que justo cuando nuestros caminos se bifurcaban, él soltó en plena carrera:

—Todavía estoy esperando a que vengas a hacerme una visita a La Oficina. —Y siguió corriendo sin aguardar respuesta.

Esa misma tarde, cuando fui a buscar a Olivia al hidroavión, me lo encontré hablando con Lorraine, la dueña del vivero, sobre su geranio Baby Blue Eyes. Que si le habían salido unos agujeros en los tallos. Ni una mirada furtiva. Que si las plantas estaban un poco traslúcidas. Me acerqué más. Y Lorraine, que se teme que es el maldito gusano taladro. Me tenía que estar viendo, seguro, con el rabillo del ojo. Esos malditos gusanos viven en el interior del tallo y se alimentan de la savia. «Hola», saludé en la distancia. Y que fuera luego por el vivero y le daría un insecticida especial para aplacar la plaga. Me devolvió un leve gesto con la mano. «Muchas gracias, Lorraine, a ver si salvamos a mis pequeños.» Me dieron ganas de ir a su casa a patear sus geranios Baby Blue Eyes. «Tú sí que eres un gusano.»

«¿Por qué me afecta tanto lo que haga, diga o deje de hacer y decir? La respuesta es sencilla, Alice, te sientes atraída por él. No sabes en qué medida ni en qué sentido, pero el caso es que te sientes mal por ello, cosa que es normal, porque acabas de enviudar, porque él está casado y con un hijo, porque llevas muchos muchos años sin fijarte de verdad en otro hombre que no sea Chris (con excepción de Diego, y de eso han pasado más de diez años) y porque él te salvó en mitad de tu naufragio en la isla, dos veces, cuando diste a luz y cuando te dio el ataque de ansiedad en la playa, y todos sabemos lo que unen estas cosas. Y es inquietante y desconcertante, pero también estimulante. Nuevo. Y cuanto más luchas contra ello, más te atrae lo prohibido. Y está claro que él te ha mandado señales. Está claro que le gustas. ¿Juega contigo? No lo sé. No creo. Probablemente él también está librando su propia batalla personal. Su toma y daca de emociones y sentimientos. Necesita darse vidilla, eso está claro. Necesita gustar. Necesita gustarte. Tal vez no lo ha conseguido aún, pero sí ha logrado que tú quieras gustarle a él. Y en cualquier caso, si necesitas una excusa para justificar tu acercamiento/atracción, piensa que Mark puede servirte de hilo conductor a John. Y de John a Chris. Céntrate en eso y ve a verle.»

—Me parece que necesitas un poco de esto.

Antes de ir a La Oficina de Mark, me pasé por el vivero para comprar un bote de insecticida para el gusano taladro del geranio —«Vaya, parece que tenemos plaga», dijo Lorraine—. Era una excusa para ir a verle y a la vez dejar claro que sí, que estaba allí, tan cerca que pude escuchar la conversación, y que él decidió ignorarme, pero que ya veía que no era rencorosa.

Mark miró el bote. Parecía extrañado por todo: por mi súbita visita y por que conociera su drama con los geranios.

—Gracias. —Eso fue todo lo que acertó a decir.

—¿Por qué de repente a veces eres muy simpático conmigo y luego dejas de serlo?

Estaba tan agotada de mi debate interno que me salió suave y afectuoso. Fácil.

—Creo que para responder a esa pregunta necesito abrir una botella de vino.

—¿Solo abrirla?

—Bueno, abrirla y beber una copa.

Sonreí. A mí también me apetecía mi dosis diaria de 200 mililitros.

Entre la primera y la segunda copa de vino, le pregunté a Mark si Karen, al ser primos, había tenido que ver con que se fueran a vivir a la isla.

—Sí y no. Vamos, que sí, pero fue John el que más insistió. No paraba de darnos la lata. Julia estaba triunfando por todo el país con su novela, y aquí mi primo político John se pavoneaba como si fuera familiar consanguíneo. Y John tiene esta absurda fijación con Martha's Vineyard y Nantucket y su alto nivel de fameseo, y siempre ha tenido el empeño de traer gente famosa a la isla para darle renombre. Le dimos largas mil veces a sus constantes invitaciones, hasta que un fin de semana, aprovechando que él estaba destacado en su submarino, nos escapamos un par de días. Y nos quedamos bastante prendados. Julia, además, lo que quería en ese momento era desaparecer del mapa. Estaba completamente abrumada y exhausta después de más de un año de gira con la novela.

—Ya... Pero mucha relación no tenéis con ellos, ¿no?

—No, Julia no soporta a Karen. Y Karen no soporta a Julia. ¿Qué fue antes, el huevo o la gallina? A saber.

—Tampoco te he visto a ti nunca con John. —¿Me estaba pasando de cotilla? ¿Se me estaba viendo el plumero?

—Tú no conoces mucho a John, ¿no?

—No me asustes, que la próxima semana voy a cenar al Inn de Karen.

Desde que nos mudamos a la isla, había inventado todo tipo de excusas para postergar amablemente su invitación, pero tras descubrir el posible vínculo entre Chris y John, decidí aceptarla. Era la ocasión perfecta para ejecutar un plan al que llevaba tiempo dando vueltas.

—Ah, vas a conocer a mi superprimo Keith... —¿Había

cierto tonillo celoso en su comentario?—. Pues prepárate, no por Keith, que es un tipo excelente, y muy buen partido, todo sea dicho... —sí, había cierto tonillo celoso—, sino por... Da igual. Tú misma descubrirás enseguida por qué no frecuentamos mucho a John ni a mi prima.

Entre la segunda y la tercera copa de vino, Mark por fin me habló por primera vez de Julia y su depresión. Todo precedido de una simple pregunta, que hasta entonces, por discreción, no me había atrevido a hacer: ¿qué le pasa a Julia? Pregunta que Mark atrapó al vuelo. Se le notaba que tenía muchas ganas de desahogarse.

—A veces pienso que está deprimida porque yo se lo permito. He asumido su rol dentro de la familia. Me hago cargo de todo, lo suyo, lo mío y lo nuestro, para que ella pueda regodearse en su miseria sin que tenga consecuencias. Y tal vez no las tenga, al menos con Oliver, porque me desvivo para darle una infancia feliz y que no sospeche nada. Y ella con él también está muy cariñosa, por supuesto, y más o menos normal. Pero... —Hizo una pausa—. ¿Sabes qué?, que creo que es mentira. Que ni está deprimida ni está en crisis creativa. Que se lo está inventando. Porque yo sé que está escribiendo. Se encierra en su despacho horas y horas. La oigo teclear en su portátil. Y créeme que emails hace mucho que no cruza con casi nadie. Rompió incluso con su editor y su agente después de la segunda novela. Es como si se estuviera reinventando, mutando. A mí me parece bien. Pero no entiendo por qué no lo comparte conmigo. Antes leíamos todas las noches juntos en la cama lo que había escrito durante el día. Llegaba, me entregaba los folios, una media de tres o cuatro páginas. Las leía, comentaba, opinaba. Y si me gustaba mucho, se ponía muy contenta y... Pues eso. Y si no, pues me tocaba animarla y... Pues eso... Ahora ya lo del «pues eso» pasó a la historia.

—¿Y le has pedido que te deje leer lo que está escribiendo?

—No. Esas cosas no se piden. Con Julia hay una delgada línea entre mostrar interés y atosigar. Es muy suya.

—¿Y no te dan ganas de echarle un vistazo, aunque sea a escondidas, sin que ella te vea? —«No proyectes, Alice.»

—No. En parte por respeto y en parte porque... no me

interesa. No tengo curiosidad... —Se sirvió su tercera copa de vino y rellenó la mía, que estaba a medias—. ¿Y sabes lo peor de todo? —Bebió—. Que estoy aquí echándole la culpa de todo a mi mujer, cuando soy yo el que lleva meses desganado. —Bebió—. Apático. Distante. Sin ganas de... «pues eso». —Bebió—. Igual soy yo el deprimido. Igual se lo he contagiado a mi mujer. —Bebió—. Me escucho y me dan ganas de partirme la cara. —Terminó la copa—. Creo que estoy intentando darte pena...

—¿Para qué? —le pregunté, pero sabía perfectamente la respuesta. Y él sabía que la sabía. Nos quedamos mirándonos. Me sentí mal. No me gustaba aquello—. Dar pena nunca funciona —le dije. Aunque en este caso un poco sí que había funcionado. Y yo sabía que él lo sabía.

De vuelta a casa me di cuenta de que Mark no me había contestado a la pregunta que había desembocado en la apertura de la botella. Aun así supuse que ya no hacía falta. Deseé que esa misma tarde, cuando fuera a buscar a Olivia al hidroavión, me lo encontrara de nuevo hablando con Lorraine del gusano taladro y así evitar ver en su cara el reflejo de la culpa, la vergüenza y la incomodidad mal disimulada de la brizna indeseada de mi deseo.

Días 188-190. Año I d. C.

Ya llevaba más de un mes dando alguna que otra clase de pintura, pero por lo general a niños a quienes sus padres querían mantener ocupados durante una hora para hacer sus cosas a la par que sentirse buenos progenitores por ayudarlos a desarrollar sus dotes artísticas. Pensaba que colarme en sus casas iba a ser clave para desentrañar los misterios que ocultaban dentro. Allí donde me encontrara, mi vista siempre vagaba discretamente por las estancias, buscando cerraduras donde pudiera encajar la Llave Master. Era algo que hacía de manera constante —compulsiva— e involuntaria —obsesiva—. Pero pronto me di cuenta de que, por mucho que intimara y me ganara la confianza de la gente, nadie iba a hablar así como así de sus más recónditos secretos. Necesitaba escuchar cuando nadie cree ser escuchado. Ahí es donde se descubren cosas.

Hice una visita a Night Eyes, la tienda del espía del dicharachero Antonio de Málaga. La machacona sintonía de *La Pantera Rosa* me recibió en la entrada. Antes de la cena en Karen's Petite Maison necesitaba ciertas provisiones.

—¡Rubia! Alegría volver verte.

No me hizo mucha gracia que me reconociera con tanta rapidez y efusividad. Hubiera preferido un guiño cómplice en plan «tu secreto es mi secreto».

—¿En qué puedo ayudar ahora?

—Quiero grabar conversaciones.

—¿Las nuestras? Buena idea. Será bonito recuerdo para hijos.

Intenté reírle el chiste, de verdad que sí, pero no me salió.

—Quiero grabar conversaciones en las que yo no esté presente —dije en tono seco.

—Te voy a decir cosa, Grace. Tienes piel perfecta. No arrugas. Eso muy bueno. Da belleza. Pero es síntoma no reír suficiente. ¿De qué sirve ser bonita si no puedes reír cosas vida? ¿Tu marido no hacer reír, rubia?

—Antonio, ya te he dicho que no soy rubia. Y mi marido está muerto.

Quería hacerle daño, humillarle. Darle una bofetada. Este tipo de rencor y rabia eran absolutamente extraños en mí. Siempre fluía por la vida, con la gente y las situaciones. Mi riachuelo vital había sido tan pequeño hasta la fecha, tan ausente de rocas y tropiezos, que nunca me había encontrado con situaciones de verdad incómodas —si es que a esta se la podía calificar como tal—. Una balsa sin apenas corriente para pasear por la vida, tan bonita como carente de amenazas y pruebas de supervivencia, donde la ira, la mala leche y el desprecio eran tan inútiles como el vello corporal, el coxis, el apéndice o las muelas del juicio. Partes del cuerpo que con la evolución humana habían dejado de ser necesarias para sobrevivir. Ahora las estaba volviendo a desarrollar, a necesitar. La rabia empezaba a filtrarse por mi sistema mental y emocional, ganando terreno a la tristeza y a la angustia. Cosa no necesariamente mala, y que tenía más que ver con Chris y su mentira/secreto/misterio, que con Antonio y sus chistecitos.

—Grace, ya dicho que yo daltónico. Y siento mucho marido muerto... —Y añadió de carrerilla, como si fuera una sola palabra—: ¿quierecasarconmigorrubia?

Ahí me desarmó, para bien. Me dio en todos los morros con tanta suavidad que me hizo reír. Se despejó la nube negra que sobrevolaba mi cabeza.

—No, serio. Siento mucho. Perdona torpeza —dijo Antonio al tiempo que sacaba un pequeño aparato que parecía tener guardado para mí desde el primer día que me conoció, como si supiera que volvería a por él. Era una cajita negra del tamaño de la yema del dedo gordo.

—Esto es que necesitas: minidispositivo GSM de escucha.
—Me enseñó sus diferentes partes a medida que me explicaba

su funcionamiento—: Insertas tarjeta SIM de teléfono, de compañía mejor haga precio, claro. Luego escondes aparatito donde quiera grabar y escuchar conversación que quita sueño. Llamas número de tarjeta SIM desde propio teléfono o desde ordenador con programa que incluye kit, y listo, escuchar y grabar.

Me sorprendía cómo Antonio pasaba de ser un palurdo desubicado a desentrañar mis necesidades y controlar perfectamente la situación. Igual por eso había vuelto.

Compré cuatro. Aún no sabía si encontraría la chispa de valor que requiere tal acto de invasión de la intimidad y las consecuencias que conllevaría si me pillaran. Pero quería estar preparada.

En el centro comercial Cape Cod hay tiendas de las principales compañías de telefonía móvil: Sprint, AT&T, Verizon, T-Mobile y Metro PCS. Compré un terminal en cada una de ellas, sin contrato, con tarjetas prepago —para no dejar rastro—, y por supuesto, pagados al contado.

Y hala, de vuelta a Robin Island con el botín, escuchando en la radio una emisora de éxitos de los años noventa, comiendo pizza pepperoni —comprada en el *drive-in* del Domino's Pizza— y cantando a grito pelado «Missing», de Everything But The Girl, mientras lloraba sin ponerme triste en el estribillo: *«I miss you, like the deserts miss the rain. And I miss you, like the deserts miss the rain...».* Pequeños momentos autoindulgentes y necesarios en el fragor de la batalla.

Según insertaba las tarjetas SIM en los dispositivos, numerando cada uno y apuntando el número de teléfono correspondiente, pensaba en un nombre de guerra que poner a aquellas pequeñas cajas de forma rectangular negra, similar a una caja de cerillas. ¿Peones? No. ¿Soldados? Nah. ¿Pequeñines? Puede. ¿Cucarachas? Quizá.

Les coloqué un velcro autocierre de doble cara para así poder adherirlos a cualquier superficie. ¿Dónde probarlos? Necesitaba un campo de prácticas. En casa. El primero lo probaría en mi casa. Ahí la única que podría pillarme era Poni. Así que antes de esconderlo debajo del sofá, lo rocié con un espray repelente para perros, aunque empezaba a dudar seriamente que Poni fuera uno de ellos. Igual la broma sobre su condición equina y el nombre le habían provocado una irreversible crisis de identidad.

El timbre de la puerta sonó cuando aún estaba tirada en el suelo, alargando mi brazo bajo el sofá para asegurarme de que el dispositivo estaba sujeto firmemente.

—¡Oli, abre la puerta, que debe de ser Summer! —grité.

Summer Monfilletto, la sobrina de Jennifer, la que traía de cabeza a toda la comunidad masculina de la isla y parte del exterior. De la que todo el mundo sospechaba que estaba embarazada. El dispositivo pionero se iba a limitar a escuchar a una niñera adolescente aburrida mientras yo iba a la cena encerrona en Karen's Petite Maison para conocer a Keith, el archiforrado hermano de Karen y dueño de su propio islote, Napoleon Island.

Es difícil describir cómo fue marcar ese primer número desde el ordenador del desván, el que conectaba y activaba el dispositivo. La mecha de una bomba que no sabía ni dónde ni cuándo iba a explotar. Probablemente en mi propia cara. En cualquier caso, fue un momento especial, incluso excitante, colocarme los auriculares y escuchar de manera clara, a pesar del emplazamiento del dispositivo, la siguiente conversación:

—¿Cómo se llama la perra?
—Noesunponi.
—Noesunponi. ¿Qué clase de nombre es ese?
—El que se merece la perra, porque no es un poni, por mucho que mi madre diga que sí lo es. Pero es muy mentirosa. La perra y mi madre. ¿Tú eres mentirosa, Summer?
—Depende.
—¿De qué?
—De quién me haga las preguntas.
—¿Eso es una mentira?
—No.
—¿Estás segura?
—No.
—¿Jugamos a que tú eres mi poni?

—Vale.

—¿Eso es una mentira?

—Un poco. Pero es tu mentira.

—Me gusta mi mentira.

—Entonces seré tu poni.

La alegría que sentí por haber grabado la conversación fue bastante menor que los celos que me atacaron por no haber tenido nunca una conversación tan sencilla, profunda y existencialista con mi hija. ¿O sí las había tenido? En cualquier caso, justo en aquel instante decidí cómo iba a llamar a los dispositivos: chivatos.

~∽

A pesar de ir con una clara misión, o tal vez justo por eso, tuve ganas de salir corriendo desde que entré. Aunque en realidad era algo que últimamente me pasaba con mucha frecuencia. La situación era tan violenta e incómoda como cotidiana y relajada. Una cena familiar con una invitada. Vamos a hacerla sentir como en casa, arropada. Vamos a ver si tiene suficiente pedigrí para dar el braguetazo de su vida y alegrarse de haber enviudado tan joven. Ni más ni menos.

Cuando Karen me presentó a su hermano Keith, que estaba aliñando una ensalada con tomates y escarola de su propia huerta, pensé que era como un actor clásico de Hollywood. Guapo, con clase, elegante, educado, sobrio, alto, deseable, varonil, con un perfecto afeitado, pelo con raya a la derecha y un ligero tupé.

—Mi hermanito tuvo una novia durante quince años, de la que ni quiero mentar su nombre, valiente zorra sacacuartos —soltó Karen tras presentarnos—. Solo te diré que era pelirroja. Ahí lo dejo. Keith siempre ha tenido debilidad por las pelirrojas.

Y antes de que pudiera reaccionar, Karen nos dejó solos en la cocina para que fuéramos rompiendo el hielo, cosa que provocó el efecto contrario, hasta que Keith me dijo:

—Ahora mismo estarás pensando: «Dios mío, para qué habré venido». Pero ya verás que va a ser fácil e incluso ameno. A John y a Karen les encanta apropiarse de las conversaciones. Y se vienen arriba cuando hay invitados nuevos como tú. Tómatelo como si estuvieras viendo una serie de televisión. «El show de John & Karen.» ¡En directo! Eso sí, te quiero pedir disculpas de antemano por cualquier impertinencia que suelte mi hermana esta noche, que serán varias, te lo aseguro.

—¿Qué, cómo va la cosa? —Karen entró en la cocina—. Huy, ¿soy yo o aquí ha subido la temperatura unos cuantos grados?

Keith me miró en plan «¿Ves? Te lo dije». Me relajé de inmediato y pude centrarme en pensar cómo y cuándo iba a ejecutar mi plan.

Como bien vaticinó Keith, la conversación durante la cena la acaparó John —a quien por cierto llevaba sin ver desde Halloween— hablando de Rick y sus opciones universitarias de cara al futuro.

—Cuéntale a tu tío todas las universidades que se han puesto en contacto contigo.

—Ya me lo ha contado Rick nada más llegar —dijo Keith.

John ignoró el comentario, y antes de que el chaval, con una mezcla de timidez, hartazgo y agobio, pudiera abrir la boca, su padre continuó:

—Yale, Georgetown, Charleston, Boston College, Standford, Brown, la Escuela Naval, Old Dominion, St. Mary's y Harvard. He mencionado solo, pero son muchas más. ¿Y por qué las he mencionado en ese orden? Porque esas diez, por ese orden, copan el ranking nacional del campeonato universitario de vela. Las diez primeras le han hecho una oferta. Podemos elegir la que queramos.

Podía notar cómo a Rick se le erizaba el vello del cogote y rechinaba los dientes cada vez que su padre hablaba en plural de su vida. Era alto, rubio, de tez muy morena curtida por el sol, el mar y el viento, y de brazos poderosos y manos firmes.

—En principio, irnos a la Escuela Naval puede parecer un movimiento erróneo, porque están octavos. Pero yo pienso todo lo contrario. Rick los aupará varios puestos hasta donde se merecen, hasta donde debemos estar. Hasta el número uno, ¿a que sí, hijo? —De nuevo no esperó respuesta ni confirmación—. Podríamos barajar otras opciones y otras universidades, claro que sí, pero no quiero que cometas los mismos errores que tu viejo. Yo no fui directo a la Escuela Naval, preferí antes la vida de universitario relajado, para pasármelo bien, ligar con chicas y esas cosas. Y lo hice, no lo voy a negar, y no reniego de aquellos años, ni de los Virginia Cavaliers —agucé el oído— que tanto me dieron y que amo, pero a la larga es una pérdida de tiempo. —Quise meter baza y preguntarle más sobre sus años en la Universidad de Virginia, pero era imposible, era como intentar subirse a un tren de alta velocidad en marcha—. Porque la Escuela Naval tiene los mejores programas académicos. Ahí es donde tenemos que centrar nuestra toma de decisiones, ¿a que sí, hijo? Ingeniería sí, pero cuál: nuclear, oceanográfica, aeroespacial, informática. Las opciones son muchas; las salidas, infinitas.

¿Infinitas? A mí me parecían finitas, únicas: acabar en la Armada como su padre. Sí o sí. Era curioso que teniendo un chaval sano, deportista, discreto, guapo, responsable e inteligente, al menos en apariencia, en vez de dejarle volar y estimularle para que se desarrollase emocional e intelectualmente, le quisiera confinar, amaestrar, lobotomizar para que aceptara sin rechistar una réplica de su propia vida. Bueno, de la que él hubiese querido tener. Un juguete en manos del padre. Frases hechas con un mensaje subliminal asfixiante:

Yo solo quiero que tengas la mejor vida posible. (Voy a repetir mi vida a través de ti.)

Que tengas un presente y un futuro plenos. (A mi servicio.)

Que no cometas los mismos errores que tu viejo. (Que nunca gané nada relevante en mi vida y eso me tiene frustrado.)

A veces soy duro y exigente, lo sé, pero ya me lo agradecerás. (Ya fastidiarás a tu hijo cuando lo tengas y le hagas lo mismo que yo a ti.)

Tú no tienes límites. Vas a ser campeón olímpico. (Te envidio. Eres mejor que yo. Te empujo, te animo, te amo, te odio.)

Te quiero, hijo. (Para mí y solo para mí.)

Karen bebía vino, bastante, y de vez en cuando decía: «No agobies al pobre chico, John». Pero con mucho menos interés y énfasis que cuando te ofrecía más puré de patatas con salsa gravy para acompañar el estofado de venado, que le había salido muy rico, todo hay que decirlo. Yo, a pesar de haber ingerido mis 200 mililitros de vino —tal vez un poco más—, sufría por el coaccionado futuro que tenía Rick ante sus ojos, pero a la vez me alegraba de no centrar la conversación, lo cual me hubiera resultado muy incómodo. No porque no tuviera perfectamente definida mi fachada y discurso ante cualquier posible escenario de preguntas, sino porque no me gustaba mentir, y punto. Nunca me había gustado. Y a pesar de haber descubierto que se me daba bien, me hacía sentir sucia y al segundo me empezaba a arder la cabeza y a picar el pelo. Lo tenía bastante descamado a pesar de todas las cremas capilares que me aplicaba casi todos los días. Como si la verdad estuviera cavando un túnel para escapar a través del cuero cabelludo, a la altura de la coronilla. Curioso: yo tratando de descubrir una verdad a base de esconder otra. Generando una verdad para atrapar una mentira. Mintiendo para llegar a la verdad.

De vez en cuando cruzaba alguna mirada amable con Keith, por aquello de que aunque no se había puesto el tema encima de la mesa, había un elefante blanco pululando por el comedor, portando una pancarta que decía: «Alice y Keith, esto es una encerrona, ¿qué tal? ¿Os gustáis? ¿Cómo va la cosa?». Me cayó muy bien Keith a través de sus silencios cómodos y miradas comprensivas. Me entró verdadera curiosidad por saber por qué no tenía pareja.

No sé en qué momento John dio un quiebro a la conversación para contarme cómo Keith se había hecho rico gracias a él. Tenía que ver con una patente de semiconductores. Una idea que, según John, él le había dado una noche de borrachera y que luego Keith había desarrollado y ejecutado para vendérsela posteriormente a una multinacional de Silicon Valley dedicada a la fabricación de procesadores y microchips de todo tipo por una cifra millonaria, además de un 10 % de las acciones de la compañía y un puesto en la junta directiva —a la que solo tenía que acudir dos veces al año— con contrato blindado y no sé qué más, que le dejaba todo el tiempo libre del mundo para cultivar tomates en su islote.

—Y yo no quise nada. NADA. Me ofreció una parte y le dije que no. Que el mérito era de él, que las ideas no sirven de nada, están flotando en el aire, son de todos. Lo que sirven son los hombres que las agarran con firmeza al vuelo y las ejecutan. —Todo esto lo contaba sin ningún rencor, todo lo contrario, le hacía sentir orgulloso y sobre todo tranquilo porque—: Ahí fuera —en la guerra— nunca se sabe lo que va a pasar, y porque está bien saber que mi mujer y mi hijo tienen las espaldas bien cubiertas con Keith en caso de faltar yo.

—No caerá esa breva —dijo Karen, demasiado borracha ya, y sonrió al ver la cara de enfado de su marido—. Es broma, cari, sería la viuda más triste de toda la comarca, prometido. Además, siendo ingeniero de materiales, dudo mucho que eso vaya a pasar.

Esto tampoco le gustó nada de nada a John, que lo acusó con un tenso y minúsculo silencio. Keith lo rompió abriendo una botella de vino blanco de elaboración propia, de unas cepas de Sauvignon Blanc que había importado de Chile. Momento que yo aproveché para excusarme e ir al baño y poner en marcha mi plan: colocar el chivato.

Sentía los latidos de mi corazón desbocado en las yemas de los dedos cuando giré el pomo de la puerta del dormitorio de matrimonio. «Si te pillan, dices que estabas buscando el baño y que te has equivocado... Ah, genial, buscando el baño tumbada en el suelo hurgando debajo de la cama de matrimonio. Va a colar, fijo... No, debajo de la cama no. Debajo de la cama todos miramos de vez en cuando. Debajo de la cama se esconden los gatos. Debajo de la cama... ¿Qué es esto? Una botella de vodka... Déjalo, vete... La vitrina de los trofeos de Rick... ¿Qué hacen aquí, no deberían estar en su cuarto? Efectivamente, el chaval navega, y sobre todo gana, para su padre... ¿Dentro de un trofeo? No, necesito un mueble contundente. Algo que no se mueva ni se vaya a mover. Ese armario ropero gigante remachado. Debe de pesar una tonelada. Súbete a la silla. Mete la mano en el hueco de la parte superior. Qué asco, está lleno de polvo y mugre. Ahí nunca limpian. Perfecto. Ese es el sitio... Venga, corre... Oigo ruidos... No, no son ruidos, es el runrún de tu cabeza... ¿Seré esquizofrénica? Tú a lo mejor sí, yo no.»

Antes de salir, pude observar brevemente una serie de fotos encima de la cómoda, colocadas de manera cronológica, en sus respectivos marcos. Foto de John recién nacido; de Karen recién nacida; de la familia de John —cuando era un niño—; de la familia de Karen —cuando era una niña—; de la graduación de John en el Hilton Central High School; la de Karen en el Henrietta High School; de John en los años ochenta como jugador de fútbol americano de los Virginia Cavaliers; de Karen, con *brackets* y permanente, con su hermano Keith en las bodas de plata de sus padres; de la jura de bandera de John tras su incorporación a la Armada; de la boda; del nacimiento de Rick; de John vestido de uniforme en el portaaviones con Rick en sus brazos vestido de grumete; de la inauguración de Karen's Petite Maison; del primer campeonato de regatas de Rick —que ganó con cinco años—; de Rick ganando otro campeonato con unos seis años; de Rick ganando otro campeonato con unos siete años; etcétera, etcétera, etcétera. «Qué fácil es resumir una vida en apariencia», pensé mientras, ahora sí, salía al pasillo y entraba al baño. Un resumen que no incluía a Chris. Hubiera sido demasiado fácil. «Y eso no es lo que queremos, ¿verdad, Alice?» Tampoco vi anuarios de la Universidad de Virginia en la estantería.

Mientras llevaba a cabo toda esta operación pude oír a lo lejos a John explicándole a no sé quién, probablemente a sí mismo, la importancia de un ingeniero de materiales, que cuando va destacado a bordo del submarino *Seawolf* está encargado de la fibra óptica, lo que puede parecer una chorrada, pero que son las venas del submarino, y que si hay cualquier pequeño problema y él no lo soluciona al instante, nada funciona. NADA. Los misiles Tomahawk de poco servirían entonces.

Al bajar la escalera para regresar al comedor, John contaba que, además, como oficial, tenía lo que se llama «Calificación de guerra» —«Una enorme distinción, una gran responsabilidad para poder entrar en combate si fuera necesario»—. Me frené en el vestíbulo de entrada. ¿Tendría tiempo para una correría más? La puerta de la recepción estaba abierta. Podía ver una mesa con un ordenador de sobremesa. Oía el ventilador de la CPU. Estaba encendido. Decidí que no iba a entrar, que era tentar demasiado a la suerte. Pero entonces oí a Karen cortar a John.

Karen *(off)*: Cariño, de verdad que te agradecemos mucho tu enorme sacrificio por la familia y el país, de verdad, pero... Aquí estamos para lo que estamos... Keith, dile algo a Alice, ¿no? ¿Por qué estás tan callado aparte de por el hecho de que John no deja hablar a nadie? Es porque te gusta, ¿verdad? Siempre que te gustaba una chica en el instituto te quedabas mudo. Es muy guapa y discreta, ¿a que sí? Invítala a tu isla y a tu yate.

Como no pensaba ni por asomo volver a la mesa en mitad de semejante conversación, me colé en el despacho casi sin pensar. La pantalla estaba en negro.

John *(off)*: Pues a mí que una viuda con dos niñas se venga aquí me da mala espina...

Karen *(off)*: Anda ya, ¿qué mejor sitio que este para curar las heridas?

John *(off)*: Ya, pero... Es rara. Noto como si estuviera escapando de un pasado, no sé, turbio. Hay algo que no cuenta...

Moví el ratón y se activó: «Bienvenido a Karen's Petite Maison».

John *(off)*: Igual ha matado al marido, vete tú a saber...

Karen *(off)*: Calla, no me des ideas...

Hice clic en la pestaña de «Reservas». «Inserte contraseña», me pidió. «Claro, ¿qué esperabas?, lista más que lista.»

Keith *(off)*: Pues yo he de admitir que desde luego es la mejor chica que me habéis presentado nunca, todo hay que decirlo.

Me hizo ilusión el comentario. Tanto que, aunque no estaba entre mis planes, me envalentoné y saqué otro chivato. Había llevado dos para prevenir posibles contingencias.

John *(off)*: Anda, mírale, por fin hemos despertado a la bestia que llevas dentro... Aleluya.

«¿Dónde lo coloco? Venga, rápido. El reloj de cuco, detrás

del reloj. Súbete a la silla. Cuidado, que es de ruedas. ¿Llegas? Está muy alto. Voy a probar. Ponte de puntillas. Rápido. ¿Y de qué te sirve un micrófono aquí?»

John *(off)*: ¿Y por qué tarda tanto?

Rick *(off)*: Igual se ha pirado, con razón.

Podría decir que lo que me hizo perder el control, desplazar la silla, resbalar, agarrarme al reloj de cuco por puro impulso y caer estrepitosamente al suelo volcando la silla y estampando el reloj en el suelo fue oír por primera vez la voz de Rick en toda la noche. Pero sería una simple manera de excusar mi estupidez.

Un silencio de desconcierto. Un «¿qué ha sido eso?» de Karen. Un rechinar de patas de sillas sobre el parqué. Pasos apresurados de dos personas en dirección al estruendo.

Cuando Karen y John se asomaron al vestíbulo de entrada, yo ya estaba fuera, lejos de la oficina, con una contusión en la cadera que apenas me dejaba moverme, paralizada al pie de la escalera, como si me hubiera pillado volviendo del baño y me hubiera asustado.

—Creo que el ruido ha venido de ese cuarto —dije señalando la oficina como si no supiera qué había dentro.

En mi mano izquierda aferraba con fuerza el chivato. Me había levantado una uña, creo que la tenía en carne viva. Mientras se asomaban a la oficina aproveché para guardar el chivato en el bolsillo. Creía que me iba a desmayar del golpe, del dolor, del susto. «No, otra vez no, Alice.» Me retoqué el pelo por si me había despeinado. La boca me sabía a metal. Estaba sangrando. No era consciente de haberme golpeado en la cabeza. Veía un poco borroso. Quería salir de allí. Tenía que salir de allí.

—¡El reloj de cuco del abuelo! —gritó Karen furiosa conforme salía de la oficina de recepción. Buscó con la vista a su gato persa, que estaba encaramado a la columna de la balaustrada de la escalera—. ¡Dingleberry, te voy a matar! ¡Ven aquí!

Y salió corriendo detrás de él. John se quedó mirándome. Me había pillado. «Desmáyate, Alice. Ahora mismo es mejor que te desmayes.» Se iba a dar cuenta de que de puertas adentro mi cuerpo estaba gritando de dolor. Era el fin.

—Dingleberry —resopló—. ¿Puede existir un nombre más ridículo para un gato más estúpido? Aunque se lo agradezco, porque ya no soportaba más a ese maldito cuco despertándome cada hora.

Se dio la vuelta y volvió al comedor. Justo en ese momento se me pasaron todos los males y me reí mucho por dentro y un poco por fuera. Sentí que no estaba tan mal mi nueva vida con sus obstáculos y sus retos. Me sentía como en un videojuego, me estaba enganchando y quería seguir jugando. ¿Cuántas vidas extra tendría? Porque acababa de gastar una, eso por descontado.

Días 191-195. Año I d. C.

Me desperté con cierta ilusión porque me esperaban las grabaciones de los chivatos. Tenía mucha curiosidad por escuchar qué habían captado. Pero antes cumplí con mis obligaciones de madre: dar de desayunar a Olivia, darle la primera toma de pecho a Ruby, darle su pienso a Poni, vestir a Olivia, cambiar el pañal a Ruby, recoger caca de Poni en mi habitación —regalito por haberla desterrado de la cama la noche anterior— y llevar a Olivia al hidroavión previa preparación de su tartera para el colegio: sándwich de pan de centeno con mantequilla y azúcar moreno. Ese había sido casi el único sustento que mis tataratatarabuelos de origen belga, Wannes y Femke, podían darle a su hijo Thor cuando emigraron a Estados Unidos en plena depresión y se establecieron en el condado de Poweshiek, en Iowa, donde vivieron en primera persona cómo los precios del maíz se desplomaron después de la bonanza de la Primera Guerra Mundial, provocando revueltas nunca antes vistas en aquellas pacíficas tierras, quema de campos y el cierre y desplome de la gran mayoría de las granjas. De hecho, Wannes y Femke compraron por un solo centavo una granja desahuciada y destartalada y empezaron literalmente de cero. «¿Con un centavo, mamá?» «Sí, hija, con un centavo.» «¿Y cuánto es un centavo?» «Un centavo es esto.» «¿Con solo eso, mamá?» «Solo esto, hija.» Esta historia le fascinaba tanto a Olivia que decidió que ella quería llevar siempre un centavo en el bolsillo, por si acaso se perdía y tenía que empezar de cero en la vida y comer lo mismo que su tataranosecuantosabuelito Thor. Porque luego acabó convirtiéndose en alcalde de Providence y más tarde en congresista del Partido Demócrata por el Estado de Rhode Island. «Y todo lo consiguió comiendo un sándwich de pan de centeno con mantequilla y azúcar, ¿a que sí, mamá?» «Sí, hija.» A Olivia le encantaba ir al ayuntamiento a ver su cuadro en el vestíbulo.

Sé que no era la opción más sana, la del sándwich de pan de centeno con mantequilla y azúcar. No se lo hacía todos los días. Después de arduas negociaciones consensuamos dos días de colegio y otro el fin de semana. Y en cualquier caso, para mitigar la culpa por malnutrir a mi hija, la mantequilla era biológica; el azúcar, de caña integral; y además, en la tartera llevaba también apio —que nunca se comía—, zanahoria pelada y lavada, una hermosa manzana Granny Smith cortada en trozos, una tarrina de queso ricotta, dos onzas de chocolate negro sin azúcar añadido y una botellita de agua.

No sé por qué imaginé que en cuanto se quedaran a solas John y Karen empezarían a discutir y a lanzarse todo tipo de reproches en torno a sus respectivos comportamientos durante la cena. Pero no, en su dormitorio reinaba el silencio, solo mitigado por el murmullo de la tele. Se durmieron casi de inmediato. A la media hora los dos comenzaron a roncar a una. Dejaron la tele puesta toda la noche sintonizada en un canal de teletienda.

Así que centré mi atención en el chivato de mi salón. Descargué el audio grabado en el móvil, lo acoplé a un brazalete ajustable que usaba para correr, me puse mis auriculares ergonómicos y le di al play.

Mientras abría ventanas, aireaba la casa y recogía cojines, libros y juguetes desperdigados por el suelo:

> Summer: Venga, Olivia, ya es hora de irse a la cama.
> Olivia: No, un poquito más de dibus.
> Summer: Ya has visto tres capítulos de «Dora la Exploradora». Tu madre dijo que solo dos, como máximo.
> Olivia: Es que tienen que ser pares; si no, tengo pesadillas...

Mientras colgaba la colada en el tendedero del jardín (no me gustan las secadoras, me encanta el olor de la ropa secada al aire):

Summer: Venga, ahora ya sí que sí. A dormir.
Olivia: No, otro más, porfi.
Summer: Has dicho que tenían que ser pares. Ya hemos visto cuatro. Y seis no vamos a ver...
Olivia: El seis es mi número favorito...

Mientras barría las hojas del suelo —curiosamente todo el mundo lo odia, pero a mí me relaja— y Poni corría alrededor zambulléndose en los montones que iba acumulando:

Summer: Como me digas ahora que el siete es tu número favorito, te arranco la naricilla.
Olivia: No, el siete no es mi número favorito, porque es el número favorito de todo el mundo. Y mi mami me dice que la suerte de los números hay que repartirla entre la gente. Por eso elegí el seis, y porque es mi edad. Pero cuando cumpla siete años seguirá siendo el seis. Y cuando cumpla ocho igual me cambio al ocho, porque ya habré acabado con la suerte del seis. Y ahora me voy a dormir.

Mientras me sacaba leche del pecho con una bomba extractora eléctrica:

Ruby llorando.
Summer: ¿Qué te pasa, preciosa? No llores, bebecito mío. Ven aquí, anda. ¿Quieres que te cante una canción? ¿Quieres? Vamos a cantar una canción juntas. Una buena.
Toquetea su móvil. Suena «Wrecking Ball», de Miley Cyrus.

«No, Miley Cyrus no, por favor. No le estropees la cabeza a la niña, que es muy joven.»

Summer: «*I came in like a wrecking ball. I never hit so hard in love... All I wanted was to break your walls...*»
Ruby deja de llorar.

«No dejes de llorar, Ruby, berrea, no sucumbas, sé fuerte.»

Summer: «*All you ever did was break me... Yeah, you wreck me...*»
Ruby ríe.

Suspiré mientras me fijaba en Poni. Estaba gimiendo.

—¿Y a ti qué te pasa, por qué lloriqueas?

Estaba sentada sobre sus cuartos traseros. Tenía la vista fija en la pequeña pecera de cristal. Flint, el pequeño guppy amarillo de ojos saltones de Ruby, se había cansado de dar vueltas sin llegar a ningún sitio. Yacía flotando inerte sobre el agua.

—Otra vez no, Flint... —Ya era la tercera vez que sucedía. Resoplé. Luego miré a Poni—. ¿Y tú por qué lloras, de pena o porque te lo quieres comer?

Poni me miró y juro que me respondió: «Las dos cosas».

Mientras iba de camino a Family Pet Land para buscar un guppy que reemplazase a Flint III sin que Olivia se diera cuenta y le creara otro trauma más en torno a la muerte:

Summer (al teléfono): Estoy un poco harta ya, la verdad... Yo qué sé cuánto me queda, prefiero no contarlo que me agobio... Ya, tía, pero comprenderás que ahora mismo como que no me puedo echar para atrás... ¿Mi madre? Ni idea. Ni va a tenerla. Te lo digo desde ya. No me hablo con ella... Sí, ya se me nota la tripita... ¡Yo qué sé qué voy a hacer cuando se note más, tía, no me ralles, joder! Que te he llamado para desahogarme, no para que me eches la charla... Perdón, es que tengo las hormonas revolucionadas... ¡Ja, ja, ja! ¡Yo no soy así de zorra siempre! ¡Tú sí que eres zorra!...

—No, ese no, el de más a la izquierda —corregí a Frank, que, redecilla en mano, trataba de pescar en un tanque el guppy que le señalaba. Había decenas.

—Pero si son todos iguales, Alice —se quejó.

—No, no son todos iguales, parece que lo son, pero no lo son. No, no, ese tampoco, el de al lado, justo el de al lado.

Frank, hastiado, me tendió la redecilla.

—Toma, sírvete tú misma.

Cogí la redecilla y me fui directa a por el clon de Flint.

—A todo esto, cada vez duran menos —me quejé.

—Porque eliges mal, si me dejaras elegir a mí...

Cacé al guppy escurridizo que quería. Frank lo metió en una bolsa de plástico con agua. Listo. Que descanses en paz, Flint III. Larga vida a Flint IV. Bienvenido a casa de las Dupont.

Cuando tres días después de grabar la conversación de Summer recibí la llamada de su tía Jennifer, pensé que me había pillado. ¿Cómo? Daba igual. En mi recién estrenada paranoia podía elaborar cientos de respuestas por segundo que ratificaran mis certezas infundadas. Incluso cuando me dijo que me llamaba porque por fin se había animado a dar clases de pintura, seguí pensando que había gato encerrado. Una trampa, una encerrona. Cuidado, Alice.

Lo que más me llamó la atención de la habitación de Stephen fue la luz. Un enorme ventanal con orientación sur y vistas a la playa y el mar. Las dunas parecían haberse peinado para la ocasión y el mar flotaba sobre sí mismo. Se respiraba paz. Me imaginaba una escena más enfermiza, más fría, de hospital. Un cuerpo inerte conectado a tubos, máquinas ruidosas que te insuflan oxígeno. Monitores que controlan las constantes vitales. Sueros que te alimentan. Y sí, había todo eso, pero Jennifer se había encargado de camuflarlo de luz, vida y olor. Olía muy bien, como a bebé, a polvos de talco. Sonaba Burt Bacharach, «I'll Never Fall in Love Again» —muy apropiada para ambas—. Luego Jennifer me contaría que era el compositor favorito de Stephen, que era de Kansas City, como él, y que encima Bacharach nació el mismo año que su padre, en 1928, y que cuando su relación ya estaba consolidada —superado el hecho de que Stephen le sacaba veinte años a Jennifer—, la metió en un avión sin saber adónde iba, aterrizaron en Sídney, y la llevó al famoso Teatro de la Ópera a ver en concierto al mismísimo Burt —como a él le gustaba llamarle—. Ese mismo fin de semana le pidió matrimonio. Al ver a

Stephen sentí una inmediata sensación de envidia sana. Ojalá tuviera yo así a Chris. Algo a lo que agarrarme. «Pero qué dices, Alice, es horrible. Todo esto es horrible. Eso sí que es un limbo, no el tuyo.» ¿Qué habría pasado si Chris se hubiera quedado en coma? ¿Habría hecho lo que estaba haciendo? O me hubiera esperado subyugada y pacientemente a ver si despertaba y entonces preguntarle: «Oye, cariño, una cosa de nada que me ronda la cabeza: ¿qué demonios hacías en Robin Island? Y no me vengas ahora con que tienes amnesia».

Stephen estaba dormido. Podía parecer una perogrullada, pero es que no daba la impresión de que estuviese en coma, era como si estuviese echándose una agradable siesta, o simplemente con los ojos cerrados, escuchando su música favorita y meditando. Su barba blanca perfectamente arreglada y su pelo cano esponjoso conferían una enorme sensación de quietud. Sentí que allí, en esa habitación, todo estaba bien. Me entraron muchas ganas de llorar y de abrazarme a él.

—¿Recuerdas que cuando nos encontramos me dijiste que para pintar había que inspirarse en lo cercano? —me dijo Jennifer—. No existe para mí nada más cercano que Stephen. Y no busques una explicación retorcida, porque no la hay.

Y no la busqué. Empezamos trabajando los volúmenes, aprendiendo a manejar las dimensiones y proporciones. Lo más básico. A lápiz. Conseguir una serie de formas ovaladas —cabeza, tronco, extremidades— en intersección unas con otras formando subconjuntos, como un ejercicio de matemáticas, para configurar la figura deseada.

—Primero hay que asegurarse de que las proporciones estén bien. Se trata de ir desde fuera hacia dentro, de lo general al detalle, de lo más simple a lo más complejo. Para no sentirnos desbordados y poder seguir avanzando.

—Como en la vida —comentó Jennifer.

En la cintura llevaba puesto un cinturón de carpintero con herramientas de pintura, ninguna de ellas realmente necesaria para una primera lección, pero fundamental para mí, porque es donde llevaba escondido un par de chivatos. Uno era para colocarlo en el dormitorio de Summer, cosa que quedó descartada al instante porque ella estaba en su cuarto, devorando tele y comida basura. Tendría que apañármelas para que Jennifer quedara encantada con la clase y así volver otro día y tener más suerte. El otro no sabía muy bien dónde lo quería colocar. Pero después de entrar en la habitación de Stephen, tuve claro que tenía que ser allí. Jennifer debía de pasar allí gran parte del día, a juzgar por la gran cantidad de elementos cotidianos que llenaban de vida la habitación: flores silvestres, plantas, el ambientador —tenía que preguntarle de qué era—, productos de cuidado e higiene masculina, libros sobre la mesilla de noche, CD al lado del equipo reproductor, un ordenador portátil, una tablet, un cuaderno de sudokus, una tele, un kit de tejer lana con sus ovillos, etcétera. Estaba segura de que hablaría mucho con su marido. Comentaría las noticias, leería novelas, compartiría con él recuerdos, los buenos preferiblemente, para que le entraran ganas de despertarse, pero también necesitaría un desahogo que estaba claro que no ejercitaba con nadie más, de la isla, al menos. ¿Tendría cuentas pendientes que resolver con Stephen igual que yo con Chris? Y si así fuera, ¿las sacaría, las expresaría, ya fuera en forma de confesión o reproche? Apostaría que Jennifer se sentía un poco culpable de que su marido estuviera en ese estado, igual que yo a veces me preguntaba qué había hecho mal con Chris para que tuviera un secreto/mentira/misterio que ocupara gran parte de su vida.

—¿Hace cuánto que está así? —pregunté cuando sentí cierto grado de confianza y parecía algo lógico y no un cotilleo malsano.

—Tres años.

Más o menos el tiempo que llevaba Chris yendo a la isla. Miré alrededor mientras jugueteaba con el chivato entre los dedos. Encima del aparato de aire acondicionado parecía un buen sitio. Pero me tendría que quedar a solas con Stephen para hacerlo. Jennifer me ofreció un café o un té nada más llegar y lo rechacé. A ver si volvía a insistir.

—¿Es irreversible su estado? —Tenía que haberlo preguntado al revés para que sonara menos agresivo—. Quiero decir que, es... ¿hay posibilidades de que...? —dije torpemente en un intento de arreglarlo.

Negó con la cabeza ligeramente. ¿Me había contestado a la primera o a la segunda pregunta?

—Muerte cerebral... —A la segunda—. Eso me ahorra tener que hablarle y leerle libros por la noche, cosa que de todas maneras hago... —dijo con una sonrisa amarga.

¿A qué se dedicaba Jennifer, aparte de cuidar a su marido? Quiero decir, antes de que sucediera todo aquello. ¿Tenía trabajo? ¿Se lo debería preguntar? ¿Y Stephen? «Tranquila, Alice, no te precipites, poco a poco.»

—Se te da muy bien dibujar. ¿Seguro que no lo has hecho antes?

—Eso se lo dirás a todos tus alumnos, zalamera.

—No, en serio. —Sonreí—. Tienes mucha soltura en el trazo. Sostienes el lápiz con mucha delicadeza. No te peleas con él, eso es muy importante.

—Me aburría mucho en la facultad, sobre todo en las clases de Econometría. —¿Econometría? Esa es una asignatura de Administración y Dirección de Empresas, la carrera de Chris—. ¿Y sabes quién era el aburrido profesor de la clase? —Supe de inmediato que era él—: Stephen.

—Un amor prohibido...

—No, exactamente. Hasta que no me gradué no me dirigió la palabra. Es más, con el tiempo me confesó que me aprobaba sin que me lo mereciera porque no quería que fuera a revisar la nota en sus horas de tutoría. Le daba mucho miedo no poder controlarse.

—¿Y cómo dio el primer paso?

—No lo dio. Lo di yo, sin querer. En la fiesta de graduación, alguien tuvo la genial idea de preparar una tarta de chocolate con marihuana sin avisar a nadie. Yo en mi vida había fumado. Y encima tengo pasión por el chocolate. Así que me comí un buen trozo de aquella tarta. Diez minutos después estaba llamando a la puerta del apartamento de Stephen en el campus, con un buen colocón, gritando que no entendía que me ignorara de esa manera. Me desmayé fulminantemente tras estar segura de haber visto dragones. Él ni siquiera estaba en casa. Llegó veinte minutos después y me descubrió acurrucada en su felpudo, con vómito por todas partes. No quiso llamar a urgencias para no meterme en un lío. Me hizo beber un litro de leche del tirón y me dejó durmiendo en su sofá. Cuando desperté, había café recién hecho y tostadas. Él no estaba. Una semana después, un día antes de abandonar el campus e irme, reuní las fuerzas necesarias para superar la terrible vergüenza que sentía, hice una tarta de chocolate, sin marihuana, claro, no la he vuelto a probar desde entonces, y se la llevé a su casa. Se la dejé en el felpudo donde me encontró. No quería ni verle, solo dejarle la tarta y una nota de agradecimiento. Dos semanas después, me escribió un email que decía: «De nada. Saludos. Posdata: muy rica la tarta». Saludos, vaya mierda, pensé. Cuatro días después, le contesté: «Cuando quieras te doy la receta. Saludos». Media hora y un vino después, le volví a escribir: «O te hago otra». Y una hora y dos copas de vino después: «Y nos la comemos juntos... Si quieres. Saludos». Cinco días después, me contestó: «Sí quiero. Saludos». Aquellos saludos fueron los mejores saludos que he recibido en toda mi vida.

Me sorprendió lo fácil que estaba siendo. Yo preocupada, cardiaca perdida pensando dónde colocar el chivato, y ella confiando en mí su historia de amor a las primeras de cambio. Igual no hacía falta espiarla. Igual bastaba con hacerme su amiga. Se le notaba que tenía mucha necesidad de hablar. De darle valor e importancia al enorme sacrificio que estaba haciendo. Justificarlo. O tal vez era que notaba mi fragilidad, cómo todo aquello me afectaba profundamente, y estaba intentando hacerme sentir bien, acompañándome en mi dolor, animándome a que confiara en ella, me abriera y compartiera también mis intimidades. Pero a pesar de la luz que irradiaban los dos, había una nube de desconfianza —que yo misma había pintado—, necesaria para mantenerme alerta y con la guardia bien alta.

—¿Y en qué universidad ocurrió esta preciosa historia de preamor?

Me arrepentí inmediatamente de hacerle la pregunta. Me daba pánico que contestara Virginia. «¿Por qué? ¿Qué pasa? Ah, ya sé, que no quieres que termine la búsqueda del tesoro. No puede ser fácil. Necesitas que sea complicado. Para darle sentido a todo, como Jennifer. Es la culpa cristiana heredada de tu madre. Las cosas conseguidas sin esfuerzo no tienen el mismo valor.»

—En Dartmouth, en la Tuck School of Business.

«Hala, ya puedes respirar.»

—¿Qué le pasó a Stephen?

Me dejé llevar por la euforia y pensé que era una pregunta oportuna, hasta que Jennifer me contestó:

—Oye, no serás tú igual de cotilla que Karen, ¿no?

—No, lo siento, perdona, yo no...

—Es broma, tonta —me tranquilizó. Y entonces dijo algo que evacuó la sangre de mi cabeza—: Stephen sufrió un infarto cerebral.

«¿No es eso lo mismo que un aneurisma? ¿Lo mismo que le pasó a Chris?» Nudo en la garganta. Escalofrío. Sequedad de boca.

—Estábamos dando un paseo en barco y, mientras arriaba una vela, sintió un dolor agudo en la cabeza. Poco después empezó con vómitos y perdió el conocimiento. Fue muy angustioso. El barco quedó a la deriva porque yo no tenía ni idea de cómo manejarlo...

—Vaya, lo siento —fue todo lo que acerté a decir. Manos frías. Mareo. Taquicardia.

—No tenía factores de riesgo. Fue hereditario. Su padre murió por las mismas causas, pero como era fumador empedernido, bebedor y tenía hipertensión, nadie pensó en el componente hereditario hasta que le ocurrió a Stephen.

¿No me dijo el médico que lo de Chris era algo congénito o me dijo hereditario? ¿Es «congénito» lo mismo que «hereditario»? En ese momento era incapaz de discernir. Hormigueo. Temblores. Sudor. No podía articular palabra, ni siquiera disimular. Jennifer se dio cuenta.

—Te has puesto pálida. Impresionan estas cosas, ¿no?

Mi cuello se esforzó en asentir. Lo consiguió a duras penas.

—¿Y no me vas a hacer la pregunta del millón? ¿La que probablemente toda la isla se está haciendo? —La miré dando a entender que no sabía a qué se refería, aunque sí que me hacía una idea—. Que por qué hago todo esto. Por qué le mantengo con vida si no hay vuelta atrás.

«Dile que lo entiendes. Cuéntale tu secreto. La verdad que esconde tu mentira. Llora. Sincérate, Alice. Despeja la nube. A lo mejor ella tiene la solución a todo. Y si no, te va a entender. Nadie mejor que ella. Y te va a ayudar. Ya verás. Será tu cómplice. Tu aliada. Le gustará. Le ayudará a darle sentido a su vida. Y a ti a la tuya.»

—Si no es molestia, ahora sí que voy a aceptar el té que me has ofrecido antes —dije sobreponiéndome no sé muy bien cómo para demostrarle a Jennifer que no me importaba, que no la iba a juzgar, que me parecía bien lo que estaba haciendo si era lo que ella necesitaba.

—¿Verde? —preguntó con una sonrisa. Agradecía mi gesto de discreción. ¿Me había puesto a prueba? Si era el caso, había aprobado.

—Sí, por favor.

Me quedé a solas con Stephen. No coloqué el chivato. Me pareció sucio. Una falta de respeto ante la confianza que me había demostrado. Pero entonces recordé que Chris me había contado que de pequeño, con siete años, había pasado por una fase de creer que era adoptado. Todo fue culpa de su primo Kenny, que le dijo que era adoptado, y si él era adoptado, Chris también. ¿Por qué? Porque tanto su madre Kira como la tía Betty, la madre de Chris, tenían los dos dientes de arriba, los del centro, separados —diastema—, y su hermana Susan y su prima Tricia, la hermana de Chris, los tenían también igual que sus respectivas madres. Y ellos no, ninguno de los dos tenía los dientes de arriba, los del centro, separados. Conclusión: eran adoptados. Y claro, como Kenny era dos años mayor, Chris se lo creyó a pies juntillas y regresó a casa llorando. Sus padres le pillaron haciendo las maletas porque pensaba que le iban a echar de casa. No recordaba cómo le convencieron y le quitaron eso de la cabeza, pero el caso es que nunca más se lo volvió a plantear. ¿Tendría razón el primo Kenny?

Aquel recuerdo y el silbido de la tetera con el agua hirviendo rompieron el hechizo de Jennifer, me despertaron de la hipnosis de su presencia y la habitación se tiñó de sospecha.

Los dedos largos de Stephen. Su cabello fino. ¿De qué color serían sus ojos? ¿Qué talla de pie tendría? ¿Cómo se hace un test de ADN? Cosas que me preguntaba mientras me encaramaba en una silla para colocar el chivato encima del aire acondicionado.

En cuanto llegué a casa, ya más despejada, recordé que el médico forense me dijo que lo de Chris era congénito. Y que tal vez, solo tal vez, lo hubiera heredado.

Abrí el navegador del ordenador y busqué en Google: «Cómo hacer test ADN». 31.500.000 resultados en 0,42 segundos. Pinché en el primero que no estaba esponsorizado, donde enseñaban el procedimiento adecuado —y casero— de recolección de muestras.

Después estuve leyendo durante horas todo tipo de artículos en torno a los infartos y aneurismas cerebrales. Descubrí que el porcentaje de pacientes con aneurisma por causas hereditarias ronda el 10-20 % y que una de las causas más frecuentes de un infarto cerebral es la rotura de un aneurisma. Por todo esto, consideré que debía someter a mis dos hijas a pruebas diagnósticas sin mayor dilación y que Stephen acababa de adquirir por derecho propio la condición de sospechoso.

    Stephen – marido de Jennifer – en coma.
    Aneurisma   Infarto cerebral – genético.
    ¿Padre o familiar de Chris? Hacer test de ADN.
    SOSPECHOSO n.° 4.

Días 196-199. Año I d. C.

La playa está desierta. Las espigas bailan acompasadas al son del viento del nordeste. La arena forma pequeños remolinos en las dunas. No hace demasiado frío a pesar de ser finales de noviembre. Un hombre observa el mar erizado e hipnótico desde la orilla. No puedo verle la cara. No necesito verle la cara. La melena alborotada y encrespada por el viento y el salitre. Está descalzo y con unos pantalones caqui remangados un par de vueltas. Las olas rompen furiosas y bellas. La corriente de resaca traza surcos alrededor de las plantas de sus pies. Me acerco despacio, como si quisiera darle una sorpresa, o como si me diera miedo asustarle. Estoy desnuda a excepción de un jersey de chico de cuello vuelto muy holgado que me llega casi hasta las rodillas. Creo que acabo de hacer el amor con ese hombre y que el jersey es suyo. El relincho de unos caballos salvajes. Una gaviota suspendida en el aire. Paz es lo que siento. Amor por ese hombre. Eso es por lo que no quiero que se asuste: el amor, que no se vaya, nunca. Llego a su altura. Llevo un chivato escondido en la mano. Busco un sitio donde colocárselo sin que se dé cuenta.

Olivia: Mamá...

Yo: (Susurro.) Sshhh, calla...

En el bolsillo trasero del pantalón. Lo puedo deslizar ahí con cuidado. Ese es un buen sitio.

Olivia: Mamá...

Yo: (Susurro.) Ahora no, Olivia, vete...

Consigo introducirlo. Retiro la mano muy despacio, y justo cuando voy a dar un paso hacia atrás, Chris, porque es Chris, se gira bruscamente y me agarra con fuerza del brazo.

Olivia soltó un grito al ver que me incorporaba de manera súbita. Me había agarrado del brazo ligeramente, aunque en

246

el sueño parecía la garra de un león. Ruby se despertó y Poni se metió debajo de la cama. Ambas gimotearon.

—¿Qué pasa, Oli? Qué susto me has dado... —dije mientras calmaba a Ruby.

—¿Por qué me decías que me fuera?

—¿Qué? ¿Cómo? Estaba soñando, Oli.

—Un sueño en el que me echabas. ¿Me quieres echar?

—No, claro que no, qué cosas dices. ¿Qué te pasa? ¿Qué haces despierta, cariño?

—He tenido la pesadilla fea otra vez.

La pesadilla fea y recurrente de Olivia era preocupantemente parecida a la mía. Iba a caballito subida en los hombros de su padre. Corrían, saltaban, jugaban, reían. ¡Arre, caballito, jia!, gritaba Olivia. Más rápido, más rápido, hasta despegar, a galope tendido por el cielo. ¡Arre, caballito, jia! ¡Vuela, caballito!, gritaba Olivia. Más alto, más alto, hasta llegar a las nubes. Y al atravesarlas, su padre desaparecía. Olivia podía caminar por las nubes, cosa que le gustaba mucho, pero estaba triste porque su padre no aparecía, y se asustaba, y lloraba preguntando por él, y tenía miedo porque el mundo estaba muy lejos y se veía muy pequeñito abajo, y de repente pisaba un charco —en realidad era que se había hecho pis—, que se convertía en un agujero y caía al vacío. Más deprisa, más deprisa, hacia abajo, en caída libre. Y justo antes de estamparse contra el suelo, se despertaba meada, llorosa y asustada.

Mi pesadilla, en sus diversas variantes, se coló en mis sueños antes que la de Olivia en los suyos. Obviamente no se la había contado. Asustaba —y en una leve dosis gratificaba— ese nivel de mimetismo y transferencia. Dos versiones de la misma pesadilla. Dos pesadillas del mismo miedo.

—Venga, métete en la cama conmigo y Ruby, cariño.

—No, que está Noesunponi.

—Créeme que estando tú en la cama, no va a salir de ahí abajo.

Poni había aprendido a mantenerse a un par de metros de distancia de Olivia. Se había autoimpuesto una orden de alejamiento por su propia seguridad.

—No me fío, vamos a la mía.

—Oli, la tuya es mucho más pequeña y está meada.

Olivia aceptó a regañadientes. Se metió en la cama y dio una vuelta girando sobre sí misma. Luego repitió la operación en la otra dirección.

—Oli, ¿qué haces?

—Espantar las pesadillas.

—Pues ya de paso espanta las mías.

—No, tú tienes que espantar las tuyas. Hazlo. Da una vuelta.

Como si fuera una niña pequeña que necesita creer a su madre cuando le dice que dando tres palmadas al aire y diciendo «fuera fuera fuera» se van los fantasmas del armario y de debajo de la cama, le hice caso. Di una vuelta sobre mí misma.

—Y ahora para el otro lado. Si no, no funciona.

Di otra en la dirección contraria.

—Ya está. Muy bien. Buenas noches, mamá.

—Buenas noches, hija.

Funcionó. Dormimos abrazadas toda la noche. Las tres, en posición fetal, acopladas, una dentro de la otra, formando una matrioska de amor. El merecido descanso de las guerreras.

Al día siguiente, recibí en el buzón de casa mi primera carta. En realidad, era probable que llevara ahí varios días, porque desde que me había mudado no se me había ocurrido revisarlo, y es que nadie, salvo mis padres, sabía mi dirección en Robin Island. Era una invitación de boda. La boda de Alex y Amanda, los de la pedida de mano durante el pícnic del Día del Trabajo que me provocó un ataque de ansiedad.

Llamé para confirmar mi presencia y la de mis hijas después de tomar una decisión que de algún modo ya había tomado de antemano: comprar más chivatos. Muchos más. Una veintena más.

Cuando fui a Night Eyes, me sentí en la obligación de justificar ante Antonio tal exceso. Le dije que era para una instalación de arte contemporáneo, poniendo de manifiesto las conversaciones banales con que inundamos nuestras vidas. Una instalación en una sala blanca, que graba —sin que nadie lo sepa— las conversaciones que mantienen los visitantes durante diez minutos. Y que da paso a una sala negra, oscura, donde se escuchan las conversaciones que todo el mundo ha tenido en la sala blanca y sus reflexiones —probablemente intelectualoides y absurdas— en torno al espacio. Todo para poner de manifiesto la cantidad de ruido e información que generamos sin sentido. La enfermiza necesidad de llenar el vacío o de darle sentido a la nada, a una habitación blanca, sin más. Lo importante, necesario y elocuente del silencio, en definitiva. Todo esto lo improvisé y después pensé que igual le interesaría al MoMA, que era una idea bastante interesante, que estaba desperdiciando mi talento una vez más.

También compré un cambiador de voz telefónico que vi en la vitrina, junto a un letrero que rezaba: «Cambiador de voz telefónico profesional. 14 tonalidades diferentes. Todas MUY reales y naturales. ¡Fácil de usar! 399$, ahora 299$». Típica compra compulsiva a la que de momento no había asignado ningún uso concreto, pero que ayudaba a paliar mi inquietud por no avanzar con la pista de John.

~⌇~

Tenía todos los dispositivos de escucha desplegados encima de la mesa de trabajo, una enorme mesa —más propia de comedor que otra cosa— de pino viejo lacado color azul. Un vestigio que no pasó la criba de la mudanza de los anteriores dueños, una reliquia que no mereció el esfuerzo de salvarlo de la quema. Ahora, restaurada por mí —siguiendo las precisas instrucciones de mi padre, al que le gustaba coquetear con el bricolaje—, se había reconvertido en mi centro de operaciones. Olivia me pilló insertando las tarjetas SIM en los chivatos.

—Mamá, ¿qué haces? ¿Qué es todo eso?

Hasta ese momento no había sido consciente de que empezaba a almacenar demasiadas cosas que no debía ver nadie, y menos mi hija. Hasta ahora todo eran datos aburridos que pasaban desapercibidos a los ojos de cualquier niño: nombres, relación detallada de familias, direcciones, trabajos, fotos de casas, lugares. Lista de sospechosos. Listas de preguntas. Ruegos y preguntas variadas. Cajas de DVD con películas y series, listines telefónicos, pósits, cuadernos de notas. Para Olivia, el desván era el sitio donde mamá hacía sus cosas aburridas, a excepción del mapa pintado en la pared, donde ocasionalmente le dejaba añadir más gaviotas, un velero, un sol, una luna. Pero eso no podía continuar así. Tenía que quedar claro que aquel era el sitio de mamá y solo de mamá, que no se podía entrar sin pedir permiso. No, que no se podía entrar y punto.

—¿Qué es todo eso? ¿Qué son esas cajitas? —insistió Olivia.

—Estas cajitas son para ahuyentar a los mapaches como tú.

—Yo no soy un mapache.

—¿Ah, no? Vamos a descubrirlo ahora mismo. —Cogí un chivato—. Puchi Puchi... Invocando al espíritu de Puchi Puchi... Oh, Puchi Puchi que estás en los cielos, chívame si Olivia es una Puchi Puchi como tú. Puchi Puchi. Puchi Puchi —canturreaba mientras me acercaba despacio a Olivia, que estaba hipnotizada, creyéndoselo todo—. Atención, atención: Puchi Puchi se va a pronunciar. Puchi Puchi me chiva que Olivia es... —Pausa dramática—: ¡Un mapache!

—¡Nooooo! —gritó huyendo despavorida entre risas.

—¡Fuera, mapache! ¡Fuera de aquí!

Pinté de blanco una tablilla y escribí con letras negras barrocas:

La habitación
de Mamá
prohibido el paso

No me gustó como quedó. No era lo bastante amenazador y a la vez era demasiado serio. No, ese no podía ser el concepto. Parecía un cartel más acusador que disuasorio. Parecía decir: ojo, que aquí se cuecen cosas chungas. A Olivia le podría parecer aburrido, pero ¿a un adulto? Sospechoso cuando menos.

Le di la vuelta a la tablilla. Y esto es lo que pinté:

Ahora parecía lo que tenía que parecer: un juego entre Olivia y yo. Y un homenaje a Grizzel Haven. Nada más. El sitio donde mamá hace sus cosas. Una pequeña parcela privada necesaria para encontrar un poco de paz en una casa gobernada por las necesidades de los más pequeños. Algo que cualquier adulto entendería y aplaudiría.

Pero aún necesitaba algo más. Fui a Dan's True Value, la ferretería de Dan DeRoller Sr.

—Hola, Dan.

—Hola, Alice, ¿en qué puedo ayudarte?

Pensé en irme por la tangente y pedir muchas cosas antes de lo que realmente necesitaba, pero lo que necesitaba era tan sencillo que no requería preámbulos ni carreteras secundarias.

—Necesito un candado.

—¿Qué tipo de candado?

—Para poner en una puerta.

—¿Y qué custodia esa puerta?

—Algo que un candado sencillo y pequeño pueda controlar.

—Vamos, que no guardas dentro la Declaración de Independencia.

—Bueno, un poco sí. Guardo mi propia Declaración de Independencia.

—Ah, vale, ya te pillo. Tengo justo lo que necesitas.

Y lo sacó. Un candado de tamaño mediano. Normal, de los que podrías adquirir en cualquier establecimiento. Pero con una particularidad, al menos para mí en ese momento. La llave del candado era exactamente igual a la Llave Master. La misma marca, la misma llave. Una llave de tamaño estándar de una marca popular, pero que me hizo tener la certeza de que Chris lo había comprado ahí. Tampoco es que solucionara nada, porque indicaba lo que yo ya sabía antes de mudarme a la isla: que fuera lo que fuese que abriera, estaba allí dentro, en la isla. La gran diferencia en aquel momento es que supe, con total clarividencia, que acabaría encontrando la cerradura que abriese esa llave, la Llave Master.

Día 200. Año 1 d. C.

Ocurrió durante la primera nevada del año. Como si fuera un ornamento más de la cuidadosa decoración de la ceremonia. Un manto blanco para crear un onírico pasillo hasta la iglesia presbiteriana Our Lady Of Grace.

Las malas lenguas —casi todas— decían que habían tenido que adelantar la boda porque ella se había quedado embarazada. Que estaba prevista en principio para primavera. Pero claro, siendo Alex y Amanda la pareja perfecta, los príncipes herederos de Robin Island, no se podían permitir semejante tacha.

El padre Henry, al órgano, comenzó a tocar los primeros acordes de «Jesús, alegría de los hombres». Todo el mundo se puso en pie. Se sumaron en el altar tres de los hijos del padre Henry para acompañarle al violín.

—Como aparezca otra vez a caballo, me levanto y me voy —me bisbiseó al oído Miriam, que estaba a mi lado con Chloe.

Yo, por supuesto, fui con Ruby y Olivia, con la que había tenido un drama aquella misma mañana porque cuando se asomó a la ventana y vio todo nevado se echó a llorar de puro terror. «¡¿Por qué está todo tan blanco?! ¿Qué hay debajo? No sabemos que hay, mamá. No quiero salir. No quiero pisar fuera...» La calmé recordándole lo mucho que le había gustado siempre la nieve y patinar sobre hielo. Y tras forrarla de pies a cabeza con ropa de abrigo, se atrevió a salir conmigo a hacer un muñeco de nieve a los pies de la tumba de Puchi Puchi. Tuve que dejar encerrada en casa a Poni para que no la perturbara aún más. Comenzamos a amontonar nieve en forma

253

de bolas. Fue bien. La primera bola, más gorda; la segunda, menos gorda, y la tercera, la cabeza. Luego le colocamos una bufanda, un gorro, unos ojos —dos botones—, la nariz —una zanahoria— y unos brazos —unas ramas—. Olivia observó el resultado con bastante trastorno.

—¿Qué pasa, Oli? ¿No te gusta?

—Me da miedo.

—¿Cómo te va a dar miedo? Es un muñeco de nieve la mar de simpático. ¿Quieres ponerle nombre?

—No... —dijo dando dos pasitos hacia atrás, sin dejar de mirarlo, como si temiera que se fuera a abalanzar sobre ella.

—Bueno, pues si no te gusta, ya está, no pasa nada, lo deshacemos.

Y antes de que pudiera hacer nada, dijo:

—¡No, no lo mates!

—Oli, déjate de tonterías, es nieve. La nieve no está viva.

—Sí, está viva porque se mueve, cae del cielo. —No me dio tiempo a desarmar su argumento porque añadió—: A lo mejor la ha mandado papá. A lo mejor está dentro.

—¿Cómo que está papá dentro?

—La nieve viene del cielo y papá está en el cielo. No mates al muñeco.

Y huyó corriendo al interior de la casa. «Y cuando suban un poco las temperaturas y se deshaga la nieve, ¿qué vamos a hacer?», pensé. Para rematar la jugada, Poni se había cagado en su habitación a modo de venganza por su confinamiento. Más gritos y lloros. Y que no quería salir de casa ni ir a la boda aunque estuvieran Oliver y todas sus amigas. Así que acabé tirando de lo que siempre se tira en estas discusiones imposibles: del chantaje.

—Vamos a la boda y te hago un regalo.

—Vale. Quiero un poni, un poni de verdad.

—El poni en verano, que ahora pasaría mucho frío fuera.

—No, porque dormiría conmigo en la habitación.

—Oli, no puedes dormir con un poni. Los ponis viven en las cuadras.

—Pues manda a Noesunponi a la cuadra.

Así una hora entera. Me sacó un sándwich de pan de centeno con mantequilla y azúcar —aunque no le tocaba— y un iPad mini con pantalla de retina porque se veían mejor los dibujos y, sobre todo, porque así podría hacer Facetime con Oliver.

En realidad, no habría pasado nada si no hubiéramos ido a la boda. No tenía mucha confianza con Amanda y Alex, apenas palabras amables en contados encuentros ocasionales. No estaban en mi punto de mira. No se habrían molestado. La invitación era por cortesía. Era extensible a todos los habitantes de la isla. Y ahí es donde radicaba mi plan y mi absoluto empeño por acudir a la ceremonia. Toda la isla estaría allí.

Alex no apareció a caballo, fue aún peor: vino tocando una guitarra acústica, con un micrófono de manos libres acoplado a su cabeza, cantando el tema de marras, saludando con la barbilla a todo el mundo, hasta reunirse en el altar con los violinistas. Todo muy sobreactuado.

En el bolso, muy a mano, tenía un Valium. No quería que me volviera a pasar como en el pícnic. Ver allí a toda la isla congregada elevaba considerablemente mi nivel de ansiedad. Aparecía el ya familiar cosquilleo y quemazón en la cabeza, que se unían a mi constante miedo al desmayo, como ya era costumbre en este tipo de situaciones de estrés. Cuando me enteré de que mi fobia tenía nombre, astenofobia, me tranquilizó por aquello de sentirme menos rara, acompañada. Al igual que averiguar esa misma mañana que también había un nombre para la fobia al frío, queimafobia, y a la nieve, quionofobia, había disminuido, solo un poquito, mi nivel de preocupación con respecto a Olivia. Miedos irracionales que usamos de abrigo, como una segunda piel, para protegernos de las agresiones, para aislarnos y perdernos una parte mala y otra buena, probablemente mayor, de la vida. Pero nunca había acabado de controlarlo, y tras la muerte de Chris se me había disparado. La primera vez que me desmayé fue durante un partido de lacrosse en Primaria, con nueve años. En un choque fortuito se me cayó la máscara protectora justo en el momento en que una compañera de mi equipo me pasaba la pelota. Me golpeó en el ojo y caí fulminada. Cuando desperté, el partido ya había terminado. Habíamos perdido 3-2 después de ir ganando 2-0. «¿Ves?, si te desmayas, pierdes», debí de pensar con lógica infantil. Y ahora, por más que me decía: «Alice, que las derrotas te pillen dormida es mejor, ¿no?», de poco me servía. Supongo que tenía que ver con mi exacerbada necesidad de no perder el control. Por eso había limitado mi mundo a un microcírculo, con el menor número posible de variables. Y allí tenía ahora delante de mis ojos más de trescientas variables. Infinitas posibilidades que bien valían unos cuantos Valium. Pero estaba bien, sentía que no me superaba. Abrumada sí, aunque el hecho de conocer ya prácticamente a más de la mitad de los asistentes ayudaba. Cuando digo *conocer* me refiero a nombres, oficio y lugar de vivienda. Todas las noches dedicaba al menos una hora a repasar y estudiar los apuntes recabados para mi particular tesis doctoral: «Antropología de Robin Island. Estudio de los especímenes humanos y su posible relación con Chris Williams». Una o varias de las personas allí presentes tenía la respuesta a mi pregunta primigenia: «¿Qué hacía Chris en la isla?». En mis tres meses en la isla, me había dado cuenta de que no era posible pasar desapercibido. Discreto, sí. Distante, sí. Reservado, sí. Pero invisible, no. Imposible.

«Si pudieras elegir, Alice, ¿quién querrías que fuera el «culpable»? ¿Dónde querrías que te condujera el mapa de Chris? ¿Dónde querrías que estuviera la X? ¿Quién desearías que portara el cofre con el tesoro que abriera la Llave Master?»

Mark estaba un par de filas delante de mí, al otro lado del pasillo central. Julia a su lado, del todo ausente, con la mirada perdida al frente, como si estuviera asistiendo a un funeral. No, mejor dicho, como si fuera ella la muerta del funeral. Mark no pudo evitar girarse y mirarme de soslayo. Puso cara de circunstancias, algo así en plan «vaya tela la boda esta de las narices» o «vaya tela mi mujer de las narices». Como fueron dos las miradas que me dedicó, decidí que procedían ambas interpretaciones.

Entonces llegó ella, la novia, Amanda. A lomos de un caballo blanco, el mismo que Alex había utilizado en la pedida. Pero esta vez el caballo —pobrecito mío, qué cruz— llevaba rosas en la punta de sus crines. La congregación soltó un sentido «oh», mezcla de admiración, arrobo y sobresalto. Ella iba sentada de lado. Su padre, Doug Younker, el gerente del servicio del ferri de Robin Island, tiraba de las bridas y guiaba al caballo.

—Vámonos de aquí, ya —me dijo Miriam, haciendo amago de levantarse.

La frené divertida.

—Estate quieta, anda, compórtate.

Mientras Miriam rezaba por lo bajini —no en sentido figurado, sino literal, juntando las palmas de sus manos— «Por favor, Dios de mi vida y de mi corazón, que se cague el caballo, que se cague el caballo», Olivia me decía que ella también quería casarse con Oliver en poni, si era pronto, o en caballo, si eran ya más mayores, y me daba las gracias por haberla llevado a la boda, que estaba muy contenta. «Entonces no te compro el iPad», le dije. «¡Ni hablar!», contestó ella.

El caballo no se cagó. Luego Karen se enteraría, y me contaría, que al parecer le habían dado un medicamento astringente para evitar tal blasfemia. Segundos más tarde, Miriam me diría que era un bulo que ella misma se había inventado. Que lo hacía constantemente con tonterías para ver la rapidez con la que se esparcía un chisme. Un simple experimento demográfico y estadístico para ver la cohesión y nivel de cotilleo de la población. Me informó de que el récord hasta la fecha lo ostentaba el rumor del embarazo de Summer, que luego resultó que efectivamente lo estaba —a estas alturas ya ni ella misma podía ocultarlo bajo su holgado vestido—. Miriam me comentó que dependía mucho de a quién se lo explicara primero. Si era a una persona discreta, tardaba más, aunque acababa estando en boca de todos. Si era a alguien por ejemplo como Karen, de lengua fácil, en apenas un día todo bicho viviente lo sabía.

El resto de la ceremonia transcurrió sin mayores sobresaltos cursis. El padre Henry era un hombre afable, sensato y poco dado a divagar. Los consejos que les dio a la pareja me parecieron bastante oportunos, no estaban centrados en lo divino del sacramento, ni en la obediencia, fidelidad y sumisión dentro de la pareja, sobre todo por parte de la mujer, sino más bien en la convivencia respetuosa, compartida y armoniosa, en crear algo juntos, en dar sin pedir nada a cambio, en recibir sin exigir, manteniendo cada uno su parcela de independencia. En algún momento de su sermón me emocioné recordando que todo eso que decía era justo lo que yo había construido con Chris. Me conmovió sentir lo modélicos que habíamos sido el uno para el otro. Pero en el breve transcurso que pasa entre tener la certeza de que vas a llorar y que asome la primera lágrima, la mentira lo ensució todo. Me puso profundamente triste sentir que ese modelo no nos había funcionado, que igual para Chris no había sido así, que la parcela exclusiva de su relación —esa que yo tanto respetaba— estaba plagada de fugas de sinceridad, trampas sin descubrir, agujeros por los que escapar. Como una imponente casa carcomida por las termitas, a punto de derrumbarse a pesar de su hermosa fachada, sin previo aviso. Así que la lágrima se quedó inmóvil en la línea de agua, sin saber si deslizarse suavemente acariciando mi mejilla o si saltar al vacío desolada y acabar con todo.

La última excentricidad fue la sustitución del típico coche nupcial por dos motos de nieve —como si en efecto supieran que iba a nevar—, cada una bautizada con el nombre de los contrayentes.

—Que choquen, por favor, que choquen, por favor —rezaba para sí Miriam al ver cómo los novios se alejaban de la mano, demostrando su pericia a los mandos y dejando tras de sí una estela de pétalos de rosa como si fueran escoltados por una bandada de petirrojos.

¿Habrían estado ensayando aquello también? Seguro que sí.

~~~

¿Y cuál era el plan que había pergeñado y hacía necesaria nuestra presencia en la ceremonia? Repito: toda la isla iba a asistir a la boda. Nadie se iba a perder el evento, ya fuera por convicción o compromiso. El banquete de bodas se celebraría en unas carpas climatizadas en casa de los padres de Alex, Maggie y Rodney Burr, el dueño de Burr's Marine, el concesionario de venta y alquiler de barcos de recreo, cochecitos de golf y bicicletas eléctricas, a cuyas órdenes Alex trabajaba hasta que heredase el negocio.

Mientras durase el evento, todo el mundo abandonaría sus casas y previsiblemente las dejaría abiertas. El ferri no operaba ese día por decisión del padre de Amanda, Doug, que además invitó a todos los operarios al casamiento. Así, encima limitaban el acceso a la isla, como si fuera una fiesta privada, y la preservaban de los incautos e improbables turistas, debido al frío. Así que yo tendría acceso a todas las viviendas por un espacio de tiempo limitado. Ya había hecho varios simulacros y elaborado una lista de los sitios donde para mí era importante colocar chivatos. Me salían doce localizaciones, en las que previamente había estudiado puertas de entrada, ventanas, posibles alarmas, animales de compañía que pudieran ponerse histéricos... Las tenía localizadas en el mapa y había cronometrado cuánto tardaría en ir de una a otra en el coche de golf. El tiempo total, añadiendo tres minutos de margen para colocar el chivato, ascendía a cincuenta minutos. ¿Demasiado para pasar desapercibida? Tal vez, pero no tendría una oportunidad tan buena en meses. Así que me iba a tocar apañármelas. El momento elegido para consumar el ataque: entre el segundo plato y el corte de la tarta —nadie se iba a ir a casa sin probar la tarta nupcial—. Me ausentaría diciéndole a Miriam: «Me voy a ir a un sitio más discreto a darle el pecho a Ruby, que con todo el drama de Olivia se me ha olvidado traerle el biberón». Ella haría algún chiste del tipo: «Déjame dárselo yo, por favor, lo que sea con tal de escabullirme unos miserables minutos. Mi leche es buena. Mira Chloe lo rolliza que está. Te pago si hace falta». Yo me reiría y añadiría: «¿Te importa vigilar a Olivia?», que estaría comiendo en la mesa de los niños al lado de Oliver. Miriam asentiría a regañadientes porque al menos conmigo se lo pasa bien y yo saldría de allí. Veinte minutos después le mandaría un mensaje, que ya tenía redactado y guardado en la carpeta de borradores, en el que le decía que Ruby me había vomitado en el vestido cuando le sacaba el aire después de su toma y que me iba a pasar por casa a cambiarme rápidamente. Eso justificaría el tiempo y mi ausencia. No había contado con la complicación de la nieve. Era algo que me retrasaría, sin duda, y que me obligó a hacer algunas modificaciones sobre la marcha, estableciendo prioridades siempre en función de las localizaciones para minimizar la pérdida de tiempo.

Cincuenta minutos. Veinte chivatos listos en el bolso. Doce localizaciones. Un coche de golf. Un bebé a cuestas. Tiempo.

La imagen era cuando menos pintoresca y cómica. Un cochecito de golf con cadenas, atravesando las calles nevadas, derrapando por doquier. Yo al volante con mi vestido azul intenso tipo esmoquin con la parte delantera cruzada y un plumas tres cuartos blanco, con Ruby a mi lado, en su capazo, forrada con ropa de abrigo y envuelta en una funda nórdica capaz de soportar temperaturas bajo cero. Aparte de que acababa de acondicionar el coche de golf para el invierno, colocando unas puertas de vinilo que lo aislaban del viento y del frío. Todas estas excusas me las ponía yo a mí misma para no sentirme excesivamente mal por desatender a mi bebé, aunque fuera por un breve espacio de tiempo, durante los allanamientos de morada.

Además de colocar los chivatos, también llevaba la Llave Master colgada de una cadenita al cuello, atenta a cualquier candado que se me cruzara en el camino.

Mi ruta de allanamientos, por orden de intervención:

–Casa de la jefa Margaret. Un chivato. Sótano. No porque sospechara nada, pero era la jefa de policía. Tenía en el sótano una emisora de radio de la policía, conectada las veinticuatro horas del día, escupiendo todos los avisos de bomberos y policía de los condados de Barnstable, Dukes y Nantucket. Desde gatitos en árboles y trifulcas callejeras hasta incendios en plantas industriales y atracos a mano armada en gasolineras. No tardaría en engancharme como si fuera mi programa de radio favorito. Era francamente entretenido. Y sobre todo me hacía sentir menos culpable y sola por mis actos delictivos.

Le digo a Ruby que la quiero. Siguiente.

–Casa de Jodie y Keevan O'Gorman, los dueños de la tienda de licores. Viven en la planta superior de la tienda. Entré por la puerta trasera, de nuevo usando la radiografía de Chris. Coloqué un chivato en el salón, y antes de salir, vi un bol con varios manojos de llaves. ¿Estarán ahí las llaves de la tienda? No podía ser, ¿no? Sí, podía y estaban, en un llavero con forma de leprechaun de la suerte, donde en el anverso ponía escrito a mano: «tienda». Viva san Patricio. Coloqué un chivato bajo el mostrador.

Le doy las gracias a Ruby por portarse tan bien. Siguiente.

–Casa de Conrad, el director de la sucursal del banco. Dos chivatos. Dormitorio y salón. Quería conocerle. Ver por dónde podía entrarle. Seguía empeñada en descubrir si Chris había abierto una cuenta en el banco o contratado una caja fuerte.

Me aseguro de que Ruby sigue bien tapada. Siguiente.

–Iglesia presbiteriana Our Lady of Grace. Dos chivatos. Despacho del padre Henry y el confesionario. Nunca se sabe si alguien podía sentir la necesidad de dar rienda suelta a la pérdida de Chris, que yo intuía que iría acompañada de culpa. Desde luego que yo lo necesitaba. Me planteé si igual debería hacerlo. Tenía secreto de confesión. Igual no solo podía paliar mi angustia, sino ayudarme a resolver el misterio. Así desterraría mi agnosticismo y abrazaría a Dios como materia suprema.

Le doy besos a Ruby. Siguiente.

–Casa de Mark. Dos chivatos. Dormitorio de matrimonio y salón. Me colé por la puerta del perro, un golden retriever muy mayor, Pynchon, que por suerte me adoraba y me colmó de besos paliando mi absoluta sensación de ridículo. Intenté colocar un chivato en el despacho de Julia, pero la puerta estaba cerrada bajo llave —de poco sirvió aquí la radiografía de Chris.

Le hago ajós a Ruby. Se ríe. Siguiente.

–Casa de Jennifer. Un chivato. Dormitorio de Summer. Me costó entrar en todos los sentidos. Porque me daba mucho respeto y porque la puerta estaba cerrada. Pero Summer se había dejado la ventana abierta de su dormitorio —para airearlo y quitar el inequívoco olor a marihuana. Vaya tela la niña fumando en pleno embarazo—. Accedí encaramándome a una escalera. Tras colocar el chivato me dieron ganas de quitarle los porros a Summer por irresponsable. Pero no lo hice. Bajé a la habitación de Stephen. Me acerqué a él despacito, intentando no hacer ruido, como si tuviera miedo de despertarle del coma. Me enfundé unos guantes de látex y saqué un bastoncillo de algodón que llevaba en un sobre de papel. Lo introduje en la boca de Stephen y se lo restregué durante veinte segundos, con presión media, en el interior de la mejilla. Luego, con el otro extremo del bastoncillo, hice lo propio en la otra mejilla. Se trataba de recoger células de la piel, además de saliva. Guardé el bastoncillo en el sobre —insistían mucho en no usar una bolsa de plástico— y lo sellé. Me regodeé, solo un poco, de mi pericia detectivesca. Antes de marcharme, le pedí perdón a Stephen por las molestias causadas y le besé en la frente pensando que eso me iba a traer suerte.

Ruby llora. La cojo en brazos. La consuelo. Siguiente.

–Casa de los DeRoller. Dos chivatos. Dormitorio de matrimonio y despacho de Gwen, que es donde suele despachar como alcaldesa.

Le vuelvo a dar las gracias a Ruby por portarse tan bien. Siguiente.

–Barco de Mark. Ningún chivato. Intenté acceder a la cabina principal, pero estaba cerrada bajo llave. Esto era algo que ya había contemplado, pero que aun así quise intentar.

Ruby duerme. Siguiente.

–Family Pet Land. Un chivato. El día anterior había llevado a Poni a una revisión y dejé abierto el pestillo de una de las ventanas traseras. Quería controlar a Frank, sobre todo después de aquel episodio nocturno en el que le sorprendí —o me sorprendió él— al salir de la inmobiliaria.

Como se me echaba el tiempo encima, decidí sobre la marcha postergar a otro día la colocación de chivatos en la inmobiliaria de Miriam, donde ya me desenvolvía como pez en el agua, y en su casa, de la que no hacía mucho me había dado copia de la llave, ya que éramos buenas vecinas y mejores amigas, según ella. Yo no había hecho lo propio, por supuesto.

Pasé por casa, me cambié el vestido por uno de manga larga con estampado de amapolas. Ya lo tenía preparado. Me retoqué un poco el maquillaje. Me eché desodorante porque había sudado mucho a pesar del frío, y antes de volver al banquete, pasé por mi último destino: Karen's Petite Maison. Fui directa al despacho, le hice una carantoña a Dingleberry, le di un premio, igual que a todas las múltiples mascotas que me había ido encontrando en las diferentes casas. Un trocito de salchicha de pavo cocida con ingredientes 100% naturales. Coloqué el chivato en la mesa de la oficina, debajo de la base, en el hueco entre la cajonera y el listón de madera posterior. Fácil. Pero parecía que en aquella habitación había una maldición contra mí, porque al levantarme me desgarré el vestido con un clavo suelto. Dingleberry me miraba satisfecho, como si aquello fuera un acto de justicia poética. Tuve que volver a mi casa. Aquello supuso un retraso adicional de doce minutos.

Cuando llegué de vuelta al banquete de boda, ya habían cortado y repartido la tarta, y Amanda y su padre Doug habían inaugurado el baile al son de «Eternal Flame», de The Bangles. Cosa que agradecí haberme perdido.

Nada más entrar, completamente entumecida, en todos los sentidos, con Ruby en mis brazos, mi vista barrió el salón hasta encontrar a Olivia. Estaba brincando al ritmo del «Gangnam Style», de Psy, con varias niñas. Olivia intentaba con todas sus fuerzas llamar la atención de Oliver, que por timidez o pasotismo no se animaba a salir a la pista. Ver a mi hija bailando me provocó tal alivio y subidón de adrenalina que me dieron ganas de ponerme a bailar con ella. Porque sí, lo había conseguido. Había salido airosa de mi misión.

Observé cómo Miriam discutía con Mike, que estaba de pie delante de ella —con Chloe sentada en su regazo—, los brazos en jarras y ligeramente inclinado, amenazante, bebido —seguro—, escupiendo perdigones de saliva mientras le recriminaba algo que no logré escuchar. Pensé en no acercarme, por aquello de no entrometerme, pero por la actitud irritante de él y la euforia que traía yo, decidí intervenir.

—¿Pasa algo?

Mike me miró con desdén mordiéndose el labio inferior.

263

—No, no pasa nada —dijo Miriam, que no estaba achantada, al menos en apariencia—. Mike ya se iba. ¿A que sí, Mike?

Mike cogió su cerveza, se la terminó de un trago y se marchó. Al pasar a mi lado me rozó ligeramente con el hombro de una manera tan leve como calculada para que no pudiera acusarle de agresión, pero sí dejar claro su desprecio. ¿Había sido siempre así de desagradable? Me costaba creer que él y Miriam hubieran estado alguna vez juntos. Esto era algo que con la confianza que ya teníamos, le había comentado en alguna ocasión. Ella nunca había intentado justificarse, ni justificarle, tampoco condenarle y hacerle el malo de la película. Simplemente se había limitado a contarme las circunstancias que les habían llevado a estar juntos para que yo sacara mis propias conclusiones y le encontrara sentido, si es que lo tenía.

Mike era surfista. Ganó un par de campeonatos hasta que un tiburón le atacó en Maui, probablemente inyectándole toda la rabia que ahora contenía. Perdió un trozo importante del muslo. Nunca más podría volver a ponerse en pie encima de una tabla. Aprendió a tocar la guitarra con la misma facilidad que a coger olas. Se fue a Nueva York. Montó una banda y la llamó Tiger Shark,[10] que era el tiburón que le había atacado. Le fue bien. Se hizo un habitual de la escena alternativa neoyorquina. Entonces apareció ella, Miriam, con sus amigas hipnotizadas por las baladas autobiográficas y autodestructivas de ese chico hasta arriba de coca y alcohol y que en el fondo solo quería que le quisieran. Él se fijó en ella. Le cantó una balada triste mirándole a los ojos. Terminó el concierto. Se tomaron varios chupitos de vodka. Sus amigas se fueron. Y en el cruce de la Second Avenue con 2nd Street, a la salida del Anyway Cafe, donde acababa de tocar, sufrió un infarto. Una ambulancia le trasladó de urgencia al hospital. Entró en parada cardiorrespiratoria. Le reanimaron. Miriam estuvo a su lado. La mezcla de alcohol y drogas, no la de ese día, sino la de todos los días, le había pasado factura. Sobrevivió por los pelos. Aquel susto surtió efecto. Decidió dejar las drogas y el alcohol. Y cambió. Maduró. Se responsabilizó. Lo que no con-

10. En inglés, «Tiburón Tigre».

siguió un tiburón tigre, lo consiguió un infarto con tan solo veintisiete años. Lo consiguió Miriam. Se enamoró de ella poco después de que ella lo hiciera de él. Ella necesitaba salvar. Él necesitaba ser salvado. Se volvió responsable, atento, amoroso. Se graduó en una escuela nocturna mientras trabajaba en la construcción. Era listo. Más que la media. Simplemente, su energía había estado mal canalizada. Se fueron a vivir juntos. Dejó de trabajar para otros y montó su propia empresa de construcción. Llegó el huracán Sandy. Arrasó con todo y se aprovecharon de ello. Se mudaron a Robin Island. Ganaron mucha pasta. Miriam se quedó embarazada y nació Chloe.

Me llamaba mucho la atención la precisión y concisión con la que Miriam era capaz de contarme la vida de Mike, pero cuando llegaba a los motivos que les habían llevado a su actual situación, se perdía, se ponía farragosa o simplemente elusiva, en plan «y bueno, al final la cabra tira al monte. Pero se da cuenta de que ya no es un adolescente iracundo y lleno de posibilidades, sino un seudoadulto frustrado sin apenas futuro que ha desperdiciado gran parte de su vida. Y en vez de pirarse, se queda aquí, vuelve a beber, a coquetear con las drogas, a juntarse con una panda de indeseables que le hacen sentirse menos mal y todo se va a la mierda». Y lo daba por zanjado. Pero yo no. Algo más tenía que haber, seguro, y lo iba a averiguar.

En cuanto Mike se dio la vuelta y se alejó hacia la barra, Miriam comenzó a temblar y se puso muy pálida.

—Este cabrón me ha bajado el azúcar... —dijo, o mejor dicho, quiso decir, porque solo acertó a decir, arrastrando las palabras: «Este abrón ma bajao zúcar...».

Sacó el kit del bolso a duras penas por el tembleque de manos. Se había puesto una dosis de insulina rápida un poco más alta de la habitual, por aquello de que iba a degustar una comida copiosa y además poder echar mano del dulce y beber un poco de vino. Pero había calculado mal.

—Saca zucarillo bolso favor... —me dijo mientras se medía el nivel de glucosa. 44. Lo tenía por los suelos.

Saqué un par de sobres de azúcar de su bolso. Siempre llevaba varios a mano. Se los abrí y los engulló aparatosamente, poniéndolos bajo la lengua, que es donde el azúcar pasa antes al torrente sanguíneo.

—Que no me vea, por favor, no quiero darle la satisfacción al hijoputa —farfulló más o menos.

La tranquilicé diciendo que estaba de risas con sus colegas, bien lejos, que nadie se estaba dando cuenta. Le di un poco de Coca-Cola que había en la mesa. Esperamos. Quietas, sin hablar. Nunca la había visto tan desvalida.

—Sí que has tardado en volver... —me dijo ya de manera coordinada cuando recuperó el color—. Lo has hecho aposta. Seguro. Que caiga sobre tu conciencia mi hipoglucemia.

Me reí y le contesté:

—A ver, ¿cuánto tardas tú en elegir un vestido que ni siquiera es el vestido que elegiste inicialmente? Una eternidad, ¿no? Pues eso.

—Pues me gusta más este.

Era un vestido skater rojo con ligeros pliegues en la falda, de Karen Miller.

—Y a mí, por eso no me lo puse. Lo tenía guardado para una ocasión mejor...

Me vibró el teléfono —lo tenía silenciado—. Era un mensaje de Mark.

Que sepas que te has ido, te he echado de menos y me he puesto celoso pensando que estabas con otro.

Me pareció fuera de lugar y poco respetuoso. Obviamente llevaba unas copas de más, como casi todo el mundo. Le miré. Me daba la espalda. Estaba cuatro mesas a mi derecha. Dos minutos después me llegó otro mensaje:

Perdona mi anterior mensaje. Era completamente inapropiado. Me encanta tu nuevo vestido. ¿Te he dicho alguna vez que me gustas?

Este casi me molestó más. Bueno, *molestar* tal vez no es la palabra. Me afectó más. El primero era un coqueteo burdo. El segundo entraba en el terreno de lo romántico. Lo inocente.

Lo que empieza. Me asustó bastante. Seguía sin mirarme. Julia estaba a su lado, seguía inerte, con una copa de champán en la mano. ¿Estaba escribiendo todo aquello con ella pegada a él? Eso tampoco me gustó, por poco discreto. Me llegó un tercer mensaje:

Estoy un poco borracho, no me hagas mucho caso.

Vale, genial, Mark, no me vuelvas a escribir. Ya está, déjalo ahí. Ya está todo bien. Pero no, me volvió a escribir:

¿Nos vemos luego en mi oficina?

No fui. Estaba agotada después de aquel día tan intenso. De aquel día y de los 200 que le precedían. Quería acostar a las niñas y activar los chivatos. Probarlos y asegurarme de que funcionaban correctamente. Me había quedado con la espinita clavada de no haber podido colocar el chivato en su barco. Era una buena oportunidad de completar mi plan. Pero aquella proposición no era una invitación inocente. Sabía que si iba, iba a lo que iba. Porque aquello era lo que era.

Días 201-215. Año 1 d. C.

Revisar conversaciones era algo realmente muy frustrante. La mayoría era ruido sordo. Inabarcable. Me perdía. No podía estar atenta a cada frase, a cada ruido. Me desquiciaba. Me sumía en el vacío de lo ominoso. Me alejaba hasta el punto más alejado de la galaxia para que me mirara y me diera cuenta de lo pequeña e insignificante que era. Resultaba difícil, por no decir imposible, de compaginar con criar a mis hijas, lloros, cacas, pañales, pecho, vómitos, jugar, organizar la casa, limpieza, compras, recogida del colegio, deberes, más jugar, comer, dormir y demás. Hasta que decidí que no era la mente la que tenía que escuchar y procesar la información, era el cuerpo. Dejar que las palabras fluyeran sin prestarles atención mientras seguía con la vida, como el sonido ambiente en la calle, como la música que escuchas a través de unos cascos, sin prestar demasiada atención, porque en el momento en el que se filtrara un «Chris» o un «Williams» en cualquier conversación, mi cuerpo reaccionaría automáticamente. Seguro.

Tal vez por eso, para atajar esa sensación tan abrumadora, decidí sacar mi compra compulsiva al terreno de juego. El problema es que el cambiador de voz resultó ser un poco fiasco. Las catorce tonalidades superprofesionales que prometía no eran más que un cambio del pitch de la voz. Y el resultado era siempre un poco metálico, ficticio y digital. Con los tonos de voz de mujer, todavía tenía cierta credibilidad sin comprometerme, pero con voz de hombre, a poco que te descuidaras era una parodia, parecía una broma que gastas a un colega haciéndote pasar por el malo de una película de superhéroes.

Solo podía colar en una conversación muy breve y con ruido de fondo, para que se empastara con otros sonidos. Me descargué varios ambientes de parque y ciudad, alejados del paisanaje auditivo de Robin Island, que reproducía mientras hacía las llamadas.

Estas son las transcripciones de las conversaciones más destacadas captadas por los chivatos y mis intentos con el cambiador de voz. Por orden cronológico:

Cambiador de voz. Modo: Hombre – Frecuencia 13. Día 203. 17:00 horas.
Suena el teléfono móvil de John. Lo descuelga.
John: ¿Sí?
Yo: ¿John?
John: Sí, soy yo. ¿Quién eres?
Yo: Chris.
John: ¿Chris? ¿Qué Chris? Suena muy rara tu voz.
Silencio.
John: ¿Hola? Hay mucho ruido. ¿Estás ahí?
Cuelgo.

Casa de la jefa Margaret. Día 204. 08:30 horas.
La jefa Margaret recibe una llamada.
Jefa Margaret: Jefa Margaret al habla.
Maureen: (Respiración entrecortada y palabras atropelladas.) Jefa, soy Maureen, ayuda, por favor, me acaba de atacar.
Jefa Margaret: Tranquila, Maureen, tranquila, despacio. Dime dónde estás.
Maureen: En mi casa, encerrada. Me ha atacado al salir. No me deja salir. Me está esperando fuera. Tengo mucho miedo, jefa.
Jefa Margaret: Voy para allá... ¿Has podido identificar al agresor?
Maureen: Sí, es Joe.
Jefa Margaret: Joe, ¿qué Joe?
Maureen: El pavo Joe.
Jefa Margaret: ¿El pavo Joe? No conozco a nadie con ese mote.

269

Maureen: No es un mote. Es un pavo salvaje, jefa. Muy salvaje.

Jefa Margaret: ¿Te ha atacado un pavo?

Maureen: Sí, y no me deja salir de casa. ¿Te acuerdas que estuve todo el año engordando a un pavo para el día de Acción de Gracias?

Jefa Margaret: Pues no, Maureen, no me acuerdo.

Maureen: Pues sí, jefa, y justo el día anterior se escapó. Se lo debió de oler. Y ahora ha vuelto. Joe. Le llamé Joe. Y tiene sed de venganza. ¡Rápido, jefa!

Casa de Jennifer. Dormitorio de Summer. Día 204. 20:30 horas.

Llaman a la puerta.

Jennifer: Abre la puerta.

Summer: Espera...

Jennifer: Summer, abre la puerta inmediatamente.

Summer: ¡Que esperes!

Aporreo de puerta.

Jennifer: ¡Abre!

Summer: ¡Que voy!

Pausa. Se abre la puerta.

Jennifer: ¿Qué es este olor?

Summer: Nada. Yo no huelo a nada.

Jennifer: Apesta desde la cocina. Huele a marihuana.

Summer: ¿Y tú cómo lo sabes?

Jennifer: Summer, no me vaciles.

Summer: Me tranquiliza, y si yo estoy tranquila, el feto está tranquilo. No puede ser malo.

Bofetada.

Jennifer: Como vuelvas a fumar te...

Summer: ¿Qué? ¿Qué vas a hacer? No puedes hacer nada. Nada.

Portazo.

Summer llora en su dormitorio. Jennifer, en el de Stephen.

Cambiador de voz. Modo: Hombre – Frecuencia 10. Día 205. 10:00 horas.

Suena el teléfono de la sucursal del banco.

Conrad: Buenos días, Dime Bank, ¿en qué puedo ayudarle?

Yo: Buenos días. Quería saber el saldo de mi cuenta corriente.

Conrad: Perdone, le oigo muy mal. ¿Que quería qué?

Yo: El saldo. Saber mi saldo.

Conrad: ¿El saldo? Dígame el número de su cuenta.

Yo: Lo he olvidado.

Conrad: ¿Quién es usted, que no le reconozco? ¿Y dónde está, que suenan coches? ¿Está seguro de que no se ha equivocado? Esta es la sucursal de Robin Island.

Yo: Sí, perdón.

Cuelgo.

Family Pet Land. Día 206. 03:22 horas.

Cascabel de la puerta.

Frank: Rose, ¿dónde estás? Venga, vamos a casa, anda. Rose, que sé que estás ahí. Hay que ver lo que te gusta estar aquí metida todo el día. ¿Rose? (Pausa.) ¿Rose?

Silencio.

Frank: (Alarmado.) Rose, no me asustes, sal ya de donde estés...

Silencio. Cascabel de la puerta.

Frank: (Alejándose.) ¡¿Rose?!

Family Pet Land. Día 206. 11:10 horas.

Cascabel de la puerta de entrada.

Frank: Hola, Poni, bonita. Toma una chuche, ven, tontorrona.

Yo: Buenos días, Frank. ¿Cómo estás? ¿Has dormido bien?

Frank: Como un tronco, Alice. Gracias por preguntar. ¿En qué te puedo ayudar? (Pausa.) ¿Otra vez Flint?

Yo: Sí, otra vez...

Frank: Pues hala, a pescar. Flint V corre de mi cuenta.

Yo: Te lo agradezco, Frank.

Cambiador de voz. Modo: Hombre – Frecuencia 12. Día 206. 13:11 horas.

Suena el teléfono móvil de John. Lo descuelga.

John: ¿Sí?

Yo: Hola, John.

John: Hola. ¿Quién eres?

Yo: Chris.

John: ¿Otra vez? ¿Chris? ¿Qué Chris? ¡¿Qué pretendes, que conozca a todos los Chris del mundo?! ¿Y por qué hay tanto ruido de fondo? ¿Hola? ¿Estás ahí? ¿Desde dónde me estás llamando? ¿Por qué es un número oculto?

Cuelgo.

Casa de Jennifer. Dormitorio de Summer. Día 206. 21:30 horas.

Llaman a la puerta.

Jennifer: Summer, ¿puedes abrir un momento, por favor? (Pausa.) Te he traído algo de comer. Llevas dos días encerrada ahí dentro. Tienes que salir a que te dé el aire. Abre... (Pausa.) Quiero pedirte perdón, no quise pegarte el otro día. Lo siento, de verdad... Tienes que ser más responsable. Esto no es un juego.

La puerta se abre.

Summer: Lo sé. Yo también lo siento... Es que había leído en internet que no es malo fumar, que no es peor que tomar pastillas para el ardor de estómago. Te lo juro que lo leí. Además, es marihuana de cultivo ecológico, sin pesticidas ni nada. Me costó una pasta.

Jennifer: Summer, no empecemos otra vez...

Summer: Vale, vale, no vuelvo a hacerlo.

Jennifer: Gracias, cielo. ¿Me das un beso?

Beso.

Jennifer: Siento haber perdido los nervios.

Summer: Si quieres, te paso un poco de marihuana. Viene muy bien para eso...

Jennifer se ríe muy a su pesar.

Casa de la jefa Margaret. Día 207. 11:30 horas.

La jefa Margaret recibe una llamada.

Jefa Margaret: Jefa Margaret al habla.

Maureen: Jefa, ha vuelto.

Jefa Margaret: ¿Quién ha vuelto?

Maureen: Joe.

Jefa Margaret: Ah, claro, el pavo Joe.

Golpe seco en la ventana.

Maureen: ¡Aaah! Hay otro. Ha venido con otro. ¡Son dos ahora, jefa!

Jefa Margaret: Maureen, no me hagas ir otra vez para nada. Ya he recibido más de diez llamadas de varios vecinos con el mismo cuento del pavo Joe. Empiezo a pensar que es una broma. ¿Me estáis tomando el pelo?

Maureen: Claro que no, jefa. Eso nunca. El problema es que pones la sirena, jefa. Si pones la sirena, le da tiempo a escapar. Joe es muy listo. Y está reclutando a otros, jefa. ¡Esto es como *El planeta de los simios*!

Jefa Margaret: Sí, igualito.

Karen's Petite Maison. Oficina de recepción. Día 208. 01:35 horas.

Una voz lejana, apagada.

Karen: ¿John?

Varios *clics* de ratón apresurados.

Karen: ¿John?

John: Sí, estoy aquí.

Karen intenta abrir la puerta. Está cerrada con llave.

Karen: ¿Qué haces despierto a estas horas? ¿Y por qué tienes la puerta cerrada?

John: Por Dingleberry, para que no entre, que es muy pesado. Estoy revisando el briefing del destacamento. Ya sabes que la semana antes de embarcar siempre me da el insomnio. ¿Y tú qué haces levantada?

Karen: Nada, ir a por un vasito de leche con miel.

John: Ah, okey. Pues enseguida subo a la cama.

Maullido de un gato que araña la puerta.

Karen: ¿Dingles? ¿Es ese Dingleberry?

Más maullidos. Vienen del interior de la oficina.

Karen: Pero si está ahí dentro contigo. ¿No decías que lo habías dejado fuera?

John: Ah... Ni me he dado cuenta. (Para sí.) Mierda de gato.

Cambiador de voz. Modo: Mujer – Frecuencia 3.
Día 211. 13:00 horas.

Conrad (al teléfono): Dime Bank, ¿en qué puedo ayudarle?

Yo: Buenos días. Verá, es que mi hermano murió hace más de un año.

Conrad: Vaya, lo siento, la acompaño en el sentimiento.

Yo: Y bueno, estoy aún arreglando todos sus papeles, y veo que tenía una cuenta corriente en este banco.

Conrad: Ajá...

Yo: Me gustaría cerrarla y traspasar los fondos.

Conrad: Ya, pero es que verá, sin ánimo de sonar descortés, no puedo gestionar nada por teléfono. Tendría que personarse aquí con un poder notarial que demuestre la vinculación directa con el fallecido.

Yo: Ya...

Conrad: De todas maneras, ¿quién era su hermano?

Silencio.

Conrad: ¿Hola?

Cuelgo.

Family Pet Land. Día 212. 01:15 horas.

Cascabel de la puerta de entrada.

Frank: Rose, ¿adivina qué? He descubierto dónde duermen el pavo Joe y sus secuaces. Se suben todas las noches a los árboles que hay a la vera del molino, junto al riachuelo. ¿Quieres que te lleve a verlos? ¿Rose? (Silencio.) ¿Rose?

Family Pet Land. Día 212. 10:30 horas.

Frank: ¿Te has enterado de la polémica del pavo?

Yo: El pavo Joe. Por supuesto. No se habla de otra cosa.

Frank: Pues yo, con todos mis respetos a Maureen, la jefa Margaret y demás personas desquiciadas por este asunto, estoy del lado del pavo Joe. ¿Y sabes qué? Espera, ¿sabes guardar un secreto? ¿Estás a favor del pavo Joe?

Yo: Sí y sí.

Frank: Me alegro. Pues resulta que he encontrado su guarida. Duerme en los árboles que hay a la vera del riachuelo, en el molino. Cosa que me tranquiliza, porque es terreno nuestro. Bueno, de mi hija Barbara, en realidad, a la que se lo regaló el padre de Rose, en paz descansen los dos. ¿Quieres que te lleve a ver al pavo Joe?

Yo: Me encantaría, Frank.

Iglesia presbiteriana Our Lady of Grace. Confesionario. Día 212. 17:00 horas.

El padre Henry habla con Karen.

Karen: Lo que cuento aquí es secreto, ¿no?

Padre Henry: Pues claro. Secreto de confesión. No sale de aquí.

Karen: Bien. Es que verá, padre, resulta que John...

Padre Henry: ¿Qué pasa con John?

Karen: Hace cosas. Por la noche, cuando yo ya estoy durmiendo...

Padre Henry: ¿Cosas? ¿Qué tipo de cosas?

Karen: No sé. Pero son malas, seguro. Porque se encierra en la oficina. Y no tenemos huéspedes ahora.

Padre Henry: ¿Y le has preguntado?

Karen: ¿Yo? Ni muerta. Qué vergüenza. Quita, quita.

Padre Henry: ¿Y qué se supone que quieres que haga?

Karen: Pues no sé, hable con él. Dígale que pase por el confesionario. Dentro de tres días se va con su destacamento. Para que se vaya limpio de pecados.

Padre Henry: No le puedo obligar a que venga a confesarse.

Karen: ¿Y alguna vez lo ha hecho? ¿Alguna vez ha venido a confesarse?

Padre Henry: Karen, te acabas de asegurar de que lo que se habla aquí es confidencial.

Karen: Ya, pero me refería a mí, no a él. Ha estado, ¿verdad? ¿Es muy malo lo que hace?

Padre Henry: No te voy a decir si ha estado o no. Pero, en cualquier caso, vamos a ver una cosa: ¿John se porta bien contigo? ¿Es un buen marido?

Karen: No es para tirar cohetes. No me hace mucho caso, pero tampoco me molesta demasiado. Un marido normal, supongo. O eso pensaba yo hasta que le he descubierto haciendo cosas raras.

Padre Henry: A lo mejor esas cosas raras que hace a tus espaldas es lo que le permite ser un marido normal. En cualquier caso, si tanto te preocupa, deberías hablarlo con él.

Karen: Padre, le acabo de decir que tengo un marido normal. Esas cosas no se hacen con un marido normal. Con un marido normal no se habla.

Padre Henry: *Touché.*

Casa de la jefa Margaret. Día 213. 09:30 horas.

La jefa Margaret se ha dejado encendida la emisora de su

coche patrulla. Está en casa de Maureen. Por fin ha conseguido acorralar al pavo Joe.

Jefa Margaret: ¡Joe, quieto! Ni un paso más, Joe, ¿me oyes? No te acerques, no quiero matarte.

Maureen: ¡Dispare, jefa! Sin piedad.

Jefa Margaret: ¡Joe, quieto! ¡Quieto!

Maureen: ¡Cuidado por la espalda!

Un disparo.

Diez minutos más tarde.

Maureen: (Desde la ventana de su casa.) ¡Se lo dije, jefa! ¡Que el pavo Joe no es ninguna broma!

La jefa Margaret hace una llamada a través de la emisora de su coche patrulla.

Sheriff Will: Sheriff Will, policía del condado de Nantucket.

Jefa Margaret: Sheriff, soy la jefa Margaret.

Sheriff Will: Hey, jefa, ¿qué tal?

Jefa Margaret: Tengo una situación. Necesito refuerzos.

Sheriff Will: No fastidies. (Grita.) ¡Troy, a la lancha! ¡Vamos a Robin Island! (A la jefa.) ¿Qué ha pasado, jefa?

Jefa Margaret: Estoy atrapada. He sido atacada...

Sheriff Will: ¿Por quién?

Jefa Margaret: Un pavo salvaje. Lleva días sembrando el pánico en la isla.

Risas del sheriff.

Sheriff Will: ¿En serio me vas a hacer ir a la isla por un pavo, jefa?

Jefa Margaret: No es un pavo. Ahora son tres. Salvajes. Estoy en mi coche, encerrada. Me tienen rodeada.

Sheriff Will: Pues arranca y atropéllalos.

Jefa Margaret: No puedo. Me han atacado cuando estaba subiendo y se me han caído las llaves fuera.

Sheriff Will: Pues pégales un tiro y cómetelos.

Jefa Margaret: Me han desarmado.

Sheriff Will: ¿Que te han desarmado?

Jefa Margaret: Me han golpeado por la espalda y he perdido mi pistola.

Sheriff Will: (Riéndose sin parar.) ¿Llamamos a la Guardia Nacional? ¿O crees que nos apañaremos?

Jefa Margaret: Por favor, sheriff, te agradecería que no te rieras. ¿Tú has visto *El planeta de los simios*?

276

Cambiador de voz. Modo: Hombre – Frecuencia 11.
Día 214. 14:20 horas.
Suena el teléfono móvil de John.
John: ¿Sí?
Yo: Hola, John, soy Chris Williams.
John: ¿Chris Williams?
Yo: Sí.
John: ¿Tú eres el que me ha estado llamando estos días?
Yo: Sí.
John: ¿Por qué utilizas un distorsionador de voz? ¿Te crees que soy gilipollas?
Silencio.
John: Soy militar. Te voy a buscar y cuando te encuentre te voy a dar una buena paliza. Por hacerte pasar por Chris Williams. Porque tú no eres Chris Williams. Porque el Chris Williams que yo conozco está muerto. Y sé que tú lo sabes.
Cuelgo. Saco la tarjeta SIM. Rompo el móvil y destrozo el cambiador de voz con un martillo. Lo quemo todo.

Barco de Mark. Día 215. 13:50 horas.
Mark: Nunca me has hablado de ti.
Yo: Sí que hemos hablado de mí.
Mark: Me hablas de tus hijas y poco más.
Yo: Es que hay poco más que contar.
Mark: Venga ya, Alice... Siento como que no te conozco.
Yo: Igual es mejor así, ¿no? Más fácil.
Mark: No sé, puede...
Pausa.
Yo: Venga. Una pregunta, hazme una pregunta, la que quieras, y te la contesto, con total sinceridad.
Mark: ¿Solo una?
Yo: ¿Es esa tu pregunta?
Mark: No, joder. No vale, no...
Me río. Se ríe.
Yo: Una pregunta bien elegida puede dar mucho de sí.
Mark: Vale, voy... (Pausa.) A ver... Es que tengo muchas...
Yo: Seguro que todas en el fondo se concentran en una. La madre de todas las preguntas. Te lo digo por experiencia...
Mark: No me puedo concentrar... No me sale.
Yo: ¿Ves?

Mark: ¿Qué?

Yo: Que a lo mejor no tienes nada que preguntarme. A lo mejor no hablamos de mí porque no quieres.

Mark: A lo mejor.

Yo: A lo mejor no me conoces porque no quieres.

Mark: A lo mejor. Pero a lo mejor lo que me pasa ahora mismo es que no me puedo concentrar porque tengo muchas ganas de besarte.

Silencio. Oigo el sonido de mis mejillas encendiéndose.

Mark: De hecho, mi pregunta podría ser: ¿tienes tàntas ganas de besarme como yo a ti? Pero no la voy a hacer. Sobre todo por miedo a que me digas que no. Así que no, esa no va a ser mi pregunta.

Silencio. Oigo el sonido del deseo escondiéndose detrás del miedo. O al revés.

Mark: ¿Qué haces en la isla?

Silencio. Oigo el sonido de mis ganas de salir corriendo.

Mark: Esa es mi pregunta. Esa es la pregunta a la que acabo recurriendo cada vez que tengo una pregunta que hacerte. Siempre me pregunto qué te ha llevado a estar aquí y ahora conmigo. Pero supongo que la respuesta a esa pregunta puede variar cada día, a cada momento, porque yo también me hago la misma pregunta y casi siempre cambia la respuesta, porque está sujeta a algo tan caprichoso y contradictorio como los anhelos, las frustraciones, las necesidades, las carencias, los miedos, los deseos... Pero si tú estás aquí y ahora conmigo, tiene que ver con una sola cosa: que te hayas venido a vivir a la isla.

Silencio. Oigo el sonido de mis ganas de salir corriendo... hacia él.

Mark: Así que, repito la pregunta: ¿qué haces en la isla?

Silencio. Oigo el sonido de mis besos.

Habían pasado 215 días desde la muerte de Chris. Siete meses y un día. Y seis meses y un día desde que di a luz. No paraba de preguntarme si había dejado pasar suficiente tiempo. ¿Suficiente tiempo para qué? Para no sentirme tan culpable y sucia. Tal vez por eso, antes de darnos el primer beso, me frené un poco, probablemente Mark ni se dio cuenta. Pero quería que él diera el último impulso antes de que nuestros labios entraran en contacto, para en el futuro poder responsabilizarle de todo lo que nos iba a acabar pasando. Algo así como un: «¡Tú lo empezaste!».

El chivato que grabó esta conversación lo coloqué apenas unos minutos antes, aprovechando que Mark salió a cubierta para rescatar una botella de vino blanco que tenía atada a un cabo, enfriándose en el mar, que estaba a 6° C. La temperatura perfecta, según él.

Me hubiera gustado que la primera vez hubiera sido menos bonita, o que la conversación que nos llevó hasta ese momento tuviera menos sentido y sentimiento. Tampoco es que la situación fuera idílica. El barco atracado en el puerto, dentro de un camarote, en horario de oficina, con las cortinas echadas, a plena luz del día, con Ruby y Poni convenientemente dormidas en la cabina principal —me había asegurado de darle el pecho, sacarle el aire y cambiarle el pañal justo antes de ir—. Pero, echando la vista atrás, creo que hubiera preferido aprovechar aquella invitación intempestiva que me hizo el día de la boda. Creo que me hubiera sentido menos sucia.

Antes de ir ya sabía qué iba a pasar. Por eso intenté cargarme de razones que lo justificaran. Escudarme en que era parte de mi investigación. Gajes del oficio. Un paso necesario para crear un vínculo en el cual Mark estuviera en mi poder. El sexo como moneda de cambio. Deseo, necesidad, poder, química, seducción, estrategia. Todo a la vez, revolviéndome. Y cuanto más tardaba en afrontarlo, más grande se iba haciendo la bola de nieve. «No es una justificación, Alice, es una realidad. Vas a colocar un chivato. Necesitas información. Y ya sé que nunca has hecho nada ni remotamente similar, que no va con tu estilo. Pero tampoco iba con tu forma de ser lo que has hecho, lo que estás haciendo. Estás cambiando. Estás yendo a otro sitio. Ni mejor ni peor. Diferente. No te juzgues, Alice. Estás creciendo, con todo lo bueno y malo que eso conlleva. Estás aprendiendo cosas que nunca pensaste que necesitarías aprender. Estás aprendiendo a conocerte fuera de ti misma. Y para eso, antes tienes que encontrar a Chris. Ese es el fin, Alice. Y esto que vas a hacer es solo uno de los medios.»

Sin duda, lo que más me gustó de esa primera vez fue que

se quedó dormido después del orgasmo. Me pareció muchísimo mejor que todo lo demás. Lo necesitaba más. Un momento de intimidad alejada de la seducción. De confort y cercanía. De piel. Pero además de para colocar un chivato, había ido para aprovechar cualquier descuido y cotillear en su maletín, revisar su agenda, meterme en su ordenador portátil y tratar de encontrar las fechas de sus viajes a Nueva York y compararlas con las de Chris. Me levanté tratando de no despertarle. Estaba abrazado a mí por la espalda. Así es como habíamos alcanzado el orgasmo. Sin vernos las caras. Tal vez por vergüenza. Y así es como nos habíamos quedado, haciendo cucharita pero sin excesivo contacto, no del todo acoplados. Aparté suavemente la mano que tenía en mi cintura, me puse mis braguitas y salí del camarote a la cabina principal. Me fui directa al escritorio, pero en cuanto vi a Ruby y Poni aún dormidas, recibí una bofetada de realidad. Arrepentimiento. Me sentí obscena y turbia vagando desnuda por la estancia. Tanto que decidí abortar la misión. «O igual quieres volver a tirártelo y buscas una excusa.» Quería irme de allí inmediatamente y ducharme. Eran las doce del mediodía. La nocturnidad lo hubiera matizado todo. A plena luz era demasiado crudo de digerir.

Mark se asomó, con los calzoncillos y la camiseta puestos, parecía tan arrepentido o más que yo. Sobre todo porque lo vi vulnerable por primera vez desde que lo conocía. Vi al niño y al hombre. Al bueno y al malo. Al listo y al tonto. Al chulo y al sensible. Todo junto. Todo reconcentrado en su pelo enmarañado. Sentí que en ese preciso instante podría preguntarle cualquier cosa y me contestaría sinceramente sin titubear. Sentí que quería volver a acostarme con él, porque no lo había hecho. Había hecho otra cosa que parece lo mismo pero no es lo mismo. Algo que tiene que ver con lo que quieres que la otra persona sienta, no con tu propio deseo.

—Perdona, es que entre el vino y el sexo... —se justificó por su siesta postorgasmo.

«No te preocupes, es un comportamiento muy masculino. Casi tanto como serle infiel a tu mujer.» Cuánta rabia. ¿Hacia él, hacia Chris —por imaginármelo en una situación similar— o hacia mí?

—No pasa nada —me limité a decir.

Ruby comenzó a gimotear porque intuyó que quería salir de allí corriendo sin decir una sola palabra más. Gracias, pequeña.

Por cierto I: Nunca tuve ocasión de acompañar a Frank a ver al pavo Joe refugiado de noche en los árboles del molino, porque el animal fue abatido de tres disparos después de un encarnizado asedio. Maureen lo grabó con su smartphone, lo colgó en YouTube, y se convirtió en un éxito inmediato. Todos los telediarios y periódicos locales cubrieron la noticia. La sociedad protectora de animales de Massachusetts denunció al sheriff Will por crueldad animal, y eso que estuvo a punto de perder un ojo.

Por cierto II: Se confirmaba que John no solo había coincidido en la universidad con Chris, sino que le conocía. ¿Cómo se había enterado de que Chris había fallecido? Me pregunté, sin encontrar respuesta de momento, cómo podría seguir tirando del hilo de ese ovillo ahora que John estaría de maniobras en el submarino los cuatro siguientes meses, prácticamente incomunicado.

Días 216-226. Año I d. C.

La colocación de los chivatos me había descentrado. Despistado. Desviado. Mareado. Más que darme la oportunidad de escuchar, me había dejado sorda. Una explosión de ruidos que me había causado un intenso pitido en el oído que todo lo tapaba. Me había abierto infinidad de caminos que me alejaban de lo concreto. De lo poco concreto que tenía hasta entonces: aquel sobre de papel con la muestra de ADN de Stephen.

Abrí el navegador y tecleé en Google: «Test de paternidad Massachusetts». Aparecieron 780.000 resultados en 0,48 segundos. De nuevo pinché en el primero que no estaba esponsorizado. Te prometían todo tipo de soluciones para todo tipo de casos a un precio que rondaba los 400 dólares. Tras echar un vistazo, me fijé en un apartado: soluciones para persona fallecida o desaparecida. Pinché en el enlace. Se abrió otra pestaña donde mostraba las diferentes opciones para averiguar si dos personas tenían algún grado de consanguinidad. En esa misma página había una pestaña que te indicaba las localizaciones: «Encuentra el centro más cercano a ti». Lo busqué.

A pesar de que había un laboratorio de ADN en Hyannis, decidí elegir uno más lejano, por pura precaución, en Mashpee, que además me pillaba cerca de la consulta de la psicóloga Ruth, y así aprovecharía para hacerlo durante la terapia de Oli.

Era muy discreto. Un cartel rezaba: «Laboratorio de análisis clínicos». Nada llamativo que pudiera ahuyentar a posibles clientes que buscaban privacidad, que era algo que me decía que todos agradecían tanto como yo. Aun así, antes de entrar sentí una ligera arritmia combinada con quemazón en la cabeza, como si dentro me fuese a encontrar al FBI, a los SWAT y a los servicios sociales para quitarme a mis hijas. Eso por lo menos. Pero no, solo había una amabilísima enfermera, que debió de notar mi cara de agobio y que quería acabar con todo aquello cuanto antes.

Tras rellenar el formulario, le entregué las dos muestras que llevaba conmigo: la de Stephen y la de Chris. Había estado revolviendo entre sus cajas de ropa, en busca de un pelo, no valía cualquier pelo, porque era esencial que tuviera raíz —lo había leído—. Su pelo era corto y rubio, inconfundible, pero tenía muy buen pelo, no se le caía fácilmente. Me desesperé mirando con lupa en todas sus gorras y ropa de deporte que conservaba. Nada. Hasta que en uno de sus pantalones cortos de tenis encontré un chicle pegado. «La derrota sabe mal —decía Chris—. Pero no es una manera de hablar, es la maldita realidad. Cuando voy perdiendo, empiezo a notar que la boca se me seca, se me empasta, me sabe a agua estancada. Lo odio. Es un horrible preludio de lo que está a punto de suceder. Es como si la muerte te visitara con la guadaña. Una vez, durante un partido, iba un set abajo y perdiendo el segundo 2-5. Entre el público había un chaval mascando chicle. Le pedí uno, porque de verdad que no podía más con ese sabor. Creo que estaba perdiendo adrede para acabar antes y poder irme al vestuario a cepillarme los dientes. El chaval me dio un chicle de canela picante. Odiaba ese sabor, pero me daba igual, me hubiera bebido gasolina antes que seguir con aquel regusto asqueroso. ¿Y qué pasó? Que acabé dándole la vuelta al marcador. Gané el partido 3-6, 7-5, 6-1. Y claro, desde entonces me hice adicto a los chicles de canela picante y siempre llevaba uno en el bolsillo durante los partidos, como talismán, y cuando iba perdiendo y se acercaba el desastre, me lo metía en la boca. Claro que no siempre funcionaba. Si no, habría sido número 1 del mundo. Pero me sacó de más de un apuro.» Y ahora ese chicle masticado y reseco estaba encima del mostrador del laboratorio, metido en una bolsita con autocierre. La recepcionista lo miraba desconcertada.

—A ver si me aclaro, quieres saber si el bastoncillo es el padre del chicle. —Se rio—. Perdona, no he podido evitarlo.

Yo tampoco pude evitar reírme, en absoluto me sentí ofendida, ni siquiera tonta. En una película, aquello habría sido una gran idea. Pero en la vida real...

—En la vida real también se puede hacer. Pero requiere unos procedimientos y un tratamiento especial. Hay que mandarlo a CSI, pero al de Las Vegas, que son mucho mejores que los de Miami y Nueva York, de esos no me fío. —Se volvió a reír. Y yo con ella—. Perdona, perdona... Es que la gente que viene aquí es muy rara, y te juro que vienen con cosas aún más inverosímiles. Y hay que tratarlos muy en serio. Una vez vino un señor a hacerse un test de paternidad. Y cuando le pedí las muestras de su supuesto hijo, sacó un pañal cagado y lo puso encima del mostrador al tiempo que decía: «Quiero saber si esta mierda de niño es hijo mío...». Y bueno, como esa te podría contar mil más. Lo que no se vea aquí...

Luego retomó el asunto que me había llevado hasta allí y me dijo que con la muestra de saliva no habría problema, pero lo del chicle ya era otro cantar. Y por otro cantar se refería a que era mucho más caro y que los porcentajes eran menos rotundos. Entonces me dijo algo que me hizo sentir muy tonta.

—Porque vamos a ver, entiendo que si me has traído un chicle, es porque no tienes forma humana de conseguir algo más sólido para el test. Pero —pausa— si quieres saber si el chicle es hijo de la muestra de saliva, hay algo más sencillo. ¿Tiene el chicle hijos o hijas? Porque siempre se puede hacer test de paternidad entre abuelo y nieto. Y si sale positivo, eso vincularía obviamente al chicle con la muestra de saliva. Así que te pregunto, sin ánimo de inmiscuirme —pausa—: ¿Tiene el chicle un hijo o una hija del que tomar una muestra de saliva?

Ruby se rio. Juro por Dios que se rio en ese momento. Yo ya no. Estuve a punto de decirle que no, que el chicle no tenía hijas —y menos aún que una de ellas estaba en mi mochila portabebés— por no soportar la humillación que estaba a punto de sufrir. Pero no, sucumbí a la evidencia y ella le cogió una muestra de saliva a Ruby. Una anécdota más que podría contar a otro cliente normal y cercano.

Los resultados tardarían entre tres y cuatro semanas y llegarían de manera confidencial por mensajero.

~⌒⌒

Decidí llevarme menos ropa de la necesaria y no deshacer la maleta. La abrí de par en par y ahí se quedó, en el suelo de mi habitación en casa de mis padres. Lo que constituía un claro mensaje para mi madre, y probablemente una enorme ofensa, ya que la advertía de que solo íbamos a pasar dos o tres días, no las Navidades enteras. Nochebuena, el día de Navidad y otro de propina. Luego regresaríamos a la isla. El 29 de diciembre Karen celebraba su cumpleaños y yo necesitaba varios días para poner en marcha una nueva vía de investigación.

Llevábamos casi cuatro meses viviendo en Robin Island y más o menos había mantenido a raya a mi madre, intentando hacerle entender que no podían venir cada fin de semana de visita. Al menos no al principio. Que necesitaba tener la sensación de empezar de cero. Sentir que me movía y no me quedaba estancada. Independencia. Por supuesto que todo esto a mi madre no le entraba en la cabeza. Al final llegamos a una especie de acuerdo tácito. La llamaba todos los días por Skype, a la hora de la cena de Olivia, para que viera que estábamos bien y nos alimentábamos como Dios manda. Me contaba novedades que eran cualquier cosa menos nuevas. Hablábamos del tiempo y de lo curioso que era que a veces hubiese tanta diferencia en las condiciones meteorológicas cuando estábamos apenas a tres horas de coche. Y poco más. Aquello funcionaba como medida paliativa del ansia de mi madre por plantarse en la isla. Y, sinceramente, a mí también me ayudaba y me gustaba ver a mi madre, saber que estaba allí —y mi padre en el sótano con sus cosas—. Porque, por mucho que yo quisiera que no se acercara, tampoco quería que se alejara, ni ella ni mi padre. Era hija única, estaba muy apegada a ambos.

Aunque mi madre pudiera sacarme de quicio varias veces al día, la necesitaba, siempre la había necesitado. Igual de ahí venía a veces mi rabia hacia ella. A mi padre sencillamente le adoraba, pero no lo necesitaba en el sentido práctico de la palabra. Mi madre, sin embargo, se las había ingeniado para generarme dependencia, para hacerme creer que, sin ella a mi lado, no podría sobrevivir. Pero sin chantajes emocionales —al menos no más de los normales—, solo haciéndose cargo de las cosas. Mi madre estaba todo el día haciendo cosas, solucionando asuntos. Era una mujer activa y con mucha energía. Con una gran cabeza y capacidad de organización. Era ama de casa. Vivía por y para mi padre y para mí. Bueno, y para el mundo en general. Estaba todo el día organizando eventos en la parroquia, en el ayuntamiento, en organizaciones benéficas, en los albergues para los más desfavorecidos, en los refugios de animales... Había nacido para darse a los demás. Por eso mi marcha y que no le hubiera permitido organizarme mi nueva vida en la isla le hacía subirse por las paredes y ponerse sumamente triste y pesada. Ella quería, necesitaba, ser útil, ayudar, ayudarme, de corazón. Así que en cuanto puse un pie en el jardín de casa, que lo tenía espectacularmente decorado con un Santa Claus en su trineo cargado de regalos y tirado por los renos que ascendían por la fachada, tuve que aguantar el chaparrón de reproches mientras Olivia contaba hasta tres veces los renos. («Sí, Oli, nueve, son nueve de toda la vida.»)

—Yo es que, hija, no lo entiendo. Bueno, ni yo ni nadie. —Levantó la voz—. ¡George, ¿a que tú tampoco lo entiendes?! Ahí sola, en mitad de la nada... ¿Qué te hemos hecho nosotros? Yo me siento fatal, hija, como si fuera culpable de la tragedia. Como si te molestásemos... No sé, que salieras corriendo de esa manera... No te dije nada en su día porque entiendo y respeto tu pérdida y tu dolor. Pero ya han pasado miles de meses desde que te fuiste. Y sigues encerrada en ti misma y cada vez estoy más preocupada. Ni duermo por las noches. —Levantó de nuevo la voz—. ¡¿A que no duermo, George?! Nosotros hemos sufrido también mucho la pérdida. Era como un hijo. ¡¿A que sí, George?! Hemos llorado su pérdida y seguimos haciéndolo y rezando por él y por ti aún más, claro. Porque no quiero perderte a ti también, hija. En momentos así uno se tiene que apoyar en sus seres queridos. ¿Lo somos o no lo somos? Tus seres queridos, quiero decir. Porque a veces me haces dudarlo.

Salí a correr para airearme de la perorata de mi madre y aprovechar para cambiar la tarjeta de memoria de la cámara Bushnell Trophy Cam que tenía camuflada en el cementerio. 9.792 fotos nuevas en algo más de cuatro meses. Ya tenía algo con lo que enredarme durante las vacaciones.

Y si pensaba que al volver mi madre ya se habría tranquilizado y me daría una tregua, me equivocaba. El volcán aún seguía activo y mientras preparábamos la mesa para la cena volvió a escupir lava.

—¿Y cómo es eso de que has recuperado tu apellido?

—No es mi apellido, mamá, es *nuestro* apellido.

—No entiendo para qué. Va a parecer que reniegas del apellido de tu difunto marido.

—¿Le va a parecer a quién, mamá?

—A la gente, a tu familia, a la familia de Chris, a todos los que se van a sentar aquí esta noche a cenar.

—¿Y a ti, te lo va a parecer a ti, mamá?

—Pues un poco sí, hija, para qué te voy a engañar. Un poco sí. —Miró a mi padre, que estaba montando una mesa supletoria donde sentaríamos a todos los niños. Se encaró con él—: ¿Y tú no dices nada? Estoy harta de ser siempre la mala. Habíamos quedado en convencerla los dos de que esto es una chaladura y que tiene que volver a casa. Y te quedas ahí como un pasmarote...

Mi padre dejó lo que estaba haciendo y la miró serio. Nada agresivo, solo formal, reverente, como un profesor de literatura antes de hablar de Shakespeare.

—Marie.

—Sí, ese es mi nombre. Pensé que ya lo habrías olvidado porque nunca hablas conmigo.

Se acercó a ella.

—Te quiero mucho, Marie.

Le plantó un beso en la frente. Se dio la vuelta y siguió con lo suyo. Mi madre se emocionó y quedó completamente desarmada.

—¿Ves? Por estas cosas le perdono todo. Por estas cosas llevo enamorada de él casi cincuenta años ya. Canalla, más que canalla.

—Ah, ¿o sea que eso basta para desarmarte?

Me acerqué a mi madre imitando a mi padre. La besé en la mejilla.

—Mamá, yo también te quiero mucho.

—No, a ti no te va a funcionar... —Pero antes de terminar la frase ya caían más lágrimas por sus mejillas—. Sí, sí que funciona. ¿Has visto con qué poco me conformo? Canallas. Canallas que sois los dos.

Y ahí sí, ya por fin llegó una breve y bienvenida tregua.

Creía que ya se me habría pasado mi aversión a las sinceras y sentidas condolencias familiares. Que, en todo este tiempo alejada, habría bajado la guardia. Que me dejaría, y que incluso agradecería sentirme arropada en estos momentos difíciles. Pero cuando vi llegar desde la ventana de mi habitación, recién duchada, un monovolumen con mi abuela Brigitte, mis tíos, mis tres primos y sus cuatro hijos, me di cuenta de que no, aún no estaba preparada para recibir efusivas muestras de cariño y preocupación, bañadas en el siempre impostado espíritu navideño. Es más, me alegraba de que hacía apenas poco más de un mes se hubiera muerto mi tía abuela Gretchen, a la que todos queríamos mucho, una mujer soltera que había vivido toda su vida con mis abuelos Vince y Brigitte, que era madre de nadie y abuela de todos. Una embolia pulmonar se la había llevado por delante mientras dormía plácidamente en la cama con mi abuela —desde la muerte de mi abuelo dormían juntas como las hermanas bien avenidas que siempre habían sido—. Una muerte rápida y placentera, sin sufrimientos ni padecimientos, a sus noventa y un años más que bien aprovechados. Nunca tuvo necesidad de tener marido ni hijos porque se sentía plenamente realizada con la maravillosa familia que la rodeaba. No quería andarse con zarandajas, como ella misma decía.

En cualquier caso, de una manera un tanto retorcida, me alegraba de su muerte. Agradecía mucho cualquier cosa que ayudara a rellenar la ausencia de Chris en la mesa. Aunque fuera con otra ausencia. Iba a ser demasiado difícil de soportar. Mi madre quería ponerle cubierto y una vela en el plato, cosa a la que yo me negué en redondo a cambio de dejarle rezar una oración antes de la cena, por él y por la tía abuela Gretchen. «Los dos o nada, mamá», le advertí.

Antes de bajar a cenar, apacigüé mis ansias de volver a Robin Island empezando a revisar las fotos de la cámara del cementerio —sin obtener resultado alguno—, mientras escuchaba por cuarta vez una conversación grabada entre Mark y Julia la noche anterior. Ya casi me la sabía de memoria.

Julia: ¡¿Qué haces?! ¡¿Qué estás haciendo?!
Julia cierra la tapa del portátil con un golpe seco y violento.
Mark: Tenía curiosidad. Dices que no escribes nada y yo te oigo teclear todas las noches.
Julia: Teclear no es escribir. Teclear puede hacerlo cualquiera. Escribir no. Y si tienes curiosidad, me lo pides.
Mark: ¿Hubiera servido de algo?
Silencio.
Mark: He leído poco, pero me ha gustado mucho lo que has escrito, perdón, tecleado.
Silencio.
Mark: Ha sido doloroso leerlo, me ha removido muchas cosas, pero precisamente por eso sé que es muy bueno.
Silencio.
Mark: Me ha emocionado mucho que llames a los protagonistas Paul y Samantha.
Silencio.
Julia: Nunca en tu vida me habías faltado al respeto de esta manera.
Un portazo. Silencio.

Al principio pensé que era Julia la que se había marchado airada. Pero por el sonido de las pisadas alejándose, deduje que no, que el que quería dejar claro lo ofendido y dolido que estaba era Mark. La discusión se oía lejana. Había tenido lugar en el despacho de Julia, y la había captado el chivato del dormitorio. Chivato que durante muchos días pensé que no funcionaba porque no captaba audio de voz, solo ruidos ocasionales. Hasta que me di cuenta de que no compartían habitación. Julia se quedaba a dormir todas las noches en el sofá de su despacho, después de teclear durante tres o cuatro horas sin apenas descanso. Más que escribir parecía estar huyendo. Esto último me lo había contado Mark.

Irnos a Providence pocos días después de acostarme con Mark sirvió para desactivar cualquier posibilidad de un nuevo encuentro, convencerme de que había sido una cosa puntual que nunca se volvería a repetir. La distancia física nos haría darnos cuenta de lo peligroso, imprudente y fuera de lugar que estaba. No quería ser la amante de un hombre casado. Bueno, eso todavía podría tolerarlo, escudándome en que era un sacrificio por la causa. Lo que sí que resultaba inconcebible para mí era enamorarme de un hombre casado. No lo iba a permitir. Pero lo cierto era que, por más que intentara taparlo, me costaba quitármelo de la cabeza. No de una manera amorosa, ni romántica. No estaba lista para eso aún. Solo estaba presente. Instalado. Prestaba especial atención a cualquiera de sus conversaciones captadas por los chivatos, aunque simplemente estuviera haciendo los deberes con Oliver.

Y ahora, aquella discusión con Julia. A pesar de haberla escuchado muchas veces, aún no entendía muy bien qué parte era la que me irritaba y cuál la que me gustaba. Aunque era probable que fuera lo mismo. Me gustaba haber influido en Mark para que se interesara por la novela —esa poderosa sensación de sentir que mueves los hilos— y a la vez me descolocaba —¿irritaba?— ese acercamiento, aunque fuera torpe, a su mujer.

Olivia entró en mi habitación muy paliducha y descompuesta, abrazada al Oso Apestoso.

—Mamá...

Poni se metió debajo de la cama pidiendo perdón por existir.

—¿Qué te pasa, Oli?

—Me mareo mucho. ¿Se está moviendo la Tierra?

Me agaché, la senté en mi regazo y puse mi mejilla en su frente. Estaba bastante caliente.

—La Tierra siempre se está moviendo, cariño.

—Ya, pero más.

—No, se mueve igual que siempre.

—No, aquí se mueve más que en la isla.

La acosté en mi cama y me tumbé a su lado. Me hubiera quedado así el resto de la noche.

—¿Has ido a saludar a tus primos segundos?

—Sí. Son cuatro.

—¿Por qué te gusta contarlo todo?

—Porque los números nunca se pierden.

—¿Cómo que no se pierden? ¿A qué te refieres?

—Le pongo números a las cosas para que no se vayan.

—¿Adónde se van a ir?

—No sé, a otro lugar. Si les pongo número, se quedan.

—¿Y esto se lo has contado a la psicóloga?

—Sí.

—¿Y qué te dice?

—No sé. No recuerdo.

—¿Cómo que no recuerdas?

—Es que cuando se me puso a hablar yo estaba contando las anillas de la cortina. Hay quince.

—¿Y también cuentas personas?

—Pues claro. Cada una tiene su número.

—¿Y yo, qué número soy?

—¿Tú? —«El 1, dime que soy el 1, hija, por favor te lo pido. Lo necesito»—. Tú eres el número 4, mami.

—¡¿Cómo que el número 4?!

—Sí, porque cuando nací, primero vi al médico, luego a dos enfermeras, luego a papá y luego a ti.

—¿Te pusiste a contar nada más nacer?

—No, tonta, me enseñaste el vídeo de mi nacimiento hace poco, ¿no te acuerdas?

—Ah, sí, es verdad... Pero entonces debería ser el número 5. Médico, dos enfermeras, papá y yo. Soy la quinta. El 5.

—No, porque papá ya no está. No le conté a tiempo y se quedó sin número.

Cuando iba a tratar de explicarle la importancia de asignarle un número a su padre, y que probablemente ese número debería ser el 1, vomitó encima de la cama. La llevé al baño, para que soltara el resto, y mientras le sujetaba la cabecita con la mano en su frente, pensé que yo hacía lo mismo que ella, contaba casi todo desde la muerte de Chris, pero tampoco le había asignado un número a él. En mi lista de sospechosos él debería haber sido el número 1, o el 0.

Mientras tanto, Poni se había comido el vómito de Olivia en la cama, en lo que yo consideraba un acto de verdadero amor por la niña.

Antes de bajar a cenar, cuando por fin dejé a Olivia dormida en mi cama, previo cambio de la funda nórdica, pensé que me equivocaba, que no era cuestión de poner número a Chris —ni ella ni yo—, era cuestión de dejar de enumerar las cosas. Pero deseché este pensamiento, por poco ajustado a la situación actual de ambas, en el peldaño número ocho de los catorce que componían la escalera.

Durante la cena le pedí a mi abuela Brigitte que nos contara otra vez la historia de Stanley, el único novio que se le conoció a la tía abuela Gretchen. Esa misma mañana la había llamado para pedirle que trajera algunas de las cartas de Stanley, para leerlas durante la cena y rememorar su bella historia de amor frustrada. Lo que fuera con tal de distraer la atención y quitarle protagonismo al ominoso vacío de Chris.

Stanley era cartero, trabajaba en la oficina postal de Providence, pero tras el ataque a Pearl Harbor durante la Segunda Guerra Mundial, no dudó en alistarse en las Fuerzas Armadas y pasar a formar parte de la división 26 de la Infantería, destacada en el noroeste de Europa. «La división Yankee» la llamaban, porque todos los soldados pertenecían a unidades de Nueva Inglaterra. Le escribía a diario a Gretchen. Cartas apasionadas con una caligrafía perfecta. La tía abuela Gretchen tardó meses en enterarse de que Stanley había muerto durante la liberación del campo de concentración de Gusen, porque seguía recibiendo sus cartas a diario. Al parecer, Stanley, que padecía de insomnio, pasaba las largas y frías noches escribiendo a Gretchen. Antes de morir en brazos de su mejor amigo, el soldado Ives, le contó dónde guardaba la correspondencia y le pidió por favor que siguiera mandando una carta por día a Gretchen. Y así lo hizo. Menos la última. Esa se la guardó, esa se la iba a entregar en persona. Se autolesionó pegándose un tiro en el muslo mientras simulaba limpiar el rifle. Era enfermero y sabía cómo hacerlo para no quedarse cojo. El soldado Ives fue dado de baja y mandado de vuelta a Estados Unidos. Lo primero que hizo nada más pisar suelo estadounidense fue ir a visitar a Gretchen a casa de mis bisabuelos y entregarle la carta. Para entonces, ella ya sabía que Stanley había muerto en acto de combate y que había sido condecorado con un Corazón Púrpura que ella guardaba en su mesilla de noche y que besaba antes de irse a dormir. El soldado Ives se enamoró de Gretchen nada más verla. Bueno, en realidad ya venía enamorado de ella. Se había enamorado a través del brillo de los ojos de Stanley cada vez que hablaba de su amada. Le entregó la carta a Gretchen y le contó cómo había cumplido a rajatabla el último deseo de Stanley. Gretchen no abrió la carta de inmediato. Quiso guardársela para mantener vivo a Stanley. Empezó a quedar con Ives a menudo. Daban largos paseos en los que él le contaba todas las historias, aventuras y batallas que habían vivido juntos. Ives moría de amor por Gretchen. Así que decidió declararle sus sentimientos a pesar de sentir que era una ofensa, una traición a su mejor amigo, pero tenía que hacerlo, no podía evitarlo. Justo la noche anterior a que el soldado Ives reuniera el coraje necesario para confesarle su amor, Gretchen abrió la última carta de Stanley. Le pedía en matrimonio. Quería formar una familia con ella, pasar toda la vida juntos. Adjuntaba un anillo de compromiso hecho con flores silvestres cuidadosamente atadas a un fino alambre y envuelto en un papel de seda que había conseguido a cambio de un bote de mantequilla. «Lo maravilloso de este planeta, de esta vida, es que hasta en el mayor de los horrores, en el infierno, siempre hay hueco para la belleza, siempre florece la esperanza», había escrito en la cara interior del papel de seda. Gretchen lloraba emocionada mientras se lo relataba al soldado Ives, que, roto por dentro, la miró, la consoló, le sonrió y le dijo: «Yo estaba presente cuando recogió las flores. Era la noche previa a la incursión en territorio alemán. Sabíamos que habría víctimas. Muchas... Gretchen... Yo... Quiero decirte que... Siento no haber muerto yo en vez de él, de verdad que lo siento mucho. Me cambiaría por él sin dudarlo...». Ella le miró y guardó silencio, como dándole la razón. Ahí el soldado Ives supo que nunca podría estar con ella. Se suicidó esa misma noche. Dicen que lo hizo porque sufría un fuerte shock por estrés postraumático. Pero no, Gretchen sabía que fue por desamor. Le asustó que le pareciera normal lo que había hecho el soldado Ives, porque ella también quería morir, quería irse con Stanley, no quería estar en el mundo sin él. Pensó en las gotas que le había recetado el médico para los nervios. En beberse el bote de golpe. Pero no lo hizo, ni lo intentó. Se suicidó de otra manera: renunciando al amor.

¿Acabaría yo como la tía abuela Gretchen?, pensé mientras subía a comprobar la fiebre de Olivia. En una de mis idas y venidas a su habitación, escuché una nueva conversación entre Mark y Julia.

Mark: ¿Te acuerdas de aquello que te dije cuando nos conocimos, cuando viniste de urgencia a la consulta? Te dije: ¿por qué nos empeñamos en estar con la persona equivocada?

Silencio.

Mark: A lo mejor es que somos la persona equivocada. Yo la tuya. Tú la mía.

Silencio.

Mark: También aquel día me dijiste que no te gusta que te hagan daño, y yo te dije que a mí tampoco me gusta ni hacerlo ni que me lo hagan. Pero ahora ya no tengo tan claro que no nos hagamos daño el uno al otro. Igual yo no soy tu Paul. Ni tú mi Samantha.

Silencio.

Mark: Es acojonante cómo le has dado la vuelta a la tortilla. Parezco yo el responsable de esta situación de mierda... ¿Quieres que me vaya de casa? ¿Quieres que nos separemos? Dime qué quieres hacer. Lo que sea menos esto, porque es insoportable. Lleva demasiado tiempo siéndolo...

Silencio.

Mark: Por lo menos cambia la cara. Solo por esta noche. Hasta que se vayan tus padres, para que no te fríen a preguntas. Vamos a fingir que somos una pareja razonablemente feliz y estable. Una sola noche. ¿Vale?

Pausa.

Julia: Vale.

~⁓~

En mi habitación había una cama nido, para cuando se quedaba alguna amiga a pasar la noche, aunque yo siempre pensé que sería para el hermanito que nunca llegó. Deseaba con todas mis fuerzas tener un hermano, a ser posible, un chico. Era algo que jugó un papel clave en la concepción de Ruby. Siempre eché de menos a alguien más en la casa. Alguien a quien enseñar —igual por eso acabé siendo profesora—, con el que compartir secretos, juguetes, broncas y las pequeñas grandes aventuras cotidianas. Alguien con quien crecer. No acababa de entender por qué, siendo mi madre ama de casa, de corte tradicional, no éramos una prole numerosa a lo *Sonrisas y lágrimas*. De pequeña, cuando preguntaba constantemente por qué no me daban un hermanito, mi madre me sonreía y me decía que era porque había salido tan perfecta que no hacía falta seguir buscando. Ya de adulta, nunca me había atrevido a hablar del asunto con mis padres, a preguntarles si fue una decisión propia o hubo algo que se interpuso en el camino. Intuyo que tuvo que ver con la menopausia precoz, porque cuando me vino la regla, con once años, mi madre no tenía compresas en casa. En su momento no me llamó la atención, pero los meses y los años pasaron y yo seguía siendo la única que usaba compresas o tampones.

Aquel «has salido perfecta» se me quedó instalado, o mejor dicho clavado, en la cabeza. Supongo que toda mi vida he estado intentando estar a la altura, ser el doble de buena. Valer por dos niños. Ahora aquella niña con la imposible tarea de rozar la perfección por partida doble estaba cometiendo un delito tumbada en su cama, rodeada de sus dos hijas y su perra, todas dormidas, escuchando en el móvil, con los auriculares puestos, una nueva conversación entre Mark y Julia.

> Julia: Toma. Lee.
> Ruido de folios. Pausa.
> Mark: ¿Estás segura?
> Julia: No.
> Mark: Siento mucho lo que hice.
> Julia: Yo no. Solo el hecho de que te molestaras en descifrar la contraseña de mi portátil ya me pareció bonito.
> Mark: El día de tu nacimiento. 9 del 7 del 79. Demasiado fácil. Deberías cambiarla por algo un poco más elaborado. Menos obvio. Por ejemplo, en vez de 9779, ponerlo al revés: 9779.
> Risa de Julia. Risa de Mark.
> Julia: ¿Dónde has estado?
> Mark: ¿Y tú?
> Julia: ¿De verdad que te gustó lo que leíste?
> Mark: Mucho.
> Pausa.
> Julia: ¿Podemos seguir fingiendo un rato más?
> Mark: ¿El qué?
> Julia: Que somos una pareja razonablemente feliz y estable.
> Mark: Ya se ha ido todo el mundo, no hace falta.
> Julia: Sí, sí que hace falta.
> Pausa. Besos.
> Cuerpos cayendo en cama.
> Gemidos y jadeos.

Me sentí entre orgullosa y asqueada. Orgullosa por ser responsable en parte de aquella tregua. Y asqueada por haber hecho lo que había hecho y encima no poder evitar sentir celos. En ese instante decidí que nunca más me volvería a acostar con Mark. Fue la primera de muchas.

Sabía que me iba a encontrar a mi padre en el salón, en su butaca, sentado junto al carro de bebidas, en silencio, solo, con un vaso ancho con dos dedos de whisky sin hielo. Era su momento. El silencio era probablemente una de las cosas que más disfrutaba. A veces de pequeña, cuando me despertaba con alguna pesadilla, me levantaba, bajaba las escaleras, veía a mi padre sentado, iluminado con una luz muy tenue de una vieja lámpara de pie, de espaldas a mí, observando la oscuridad a través del ventanal, sin moverse, y eso ya me bastaba para calmarme. Eso me hacía sentir que todo estaba en su sitio, en orden, y podía volver a dormirme, sin cruzar una palabra. Pero aquella noche necesitaba un poco más que eso. Solo un poquito más.

Me senté en el sofá, me arrebujé sobre mí misma y me tapé con una manta de lana *patchwork* tejida a croché por mi madre. Me fijé en que los regalos bajo el árbol de Navidad formaban una pirámide digna de los egipcios.

—¿Y eso? —le pregunté.

—Lo hizo Olivia nada más llegar. Antes de ponerse mala...

Suspiré y me consolé pensando que igual teníamos una arquitecta en la familia.

—Toma. —Me tendió el vaso, como un médico recetando algo que ni preguntas lo que es. Te lo tomas y punto—. Aún no lo he probado.

A mi padre le gustaba sentir que tenía el control, que no sucumbía a la ansiedad ni a la necesidad. Que podía tener delante algo tan irresistible como ese whisky de malta de dieciocho años y podía dominarlo. Era la persona más paciente que había conocido en mi vida. Si no, probablemente no hubiera podido soportar el polvorín que era mi madre. O justo por eso, para poder tolerarlo, tuvo que convertirse en maestro zen.

Esperé a que se sirviera otra copa. Entonces brindé al aire y bebí.

—Feliz Navidad, papá.

—Feliz Navidad, hija. —Correspondió el gesto, pero no bebió. Solo cuando ese whisky supiera quién mandaba ahí, se lo bebería.

Tras un par de sorbos de silencio:

—Estás muy ausente, hija.

—No estoy ausente. Soy reservada, como tú.

—Eso es lo que yo suelo decir para que me dejen en paz cuando en realidad estoy ausente. Como tú.

Y ya está. Sabía que no iba a seguir hurgando. Solo quería ponerlo encima de la mesa. Ni necesitaba ni pretendía más explicaciones. Solo quería darme un toque de atención, una píldora de su sabiduría. Y, sobre todo, quería que me sintiera comprendida, dejar claro que me conocía al dedillo, porque sabía que eso me reconfortaría, notar que alguien olfateaba mi desazón en la distancia, que me cubría las espaldas, que estaba pendiente sin agobiar.

Mi padre, químico de profesión, trabajaba como jefe de desarrollo en la Oficina Estatal de Energía y Recursos Renovables de Rhode Island, en Providence. Una vez jubilado, pudo dar rienda suelta a su verdadera pasión: inventar. Le pregunté en qué estaba metido ahora.

—¿Tú recuerdas *Pinocho*? Claro que lo recuerdas, si te lo he leído mil veces y has visto muchas versiones de la película. Unas mejores, otras peores, pero obviamente en todas ellas, cuando Pinocho miente, le crece la nariz. Cosa que no es del todo una fabulación. Hay muchos estudios termográficos que confirman que cuando una persona miente, le sube la temperatura de la nariz. Pues bien, estoy trabajando en un detector de mentiras en forma de tirita, que lo coloques en la nariz y cambie de color si mientes. La tirita tendría una serie de sustancias químicas que reaccionarían a la subida de temperatura, alterando el color. El término científico es *termocromía*. Es una idea que tengo desde hace ya muchos años, pero que nunca he querido desarrollar porque no me gusta fomentar la desconfianza y me imaginaba a padres colocándoles la tirita a sus hijos para pillar sus mentirijillas, o a novios celosos con sus novias, y viceversa.

—Y entonces, ¿ahora por qué sí?

Aprovechó justo ese momento para dar su primer sorbo al whisky. Cosa que yo interpreté como un claro mensaje que indicaba que lo estaba haciendo porque sabía que algo me traía entre manos y me iba a cazar. Aunque, bueno, tal vez estaba proyectando un poco mi inherente paranoia a ser pillada.

—Porque estoy jubilado, hija, y tengo que ocupar mi tiempo y sobre todo mi mente en algo. El engaño necesario para seguir viviendo. Un poco como todos, ¿no? —Pausa—. Un poco como tú, ¿no?

En ausencia de respuesta por mi parte, mi temperatura nasal subió, cosa que mi padre notó sin necesidad de tiritas. Después, aprovechando que me había dejado con la guardia baja, me dijo:

—¿Recuerdas cuando murió el perro Jack?

—No muy bien, era muy pequeña. ¿Qué tenía, cuatro años?

—Efectivamente. Estuviste triste muchos días. Ni siquiera querías jugar con Jill porque te daba miedo que le pasara lo mismo.

—Sí, me suena.

—¿Sabes cómo lo superaste?

Negué con la cabeza.

—Pintando. Te regalé tu primer juego de acuarelas. Aprendiste a usarlas sin que apenas te dijéramos nada. ¿Recuerdas qué fue lo primero que pintaste?

—Un retrato de Jack —recordé de inmediato. Me entró la risa. Ya me había terminado el whisky—. Papá, perdona un momento: ¿estás comparando a Chris con un perro? ¿Me estás pidiendo que le regale un juego de acuarelas a Olivia para que haga un retrato de su padre?

Lo dije sin ningún tipo de maldad, pero a mi padre no pareció gustarle que frivolizara al respecto. En parte porque él siempre elegía muy cuidadosamente cuándo debía inmiscuirse en asuntos personales.

—No estoy comparando a Chris con Jack, y lo sabes. Ni estoy diciendo que Olivia necesite acuarelas, que ya me imagino que tendrá todo tipo de bártulos de pintura. Lo único que trato de decirte es que creo que Olivia necesita algo que le apasione tanto como a ti pintar. Y que probablemente es algo muy sencillo, al alcance de tu mano. Dáselo, como yo te di a ti las acuarelas.

Dio el segundo sorbo a su whisky y me sonrió reparando el silencio de mis lágrimas.

Días 228-230. Año I d. C.

De vuelta a Robin Island, aún con la cabeza como un bombo y la letanía de reproches de mi madre rebotando en mi pecho por lo que ella consideraba una estancia demasiado breve, hice una parada en Night Eyes, la tienda del espía. Dejé en el coche a Olivia con el iPad que le había traído Santa Claus para saldar mi promesa; estaba absorta en un capítulo especial de Navidad de Charlie Brown, que le encantaba porque le parecía tan mono y tímido como Oliver.

—¡Hombre, rubia favorita! ¿Qué trae por aquí? —La efusividad de Antonio y su inglés sin artículos eran tan reconfortantes como completamente inadecuados para un lugar donde se fomenta la discreción y el espionaje.

Había pasado casi un mes desde que coloqué los diecinueve chivatos. La buena noticia: ni un solo percance que me pudiera comprometer. La mala noticia: no había progresado mucho en mis investigaciones —«¿Por qué usas el plural si es solo una investigación? Porque es solo una, ¿no, Alice?»—. Siempre tuve un poco la sensación de que los chivatos en realidad eran solداditos dispuestos al sacrificio en pos de sus hermanos mayores. Los que desembarcan primero, que van por delante y hacen el trabajo sucio. Por supuesto que alguno podría alcanzar la gloria y cumplir su misión con honores, seguro, pero la mayoría solo estaban para acabar acribillados y despejar el terreno. Los chivatos fueron mi manera de ganar confianza, de demostrarme a mí misma que podía colarme en las casas de la gente con algo diminuto, sencillo de colocar y casi imposible de encontrar. Porque yo tenía muy claro cuál era mi objetivo real. No era solo oír. Era oír y ver. Eran las cámaras espía.

—Hola, Antonio. Necesito ver.

—Yo sé. Estás completamente ciega por no ver belleza mía.

—Cámaras, Antonio. Quiero cámaras.

—Aaaah, poder de imágenes. Eso no tener comparencia posible.

Ruby comenzó a gimotear, sin querer molestar en exceso, pero para recordarme que le tocaba su toma de pecho. Era como un reloj. ¿Otra que estaba desarrollando un TOC?

—Niña refunfuñosa —dijo Antonio—. De tal palo, tal astilla.

—Tiene hambre, es hora de su toma. Ahora ya enseguida, cariño. —Calmé a Ruby acunándola en mis brazos mientras seguía con lo mío—. Busco una cámara de botón tipo *pinhole*, inalámbrica, con batería autónoma, sensor de movimiento y retransmisión de señal en *streaming*, con un rango superior a un kilómetro.

—Vaya, vaya, vaya... Veo has hecho deberes, rubia...

—Tener buen profesor... —le dije imitando su acento.

—Ojalá aprender inglés tan rápido yo como tú espiar.

Cuando Ruby se dio cuenta de que su madre no satisfacía su deseo, elevó el tono de queja. Llevaba puesta una camiseta para lactancia. Con un sistema de apertura mediante un corte horizontal para amamantar discretamente. Vamos, que la operación fue rápida y limpia. En un abrir y cerrar de ojos Ruby estaba enchufada a mi teta. Era imposible que Antonio hubiera podido ver algo, pero desde luego que la fantasía se abrió paso por todo su ser.

—La tercera cita y ya enseñas teta. Igual va pelín rápido, rubia... —dijo con la vista clavada en la teta que no veía.

Me reí.

—La cámara, Antonio...

—Ah, claro, rubia. ¿Cuánto quiere duren baterías?

—Eh, pues... ¿Toda la vida?

—Igual que yo vivir este momento...

Antonio ya no me preguntó para qué la quería ni bromeó sobre ello. Había aprendido a no tensar demasiado la cuerda de la confianza. Me hizo preguntas básicas para las que yo tenía respuesta. Había pasado muchas horas en internet buscando diferentes tipos de cámaras, comparando marcas y modelos. Sabía lo que necesitaba, pero también quería alguien que me asesorara, perfeccionara mi idea. ¿Interior o exterior? Interior. ¿Distancia entre la cámara y el receptor de la señal? Cinco kilómetros mínimo. ¿Espacio abierto o con paredes de por medio? Paredes. ¿Con sonido? Sí. ¿Condiciones de luz? De todas, que se adapte. ¿Precio? No es un problema.

De todos los modelos de cámara que me sacó, que fueron muchos, sobre todo para ver si acertaba a vislumbrar mi pecho en un descuido de Ruby, el que más me convenció —y que ya previamente estaba en mi lista de favoritos— fue una minicámara IP con una lente tipo *pinhole*. Ángulo de visión de 90° y sensor CMOS con una resolución de 626 x 582 píxeles. Se activaba con el movimiento y podía estar hasta un año en *stand by* con una batería de litio de 3,7 voltios. Con modo de visión nocturna. Era tan pequeña que se podía esconder dentro de cualquier objeto —algo fundamental para mis fines—. Llevaba incorporado un microordenador para conectarse a internet a través de dirección IP fija, y permitía ver en tiempo real o grabar lo que estaba pasando en un lugar aunque uno estuviera a miles de kilómetros de distancia. Se podía controlar desde múltiples dispositivos. Precio: 599 dólares. De momento solo quería una. Pero Antonio me ofreció un descuento por la segunda. «Una cámara nunca bastar. Cámaras como los ojos. Hacen falta dos para ver mejor preciosidades como tú.» Así que dos que compré. Mi autorregalo de Navidad.

Antes de pagar, cuando Ruby ya estaba saciada, me tapé. Me imaginé a Antonio revisando las grabaciones de las cámaras de seguridad del local, tratando de atisbar fugazmente mi pezón. No me importó, siempre y cuando aquello comprara su lealtad, complicidad y silencio.

~

Fue desembarcar del ferri, parar frente al tótem —porque a Olivia le gustaba mucho ver la talla del petirrojo (y contar sus plumas), y a mí tocar su madera implorando clemencia al

Gran Espíritu de los indios wampanoag—, y recuperar el color saludable. Los mofletes sonrosados de dibujo animado de Olivia volvieron a enmarcar su sonrisa. Lo interpreté como una buena señal, que ya había interiorizado la isla como su hogar, que tenía morriña de su casa, de sus cosas y de Oliver, siempre Oliver. Tal vez se había puesto mala en Providence porque allí todo le recordaba demasiado a su padre. Ahora solo tenía que conseguir que dejara de contar todas las malditas cosas del universo.

Antes de ir a casa, estuvimos almorzando con Miriam en Le Cafe. «Te he echado de menos, vecina», me dijo. «Y yo a ti», le dije, cosa que me hizo ilusión sentir de verdad. Cuando me aseguré de que no me iba a dejar tirada en la cena de cumpleaños de Karen para celebrar su cuarenta y cinco cumpleaños, solo con algunas amigas y su hermano Keith —vamos, una nueva encerrona—, pasé por la ferretería de Dan DeRoller para recoger un pedido que le había hecho por teléfono: listones para bastidores de 60 x 40, una bobina de 2,10 x 10 metros de tela de lino color crudo —con un grosor mayor del que a mí me gusta usar— y dos botes de pintura acrílica para imprimar el lienzo. Me gusta armar y entelar mis propios bastidores. Costumbre que heredé de mi padre: cuando era niña, él mismo me preparaba los lienzos con sumo amor y cuidado. Ahora para mí se había convertido en un ritual previo al acto de pintar, tal vez para desembarazarme del miedo al vacío que supone enfrentarse a un lienzo en blanco. De hecho, los imprimaba dándoles dos o tres capas de color gris clarito. El blanco me perturbaba, me cegaba y me bloqueaba.

No iba a pintar un cuadro. Bueno sí, pero ese cuadro luego se iba a convertir en un reloj decorativo. Previamente había comprado por internet —esto sí que podía hacerlo por esa vía— toda la maquinaria necesaria para fabricar un reloj de pared: máquina de cuarzo de péndulo sin sonería, juegos de agujas, segundero y números romanos, que son más clásicos y elegantes.

Había hecho varias fotos de la fachada de Karen's Petite Maison. Se parecía mucho a la *Casa junto a la vía del tren*, el cuadro de Edward Hopper. Una casa estilo segundo imperio victoriano que acabó siendo la inspiración para la casa de Norman Bates en *Psicosis*. Así que, dado el parecido, decidí pintarla imitando al gran maestro.

Mi pintura favorita es el óleo. Incluso me gustaba el desagradable olor del aguarrás que se usa para diluir la pintura y limpiar los pinceles. Supongo que me colocaban sus efluvios, me ponían en trance a la hora de pintar, me despejaban las vías creativas. Pero el óleo tarda mucho en secarse. Y solo tenía dos días. Así que utilicé acrílico. No creía que Karen apreciara la diferencia de textura.

Mi objetivo era confeccionar un cuadro-reloj para regalárselo y sustituir el antiguo reloj de cuco de su abuelo, el que yo me había cargado accidentalmente. Un regalo de cumpleaños con sorpresa dentro. La cámara que acababa de comprar iría oculta en su interior, asomándose a su despacho a través de un diminuto agujero a la altura del número XII.

El cuadro me quedó mucho mejor de lo que imaginaba. Supongo que al ser un encargo, una imitación de estilo, un algo rápido, me había sacudido la presión. Me recordó a Chris, cuando me contaba que sus mejores partidos de tenis siempre los había jugado con algún tipo de dolencia, cuando no se sentía al cien por cien, como si aquel hándicap le forzara a sacar lo mejor de sí mismo. Tener menos herramientas, más limitaciones, le ayudaba. Como sabía que apenas tenía un par de días, hice el que probablemente era uno de los mejores cuadros que había hecho nunca en mi vida, y encima con un tipo de pintura que despreciaba por poco artística. Ahora tenía que agujerear ese cuadro para colocar la maquinaria del reloj y pegar los números en el lienzo con la ayuda de Olivia, que criticó abiertamente el sistema de numeración romano por caótico; según ella, los palos y las cruces no deberían ir en ese orden.

Me sentí tan mal profanando el cuadro que, ya puestos, decidí estropearlo pintando con letra rimbombante «Karen's Petite Maison. Robin Island. Circa 2001», lo mismo que decía la página de inicio de su web. Así adquirió oficialmente la categoría de *souvenir*. Nunca dejaba de sorprenderme la facilidad con la que pasaba de la euforia a la decepción. Un pequeño detalle me colocaba en el pelotón de cola. Un mínimo distanciamiento de mi obra, un segundo juicio, hacía que pasara de sentirme una artista especial, única y magnífica a simplemente ramplona, una más, una menos. En un abrir y cerrar de ojos y casi nunca con billete de vuelta. En todo lo que encontraba inspiración, encontraba oscuridad, depresión, en tanto que sabía que ese nivel de excelencia reservado para los elegidos nunca estaría a mi alcance. El Metropolitan, el MoMA y la Frick Collection de Nueva York, el Museo de Bellas Artes de Boston, el Museo de Arte de Filadelfia, la National Gallery y el Smithsonian de Washington D. C., el Art Institute de Chicago, el Prado de Madrid, el Louvre de París, la Tate Modern y la National Gallery de Londres, esos eran los sitios que más amaba del mundo y a la vez los que más temía. Pisarlos significaba incontables horas de éxtasis que me dejaban arrastrándome en mi propia insignificancia. La mayoría solo había podido visitarlos una vez. Los de Europa porque estaban en Europa —vi casi todos con Diego en fogosas escapadas de fin de semana—. Y los de aquí, los cercanos, sencillamente porque no me atrevía a volver. Me limitaba a repasar los catálogos. Eso no me afectaba. Solo me ahogaba en mi mediocridad cuando los observaba en vivo. Quizá aquel listón tan alto e insalvable que yo misma me había puesto era lo que había hecho que acabara dando clases de arte en un colegio de Primaria. Para los niños era un pequeño dios, alguien a quien idolatrar y de quien aprender. A veces somos nuestros peores enemigos y nos encargamos nosotros mismos de juzgarnos, condenarnos y cortarnos las alas. De limitarnos, obligarnos a permanecer en terreno firme, protegidos, sin saborear las mieles del triunfo por miedo a exponernos, a perder la batalla. Derrota por incomparecencia. Ese podría ser el resumen de mi carrera artística. Y quién sabe si vital. ¿Estaría aún a tiempo de cambiar esa dinámica? Hacer lo que estaba haciendo, ¿me acercaba o me alejaba?

Dejé para el final lo más delicado, lo más importante: colocar la cámara. Pero aquello también resultó bastante fácil. Una vez fijada con Loctite y cinta americana en el dorso del lienzo —a prueba de terremotos y zarpazos de Dingleberry—, observé muy de cerca el cuadro, el agujerito por el que se asomaba la cámara, para asegurarme de que era apenas perceptible. Lo era. Ya solo quedaba sellar el cuadro por detrás para salvaguardar mi trampa. Tomé medidas extremas. Fabriqué una carcasa de madera reforzada —nada de contrachapado—, con un agujero en el centro para poder manipular el mecanismo del reloj, ponerlo en hora y cambiar la pila, pero sin resquicio para atisbar o alcanzar la cámara. Atornillé la tapa al marco como si fuera la tumba de un zombi rabioso, colocando una chapa metálica para que los tornillos estuvieran fuera del alcance de cualquier destornillador. Lo sacudí con ganas como si fuera un borracho que ha perdido el juicio, es decir, Karen. Perfecto. Todo en su sitio. Ahora solo me faltaba a mí encontrar el mío. Eso ya iba a ser más complicado.

—¡Pero bueno, pero bueno, pero bueno, qué maravilla, Alice! —me dijo entusiasmada Karen cuando le entregué su regalo—. ¡Qué artistaza! Se parece a ese pintor, el que pinta gente deprimida.

—Hopper —dije.

—¡Ese!

—Ya quisiera yo...

—Me encanta. Me voy a tener que apuntar a tus clases.

—Bueno, no es tan especial ni valioso como el reloj de tu abuelo, pero quería tener un detalle contigo...

—Qué dices, me gusta mucho más. Este es exclusivo, es mío. Me gusta tanto que creo que lo voy a poner en el salón.

«¡No! ¡Ahí no! En el despacho. ¡Tiene que estar en la oficina!»

—Ay, no, qué vergüenza, Karen. Prefiero que esté en un sitio más discreto. Más para ti. Además, lo he hecho pensando en ese rincón, ¿ves que el tono del fondo hace juego con el color de la pared de la oficina?

—Jo, piensas en todo, Alice. Va, venga, no seré yo quien contradiga a la artista.

Al principio de la grabación, la imagen se veía pixelada y a trompicones. Maldije todo el dinero y sobre todo el esfuerzo empleado, ratificando la sensación casi perenne desde que me mudé a la isla de estar haciendo el idiota, de no tener ni idea de lo que tenía entre manos, de que todo iba a acabar mal, tomara el camino que tomara. Pero fue solo durante unos instantes, como si la reproducción se estuviera desperezando después de un largo letargo. Al cabo de unos segundos, la resolución de las imágenes era nítida y fluida. El hecho de que en la isla hubieran acordado en asamblea extraordinaria no instalar antenas repetidoras de telefonía móvil —con lo que eso suponía de mala cobertura— hacía que la señal fuera clara y potente, sin interferencias. Bien por el ayuntamiento y su empeño por preservar la salud y el entorno.

Karen mira directamente a cámara, al reloj, mientras comprueba que está bien sujeto y no pierde la horizontalidad. Un par de pasos atrás y una sonrisa abierta. Yo detrás de ella.

Karen: Genial, ideal de la muerte... (Le cambia la cara. Se vuelve hacia mí.) Pero, oye, espera un momento... ¿No será esto una trampa?

Yo: Trampa, ¿por qué? No sé de qué me hablas.

Karen: ¿Por qué me lo has traído ahora?

Yo: Bueno, es tu cumpleaños. Es tu regalo.

Karen: ¿Y por qué no me lo has traído esta noche? A la cena.

Yo: Pues no sé, es que...

Karen: No me digas que no vas a venir a la cena. ¿Por eso has venido ahora? ¿Es esto una trampa para escaquearte?

Yo: Que no, es que me daba apuro dártelo delante de todo el mundo, por si no te gustaba... Y he pensado que...

Karen: No me líes, ¿vas a venir o no vas a venir?

Yo: Pues claro que voy a ir —«Es parte del plan, es fundamental mi asistencia»—. No me lo perdería por nada del mundo.

Karen advirtió a Dingleberry que lo ahorcaría del roble de la Montaña del Árbol de los Besos como osara acercarse a semejante obra de arte. Me despedí después de que me obligara a asegurarle de nuevo que iba a acudir a la cena y con la advertencia en forma de amenaza de que me pusiera bien guapa porque, aunque no debería decirlo, yo era la favorita a ocupar el corazón de su hermano y dar un braguetazo en toda regla.

> Karen: ¿Te he contado ya la debilidad de mi hermano por las pelirrojas?
> Yo: Varias veces.
> Karen: Aunque, ojo, que eso puede ser un arma de doble filo, porque la única novia oficial de mi hermano era pelirroja, pero claro, la muy zorra le arruinó la vida, y mírale ahora ahí encerrado en su isla. Querencia y rechazo. Depende de ti de qué lado se decante la balanza...
> Yo: Lo daré todo, tranquila...

La oficina quedó vacía y la cámara entró en reposo. Se volvió a activar una hora después, mientras Karen pasaba el aspirador. La siguiente vez fue Dingleberry que se subió a la mesa a cotillear y finalmente se quedó dormido encima de una bandeja portadocumentos. Minutos después entró Karen, con una copa de vino en la mano, a contestar el teléfono fijo.

> Karen: ¡Quita, Dingles! Me gasto la pasta en las mejores camas para ti y acabas dormida encima de la correspondencia. Anda que... (Descuelga.) Karen's Petite Maison, ¿en qué puedo ayudarle?... Claro, dígame qué fecha tiene en mente... ¿El día de San Valentín? Buena fecha, déjeme mirar...
> Karen mueve el ratón y activa la pantalla. Teclea tres cifras en un teclado alfanumérico.

Pausa. Rebobiné. Zoom en la imagen, al 200 %. Play. Tres cifras: 128. Pausa. Rebobiné. Play. No, era 108. Pausa. Rebobiné. Play. 108. Sí, era 108. Estaba claro, entre otras cosas porque el Inn de Karen estaba en el 108 de West Neck Road. «Benditos ojos, cuánto os he echado de menos. Pórtate bien, 108. ¿Qué sorpresas me vas a deparar, 108?»

—¡Chicas, ¿qué os parece el regalo de Alice?! ¡¿A que es lo más?! Ya podéis espabilaros, que con este regalo Alice se ha puesto a la cabeza en la carrera por Keith...

Karen estaba completamente desatada. «¡Cuarenta y cinco, chicas! Eso es como el ecuador de la vida, ¿no? ¡Qué cague más grande! Cuarenta y cinco suena demasiado serio, ¿no? ¡Lo llevo fatal! El número 45 me mira a la cara y me llama fea y vieja. ¡Qué horror!» Eso y la ausencia de John, que hacía ya varios días que se había ido a la base naval de Groton, en Connecticut, desde donde partiría con su destacamento, le daban barra libre, nunca mejor dicho, para dar rienda suelta a su particular show: una mezcla entre comediante de club nocturno y vendedora de colchones autoinflables de teletienda.

Por suerte, además de a Keith, también había invitado a la cena a Miriam, Jennifer y Barbara, con la que apenas había tenido contacto. Me pareció genial, por conocerla un poco mejor y por aquello de no tener que soportar sola el acoso de Karen.

—Oye, y esta cena es secreta, que quede entre nosotras, que luego se entera el resto y se mosquean. Pero yo me dije, no, esta cena quiero que sea íntima, con mi hermano. Divertida, con chicas solteras. Y vosotras sois las solteras de oro de la isla. Bueno, perdón, Jennifer, tú aún no lo eres, pero bueno, tampoco está de más ir abonando el terreno, plantando semillas, ¿sabes a lo que me refiero?

Vi la cara de arrepentimiento de Jennifer por haber aceptado la invitación. Bueno, en ese instante todas teníamos esa misma expresión, hasta Keith —aunque él siempre la tenía un poco—. Yo le había insistido a Jennifer para que viniera, porque parecía realmente sobrepasada por la situación con Summer. Sus constantes discusiones y reconciliaciones eran agotadoras, dejaban arrasado todo a su paso. Supuse que le vendría bien salir de aquel ambiente tan opresivo. Además, con el alcohol corriendo a espuertas, quién sabe si se soltaría la melena y contaría cosas. Cualquiera de ellas.

—No pongáis esa cara. ¡Que era broma! Cómo sois, de verdad. ¡Relax, chicas! Pero os advierto una cosa: ya estoy un poco borracha, como casi siempre, y sin John, como casi siempre también, así que no me pienso callar nada, como casi siempre de nuevo.

—Yo no estoy soltera, Karen —le dijo Barbara, que era la que menos incómoda parecía de todas—. Jeffrey y yo seguimos juntos.

—Pues no es eso lo que me han contado. Que me ha soplado un pajarito que a tu piloto se le ha visto por la isla y alrededores con una chica de Martha's Vineyard. Una chica de pasta. No es tonto el muchacho.

Barbara se puso roja como un tomate, pillada en un renuncio.

—Bueno, nos estamos dando un tiempo, eso es todo. —Quiso zanjar el asunto.

¿Por qué se estaban dando un tiempo?, pensé. ¿Y desde hacía cuánto se lo estaban dando? ¿Y esos preciosos ojos de gato azul celeste? ¿Y esos lindos hoyuelos en los pómulos que me llamaron tanto la atención la primera vez que la conocí? Una ráfaga de pequeñez me recorrió el cuerpo. Qué poco controlaba. Aún estaba todo tan lejos de mi alcance...

—Ya, sí, claro, dándoos un tiempo. Eso es lo que se dice siempre. Eso es un *eufeminismo* o como se diga. —A Karen se le estaba empezando a trabar la lengua y la mente—. Tú necesitas otro hombre que te haga volar aún más alto que Jeffrey y su taxi aéreo. Keith, además de un yate, tiene un helicóptero, lo sabes, ¿no?

Aquello parecía el *reality The Bachelor*.[11] Con ustedes las cuatro concursantes. La número 1, Miriam MacArthy, de la agencia inmobiliaria MacArthy, recién separada y con una preciosa niña de nombre Chloe. La concursante número 2, Jennifer Fay, con marido en estado vegetativo y con una sobrina díscola embarazada de a saber quién. La concursante número 3, Barbara Rush, de la granja de caballos Horse Rush Farm, una bella veterinaria casi soltera, casi sin compromiso, en busca de otro piloto que la haga volar alto. Y en último lu-

11. En inglés, «El soltero».

gar, aunque no menos importante, la número 4: Alice Dupont, artista multidisciplinar, viuda y con dos niñas, Olivia y Ruby. Tenemos de todo para ustedes, señoras y señores. Una rubia, una castaña, una morena y una pelirroja. Una separada, una casi soltera, una viuda y otra en camino de serlo. La batalla va a ser encarnizada. ¿Con quién se quedará nuestro soltero de oro Keith Zarpentine?

La buena noticia era que la comida de Karen estaba exquisita. De esa que te recordaba al guiso de la abuela, pero con un toque contemporáneo. De hecho, al principio barajó montar un restaurante en vez del Inn. Pero al final decidió combinar las dos opciones. Así se mantenía ocupada. El tema de aquella cena era Tailandia y las especias. «Un poco de picante, chicas, eso es lo que necesitáis.» Pastel de lenguado al curry y pollo Tikka Masala. Para Barbara, que era vegana, una tarta de champiñones, castañas y arándanos rojos. Y vino tinto. Mucho vino tinto: un Syrah de la costa de Sonoma, en California.

Keith, sin John de por medio, estaba más relajado y participativo; además, llevar las riendas de la conversación, dejaba a Karen con menos margen para jugar a ser Cupido con sus dardos envenenados, cosa que todas agradecíamos.

—Tres hermanos. Karen, Katherine y Keith. KKK. ¿Qué clase de padres hacen algo así? ¿Qué clase de mensaje subliminal estaban tratando de transmitir al mundo? KKK. —Rio Keith—. Bueno, la verdad es que nuestro padre, en paz descanse, siempre fue un poco racista. —Y añadió, como si fuera un secreto inconfesable—: Era del Tea Party.

—No digas chorradas, ser del Tea Party no significa ser racista —intervino Karen—. No seas demagogo.

—No, tienes razón, significa ser un puto liberal intolerante.

Era la primera vez que oía a Keith soltar un taco. Estaba claro que tenía por ahí un asuntillo sin resolver con su padre.

—¿Tú de qué vas ahora, de demócrata? —le regañó Karen.

—Siempre he sido demócrata.

—¡Ja! No te lo crees ni tú. No se puede ser asquerosamente rico y demócrata, es incompatible. Lo siento, hermanito. Así que elige. ¿Asquerosamente rico o demócrata? ¿Miriam, Jennifer, Alice o Barbara? Aunque, con todas las habitaciones que tienes en el castillo, podrías alojarlas a todas. Igual deberías abrazar la fe mormona...

Risas de Karen. Silencio.

—Creo que necesitamos más vino... —dije al tiempo que me levantaba y cogía la botella de vino vacía—. Los demás, al menos...

—Eso, que corra el vino, el elixir de la verdad. Sosos, que sois unos sosos....

Había decidido no hacerlo durante la cena. Era tentar demasiado a la suerte. Demasiado imprevisible. Demasiada gente y demasiadas variables, y con el volcán Karen en plena ebullición, cualquier imprevisto era más que posible. Así que cuando fui a la cocina, fui a la cocina. Pasé delante de la oficina, sin frenarme. Era mejor en otro momento, otro día. Una visita a Karen, tal vez mientras ella estuviera haciendo la compra, o en la tienda de licores, que ahí pasaba bastante tiempo eligiendo los mejores caldos, y aprovechar su ausencia para llevar a cabo la operación. Pero estaba poseída, temeraria, en racha y medio borracha. Así que a mi vuelta, con la botella ya abierta, me metí dentro de la oficina. Las voces me llegaban apagadas, de fondo.

—Pero una cosa, Jenny —preguntaba Karen—, ¿el embarazo de tu sobri fue deseado o fue más bien un poco «Ups, sorpresa sorpresa...»?

—Eso creo que deberías preguntárselo a ella.

Activé el ordenador sacándolo de su reposo. Karen insistía:

—¿Y qué nos dices del padre? Aquí todo el verano, yendo de casa en casa. Tan guapa, lozana y simpática. Es inevitable que la gente hable y se difundan todo tipo de rumores.

—Que sueles empezar tú en la mayoría de los casos. —Esa era Miriam.

Entré en el menú principal del Inn. Pinché en la pestaña de «Reservas». Me pidió la clave. 108. Dentro. Ja.

—Su sobrina es mayor de edad... —decía Keith.

—Sí, ya ves, dieciocho años...

—Pues eso, ya es mayor para hacer lo que quiera y tomar sus propias decisiones.

—Huy, ¿y eso, hermanito? ¿Tendría que haberla invitado también a la cena?

Me fui al historial de reservas. En vez de hacer fotos, decidí grabar un vídeo de la pantalla mientras hacía *scroll* hacia abajo con el ratón, pasando por las reservas de los últimos tres años. No me fijé en los nombres. No quería mirar demasiado. Ahora no. Luego, en casa. No quería encontrarme con algo que fuera incapaz de disimular.

—Si yo la tuviera viviendo en mi casa —decía en ese momento Karen—, al menos querría saber quién es el padre.

—Es su vida y hay que respetarla —respondió Jennifer—. Y a todo esto: ¿quién te dice a ti que no lo sé?

—¡Ah! ¡Así me gusta! Que saques la mala leche. Pues claro que sé que lo sabes.

Puse el ordenador en reposo y salí. Dingleberry ni se inmutó, dormido en la bandeja de papeles. Fue la primera vez que me interné en la oficina de Karen sin incidentes.

—¿Y tú qué pasa, que has ido a vendimiar las uvas tú misma? —me espetó Karen nada más entrar.

—No, es que he estado a punto de irme. Karen, es tu cuarenta y cinco cumpleaños, que ya has dicho que es una edad complicada. Sabemos que es un ecuador difícil de cruzar para ti, pero déjanos cruzarlo contigo, no nos tires por la borda. Te queremos y te apreciamos mucho. Así que, por favor, deja que te cantemos el cumpleaños feliz, y vamos a disfrutar de la maravillosa tarta de chocolate con copos de sal marina que has hecho.

Lo dije con un aire de sobriedad y superioridad completamente inusitado en mí, sin duda venida arriba fruto de mi reciente victoria. Karen, que no estaba acostumbrada a que nadie le parara los pies —la aguantábamos y punto—, se echó a llorar como una niña pequeña, entre avergonzada y emocionada por mis palabras, y nos pidió perdón a todos y se deshizo en halagos y en que éramos sus personas favoritas de la isla y nos dijo lo sola que se sentía casi todo el rato y que ya nunca volvería a decir impertinencias y a hacer de alcahueta de pacotilla. Sopló la tarta, cantamos el cumpleaños feliz, abrimos una botella de champán y, por primera vez desde que estaba en la isla, me sentí a gusto rodeada de un grupo de gente, sin someterme a mí misma a un bombardeo de preguntas. Algo tan común y simple como divertirse con unos amigos.

Descargué el vídeo en el ordenador portátil del desván. Mientras miraba las reservas, escuché una conversación entre Summer y Jennifer.

> Summer: ¿Dónde está mi marihuana?
> Jennifer: Dijiste que ya no ibas a volver a fumar.
> Summer: Ya, pero es mía, ¡dámela!
> Jennifer: No grites, por favor.
> Summer: ¿Por qué? A lo mejor así se despierta. ¡Despierta, tío Stephen!
> Jennifer: Summer, ahora estamos bien. No lo estropees, por favor.
> Summer: Pues devuélveme mi marihuana.
> Ruido de silla. Jennifer se ha levantado.
> Jennifer: ¿Has estado bebiendo?
> Summer: (Se ríe.) Es Navidad, hay que celebrar la llegada del Niño Jesús... Además, hay un estudio en Dinamarca con más de sesenta y tres mil embarazadas que demuestra que no afecta al feto. Lo he leído en internet.
> Más risas de Summer. Bofetada de Jennifer.

Y entonces apareció.

> 8 de marzo de 2013. Chris Williams.
> 1 noche. Habitación 202. Invitado.

Le di a la pausa del vídeo. Perdí la noción del tiempo. Es probable que pasara más de una hora sin moverme, mirando el dato. Un solo día. Había pasado una noche en el Inn. Nada antes, nada después.

¿Invitado? Le habían invitado. ¿Había ido ya invitado por John? ¿O se lo encontró por casualidad mientras estaba en la isla? ¿Por qué no me lo había contado? ¿Por qué no me había hablado de John? ¿Qué motivo tendría para no hablarme de él? ¿Habitación 202? Esa era la buhardilla, la del segundo piso.

La habitación más grande. Con jacuzzi y todo, me había dicho Karen. ¿Había ido solo o acompañado?

Al igual que Olivia, me tuve que refugiar en los números para salir de mi estado de shock.

8 de marzo de 2013. Quince días después de mi treinta y un cumpleaños, que habíamos celebrado con una romántica noche en el hotel The Chanler, en Newport, situado en un acantilado con unas vistas espectaculares. ¿Noté algo extraño? No.

8 de marzo de 2013. Presumiblemente, su primer día en la isla. Chris falleció el 13 de mayo de 2015. Dos años y 67 días. 797 días después. ¿Había estado yendo a Robin Island desde ese día?

8 de marzo de 2013. El día 299 del año III a. C.

Día 232. Año 1 d. C.

Se acababa el año. Por fin. Quería calificarlo como el peor de mi vida, como si de esa manera esa pieza del casillero ya estuviera rellena, y ya no pudiera venir otro año a arrebatarle su sitio. Pero era el año en el que había nacido Ruby. No podía colocarle semejante estigma a mi hija. No podía dejar que ese pensamiento ocupara un lugar en mi mente y que por cualquier fuga traicionera se lo transmitiera a mi hija.

Lo importante era terminar bien el año y comenzarlo aún mejor. Con mis hijas, con nuestra nueva vida. Algo íntimo. Generar una corriente que encauzara las cosas hacia el sitio adecuado. Me desperté animada. Era un día gris precioso, color plata, y no hacía excesivo frío como en los días anteriores. Perfecto para dar un largo paseo en bici por la pasarela entablada de la playa. Los Williams nos habían regalado una bici tándem con dos ruedas traseras para que fuera más estable al llevar a las niñas. «Yo voy delante, mami, así echamos una carrera y siempre gano», dijo Olivia cuando la probamos por primera vez. Pero ahora no parecía nada entusiasmada con la idea de montarla.

—No quiero ir a la playa —sentenció Olivia. Tampoco le gustaba la arena. Imposible de cuantificar—. He quedado con Oliver.

—¿Cómo que has quedado con Oliver?

—Me ha dicho que vaya a su casa a jugar. Estoy hablando con él por Facetime.

Me enseñó al niño en su tablet, que se puso rojo al ver que me asomaba a la pantalla.

—Oli, no se puede molestar a la gente en Nochevieja.

—Julia ha dicho que sí —me dijo, y luego a Oliver—: ¿A que tu mami ha dicho que sí?

Julia, que pasó fugazmente por detrás, hizo un gesto mezcla de asentimiento y resignación. Un guiño cómico que nunca antes le había visto hacer.

—¿Ves? ¡Julia dice que sí! —celebró Olivia.

Mi móvil pitó. Mensaje nuevo. Era de Mark.

Y el padre también dice que sí. Que, por cierto, va a estar en La Oficina.

No, este no era el plan. Así no iba a terminar el año. Segundo mensaje de Mark:

Vente a verme.

Que no. Iba a terminar el año haciendo algo productivo. Tercer mensaje de Mark:

Y así acabamos el año haciendo algo productivo.

Me causó tanto rechazo como ilusión recibir esos mensajes. Le rechacé y deseé. «¿Quién te crees que eres para disponer de mí de esa manera?» Desde que había vuelto de Providence ni nos habíamos visto, ni nos habíamos escrito. Mientras, yo continuaba siendo testigo de cómo lo que empezó como una cuestión de decoro frente a su familia durante la Nochebuena acabó siendo una reconciliación real. Julia volvía a estar animada y él animoso. Ella le dejaba lo que escribía y él lo leía encantado. Se acostaban. E incluso, casi lo más importante de todo, se habían vuelto a reír juntos. Yo seguía debatiéndome entre el alivio, que iba borrando poco a poco la culpa pegada a mi pecho como un chicle reseco; cierto orgullo por sentirme en parte responsable, ya que estaba segura de que la misma culpa que Mark debía de sentir había sido un poderoso detonante para ponerse las pilas, mitigar sus efectos destructivos, hacerse cargo, dejar de alejarse e ignorar el problema; y, por supuesto, un poco de envidia y celos. Pero me decía a mí misma que no era por Mark, que era porque echaba de menos ese tipo de complicidad en pareja. En cualquier caso, había dado por finalizada aquella historia. Hasta que recibí sus tres mensajes a las diez de la mañana del 31 de diciembre. La hora, el día. Todo era mucho más feo y sucio que un mensaje subido de tono en mitad de cualquier noche anodina. Para colmo, de repente el cielo se oxidó y comenzó a nevar, con lo que eso conllevaba para Olivia.

Mientras organizaba algún plan alternativo para intentar no caer en la tentación, capté la mirada de Poni, que estaba tumbada en el suelo, junto al radiador, y parecía decir: «Sabes que vas a ir, lo sabes. Vas a disimular en plan que das un paseo con Ruby y conmigo. Y de repente, como quien no quiere la cosa, vamos a pasar por el puerto, vamos a ver luz dentro del barco de Mark. Encima está nevando cada vez más. Y bueno, como nadie mira, pues entrarás un rato, pero solo un rato, hasta que escampe. Y a mí, Alice, me va a parecer bien, porque odio los paseos, odio salir de casa y, al igual que Olivia, odio la nieve. Así que, dúchate, ponte unas gotas de ese perfume que tanto le gusta a él y acabemos cuanto antes con esta farsa». Todo eso me dijo Poni, y con displicencia. Lo juro.

No me lo puso nada fácil el que Julia se mostrara simpática cuando dejé a Olivia. Desde nuestro encuentro en la farmacia, nos habíamos cruzado de vez en cuando por la isla, de compras, llevando o recogiendo a los niños, dando un paseo... Una mirada amable, una sonrisa que nunca se acababa de dibujar, un saludo distante, un hola, un hasta luego... Sin embargo, esta vez me sonrió abiertamente, compartió conmigo una luz hasta entonces ausente, me preguntó por las navidades, que qué tal, que si las había pasado en familia, se ofreció a quedarse con Ruby y Poni para que tuviera unas horas para mí sola —ya puestos, dijo, qué más da dos o tres niños, uno o dos perros—, me dijo lo bien que olía, le encantaba mi perfume, ¿cuál era? White Musk de Body Shop. Y por último me invitó a pasar a tomar un té. «Acepta, Alice, te tomas un té y desactivas cualquier tentación. Aprovecha esta oportunidad para empezar a intimar con ella y alejarte de él, porque es ella la que guarda un secreto. Di que sí.» Decliné amablemente ambas ofertas. Y por mucho que fingiera ignorarlo, sabía el porqué. Le dije que regresaría en un par de horas y me fui al barco de Mark dando más vueltas de las necesarias, como si temiera que me siguiese, como si tratara de perderme y evitar lo inevitable.

Mark había abierto una lata de cien gramos de caviar ruso que le había regalado un paciente de Nueva York y había preparado agua de Valencia, un cóctel a base de champán, zumo de naranja, vodka y ginebra. Yo misma le había hablado del cóctel, al que me aficioné durante mi estancia en España. Me sorprendió que se acordara. Fue un bonito detalle. Brindamos por el año nuevo.

Él también estaba especialmente animado. Se le veía contento y dicharachero, y me contaba anécdotas extravagantes de sus pacientes pijos neoyorquinos. De hecho, durante un buen rato pensé que igual no quería que nos acostáramos, que simplemente quería charlar, y que toda aquella charla inane previa era para abonar el terreno antes de contarme lo bien que estaban las cosas con Julia y que aquello era una especie de despedida para darme las gracias por los servicios prestados y para asegurarse de que todo estuviera bien entre nosotros y pudiéramos seguir siendo amigos, incluso buenos amigos. Me hubiera parecido bien. Bueno, eso creía. Porque, si tan bien me parecía todo, ¿por qué no lo sugería yo misma? Pero Mark no me habló de Julia, ni para bien ni para mal, y tres aguas de Valencia después —yo apenas lo había probado— y el caviar ventilado, me dijo que me había echado de menos, y sin esperar una respuesta recíproca, porque sabía que no la iba a obtener, me besó. Nos besamos.

—Lo has vuelto a hacer.

—¿El qué?

—Frenarte.

—¿Cómo que frenarme?

—Sí, justo antes de que nuestras bocas se encuentren, te frenas. Lo hiciste el primer día.

Y yo que creía que no se había dado cuenta.

—¿He hecho eso? —disimulé.

—Sí, lo has hecho.

—No creo que lo haya hecho.

—Que sí, mira. Vamos a besarnos otra vez. A la de tres nos acercamos a la vez.

—Vale.

—Una, dos y tres.

Nos besamos.

—¿Ves? Lo has hecho otra vez.

Sí, lo había vuelto a hacer. Y en esta ocasión, en contra de mi voluntad.

—¿Te arrepientes antes de darme cada beso?

—Igual un poco sí.

—A mí me pasa al revés.

—¿Al revés?

—Me arrepiento después de darte cada beso. De lo mucho que me gustan.

Entonces sí que le besé yo. Creo.

—¿Quién vuelve antes a mi casa? ¿Tú o yo? —me preguntó Mark tras despertar de su preceptiva microsiesta poscoital abrazado a mi cintura.

—Lo menos sospechoso sería que volviéramos juntos.

—Sí, de la mano. —Mark rio—. Si no te importa, vuelvo yo antes, que el estofado de ostras me va a llevar varias horas.

Le dije que okey. Mark se levantó y comenzó a vestirse.

—Igual deberías ducharte antes. Llevo perfume.

—Me encanta cómo huele.

—A Julia también. Me lo acaba de decir.

No le gustó que mencionara su nombre. Creo que lo hice aposta. Le veía tan relajado que me daba rabia. Quería que lo pasara un poco mal. No ser la única que se sentía bastante horrible.

—De todas maneras voy a llegar calado a casa. —Seguía nevando mucho fuera—. Puedo ir directo a la ducha sin pasar el control antidopaje.

—Tú mismo.

Se le notaba molesto, a punto de preguntarme a qué coño

venía todo aquello. Por qué teníamos que acabar de mal rollo, por qué no nos podíamos limitar a pasarlo bien y seguir con nuestras vidas.

—¿Sabes qué? Tienes razón. Me voy a dar una ducha... —dijo mientras entraba en la diminuta ducha del camarote.

Cerró la mampara. Salí a la cabina principal donde, como de costumbre, Poni y Ruby dormían plácidamente. Saqué mi móvil del bolso y me fui directa al portátil de Mark. Cuando llegué a La Oficina, estaba escribiendo un email. No lo cerró ni lo apagó.

Me metí en la aplicación del calendario e hice igual que en el despacho de Karen, grabar en vídeo todos los meses de enero a junio. Todas las citas y viajes a Nueva York.

Ni siquiera me di prisa, ni pasé nervios. Estaba tan melancólica que no me podía pillar. No era el momento de que nadie me pillara haciendo nada malo, porque ya lo había hecho.

Salí veinte minutos después de Mark. Aproveché para darle el pecho a Ruby y revisar el vídeo que había grabado del ordenador de Mark. Me sabía de memoria las fechas de los viajes de Chris, así que a estas alturas podía cotejarlas directamente sin necesidad de mirar mis notas y apuntes. Mark viajaba dos veces al mes a Nueva York, unos cuatro o cinco días, así que era fácil que coincidieran varias de esas fechas. Pero parecía que se habían puesto de acuerdo para viajar en fechas alternas. Solo un par de viajes coincidían, y ni siquiera todos los días. De todas maneras, ahí estaba yo asumiendo que, si Julia estaba cometiendo adulterio con Chris, sería en las fechas en las que Mark estaba ausente, cuando el propio Mark estaba cometiendo adulterio conmigo, allí mismo en la isla, en vivo y en directo, señoras y señores, delante de sus narices, mientras cuidaba a mi hija. ¿Qué mierda de investigación era aquella? ¿Qué pretendía? Qué horror de día. Ridículo. Estaba haciendo todo lo que me había dicho que no iba a hacer. Y no me refería solo a ese día en concreto.

Al salir a la cubierta me frené en seco al ver algo a lo lejos que me llamó la atención: actividad. Era Nochevieja, las dos de la tarde. No había un alma por la calle y todos los comercios estaban cerrados. ¿Qué hacía un barco pesquero descargando mercancía? «Aprovecha hoy para llevarte pescado fresco, que mañana no sale a faenar ningún barco. Ya sabes cuál es mi eslogan: *Fresh like a Ray*»,[12] me había dicho Ray Schepler, el pescadero, el día anterior. Me llevé patas de cangrejo real, una cola de langosta y vieiras para Olivia. Y ahí estaba ahora Ray, con el chubasquero puesto, descargando cajas junto con otros dos hombres a los que no reconocía. Serían los tripulantes del barco. Me fijé en la matrícula del pesquero. Era de Maine. ¿Maine? Qué raro. Demasiado lejos.

Entonces llegó una furgoneta. Era la de Dirty Works, la empresa de gestión de residuos de Mike. Se bajó. Llevaba pantalón corto vaquero y sandalias con calcetines blancos, como si fuera verano. Les silbó. Abrió la puerta corredera lateral de la furgoneta e introdujeron un par de cajas.

—Macho, que te vas a poner enfermo —le dijo Ray a Mike.

—Me voy a poner enfermo como esta mierda sea tan mala como el pescado que vendes.

—Cállate, mariquita. Yo solo manejo mercancía fresca fresca. *Fresh like a Ray*. Fresco como tus cojones ahora mismo.

Se rieron. Mike le dio un sobre abultado. Solo cuando la furgoneta se marchó me di cuenta de lo torpe que había sido por no haber grabado todo aquello con mi móvil. La primera cosa realmente relevante que averiguaba había sido de pura chiripa y encima no lo tenía grabado. Vaya detective de pacotilla estaba hecha.

∿

Cenamos con mis padres vía Skype. «Hija, para esto mucho mejor haber estado juntos.» «Mamá, que corto la llamada.» «No, no, vale, tengamos la fiesta en paz.» «Eso digo yo.»

A las ocho hicimos un simulacro de cuenta atrás de año nuevo. Olivia golpeaba una cacerola con un cucharón mientras gritábamos: «¡Diez, nueve, ocho, siete, seis, cinco, cuatro,

---

12. En inglés, «Fresco como un rayo». Juego de palabras: Ray, como nombre propio y como rayo.

tres, dos, uno! ¡Feliz año nuevo!». Luego tuvimos que repetirlo porque Olivia decía que había que llegar al cero, que si no
llegábamos al cero, no valía. Así que lo volvimos a hacer.
«¡Diez, nueve, ocho, siete, seis, cinco, cuatro, tres, dos, uno,
cero! ¡Feliz año nuevo!» Pero tampoco valió porque a Olivia
no le convencía hacer una cuenta atrás, le ponía triste. Tenía
que ser una cuenta adelante. A mí me pareció que en realidad
tenía todo el sentido del mundo. «Venga, vamos para delante.
¡Uno, dos...!» «¡Nonononono, desde cero! ¡Tiene que ser desde cero!» «Ay, sí, perdón. Venga, ahora sí. ¡Cero, uno, dos, tres,
cuatro, cinco, seis, siete, ocho, nueve, diez! ¡Feliz año nuevo por
cuarta vez!» «¡Bien, bien! ¡Otra vez, mami, otra vez!» Lo hicimos tres veces más hasta que acabamos todos con un pitido en
los oídos de los mamporros que Olivia le metía a la cacerola.
Brindamos con zumo por el 2016. ¡Viva el 2016!

—¡Y ahora vamos a hacer una cuenta adelante más larga.
Una hasta cien! —dijo Olivia enfervorecida, levantando su
vaso de zumo y derramando la mitad.

Una hora después, conseguí domar a la fierecilla contadora y meterla en la cama.

—Luces, iPad y Olivia, las tres cosas, en modo reposo.
Tres, dos, uno, cero, ya.

—Valeeeeee...

Olivia cerró el iPad abriendo y cerrando la funda protectora dos veces. Una, dos. Lo dejó con los bordes perfectamente
alineados con el vértice de la mesilla de noche. Dio una vuelta
sobre sí misma, y luego otra en la dirección opuesta.

—Oli, ¿por qué no pruebas una noche, solo una noche, a
no hacerlo? —Lo curioso era que, desde la primera vez que lo
hicimos juntas, yo seguía haciéndolo sola todas las noches.
Funcionaba a medias, pero funcionaba—. Podría ser tu propósito de año nuevo. —Y el mío ya de paso.

—¿Qué es un propósito de año nuevo?

—Pues al terminar el año, decidimos cambiar algunas cosas que no nos gustan, o que no nos hacen bien, para no repe-
tirlas en el año que va a comenzar.

—Pero es que a mí me gusta. Y me hace bien.

—Yo solo te pido que pruebes, para que veas que no pasa nada y que el mundo no se va a acabar.

—¿Y no puedo pedir otro propósito?

—Los propósitos no se piden, se hacen.

—¿No es como un deseo?

—Sí, claro, es como un deseo. Un deseo que tú misma te tienes que conceder.

—Entonces, ¿no puedo pedir que vuelva papá?

Pinchazo en el corazón.

—No. No puedes pedir eso, cariño. Tiene que ser algo que tú seas capaz de hacer. Como no dar vueltas sobre la cama. O, por ejemplo, tratar bien a Poni. O, por ejemplo, que cuando alguien te diga adiós, no te asuste. Ese sería un buen propósito para ti.

—¿Y tú qué propósito has hecho?

—Eh, pues... Aún no lo sé. Ahora lo pienso.

—¿Tú tampoco puedes pedir que vuelva papá?

Otro pinchazo.

—Tampoco.

—¿Y que se vaya Noesunponi? Eso sí puedes hacerlo.

—Sí, pero no voy a hacerlo. Es nuestra perra. Es parte de la familia. Y déjame decirte una cosa, princesita mía: algún día, todo el amor que no le das a Poni tendrás que dárselo con intereses a otro ser vivo. Aprende a quererla ahora o la factura que vas a contraer será impagable.

Pausa. Parecía estar reflexionando sobre mis palabras.

—No me gustan los propósitos estos.

Una nueva batalla perdida. Le di un beso y apagué la luz principal, dejando solo una pequeña luz nocturna de Peppa Pig.

—Adiós, hija. Te quiero.

—No, eso no.

—Hasta el año que viene, hija. Te quiero.

—No, eso tampoco...

Sabía de sobra que solo le valía un «hasta mañana».

—Hasta mañana, hija. Te quiero.

—Hasta mañana, mamá. Y la puerta a un palmo, mamá.

Entorné la puerta justo a la distancia del palmo de mi

mano. Antes el miedo al frío. Luego los TOC. Ahora estaba en la fase de no soportar que nadie le dijera «adiós» porque tenía miedo de no volver a ver a esa persona si le decía adiós. Su padre se despidió de ella con un adiós la última vez que la vio. «Adiós, mi princesa, mi amor», le dijo. Y ella le contestó con un simple: «Adiós, papi, adiós». Ahora, meses después, se había encendido ese recuerdo y convertido en un nuevo miedo. Me había dado cuenta por primera vez dos semanas antes, al ir a buscarla a la salida del cole, cuando se despidió de Lori Mambretti, la profesora encargada esa semana de acompañarlos en el hidroavión. Salió corriendo y mientras se alejaba, gritó: «Hasta mañana, señorita Mambretti». «Adiós, Olivia.» Se dio la vuelta sin parar de correr, se acercó al hidroavión y volvió a gritar mientras se alejaba: «Hasta mañana, señorita Mambretti». «Adiós, Olivia.» Y otra vez más. Y otra vez más. Parecía un inocente juego infantil de un niño con demasiado azúcar corriendo por sus venas. Solo paró cuando por fin Lori, ya hasta las narices la pobre, dijo: «Hasta mañana, Olivia». Un par de días después hizo lo mismo después de comprar chuches en la tienda Provisions. Entró y salió de la tienda cuatro veces, haciendo repicar la campanilla de la puerta, hasta que consiguió que el señor Cung le dijera: «Okey, okey, Olivia, que vas a romper la puerta. Hala, vete ya. Hasta pronto». Y al día siguiente ya directamente se puso enferma cuando asistimos a la función de Navidad, el último día de cole, y al despedirse de decenas de niños y familiares se dio cuenta de lo incontrolable que era la situación. Le dio un mareo que todo el mundo achacó al calor que hacía en el salón de actos y al disfraz de oso que llevaba. Habían representado *Ricitos de Oro y los tres osos*. Ella era la feliz Mamá Osa, sobre todo porque Oliver era Papá Oso.

Cuando se lo conté a la psicóloga, trató de explicarle a Olivia que *adiós* no es necesariamente una despedida definitiva. Es un saludo. Una palabra amable que intercambias con la gente que te cruzas. Pero para Olivia, ahora mismo, el mundo, su mundo, era tan frágil que una palabra lo podía cambiar todo. Así se sentía mi hija. Así me sentía yo. «Y luego te dijo a ti: "Adiós, mi reina, mi amor". Y tampoco le volviste a ver», me recordó Olivia cuando trataba de entender por qué había vetado la palabra *adiós*. Si había acabado dando vueltas alrededor de mi cama —una hacia cada lado—, ¿qué me decía a mí que no iba a acabar también esquivando por la vida la palabra *adiós*? ¿Cuántas secuelas nos esperaban aún?

~⁓

Miriam me había invitado a pasar la Nochevieja en su casa. Y Karen, al Inn. Y los DeRoller, el padre Henry, Frank Rush, los Burr, los Nguyen, los O'Gorman y prácticamente cualquier vecino de la isla con el que me había cruzado en los días previos. Había rechazado amablemente todas las invitaciones. En parte porque sentía culpa, remordimientos. Los estaba espiando, a muchos de los que me habían invitado de manera tan efusiva. No estaba legitimada a ir a sus casas. Castigada. Era llamativo que cuanto más cariño y preocupación me demostraba la gente, más me embargaba una profunda sensación de soledad. Había sido mi fiel —por desgracia— compañera de viaje desde la muerte de Chris, pero ahora la acusaba especialmente, me estaba empezando a pasar factura en forma de miedo a la locura, en el más horrible y abrumador sentido de la palabra. Me descubría a mí misma recurriendo en demasiadas ocasiones al mantra que me aferraba a la realidad más básica de mi vida: «Hola, soy Alice Dupont, mis hijas son Olivia y Ruby, y vivimos en el 48 de Shelter Road». Así que había decidido que para exorcizarla, lo mejor era estar sola. Quería forzar mi soledad, enfrentarme al monstruo. Esa noche era la indicada para ello. Cambiar de año sin nadie al que abrazar, sin nadie al que besar. Hundirme en mi soledad para ver si así me obligaba a salir a flote para coger aire. Aferrarme a una tabla salvadora, dejarme ayudar.

El caso es que siempre me había gustado estar sola, incluso cuando Chris se iba de viaje disfrutaba de tener toda la cama y el mando de la tele para mí. Tal vez porque siempre he estado convenientemente protegida y acompañada, como el niño que monta en bici sin ruedines, sin miedo, porque sabe que su padre va detrás por si se cae. Con la muerte de

Chris y, sobre todo, al mudarme a la isla, me había quedado sin ese elemento protector y me había olvidado de montar en bici. Así que mi problema no era estar sola, sino no tener a alguien que me acompañara. La ausencia de un compañero me había sumido en un diálogo interno de tal intensidad y constancia que me hacía temer todo tipo de enfermedades psicóticas. Estaba harta y asustada de pasarme el día hablando conmigo misma en primera y en segunda persona, de tener un constante combate interno propio del «Show de Jerry Springer», de charlar con Poni para así justificarme. Harta de mirar aquel cuadro de Diego Sánchez Sanz y sentir que cada vez me alejaba más. ¿Quién era esa? No sabía quién era. ¿Había sido yo alguna vez esa persona? Ahora solo me reconocía en la sombra, en el lado oscuro. Ese que tanto negaba tener. «Yo no tengo lado oscuro, Diego», le decía convencida. Había hecho todo lo contrario de lo que hay que hacer en una circunstancia semejante. Cuando caes al mar sin nada a lo que aferrarte hay que tumbarse boca arriba y flotar, sin malgastar energía. Y yo había estado chapoteando en el agua, desesperada por mantenerme a flote, y me había quedado sin fuerzas. Mi cuerpo empezaba a pesar demasiado. Me ahogaba en mi propia psique. No había ido soltando lastre, lo había ido acumulando. El mío y el de las personas de alrededor. Esas a las que, por mucho que me hubiera marchado, no había dejado atrás, y esas que tenía por delante, que poblaban el mapa mural de la pared, que ahora miraba con una copa de vino blanco en la mano mientras esperaba la cuenta atrás que debería ser cuenta adelante.

Tenía doce chivatos activos en ese instante, radiando simultáneamente maneras costumbristas de celebrar el fin de año. Un ovillo de ruidos, risas, conversaciones, copas chocando, chillidos, villancicos, cotillón, televisión. Todo mezclándose, dando vueltas, sumándose a la tormenta de mi cabeza. Una tormenta perfecta. Una tormenta sin calma previa ni posterior. Infinita. Todo el miedo y el estruendo incesantes que inundaban mi cabeza y que se licuaban en forma de lágrimas se resumían en una de las palabras que más miedo me daban: *descontrol.*

«Suelta lastre, Alice.»

«No hasta que no lo resuelva. Tengo que resolverlo.»

«Para, no hables. No pienses.»

«¿Cómo es que solo tengo cuatro sospechosos? ¿Cuatro meses y solo cuatro sospechosos? No puede ser.»

«Desconecta.»

«Esto lo soluciono yo ahora mismo.»

«Déjame en paz.»

«¿Que te deje en paz? Déjame tú a mí en paz.»

«Mike, por narcotraficante, gilipollas y amargar la vida de la única persona de la isla a la que considero una amiga, te declaro el sospechoso número 5.»

«Ray Schepler, por narcotraficante, mentiroso y no darme siempre los mejores cortes de pescado, te declaro el sospechoso número 6.»

«Summer, porque a pesar de ser malcriada, insoportable y estridente, por fechas podrías llevar en tus entrañas al bebé de Chris, te declaro sospechosa número 7.»

«Jennifer, porque a pesar de ser la mujer más elegante y liviana con la que me he cruzado en la vida, te traes un rollo muy raro con tu sobrina, por no hablar de tu marido en coma Stephen, te declaro la sospechosa número 8.»

«Stephen, por... Ah, no, que Stephen ya es sospechoso.»

«Karen, porque a saber qué hiciste con Chris en la habitación 202 del Inn y porque seguro que bebes tanto para olvidarle, te declaro la sospechosa número 9.»

«Conrad, porque apuesto a que en su día le abriste una cuenta corriente a Chris y ahora te vas a quedar su dinero, te declaro el sospechoso número 10.»

«Jefa Margaret, porque..., porque eres la jefa Margaret y con eso basta, te declaro la sospechosa número 11.»

«Frank Rush, porque no me fío de que tus episodios de demencia o alzhéimer sean tal cosa, te declaro el sospechoso número 12.»

«Barbara Rush, por darte un tiempo con Jeffrey el piloto y por tus preciosos ojos de gato azul celeste, te declaro la sospechosa número 13.»

«Pero, espera, ¿no podía ir a la isla con otra persona? Un

sitio discreto al que escapar con otra mujer. ¿Cómo no he pensado eso antes?»

«Sí, lo he pensado antes.»

«No, no lo has pensado. Alice, ¡¿eres tonta o qué te pasa?! No me lo puedo creer.»

«Prima Keegan, por seguir soltera y llorar en la mesa durante la cena de Navidad recordando a Chris, te declaro la sospechosa número 14.»

«Suz, mi mejor amiga del instituto, secretamente enamorada de Chris y jefa de las animadoras, porque aunque Chris las odiara a muerte y no quisiera saber nada de ellas, ya no me puedo fiar, te declaro sospechosa número 15.»

«Todas las chicas que estudiaron en la Universidad de Virginia entre los años 1998 y 2002, con especial hincapié en las de 2000, que fue cuando cortamos durante seis meses, os declaro, así en conjunto, la sospechosa número 16.»

«Doce sospechosos más de un plumazo. Mucho mejor. Ahora sí que la cosa ya tiene más empaque. Ahora ya puedo terminar el año tranquila. Satisfecha. Seguro que la solución está aquí.»

«Estás entrando en un bucle, Alice. Sal.»

«Ya no tengo que buscar más. Está todo aquí. Lo siento. Tengo que resolverlo. Ya. Porque si no, me van a pillar. Se van a plantar en casa la policía y los servicios sociales.»

«Estás entrando en barrena.»

«Me van a quitar la custodia de mis hijas. Todo esto es una locura. Mira la que has liado, Alice. Tengo que solucionarlo antes de que acabe el año.»

«Haz tus propósitos de año nuevo.»

«Si me quedo mirando el mapa mural lo suficiente... Aparecerá.»

«Llama a tus padres. Sal a correr.»

«Se dibujará solo. Es un estereograma.»

«Deja de perseguir a la ballena.»

«Hay una imagen escondida en 3D.»

«No eres Moby Dick, ni el capitán Ahab, ni el simpático Ismael.»

«Desenfoca la vista y aparecerá el mapa.»

«No hay ningún mapa.»

«La X se dibujará.»

«No hay mapa. No hay X.»

«Hay que dejarse llevar.»

«No tienes barco, ni tripulantes.»

«Ya empiezo a ver los relieves.»

«Buscas un tesoro que no existe. La Llave Master no abre nada.»

«Noto el esplendor voluminoso de la imagen.»

«No queda ni un minuto para año nuevo. Aguanta. Ya falta poco.»

«¿Para qué? Mañana es mañana. Mañana no cambia nada.»

«Respira, te estás olvidando de respirar otra vez.»

«¡Calla! ¡Ya está, ya lo tengo! ¡Quieta! ¡Silencio! No hace falta que mires. Cierra los ojos para verlo mejor.»

«Empieza la cuenta atrás. Cuenta adelante, Alice. Sal.»

«Diez segundos para resolverlo todo. Me da tiempo.»

¡Diez!

«Stephen es el padre o el hermano secreto de Chris. Lo descubrió porque... No sé, pero da igual.»

¡Nueve!

«El caso es que se entera de que está en coma y va a visitarle. La primera noche se aloja en el Inn, pero luego las visitas se hacen periódicas y se queda en casa de Jennifer.»

¡Ocho!

«Jennifer mantiene vivo a Stephen porque le gusta la presencia de Chris.»

¡Siete!

«Entonces Chris conoce a Summer y se la tira, y deja embarazada a la pobre chica.»

¡Seis!

«Antes o después también conoce a Miriam, y por supuesto también se la tira y acaba con su matrimonio. Con lo cual Chloe también es hija suya.»

¡Cinco!

«Luego, un día que Mark no está, se cruza con Julia por la calle, no, por la playa, paseando, se miran, se ríen, y se la tira también. Allí mismo, en las dunas.»

¡Cuatro!

«Y así, de esta manera, cada vez que Chris va a la isla, se tira a alguna mujer.»

¡Tres!

«Con lo cual, todos los niños nacidos en los últimos dos o tres años son suyos. ¡Suyos!»

¡Dos!

«¡Solucionado! ¡¿Ves como era fácil?! Te ha sobrado hasta un segundo.»

¡Uno!

«Mapa, X y tesoro encontrados.»

¡Cero!

¡Feliz año nuevo!

Día 233. Año 1 d. C.

La playa está desierta. Las espigas bailan acompasadas al son del viento del nordeste. La arena forma pequeños remolinos en las dunas. No hace frío a pesar de ser 1 de enero. Un hombre observa el mar erizado e hipnótico desde la orilla. No puedo verle la cara. No necesito verle la cara. La melena alborotada y encrespada por el viento y el salitre. Está descalzo y con unos pantalones caqui remangados un par de vueltas. Las olas rompen furiosas y bellas. La corriente de resaca traza surcos alrededor de las plantas de sus pies. Me acerco despacio, como si quisiera darle una sorpresa, o como si me diera miedo asustarle. Estoy desnuda a excepción de un jersey de chico de cuello vuelto muy holgado que me llega casi hasta las rodillas. Creo que acabo de hacer el amor con ese hombre y que el jersey es suyo. El relincho de unos caballos salvajes. Una gaviota suspendida en el aire. Paz, es lo que siento. Amor por ese hombre. Eso es por lo que no quiero que se asuste: el amor, que no se vaya, nunca. Quiero abrazarle. Quiero correr a su encuentro. Hazlo, ¿qué te lo impide? Atrapa el momento y consérvalo para siempre. Es tuyo. Eres suya. Corro. Dos personas se cruzan en mi camino. ¿De dónde han salido? Da igual. Ya estoy más cerca. Diez personas delante. No, no estoy más cerca. Veinte personas. Me dan la espalda. Las esquivo. No veo a Chris. Treinta personas. Todas quieren a Chris. Cuarenta personas. Todas van hacia él. Cincuenta personas. Ya casi no puedo avanzar. Sesenta personas. Grito y las aparto. Setenta personas. Me caigo al suelo. Ochenta personas. Me arrastro suplicando que me dejen pasar. Cien personas. Llego a la orilla. Reconozco los surcos de los pies de Chris. No está. Me levanto y lloro su nombre. Aúllo en dirección al mar. ¡Chris! Apenas puedo respirar. Me da miedo mirar atrás, porque sé que hay más de cuatrocientas personas mirándome.

Porque sé que tengo a toda la isla detrás. Y sobre todo, porque sé que Chris no está. «Alice», reconozco la voz. Es Ruby. Aunque aún no habla, sé que es su voz. «Alice», repite. No te des la vuelta. Es una trampa. ¿Por qué no me llama mamá?, me pregunto. «Mamá», dice. Me doy la vuelta. Ruby no está. Ni Olivia. Ni Poni. Ni Chris. Están todos los que no somos nosotros. No están mis hijas, me han quitado a mis hijas. Intento gritar su nombre, pero no me sale voz. La jefa Margaret desenfunda su revólver. «Chris es nuestro», dice antes de dispararme.

Me desplomé, perdí el conocimiento, como en el partido de lacrosse cuando me golpearon con la pelota en el ojo. Naufragué. Sucumbí a la tormenta que yo misma había creado. Cuando desperté en la orilla del año nuevo, al igual que en aquel partido, también había perdido. Había perdido una vida extra de mi videojuego. ¿Cuántas me quedaban? ¿Tendría que empezar de cero otra vez?

Creía que habían pasado horas, pero la gente aún estaba celebrando y brindando. Oía fuegos artificiales procedentes de la playa. Los estallidos se colaban por la ventana del desván e iluminaban mi cara como flashes de fotografía. Poni gimoteaba asustada debajo de la mesa. Lo primero que pensé fue en mis hijas. Cosa que me alivió. No habría mayor locura, o pérdida de control, que despreocuparme de ellas. Luego me dije en voz alta: «Hola, soy Alice, y vivo en...». Pero no terminé la frase, porque estaba bien. Se había ido el ruido. Todo el ruido. Después de todo, sí que me esperaba algo de calma tras la tormenta. Suficiente para ponerme de pie, sentir tierra firme y darme cuenta de dónde estaba, y sobre todo, que me había equivocado de libro.

«Eres un náufrago, Alice. Un náufrago en la isla. En Robin Island. Eres Robinson Crusoe. No se trata de encontrar un tesoro. Se trata de sobrevivir. Y no vas a poder sobrevivir si no encuentras a Viernes. Necesitas un Viernes.»

Curiosamente el día de año nuevo caía en viernes.

Me incorporé y me acerqué al cuadro de Diego. Le di la vuelta. No quería verme más. Pero no me bastó. Ni siquiera

333

quería sentir mi presencia. Lo bajé al garaje, y allí se quedó contra la pared. 20.500 dólares de cuadro arrinconados entre cajas y trastos. Tuve la sensación de que me estaba despidiendo de mí misma. Lo peor es que no me dio pena decirme adiós. Me alivió.

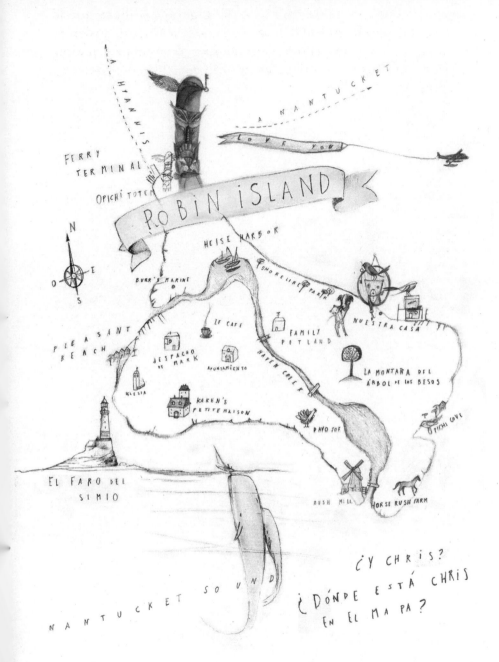

TERCERA PARTE
—

Robinson Crusoe

«De tal manera es nuestra condición: no experimentamos las ventajas de un estado hasta que probamos los sinsabores de otros. No conocemos el valor de las cosas hasta que nos vemos privados de ellas.»

«La verdadera grandeza de esta vida consiste en llegar a ser dueño de uno mismo.»

«La cima de la sabiduría humana es saber conformar el ánimo a las circunstancias y conseguir una calma interior en medio de las peores calamidades.»

«El pesar es el sentimiento más necio e insensato del mundo, pues solo presta atención a lo pasado, que generalmente es irrecuperable e imposible de remediar, sin mirar al futuro ni tomar parte en nada que pudiera conducir a la liberación, sino que más bien aumenta la aflicción en vez de proponer remedio.»

«A veces llega la salvación por el mismo camino que parecía conducir a la perdición.»

DANIEL DEFOE, *Robinson Crusoe* (1719)

Días 0-90. Año IV d. C.

Hoy Karen ha recaído. Llevaba más de un año sobria. De hecho, hacía apenas dos semanas que le habían dado la medalla que lo certificaba en su reunión semanal de Alcohólicos Anónimos. Medalla que desde entonces llevaba colgada del cuello y mostraba orgullosa a todo el mundo. Yo también estoy muy satisfecha. Me ha costado mucho mantenerla alejada del alcohol. Tuve que reforzar la vigilancia del Inn poniendo cámaras en todas las habitaciones de invitados —sumándolas a las que ya tenía en la oficina de recepción, dormitorio, baño, cocina y salón—, porque a veces, en ausencia de los huéspedes, se colaba desesperada para rebuscar una botella entre sus pertenencias. En esos casos tenía que actuar rápido. Una llamada de teléfono.

—Hola, Karen, ¿qué haces?

—Nada, aquí, recogiendo las habitaciones de los invitados. Ya, sí, claro.

—¿Quedamos en Le Cafe para tomar un café?

—No sé, es que ahora me viene un poco mal.

—Anda, venga, por favor, así me ayudas con mis nuevos diseños de lámparas.

—Si lo que pretendes es que te compre más, lo llevas claro, que ya no tengo donde ponerlas.

—Que no, que de verdad me importa mucho tu opinión. Solo un café y luego te dejo seguir con lo tuyo.

Y así durante un año. Llamándola cada vez que intuía que las ganas le podían o plantándome directamente en el Inn para hacer de cortafuegos alcohólico. *Ding dong*. Hola, Karen, ¿qué haces? *Ding dong*. Hola, Karen, ¿vamos de compras al mercadillo? *Ding dong.* Hola, Karen, ¿vamos al cine en Hyannis? *Ding dong.* Hola, Karen, ¿vamos a dar un paseo en bici? *Ding dong.* Hola, Karen, ¿vamos a pilates? *Ding dong.* Hola, Karen, ¿desayunamos? ¿Comemos? ¿Cenamos? *Ding dong. Ding dong. Ding dong.*

Pero ya digo, ha merecido la pena. Hasta hoy, que he sido incapaz de contenerla. En parte porque ha ocurrido de madrugada y a esas horas es difícil inventarse una excusa para hacer una llamada o una visita sorpresa. Pero sobre todo porque la han telefoneado para comunicarle la peor de las noticias.

Cuando suena el teléfono de Karen's Petite Maison, está dormida. No le da tiempo a cogerlo a la primera. Pero enseguida vuelve a sonar. Debe de ser algo urgente. Lo es. Es la guardia costera del condado de Barnstable. El yate de su hermano Keith ha aparecido varado en la playa, a la altura de Mashpee, justo al campo de golf del New Seabury Country Club, del que por cierto es socio. La noticia me pilla en pleno vuelo de reconocimiento de mi más reciente adquisición, la nueva joya de la corona, el dron *Huck III*. De la impresión lo estrello. Aprecio muchísimo a Keith. Informan a Karen de que al parecer su hermano iba tripulando la embarcación solo. Es algo que le gusta hacer de vez en cuando. Tiene el título de patrón de yate y es un experimentado marinero. Pero no hay señal de él. No está en el barco. Ha desaparecido.

Tras procesar la información, mi vista se desvía de inmediato a la cámara 51, que es la que tengo instalada en el yate de Keith. Comando + Mayúscula + 51. La cámara no emite señal, está en negro. Intento activarla remotamente. Control + Comando + P. No va.

Cuando Karen cuelga, se precipita al baño, donde guarda una botella de vodka encima de la cisterna. Pensaba que había retirado todas las botellas que tenía escondidas. Me lamento porque esa se me ha escapado. No me gusta cometer errores tan básicos. Pero ahora tengo algo mucho más importante que atender: revisar todo el material grabado por la cámara 51 y descubrir las circunstancias en torno a la desaparición de Keith. Ay, mi querido Keith, qué ha pasado...

⁓

Han batido la zona durante más de una semana. Ni rastro del cuerpo. La policía científica ha revisado a conciencia lo que queda del yate. Nada relevante, salvo un pequeño rastro de sangre de Keith en cubierta.

La noticia ocupa gran parte de los informativos y periódicos locales e incluso nacionales. Todo apunta a que se ahogó. Iba a bordo de su yate por el estrecho de Vineyard cuando se levantó una alerta por marejada grado 4. Salió a cubierta para recoger su ordenador y los papeles que había dejado. Se resbaló. Se golpeó la cabeza —de ahí la sangre— y cayó por la borda. El yate quedó a la deriva y encalló en la costa.

Pero esto no son más que conjeturas. Una reconstrucción de los hechos a raíz de las pruebas encontradas. Karen me cuenta —aunque yo he sido testigo directo desde el desván— que la policía estatal la ha visitado, tratando de encontrar el móvil de un crimen detrás del suceso, y que los interrogatorios han sido muy agresivos. Está muy borracha en este momento:

—¿Tenía su hermano alguna enemistad?

—Es millonario, simpático, educado y guapo. Claro que tenía enemistades. Mucha envidia y celos.

—¿Algún nombre?

—Investigue a todos los que están por debajo de él en la lista Forbes, que son muchos.

—¿Y usted cómo llevaba que le fuera tan bien?

—¿Qué pretende decir, qué clase de pregunta es esa? Mi hermano es lo más sagrado para mí. ¡Y no hable de él en pasado!

Por otro lado, el perito del seguro baraja la hipótesis del suicidio para ahorrarse una buena cantidad de dinero. Karen, igual de bebida, niega rotundamente esa posibilidad.

—¿Qué es lo que pretende decir? Mi hermano nunca haría eso.

—Ya, pero... ¿Cómo estaba de ánimo últimamente?

—Bien, como siempre.

—¿Notó algo raro en su comportamiento?

—Nada.

—¿Estaba su hermano feliz con su vida?

—Cómo no va a estarlo. ¡Es millonario! ¡Tiene una isla!

—¿Por qué tomaba antidepresivos entonces?

—Porque sí. Porque ahora todo el mundo los toma. No tiene nada de raro.

—¿Le pesaba no tener una familia?

—Sí tiene una familia. Yo soy su familia. ¡Nosotros somos su familia! ¡Y no hable de él en pasado!

Han pasado tres meses y, aunque la causa sigue abierta, han dejado de buscar el cuerpo. Lo estoy pasando muy mal desde su desaparición, en parte por Keith —al que las niñas y yo queremos con locura—, y en parte porque tengo una cámara colocada en el barco, dentro de una lámpara con forma de timón. La policía científica no ha encontrado la cámara ni ningún indicio de que Keith fuera con alguien. Pero sí que había alguien con Keith. Yo lo vi. Un hombre. Imposible identificarlo porque cruzó muy pegado a cámara. Así que era prácticamente un borrón. Incluso tras tratar la imagen digitalmente, me fue imposible sacar nada en claro. Y el audio hacía ya mucho tiempo que había dejado de funcionar. Quién sabe por qué. Demasiados factores, una mala conexión, la humedad, interferencias con el equipo respondedor del radar... Pero yo sé quién es. Es John. Aunque —o precisamente porque— en esa fecha se supone que estaba de gira por los institutos de toda la Costa Este, reclutando chavales despistados que dieran su vida por la patria.

Antes de borrar todas las grabaciones del yate de Keith que tenía almacenadas en el disco duro del ordenador —medida de precaución más peliculera que otra cosa—, guardé el archivo de vídeo del día de autos en un *pendrive* —además de muchos otros vídeos incriminatorios que he ido acumulando a lo largo de los años— y lo enterré al lado de la tumba de Puchi Puchi y la dinastía de los Flint —ya vamos por el XXVII—. Obviamente es una información que no puedo compartir con la policía. Así que he decidido investigar yo misma. Desde que descubrí la grabación he estado siguiendo los pasos de John, esperando que cometa algún error. Tengo su teléfono móvil intervenido y su ordenador hackeado. Sigo cada uno de sus movimientos. Sé que es cuestión de tiempo. De momento, ha sido muy ordenado. Pero tengo la experiencia, los recursos y la paciencia necesaria para resolver este misterio. John no se va a ir de rositas. Ni John ni nadie. No mientras yo esté de guardia.

Día 233-237. Año I d. C.

Olivia se despertó, se asomó a la ventana, vio que el jardín seguía nevado y se echó a llorar.

—¿Qué te pasa, cariño?

—Hay nieve.

—Claro que hay nieve. Ayer había nieve.

—Pero es año nuevo. Hemos cambiado de año, ¿no?

—Sí, claro.

—Entonces, ¿por qué hay nieve? Todo debería ser nuevo.

Barajé explicarle que no era el primer año nuevo de su vida, que ya debería saber cómo funciona, que no es empezar de cero, que es continuar. Pero extrañamente me sentía muy identificada con su actitud. Yo también me sentía aterida, desorientada y bloqueada, como si me hubiera olvidado de cómo caminar por la vida y desconfiara de ese manto blanco y lo que escondía debajo.

—Oli, el año pasado también había nieve el día de año nuevo, ¿no lo recuerdas? Estábamos en las montañas esquiando.

Claro que lo recordaba, y probablemente por eso mismo no le gustaba este nuevo comienzo. Porque hacía un año estábamos los tres —bueno, los cuatro porque ya estaba embarazada— en Wachusett Mountain, Maine, donde Olivia se puso unos esquíes por primera vez en su vida y aprendió a descender en cuña. «Mamá, ¿por qué no nos quedamos a vivir en la montaña? Me gusta que todo esté blanco todo el rato. Así puedo ser Elsa (la princesa de Arendelle de *Frozen*).»

Hacía tiempo que *Frozen* había dejado de ser su película favorita. En mal momento se me ocurrió meter a mi hija en la cámara frigorífica del tanatorio. ¿Cuántos errores había podido llegar a cometer el año anterior? No era una pregunta que

346

me hiciese con ánimo de machacarme, sino por pura curiosidad estadística. No estaba nada acostumbrada a cometer errores, tal vez porque nunca me había expuesto a cometerlos, viviendo mi perfecta vida ordenada.

¿Y cuántos aciertos había cometido? Estuve tentada de elaborar una lista, para ver de qué lado se decantaba la balanza. Pero ¿quién decide qué son errores y qué son aciertos? Yo, definitivamente. Traté de señalar cuál había sido mi primer error desde la muerte de Chris y compararlo con el último del año. Y luego trazar una línea recta entre los dos para ver la desviación de mi vida, de la línea horizontal por la cual debería haber seguido transitando.

Mi primer error fue sin lugar a dudas no contarle a nadie la verdad. Ser incapaz de decir que Chris no estaba en Yale, que había tenido un accidente en la carretera US-6, a su paso por el río Weweantic. Y mi último error... ¿Cuál había sido mi último error? ¿Beber demasiado vino anoche? ¿Haberme puesto frenética apuntando sospechosos a diestro y siniestro, sin ton ni son? No, mi último error era el mismo que el primero: no contarle a nadie lo que estaba haciendo. En el momento en que me sentara delante de cualquier persona con cierto sentido común y le contara en qué andaba metida, el castillo de naipes se derrumbaría, todo caería por su propio peso. Se desvanecería el universo paralelo por el que vagaba. Volvería a la realidad. Y sobre todo, me sentiría aliviada. «Y es posible que hasta tu hija perdiera el miedo al frío y a la nieve, Alice.»

Quise llevar a Olivia a ver a la psicóloga Ruth, pero era fiesta. De todas maneras, la llamé por si había suerte. Móvil apagado. Mientras pensaba en cómo lidiar con este nuevo episodio de quionofobia y volvía a tener una amarga discusión conmigo misma sobre si todo lo que estaba haciendo empeoraba el estado de Olivia, le dije que bajara a ver en la tele su dosis diaria de «Dora la Exploradora».

El grito que dio al entrar en el salón me estremeció todo el cuerpo.

—¡¡¡¡Mamáááá!!!! ¡Hay un hombre en el salón!

Me precipité escaleras abajo, mientras buscaba un arma

contundente con la que defender a mi hija y mi morada. Lo único que encontré fue un tren de juguete.

—¡Fuera de aquí! —grité blandiendo el tren. Uno de los vagones se soltó.

Era Frank, de Family Pet Land. Estaba sentado en el sofá, en silencio. Mirándonos desconcertado, sin entender a qué venía tanto jaleo. En su regazo tenía un maletín. Era un tocadiscos portátil de los años sesenta de la marca Victrola.

—¿Frank? ¿Qué haces aquí? —pregunté mientras abrazaba a Olivia, que estaba llorando de nuevo—. Es Frank, Oli, le conoces de sobra. El de la tienda de mascotas donde compramos a Flint.

—Hola, bonita —dijo Frank sonriéndole. Olivia pareció calmarse.

—Vaya susto que nos has dado, Frank.

—Perdona, tenía que haber llamado. Pero es que no quería despertar a Rose.

—Ya... —dije sin saber muy bien cómo salir de esta.

—¿Quién es Rose, mamá? —preguntó Olivia.

—Rose es la mujer de Frank.

Frank se rio.

—Ya quisiera yo. Es mi novia. Mi novia la dormilona. ¿Se ha despertado ya?

Olivia fue a decir algo, pero le tapé la boca.

—Vamos a ver si se ha despertado. Ahora volvemos.

Pensé en llamar a Barbara para decirle que viniera a recoger a su padre, pero ver a Frank allí sentado, afable y en calma, sumergido en su propio mundo, me hizo pensar en mi padre, y sobre todo en la última conversación que habíamos tenido. «Lo único que trato de decirte es que creo que Olivia necesita algo que le apasione tanto como a ti pintar. Y que probablemente es algo muy sencillo, al alcance de tu mano. Dáselo, como yo te di a ti las acuarelas», me había dicho.

—Oli, ¿quieres que te lleve a un sitio donde vas a sentir mucho calor?

—¿Dónde está?

—Es una sorpresa.

—Me estás mintiendo.

—No, no te estoy mintiendo.

—¿Está fuera de la isla?

—No, está dentro.

—En la isla hace frío en todos los sitios menos en casa de Oliver.

—No en este sitio. ¿Te acuerdas de Dumbo?

—Sí...

—¿Y te acuerdas de la pluma de Dumbo? Esa que le regala su mamá para que pueda volar. Pues yo te voy a regalar una pluma para que también puedas volar.

—Yo no quiero una pluma. Ni quiero volar.

—Es una manera de hablar, hija. Te voy a dar algo que te va a proteger del frío. Y te va a hacer muy feliz.

Hasta entonces no me había atrevido siquiera a acercarme a la granja de caballos Horse Rush Farm porque sabía que, en el momento en el que lo hiciera, Olivia iba a volverse loca de la emoción y a reavivar con virulencia la matraca para que le comprara un poni. Pero sabía que tarde o temprano sería inevitable. Además, me había caído bien Barbara en la cena en Karen's Petite Maison.

La granja está abierta al público solo durante primavera y verano, época en la que organizan campamentos estivales para niños y paseos guiados a caballo por la isla. Durante el otoño e invierno, cumple labores de criadero de caballos, establo y picadero para los dueños de los caballos. Barbara me dijo durante la cena del cumpleaños de Karen que fuéramos cuando quisiéramos para que Olivia diera de comer a los caballos, e incluso para montar en poni. Tenía tres. Además, era época de apareamiento, y dejaban a los caballos libres para correr, jugar, cortejar y hacer sus cositas. Los había visto alguna que otra vez en mis carreras diarias por la isla y el espectáculo era muy vital, salvaje y liberador. A Olivia le encantaría. Y quién sabe si efectivamente iba siendo hora de comprarle un poni, o un caballo. Era pequeñita y ligera. Podría ser una gran amazona. Mejor saltar obstáculos que dedicarse a contarlos, pensé. «Pues aplícate el cuento, Alice.»

Le dije a Frank que, contra todo pronóstico, Rose había decidido madrugar esa mañana y se había ido a la granja, que se debían de haber cruzado por el camino, y que yo le acercaba encantada. Cogí a Olivia, la embutí en varias capas de ropa, guantes, gorro y bufanda. Se quejó mucho. Me enfadé. La metí en el coche contra su voluntad, cogí a Ruby y nos fuimos la familia Dupont junto con Frank a la granja de caballos. Mi último comodín, mi último as en la manga. Si aquello no funcionaba, tiraba la toalla.

Cuando Olivia abrió los ojos —los había llevado cerrados todo el camino a modo de protesta— y vio caballos corriendo y jugando por la nieve, se quedó muda unos instantes hasta que finalmente me miró y me dijo:

—Mamá, ¡¿llevamos un año aquí y no me has traído nunca?!

—No llevamos un año aquí, hija.

La queja no fue a más porque justo en ese instante Olivia vio un precioso poni blanco con manchas negras que parecían colocadas por un diseñador de alta costura.

El as en la manga había funcionado. Y pensé que no había cometido ningún error el año anterior. Que el único que había cometido un error había sido Chris. Pero este pensamiento solo duró un instante de euforia hasta que Poni —la perra— salió corriendo y ladrando detrás del poni poni. Tampoco ayudó que ese poni tuviera dueño y no estuviera en venta, ni en alquiler ni en nada. Aunque Barbara, enormemente agradecida por haberme hecho cargo de Frank —llevaba dos horas buscándole—, cogió las riendas de la situación rápidamente, ensilló al poni Panda —ese era su nombre por su parecido razonable al animal de marras— y ayudó a Olivia a montarse. «Seguro que el dueño no viene hoy por aquí», me dijo guiñándome un ojo. Sabía que, en el momento en que Olivia se sentara a lomos de un poni, ya nunca querría bajarse. Lo bueno: Olivia ya no tenía frío. O mejor dicho: ya no le importaba el frío. Y la nieve le pareció una gigantesca nube de algodón por la que volar grácilmente con su caballito.

Lo malo: un poni costaba 4.500 dólares, y la manutención, entre 2.000 y 3.000 más al año. Pero después de los gastos en los que había incurrido para acabar donde estaba ahora mismo, no me pareció justo poner el dinero como excusa.

Lo malo malo: que no había ponis a la venta. Snow White, la madre de Panda, estaba preñada y pariría en primavera. Así que habría que esperar, cosa que a Olivia no le haría más llevadero el resto del invierno. Pero Barbara, una vez más, me guiñó un ojo y me dijo: «No pasa nada, puede seguir viniendo a montar a Panda. Hasta la primavera casi nadie se anima a venir por aquí».

Me hizo gracia que el poni Panda tuviera el nombre de otro animal, igual que la perra Poni. Y que además el poni fuera blanco con manchas negras y la perra negra con manchas blancas.

—¿No te parece curioso, Oli? Qué bonita coincidencia, ¿no?

—Panda es preciosa. Panda se parece a un panda. Noesunponi es fea. Noesunponi no se parece a un poni. No hay coincidencias.

—Mira, vamos a hacer una cosa: yo te traigo todos los fines de semana para que cepilles a Panda y le des zanahorias y manzanas y pasees con ella, a cambio de que hagas lo mismo con Poni y dejes de llamarla Noesunponi. ¿Trato?

—Trato —dijo sin regatear.

Aleluya. A partir de entonces, cada vez que quisiera negociar con ella, lo haría mientras estuviera sentada encima del animal.

Olivia dio todo el paseo sin dejar de sonreír. Apenas habló —a pesar de lo parlanchina y preguntona que es—, como si quisiera saborear y registrar cada segundo. Tampoco la oí contar cosas. Aunque a veces, en presencia de otras personas, lo hacía en silencio. Barbara iba sujetando las bridas y marcando el paso del poni.

—Se lo diagnosticaron hace ya unos meses... —me contó en referencia al alzhéimer de su padre.

—Vaya, lo siento. Pobre Frank.

—De momento tiene episodios contados. Se desorienta, sobre todo por la noche, cuando se despierta y no sabe dónde está. Normalmente se va a la clínica. Durante el día suele estar bien. Es muy raro que haya acabado en tu casa... —Cayó inmediatamente en la cuenta de algo—: A no ser que... Espera. ¿Dónde vivís? No, no me lo digas. En el 48 de Shelter Road, ¿a que sí?

Asentí.

—Claro, eso lo explica. Esa casa perteneció a mis abuelos maternos hace muchos muchos años, más de cincuenta. Cuando mi madre era adolescente. Mi padre solía ir allí a cortejarla. Escuchaban música juntos en un tocadiscos portátil de mi madre. Elvis, Jerry Lee Lewis, Ritchie Valens, Sinatra, Johnny Cash, Andrews Sisters.

Misterio resuelto.

—Y muchas gracias por no regañarle, o hacerle sentir mal, o tratar de hacerle darse cuenta de su error. Me dijo el neurólogo que es mejor tratarlo con normalidad, con cariño.

—Qué menos. Suficiente vergüenza debe de sentir el pobre al notar que algo anda mal como para encima restregárselo por las narices.

De hecho, poco antes de llegar a la granja, Frank recuperó la normalidad —o la actualidad— y me dijo: «Alice, ya era hora de que vinieras de visita a la granja». Qué intricada es la mente humana. O todo lo contrario, qué mecanismo más básico que, cuando todo se empieza a desvanecer, se aferra a lo más fundamental, al corazón, al amor eterno por su esposa fallecida. Como si a través del alzhéimer pudiera continuar su historia de amor. O volverla a empezar de cero.

—Tú no te preocupes, que yo le echo un ojo —le dije a Barbara para tranquilizarla.

—Vale, y cada vez que mi padre se plante en tu casa, que me da que va a ser a menudo, un viaje en poni gratis para Olivia.

—¡Eso, eso, que Frank venga todos los días a casa! —gritó Olivia encantada.

Reímos.

⁓

Descubrir que Chris había pasado una noche en Karen's Petite Maison, probablemente su primera noche, había sido un gran hito para mí. Pero no hacía más que poner especial énfasis en la siguiente cuestión: ¿dónde se había quedado el resto de veces que había estado en la isla?

Por eso, a la primera ocasión que tuve, me colé en el Inn, aprovechando que Karen cogió el ferri para ir a la peluquería en Hyannis. Quería echar un vistazo a la habitación 202, en la que se había alojado Chris. Me llevé a Ruby conmigo, en su mochila portabebés, como ya era costumbre en nuestras incursiones. A Olivia la dejé haciendo deberes con Wendy, una de las hijas del padre Henry, que estaba en último año de Secundaria y se sacaba un dinerillo de profesora particular. En realidad, Olivia hacía tiempo que ya había terminado los deberes, era muy aplicada, pero le encantaba hacer ejercicios de matemáticas. Algo fundamental para mantener al día sus obsesiones.

La habitación 202 es sin duda la más bonita y lujosa de Karen's Petite Maison, pero habían pasado casi tres años desde que Chris estuvo allí. ¿Qué esperaba encontrar? ¿Qué esperaba abrir?, me preguntaba en medio de la estancia con la Llave Master en el bolsillo. Igual, más que encontrar y abrir, quería provocar, quería reavivar la llama de la ira. Imaginármelo allí con otra mujer, en el jacuzzi de la terraza, disfrutando de la puesta de sol sobre Pleasant Beach, encendía una mecha difícil de apagar. Era doloroso, pero a la vez me daba el combustible necesario para seguir.

Además, aquella expedición también me sirvió para descubrir cómo —presumiblemente— se había enterado John de que Chris había fallecido. Después de revisar toda la casa en busca de anuarios o fotos de la Universidad de Virginia, acabé encontrando en el revistero del baño de su dormitorio varios ejemplares de la revista de la asociación de alumnos de la Universidad de Virginia. Era trimestral. No tuve que rebuscar porque la revista que estaba encima de todas era la del tercer trimestre de 2015. Y allí estaba, una reseña en la sección de obituarios. ¿Habría estado John releyéndola después de mi llamada anónima para cerciorarse?

> Chris Williams. Alumno. Clase de 2002. Murió a la edad de 35 años. Licenciado *cum laude* en Administración y Dirección de Empresas. Campeón nacional de la NCAA con el equipo de tenis de los Virginia Cavaliers. N.° 3 del ranking de la IAT. Semifi-

nalista del US Open Junior. Nuestras más sinceras condolencias. Nuestras oraciones están con la familia y amigos de este auténtico Cavalier.

Me alegré de que la reseña fuera tan estándar. Una más entre muchas. Que no hubiera datos personales, ni foto de familia o mención alguna a mi nombre.

Me vibró el teléfono, lo llevaba silenciado. Al ver que era Karen, busqué instintivamente un sitio para esconderme. Debajo de la cama. «Ya me ha pillado», pensé, por más que hubiera sido imposible que le hubiera dado tiempo a coger el ferri de regreso. Como no lo cogí, me mandó un mensaje.

> Alice! Te recuerdo que hoy es la reunión de vecinos en el ayuntamiento. No me falles que cuento con tu apoyo, que va a estar calentita la cosa!!! Dime que no lo has olvidado! Hala, me voy a teñir las malditas canas! 🙄 🙄 🙄

Me sentí muy ridícula leyendo el mensaje bajo la cama de matrimonio. Sobre todo porque Ruby estaba tumbada en la cama, plácidamente dormida, donde yo la había dejado para tener libertad de movimientos. Me entró la risa. No tenía ganas de machacar mi torpeza. «Ay, Alice, qué sería de nosotras si no fuera por estos momentos...» Una vez fuera, ya en terreno neutral, le contesté al mensaje:

> Pues claro que voy a ir! Luego te veo. Y duro con las cuatro canas que tienes! Exagerada, que eres una exagerada. 😄 😄 😄

El primer domingo de cada mes, justo después del sermón del padre Henry, se celebraba una reunión de vecinos en el ayuntamiento. Allí se discutían los temas propuestos de antemano por los habitantes, anotándolos en el tablón de anuncios. Por lo general eran reuniones distendidas que parecían casi más una excusa para comer, beber y hacer piña criticando a las islas de los alrededores, sin duda peores en casi todos los aspectos por mucha fama que tuvieran. Pero aquel día se trataba un tema que ya había traído cola previamente: la instalación de CCTV, cámaras de circuito cerrado. Había una facción dura a favor de tener monitorizada la isla, por cuestiones de seguridad, para que «nuestras mujeres e hijos puedan campar a sus anchas sin temer por su integridad» *(sic)*. Esta lucha la inició el anterior alcalde Spencer, que insistía en que lo bucólico no es bucólico de por sí, lo bucólico había que hacerlo bucólico. Había que diseñarlo y controlarlo. Había que convertir la isla en una de aquellas urbanizaciones con rejas, donde todo movimiento quedara registrado, para disuadir a cualquier persona que osara perturbar la armonía de la isla. Vamos, encarnaba la cultura del miedo. Perdió la batalla por muy poco margen. Acabó dimitiendo y marchándose de la isla. Ahí es donde entró la nueva alcaldesa Gwen DeRoller y la jefa de policía Margaret, que sostenían que la confianza genera confianza, que aquí nos conocíamos todos y que precisamente en ese sentimiento de comunidad radicaba la seguridad, de que nos cubríamos las espaldas los unos a los otros.

—Ya, muy bien, genial, pero luego voy yo y descubro que mi hijo fuma marihuana, y quiero saber de dónde la ha sacado, ¿quién se la ha dado? ¿Cómo ha entrado droga en la isla? —decía Karen, que había sido la que había iniciado de nuevo el manido debate—. ¿Y sabéis por qué quiero saberlo? Porque si no, mi marido va a descubrirlo por sus propios medios, y creedme que las consecuencias serán mucho peores. Para mi hijo y para los que se la han dado.

Sentencia a la que prosiguieron varias voces en contra y a favor: «¿Tú crees que eso va a parar a los que quieran traficar con drogas?» «Esta comunidad es frágil y vulnerable. Hay que protegerla.» «Muchos estamos aquí precisamente huyendo de ese mundo paranoico que hay ahí fuera.» «La exclusividad es sentirse protegido.» «La exclusividad es sentirse libre.» «Más vale prevenir que curar.» «Ya, ¿y qué es lo siguiente? Poner cámaras dentro de las casas, ¿no? Porque ya puestos...» Durante esta controversia, pensé lo que me hubiera podido ahorrar el hecho de que previamente hubiera un circuito de cámaras de seguridad, pero también pensaba que ahora mismo habría sido mi condena, o tal vez mi liberación. No habría podido hacer nada de lo que estaba haciendo.

—¿Y tú, Alice? ¿Qué opinas de todo esto? Porque ya me aburro de oír los mismos argumentos todo el rato —me preguntó Miriam, sentada a mi lado, que era de la facción pro CCTV. ¿Querría ahuyentar a Mike?

Todos me miraron como si la decisión dependiera de mí, como si fuera la persona que tuviera que zanjar de una vez por todas la disputa. Cosa que no era posible, porque cualquier decisión que se tomara en las reuniones de la comunidad debía ser aprobada por dos tercios de los asistentes —no valía delegar el voto—. Ni siquiera la mayoría simple valía.

—Llevo poco tiempo en la isla. No me siento legitimada a posicionarme en este asunto. Aceptaré lo que la mayoría decida —dije a pesar de que tenía claro que estaba evidentemente a favor del NO, por convicción y por propio interés.

—Cobarde, roja, anarquista, antisistema. Si lo sé, no te insisto para que vengas... —me dijo Karen entre dientes sin ningún tipo de maldad.

Más tarde me confesaría que a ella en el fondo le daba igual. Era por darles vidilla a las reuniones. «Fui parte del equipo de debate de mi instituto, me va la marcha», me dijo. «Sobre todo cuando llevas un par de copas de vino encima», pensé.

La propuesta fue desestimada también en esta ocasión, la novena en cuatro años, con 29 votos en contra, 25 a favor y 2 abstenciones, la de la alcaldesa DeRoller —que, a pesar de estar rotundamente en contra, aseguraba estar en el cargo para asumir las decisiones de los demás— y la mía.

Una vez levantada la sesión, mientras comíamos algo, me fijé en un tablón donde había fotos de las pasadas ediciones de la Cherry Blossom Art Fair. Una feria de arte que supuestamente coincide con la floración de los cerezos, y celebra que hemos dejado atrás el crudo invierno. Del 7 al 14 de marzo, aunque en realidad hasta mediados de abril o incluso principios de mayo no solía acontecer tal eclosión de aroma y color. Sin embargo, el año que se organizó la feria por primera vez, en 1977, marzo registró temperaturas récord y se adelantó la puesta de blanco de los cerezos. De ahí su nombre. Era el acontecimiento estrella de Robin Island. Salía en muchas guías de turismo. Las casetas para exponer eran muy preciadas. Todo el mundo de la isla tenía derecho a montar su tenderete, pero si eras de fuera y querías estar presente, aparte de tener que pagar una cuota de inscripción, debías pasar un proceso de selección previo.

Mirando aquellas fotos, con mi comecome habitual —«Chris ha estado viniendo más de dos años a la isla. Solo una vez se quedó en el Inn. ¿Dónde se quedaba? ¿Dónde se metía?»—, tuve la certeza de que era el momento de cambiar de estrategia. Me había ganado la confianza de la comunidad, era parte de ella. Estaba libre de toda sospecha, ya no caminaba con el recelo y el miedo de que alguien me señalara con el dedo. Por eso tenía que olvidarme de pensar en pequeño y diseñar una estrategia más a largo plazo. Era como quien deja de experimentar con ratones y empieza a hacer pruebas con humanos. Mis ratones, mis chivatos, ya habían cumplido su misión. Habían dado sus pequeños frutos. Pero ya no me valían. No habían solucionado el misterio. Tocaba establecer planes más ambiciosos, que pudieran proporcionar resultados a gran escala, que profundizaran aún más en los confines de la intimidad de los habitantes. Y la clave estaba en la feria.

Vi que había un premio de 7.500 dólares para el mejor tenderete y decidí que iba a ganarlo. Tenía algo más de dos meses. No es que necesitara una motivación. Había otra que estaba muy por encima. Tenía un plan para seguir engañándome durante varios meses. Lo que necesitaba era una justificación para intentar ahogar el presentimiento de que aquello iba a ser el punto de no retorno, el error o el acierto definitivo. Y no sabía cuál de las dos cosas me daba más miedo. Pero me gustaba mucho la sensación.

—¿Vas a montar un tenderete? —me preguntó Mark, mientras se acercaba. Me puso tensa.

Desde que nos acostamos por primera vez habíamos optado —de manera tácita— por mantener cierta distancia en la cercanía —o cercanía en la distancia— en público.

—Es probable —le contesté haciéndome la interesante.

—¿Y qué vas a vender?

—Tendrás que esperar hasta marzo para averiguarlo.

Bastó un segundo de mirada cómplice para tirar al traste mi primer propósito de año nuevo.

Duró menos que otras veces. Hubo menos palabras. Menos prolegómenos. Fue más sexual. Más animal. Menos preparado. Más desinhibido. Y a pesar de hacerlo enfadada conmigo misma —por no haber podido inventarme ninguna excusa «oficial» que justificase aquel encuentro, dado que ya había registrado su agenda y colocado un chivato—, de las tres veces que nos habíamos acostado juntos, esa sin duda fue la mejor. Lo cual me desconcertó. Supongo que hasta ese momento consideraba a Mark poco más que un peón sacrificable —y disfrutable— en el tablero de juego de la isla, entre otras cosas porque experimenté, en forma de mordisco en la boca del estómago y por primera vez desde la muerte de Chris, algo parecido a un brote amoroso.

—Dime verdad: no venir aquí para espiar otras personas. Viene aquí espiarme a mí.

—Me has pillado, Antonio. Has mejorado tu inglés...

—Gracias, rubia. Feliz nuevo año.

¿Podría ser Antonio mi Viernes? Era lo bastante estrafalario, ajeno, entusiasta y curado de espantos como para no juzgarme, ni demandarme y, sobre todo, para ayudarme. ¿Había tenido ya esta charla interna? Estaba muy obsesionada con mi amnesia, con mis lapsus de memoria, con pasar varias veces por el mismo sitio como si fuera la primera vez, con una desquiciante sensación de *déjà vu*. Pero era absolutamente normal. Demasiada información que procesar. Demasiadas preguntas que despejar. Demasiados secretos que destapar. Demasiados datos que almacenar. Demasiado caos interno que ordenar y externo que solucionar.

—Necesito más cámaras.

—Hay término para la gente como tú: *spy yonky*. Cada vez

necesitar dosis con más frecuencia. Ojo, rubia, espiar es droga más adictiva que heroína.

—Antonio, no creo que sea buena estrategia empresarial hacer sentir mal a tus clientes por comprarte artículos.

—Correcto, rubia. ¿De cuántos chutes estamos hablando esta vez? ¿Uno? ¿Dos?

—Digamos que me voy a convertir en tu mejor clienta.

—Tú convertir mejor clienta desde momento que entrar en tienda. —Sonreí. Y tras una pausa—: ¿Hoy no das mamar bebé? Yo creo cría mucho hambrienta.

No, Antonio no iba a ser mi Viernes, al menos de momento. Cuando volviera a la tienda, que volvería, y tuviera de nuevo este debate interno sin recordar que ya lo había tenido previamente, me lo volvería a plantear.

De regreso a Robin Island en el ferri, me sentí como un traficante de armas con varios lanzagranadas y cadáveres en el maletero. Llevaba dos pantallas de 27 pulgadas —compradas en el Best Buy—, repetidores de señales, *routers* y las cincuenta cámaras que había comprado en el Night Eyes. Eran de diferentes marcas, porque Antonio no tenía en stock suficientes modelos de la misma. Pero vamos, a fin de cuentas, unas mejores, otras peores, todas servían para el mismo propósito: ganar el primer premio de la Cherry Blossom Art Fair.

Días 239-257. Año I d. C.

Me había propuesto llegar a la feria con cincuenta relojes espía. Al principio iba de uno en uno. Pero enseguida me abrumó la sensación de lentitud, de sentir que no iba a llegar, que me costaba avanzar. Así que decidí organizar una cadena de montaje para ahorrar tiempo y montarlos de diez en diez. Me sentía productiva, creativa y plena construyendo los relojes. Pero cuando estaba terminando la primera hornada me di cuenta de lo estúpida que era. Estaba dando por hecho que solo los habitantes de la isla comprarían mis relojes. Sin embargo, la feria era muy conocida en la región y venía gente de los pueblos e islas vecinas. ¿De qué me serviría tener un reloj espía en una cabaña de Woods Hole? Este tipo de contratiempos me hacía sentir pequeña, sola, desamparada, desorientada, en mitad de la nada, sin lugar a donde ir porque lo había abandonado todo por el camino, y sobre todo estúpida. Muy estúpida. Pensaba que si fuera medianamente espabilada habría solucionado el enigma a las primeras de cambio.

Me quedé mirando uno de los relojes con forma de petirrojo. «Los indios wampanoag te avisaron, el petirrojo del tótem te lo dijo. Una placa lo subrayaba: para los wampanoag el petirrojo simbolizaba el rumbo de la sabiduría del cambio. ¿Y tú qué has hecho? Has cambiado rumbo por deriva. Has cambiado sabiduría por necedad. Has cambiado cambio por retroceso. Ahora, haz un tótem, con una talla de tu busto coronándolo, e inscribe la siguiente leyenda: "La deriva de la necedad del retroceso". Ese es tu *leitmotiv*.»

Rompí el reloj estampándolo contra el suelo y pisoteándolo. Tampoco me había quedado muy bien que digamos.

Mientras trataba de recomponer mi plan, me refugié en Mark. Empezamos a vernos con bastante asiduidad. Casi todos los días. Y curiosamente, cuanto más nos veíamos, mejor sentía —y escuchaba a través de los chivatos— que estaba con Julia.

Aprovechaba mi carrera diaria. Y él la suya. Corría hasta el puerto, donde él ya me esperaba en su velero. Me aseguraba de que no había nadie alrededor. Entraba. Solo nos besábamos cuando nos acostábamos en el estrecho camarote. Ni al saludarnos, ni al despedirnos. Como mucho, el mismo abrazo que nos dábamos en público. Un abrazo homologado por la sociedad que significa afecto amistoso sin más. Sin efusividad ni excesivo acercamiento. Más que un abrazo era una formalidad. Nunca lo hablamos ni pactamos. Una medida de precaución para que no nos pudiera traicionar el subconsciente delante de la gente. Cualquier desliz, exceso de afectuosidad, confianza o mirada sostenida podría dar lugar a una bola de nieve de comentarios.

Una vez asumido que aquellos encuentros ya no eran parte de ninguna de mis líneas de investigación, me dejé llevar. La excitación de lo prohibido le ganó terreno —solo un poco— a la culpa. Y la excitación de lo nuevo hizo lo propio —solo un poco también— con el arrepentimiento. Y aunque esta batalla de contradicciones no me daba tregua y estaba aún lejos de ser resuelta —y desde luego no auguraba un final esperanzador—, decidí abrir un nuevo capítulo de sexualidad en mi vida. Porque sí, quería, debía centrarlo en el terreno de lo sexual, para tratar de mantener a raya mi lado sentimental, que, aunque aún seguía de luto, empezaba a filtrar ciertos rayos de luz en forma de necesidad de amar y ser amada.

Nos acostábamos, él se quedaba dormido casi al instante una vez alcanzados ambos orgasmos. Yo disfrutaba escuchando su respiración pausada apoyada en su pecho. Y pasados cinco minutos me incorporaba y le despertaba suavemente.

—Llevamos ya cuarenta y cinco minutos de carrera. Es

hora de volver a casa, no nos vaya a dar una sobrecarga muscular.

Él sonreía aún un poco grogui y se metía en el baño. Ya no hacía falta insistirle para que se duchara.

Pero por muy fácil, excitante y conveniente para ambos que fuera todo aquello, no dejaba de ser una competición. Me di cuenta el día que fingí un orgasmo. Era la primera vez que lo hacía en toda mi vida, sin contar aquellas primeras veces con Dusty Graupman, el chico con el que perdí la virginidad a los dieciséis años, en las que la puesta en escena era claramente exagerada porque todo estaba basado en las apariencias. Yo sabía que Dusty luego hablaría con sus amigos del instituto. Y él sabía que yo haría lo mismo con mis amigas. Y estábamos más preocupados por la imagen que transmitíamos que por la exploración íntima de la sexualidad. De hecho, yo notaba que Dusty apenas tardaba en eyacular unos segundos, pero seguía empujando como si fuera un hombre hecho y derecho que aguanta como un campeón hasta que su novia tiene un orgasmo, sobreactuadísimo y falso en mi caso. «Jo, Dusty dura un montón en la cama, chicas.» «Jo, Alice es una fiera en la cama, chicos.» «Jo, Dusty es lo más, chicas.» «Jo, Alice es lo más, chicos.» «Jo.» «Jo.» «Jo.»

«¿Y por qué has fingido ahora, Alice? ¿No será que has fingido el orgasmo por las mismas razones por las que lo hacías con Dusty Graupman? Porque ya no estamos hablando de tu disfrute personal, sino de seguir gustándole a él. Gustarle por encima de su mujer. Estás en plena carrera. Corre, Alice, corre. Córrete.» Y es que en paralelo a nuestros encuentros, estaba siendo testigo directo de la reconciliación entre Mark y Julia. Se estaban redescubriendo tras una larga temporada ausentes. Muchas veces me descubría a mí misma escuchándoles hacer el amor ensimismada, incapaz de silenciar el chivato. Mark ya nunca me hablaba de Julia. No me contaba que estaba mejor, que había bajado su dosis de antidepresivos. Nada. Como si ahora su relación con ella fuera la que había que esconder y negar. Como si yo hubiera pasado a ser la esposa en vez de la amante.

A pesar de la chispa y la excitación, nuestros encuentros

estaban marcados por las prisas, los horarios y la estrechez del lugar. No podía ser de otra manera. Yo fijaba la frecuencia. Era yo la que había decidido ir casi a diario. Parecía como si estuviera acelerando los procesos. ¿Los procesos de qué? Todo iba con suma rapidez. Como si quisiera agotarlo cuanto antes. Supongo que para dejar de hacerlo, para que se me quitaran las ganas, agotar lo nuevo. Pero cuanto más lo hacía, más me gustaba, más me enganchaba. El día que fui consciente de esto fue cuando fingí el orgasmo. En vez de salirme, me estaba metiendo de lleno en el ojo del huracán Mark. Al final supongo que todo se resumía en que estaba muy sola. Necesitaba su calor más que su sexo. Tal vez por eso no podía evitar sentirme un poco usada —¿y celosa?—. No era un problema de Mark. Era problema mío. Mark estaba viviendo dos vidas y yo... Yo ninguna. Vivía la vida a través de los demás. Igual ese era el tesoro que debería estar buscando. El tesoro que escondiera mi vida, no la de Chris —y menos aún la de Mark—. Pero ni siquiera tenía pistas, ni X, ni mapa, ni tripulación, ni barco pirata en el que embarcarme. Y ni siquiera estaba a la deriva. «Eres un náufrago en una isla, ¿recuerdas, Alice?»

—Hola, Frank. Quiero hacerte un regalo.

—A mí, ¿por qué?

—Pues porque me tratas muy bien a mí, a mis hijas y sobre todo a Poni.

—Perdona, el regalo te lo debería hacer yo a ti, que eres mi mejor clienta.

—Encantada de serlo. Anda, toma.

Le di su regalo. Era un reloj espía de pared con forma de guppy.

—¡Qué bonito! Es Flint, ¿no?

—Sí. Para que lo pongas en la clínica.

—Me encanta, muchísimas gracias.

Aunque aún no había resuelto cómo encajar mi estrategia de los relojes espía en la Cherry Blossom Art Fair, seguía trabajando, avanzando, porque el tiempo apremiaba, y mucho.

Además, estaba preocupada por Frank. Sus episodios de alzhéimer habían ido a más. Se había plantado en casa en otro par de ocasiones. Olivia se volvía loca de contenta cada vez que asomaba por la puerta —«¡Un viaje en Panda gratis!»—. Cuando venía, no llamaba a Barbara, ni le llevaba de vuelta a Horse Rush Farm. Le dejaba que se quedara. Prácticamente lo habíamos adoptado ya como el abuelo Frank. Siempre solía aparecer los fines de semana, que según Barbara era cuando los padres de Rose la dejaban traer visitas a casa. Siempre venía con el tocadiscos portátil, aunque hacía mucho tiempo que había dejado de funcionar. A Olivia le encantaba jugar a ser Rose. Comer tortitas con él, que es lo que debían de hacer de adolescentes. No es que Frank estuviera en otro mundo, en otra realidad. Estaba en un limbo. Se le notaba que no se abandonaba, que había un tira y afloja interno. Estaba en un sitio tan reconfortante y reconocible como falso y tenebroso. Luchaba por no perderse definitivamente, pero no sabía o no quería salir de ahí. El niño renacía, el adulto sufría. Verle sentado en la cocina, mirando el tenedor como si fuera la primera vez que lo veía en su vida y estuviera tratando de encontrarle un uso práctico, me provocaba una intensa mezcla de pena, ternura e identificación, porque yo también estaba intentando averiguar cosas tan básicas como saber si mi vida había sido una gran mentira. Incluso llegué a plantearme que a lo mejor sería un buen interlocutor —al menos un pelín más apropiado que Poni— para compartir mis pesquisas, ya que iba a olvidar al instante cualquier cosa que le contara. Un buen compañero de andanzas. Un buen Viernes. Pero siempre, tarde o temprano, Frank reconectaba con la realidad. Se enfadaba —sobre todo consigo mismo—, como si le hubieran despertado de un empujón, se disculpaba con la excusa de que tenía que atender la clínica y se marchaba.

Barbara tenía miedo de que se hiciera daño en alguno de estos episodios, que tuviera un accidente al volante o en la clínica, con todo el instrumental veterinario. Incluso se planteaba animarle u obligarle a jubilarse, pero sabía que eso acabaría con él. Por eso le regalé el reloj espía, para tenerlo más controlado. Y, francamente, porque estaba un poco hasta las narices de ver en el monitor solo la pecera de la oficina de recepción de Karen's Petite Maison. Me había debatido entre llamar *jaula* o *pecera* a cada una de las señales que recibía. Hasta que un día me fijé en Flint, que daba vueltas obsesivamente en el agua en un intento de encontrar la salida y me decanté por *peceras*. Ahora, tras descubrir que Chris se había alojado en el Inn una noche, la pecera de Karen era tan aburrida e improductiva como observar a Flint. Karen atendiendo el teléfono. Karen haciendo reservas. Karen haciendo Skype con John para hablar solo del tiempo y de Rick, por ese orden. Esas eran las tres variables que se combinaban con una única constante: Karen bebiendo. Empecé a plantearme seriamente que tal vez debería intervenir en ese asunto. Pero, claro, ¿cómo? «Oye, Karen, que he colocado una cámara oculta en tu despacho, *pecera* lo llamo yo, y que nada, que te veo empinar el codo sin parar.» Porque el caso es que, cuando estaba conmigo o en grupo, también bebía mucho, pero entraba dentro de esa categoría de bebedora social que no estaba mal vista —porque casi todos lo hacemos— y que, salvo en contadas ocasiones en que la liaba parda, no era motivo suficiente para encender la señal de alerta, o siquiera sacarle el tema en una conversación privada. Entre otras cosas porque nuestra amistad no era tan íntima y porque ella misma reconocía tal o cual melopea que se había pillado la noche anterior, pidiendo disculpas y riéndose de sí misma. Lo hacía con tal naturalidad y conciencia de sus actos que te dejaba fuera de juego y pensabas: «Bueno, ya somos todos mayorcitos para saber lo que estamos haciendo». «Aplícate el cuento, Alice. Deberías fundar Espías Anónimos y ser el primer miembro de la asociación. Hola, me llamo Alice y soy espía, bastante poco ducha, pero espía. Bienvenida, Alice.»

~⁀⁀⁀

Y entonces llegó por mensajería el resultado del test de parentesco de Stephen/Chris. Venía en un sobre de cartón duro, muy fino y discreto, sin ningún sello de empresa ni remitente. Aunque yo sabía lo que contenía. Todos los días pensaba en ello. Lo esperaba impaciente, casi tanto como la vuelta de John de su despliegue en el submarino. Aun así me sorprendió no ponerme nerviosa, que no se me acelerara el corazón ni nada. ¿Me estaría acostumbrando a esta vida entre lo ilegal y lo alegal? Ni siquiera hice ningún tipo de ritual antes de abrirlo. Me llegó, lo abrí y lo miré. Eran tres folios con todo tipo de explicaciones y datos. Pero solo una frase importaba:

Probabilidad de parentesco: 0,00001 %.

No sé si me mosqueó o me alentó esa infinitesimal posibilidad. Porque en realidad me habría encantado que aquella hubiera sido la explicación, que Chris tuviera relación consanguínea con Stephen. Que fueran familia, y por tanto, yo también.

Curiosamente, lo que pensé que podría sumirme en el desamparo —más del que ya traía de serie—, me encarriló. Vivía con mucho miedo a meterme en callejones sin salida —«Como si no estuvieras ya metida en uno»—; despertarme un día sin ningún hilo del que tirar. Necesitaba tener siempre una vía abierta, una ventana por la que entrar, o escapar. Pero en este caso, haber descartado una pista tan consistente, más que alejarme, me hizo sentir que me acercaba. Me empujó, me activó. Ahora sí que sí, había que abrir el abanico de posibilidades, habilitar peceras nuevas donde albergar la vida de los demás pececillos.

Así que decidí tres cosas:

1) Hacer dos relojes de cada modelo. En principio iban a ser únicos, utilizando material reciclado, o pintando y modelando diferentes tipos de relojes. Pero de esta manera podría tener expuestos los que *no* tenían cámara, sin miedo a que los relojes espía acabaran cayendo en manos de quien no debía. Y si me interesaba espiar al comprador de algún modelo, le entregaba uno embalado, que guardaría bajo el mostrador. Todo aquello, por supuesto, conllevaba el doble de trabajo. No podía perder ni un segundo más. Ni siquiera para machacar-

me porque aquella era una idea demasiado obvia como para haber tardado casi un mes en dar con ella.

2) No volver a liarme con Mark.

3) Llamar a mi tenderete de la feria «Alice in Wonder-time».[13] Porque era mi tiempo. Mi momento. Y lo iba a aprovechar.

13. En inglés, «Alicia en el Tiempo de las Maravillas».

Días 299-306. Año 1 d. C.

Por primera vez desde que los días y los años venían marcados por el calendario chrisiano, el cansancio físico superó al psicológico. Las contracturas de la espalda pudieron a las del alma. Cosa que agradecí. Era mucho más llevadero. Había tenido que arañar muchas horas de sueño para poder llegar a tiempo, durmiendo una media de cuatro horas. Y durante el día, me borré del mapa de la isla. Desaparecida en combate. Casi todo lo que no estuviera directamente relacionado con Olivia, Ruby y en menor medida Poni se desvaneció durante mes y medio. Había llegado a la inauguración de la Cherry Blossom Art Fair con un total de setenta y dos relojes, dos de cada uno de los treinta y seis modelos diferentes que había diseñado. A pesar de la paliza y las ojeras, que nunca antes había tenido en mi vida, estaba exultante. Lo había conseguido. Claro que todo esto provocó que dejara algunos damnificados por el camino.

—¿Por qué nunca te dejas ayudar? —me preguntó Miriam. Estaba muy dolida, con razón, por mis ausencias—. Me ofrezco para echarte una mano con los relojes. Me dices que no. Vale. Okey, lo entiendo. Son tus cosas, es tu arte. Lo respeto, lo admiro, me encanta. Luego me ofrezco a arrimar el hombro para montar el tenderete. Tampoco. Luego a ayudarte con la atención al público, que para eso soy vendedora, para que no tengas que estar todo el día allí sola en la feria, o para turnarnos, sin comisión ni nada, por amistad, porque me apetece estar contigo, pasar tiempo juntas y reírnos. Y nada, tampoco. Y no sé, me desconcierto, porque igual pienso que igual no quieres que sea tu amiga. Me haces sentir como la vecina pesada. Joder, y me da pena. Porque me importas mucho. Te vendí la casa más barata de lo que podría haber sacado, porque desde que te conocí noté una conexión, me transmitiste algo muy bonito. Vi tu fortaleza y tu vulnerabilidad. Todo a la vez. Y mira, míranos, aquí estamos ahora, teniendo nuestra primera pelea, que eso siempre es un hito importante en cualquier amistad, pero qué pasa: que estoy hablando yo sola sin parar, sin saber qué te pasa por la mente. Porque apenas compartes cosas conmigo.

Al día siguiente me planté en su casa con un reloj —espía, claro— con forma de luna en cuarto creciente, sonriente y rodeada de estrellas, que conformaban los números.

—Feliz primera pelea —dije tendiéndole el reloj, tímida.

—¿Te crees que se me va a pasar el enfado con un reloj con forma de luna porque sabes que soy cáncer y muy lunática?

—Sí, sí lo creo. Porque hoy es luna llena, y estás más sensible.

—¿Ves? —dijo echándose a llorar—. Tú me conoces muy bien. Pero ¿te conozco yo a ti?

Pausa. Luego me arranqué. A su estilo.

—No te dejo que me ayudes porque desde que murió mi marido no dejo que nadie me ayude. Y menos aún que alguien entre en mi vida. Tú eres la persona que más he dejado que se acerque, sin duda. Y te puede parecer poco, porque es poco, lo sé. Pero para mí es mucho. Significa mucho. Y claro que eres mi amiga. Pero, todo sea dicho, también eres un poco pesada. Pero ¿sabes qué? Me encanta que lo seas, porque aunque no haga uso ni abuso de nuestra confianza, saber que estás cerca y puedo contar contigo me ayuda mucho. Y también sentí esa conexión al conocerte. Y es probable que si no me hubieras hecho descuento en mi preciosa casa y no fueras mi querida vecina, quién sabe, igual no habría tomado una decisión tan radical en mi vida. Ah, y yo soy piscis con ascendente cáncer y también me afecta mucho la luna llena. Muchísimo —dije echándome a llorar.

Nos abrazamos. Y lloramos juntas. Luego, me preguntó:

—¿Eso significa que me vas a dejar ayudarte en el tenderete?

—No.

~~⌒~~

Durante los primeros días de feria prácticamente agoté las
existencias, acaparando todo tipo de elogios e incluso recibiendo una oferta de una tienda de decoración muy pija y exclusiva de Martha's Vineyard, donde a buen seguro podrían
arañar un suculento beneficio —yo los vendía entre 70 y 100 dólares— a ricachones sin miramientos económicos. Fue tal el
éxito que tuve que seguir trabajando de noche en nuevas hor-
nadas para intentar suplir parte de la demanda. Lo bueno era
que muchos de los vecinos de la isla en los que estaba interesada ya me habían comprado o encargado uno. Vamos, que
mis cámaras iban a ser «adoptadas», alojando mis peceras en
muchos hogares.

Julia y Mark paseaban de la mano entre los distintos puestos de la feria. Pero a medida que se acercaban a mi tenderete,
Mark comenzó a quedarse rezagado, quién sabe si porque
quería evitar el encuentro a tres bandas o porque realmente
tenía el capricho de comprarse aquel bastón que había visto
dos tenderetes más abajo, de madera de nogal centenario y
puño de marfil tallado a mano que no paraba de blandir como
si fuera el estoque de un mosquetero.

—Hola, Alice.

—Hola, Julia.

—¿Los has hecho tú? —dijo admirando los relojes.

—Sí.

—Son preciosos. Me los llevaría todos.

—Gracias.

¿Por qué viniendo de ella un piropo tenía más valor? Hasta
me puse roja. Julia centró su atención en un reloj con cara de
elefante.

—Este quedaría bien en el cuarto de Oliver.

—Si te lo llevas, te dejo otro a mitad de precio. Para tu

despacho. —«Ojo que se te ve el plumero»—. Bueno, o para donde quieras.

—El que está hecho con tapas de libros antiguos parece diseñado especialmente para mí.

En efecto, así había sido concebido.

—Son tapas reales de libros antiguos que encontré en un mercadillo —dije quitándole importancia.

—Pues venga, me llevo los dos.

—¡No, no, espera!

Olivia llegó corriendo de la mano de Oliver. Bueno, no iban de la mano, más bien era Olivia la que se aferraba a su brazo y tiraba de él. Desde que la nieve había desaparecido, estaba pletórica.

—Para Oliver es el reloj Puchi Puchi, para que tenga el mismo que el mío.

En su día, Olivia me pilló haciendo un reloj con forma de mapache. «Ese para mí, mamá. Puchi Puchi es para mi cuarto», me dijo. Y yo: «Que no, hija, que son para la feria». Aunque luego pensé: «Espera, igual sí que es una buena idea. Colocar una cámara en su cuarto me permitiría observarla en la intimidad y así conocer mejor sus patrones obsesivo compulsivos para poder ayudarla». Pero no, ¿cómo iba a hacer eso con mi hija? ¿Cómo iba a espiarla? No, no podía hacerlo. ¿Y si me pillaba? No me lo perdonaría nunca. Si no era capaz de respetar la intimidad de mi hija, si no podía conseguir ayudarla a superar sus neurosis sin necesidad de controlar cada uno de sus movimientos, ¿en qué clase de madre me convertía eso? No, no podía poner una cámara en el reloj Puchi Puchi. Ella era una víctima más, como yo. Así que le terminé el reloj Puchi Puchi sin cámara espía y se lo llevé a su cuarto. «¿Dónde quieres que lo coloquemos, Oli?» Olivia miró alrededor de la habitación buscando el sitio adecuado. Sin decir nada, cogió una de sus ceras de colores. Se subió encima de la cama y pintó un minúsculo punto en lo que juraría que era el centro exacto de la pared, en el origen de las coordenadas cartesianas X e Y. Me dio incluso miedo clavar el clavo porque cualquier pequeña desviación podría suponer un drama. Igual mi hija estaba destinada a ser una gran matemática, o una astrofísica como Stephen Hawking, con una visión espacial que fuera más allá de los agujeros negros. Cuando terminé me fijé en la cara contrariada de Olivia.

—¿Qué pasa?

—Te ha salido mal.

—No, Oli, lo he clavado donde me has dicho.

—Digo el reloj. Está mal.

—¿Por qué?

—Hay una aguja más grande que la otra.

—Es que tiene que ser así. Porque la corta marca las horas y la larga los minutos. —No parecía muy convencida—. ¿Te lo pongo en hora?

—¿Y no pueden ser las dos iguales? Yo quiero que sean iguales.

—No pueden ser iguales, porque te equivocarías. —No parecía muy convencida—. ¿Te lo pongo en hora?

—No.

—¿Cómo que no? Es un reloj.

—Quiero que siempre esté una aguja para arriba y otra para abajo.

—¿Pero no quieres saber qué hora es cada rato?

—No.

—¿No quieres oír el tictac del reloj?

—Tampoco. La grande para arriba y la pequeña para abajo.

—¿Quieres que sean siempre las seis de la tarde?

—La hora Puchi Puchi —dijo con firmeza arrebatadora.

—Pues nada. La hora Puchi Puchi. Así se queda el reloj para siempre.

—Gracias, mamá. Te quiero mucho. —Me besó y me abrazó.

—Y yo a ti, hija.

Y ahora Olivia quería que Oliver tuviera la réplica de su reloj —que sí llevaba cámara espía— en su cuarto.

—No nos queda ya del mapache —le dije a ver si colaba.

—Que sí, que tienes uno ahí abajo.

«Te mato, Oli.» Bajo ningún concepto quería vender un reloj con cámara para la habitación de ningún niño. No me parecía... «¿Vas a decir *ético*? Vas a tener las narices de mencionar la palabra *ética*. No, ético no. No me parece decente. Claro, porque lo demás sí es decente.»

—Oli, deja que Oliver elija el que más le guste a él, ¿okey?

—Okey —concedió Olivia—. Pero te gustan los mapaches, ¿no, Oli?

Oliver se encogió de hombros, incapaz de llevarle la contraria a Olivia. «Mal vas así, majo.»

—Enséñaselo, mamá. Para que lo vea. Venga, sácalo.

Olivia se dirigió tras el mostrador para sacarlo ella misma. No me quedó más remedio que enseñárselo al niño.

—¿A que es precioso? ¿No quieres tener el mismo reloj que yo? Yo lo tengo siempre a las seis de la tarde, que es la hora Puchi Puchi. ¿Lo quieres, Oliver? ¿Lo quieres?

Creo que prefería a mi hija taciturna con queimafobia y quionofobia.

—Vale, sí, me llevo el reloj del mapache.

—¡Bien! —celebró Olivia, hasta que se dio cuenta de mi cara de enfado—. Yo solo le he ayudado a elegir —se justificó. Bueno, siempre podía no activar la cámara, pero me fastidiaba malgastar a uno de mis espías.

Julia parecía encantada con la situación. Últimamente parecía encantada casi todo el rato. Mucho más amable y sociable.

Mientras envolvía los dos relojes en plástico de burbuja, llegó Mark con el bastón recién comprado en sus manos, desbaratando mi teoría de que quería evitar posibles situaciones incómodas para él y para mí.

—Mirad qué bastón más precioso. —Hizo un par de malabares, dándole vueltas con los dedos de la mano como una *majorette*. Me enfadó verle tan suelto. Casi como si le divirtiera aquello.

—Cariño, ¿para qué quieres un bastón? —preguntó Julia.

—Me da como empaque, ¿no? ¿No me queda bien? —dijo apoyándose en él como si fuera un lord inglés.

—Sí, claro, muchísimo empaque... Le he comprado dos relojes a Alice. Paga tú, anda, que me he quedado sin efectivo.

—Para eso es para lo único que me quieres, para sacarme la pasta.

—Cariño, gano diez veces más que tú al año. ¿Diez? No, bastante más de diez —dijo divertida y sin ánimo de ofender, antes de plantarle un beso.

Me estaba dando ganas de vomitar ser testigo de aquella escena cotidiana. Había escuchado ya muchas, en la intimidad, a través de los chivatos, pero verlos en vivo y en directo diciendo y haciendo tonterías era bastante desagradable y me ponía triste, porque me recordaba a Chris y a mí. Y ahora ahí estaba Mark, que parecía un marido entregado, divertido y enamorado de su mujer y de su vida, mientras tenía un *affaire* conmigo. ¿Sería Mark el fiel reflejo de Chris? ¿Me estaría enseñando su modus operandi, el camino para descubrir su doble vida?

—¿Nos vemos esta noche? —me preguntó Mark.

Tardé en responder, alarmada, como si hubiera olvidado que Julia acababa de dejarnos para ir a mirar unos fulares y que Oliver y Olivia se habían marchado a corretear por ahí.

—Me has tenido muy abandonado últimamente —insistió—. ¿Me estás evitando?

—No te estoy evitando. He estado muy ocupada con los relojes.

Desde que había retomado la producción de los relojes y me había hecho la promesa de no volver a acostarme con él, solo había sucumbido una vez. Fue el día de mi treinta y cuatro cumpleaños. El 21 de febrero. Por supuesto que no le dije que era mi cumpleaños, no quería que se sintiera tan importante. Pero yo necesitaba celebrarlo. Quiero decir, celebrarlo lo celebré. Por la mañana con Olivia y Ruby dando un paseo con Panda por Horse Rush Farm. Luego preparando una comida especial a la que se sumaron Miriam y Chloe. Cociné sopa de cebolla (una receta de mi abuela Brigitte que había aprendido de sus antepasados belgas), Shepherd's Pie de mi tía abuela Gretchen y pudín de pan con chocolate de mi madre, con la que, por cierto, tuve otra agria discusión porque no entendía que no les dejara ir a pasar conmigo el día de mi cumpleaños, por mucho que yo le insistiera en que estaba muy liada y que no tenía ganas de celebrarlo y que además en menos de dos meses íbamos a ir a verlos durante las vacaciones de primavera. Y a pesar del atracón, hubo un hueco en el estómago que no conseguí rellenar, un nudo que pensé que Mark podría deshacer. Lo peor es que lo hizo. Que durante la hora que pasamos juntos en su barco me sentí bien. Y aquello no me gustó. Solo quería que me echara un polvo y ya. «¿Seguro?» Soltar lastre y tensión. Pero me dio —o me hizo sentir— algo que hasta la fecha solo me había dado Chris: protección. Soy piscis con ascendente cáncer. Necesito mi rincón, mi caparazón, mi sitio en el mundo. Todo ordenado. Necesito ponerme de vez en cuando en posición fetal, acurrucada. Abrazarme y quererme. Abrazar a alguien que me quiera, y que ese alguien me abrace y me quiera. Todo eso ocurrió. Por lo menos en mi mente y en mi corazón. Quizá solo durante unos breves segundos, pero bastó para activar todas las alarmas —si es que acaso aún quedaba alguna por saltar—, levantarme y salir de allí corriendo deprisa con cualquier excusa endeble —«Tengo que pasar por la farmacia antes de que cierren que blablablá...»—. ¿Me estaba enamorando? ¿Estaba enamorada? Me asustó tanto que corté de cuajo cualquier posibilidad de un nuevo encuentro.

—Te he visto pasar delante del barco corriendo varias veces.

—Es que me gusta salir a correr.

—¿He hecho algo malo?

—No, no has hecho nada malo, al revés, lo estás haciendo todo muy bien. No hay más que veros.

No pude evitar el deje de despecho. Él debió de darse cuenta, porque me sonrió amable, aliviado. Como si en realidad solo hubiera estado preocupado ante mi posible pérdida de interés, y no tanto por el hecho de que no nos hubiéramos acostado en tres semanas. Vamos, que le encantaba verme celosa. ¿Acaso no lo había provocado un poco con el numerito del bastón?

—Son ciento cincuenta dólares. —Si los hubiera pagado Julia, se los habría dejado en 120.

Y en mitad de aquel exceso de actividad, como si no estuviera ya suficientemente desarbolada haciendo malabares con los platos chinos de las prisas, el agobio, la ilusión, la urgencia, las noches sin dormir, los relojes y las peceras, las horas en la feria, uno de los chivatos quiso reivindicarse antes de caer en el olvido y sucumbir ante el empuje y el poder de las imágenes, captando la siguiente conversación en el dormitorio de Summer:

Summer: (Llora histérica.) Joder, ¿qué es esto? ¡Qué asco! ¡Tía Jenny! ¡¿Qué me está pasando?!

Jennifer: Tranquila, Summer. Has roto aguas. Está todo controlado. Voy a llamar a Ben para que prepare la lancha ambulancia.

Summer: Es viscoso. ¡Qué ascazo! Es peor que en las películas.

Jennifer: Summer, venga, respira, no está ocurriendo nada fuera de lo normal. Has salido de cuentas hace más de dos semanas. Te vio anteayer el ginecólogo y apenas habías empezado a dilatar. Venga, vamos hacia el coche, ¿puedes andar?

Summer: ¡Que no, joder, que no vamos a llegar al hospital! ¡Se me está cayendo, lo noto!

Jennifer: Las contracciones todavía estaban muy espaciadas. Hay tiempo de sobra para llegar al hospital.

Summer: (Respiración entrecortada.) Dame una bofetada. Dámela, tía Jenny, que estoy histérica de los nervios, dame una bofetada de las tuyas, por favor.

Pausa. Bofetada.

Summer: (Sollozando más calmada.) Gracias.

Como ya había acabado con mi stock de relojes espía, opté por una fórmula nueva. En un tenderete justo frente al mío, compré un peluche hecho a mano con forma de burrito.

Diseccioné con pulso firme el pecho del peluche deshilvanando sus costuras con un cúter. Saqué el relleno de guata. Coloqué la cámara en la cabeza, a la altura del ojo derecho. La fijé con pegamento y cinta aislante. Con un punzón de 2 milímetros y quitaesmalte, froté con mucho cuidado la pupila del ojo hasta quitar la pintura. Un minúsculo círculo traslúcido imperceptible. La pecera. Me di cuenta, tonta de mí, de que lo había hecho en el ojo izquierdo y de que la cámara la había colocado en el derecho. Me insulté mientras repetía la operación con el punzón y el quitaesmalte en el ojo pertinente. Comprobé que la cámara emitía y que la señal era nítida. Lo era. Volví a colocar el relleno de guata. Suturé la tripa del animalito usando sedal de pesca. Me pinché. Me volví a insultar, pero más de broma que otra cosa, porque me estaba quedando perfecto. Le coloqué un lacito rosa en el lomo. Listo el peluche burro espía.

Cuatro días después, Summer y Jennifer estaban de vuelta con el bebé. Durante una pausa para el almuerzo, cerré el tenderete de la feria y fui con Miriam y las niñas a hacerles una visita.

Olivia: (Entregándole el peluche.) Es un burrito y es de parte mía y de Miriam, Chloe, Ruby y mamá. Y si no lo quieres, yo me lo quedo.

Summer: (Con aire ausente.) Pues para ti. Quédatelo.

Yo: (Alarmada.) No, de eso nada. Es para ti, Summer, y tu bebé.

Jennifer apenas puede contener su cara de agobio. Aquello, más que un nacimiento, parece un funeral.

Miriam: (Le susurra a Jennifer.) Creo que está empezando a ser consciente de lo inconsciente que ha sido.

Jennifer: (No le gusta el comentario.) Está cansada, eso es todo. Ha sido un parto muy largo.

La niña comienza a llorar. Tiene hambre. Nos marchamos.

En cuanto se quedan a solas:

Jennifer: Tienes que darle el pecho a la niña.

Summer: No, que se me deforman las tetas. Lo he leído en internet.

Jennifer: (Con suma paciencia.) Summer, es más sano para ella. Le ayuda a crear sus propias defensas naturales.

Summer: ¿Defensas contra quién? ¿Contra ti? Entonces me la tomo yo.

Jennifer: (Con ninguna paciencia.) ¡Que le des el pecho! ¡Ya!

Las constantes discusiones estaban salpicadas por breves treguas cuando tenían alguna visita, donde todo eran sonrisas y guardaban las formas. Bueno, más o menos, porque Summer no se molestaba demasiado en disimular.

Visita de Alex y Amanda, ya visiblemente embarazada, lo que corroboraba la teoría de que adelantaron la boda porque estaba preñada.

> Amanda: Ay, qué ganas de tener ya el mío.
> Summer: Llévatela, así practicas.

Visita de Karen.

> Karen: (Bebida.) Qué preciosa es... ¿Y el padre no viene a verla?
> Summer: Sí, ahora viene, está al caer. Espera y así te lo presento...
> Ante la cara de reprimenda de Jennifer.
> Summer: Que no, que es broma. El padre está muerto.

¿Muerto? ¿Ha dicho *muerto*? El audio apenas tenía calidad, se oía muy amortiguado y lejos, al estar el micrófono en el interior del peluche, envuelto en guata. Me arrepentí de haber retirado el chivato de su habitación —era algo que había empezado a hacer para no dejar sembradas de cadáveres las casas. Donde ya tenía instaladas cámaras, no necesitaba los chivatos—. Le di a la pausa y rebobiné el vídeo.

> Summer: El padre está muerto.

Otra vez.

> Summer: Está muerto.

Otra vez.

> Summer: Muerto.
> Silencio. Silencio. Silencio.

Cogí un calendario. Summer se puso de parto el día 298 d. C. Había salido de cuentas más de dos semanas antes. Así que la fecha probable del parto estaba en torno al día 278-284 d. C.

Si le restamos 40 semanas de periodo de gestación, es decir, 280 días, se había quedado embarazada en torno al día 0 d. C., días más, días menos. Vamos, que pudo coincidir con el último viaje de Chris. ¿Otra vez con esas? ¿De verdad lo consideraba una posibilidad? No, esa no era la pregunta que me tenía que hacer. «No es momento de preguntas, Alice, ya te has hecho todas las preguntas posibles. Ahora es momento de descartar, de despejar incógnitas, de eliminar variables de la ecuación. Eliminar jugadores del tablero, peones de la partida. No, no empieces con tus metáforas. Céntrate en pensar cómo vas a apañártelas para conseguir una muestra de ADN del bebé.» Porque sí, por qué no, podía ser. ¿Por qué no iba Chris a acostarse con una belleza de dieciocho años de cuerpo pequeño, proporcionado y voluptuoso, cabellos rubios y ojos verde esmeralda? El Chris que yo creía conocer nunca lo habría hecho. Jamás. Pero ahora mismo esa persona estaba muy lejos. Perdida. Difuminada. ¿Es eso lo que quería, borrarle, cargármelo de una vez por todas? No, lo que quería era recuperarle. Le echaba de menos. Por eso hacía todo eso.

Para culminar la semana de feria, como si se hubiera inaugurado oficialmente la temporada de alumbramientos, Barbara nos llamó para decirnos que el poni Snow White estaba a punto de parir.

Pensé que el parto sucedería en los establos, en una estancia cerrada, pero no. Fue en mitad del prado. «Donde la mamá poni ha elegido», me dijo Barbara.

—Ven, Olivia, ven conmigo. Acércate. No tengas miedo. Vamos a ayudar a Snow White —le dijo Barbara a Olivia. La cogió de la mano y la guio con mucho cuidado y cariño durante todo el proceso, haciéndole sentir que era ella la que estaba llevando a cabo todo el trabajo—. ¿Ves como ya se empieza a asomar? Agarra de aquí, agarra de las patitas del bebé poni. Con fuerza. Y tira, tira sin miedo.

Pocas veces he visto tan feliz y excitada a Olivia, sacando al poni de las entrañas de su madre con sus propias manos. Observando cómo asomaba la cabecita envuelta en placenta. Me emocioné mucho al recordar cómo Barbara también me ayudó a mí en su momento a dar a luz a Ruby. La cuadratura del círculo.

—¿Es chico o chica? —preguntó Olivia mientras daba vueltas y saltitos alrededor del poni, contándole las patas. Sí, cuatro, no le faltaba ninguna.

—Chica —contestó Barbara—. La vuestra es una familia de chicas.

—¡Chica! ¡Bien!

Cuando el potro se puso en pie, Olivia lo celebró abrazándolo, sin importarle pringarse de la viscosa mezcla de placenta y sangre. Un buen paso de cara a despojarse de sus manías con la limpieza.

—¿Puedo montarlo ya, Barbara? ¿Puedo?

—No, todavía no. Hay que esperar un poquito, pero mientras puedes ponerle nombre.

Olivia se puso a dar saltitos nerviosa, como si se estuviera haciendo pis, conforme soltaba todo tipo de nombres que descartaba al instante por diversas razones.

—Qué pena que Puchi Puchi no pueda ser porque ya hay un Puchi Puchi, ¡pero es que es muy puchi puchi! ¿Y si lo llamo Puchi Puchi Puchi? Porque es más Puchi Puchi que Puchi Puchi.

—Un poco largo tal vez, ¿no? —le dije.

No le costaba nada ponerle nombre a las cosas. De hecho, era uno de sus pasatiempos favoritos —por no llamarlo TOC—. Pero, en este caso, el tema era mucho más serio. Era su poni. Lo iba a ser para toda la vida. No valía cualquier nombre al azar. Tenía que ser algo especial, único, algo...

De repente, Oli se paró, como si se le hubiera acabado la batería de golpe, sin avisar.

—Sunset —dijo—. Se va a llamar Sunset.[14]

No sé si era consciente de que justo en ese instante se estaba poniendo el sol con el molino cortejándolo; de que cuando lo dijo eran casi las seis de la tarde, la hora que ella eligió para

14. En inglés, «Atardecer».

su reloj de manera perpetua; y de que el poni era del mismo color cobrizo —a excepción de las crines y las patas, que eran blancas— que las nubes que enmarcaban el momento. Un momento que nunca habría vivido si su padre no hubiera muerto y no hubiéramos acabado en la isla. Un momento que ni ella ni yo olvidaríamos nunca. Que me hizo sentir ligera y satisfecha como pocas veces; que todo por fin encajaba y tenía sentido; que terminaba de configurar ese nuevo mundo al que ambas necesitábamos aferrarnos.

Días 307-328. Año I d. C.

Gané el premio al mejor tenderete en la Cherry Blossom Art Fair como vaticiné. Bueno, no fue un vaticinio, fue un empeño. 7.500 dólares que invertiría íntegramente en la compra y manutención del poni de Olivia. Yo no necesitaba el dinero. Tenía un premio aún mejor: mis dos monitores de 27 pulgadas que me mostraban 48 cámaras. 48 peceras en 34 casas. Aunque debería decirlo al revés, 34 casas en 48 peceras. Mi acuario. Ver aquel espectáculo de cotidianidad monocromática —las había puesto todas en blanco y negro para que la imagen fuera más fluida, sin saltos— era una suerte de pequeño milagro. Nunca creí que llegaría tan lejos. Pronto la euforia dio paso a la ansiedad porque a pesar de que todavía abarcaba solo un pequeño porcentaje de las viviendas de la isla, en torno a un 25 %, ese constante fluir de situaciones era inabarcable. Si quería registrar todo lo que allí estaba sucediendo, no tendría tiempo para absolutamente nada más. Había corrido demasiado y ahora tenía el corazón desbocado. Había dado un salto demasiado grande. La sensación de estar cayendo que me acompañaba desde la muerte de Chris se hizo vertiginosa por momentos. «No tienes que verlo todo, todo el rato —me repetía sin saber dónde fijar la mirada—. Tienes que dejarte llevar. Poco a poco empezarás a controlar la situación, a ser capaz de discernir lo importante. Si en realidad casi nunca pasa nada en ningún sitio. Es como tener televisión por cable. No hay que ver toda la programación, no hay que ver todos los canales, casi todo es basura. Hay que recostarse en la butaca e ir haciendo *zapping* hasta encontrar un canal que llame tu atención.»

Curiosamente, los primeros días siempre acababa volviendo mi atención a lo conocido, a la primera cámara que coloqué, la de Karen's Petite Maison, y a la segunda, la de Frank en Family Pet Land. Ver a Karen hacer lo mismo de siempre —es decir, beber y poco más— me tranquilizaba. Lo que al principio me provocaba frustración y sensación de no avanzar ahora me calmaba, me acogía, me hacía sentir en casa; además de alimentar mis expectativas y controlar mi impaciencia al recordarme que ya no quedaba mucho para el esperado regreso de John. Aquella pecera era como una brújula. Y el norte señalaba a John.

Y vigilar a Frank era como otear al horizonte para descansar la vista después de pasar muchas horas frente al ordenador. Era otra manera de estar alerta. No se trataba de buscar indicios de sospecha. Se trataba de cuidar, preocuparse por alguien concreto y su bienestar. Había ido a recogerle varias veces en mitad de la noche y le había llevado de vuelta a Horse Rush Farm. Barbara me insistía en que no hacía falta, que bastaba con llamarla o mandarle un mensaje, y ya se hacía cargo ella, pero me gustaba hacerlo. Salir corriendo en el coche de golf para intentar impedir que se comiera la lata de comida de gatos que acababa de abrir y untaba ceremoniosamente en un bagel, dispuesto a degustarla como si fuera paté de oca francés. Supongo que aquella labor humanitaria me hacía sentir mejor, o un poco menos mal. Porque contemplar todas esas peceras y mantener la conciencia tranquila era misión imposible. Así que Frank, con sus despistes, sus olvidos, su recién adquirido gusto por la comida de gato y su Rose por aquí, Rose por allá, contribuía a justificar todo el tinglado que había montado.

Otra cosa que me ayudaba a controlar el vértigo era escudriñar las peceras en busca de posibles candados o cerraduras pequeñas para la Llave Master. Con imágenes tan amplias, era como jugar a «¿Dónde está Wally?», y encima en blanco y negro. Hacía capturas de pantalla de las diferentes estancias para poder ampliarlas y mirar en detalle. Centrarme en algo tan concreto como eso me ayudaba a no ahogarme y aplacar mi desbordamiento mental.

Durante las primeras semanas que siguieron a la feria de arte, la lista de sospechosos aumentó en tres. Cosa que creo que respondió a mi necesidad de justificar todo aquel despliegue de peceras, más que a la aparición de pistas de verdad, contundentes.

Carrie Anne Kowalsky, la hermana gemela y soltera de Mindy Bishop, dueña de Le Cafe, residía en Hartford, Connecticut, pero acudía asiduamente a la isla a «visitar» a su hermana, aunque en realidad era una excusa para llevarse ligues. Se quedaba en un pequeño *cottage* anexo a la casa de los Bishop, pero con estricta privacidad y jacuzzi al aire libre. Un picadero en toda regla. El Estado de Connecticut era uno de los destinos que Chris más frecuentaba. Revisé los contratos de WTT y encontré uno, de hacía tres años, para renovar las pistas de tenis del Hartford Tennis Club. Por todo esto, Carrie Anne Kowalsky se convirtió en la sospechosa número 17.

Gail Siegal, la dueña de la farmacia, jefa voluntaria de bomberos y ATS oficial de Robin Island, engañó a su tío Donald Wilkins cuando este fue a comprobar su boleto de lotería. Estaba bastante sordo y no oyó la corta melodía que emitió la máquina de la Massachusetts State Lottery al escanear el tique y que anunciaba el premio. 4.538 dólares. Gail decidió quedárselo porque sus tíos, los Wilkins, estaban forrados y eran muy tacaños. Nunca habían tenido ni un detalle con ella a pesar de acudir todos los días a su casa para tomarle la tensión a la tía Christina y cambiarle el parche de clonidina. Además, contaban con varias propiedades vacías dentro de la isla, y mientras, ella teniendo que soportar en su casa a su hermano Curtis, recién divorciado y en paro. Compartió con él la mitad del premio. Al día siguiente se arrepintió. Quiso devolverlo, pero su hermano se negó y se quedó la totalidad del dinero bajo la promesa de largarse. Gail, enfangada en un pozo de culpa, acabó poniendo de su propio bolsillo los 4.538 dólares del premio de su tío Donald. «¡Mira, tío, te ha tocado la lotería!» Y encima Curtis no se marchó. Por todo esto, consideré a los Wilkins, en bloque, los sospechosos número 18.

Suzette Tompkins, nuestra maravillosa monitora de pilates, se presentó al casting de «La Voz». La vi grabando un vídeo de presentación en su casa:

> Hola, mi nombre es Suzette Tompkins, y vivo en Robin Island, una islita que apenas nadie conoce, entre Martha's Vineyard y Nantucket. Tengo veintiocho años y soy monitora de pilates, aunque mi sueño siempre ha sido ser cantante. Mi ídolo es Taylor Swift. Por eso voy a cantar «You Belong With Me». Allá voy.

Lo hizo francamente bien. Y mientras cantaba la canción recordé que la última persona que Chris había empezado a seguir en Instagram fue Taylor Swift, sin que nunca antes hubiera mostrado el más mínimo interés por ella o por su música. Por todo esto, consideré a Suzette Tompkins, a pesar de que no pasara el casting, la sospechosa número 19.

Mike secuestró a Sandy, la perra de Miriam. Entró en la casa mientras estábamos dando nuestra clase semanal de pilates. Al volver había desaparecido. Ni rastro de la perra. La jefa Margaret, en colaboración con la alcaldesa Gwen DeRoller y el cuerpo de bomberos, montó un dispositivo para encontrar a Sandy. Un grupo de voluntarios nos dividimos por zonas y peinamos la isla sin éxito.

—Mamá, ¿qué buscamos?

—A Sandy, la perrita de Miriam. Se ha perdido.

—¿Por eso está triste Miriam?

—Sí, Oli.

—Yo no quiero que Miriam esté triste.

—Ni yo, cariño.

—Tengo una idea muy buena, mami.

—Si vas a sugerir que le regalemos a Poni, ya te digo yo que no.

—¿Cómo lo sabías?

—Porque soy una bruja y te leo la mente.

—¿Ah, sí? ¿Y ahora qué estoy pensando entonces?

—Ahora no estás pensando, ahora estás contando los listones de la cerca de madera de la casa de los Burr.

—Hala, ¡sí que eres bruja! —dijo entre asustada y alucinada.

Yo tenía la grabación que inculpaba a Mike, pero no podía usarla por razones obvias. Aun así, le sugerí a Miriam que tal vez Mike estuviera detrás de aquello, cosa que la propia Miriam ya sospechaba: se olía que lo iba a usar como moneda de cambio en mitad de la batalla legal por la custodia de Chloe. Pero la jefa Margaret fue a interrogarle y Mike aseguró que ni sabía nada del asunto ni le importaba. «Sandy vino volando del cielo, pues igual se ha ido de la misma manera.» Mike no permitió que registraran Dirty Works sin una orden judicial, cosa que no iban a conseguir, porque no era más que un chucho adoptado. Por mi parte, lo que más me preocupaba era que hubiese matado al animal. Tal vez no calculó el impacto de sus acciones y el revuelo que se formó en la isla —aquí los perros son tan sagrados como las vacas en la India—, y ante la posibilidad de ser pillado y vilipendiado, o que como efecto colateral su negocio paralelo de narcotráfico quedara expuesto, había optado por deshacerse de Sandy y quitarse el problema de en medio. Yo había intentado en más de una ocasión colocar un chivato o una pecera en Dirty Works, pero era un sitio bastante inexpugnable. Mike tenía cámaras que custodiaban el exterior. Pensé que la única opción para colarme dentro era intimar con él, algo por lo que no estaba dispuesta a pasar. De momento.

Tres semanas después de que diese a luz, fui a hacerle una nueva visita a Summer. Ya era la cuarta vez que iba. Había tratado de aprovechar cualquier despiste o ausencia de Summer para cogerle una muestra de saliva al bebé, pero no había tenido suerte. También me había ido ganando su confianza para ver si me desvelaba algo sobre el supuesto padre muerto de la criatura. Nada, tampoco. Solía aprovechar para ir cuando Jennifer salía a la compra. Sin ella presente, Summer era mucho más dócil. Aflojaba las defensas y hasta escuchaba y se mostraba tal y como era: una niña perdida y asustada que acababa de dar a luz. «¿Te suena eso de algo, Alice?»

> Yo: Es normal que estés abrumada, que sientas que no sabes nada. Porque, realmente, todavía no sabes nada.
> Summer: ¿Seguro que no te importa sacarla de paseo?
> Yo: No, claro que no. Encantada. Tú llevas todo el año cuidando de maravilla a las mías.
> Summer: La oigo llorar y no lo soporto, me dan ganas de taparle la boca y...
> Se echa a llorar ahogada por la culpa de tan terrible pensamiento.

Me había ofrecido a darle un paseo al bebé, un par de horas. A Jennifer no le parecía en absoluto necesario, porque para eso estaba ella. De hecho, pasaba más tiempo con ella que con su propia madre, que se limitaba a darle el pecho (al final había negociado con Jennifer darle tres tomas al día; el resto, biberón) y a quedarse encerrada en su habitación. Sin embargo, le dije a Jennifer que a ella también le vendría bien un pequeño descanso —realmente se la veía muy sobrepasada—. Era como si las dos tuvieran depresión posparto.

> Yo: Tú tranquila, Summer, no te sientas mal. Descansa. Habla con tu tía. Y cuando digo hablar, digo hablar, no discutir. Yo te la traigo en un par de horas, para su toma de las tres. —Ups, lapsus, se suponía que no debía saber que una de las tomas que habían negociado era la de las tres de la tarde. Qué torpeza la mía. Mal. Pero Summer estaba tan ausente que ni se percató—. Por cierto, ¿le has puesto ya nombre a la niña?
> A Summer se le vuelven a humedecer los ojos.
> Yo: No te preocupes, ya te saldrá. No hay prisa.

Jennifer me miraba desde la ventana, muy seria, mientras nos alejábamos en el carro de golf, con la niña en su capazo. Me sentí literalmente como si la estuviera secuestrando.

Pensaba que a esas alturas ya me habría acostumbrado a

hacer cosas «malas», a no juzgarme ni a condenarme tanto. Pero no, porque mientras le cogía discretamente una muestra de saliva, a plena luz del día, en el Shoreline Park, sentía que la sangre no fluía bien dentro de mí, parecía estar jugando al escondite. Tampoco ayudaba nada el hecho de que hubiera una —remotísima— posibilidad de que ese bebé fuera de Chris.

—¿La podemos llamar Olivia? —preguntó Olivia.

—No se puede llamar igual que tú, cariño.

—Es que es un nombre muy bonito.

—Ya, pero la gente se haría un lío.

—Pues Olivia II.

—Y dale con los números, hija...

—Mamá, ¿tú puedes tener más bebés? —preguntó a bocajarro.

—Claro.

—¿Con papá?

«Eh, ¿cómo? ¿Cómo que con papá? Pero hija, ¿qué clase de pregunta es esa?»

—Oli, yo creo que estamos bien las tres de momento, ¿no?

—Sí, de momento sí. —Suspiré aliviada—. Pero si luego queremos tener otro, ¿podría ser de papá?

Pausa. ¿Qué decirle?

—No, Oli, no podría ser de papá.

—Ah, okey —dijo intentando disimular su decepción. ¿Otro trauma más para la lista?

—Olivia II es un buen nombre, ahora que lo pienso... —decidí cambiar de tema—. Podemos llamar Olivia II al bebé, si quieres.

Antes de pasarme por el laboratorio de ADN de Mashpee, dejé a Olivia en su sesión semanal de terapia. Superado el recelo de las primeras veces, ahora iba encantada, para hablar, como decía ella, de «sus cositas». Le hacía sentirse adulta. Ruth, su psicóloga, me había contado que Olivia lo pasaba fatal en el cole en multitud de ocasiones porque apenas podía reprimir los impulsos que la llevaban a cometer actos obsesivo compulsivos, pero que a la vez le daba vergüenza que los demás la vieran contando cosas, y que a veces no salía al recreo para quedarse alineando los pupitres y las sillas, que se quedaban superdesordenados *(sic)*, o limpiando la pizarra porque le molestaban los rastros de la tiza, o sacando punta a sus lápices —y a todos los que se pusieran a tiro— para que midiesen lo mismo. Por eso, cuando iba a la consulta —al igual que en casa conmigo—, Olivia daba rienda suelta a sus manías como manera de aliviarse y desahogarse después de tanta abstinencia. No tenía que esconderse. No se sentía mal ni juzgada. Ruth me decía que era muy importante que no la vigilara, incluso aun estando segura de que ella no me estaba viendo, porque era una niña muy sensible y perspicaz y se daría cuenta de que la estaba observando —menos mal que no puse cámara en el reloj Puchi Puchi—. Lo bueno es que parecía que había dejado de añadir manías a su catálogo. El nacimiento de Sunset, haber empezado a dar clases de equitación con Barbara y fantasear con ser una gran amazona habían dado sus frutos, sin duda. Era de gran ayuda tener un objetivo en su vida, algo a lo que agarrarse. Ahora, poco a poco, había que empezar a «negociar» para que fuera abandonando algunas de sus manías y se diera cuenta de que el mundo no se iba a acabar. «Nuestro mundo hace ya casi un año que se acabó», estuve tentada de decirle en más de una ocasión. Pero no era mi psicóloga, era la de Olivia, aunque en una de mis visitas no pude evitar preguntarle si hablar con uno mismo, mucho, a todas horas, en voz alta, era síntoma de algo. Y ella me contestó: «No, lo que es síntoma de algo es no escucharse a uno mismo».

Pensé que la recepcionista del laboratorio no me había reconocido, porque me volvió a pasar los formularios y me explicó de nuevo el procedimiento.

—No, si ya lo conozco. No hace falta que me lo repitas, gracias. Estuve hace poco. Ya rellené el formulario.

—Lo sé, te he reconocido, la del chicle —risas—, pero por política de empresa tenemos que disimular, porque la mayoría de la gente suele volver, casi nadie encuentra lo que busca a la primera o se queda satisfecho con el resultado, ya sea negativo o positivo, esa es la verdad, y ya te digo, hay gente que prefiere que la trates siempre como si no la conocieras. Yo nunca le he visto mucho sentido, pero vamos, soy una mandada. En cuanto al formulario, una vez realizados los test y enviados a la persona en cuestión, se destruyen, también política de empresa. La confidencialidad es lo que nos da tan buena reputación.

Así que volví a rellenar el formulario. Le dije que quería cotejar el ADN de Ruby con el de otra persona. Le entregué la muestra en un sobre sellado debidamente identificado, en el que se podía leer «Olivia II».

～

Pensé que Conrad, el director de la sucursal de banco, se había muerto. Un viernes por la noche se quedó dormido frente al televisor, comiendo tortilla chips con mantequilla de cacahuete. Nada extraño. Al día siguiente, seguía dormido en el sofá. Nada extraño tampoco. Pero a la una del mediodía tampoco se había levantado y su perro Chubs se había comido la mantequilla de cacahuete directamente del bote y lameteaba la cara de Conrad, que no reaccionaba. ¿Estaba respirando o no estaba respirando? Era difícil de apreciar, pero no emitía ningún sonido, y Conrad era de roncar mucho. Tenía su teléfono. Me lo había dado tiempo atrás con un «cuando quieras nos damos un paseo el fin de semana con los perros, así nos vemos sin una mesa de despacho de por medio», aunque nunca le había llamado. Hasta ese momento. No lo cogió. «¿Qué hago?», pensé. En realidad, si estaba muerto, poco podía y debía hacer. Llamé una segunda vez. Y por fin despertó. No le dio tiempo a coger el teléfono. Cosa de la que me alegré. Parecía estar bien, un poco grogui, pero bien. ¿Qué se habría tomado para haberse quedado noqueado durante más de catorce horas? Le echó la bronca a Chubs por haberse comido la mantequilla de cacahuete. Se hizo un *brunch* a base gofres con sirope de fresa, huevos revuelto y beicon, se duchó y me devolvió la llamada.

—Qué alegría ver tu llamada, Alice. Aunque también me he preocupado al pensar que a lo mejor ocurría algo. ¿Ocurre algo?

390

—No, no, para nada. Era por si te apetecía dar un paseo con los perros. Pero igual ya es un poco tarde... —dije tratando de escaquearme.

—¡¿Cómo va a ser un poco tarde?! De eso nada. Es la hora perfecta. Así vemos la puesta de sol juntos.

No pude decir que no. Era inevitable que al observar las peceras, a los peces, a los habitantes, mis vecinos, conocidos y amigos, me empezara a preocupar y responsabilizar por su bienestar. Cuidar. Me salía solo. Había venido a la isla para vencerla, derrotarla y ponerla bajo mis pies, y resulta que ahora me estaba empezando a ganar, sin que eso conllevara una derrota.

El paseo con Conrad fue bastante agradable. Se le notaba muy agradecido con la compañía, y yo me sentí bien y mal. Bien por haber accedido a dar el paseo y mal por no haberlo hecho antes. Además, se descubrió como un gran imitador. Me hizo reír mucho haciendo un repaso cronológico de los presidentes de Estados Unidos y sus frases y gazapos más antológicos. Justo cuando iba por Bill Clinton y su memorable —por decirlo de alguna manera— frase: «Yo no tuve relaciones sexuales con la señorita Lewinsky. Fue sexo oral, yo fui pasivo, así que no cuenta», nos cruzamos con Mark, que al verme partida de la risa no pudo evitar una mirada de «¿por ese gordinflas me has cambiado?». Al menos es lo que pensé que estaría pensando. Y ya puestos, aprovechando aquel paseo forzoso, le pregunté a Conrad, como si fuera una simple curiosidad, qué ocurre con el dinero en una cuenta corriente cuando alguien muere y nadie lo reclama. Me contó que si no hay cotitulares ni herederos o manera de contactarlos, el dinero se queda en un limbo. «Hay más de treinta mil millones de dólares en Estados Unidos sin reclamar. Una locura.» Y me dijo que existe una web, *missingmoney.com,* donde se puede buscar. Página en la que me metí nada más llegar a casa y donde busqué el nombre de Chris y el mío sin encontrar resultado alguno. Descubrirlo ni me alegró ni todo lo contrario. Una cosa menos. Una cosa más. Según se mirara.

Pocas horas después de que me viera paseando con Conrad, Mark me mandó el siguiente mensaje —corroborando mi teoría de que se había puesto celoso:

> Vámonos juntos un fin de semana a Nueva York. Te echo de menos.

Me enfadé al leerlo. Me encendí de inmediato. «Pero tendrás morro... ¿Sabes lo que te pasa? Que lo quieres todo: casa, mujer, hijo, perro y amante. El verdadero sueño americano. Si ya estás bien con Julia, vete con ella a Nueva York. Que por cierto, deberías agradecérmelo, porque vamos, menudo cuadro cuando os conocí... Así que, por favor, disfruta de tu mujer y de tu vida perfecta y ¡déjame en paz!», pensé para tratar de apagar las ganas de irme a Nueva York con él. Lo conseguí. A medias, pero lo conseguí.

Lo que no sabía es que encima ese mensaje llevaba una bomba adosada. Solo me di cuenta cuando estalló.

Dormitorio de Mark y Julia. Día 325. 17:30 horas.
Mark sale de la ducha. Lleva una toalla alrededor de la cintura. Julia está de pie junto a la cómoda, seria.
Julia: ¿A quién has invitado a pasar un fin de semana en Nueva York?
Taquicardia.
Mark: No sé de qué me hablas.
«¡Pero ¿serás imbécil?! ¡¿Por qué no lo has borrado?!»
Mark se da cuenta de que Julia tiene su móvil.
Mark: ¿Qué haces mirando mi móvil? ¿Por qué cojones has cogido mi móvil?

Corrí a por el móvil con tarjeta prepago que uso con Mark. Lo tenía en el bolso. Estaba en silencio. Miré a ver si había alguna llamada. No la había.

Julia: Llevas semanas que estás igual que antes.
Mark se pone una camiseta blanca, a pesar de seguir mojado. Está nervioso.

Julia: Te está pasando otra vez.
Mark: ¿Otra vez el qué?
Julia: Que me evitas, que no estás.

«¿Por qué no ha borrado el mensaje? Lo ha hecho adrede. Quería que le pillara. Es la única explicación que le veo.»

Mark: Te recuerdo que lo que me pasó la otra vez fue por tu culpa.
Julia: Ah, ¿y esto qué es, tu venganza? No, perdón, la secuela de tu venganza...
Mark: No me pasa nada. Dame el teléfono.
Mark se ha puesto unos calzoncillos y unos vaqueros, como si le diera pudor discutir desnudo, o como si quisiera estar vestido por si le tocase salir corriendo.
Julia: ¿A quién le mandaste el mensaje?
Mark: ¡Dame el puto teléfono!
Julia: ¿Prefieres que llame yo para averiguarlo?

Tuve que hacer memoria para recordar que tenía desactivado el buzón de voz.

Mark: ¡¡Que me lo des!!
Julia: Me sé el número de memoria.
Julia le lanza el móvil a las manos, suave, sin violencia. A pesar de eso, a Mark se le cae al suelo, sobre la moqueta, sin daño aparente.

«Como le cuentes lo nuestro te mato.»

Mark: (Mirando que su móvil esté bien.) Se lo mandé a un colega.
Julia: (Cita de memoria.) «Vámonos juntos un fin de semana a Nueva York. Te echo de menos...» ¿A un colega? ¿Te crees que soy idiota? Ni siquiera tienes registrado el número.

«Te estás comportando como un cretino, Mark.»

Mark: Pues mira qué bien, me has pillado, ya tienes material para tu novela. Corre, ponte a escribir.

«¿Qué pretendes, Mark? ¿Llamar su atención? ¿Pagar? ¿Purgarte? ¿Vengarte? ¿De ella? ¿De mí? ¡Pero cómo se puede ser tan idiota! ¡Idiota tú e idiota yo!»

Mark sale. Va descalzo, con unas deportivas en la mano.

«Menos mal que no le has dicho nada de lo nuestro.»

Julia se queda sola. Coge su móvil. Marca un número.

«No llames, Julia.»

Se frena antes de efectuar la llamada. Finalmente desiste.

Medio Valium.

Borré todos los mensajes. Saqué la tarjeta SIM del móvil. La fui a romper. Me frené. ¿De qué servía que la rompiera? Era mejor guardarla, mejor tener controlada la situación.

A Mark no se le ocurrió llamarme ni mensajearme en las siguientes cuarenta y ocho horas. Lo agradecí, porque, de la rabia que sentía, creo que no hubiera podido evitar echarle en cara lo que había visto. No entendía su actitud chulesca y evasiva. Me chocaba tanto verle actuar así. Era como si fuese una persona completamente distinta a la que yo conocía. ¿Estaba interpretando otro rol conmigo? Igual que yo con él, supongo. Cuando le veía con Julia me ponía celosa. Pero había algo que aún soportaba menos: no me gustaba ese Mark arisco. Me distanciaba. Eso era bueno, ¿no? No, ya veía que no necesariamente.

En cualquier caso, dejando de lado todas las connotaciones emocionales, lo importante era averiguar qué era eso que habían mencionado. «Te recuerdo que lo que me pasó la otra vez fue por tu culpa», le había recriminado Mark. ¿Qué era lo que pasó la otra vez? Lo único que me reconcilió mínimamente con Mark y su actitud fue enterarme de que no había propiciado la crisis/depresión de Julia, ya fuera personal, emocional o creativa. Que había sido la propia Julia la que parecía que se había adentrado en tierras pantanosas y que en última —o tal vez debería decir penúltima— instancia había provocado la crisis en la pareja. Ahora entendía que Mark llevara con antidepresivos tres años. ¿Tendría aquello que ver con Chris? Lo dudaba, pero... ¿por qué Mark no me había contado nada de todo aquello? ¿Por qué no había justificado su propio adulterio? Cosa que agradecía, por otro lado. No es muy halagador decirle a una persona que te estás enrollando con ella por puro despecho.

Julia iba todas las mañanas a Le Cafe. El nombre no necesitaba ser más original porque era la única cafetería de la isla. Se sentaba en una mesa junto al ventanal, que daba a Grand Ave, con su ordenador portátil, y escribía durante varias horas. Bueno, esto es lo que yo suponía, porque solo la había observado en la distancia, mientras pasaba de largo, daba un oportuno paseo, o corría, o iba a la compra. También la observaba a través de la pecera que había colocado allí. La dueña del café, Mindy Bishop, me había encargado un reloj con forma de humeante taza de café, y lo había colocado en la pared de justo encima del mostrador, al lado de un cuadro donde tiene enmarcado el primer dólar que ganó al abrir el local, con lo que me brindaba una vista privilegiada del interior y de todos los clientes.

Entré y me hice la despistada, como si no hubiera visto a Julia —como si no hubiera ido deliberadamente a verla—. Me acerqué al mostrador, saludé a Mindy y pedí un café mocca para llevar.

—Hola, consuegra —me dijo Julia sin apenas levantar la vista de su portátil ni dejar de teclear.

—Ah, hola, Julia, ¿qué tal? No sabía que venías aquí a escribir.

—No estoy escribiendo. Aporrear teclas no es escribir.

—Pues nada, te dejo que sigas aporreando. No te interrumpo más.

Julia cerró de golpe su portátil, enfadada. Me asusté, pensé que se me iba a encarar, que sabía que el mensaje de Mark era para mí. Julia debió de notar mi sobresalto, porque me sonrió para tranquilizarme.

—Hoy no toca escribir. Es mejor no forzar; cuando no sale, no sale. Y cuanto más tiempo pase delante del ordenador, peor, va a más.

—¿Y qué haces cuando no toca escribir?

—Sentirme mal, cuestionarme, mirar la cuenta corriente para ver para cuántos años me da el dinero si no vuelvo a publicar, confirmar que podría aguantar un par de décadas si mantengo mi tren de vida actual, asustarme porque eso me bloquea en vez de relajarme, y cambiar el café por una copa de vino. ¿Te apuntas?

—Me apunto.

—Mindy, ¿nos pones un par de copas de vino blanco?

Mindy estaba reponiendo los *cupcakes* que ella misma hacía.

—No tengo licencia para vender bebidas alcohólicas.

—¿Y...? —preguntó Julia haciéndole ver que estábamos solas en el local—. Dos copas del Chardonnay ese que guardas en la nevera, por favor.

A partir de aquel día, de aquel vino, mis encuentros con Julia en Le Cafe empezaron a ser diarios. Me caía bien, me gustaba charlar con ella, intimar para sacar información. Pero sobre todo creo que lo hacía porque cuanto más cerca me sentía de ella, más me alejaba de Mark. Más mantenía a raya la tentación. Como si en mi mente hubiera una regla que me obligara a posicionarme: o uno o la otra. O Mark, o Julia. Los dos, no. «Elige, Alice.»

Días 332-336. Año 1 d. C.

Abandonar la isla apenas un mes después de «instalar» todos los relojes espía no sé si fue una tortura, un alivio o una mezcla de ambas cosas —aún estaba aprendiendo a manejarme con tantas peceras y tanta actividad—, pero eran las vacaciones de primavera en todos los colegios. Mis padres habrían venido encantados a pasar esos días en la isla, solo que no me habría sentido segura con ellos dando vueltas dentro de la casa durante varios días. No tanto por impedir que entraran en mi desván —que estoy segura de que lo respetarían—, sino por justificar la gran cantidad de horas que pasaba dentro. Aunque también podía conectarme a través del portátil e incluso del móvil.

Olivia tampoco vio con buenos ojos alejarse de Panda y Sunset. No acababa de entender —o simplemente no quería entender— por qué no nos podíamos llevar a uno o los dos ponis con nosotras, por más que yo le explicara que Sunset aún no se había destetado y que Panda no era suyo. «No te aferres demasiado a él, que tiene dueño y luego tendremos un disgusto, que te veo venir, ¿okey?» Okey no debió de parecerle porque se pasó todo el viaje de ida contando los postes telefónicos del arcén de la carretera. Llegaba hasta cien y volvía a empezar, tras hacerse una muesca con un bolígrafo en el dorso de la mano por cada centenar. Había aprendido a multiplicar antes que a escribir. Lo consideraba fundamental para llevar un control de sus cosas.

Nada más llegar, fuimos a la Holy Name Church, la iglesia católica de mis padres, a un recital del coro sénior del que formaba parte mi madre —de hecho, lo había formado ella—.

Mientras cantaban «Es ist ein Ros Entsprungen» de Michael Praetorius, empecé a sentir un cosquilleo en el cuerpo, sobre todo en las manos, y me comenzaron a pitar levemente los oídos, como si me faltara azúcar y fuera el preludio de una lipotimia. Durante unos segundos lo achaqué a que llevaba sin pisar esa iglesia desde la misa de sepultura de Chris. Luego pensé que podía tener que ver con que, a pesar de los encomiables esfuerzos, lo bonito de la iniciativa y lo orgullosa que estaba de mi madre, no cantaban demasiado bien. Pero no, no creía que fuera por nada de eso. En cualquier caso, aquellos síntomas se me pasaron inmediatamente cuando Olivia llamó mi atención. Estaba bastante más pálida que yo.

—Mamá...

—¿Qué te pasa, hija?

—Me mareo...

—¿Otra vez, cariño?

Olivia asintió.

—Ya termina enseguida el recital. —La cogí en brazos y la senté en mi regazo—. Es que claro, te pones a contar postes en el coche, pues normal que te marees.

Pero hacía ya un par de horas que habíamos llegado y no había mostrado ningún síntoma previo. Su mareo no tenía que ver con los 8.464 postes que había contado, al igual que el mío tampoco con las voces desafinadas.

Acosté pronto a Olivia. Sus síntomas eran un calco de los de la Navidad anterior. Mareos, décimas de fiebre, un poquito de asma, picores y sarpullidos en los codos. Claramente psicosomáticos. Era como si, al igual que yo, sintiese que la respuesta a nuestros males se hallaba en la isla. La respuesta que nos haría estar bien. Y no quisiera alejarse del camino hacia la salvación. Mi salvación. Nuestra salvación.

Se quedó dormida mientras le tocaba el pelo, que le encantaba. «Cuando me tocas el pelo no tengo ganas de contar cosas», me dijo. «Ya, hija, y a mí me encantaría estar todo el día haciéndolo, pero sería un poco raro estar en el cole sentada a tu lado en el pupitre acariciándote el pelo, ¿no?» Se rio un poquito, ya entre sueños. No podía dejar de tocarle el pelo inmediatamente, porque se despertaba como a quien le encienden una luz en plena oscuridad. Tenía que seguir una media de entre diez y quince minutos antes de poder irme. No me importaba. Me relajaba dibujar figuras abstractas en su cabello rubio y fino, igualito que el de Chris, al que por cierto también le encantaba que le tocara el pelo, sobre todo en el sofá mientras veíamos nuestras series favoritas: «Lost», «Cinco hermanos», «CSI Las Vegas», «24», «Cómo conocí a vuestra madre», «Los Soprano», «The Big Bang Theory», «Modern Family», «Mad Men», «Breaking Bad», «The Walking Dead», «Juego de tronos»... Por mencionar algunas. Nunca fui capaz de retomar ninguna de ellas aunque seguían en emisión. Me daba demasiada pena. Así que no sé qué pasó con mis adorados Donald Draper y Tyrion Lannister, y sobre todo con mis personajes favoritos —y de Chris—: Walter White y Jesse Pinkman. Nos quedamos a solo dos capítulos del desenlace final de «Breaking Bad». Los guardábamos como oro en paño para una ocasión especial que nunca llegó. Por si acaso, evitaba hablar de esas series con nadie. Nunca se sabía.

Mi padre estaba en el quicio de la puerta, observándonos. No sé cuánto tiempo llevaba ahí. Era muy sigiloso. Desde que llegamos habíamos hablado poco, entre otras cosas porque mi madre copaba las conversaciones.

—¿Te acuerdas de tu bisabuelo Ernst?

—¿El de la marina mercante?

—Ese.

—Muy poquito. Solo por las historias que tú y el abuelo Vince me contabais.

—A mí me encantaba ir al puerto a despedirle y verle zarpar en esos buques tan grandes a tierras lejanas. Me parecía muy mágico y misterioso. Algo grandioso. Aunque en realidad no tenía nada de glamur, porque trabajaba en la sala de máquinas echando carbón en las calderas.

—Es verdad, que acabó sordo por el ruido y con una intoxicación crónica de dióxido de carbono.

—Bueno, y alcoholizado y cirrótico perdido. Pero no le culpo. Pobre. El caso es que cada vez que regresaba después de estar meses en alta mar, le pasaba lo mismo.

—¿Lo mismo que a quién?

—Lo mismo que a Olivia. Se llama mal del desembarco.

—La isla no es un barco, papá.

—A lo mejor para ella sí. —Pausa—. Y a lo mejor para ti también, que te veo muy pálida. —Pausa—. Un barco en medio de la tempestad, a la deriva.

—Papá, salimos y entramos de la isla constantemente. ¿No será que Olivia tiene alergia por la llegada de la primavera?

—Sí, será —dijo sin querer forzar más la conversación.

Su mensaje ya me había llegado alto y claro. Por un instante me sentí como la espía espiada. Como si mi padre hubiera seguido de cerca todos y cada uno de mis movimientos desde la muerte de Chris. Estaba jubilado, era discreto e inteligente. Podía oír a mi madre diciéndole: «Anda, George, sigue a la niña, haz algo de provecho con tu jubilación. Síguela a ver qué se trae entre manos». Y mi padre hubiera obedecido sumiso, me habría seguido y descubierto todo, pero nunca lo habría compartido con mi madre. Ni con mi madre ni conmigo. Simplemente se habría asegurado de que no ponía en peligro mi vida, ni la de las niñas, y me habría ayudado en silencio con mis pesquisas, abriendo líneas paralelas de investigación. Porque a lo mejor la clave que resolvía el misterio no estaba en la isla, estaba fuera. En alguno de los viajes de Chris. Dentro de su familia. No había hecho suficiente hincapié en su familia. Una ráfaga de ansiedad me invadió. El océano ominoso me volvió a engullir. ¿No debería ser mi padre mi Viernes? ¿Y por qué llamo Viernes al anhelo de un compañero? Ya, sí, vale, porque estoy en una isla y soy un náufrago. Pero lo que necesito es un compañero de pesquisas. Necesito un Watson. «No, Alice, necesitas un Sancho Panza. Porque todo esto que estás haciendo es una gran ida de olla. Una quijotada.»

—Papá, ¿el bisabuelo Ernst no acabó suicidándose?

—Sí —sentenció mientras salía de la habitación.

No podía dormir. Me rabiaban las piernas y, en cuanto me descuidaba, apretaba la mandíbula. Unos nervios no resueltos me recorrían todo el cuerpo. Mark, Julia, Summer, Jennifer, John, Karen, Frank, etcétera. Sentía que reclamaban mi atención. Me llamaban desde dentro de mí. Los tenía atrapados en la mente. O peor: ellos a mí. Como esas imágenes residuales que permanecen unos instantes en la retina aun después de cerrar los ojos. Lo que el cerebro ve cuando los ojos dejan de mirar. Y en este caso, esas imágenes no desaparecían. «Tienes mono, Alice.» Y casi sin darme cuenta, me encontraba en el despacho de mi padre frente a mi portátil, con el navegador abierto, en la página que solicitaba la contraseña para acceder a la señal en *streaming* de mis cámaras espía. De pequeña me refugiaba a menudo en el despacho de mi padre. Me encantaba cómo olía a madera y a libros viejos. Me encantaba sentarme en su butaca favorita y taparme con su mantita. Mantita que siempre usaba aunque fuera verano —otra costumbre que heredé, o mejor dicho, copié de él—. No permitía que mi madre entrara a limpiar —«Eso también te suena de algo, ¿no?»—. El desorden era tan perfecto y armónico como el universo. «Puedes entrar aquí cuando quieras, pero siempre que entres tiene que ser para hacer algo productivo», me decía. Y yo: «¿Qué es algo productivo?». «Hacer los deberes, leer, escribir, pintar. Jugar sin juguetes. Hay que aprender a jugar sin juguetes, hija. No hay mejor juguete que tu imaginación.» Y desde luego que enseñé a mi cabecita a jugar. Ahora no paraba de imaginar. Lo que no tenía tan claro era que ese juego fuese productivo y que me granjeara el derecho a estar ahí dentro. Tecleé y borré la contraseña varias veces: Puchipuchi2015. Viajes de ida y vuelta al arrepentimiento. «Alice, ¿estamos de vacaciones o no estamos de vacaciones? Estamos de vacaciones. ¿Y en vacaciones qué se hace? Desconectar. Y no me vengas con que llevas poco tiempo con las peceras, porque no llevas poco tiempo. Vale, igual sí con las peceras de tu acuario. Pero no has parado. Llevas 332 días sin parar. Así que no pasa nada por descansar unos días. Cinco días, solo cinco días. Te van a venir bien. Deja que tu madre te alimente con su comida, tu padre con su compañía, queda con tus amigas, con tus primas. Vete a ver museos. Y pinta. ¿Hace cuánto que no pintas? Me refiero a pintar para ti, ¿eh? ¿Hace cuánto?»

Cerré la tapa del portátil. Me metí en la cama, di una vuelta sobre mí misma, luego otra en la dirección contraria. Funcionó a medias.

A la mañana siguiente, Olivia y yo seguíamos enfermas, cada una a su manera. Al encender el móvil me encontré varios mensajes de Mark de las 01:22:

Hola, soy yo, Mark.
Número nuevo, solo para ti.
Quiero verte. No entiendo por qué me estás castigando.

Menos mal que me pilló ya dormida, porque... ¿Porque qué? ¿Acaso no quería verle yo también? ¿Acaso aquel síndrome de abstinencia que estaba padeciendo y que yo atribuía al término *spy yonky* —que desprecié en su momento, cuando me lo dijo Antonio— no tenía que ver también con Mark? «Hola, me llamo Alice, y soy una espía. Bienvenida, Alice.» ¿Acaso no me estaba intentando desenganchar de él? Así que, efectivamente, mejor que me hubiera pillado dormida, porque si no, quién sabe, con un whisky y una sertralina corriendo por mis venas, lo fácil que hubiera sido mi recaída. «Hola, me llamo Alice, y llevo cuarenta y nueve días sin liarme con Mark. Bienvenida, Alice.»

«Vale, estoy de vacaciones, pero... ¿Ver las fotos? ¿Por lo menos puedo revisar la nueva hornada de fotos de la cámara camuflada en el cementerio? Eso sí, ¿no? Eso no está en la isla. Eso está aquí. Eso está permitido. Vale. Permitido. 2.722 fotos. ¿Solo? ¿En tres meses solo esas fotos? ¿Se habrá estropeado la cámara? No. Ha sido el invierno. El crudo invierno. Nadie viene en invierno. Está todo nevado. Los muertos ni siquiera están muertos en invierno. Están hibernando.»

En apenas tres horas fui capaz de revisar todas las fotos. Una experiencia muy frustrante, debo decir. ¿Y ahora qué?

Terapia ocupacional, eso era lo que necesitaba. Me senté en el porche, delante de un lienzo en blanco, con mis óleos y pinceles. Siempre guardaba un kit de pintura en aquellos sitios que yo consideraba casa, por si llegaba la inspiración o la necesidad, como en este caso. Me serví una copa de vino blanco. Tenía todo el día por delante. Mis padres se habían llevado a las niñas al Roger Williams Zoo. Hacía un día espectacular y a Olivia la idea de ver las jirafas y sobre todo los pandas rojos le quitó la fiebre. Yo decidí no ir porque no soportaba ver animales encerrados fuera de su hábitat natural —«¿Por qué? ¿Te sientes identificada? ¿Es eso lo que eres tú, Alice, un pandita rojo en cautividad?»—. Además, para mí era una prueba de fuego estar completamente sola y no sucumbir a mis adicciones. Quería ponerme a prueba. Demostrarme que podía.

Tres horas después, el lienzo seguía en blanco. Subí al piso de arriba en busca de motivación, a mi particular «Pasillo de la Fama», donde mi madre había colgado todos los premios y diplomas de los concursos de pintura que había ganado en el colegio y en el instituto. Solo los más importantes, porque realmente ganaba uno casi cada fin de semana. «Era muy buena de pequeña», pensé. No sentía que algo no se pudiera pintar. No había miedo, ni presión, ni límites, ni barreras. Todo eran posibilidades que lejos de abrumarme me hacían saltar como un cervatillo de cuadro en cuadro. Con la edad, esa libertad y ligereza empezó a acotarse, empecé yo a acotarla. De hecho, el dibujo al que guardaba más cariño y más me gustaba era el del primer concurso que gané con seis años, la edad de Olivia, que ya quisiera pintar como yo pintaba entonces, todo sea dicho. El tema del concurso: el mundo. Unos niños pintaron —copiaron más bien— el globo terráqueo. Otros, el mapa de Estados Unidos, o de su Estado. Otros, paisajes llenos de mar y montaña. O ciudades. O dinosaurios. O cualquier combinación de las anteriores. ¿Y yo qué pinté? Cuando yo miraba al mundo, no miraba hacia arriba, miraba hacia abajo. El mundo era el suelo que pisaba, lo que me sostenía. Así que cuando lo miraba, ¿qué veía? Mis pies. Pinté mis pies desde mi punto de vista. Mis diminutos pies descalzos sobre el césped del jardín de mis padres. Primer premio.

Claro, eso era lo que tenía que pintar: el mismo cuadro veintiocho años después. Qué tonta, cómo no se me había ocurrido antes. Bajé corriendo al porche. Cogí el lienzo, me descalcé y me planté en mitad del jardín. El césped estaba mojado, y a pesar del sol radiante, aún hacía fresco. Eso bastó para desanimarme. «Si me quedo aquí de pie, descalza, me voy a constipar, y ya verás tú luego la gracia», pensé como una vieja gruñona y pusilánime. Me hice una foto con el móvil respetando el mismo encuadre del dibujo original y volví al porche con el lienzo. Pero antes de que pudiera empezar a trazar los contornos, sonó un mensaje del móvil. Era de Mark:

Estoy en La Oficina, me voy a quedar aquí unos días.
Las cosas no están bien con Julia.
Ven cuando quieras.
Ven...

La ausencia intensifica el amor o el desamor, o ambas cosas, pensé. Observar el comportamiento de Mark conmigo en las últimas semanas me hizo preguntarme si tal vez Chris se habría alejado de mí para seguir queriéndome. Si la isla era el sitio al que venía a echarme de menos. En nuestros reencuentros siempre había más fogosidad que en los días normales. Esos que ahora tanto echaba de menos. Los días fogosos también los añoraba, claro. Pero menos.

Me quedé mirando el lienzo en blanco. Puse un poco de negro en la paleta, cogí un pincel fino, batí la pintura, empapé ligeramente las cerdas del pincel y firmé en la esquina inferior derecha: «Alice 2016». ¿Era ese mi mundo ahora? ¿Un pequeño cuadro, cuadrado o casillero en blanco, vacío? ¿Dónde habían quedado mis sueños de ser una gran pintora?

Recibí otro mensaje. Esta vez era de mi madre:

Volvemos a casa, megadrama con Olivia. Ahora todo ok.

Olivia llegó dormida. Salí a buscarlos y la cogí en brazos. No se despertó, pero noté cómo se aferraba a mi cuello y me lo olía. Ya se sentía segura. Me emocionó este minúsculo gesto. Me asustó pensar que se había puesto enferma en mi ausencia, que me necesitaba y dependía de mí, tanto como yo de ella. Una sensación poderosa, egoísta y no demasiado sana.

El diagnóstico de mi madre fue: corte de digestión. Mi padre no se pronunció, pero no me cabía la menor duda de que no estaba de acuerdo.

Nada más llegar al zoo y atravesar el torno de la entrada, Olivia salió disparada hacia el recinto de los osos panda rojos. «Fue directa sin pararse a ver ningún otro animal. Es increíble que se supiera el camino de memoria con lo chiquitaja que era la última vez que habíamos ido», recordaba mi madre. Una vez allí, pasó cinco minutos buscando a todos los miembros de la familia panda. No eran fáciles de localizar, porque solían subirse a los árboles a dormir. Cinco osos panda rojos. Olivia saludó a todos y les puso nombre. Bueno, les puso número. «Hola, osito Número Uno; hola, osito Número Dos: hola, osito Número Tres; hola, osito Número Cuatro; hola, osito Número Cinco.» Luego ya pudieron seguir disfrutando de las distintas exhibiciones del zoo. A la hora de comer, compraron comida en un puesto: hamburguesas de pavo, patatas fritas y batido de vainilla. Se lo llevaron al recinto de osos panda rojos porque Olivia insistía en comer con ellos. Así lo hicieron. Se sentaron en un banco al sol, mi madre le puso protección solar porque con tanta carrera y sudores ya no le quedaba nada y se le estaba poniendo la naricita roja. Primero se bebió el batido de vainilla mientras comía las patatas fritas. «Comió demasiado deprisa, mezclando guarrerías y sin apenas masticar, por más que yo le decía: "Olivia, despacio, mastica, es importante masticar cada bocado veinticinco veces". Pero nada, ni caso. Y mira que le gusta contar. Pues para comer no. Una, dos y para dentro.» Y es que Olivia tenía prisa porque quería jugar con los osos panda rojos. Especialmente con Número Cinco, que era el más pequeñito —los había llamado/numerado por tamaño, de mayor a menor—. Dejó la hamburguesa a medias y se acercó a la barandilla para llamar la atención de Número Cinco. «Número Cinco, ¿dónde estás?» Lo buscó en todos los rincones del recinto, sin dejar de llamarle. «Mírale, ahí está, en su caseta», le dijo mi padre. «No, abu, ese es Número Cuatro.» «¿Es aquel de arriba del todo?» «No, aquel es

Número Dos. ¡Número Cinco! ¡Número Cinco!» No paraba de gritar, cada vez más agitada, hasta que se puso a llorar. Número Cinco había desaparecido. El berrinche fue tal que mi padre se fue a buscar al encargado para que le explicara a Olivia que Número Cinco estaba bien, que no se había fugado, ni se había puesto enfermo, ni mucho menos se había muerto, como Olivia temía. Pero antes de que eso pudiera ocurrir, Olivia se empezó a ahogar. «¿Qué te pasa, Oli?» «No puedo respirar», dijo con un hilillo de voz y completamente pálida. «Claro que puedes, respira tranquila.» Mi madre se puso histérica, llamó a gritos a mi padre mientras algunos visitantes del parque se preocupaban y se acercaban. Un señor tomó las riendas de la situación: era médico. Examinó a Olivia, se aseguró de que no se había atragantado, de que las vías respiratorias estaban despejadas. Pero Olivia cada vez estaba peor. Llegó mi padre. Cogió a Olivia en brazos. La llevaron corriendo a los servicios médicos del zoo, que estaban cerca. El médico los acompañó con sus tres hijos —uno de ellos lloraba asustado, el pobre—. «Debía de ser un hombre divorciado. Muy apuesto, pensé nada más verle», observó mi madre en mitad del angustioso relato. Justo antes de entrar en la enfermería, Olivia vomitó y manchó al pobre médico. Parecía estar bien, recuperó el color y su respiración se normalizó. Ahí acabó el susto. Aun así la auscultaron, le tomaron la temperatura y la hidrataron un poco mientras la dejaban en observación un ratito. «Ahí yo quise aprovechar para llamarte, pero tu padre no me dejó porque no quería asustarte. El médico, no el del zoo, sino el que nos ayudó al principio, se quedó hasta asegurarse de que todo estaba bien. Le di las gracias y le pedí su teléfono y dirección para mandarle un detalle por su ayuda, aunque en realidad estaba pensando que sería un buen partido para ti. De verdad que era muy apuesto, ¿a que sí, George?» Antes de marcharse, Olivia insistió en asegurarse de que Número Cinco estaba bien. No le valió que se lo dijera la enfermera del zoo, tuvo que ir a verlo con sus propios ojos. «Míralo, ¿lo ves allí comiendo bambú? Vaya susto que le has dado a mi nieta, Número Cinco», le recriminó mi madre al panda. «Abu, ese no es Número Cinco. Número Cinco es este de

aquí», y señaló uno que se había acercado al foso que los separa de los visitantes. «Te juro que el animal vino a saludarla.
¿A que sí, George? Estaba mirándola a ella. Incluso le sonreía
un poco, diría yo. Ya podría haber hecho eso al principio y nos
habríamos ahorrado el disgusto.» Mi madre concluyó el relato: «Bueno, pues eso, un corte de digestión. ¿Quieres que te
dé el teléfono del médico? Se llama Donald. Le hablé de ti, le
dije que eres muy guapa. Y me contestó: "Siendo hija suya, no
me cabe la menor duda". Qué encantador, ¿no? Mira, nos hicimos una foto al final. Yo le dije que era para mi Facebook,
para contar e ilustrar la aventura, pero en realidad la hice para
que le vieras. ¿Es o no es una joya? Otorrinolaringólogo en el
hospital Fatima. Ah, y confirmado: recién divorciado. Le toca-
ban los niños durante las vacaciones. Sí, se lo pregunté. No
me mires con la misma cara con que me miró tu padre, hija.
Lo hice por ti.»

Sí que era guapo el médico Donald. Pero mi diagnóstico
difería un poco del suyo: Olivia había tenido un ataque de
ansiedad de manual. ¿Qué estaría revolviéndose de manera
tan virulenta y recurrente dentro de su cuerpecito? Su relato
en torno al incidente en el zoo era bastante más conciso, directo y demoledor.

—¿Qué te ha pasado en el zoo, cariño?

—Que me he puesto malita porque no encontraba a Número Cinco. Pensaba que se había ido. Como papá. Pero luego ha vuelto y ya está.

Traté de convencerme de que aquello había sido una simple tormenta de verano, que te empapa por lo inesperado,
pero que no deja ningún tipo de consecuencias —sobre todo
a ella—. Un catarro a lo sumo. Sin embargo, no dejaba de
pensar que la última vez que habíamos estado en el zoo fue
con Chris. Hacía justo un año, también durante las vacaciones
de primavera. Tal vez ese fue otro de los motivos por los que
no quise acompañarlos. En aquella visita, Olivia decidió que
los osos panda rojos eran sus superfavoritos de todos los animales del mundo. No les puso nombre porque todavía no estaba obsesionada con el orden, el control y la numeración,
pero sí tuvimos que volver a comer junto a ellos. ¿Qué comió?

Batido de vainilla, patatas fritas y hamburguesa de pavo. En ese mismo orden. ¿Estaría repitiendo el mismo ritual a ver si de esa manera aparecía su padre a la vuelta de la esquina para auparla y llevarla a caballito sobre sus hombros?

Me encontraba en el despacho de mi padre, delante del portátil, de nuevo debatiéndome entre asomarme o no a mis peceras. En realidad, las tenía configuradas para que se grabara todo lo que sucediera en cualquiera de ellas. Así que no había riesgo de perderme nada. De hecho, era mejor así. Dejarlas varios días grabando y luego revisar el material. Sería un proceso más rápido, podría ir avanzando el vídeo a x4 y parar si ocurría algo interesante. Ahorraría mucho tiempo. Y era justo eso lo que más me agobiaba: que, a pesar de saber todo eso, apenas podía contener las ganas y la rabia de mis piernas. Por otro lado, ¿realmente qué ganaba conteniéndome y castigándome? ¿No había colocado las peceras para mirar? ¿A qué venía ahora aquel acto autoimpuesto de abstinencia? Era absurdo lo mirara por donde lo mirara, me decía. «Solo un vistacito. Me aseguro de que todos los pececillos están bien y a la cama.» «No, aguanta, esto es como lo del whisky de tu padre. Tienes que sentir que lo controlas tú a él, no él a ti.» Pero antes de que pudiera entrar —que lo iba a hacer—, oí la voz quejumbrosa de Olivia. ¿Otra vez? Sí, otra vez.

—¿Qué haces despierta, cariño?

—He tenido una pesadilla con Puchi Puchi, Número Cinco, Panda, papá y Oliver. Estaban todos en una jaula del zoo. Yo los contaba pero nunca terminaba, porque me equivocaba antes de llegar al cinco y tenía que volver a empezar.

—Bueno, ya ha pasado, cariño. Toma, bebe un poco de agua, estás deshidratada, has estado sudando.

Le di agua, le sequé el sudor de la frente y le cambié la parte de arriba del pijama, que estaba mojada.

—Mamá, ¿estoy loca?

Se me hizo un nudo en la garganta y se me humedecieron los ojos al oír la pregunta.

—No, cariño, claro que no. ¿Por qué dices eso?

—En el cole dicen que estoy loca porque hago cosas raras

y que al psicólogo solo van los niños que están locos. Me lo ha dicho Beth Yoxhimer, Eric Aver, Gordon Howie, Sandy Karstetter y Steve Poppler.

Citó los nombres por orden alfabético. Aquello no ayudaba a rebajar mi congoja.

—No estás loca, Oli. No les hagas caso, a ninguno. Eres muy sensible y estás un poco triste aún por lo de papá. Es normal. No pasa nada. La próxima semana vamos a ver a Ruth y ya verás como ella te dice lo mismo.

—No quiero ver a Ruth.

—Pero si te encanta ir a ver a Ruth...

—Quiero ver a Oliver.

—En cuanto volvamos a la isla, vamos a verle.

—No, quiero verle ahora.

—Cariño, estamos a más de tres horas de casa. Y es de noche. Ahora no podemos ir.

—No se conecta a Facetime desde que nos fuimos. Llevo tres días sin verle.

—Bueno, no pasa nada, ya lo hará.

—¿Se ha muerto?

—¿Quién? ¿Oliver? No, claro que no.

—En el sueño no lo encontraba. Sabía que estaba ahí, pero no podía contarle porque no le veía.

—Era una pesadilla, Oli. Ya está. Das tus vueltas en la cama y ya no vuelve.

—Cuando papá se murió, nos fuimos a la isla. —Creo que era la primera vez que verbalizaba que su padre había muerto, al menos de manera tan tajante—. ¿Nos hemos ido ahora de la isla porque se ha muerto Oliver?

—No, cariño. No se ha muerto. Ni nos hemos ido de la isla. Oliver está en su casa. Está de vacaciones.

—Pues no me gustan las vacaciones. —No lo dijo en plan pataleta infantil, lo dijo con un hondo pesar—. Vámonos a verle.

—Oye, no digas chorradas, que al final me enfado. —Decidí ponerme dura a ver si así salía de su bucle—. Te he dicho que no podemos y se acabó. Venga, a dormir. Ya.

Silencio. Se quedó quieta, sin decir nada, mirándome fijamente a los ojos. Pensé que había funcionado. Pero no cerraba los ojos, ni siquiera pestañeaba.

—Cierro los ojos y le veo muerto, como cuando me pasó con papá. —«Yo tampoco puedo cerrar los ojos, hija»—. Necesito verle, mamá. Me cuesta respirar. No me sale la vida...

Y ahí ya no pude contenerme más, en ningún sentido.

Nunca había activado aquella cámara. No me había asomado a aquella pecera. Nunca en la habitación de un menor de edad. Era una regla que me había impuesto. Ni siquiera para comprobar si funcionaba. Pero sí, funcionaba perfectamente. Oliver se había quedado dormido con un cuento abierto sobre el pecho. Tenía la luz de su mesita encendida.

Olivia lo escrutaba muy de cerca, casi pegando la cara a la pantalla del portátil, como si estuviera analizando la autenticidad de aquella escena. Tardó en decir algo, fascinada por las imágenes que emitía el reloj espía.

—Es mi cuento de *La isla del tesoro*. Se lo dejé. Se lo está leyendo. Qué ilu...

—Bueno, ya está, ¿satisfecha? ¿Te has quedado tranquila?

—Espera... ¿Cómo sé que está dormido y no muerto?

—Cariño, está en la cama, durmiendo, que es lo que deberías estar haciendo tú.

De repente, como si Oliver quisiera echarme una mano para zanjar aquel asunto de su defunción, se movió ligeramente.

—Se ha movido —dijo Olivia emocionada—. ¿Lo has visto, mami?

—Claro que lo he visto. Se ha movido porque está soñando.

—¿Los muertos no sueñan?

—No, cariño, los muertos no sueñan.

—¿Crees que estará soñando conmigo?

—Seguro que sí...

Hasta ese preciso instante no fui consciente de que todo aquel berrinche de Olivia se podría haber solucionado llamando por teléfono a Mark o a Julia para que Olivia pudiera hablar o hacer un Skype con Oliver al día siguiente. Vale que estaba agotaba y desesperada, pero ¿por qué no pensé antes en aquellas simples opciones? ¿Dónde me había metido? Y sobre todo, ¿dónde había metido a Olivia?

—Oye, Olivia, es muy importante que recuerdes lo que hemos hablado antes. ¿Lo recuerdas?

—Sí, que este es nuestro secreto —dijo hipnotizada, sin apartar la vista de la pantalla.

—Exacto, no se dice nada de nada a nadie de nadie de nadie.

—Vale, pero con una condición.

—No, no hay condiciones. Se acabaron las condiciones.

—Es una condición muy pequeña, mamá.

—¿Cuál?

—Que me dejes darle un beso a Oliver todas las noches.

Suspiré con un leve asentimiento. Olivia se acercó a la pantalla y le dio un beso a Oliver.

—Buenas noches. —Sintió un leve calambre en los labios fruto de la electricidad estática. Se rio—. Huy, me ha devuelto el beso.

—Ha sido un calambre, Oli...

—No, ha sido un beso de Oliver. —Parecía como si hubiera resucitado. Estaba fresca y divertida—. ¿Sabes qué, mamá? Ya no me mareo.

—¿Sabes qué, Olivia? Que eres una pedorra, una cursi cursi y que tienes un morro que te lo pisas. —La imité—: Me mareo, me mareo, no puedo respirar, no me sale la vida...

Nos reímos juntas como si el cansancio que sentíamos hubiera borrado todo lo malo del día, incluso de la vida. «Has metido a tu hija en tu isla, Robinson Alice. Acabas de convertirla en tu Viernes. Objetivo conseguido. Enhorabuena.»

Días 337-342. Año 1 d. C.

Y entonces regresó. John. No me pilló por sorpresa. Lo tenía anotado en el calendario. El día 337 d. C. Lo esperaba. Creo que también era uno de los motivos por los que me rabiaba el cuerpo en Providence. Tenía muchas esperanzas puestas en esa pista.

Había hecho mis deberes. Tenía controlados con cámaras o chivatos la oficina, el dormitorio, la cocina y el salón del Inn. Además, en varias expediciones, aprovechando la ausencia de Karen —y cuando digo *ausencia* me refiero a que a veces estaba simplemente trompa perdida, medio desmayada—, había probado la Llave Master en todas las cerraduras imaginables, sin obtener resultados. Había encontrado fotos de John en su etapa de estudiante y jugador del equipo de fútbol americano, así como de su etapa como segundo entrenador del equipo. En ninguna salía Chris. También me topé con fotos de John, Mark y Keith a bordo de un barco, pescando y posando sonrientes con un atún de cola azul de dos metros y medio de longitud y 190 kilos de peso, que lo único que me provocaron fue deseo de barco y de Mark. Sombras, todo sombras.

Los primeros días John estuvo callado, serio, desubicado. Karen apenas le hablaba. Se notaba que estaba haciendo un importante ejercicio de contención y comedimiento. Me contó que a John le costaba reconectarse con el mundo después de pasarse cuatro meses encerrado en un submarino. Necesitaba tiempo. Tiempo que dedicaba en exclusiva a preparar la temporada de vela de Rick —para su desgracia—. Le sacaba antes del instituto para machacarle en el gimnasio, con el beneplácito del director, que era amigo íntimo. «Te veo fuera de forma, macho, no se te puede dejar solo.» Y, al terminar la sesión de pesas, directo a la embarcación Láser, a surcar el estrecho de Nantucket con temperaturas aún gélidas, oyendo los gritos de su padre desde la lancha que lo seguía en paralelo. «Macho, esto es como los deportistas de élite que entrenan en altitud. Te carga las pilas y te da mayor resistencia.» En más de una ocasión, Rick había mostrado su agobio porque el entrenador del equipo de vela no veía con buenos ojos que John interfiriera en su plan de entrenamientos, así como su deseo de cambiar de categoría, pasar a 470 o 49er, para navegar con su mejor amigo, Rory Taylor. Pero su padre se negaba en redondo. «Y tu entrenador es un mierda. No tiene ni puta idea, macho.» No quería que nada ni nadie le lastrara en su camino hacia la Escuela Naval y posteriormente a los Juegos Olímpicos de 2020 en Tokio.

En cualquier caso, nada. Ni una sola mención, gesto o acción que pudiera vincularlo ni remotamente con Chris. ¿Igual había puesto en John demasiadas expectativas? ¿Qué esperaba que fuera a hacer a su regreso? Una vez más tuve la sensación de que me había estado engañando. Que me había aferrado con todas mis fuerzas a su conexión tangencial con Chris. A su vuelta. Supongo que para que el tren desbocado de mi investigación no descarrilara. Saber que al menos había una parada en el camino. La vuelta de John. Ese era mi freno de mano. Ahora tenía la sensación de que acababa de pasar de largo por aquella estación. ¿Y ahora qué? ¿Adónde voy? ¿Cuánto carbón me queda en las calderas de la obsesión?

~~~

—Olivia, no puedes hacer lo que haces.

—¿Qué es lo que no puedo hacer?

—Sabes perfectamente a lo que me refiero. En la habitación de Oliver.

—¿Jugar a médicos?

—Bueno, eso tampoco. Pero no te hagas la listilla. Te he visto. Nada más llegar, ¿qué es lo primero que haces?

Silencio. Había pillado en varias ocasiones a Olivia entrando en la habitación de Oliver y yéndose directa al reloj a hacer dos cosas: colocar las agujas a las seis en punto —fuera cual fuera la hora— y corregir una pequeña desviación de la horizontalidad del objeto que la perturbaba por la noche cuando le daba las buenas noches a Oliver desde su cama.

—No puedes colocar el reloj de su cuarto todo el tiempo.

—Es que se tuerce.

—Cariño, si te ven toqueteando el reloj, se pueden dar cuenta de que... Hay algo raro.

—Es que hay algo raro: está torcido... Tú tranquila, mamá, que yo lo hago bien, como tú.

—¿Cómo que como yo?

—Pues como tú. Que todo el mundo siga pensando que eres buena.

—¿Y no soy buena?

—Sí, claro que eres buena. Como yo.

—¿Como tú?

—Sí, yo a veces hago cosas malas, pero soy buena.

«¿Por qué permito que mi propia hija me meta en estos jardines? Y sobre todo que tenga que acabar callando porque tiene toda la razón del mundo.»

—O dejas de colocar el reloj de Oliver o se acabó el darle las buenas noches.

—Valeeeeee...

—Venga, a dormir.

—¡Mira, mamá, mira! —me dijo señalando la pecera del portátil. Oliver estaba dando dos vueltas sobre sí mismo, una en cada dirección, igual que Olivia—. Le he enseñado yo a hacerlo —dijo orgullosa.

Julia, que estaba acostando al pequeño, lo miró extrañada:

Julia: ¿Qué haces Oliver?
Oliver: Asustar a las pesadillas.

Dios mío, toda la isla iba a acabar dando vueltas sobre sí misma a este paso. Antes de salir, su madre recogió algo del suelo:

Julia: No dejes la tablet en el suelo, que luego la pisas y la rompes, como la otra.

Aquello explicaba su desaparición durante las vacaciones.

Olivia le dio un beso a la pantalla del portátil. Volvió a recibir un pequeño calambre que celebró contenta.

—Buenas noches, Oli.

—Buenas noches y qué más.

—Hasta mañana, Oli. —El adiós seguía vetado. Solo valían palabras que significaran continuación, que crearan vínculos con el futuro; palabras que se encadenaran para seguir caminando por la vida.

Esa noche Mark no dio señales de vida. No me refiero a mí, sino a su casa. No apareció.

—¿Hace cuánto que nos conocemos? —me preguntó Julia.

—Algo más de siete meses, creo.

—Yo diría que quince días. Desde que nos encontramos aquí un día y cambiamos el café por un vino.

—Ya, eso también es verdad... —Era cierto que nuestro nivel de complicidad había aumentado exponencialmente en aquella cafetería, casi siempre vacía para nosotras.

—Entonces supongo que no ha pasado el tiempo suficiente...

—¿Para qué?

—Para contarte que hace unos años tuve un *affaire*.

Intenté que ni mi cara ni mi cuerpo reaccionaran a la oleada de nervios que sentí al escuchar esas palabras. *Affaire*. Unos años. ¿Chris?

—¿*Affaire*? ¿He dicho *affaire*? Qué horror —se recriminó—. Ni que fuera Nicholas Sparks. Que ya quisiera yo, por otro lado... Tuve un lío con otro hombre durante casi tres años. ¿Sabes cómo se enteró Mark? —Negué con la cabeza—. Leyéndolo.

—¿Un mensaje? ¿Un email?

—No, leyendo mi última novela.

—Pero si la novela no habla de ninguna infidelidad.

—Ah, al final te la leíste. Te pillé, tramposilla...

—Si me hubieras dejado comprarla en su momento, igual todavía estaría esperando en mi mesilla.

—La tentación de lo prohibido. Tienes razón, culpa mía... —me concedió—. Pues me empeñé tanto en esconderlo y evitar escribir sobre ello que al final se hizo demasiado evidente. Y encima la novela acabó siendo una mierda sin sustancia.

—Ya... —¿Ya?—. No digo «ya» en plan que fuera una mierda, digo «ya» en plan que entiendo a qué te refieres.

—Ya, ya... —dijo Julia con una sonrisa cómplice—. El caso es que lo que más admira la gente de mí son lo cercanas que resultan mis historias. Se identifican con los personajes y sus conflictos. Eso es lo que me ha hecho popular. Por eso me pregunto hasta qué punto provoco las cosas que me suceden para tener material para mis novelas... Creo que me da miedo la convivencia tranquila. La anestesia de la clase media. Está bien escribir sobre ella, pero no caer en ella.

—Entonces este no sé si es el sitio más adecuado para buscar historias.

—Este es el sitio perfecto para buscar historias. Cuanta más calma hay en la superficie, más lava a punto de ebullición hay bajo la tierra. Qué mierda de metáfora. No me dejes que escriba eso nunca en una novela. Joder, Julia, ya te vale... —Se machacaba como me machacaba yo a mí misma. Aquello me hacía sentir más normal—. En cualquier caso, ten cuidado.

—¿Cuidado de qué?

—Con lo que haces... —Siguiendo con la mierda de metáfora, aquello avivó la lava de mi paranoia—. Todo lo que veo y oigo puede acabar en una de mis novelas.

∼

Me llegó por mensajería el resultado del test de ADN.

Ruby y Olivia II.
Probabilidad de parentesco: 0,00001 %.

Entendí que esa minúscula posibilidad que se empeñaban en mantener, esa ridícula puerta que dejaban abierta, solo tenía que ver con cuestiones legales para ahorrarse posibles demandas.

Pegué el resultado con Blu-Tack en la pizarra.

—Me alegro, sinceramente, me alegro mucho —dije sin demostrarlo. «Pero esto no acaba aquí, Summer Monfilletto. Si te crees que esto te libera de ser sospechosa, te equivocas, señorita. Por mis narices que descubro quién es el padre muerto de Olivia II.»

¿Lo de *muerto* era en sentido literal o figurativo? Pero ¿a qué venía ese empeño, si ya no tenía que ver con Chris? Porque tenía curiosidad. No, era mucho más que eso. Tenía necesidad de saberlo. ¿Estaba escudándome en ese enigma porque sentía que me quedaba sin hilos de los que tirar? El miedo de haber montado todo ese tinglado para NADA.

Miré los monitores. Las peceras. Era horario de máxima audiencia. Las cinco de la tarde, cuando todos los pececillos se recogen en sus casas y se dedican a sus distintos quehaceres. 50 cámaras colocadas para rellenar el vacío de mi vida solo con imágenes residuales y ruido sordo. No pude avanzar mucho más en mis tormentos y elucubraciones porque me di cuenta de que algo estaba mal. Distinto. No era en ninguna de las peceras, eran todas a la vez. Pero no sabía señalar el problema. Las revisé, entrando a pantalla completa en cada una. Nada. Luego al revés, alejándome, como quien mira un cuadro y necesita distancia para valorar el conjunto y apreciar la grandiosidad de los detalles. Tampoco. Pero entonces vi a Olivia; estaba en casa del padre Henry, en el salón, en su clase semanal con su hija Wendy, avanzando en sus conocimientos matemáticos. Mientras Wendy le corregía una serie de ejercicios, Olivia se levantó y se acercó a la pared donde colgaba el reloj en forma de cruz que me había encargado el padre Henry. Se frenó y se quedó mirando fijamente al centro, directamente a cámara, como si me estuviera mirando a mí. Tras una pausa, puso recto el reloj. Cuando terminó, sonrió, guiñó un ojo a cámara —cosa que yo le acababa de enseñar a hacer— y volvió junto a Wendy.

—No me lo puedo creer... —murmuré—. Pero y esta niña...

Había nivelado casi todos los relojes de casi todas las casas de casi todos los vecinos de la isla. Eso era lo que estaba «mal», la perfecta horizontalidad. ¿Cómo había llegado a deducir que si había una cámara en uno de los relojes, las habría en todos? Comprobé que la llave que daba acceso al desván estaba en su sitio, encima del marco de la puerta, en la esquina superior derecha. Muy lejos de su alcance. Luego busqué el duplicado de la llave. Lo guardaba en mi cuarto, en una cajita donde tengo mi pequeño arsenal de benzodiacepinas, dentro del armario ropero, en el tercer cajón, al fondo del todo, detrás de las sudaderas de Chris que uso. Ahí seguía la llave.

—¿Hay algo que me quieras contar, Oli? —le pregunté durante la cena, apenas una hora después del incidente.

—Está muy rica la lasaña —contestó con la boca llena.

—Ya, gracias. ¿Y nada más? ¿Algo que no me hayas contado y quieras compartir?

Olivia hizo una pausa y se puso roja. Iba a confesar. Era muy mala guardando secretos. Tanto como su padre, que se derrumbaba a las primeras de cambio.

—La profe me ha castigado con 25 centavos por masticar chicle en clase. Pero no me importa, porque lo que saquemos al final del curso es para dárselo a los niños de un hospital que están malitos.

—¿Ya está? ¿Nada más?

—Bueno sí, algo más.

—¿El qué?

—Pues que entonces todos los niños se han puesto a comer chicle, porque todos queremos que se pongan buenos y les cuiden bien y ha sido muy divertido y me han dado las gracias.

—Fenomenal. El chicle solidario. ¿Y nada más?

—Sí, que luego lo hice en la siguiente clase. Pero a la profe ya no le hizo gracia. Me confiscó los chicles y no me dejó poner más dinero para los niños del hospital y dijo que a partir de ahora el que mastique chicle en clase se iba a quedar barriendo la clase en el recreo, pero eso también me gusta porque así puedo colocar las sillas, y los dibujos del corcho, y los abrigos, y nadie se da cuenta. Así que mañana volveré a masticar chicle.

¿Y si no sabe que hay más cámaras?, pensé después del interrogatorio. Pero no, me guiñó el ojo. Me lo guiñó, lo vi. ¿Provocación o complicidad? «Esto no se va a quedar así, señorita.»

Para atajar la situación, decidí monitorizar el pasillo y el interior del desván. Pero como Olivia es extremadamente observadora y muy sensible a cualquier pequeño cambio, en vez de volver a colocar relojes espía, que la hubieran puesto en guardia de inmediato, instalé una cámara en el interior del paragüero de la entrada, desde el que, bien orientado, se veía la puerta del desván. Dentro escondí otra encima de la pizarra, enfocando los monitores.

Los resultados fueron inmediatos.

Pasillo de casa. 07:01 horas. Día 342 d. C.
Olivia sale al pasillo con sus pantuflas de cerdito.

Se asoma a mi dormitorio para comprobar que sigo dormida.

Vuelve a su habitación.

Negro.

Quince segundos después.

Olivia sale con la sillita de su escritorio y su almohada.

Coloca la sillita frente a la puerta del desván. Y encima la almohada doblada en dos.

Se sube. Se pone de puntillas, alcanza la llave.

Se baja. Abre el candado.

Entra en el desván.

Negro.

Veinte segundos después.

Olivia sube la escalera.

Va directa a los monitores.

Los saca del modo reposo moviendo el ratón.

Se queda mirando las cámaras. Las mira todas, de una en una, de izquierda a derecha. Un buen rato, parece estar contando.

Luego, por orden, de izquierda a derecha y de arriba abajo:

Olivia: Buenos días, Oliver... Buenos días, Julia... Buenos días, señor y señora DeRoller... Buenos días, Dan... Buenos días, Frank y Barbara... Buenos días, no sé cómo te llamas... Buenos días, Miriam y Chloe... Buenos días, Alex y Amanda... Buenos días, tampoco sé cómo te llamas... Buenos días, jefa Margaret... Bueno días, Summer... Buenos días Jennifer y Stephen... Buenos días Olivia II...

Termina.

Sale del desván.

Negro.

Diez segundos después.

Olivia cierra el candado.

Se sube a la silla y la almohada.

Coloca la llave en su sitio, en la misma posición.

Se asoma a mi cuarto para asegurarse de que sigo dormida.

Vuelve a su cuarto.

Negro.

Quince minutos después.

Salgo de mi cuarto mientras me pongo la sudadera de Chris.

Me asomo al dormitorio de Olivia.

Yo: Oli, ¿qué haces ya despierta?

Olivia *(off)*: Nada, mis cositas...

Yo: Venga, a vestirse y a desayunar, cariño.

Olivia: Okey, ya voy, mami.

Bajo la escalera medio zombi.

Negro.

Senté a Olivia delante del ordenador y le enseñé la grabación. No dijo nada. No mostró ni sorpresa ni miedo. No intentó justificarse ni agachó la vista. Estaba tranquila y desafiante. Solo había tenido ganas de abofetearla dos veces en su corta existencia. Esta fue una de ellas. La otra fue cuando cumplió cuatro años y me dijo que quería que papá fuera su marido y vivir solo con él en casa y que yo me fuera con los abuelos. Lo dijo delante de todo el mundo, después de soplar las velas. Ese fue el deseo que pidió. Todo el mundo aplaudió y rio la gracia de la niña. Todo el mundo menos yo, que durante dos días me sentí absurdamente ofendida y despechada. Ahora que lo pensaba, en aquella época era cuando Chris había empezado a viajar con mucha mayor asiduidad, y me pareció muy injusto que mi hija no valorara mi esfuerzo, entrega y sacrificio. Una chiquillada por mi parte, lo sé. Pero ¿no tendría que ver mi disgusto más con la ausencia de Chris que con el deseo de Olivia? ¿Estaría intuyendo algo a un nivel muy subliminal? ¿Acaso había estado sospechando durante todo el tiempo sin permitirme hacerle un hueco en mis pensamientos? Porque claro, yo era la buena, tolerante y confiada compañera, que no soportaba a las desconfiadas, sospechonas y controladoras esposas. «¿Y eso a qué te ha llevado? A convertirte en algo mucho peor: en la desconfiada, sospechona y controladora viuda.»

—¿No vas a decir nada?

Tuve que apagar los monitores, porque Olivia los miraba hipnotizada, tal y como hacía yo.

—¡Olivia, ¿me estás escuchando?!

—Sí.

—¿Y no tienes nada que decir?

—No te enfades, mami.

—Sí me enfado. Me enfado muchísimo. Sabes que está terminantemente prohibido entrar aquí. ¿Lo sabes o no lo sabes?

—Sí, lo sé.

—Entonces, ¿por qué lo has hecho?

—Tengo que contarlos por la mañana. Así me voy contenta al cole.

—Nunca más vas a volver a entrar aquí. ¿Entendido?

—Pero Ruby entra contigo. ¿Por qué yo no?

—No te pases de lista conmigo, Olivia, que va a ser peor el castigo, créeme...

—No he hecho nada malo.

—¿Cómo que no has hecho nada malo? ¿De verdad piensas que no has hecho nada malo?

—Entrar aquí no es algo malo.

—Sí, es algo malo. Muy malo. Porque lo has hecho sin mi permiso. Me has engañado y mentido.

—Vale, eso es malo. Lo siento. Pero, mamá, solo te quiero decir una cosa.

—No quiero que me digas nada.

—Yo pensaba que aquí tenías cosas malas, cosas que me iban a dar miedo. Pero no, son cosas buenas. Y si son cosas buenas, no es malo entrar. Es muy bonito todo lo que tienes aquí. Me gusta mucho. Es muy bueno para todos. Los estás cuidando.

Lo peor de todo fue que sentí cierto confort al escuchar a mi hija decir aquellas palabras. Como si me justificara y me cargara de motivos para seguir haciéndolo con total impunidad moral. De nuevo, aquellos sentimientos rallaban en la locura y no podía permitírmelos.

—Castigada una semana sin ver a Sunset ni a Panda. Y más te vale no volver a intentar entrar aquí. Nunca más, ¿me entiendes? Y ahora largo. ¡Fuera!

Bien entrada la noche aún seguía ensimismada por el escándalo Oliviagate y sus posibles repercusiones, pensando que la que realmente debería estar castigada a no volver a entrar al desván de por vida era yo.

Estaba ya a punto de abandonar mi puesto de vigilancia —así es como lo sentía, como si fuera un centinela oteando las líneas enemigas—, cuando vi que John entraba en la oficina de recepción del Inn, con pantuflas y albornoz. Iba con una humeante taza caliente de chocolate y un par de galletas en la boca. Al verle cerrar la puerta con llave se me abrieron las orejas. Se sentó frente al ordenador y lo activó. Pensé que por fin iba a descubrir qué era eso que hacía encerrado a solas en la oficina cuando Karen dormía. Pero no. John llamó a Keith vía Skype.

John: ¡Noche de póquer!

Keith: ¡Noche de póquer! ¡Síííííí! ¡Por fin! ¡La primera de la temporada!

Nunca antes había visto a Keith dando muestras tan efusivas de camaradería. Ambos se conectaron a un juego de póquer online.

«Bah, vaya fiasco. Venga, Alice, a la cama. Que es tarde, no hay actividad y ya has tenido bastante por hoy.»

Keith: ¿Y mi hermana?

John: Le he metido un lorazepam en la botella de vino, que por cierto se ha bebido entera, así que... Todo despejado. Y que sepas que esta temporada no me pienso dejar ganar.

Keith: Ya, ya, sí, seguro. Siempre la misma excusa barata... ¿Y qué es eso que estás comiendo? ¿Es chocolate caliente? ¿Y galletas? Todo eso son calorías que no vas a quemar.

John: Claro que las voy a quemar, porque te voy a fundir...

«Alice, venga... Tienes que recuperar horas, días, semanas de sueño.»

Keith: Luego te quejarás del tripón que tienes.

John: Joder, es que en el submarino, ¿qué quieres que haga? Y cállate, zorrita, que sé que te encanta mi tripón.

—«Y cállate, zorrita, que sé que te encanta mi tripón...»—repetí en voz alta espabilándome de inmediato—. ¿Perdona?

Comenzaron a jugar. Tras examinar la mano de cartas, John se descartó de una.

Keith: ¿Una carta? ¿Qué tienes?, ¿una mierda de dobles parejas o un proyectito de escalera de nah?

John: Calla y descártate.

Keith: No, yo estoy servido.

John: ¿Servido? Mis cojones. Vas de farol. Farolero, que eres un farolero.

Se liaron a apostar y a subirse las apuestas bajo todo tipo de insultos amistosos hasta que desvelaron sus cartas.

John: Escalera a la reina. Ja, ja, ja, ja, ja.
Keith: Escalera a lo que soy yo, el rey. Ja, ja, ja, ja, ja, ja. ¡Chúpate esa, princesa!
John: ¡Serás tramposo!
Keith: Sí, sí, claro, te espío, tengo una cámara ahí puesta, no te fastidia... Venga, no te hagas el remolón y paga prenda.

¿Prenda?

John: Me sobran prendas. Vengo cargado de prendas. ¿Quieres una prenda? Toma prenda.

John se levantó y se quitó los pantalones del pijama.

Keith: Ah, ya veo que empiezas fuerte... No quieres perder el tiempo, ¿eh?
John: No, no espera. El pantalón no es la prenda. Esta es la prenda...

John se dio la vuelta, se agachó, levantó el albornoz por encima de la espalda, se bajó los calzoncillos de tipo bóxer y se dio palmaditas en los cachetes del culo, haciéndole un calvo a Keith.

John: Aprovecha y mira bien, porque es lo único que vas a ver esta noche, ¡zorritaaa!

—No, no, no, nooooooooooo... —Me entró una risa incontenible. Sentí simpatía por primera vez por John. ¿Cómo no iba a machacar a su hijo si se había pasado la vida reprimiendo sus pulsiones homosexuales?—. No, pero ya en serio: ¿vais a seguir quitándoos prendas? ¿O ha sido solo una broma entre colegas? —les pregunté.
Keith perdió la segunda mano y se quitó la camiseta.

John: Ay, esas tetitas, cómo me gustan esas tetitas blandu-
rrias que tienes.

No pude parar de reír ni siquiera cuando recordé el vínculo de John con Chris, y me pregunté de qué manera aquella
nueva información podría estar relacionada con él. En otras
palabras, quedaba oficialmente inaugurada la posibilidad de
que Chris fuera gay. ¿En serio?

John/Keith – strip póquer online – ¿relación entre ellos?
¿O alguno de ellos con Chris? ¿¿Chris gay?? ¿¿¿En serio???

¿No querías hilo del que tirar? Pues toma. Una noche
más en vela. Me puse a revisar de nuevo los anuarios de la
Universidad de Virginia de Chris, por si había pasado algún
detalle por alto. También me volví a meter en el Facebook
de Chris y en el de John —ahora éramos amigos con mi nuevo perfil— para volver a comprobar que no se tenían como
amigos ni se habían intercambiado mensajes privados. Tampoco. De repente me frené porque ver el Facebook de Chris
me provocó sensación de lejanía. Como si sus fotos se estuvieran volviendo borrosas o como si estuviera mutando de
piel para convertirse en otra cosa, perdón, persona, que no
reconocía y que me daba mucho susto ver. También me sorprendió cómo sus mejores amigos y sus familiares seguían
casi un año después metiéndose en su muro, colgando fotos
de sus encuentros y viajes, recordándole, mandándole ánimo y amor, como si él pudiera verlas, como si en vez de
muerto estuviera en cama enfermo. Yo no había hecho nada
de eso. No había escrito nada. Me parecía un poco exhibicio-
nista, obsceno. Pero sabía que los padres y la hermana de
Chris agradecían mucho todas aquellas muestras de afecto y
que les ayudaba a mantener viva su memoria. ¿Estarían todos
pensando que soy una mala viuda? «¿Y tú, Alice? ¿Lo piensas
o no lo piensas?»
Traté de recordar cualquier experiencia, pulsión o miedo de Chris en torno a la homosexualidad. Recordé que me
contó que cuando tenía doce años, su primo Kenny —otra

vez el dichoso primo Kenny— tuvo su primera polución nocturna, y que se lo contó como si aquello significara que por fin era hombre. «Si no te corres, no eres hombre, eres gay», recordaba Chris que le había dicho el muy cretino. «Como si una cosa tuviera que ver con la otra. Pero claro, yo era un niño con poca o ninguna formación sexual, y me pasé todo aquel verano angustiado, pensando que era gay, sin atreverme a mirar a la cara a ninguno de mis amigos, no fuera a ser que me gustaran, y machacándomela en mi cuarto a ver si me salía semen. Acabé en urgencias de las ampollas que me salieron. Casi no podía hacer pis de la inflamación. Porque esa era otra, pensaba que para que saliera semen, había que espachurrar el pito a tope. Lo tenía en carne viva. En urgencias me tocó un médico muy simpático, que debió de intuir el origen de aquella carnicería y me explicó que era muy pequeño aún, que no me preocupara, que todo sucedería a su debido tiempo. Que algunos chavales eran precoces y a la vez crueles con este tipo de cosas. Que no me la tocara, que la mimara, que me tenía que durar toda una vida y a ese paso la iba a desgastar. Una semana después eyaculé por primera vez soñando con Tammy Gerow. Maté dos pájaros de un tiro.» Otro incidente le sucedió un par de años después, en primero de Secundaria. Su abuela le regaló por su cumpleaños un plumas de la marca Patagonia que supuestamente soportaba temperaturas árticas. A Chris le encantó el regalo. Pero el primer día que fue al instituto con su flamante plumas rojo, un grupo de chavales del equipo de fútbol americano se rieron de él —delante de todo el mundo, claro— porque el forro interior era de color púrpura: le llamaron mariquita y gritaron «¡Williams es un sarasa!». «Ya ves tú, púrpura. ¿Y qué? Pues nada, me quedé todo traumatizado. Me lo dejé todo el día abrochado para que no se viera el maldito forro de color púrpura y en cuanto llegué a casa me lo quité y nunca más lo volví a usar, solo cuando mi abuela venía de visita. Ya podía hacer fuera 10 grados bajo cero que yo iba al instituto con la beisbolera. Y punto. Púrpura. Yo ni siquiera sabía qué era púrpura. Y créeme, el plumas es increíble. Te lo voy a regalar para que lo uses tú.» Me lo regaló y se convirtió en mi inseparable abrigo durante todos los inviernos universitarios.

Reparé en que la partida de póquer ya estaba muy avanzada y que ambos estaban prácticamente desnudos. John acababa de perder la ronda y se despojaba del albornoz, la única prenda que le quedaba puesta.

> Keith: Ja, ja, ja. No te queda nada. Te he ganado.
> John: ¡No tan rápido! Aún me queda el anillo de casado, zorritaaaa.

John movió el dedo anular de su mano izquierda delante de la webcam. Ya no me provocaba tanta risa mirar. Aquello no era especialmente agradable de ver.

Pero, espera, ¿realmente cabía dentro de mi cabeza la posibilidad de que Chris fuera gay? Pues a estas alturas, tal vez, pero no que tuviera un lío con John. Eso era impensable. ¿Y con Keith? ¿Podría ser con Keith?

> Keith: No me enseñes el dedito ese, que me lo imagino donde me lo imagino y me vuelvo loquito...

No, definitivamente con Keith tampoco. Igual Chris era gay, o tenía pulsiones gays, o miedos, o lo que fuera. Pero desde luego que con ninguno de ellos las habría tenido. Cuando pensé esto, ambos habían comenzado a masturbarse mirándose el uno al otro, insultándose como chiquillos en celo que no saben cómo expresar sus sentimientos y recurren a instintos animales.

Traté de decidir si prefería que Chris hubiera tenido un lío con una mujer o con un hombre. Con un hombre implicaba un mayor nivel de engaño, porque a la infidelidad se sumaba la ocultación de su orientación sexual. Pero pensar que había sido con una mujer me arrollaba con una avalancha de celos, algo que nunca sentí con él. De nuevo me asaltaron los fantasmas en forma de preguntas y reproches: «¿Qué más da si era un hombre o una mujer? ¿De qué sirve todo eso? ¿Acaso eso le va a traer de vuelta? ¿Acaso le quieres ya de vuelta? ¿Por qué me empeño en descubrir la verdad? ¿Por qué? Porque tienes miedo de que toda tu vida fuera una mentira. ¿Y ahora qué has hecho? ¿Ahora qué estás haciendo? Mira lo que has hecho. Has sembrado de cámaras más de treinta casas. Has hecho realidad tu miedo. Has convertido tu vida en una mentira. Tú solita».

Rebusqué desesperada en los armarios y en las cajas aún sin desembalar de mi habitación hasta que lo encontré: el plumas Patagonia de forro púrpura. Lloré abrazada a él en la cama y me reí recordando a John y Keith mientras jugaban al strip póquer. Todo a la vez, hasta que me quedé dormida y por fin pude descansar. Un poquito, al menos.

Jennifer y Summer habían acordado un alto el fuego y cesado las hostilidades, aunque la comunicación era prácticamente nula. Summer se limitaba a darle el pecho a Olivia II tres veces al día. Esa era su única responsabilidad con el bebé; el resto del tiempo se lo pasaba viendo *reality shows* en la tele y poniéndose cremas en los pechos para que no le salieran estrías. Jennifer se hacía cargo de la niña durante todo el día. Cambiarle pañales, bañarla, pasearla, darle biberones, calmarla cuando lloraba, cantarle, hablarle, pasar la noche en vela a su lado, etcétera, etcétera. Lo que más me llamaba la atención del comportamiento de Jennifer era que apenas salía a la calle con el bebé, no socializaba, parecía como si lo quisiera esconder del resto de la gente. Ella siempre había sido muy suya y huidiza, pero en este caso, con un bebé de por medio, era mucho más llamativo.

La conversación que más me intrigó fue una llamada de teléfono a una amiga suya —tal vez la única— de fuera de la isla.

Summer: Pues asqueada, tía, tengo ya unas ganas de pirarme que no veas... Y vas a flipar, pero estando aquí encerrada, te comes mucho la cabeza. Y tanto tiempo y tanta teta con la niña... Pues no sé, como que, aunque no quieras, le pillas cariño. No sé, es como una movida muy rara que te pasa en la cabeza. Y hasta me he planteado quedármela. Así te lo digo... ¿Cómo que no es mía? La he parido yo. El bebé es mío si me da la gana. Tía, tú siempre tan negativa. Te cuento mis movidas porque no tengo a nadie más con quien hablar de esto, y en vez de apoyarme, ahí, a meter en dedo en la herida.

Todo indicaba que iba a entregar al bebé en adopción. ¿A quién? O que estaba haciendo de madre de alquiler. ¿Para quién? Ambas preguntas señalaban directamente a Jennifer.

Después de presenciar esto, vi a Olivia jugando a los médicos con Oliver en su habitación. Se puso el fonendo para auscultarle, pero antes de hacerlo se frenó. Se levantó. Se acercó al reloj espía. Se quedo mirándolo (mirándome) fijamente. (Me) sacó la lengua y tapó el reloj (la cámara) con el libro de *La isla del tesoro* que le había prestado.

> Oliver *(off)*: ¿Por qué pones ahí el libro?
> Olivia *(off)*: Para no contagiar al reloj Puchi Puchi, porque estás enfermito... Quítate la camiseta, que te voy a curar.

Esa misma tarde, a primera hora, Frank se plantó en casa para hacer una de sus ya frecuentes visitas a Rose.

—¡Viaje gratis en Panda! —exclamó Olivia al verle. Y se abrazó a Frank como si fuera el príncipe que la venía a rescatar de las mazmorras. Por supuesto, yo era el malvado dragón.

—De eso nada. Estás castigada.

—No vale. Eso no cuenta. Si Frank viene, no cuenta. Frank no es del castigo.

—Sí cuenta. Una semana sin poni es una semana sin poni.

—Pues vámonos.

—¿Vámonos adónde?

—De la isla. Me dijiste que cuando me quisiera ir, nos íbamos. Ese es el trato que hicimos.

A esas alturas, no me sorprendió que se acordara de la conversación que tuvimos en el ferri a la salida de su primera visita a la psicóloga. Habían pasado casi seis meses.

—Olivia, deja de decir tonterías, por favor. Y vete a tu cuarto antes de que me cabree más.

—Eres una tramposa —dijo marchándose airada—. ¡Me voy a ir a vivir con Barbara a la granja!

—Ay, mi granujilla Rose —me dijo Frank—, ¿en qué lío se habrá metido?

—En uno bien gordo, mi querido Frank.

—Entonces, ¿hoy no toca comer tortitas juntos?

—Sí, sí toca. Pero conmigo. ¿Te vale conmigo?

—Claro que me vale. Me encanta comer tortitas con mi hija.

Acababa de convertir a la madre de su mujer en su hija Barbara. Ahí es nada.

Había estado siguiendo todos los pasos de John por la isla. Estaba en guardia día y noche por si hacía algún movimiento extraño o salía de Robin Island. Llegué incluso a colocar un chivato en su lancha motora. Pero entre el ruido del viento y las olas y la escasa recepción al navegar en alta mar, apenas se le oía mientras vociferaba a Rick instrucciones e insultos que supuestamente eran motivadores. Así que opté por hacerme la encontradiza con él. A veces ver y oír a alguien solo a través de las peceras lo deshumanizaba, lo hacía irreal. Necesitaba palpar la realidad de los personajes, sin cristales de por medio. «¿Personajes? En qué momento has convertido a las personas en personajes?»

—Hola, Alice, ¿qué tal? Ya me han contado que triunfaste en la Cherry Blossom Art Fair —me dijo John. Me lo había «encontrado» en la farmacia.

—Sí, mal no me fue.

—Me has inundado la casa de relojes. Pero son bonitos, ¿eh?, que conste.

Se le notaba bien de ánimo. Contento. Las partidas de póquer le habían devuelto a la vida. Lo digo en plural, porque, desde la primera, las timbas nocturnas entre Keith y John se habían ido sucediendo casi a diario. Ya ni prestaba demasiada atención. El culo peludo de John no me agradaba mucho, la verdad. De hecho, al propio Keith también le disgustaba el apego de John al vello corporal. «Depilarse es de mariquitas», sentenciaba John. «Claro, porque jugar al strip póquer entre hombres es de supermachotes, no te fastidia...», le replicó Keith. Hasta que un día John se vino arriba y apostó que si perdía se depilaba todo el vello púbico, como un bebé. Efectivamente perdió, para regocijo de Keith, pero no quiso cumplir la apuesta.

John: ¿Y qué le digo a Karen cuando me lo vea?

Keith: ¿Cuándo fue la última vez que mi hermana te vio desnudo?

John: Oye, que también hacemos nuestras cosas. Yo tengo que cumplir como hombre.

Keith: Calla, calla, no seas desagradable, que me revuelves el estómago.

John: Que no, que paso.

Keith: Pues si no lo haces, no pienso acercarme ahí abajo, que lo sepas.

John: Si nunca lo has hecho.

Keith: Pues por eso mismo, majete, por eso mismo. Toma nota...

Y ahora allí estaba John, en la sección de higiene personal, mirando unas tiras de cera depilatoria.

—Son para Karen —se excusó.

—Ya me imagino, ya... —dije sonriendo—. ¿Tú qué tal por el submarino? ¿Dónde habéis estado de maniobras?

—No se puede decir. Es información clasificada. Hay cosas de mi vida que no puedo contar.

Sonreí comprensiva. «Y que lo digas, John, y que lo digas.»

—Y mira, ya que te he encontrado aquí, aprovecho para darte una cosa y así me ahorro el sello.

Rebuscó en una mochila con el distintivo de la Armada. Sacó un sobre con mi nombre y dirección.

—Es una invitación. Keith va a hacer una fiesta por todo lo alto por su cincuenta cumpleaños.

—Ah, sí, Karen ya me había comentado. Qué bien. Qué ilusión ir —dije con alegría genuina. Todo evento que me permitiera estar cerca de él era bienvenido.

—Bueno, pues a ver si hay suerte esta vez. Sabes a lo que me refiero, ¿no? —me dijo guiñándome un ojo.

—Sí, lo sé. Y sí, a ver si hay suerte... —le dije haciéndome la tímida. Luego cogí una caja de tiras depilatorias con extracto de caléndula, camomila y aloe vera—. Toma, llévale estas a Karen, que son mucho mejores.

~⁓

—¿Y Mark? —me sentí en la obligación de preguntarle a Julia durante nuestra habitual cita matutina en Le Cafe.

A esas alturas era más que patente su ausencia. Julia había tomado las riendas de Oliver, asumiendo la tarea de llevarle y traerle de vuelta al hidroavión todos los días. Hubiera sido raro no preguntar. Julia podría entender mi discreción como una muestra de respeto hacia su intimidad, pero también podría asociar mi falta de curiosidad a una posible vinculación con los hechos, a mi relación o interés o lo que fuera por Mark. Al menos así me lo parecía a mí dentro de mi paranoia. «Si no menciono ni pregunto por Mark, Julia va a empezar a pensar que es un tema tabú para mí también, que estoy ocultando algo, que yo soy la de los mensajes y la invitación a Nueva York.» A todo esto, Julia, a pesar de memorizar el número, nunca lo marcó. No tenía ninguna llamada perdida suya ni mensaje. Sin embargo, Mark sí que me había seguido mandando mensajes casi a diario.

> Hola?
> Estás ahí?
> Has cambiado de número? me da como no leído
> Sí, lo has leído
> Joder, Alice, por lo menos dime qué está pasando
> Me merezco una explicación...
> No, no merezco una explicación, lo siento, se me va la pinza. Es simplemente que me apetece verte
> Mucho
> Acabo de ver un petirrojo. Se ha posado en la botavara
> Y claro, me ha recordado a ti. Le he echado unas miguitas de pan
> Echo de menos a mi petirroja favorita
> Ven a posarte a mi velero
> He decidido que tu silencio es algo bueno

Así que no me contestes, ni me escribas, así sabré que me amas, que en el fondo me amas

Yo también te amo

Creo que tú eres mi Samantha

No, rectifico, yo soy tu Paul

Quiero ser tu Paul

¿Me dejas ser tu Paul?

Samantha era la novia de mi hermano Paul, la que murió, por si acaso no te acuerdas

Esto nunca se lo he confesado a nadie, pero yo estaba enamorado de Samantha

Casi tanto como de ti ahora

Perdona, anoche estaba muy borracho, me siento solo

No me puedo escudar en una relación inacabada de dos personas muertas

No es sano, lo siento

Soy un cretino, lo sé. Yo no soy así, no era así al menos. No sé qué coño me está pasando

Voy a dejar de escribirte, no quiero que me recuerdes así, quiero ser para ti el hombre que te ayudó a traer una vida al mundo

Quiero que todo esté bien entre nosotros, eres de lo poco bueno que hay en la isla

Me has dado y me has ayudado mucho, no necesito más de ti

Lo cual no significa que no quiera más de ti

Claro que quiero más de ti

Ya la estoy liando otra vez

Un beso, Alice

Ahora ya sí que sí, voy a respetar tu silencio

Alice, estás ahí?

Yo siempre voy a estar aquí, para cuando tú quieras

Dos días sin escribirte, pero no he dejado de pensarte

Estoy en NY, en la azotea del hotel Mandarin, viendo la puesta de sol. Espectacular

Me encantaría que estuvieras conmigo

Te adjunto foto

Yo no salgo porque me verías triste

Qué asco me doy

Qué patético me siento

Creo que me voy a divorciar
No soy feliz
Tu silencio no me aleja de ti, me aleja de Julia
Me ayuda a ver las cosas más claras
Gracias, Alice, por estar sin estar
Ya no pretendo estar contigo, de verdad que no
Pretendo estar conmigo
Estoy paseando por Central Park, estoy en el Bow Bridge, es mi lugar favorito
Voy a tirar este móvil al agua, me deshago de él
Mi mensaje en una botella para ti
Te quiero, m

Cuando le conocí, era un hombre vital y seguro de sí mismo. Que se hacía cargo de las situaciones de la vida. Me sorprendía y me provocaba rechazo que me deseara tan desesperadamente, que no pudiera contenerse. Verle tan frágil y vulnerable. Pero tenía la sensación de que seguía escribiéndome porque yo desprendía algo en la distancia y desde mi silencio lo legitimaba. ¿Por qué no le contestaba o iba a verle para zanjar el asunto? ¿Acaso le quería tener ahí? ¿Que me siguiera mandando esos mensajes tan miseriosos, pero cargados de sentimiento? Se ridiculizaba por algo poderoso que yo emanaba. Se humillaba con tal fuerza que solo podía significar que era la primera vez que le pasaba algo así. Yo le provocaba todo eso. Y eso me hacía sentir fuerte y vulnerable a la vez, porque me enganchaba, porque probablemente, si yo me hubiera dejado, habría escrito y hecho cosas similares. Habían pasado tres días desde que supuestamente tiró el móvil en el Bow Bridge. Al principio agradecí su silencio, pero ahora estaba genuinamente preocupada por él. Necesitaba saber que estaba bien. Tal vez por eso se lo había preguntado a Julia.

—Está en Nueva York. Lleva toda la semana allí. Pero vamos, por mí como si no vuelve.

—¿Y eso?

—¿Qué hora es? —preguntó consultando su móvil—. Las once y media. Un poco pronto, ¿no?

—¿Un poco pronto para qué?

—Mindy —le pidió Julia—, ponnos dos de lo nuestro.

—Me van a acabar haciendo una inspección y ya verás tú... —se quejó Mindy sin mucha convicción.

—Sí, claro... Y ni se te ocurra volver a servírnoslo en tazas de café, que no estamos en la Ley Seca.

Ni siquiera esperó a que el vino se dispersara por su sangre, porque enseguida se arrancó a hablar.

—Creo que Mark está teniendo o ha tenido un *affaire*. ¿He dicho otra vez *affaire*? No tengo remedio...

La que se bebió el vino en dos tragos fui yo.

—¿Y por qué lo piensas?

—Pues porque de repente estábamos bien. Me volvía a mirar. A ver. Volvía a estar.

—No entiendo. —Sí que entendía—. Que estar bien sea un síntoma de tener un *affaire* me parece bastante retorcido, ¿no?

—La culpa es uno de los motores más potentes de nuestra sociedad... La culpa, el miedo y la venganza son extremadamente venenosos, pero en su justa medida son un cóctel muy revitalizante.

—De eso van un poco tus novelas, ¿no? —dije por decir algo y que no se notara mi dosis letal de angustia.

—De eso va un poco la vida, ¿no?

—Supongo que sí... —Sonreí y me forcé a no agachar la cabeza ni a refugiarme en la copa de vino casi vacía.

—¿Sabes de qué va la novela que estoy escribiendo ahora? De una novelista de éxito en una supuesta crisis creativa, porque ella siempre se nutre de las cosas que vive y experimenta, pero como acaba de vivir una relación extramarital con otro hombre, no se atreve a escribir sobre ello por miedo a que su marido se entere. Para acabar dándose cuenta durante este proceso de que es él quien está viviendo un tórrido y apasionante romance... ¿He dicho tórrido y apasionante romance? Dios mío, qué mal estoy... Nada de Nicholas Sparks, parezco Danielle Steel. Que ya quisiera yo también, por otro lado.

—Pues suena muy interesante —dije obligándome a hablar. Estaba aterida por el miedo a acercarme a la verdad, o a ser pillada, que aquello fuera una trampa que me hubiera tendido. Me sentí como una mosca enredada en una telaraña. Una polilla atraída, cegada y abrasada por una lámpara de luz ultravioleta. Y así, incapaz de frenar mis impulsos, pregunté lo que era más lógico preguntar—: ¿Y cómo acaba la historia?

Se tomó su tiempo antes de contestar, como si estuviera celebrando algo por dentro.

—No querrás que te haga un *spoiler,* ¿no? Tendrás que leer la novela. Si es que alguna vez la termino...

Nos reímos, y el tono distendido que adquirió la conversación evaporó cualquier posibilidad de continuidad con el tema. Mentiría si dijera que no lo agradecí. Mucho.

—¿Y esas llaves? —Julia reparó en las llaves que llevaba colgadas al cuello con una cadenita. Tras el Oliviagate había decidido no separarme de la vía de acceso al desván y mantenerla alejada de la tentación. La otra era la Llave Master—. Son iguales. ¿Abren lo mismo?

Me encogí de hombros.

—No, no abren lo mismo. Y aún no he descubierto qué abren. Solo sé que una sirve para entrar y otra para salir.

Julia sonrió.

—Tengo muchas ganas de escribir sobre ti, Alice.

Y por su mirada y el silencio que acompañó a sus palabras quise entender que, en realidad, lo que me estaba tratando de decir era: «Ya lo estoy haciendo, ya estoy escribiendo sobre ti. Esto, todo esto, incluso Chris, es parte de mi novela». Y claro, me asusté. Aún más. Tenía que leer lo que estaba escribiendo. Como fuera.

—¡Hola, rubia favorita! Te he echando de menos —me saludó Antonio, tan efusivo como de costumbre.

Desde que prácticamente desvalijé el Night Eyes con la compra de las 50 cámaras, no había vuelto. Antonio le hizo una carantoña a Ruby, que iba en mi mochila portabebés, como de costumbre.

—Hola, pequeña canguro, cómo crecido mucho.

Era verdad que Ruby había crecido mucho. Había empezado a estar despierta, a mirar. Era una gran observadora, sobre todo porque lo hacía con mucha curiosidad, en silencio. De hecho, había comenzado a dejarla fuera del desván cuando entraba —antes siempre la llevaba conmigo colgada de mi teta— porque sentía que estaba empezando a absorberlo todo; se quedaba enganchada a los monitores viendo las peceras, igual que yo, igual que había pillado a su hermana. Vale que apenas tenía poco más de diez meses, pero no quería que ubicara espacialmente el desván, que sintiera que era un sitio normal al que entrar.

—Hola, Antonio, ¿qué tal estás?

—Pues ahora bien que te veo. Con impaciencia por qué querer llevar ahora.

—Necesito hackear un ordenador.

—¿Qué ordenador? ¿Ordenador CIA? ¿FBI? ¿Pentágono? ¿Casa Blanca?

—No, uno normal. Como el mío.

—¿Quieres hackear propio ordenador?

—No, Antonio, uno *como* el mío. No el mío.

—¡Era broma, rubia! Broma mala, pero broma. —Y antes

de que pudiera decir nada, añadió—: Lo sé, tú nunca estar para bromitas. A ver, ¿tiene tú acceso ordenador normal como tuyo? Poder estar físicamente delante ordenador que quiere hackear a solas tú.

—Eh, pues sí, supongo que sí...

—Pues si poder estar solas tú delante ordenador un minuto, es muy fácil. Hasta español poder hacerlo.

Esperé a que Olivia hubiera formado un triángulo perfecto con el trozo de emperador que se estaba comiendo. Había aprendido a utilizar el cuchillo para ser más precisa en sus cortes. No se comía cualquier tajada de emperador: el grosor tenía que ser uniforme, y el contorno, circular, sin bordes gelatinosos. Ray Schepler, el pescadero narcotraficante sospechoso número 6, se partía de risa cuando le contaba que usaba moldes metálicos redondos de repostería para cortar el pescado antes de cocinarlo.

—¿Y ya está, el resto te lo vas a dejar?

Olivia no me contestó. Observaba un poco frustrada el pescado, como si no supiera cómo proceder para seguir comiendo y a la vez preservar su figura geométrica. Desde que la había castigado una semana sin ver a Sunset ni a Panda y le había prohibido entrar en el desván, me había retirado el saludo y la palabra. Estaba durmiendo peor, tenía pesadillas y andaba de mal humor y apagada. Incluso había suspendido un examen de matemáticas, para provocar, por supuesto.

—Yo sé que tienes hambre y quieres comer más, ¿a que sí? Te encanta el pez espada.

De nuevo no contestó.

—¿Sabes lo que puedes hacer con el triángulo? Convertirlo en un rombo cortando en diagonal la parte inferior derecha y la inferior izquierda.

Acerqué mi cuchillo para enseñarle dónde cortar.

—No me lo toques. Ya sé hacer un rombo. Wendy me ha enseñado.

Efectivamente sabía. Se comió con ganas los dos trozos recién extirpados. De nuevo se quedó mirando el pescado sin saber cómo continuar.

—Y ahora, si cortas el rombo por la mitad, tienes...

—Dos triángulos... ¡Que ya lo sé!

—No me levantes la voz o te castigo otra semana más.

—Me da igual.

No iba a intentar razonar con ella, ni a volver a castigarla. Sabía que no iba a surtir efecto. Ya que conocía la existencia de las cámaras, ¿era realmente tan malo que la dejara entrar? ¿Y si prohibírselo solo la llevaba a delatarme y a descubrir el pastel consciente o inconscientemente? Su frustración podía adquirir formas que ni ella misma lograse controlar, como sus TOC. ¿Y si todas esas preguntas no eran más que meras excusas absurdas para usar a mi hija para mis propias necesidades e intereses?

—Vamos a hacer un trato. ¿Quieres hacer un trato?

—No, porque luego no los cumples...

—Esa no es la mejor manera de negociar, Oli. ¿Quieres que te levante el castigo?

—¿El castigo de todo?

—De casi todo. Vuelves a poder ir a la granja de caballos a ver a Sunset y montar a Panda. Te dejo darle las buenas noches a Oliver, desde tu cama, con mi ordenador portátil, como hemos hecho hasta ahora. Y... una vez al día, por las mañanas, al levantarnos, te dejo entrar al desván, conmigo, para que les des los buenos días a quien quieras darle los buenos días.

—Vale, acepto.

—No: vale, acepto, no. Tiene que ser a cambio de otra cosa. Es un trato, ¿recuerdas?

—¿A cambio de qué, entonces?

—De que después de darle los buenos días a los vecinos, también le des los buenos días a Poni y le pongas comida y agua en su comedero.

—¿Tengo que tocarla?

—Estaría bien que la acariciaras, pero de momento me basta con que no le pegues.

—Vale.

—Ah, y una cosita más...

440

—No, ya no vale, eso es trampa. Ya tenemos un trato.

—No te preocupes, que esta pequeña cosita te va a encantar. Es un juego.

～⌒

Era la primera vez que cenaba en casa de Julia. Aunque en realidad cenaban Oliver y Olivia, mientras Julia y yo degustábamos unas ostras Wellfleet de Bishop Oyster Farm con una copa de Cabernet Sauvignon del Willamette Valley de Oregón. Ambas cosas las había comprado yo previamente porque eran parte del plan. Mark seguía fuera. No tenía muy claro si en Nueva York o en el exilio de La Oficina. No me había vuelto a escribir. «Y dime, Alice, ¿cómo te sienta que haya dejado de buscarte y reclamar tu presencia desesperadamente? ¿Te gusta?»

Julia, al igual que yo, cerraba bajo llave la puerta de su despacho. No le gustaba nada que invadieran su espacio. Incluso en ausencia de Mark, seguía haciéndolo. En uno de nuestros encuentros me explicó que eran paranoias y manías de escritora, como si temiera que las palabras escritas se fueran a escapar. También para ella era muy importante que cada vez que decidiera entrar ahí, fuese para trabajar. Cerrar el despacho con llave le daba valor e importancia al hecho de atravesar la puerta. La llave la guardaba en su bolso, que dejaba siempre en la entrada, colgado de un perchero.

Había calculado que en total necesitaría tres minutos. Podría ausentarme para ir al baño, pero el despacho estaba en la planta superior, y tenían el baño al lado de la cocina. Sería muy raro y sospechoso. Ahí es donde entraba en juego Olivia.

—Mira, cariño, es muy sencillo. ¿Te acuerdas de hace tres meses, de la que liaste en el baño?

—¿Con el papel?

—Sí, con el papel, que te estabas limpiando el culete e insistías en que tenías que cortar el papel higiénico justo por la rayita y como no lo conseguías, seguías cortando papel y más papel y tirándolo todo al váter y prácticamente usaste un rollo entero hasta que lo conseguiste. Y claro, luego tiraste de la cadena y ¿qué pasó?

—Que la lié...

—Y tuve que llamar al fontanero.

—Al papá de Chloe.

—Sí, Mike. Que mira que nos cae mal, ¿a que sí?

—Me da miedo.

—Pues fíjate si sería grave que le tuvimos que llamar para que nos ayudara.

—Sí, la lié...

—La liaste... ¿Crees que podrías repetirlo?

—Ya he aprendido a cortar mejor el papel. Me sale a la primera casi siempre.

—Ya, pero la idea es atascar de nuevo un váter, ¿podrías hacerlo?

—No quiero volver a ver a Mike.

—En este caso concreto no vas a tener que volver a verlo.

—Entonces vale.

Olivia cumplió con su cometido exactamente a la hora marcada, su favorita: las seis de la tarde. Yo llegué quince minutos después, con el vino y las ostras, mientras Julia estaba aún arrodillada en el suelo, limpiando con toallas el agua que había rebosado incluso fuera del baño. Un excelente trabajo el de Olivia. La hora elegida también tenía que ver con que Mike cerraba Dirty Works a las 17:30 y a partir de esa hora era medio imposible localizarle o convencerle para que dejara de tomar cervezas y fumar porros con sus colegas para algo tan nimio como un váter atascado. El resto del plan ya estaba en mis manos. Después de meter las ostras y el vino en la nevera, me quité el abrigo y lo dejé al lado del bolso de Julia. Miré fugazmente en el interior para tener las llaves localizadas. Estuve tentada de aprovechar y hacerlo en ese preciso instante, pero no quise precipitarme y preferí esperar a que los niños estuvieran sentados en la mesa cenando.

Delante de Oliver, Olivia se cortaba con sus manías para que no pensara que era un bicho raro. Se comió su trozo de pizza a bocados —como cualquier niño o adulto—, en vez de usar cuchillo y tenedor e ir haciendo diferentes figuras geométricas.

442

El vino me sentó bien para sacudirme un poco el miedo y los nervios, pero tampoco quise abusar para no mermar mis facultades mentales. Necesitaba estar ágil y rápida. De vez en cuando metía la mano en el bolsillo y jugueteaba con el *pendrive* que contenía el virus troyano que debía instalar en el ordenador de Julia y que me permitiría administrarlo de manera remota desde el mío.

Antes de abandonar la cocina, no paraba de darle vueltas en la cabeza a qué excusa pondría en caso de que, por lo que fuera, Julia me pillase. Solo se me ocurría una plausible: confesar la verdad. Creo que como escritora y persona que se dedica también a hurgar en la vida de los demás podría llegar a entenderme, o por lo menos a no denunciarme a la policía. Entonces, ¿por qué no lo hacía directamente? ¿Por qué no se lo contaba? ¿Por la remota posibilidad de que ella fuera la amante de Chris? Lo dudaba.

Esperé a que Julia se pusiera a prepararles a los niños —y a nosotras también, ya puestas— un banana split. Era viernes, un buen día para la indulgencia infantil; no pasaba nada por saltarnos la dieta sana y equilibrada que nos empeñábamos en proporcionar a nuestros hijos día tras día.

—Voy al baño, enseguida vuelvo. —El «enseguida vuelvo» claramente sobraba, pero estaba nerviosa; de hecho, me meaba bastante, cosa ya recurrente en este tipo de casos, pero lo primero era lo primero.

—Pues ya sabes, ve al de arriba, que en este de aquí abajo una señorita que yo me sé ha tenido un ataque agudo de papelhigienitis...

Me reí aunque me pareció un chiste bastante malo para una mente tan creativa. Salí de la cocina, crucé el vestíbulo de entrada, cogí las llaves del bolso, las apreté con fuerza dentro del puño para que no tintinearan, subí la escalera, abrí la puerta del baño, la cerré sin entrar haciendo más ruido del normal y me dirigí al despacho muy despacito para que el ruido de las pisadas en el parqué no me delatara. El llavero tenía seis llaves. Fallé al primer intento. Fallé al segundo intento. Y al tercero, y al cuarto, y al quinto, y al sexto. Ninguna llave abría la cerradura. Sentí cierto alivio porque la taquicardia apenas me dejaba respirar y, además, así podría ir al baño a mear de verdad, porque casi no podía contenerme. Pero antes de batirme en retirada pensé que no era posible, que yo la había visto desde la pecera de mi ordenador guardar la llave en el bolso en múltiples ocasiones. ¿Y si guardaba más de un llavero en su bolso? Eso era más que probable. «Qué idiota soy», pensé mientras volvía a introducir las llaves en la cerradura a la desesperada. La segunda abrió la puerta. Con el tembleque de manos que tenía, normal que hubiera fallado en la primera ronda. ¿Cuánto tiempo había perdido ya? ¿Merecía la pena seguir? ¿Y si ella también había colocado cámaras en el interior del despacho? «Ay, madre, vete, cierra la puerta, sal de aquí.» Pero una fuerza aliada —o enemiga, a saber— me arrastró hasta el portátil. Introduje el *pendrive* en una ranura USB. Saqué el ordenador de su modo de reposo, abrí el Finder, doble *clic* sobre el icono del archivo y en treinta segundos el virus estaba instalado.

Antes de salir tuve que volver sobre mis pasos porque, tonta de mí, me había dejado el *pendrive* puesto. Aquello sí que habría sido la madre de todas las pifias. Cerré la puerta con llave, entré sigilosamente en el cuarto de baño, tiré de la cadena, abrí el grifo, me mojé las manos, aproveché para ponerme un poco de agua en la nuca —estaba al borde del desmayo— y bajé. Me encontré a Julia en el rellano de la escalera, estaba a punto de subir para ver si me pasaba algo.

—Estás muy pálida —me dijo cuando bajé.

—Las ostras, creo que no me han sentado bien...

—Es que las ostras son unas *delicatessen* que carga el diablo —dijo comprensiva—. Te preparo algo, ¿estás bien?

Me empezó a quemar la cabeza al darme cuenta de que si subía al baño y entraba, no iba a oler a ningún tipo de descomposición.

—No, no, estoy bien. Ha sido una falsa alarma. Parecía que iba a vomitar, pero no... Solo varios avisos. De hecho, ya que es posible que se desate la tormenta dentro de mí, prefiero que sea después de probar tu banana split.

—Pues no se hable más, a por ello.

Me hacía tanto pis que al final no tuve más remedio que

volver a ausentarme al baño, cosa que aproveché para devolver las llaves al bolso. Después, ya aliviada, me provoqué un vómito para darle credibilidad a mi coartada. Adiós, ostras; adiós, vino; adiós, banana split; fue un placer que me acompañarais en esta aventurilla. Estaba contenta allí arrodillada en el inodoro, metiéndome los dedos, y se me escaparon un par de risas mezcladas con las arcadas. Me sentía ligera e invencible en ese instante.

—Mamá, ¿crees que Julia se habrá enfadado conmigo?

—No, qué va.

—¿Y Oliver? ¿Tú crees que habrá pensado que soy tonta?

—No, Oliver se ha partido de risa.

—Sí, un poco sí que se ha reído.

—¿Ves? Todo bien.

—¿Y por qué querías que lo hiciera?

—Habíamos quedado en que nada de preguntas. Que lo hacías y punto. Ese era el trato.

—Pero ¿te ha servido lo que he hecho?

—Me ha servido mucho. Lo has hecho perfecto.

—¿Y vamos a seguir haciendo cosas de estas?

—De momento no.

—A mí me gusta ayudarte.

—Y a mí que me ayudes.

—Mamá...

—Dime, hija.

—A mí antes me gustaba más Mark que Julia. Pero ahora me gusta más Julia que Mark. —«Creo que a mí también, hija»—. ¿Crees que podríamos vivir todos juntos? Ahora que Mark no está, podríamos vivir con Julia y Oliver.

—No, cada mochuelo en su olivo.

—Aunque en realidad ya lo hacemos un poco porque los vemos en su casa.

—Pues ya está. Mejor así.

—Sí, mejor así.

—Venga, despídete de Oliver, que ya se ha dormido.

—Buenas noches, Oliver.

Beso, calambre y risita. Cerré el portátil.

445

—Oye, aquello que me dijiste de querer irte de la isla...
—Aunque fue fruto de una rabieta, me había quedado preocupada.

—Ya no. Era una cosa que me dio de los nervios.

—Pero qué cuentista que eres... —Reí y le di un beso—.
Hasta mañana, hija. Descansa. Te quiero.

—Yo también te quiero mucho, mami. Hasta mañana.

Una vuelta para un lado y otra para el otro.

Me quedé dormida acurrucada en la butaca del desván,
esperando a que Julia se fuera a la cama. Normalmente solía
dejar de escribir a las 23:00. Pero era viernes por la noche, no
había que madrugar al día siguiente y además parecía inspira-
da, porque escribía con mucha fluidez, solo parando para darle sorbitos a un whisky burbon con hielo. Julia me había contado que en realidad ella apenas encontraba placer en los
licores espiritosos, pero casi todos sus escritores favoritos habían sido alcohólicos redomados, como Edgar Allan Poe, Jack
London, Tennessee Williams, Dylan Thomas, Scott Fitzgerald,
James Joyce, Dorothy Parker... Y me citaba una frase de Ernest
Hemingway, que decía algo así como: «Un hombre inteligente a veces se tiene que forzar a emborracharse para pasar tiempo con los tontos». Vamos, que lo del vasito de whisky era su
manera de convocar a las musas.

Yo podía monitorizar lo que ella estaba escribiendo justo
en ese momento, pero mi curiosidad de lectora me hacía querer empezar desde el principio. Además, me daba miedo que
al ejecutar el programa algo fuera mal y ella se diese cuenta.
Así que preferí esperar a que no estuviera delante del portátil
ni en el despacho.

Me desperté a las 02:38. No había actividad en ninguna
de las casas, aparte de la pertinente partida de strip póquer de
John y Keith.

Pensé dejar la lectura para el día siguiente. Estaba muy
cansada. Demasiadas emociones para un día. Pero al menos
me quería ir a la cama con la tranquilidad de saber que el virus troyano había funcionado. Y sí, efectivamente, me daba
acceso al ordenador y a todos sus documentos. Me emocioné

menos de lo que debería haberlo hecho porque estaba aún muy adormilada. Primero revisé sus emails. Hice una búsqueda con la palabra *Chris*. Nada. Luego otra con la palabra *Williams*. Tampoco.

Luego abrí el archivo de la novela. «Solo la primera página y a dormir, que es muy tarde», pensé bostezando.

«Las palabras prohibidas» (título provisional de mierda)
Esto que lees no es lo que deberías estar leyendo. Esto que escribo no es lo que debería estar escribiendo. Esto lo único que hace es tapar las palabras. Las palabras prohibidas. Y es lo único que voy a hacer a partir de ahora. Hasta el final. Así que si yo fuera tú, dejaría de leer, porque no vas a encontrar nada de lo que quiero contar, de lo que importa. Nada. O casi nada.

Me desvelé inmediatamente.

Tardé cuatro días en leer la novela inconclusa. Comencé leyéndola con el corazón al galope, buscando a Chris enredado, atrapado, escondido o corriendo a sus anchas a plena luz del día por cualquiera de sus páginas para acabar yo enredada, atrapada, escondida y corriendo a mis anchas por las páginas. Cuatro días durante los cuales no acudí a mi cita diaria con Julia en Le Cafe. Tenía mucho miedo de no poder reprimirme y decirle lo mucho que me estaba gustando. De preguntarle cosas de los personajes, y sobre todo de saber cómo iba a acabar. Porque me había atrapado. Efectivamente contaba la historia de un amor prohibido, muy intensa, pero rodeada de misterio, contada sin contar, en silencio, como probablemente ella misma la había vivido. Era admirable —y muy desasosegante— leer y sentir cómo te sumergía en un universo de absoluta normalidad y aparente felicidad, pero que no era más que una fina y delicada capa, una resbaladiza superficie que apenas dejaba intuir el abismo interior de sus personajes. Personajes sin nombre, lo que no hacía sino acentuar el misterio en torno a la verdad que estaban empeñados en esconder, la mentira de su propia existencia. Tan anónimos como reconocibles.

Y al quinto día, fui.

—Ya pensaba que después de ponerte a morir en mi casa no querías saber nada de mí.

—Qué va. Si era por dejarte tranquila. Llevo tres semanas viniendo aquí, y tenía la sensación de que no te dejaba escribir.

—Te equivocas y, aunque no lo creas, entre otras cosas porque no lo has visto, estando contigo he escrito mucho. Me ha cundido. Y aquí está la prueba.

Apoyó la mano en un abultado sobre blanco de tamaño folio. Supe inmediatamente que contenía su novela. Todo mi gran despliegue para nada. «Pero ¿y lo bien que te lo pasaste, Alice? Ese chute de adrenalina que sentiste, ¿eh? ¿Qué me dices de eso, *spy yonky*?»

—¿Es lo que yo creo que es? —disimulé.

—No tengo agente, ni editor, ni marido. Te ha tocado. Se siente...

—Vaya... Qué honor... No sé qué decir.

—Ahora no hace falta que digas nada, pero sí cuando la leas. No te la dejo para que seas complaciente. Al revés, te la dejo porque necesito una opinión sincera y crítica.

«Pues no la vas a encontrar en mí, porque me ha entusiasmado», me dieron ganas de decirle.

—Bueno, lo intentaré. Pero yo no soy una profesional. Quiero decir que mi criterio...

—Tu criterio es tu criterio, y es el que me interesa ahora. Toma. —Me entregó un lápiz nuevo—. Espero que para cuando termines de leer la novela, lo hayas desgastado escribiendo notas en los márgenes.

—Pero ¿ya está terminada? —pregunté para disimular y porque durante un instante pensé que igual aquel final sin final tan abrupto era el final. ¿Acaso no son así casi todos los finales en la vida?

—Las novelas nunca están terminadas, ni siquiera después de publicarlas. En cualquier caso, no, aún no tiene final. No sé cómo acabarla. Tal vez tú me puedas ayudar.

Entonces se abrió la puerta y apareció Mark. Nos pilló a las dos por sorpresa. Y por la cara que puso él, tampoco debió de ser algo que buscaba.

—Hola —dijo—. Acabo de regresar de Nueva York.

—Ya veo, ya —dijo Julia seca.

—Vengo a por un café.

—Entonces estás en el sitio adecuado.

Mark se acercó al mostrador a pedirle a Mindy un Frapuccino de caramelo de tamaño grande. Durante los cuatro minutos que permaneció dentro del local —Mindy ponía mucho mimo en cada café que servía—, nadie dijo ni una sola palabra. Yo le hice un gesto a Julia dando a entender que, si quería, los dejaba a solas, pero ella negó levemente con la cabeza. Mindy le entregó su café a Mark. Pagó, dejó las vueltas de propina, le quitó la tapa, le echó dos sobres de azúcar moreno, lo removió con calma, volvió a cerrar la tapa, cogió una servilleta y salió dando un sorbo al café.

—Adiós —dijo.

—Adiós —dijo Julia.

—Adiós —dije yo.

Me puse triste al verle. En cuanto apareció, evité cualquier contacto visual directo. Cosa que me hizo darme cuenta de que le había echado de menos. Por eso no le había contestado a ninguno de sus mensajes. No quería zanjar el asunto. Nuestro asunto. Me gustaba tenerle ahí. Yo que me había obligado a elegir entre Julia y Mark, ahora resultaba que los quería a los dos. Y eso no podía ser. ¿O sí?

Días 353-361. Año I d. C.

—Niña, has estado de un desaparecido que ya te vale —me recriminó Karen de camino a la fiesta de cumpleaños de su hermano Keith en Napoleon Island.

John tripulaba la lancha en silencio, cerveza en mano, perdido en sus pensamientos. Cómo deseaba poder instalar un virus troyano en su cerebro para hackear su mente y rastrear a Chris. «Algún día existirá esa tecnología», pensé mientras escuchaba la matraca de Karen.

—Cincuenta años. Pero este es como el buen vino, mejora con la edad. Va a haber catering, servicio de taxi para ir y venir a la isla, música en directo de un grupo muy hipster, y yo qué sé cuántas cosas más. Y viene gente muy importante del mundo de la cultura y la política, entre ellos Bill, Hillary y Chelsea. Sí, sí, los Clinton. ¿Cómo te quedas? Son amigos de mi hermano. Chelsea hizo prácticas en su compañía mientras los Clinton pasaban en su casa parte de sus vacaciones de verano. Y tú ahí como una tonta dejando pasar la oportunidad de codearte con la *crème de la crème,* y mientras dando paseos con el matado de Conrad, que te he visto. Así que más te vale aprovechar esta oportunidad, que si no le voy a buscar otra pretendienta mejor.

Karen seguía insistiendo en que haríamos muy buena pareja. Sí, vamos, buenísima. La pena era que no me gustaba jugar al strip póquer. ¿Por qué querría esconderle Keith a su hermana que era gay? Eran de familia muy conservadora, pero los padres hacía ya tiempo que habían fallecido. Keith era demócrata, tolerante y cosmopolita. No tenía ningún sentido ocultárselo a Karen. A no ser que se lo quisiera ocultar a sí mismo. Tal vez era algo que no quería asumir. O igual era más excitante vivirlo desde el secreto y la mentira, en vez de convertirse en alguien abiertamente homosexual e integrado en la sociedad. O igual estaba enamorado de John, y punto. Muy enamorado. Y ese amor puro y exclusivo solo se podía vivir de aquella manera. ¿Y el empeño de Karen por emparejar a su hermano de cualquier manera? ¿Podía tener que ver con que tuviera conocimiento de la relación que mantenía con John? ¿Buscarle una novia a Keith era la única forma que se le ocurría de resolver aquella retorcida situación? Aparte de darse al alcohol, claro.

Miriam, que seguía muy triste por la desaparición de Sandy, sobre todo porque había perdido cualquier esperanza de recuperarla, también me había echado la bronca por mis ausencias. «Tenemos una charla sobre nuestra amistad y nuestra conexión, lloramos juntas, nos abrazamos, intensificamos nuestro vínculo, pero luego tú, siempre a tu bola. Si lo sé, no te vendo la casa, vaya vecina más descastada que me he echado.» Era cierto que, al tener cámaras instaladas en las casas, me había refugiado más en el desván. Ya no necesitaba socializar tanto para sacar información. Pero a Miriam sí la seguía viendo con bastante frecuencia; se quejaba de vicio; los domingos hacíamos siempre un *brunch* con las niñas. «Ya, pero yo me refiero a planes de chicas. Chicas adultas. Contratar una canguro, Wendy por ejemplo, e irnos por ahí de cenita a Hyannis. Ya nunca quieres salir por la noche.» Tuve que prometerle una cena dos veces al mes a cambio de que me acompañara a la fiesta de cumpleaños de Keith. Por mucha necesidad que tuviera de asistir, no quería hacerlo sola.

Habíamos dejado a las niñas con Barbara en Horse Rush Farm. Ya habían inaugurado la temporada y abierto las puertas al público. Los fines de semana tenían todo tipo de actividades para niños y adultos, e incluso una guardería para los más pequeños. Olivia fue con Oliver, pero Julia no quiso apuntarse a la fiesta de cumpleaños a pesar de estar invitada. Y Karen: «La he invitado porque es famosa, porque sé que a los Clinton les gusta hasta su segundo libro de mierda, porque es la mujer de mi primo y sobre todo porque es tu nueva amiguita, que os he visto ahí de cháchara todos los días en Le Café. Pero ya verás como al final no viene porque es un poco estiradilla. Y yo, sinceramente, lo prefiero». En realidad, no fue porque no quería encontrarse con Mark. Yo sabía que iba a ir. Julia me lo había contado. Pero aun así no dejó de pillarme de sopetón su presencia.

—¿Ves? Ya sabía yo que no iba a venir tu amiguita —me dijo Karen al poco de llegar a la isla. Ya estaba bastante bebida—. A todo esto, parece que ella y Mark como que no... ¿Sabes algo?

Negué con la cabeza. Ni idea.

Sin lugar a dudas, Napoleon Island era espectacular. La presidía un imponente castillo de estilo medieval que fue construido en 1901. Perteneció a la familia de Napoleon LeCaptain, un famoso arquitecto de la época, que diseñó numerosas iglesias en Filadelfia —de donde era originario— y Nueva York, entre las que se incluía la iglesia de Saint John the Baptist, además de multitud de estaciones de bomberos y varios de los primeros rascacielos, como el Metropolitan Life Insurance Company Tower. Para levantar el castillo se trajeron desde Martha's Vineyard toneladas de granito a través de las aguas heladas que unían las dos islas. Napoleon contrató canteros italianos para trabajar el granito que conformaría un castillo de veintiocho habitaciones y cuatro plantas de altura, con mazmorras y pasadizos subterráneos. Trajeron más de 2.000 cargas de tierra desde Falmouth para cubrir las 8 hectáreas de roca y rodear el castillo de un majestuoso manto de césped. Napoleon quería darle una sorpresa a su mujer e hijos. Regalarles una isla de retiro. Un regalo de 500.000 dólares. Murió allí mismo, de un infarto mientras dormía, apenas diez días después de inaugurar la casa. La familia LeCaptain nunca más volvió a pisarla al considerar que estaba maldita.

Si no hubiera visto a Keith haciendo lo que hacía con John, creo que realmente le habría dado una oportunidad. Aquel sitio te enamoraba y te atrapaba. Y él era el anfitrión perfecto. Nada más verme me cogió del brazo, salvándome de su hermana, y me dio un tour mientras me contaba la historia de la isla. Resultaba muy llamativo lo educado, fino e incluso atractivo que era en contraste con la zafiedad que demostraba en las partidas de strip póquer. Pero la verdad es que no me extrañaba, y me parecía hasta sano. Vivir allí solo, en aquel castillo tan enorme, podía acabar convirtiéndose en una condena. Un constante recordatorio de que no tenías familia propia con la que ocupar las habitaciones. Aunque al parecer, en su faceta filantrópica, albergaba a todo tipo de artistas en busca de inspiración sin cobrarles absolutamente nada. Tenía varias salas acondicionadas para tocar y grabar música, pero no en plan serio y solemne, no: Keith amaba la música country, el folk, el rock. De hecho, era muy amigo de Jon Bon Jovi, pero, según me contó Karen, este no pudo asistir a su fiesta porque estaba de gira por China.

—En cualquier caso, no vivo solo —me dijo. Tenía ocho empleados que vivían de forma permanente en el castillo y otros siete que se unían desde la primavera al otoño—. Y todo esto sin contar al fantasma de Napoleon. Yo no tengo perro porque tengo a Napoleon. Es mi mejor amigo y fiel compañero. Allí donde esté yo, está él, no se separa de mí ni para dormir. —«¿También será gay?», pensé—. Napoleon era un tipo muy sociable y extravertido al que le encantaba la compañía, que vivía muy a ras de suelo, en contacto con la gente. No solo supervisaba a diario todas sus obras, sino que además no dudaba en ponerse un casco y encaramarse a los andamios para echar una mano en lo que hiciera falta.

»En el castillo rara vez se estropea algo. Mi teoría es que él mismo se remanga y arregla cualquier avería. Una puerta empieza a emitir un chirrido y, dos días después, deja de hacerlo y está perfectamente engrasada sin que nadie del personal haya intervenido. Un gran tipo, Napoleon. Me encantaría que le conocieras. Hoy no creo que se vaya a dar el caso, porque es muy discreto y no quiere asustar a nadie. Tendrás que venir otro día —me dijo guiñándome un ojo en lo que parecía una clara y desconcertante insinuación.

Ahí fue cuando vi a Mark. Estaba con una copa de champán en la mano, un poco alejado del resto de los invitados, de espaldas, al borde de un pequeño acantilado frente al mar. Como si hubiera notado mi presencia, se dio ligeramente la vuelta para mirarme, levantó su copa en señal de brindis y bebió mientras volvía la vista al mar sin esperar respuesta. Estaba muy guapo. Tenía muy buen aspecto. Se notaba que había empezado a salir a navegar porque su piel ya estaba morena y curtida, y su pelo, más claro y ondulado. Y, sobre todo, parecía lo que hacía tiempo había dejado de parecer: relajado. Y no hay nada que me guste más que un hombre tranquilo. Reminiscencias de mi complejo de Electra.

Nos lo pasamos bien. La música en directo, a cargo de un grupo que no conocía y me encantó: The Stray Birds, una banda de folk contemporáneo de Pensilvania que estaba empezando a despuntar en la escena musical. La comida a cargo de Bryan Voltaggio, un finalista de la sexta temporada de «Top Chef», era exquisita. El tiempo, templado y discreto. Y una curiosidad: John y Keith no cruzaron ni una sola palabra o mirada.

—Clinton te está mirando —me dijo Miriam.

—Qué dices, anda...

—Mírale, le está preguntando a Keith por ti. Ay, este Bill...

Un par de miradas sí que me había echado mientras charlaba con él.

—¿Te liarías con él?

—¿Qué dices? Nunca.

—¿Y cuando estaba en la cresta de la ola? ¿Cuando era presidente te lo habrías tirado?

—Que no.

—Pero ¿tú no eres demócrata?

—Sí, pero ¿eso qué tiene que ver con tirármelo?

—Te hubiera camelado igual que a la Lewinsky, fijo.

Me reí recordando la imitación de Conrad y de repente me dio pena que no estuviera invitado.

Bill terminó de hablar con Keith.

—Ay, que viene, que viene para acá... —dijo Miriam, nerviosa como una adolescente.

—Disimula un poco, por favor...

—¿Nos hacemos una foto con él?

—Ni se te ocurra, por favor, que me muero de vergüenza.

Bill cruzó delante de nosotras, nos dedicó una amable sonrisa sureña y siguió de largo hacia el interior del castillo.

—Perdona, Bill... —le llamó Miriam. «Ay, Dios, no.»— ¿Te haces un *selfie* con nosotras? Somos muy fans.

Bill se rio campechano.

—¿Para qué? Si ya no soy famoso, ni importante y créeme que ni siquiera mando en mi casa. Bueno, eso nunca lo hice.

—No seas modesto. Lincoln, Roosevelt, Jefferson, Kennedy y tú, los mejores presidentes de calle.

—Vale, como queráis. Pero no vais a tener muchos *likes* en Instagram, ya os aviso...

Bill volvió sobre sus pasos.

—Yo soy Miriam y esta es mi mejor amiga, Alice.

Nos estrechó la mano.

—Encantado.

—Igualmente —dije roja como un tomate. Era la primera vez en mi vida que estrechaba la mano de alguien tan importante.

Miriam activó la cámara de su móvil y se lo tendió a Bill.

—¿La haces tú, Bill? Que tienes el brazo más largo y así sale mejor.

—Claro, por supuesto.

Bill cogió el móvil y nos hicimos un *selfie*.

—Haz otra por si acaso —le pidió Miriam.

Bill disparó una vez más.

—Muchísimas gracias. Todo un honor.

—No olvidéis etiquetarme cuando la publiquéis para verla y seguiros.

Me guiñó un ojo y se marchó. A lo lejos, Karen nos reprendía con la mirada en plan «si lo sé no os traigo, *groupies* paletas».

Tras la tarta —Keith se negó a soplar las velas por considerarlo algo muy ordinario—, Miriam decidió echarse una siesta en las hamacas de la piscina porque estaba mareada de tanto vino. Yo me fui a dar un paseo alrededor de la minúscula isla, huyendo un poco del gentío.

Creía que Mark se había ido ya, porque hacía un buen rato que no le veía. Por eso me sorprendió encontrarle paseando por el pequeño sendero que bordeaba la isla. «¿Sorprender? ¿Acaso no le estabas buscando?» Iba en dirección contraria a la mía.

—Hola.

—Hola... Creía que ya te habías ido.

—Ganas tenía, pero me parecía feo desaparecer antes de la tarta.

—Ya...

—¿Me estabas buscando?

—¿Cómo? No, no... —Estaba muy tímida, no sabía por qué—. Estaba dando un paseo para bajar la comida y el vino.

—Ah, bueno, pues entonces te dejo tranquila.

—Si quieres acompañarme, por mí bien.

—No sé, me da un poco de cosa. No quiero que Bill se ponga celoso...

Me reí. «Ah, o sea que te has dado cuenta de que Bill se ha fijado en mí.»

—Venga, te acompaño, no te vayas a perder en la inmensidad de la isla.

Caminamos un rato en silencio. Me relajó el no sentir resentimiento ni tensión sexual. Igual ya había pasado todo entre nosotros. O igual estábamos los dos disimulando y librando una encarnizada batalla en nuestro interior.

Entonces la vi al fondo, tras una hilera de abetos. Una pista de tenis. De superficie dura (cemento o plástico), de color azul y blanco. Me frené instintivamente para enseguida reanudar la marcha por miedo a que Mark se diese cuenta de mi estado preataque de ansiedad. Estuve a punto de decirle que volviéramos, que se estaba haciendo tarde, pero no llevábamos ni cinco minutos andando. La pista de tenis se hallaba en un extremo de la isla. Me pregunté por qué estaría ahí y no más cerca del castillo. ¿Quería que fuera una pista de Chris o no? Si quería averiguarlo, tendría que entrar dentro y acercarme, examinar la superficie, buscar alguna placa o chapa metálica que identificara la empresa de Chris, lo cual a la fuerza le resultaría muy raro a Mark. Decidí que sí quería que fuera de

Chris, que aquello ayudaría a explicar ciertas cosas, o al menos su vínculo parcial con la isla. Sin embargo, preferí seguir avanzando, alejarme de allí, emprender el camino de vuelta. Pero Mark me frenó. ¿Ahí, tenía que ser justo ahí?

—Alice, quería pedirte disculpas por mi comportamiento. —No sé si en ese instante estaba capacitada para tener una conversación, y menos de ese tipo—. Nos dejamos de ver de la noche a la mañana, sin ningún tipo de explicación. Y no lo entendía, y ya sé que es ridículo, pero me sentía usado. Cuando estaba claro que era yo el que te estaba usando. Y no solo te estaba usando, sino que estaba funcionando. Todo iba mejor en general, y en particular con Julia. A lo mejor precisamente por ese miedo a que si dejaba de verte todo volvería a estar mal, me puse muy nervioso y estúpido, y yo mismo me encargué de cagarla y provocar esta situación. Ya sé que lo quiero todo y que no se puede tener todo en la vida. Lo sé de sobra, aunque lo haya intentado en vano o precisamente por haberlo intentado, ahora lo sé de sobra.

Entonar aquel mea culpa, de manera serena y medianamente ordenada, me recordaba al Mark que me gustaba, al que yo me había enganchado, cosa que no ayudaba a controlar mi ansiedad. Ni eso ni el hecho de que de repente recordara que, a pesar de que Chris trabajaba con varias superficies y distintos colores de pistas a gusto del consumidor, las de plástico resistente —creo que se llamaban DecoTurf— de color azul y blanco eran sus preferidas, como aquella.

—¿Por qué no me habías contado que Julia había tenido un *affaire*? —Decidí agarrarme a la conversación porque me empezaban a fallar las piernas.

—Porque cuando alguien te gusta mucho, intentas ocultar tus defectos a toda costa.

—¿Que Julia tuviera un amante es un defecto tuyo?

—Defecto, fallo, error, carencia, imperfección, gran bola de mierda. Llámalo como quieras, pero sí, al menos es como yo lo vivía. Lo vivo.

Así era exactamente como me sentía yo gran parte del tiempo con respecto a la mentira de Chris, buscando dentro de mí el error que le había llevado a esconderse en Robin Island. ¿Había sentido Chris por mí alguna vez semejante aluvión de sentimientos y vómito de contradicciones? ¿No había sido nuestra historia de amor demasiado perfecta, demasiado plana? ¿O era simplemente que estaba angustiada y aturdida porque acababa de reparar en que en uno de los postes de la red había una placa donde ponía en letras grandes: WTT? Williams Tennis Tech. La empresa de Chris. ¿Era la pista de tenis consecuencia de su estancia en la isla? ¿Entró en contacto con Keith estando en Robin Island y le hizo el encargo? ¿O fue al revés? ¿Fue la instalación de la pista lo que le introdujo en la isla?

En cuanto regresé a casa revisé todos los archivos, documentos y contratos de fabricación y mantenimiento de pistas de Chris. Los físicos y los informáticos. Eran centenares. Había guardado una copia de todos. Pero ninguno correspondía a Napoleon Island, ni estaba a nombre de Keith. ¿Me habría equivocado? No, no era posible, a no ser que hubiera sufrido una alucinación. Yo misma ayudé a Chris a diseñar la placa. Tenía que volver a Napoleon Island. A la isla del que ya era oficialmente el sospechoso número 20.

En mi última visita a Night Eyes, antes de irme con todo lo necesario para hackear el ordenador de Julia, la combinación de la fuerza suprema de la supervivencia, la absorción de la sociedad de consumo y mi necesidad de seguir engañándome y de agarrarme a un clavo ardiendo me hizo fijar la atención en un cambiador de voz. Otro modelo diferente. «Rápido y fácil. Modifica tono, reverberación, *pitch*, octava. 50 memorias. Gran oferta. Con adaptador para todo tipo de smartphones. ¡Tan bueno que ni tu madre se dará cuenta! Oferta. Antes: 695. Ahora: 529.» Una oferta irrechazable que quedó claramente justificada en el momento en el que decidí que Chris, desde ultratumba, iba a volver a hacer un par de llamadas.

Cambiador de voz. Modo: Hombre – Memoria 14.
Día 354. 11:20 horas.

Suena el teléfono móvil de Keith.

Keith: ¿Sí?

Yo: Hola, Keith.

Keith: Hola, ¿quién eres?

Yo: Chris.

Keith: ¿Chris? ¿Qué Chris?

Yo: Williams.

Keith: ¿Cómo? Se te oye muy mal. ¿Dónde estás metido? Suena metálico. ¿Hola?

Yo: Soy Chris Williams.

Keith: ¿Chris Williams? No caigo.

Yo: El de la pista de tenis.

Keith: ¿Cómo?

Yo: El de la pista de tenis.

Keith: ¿De la pista de tenis...? ¡Ah! ¡Chris! ¡Cuánto tiempo! ¿Qué tal estás? ¿No me digas que te dejé algo a deber?

Yo: No, no...

Keith: Entonces ¿a qué se debe tu...? Espera... No puede ser. Si mi cuñado me dijo que... ¿Dime quién eres otra vez?

Cuelgo.

Karen's Petite Maison. Oficina de recepción. Día 355. 1:35 horas.

Keith y John se disponen a jugar su partida de strip póquer.

Keith: Me ha pasado una cosa muy extraña esta mañana.

John: ¿El qué?

Keith: Tú me contaste que tu colega Chris Williams había muerto, ¿no? El de la pista de tenis.

John: No me lo digas. Te ha llamado.

Keith: ¿Cómo lo sabes?

John: ¿Cómo se le oía la voz? Rara y un poco distorsionada, ¿a que sí?

Keith: Sí, y con bastante ruido de fondo.

John: ¡Qué hijo de puta el tipo ese!

Keith: ¿Quién, Chris?

John: No, no, el cabrón que se hace pasar por él.

Keith: Pero ¿y tú cómo sabes todo esto?

John: Pues porque estuvo llamándome una temporada a mí.

Keith: ¿En qué plan?

John: Pues en ninguno, para tocar las pelotas.

Keith: Pero estás seguro de que Chris...

John: Que sí, que sí, murió hace un año o algo así. Lo leí en la revista de la asociación de alumnos de la Universidad de Virginia.

Keith: Qué cosa más rara...

John: ¿Y volviste a saber algo de Chris después de la instalación?

Keith: Qué va.

John: ¿Y le pagaste todo?

Keith: Pues sí. Todo. Pero ahora que lo dices. Fue extraño.

John: ¿Por qué?

Keith: Porque no quiso facturarlo. Me pidió que se lo pagara en efectivo. En negro. No recuerdo muy bien por qué accedí. Hace más de tres años ya...

John: Yo creo que este pavo, sea quien sea, quiere chantajearte. A ti, o a mí, o a los dos.

Keith: Chantajearnos, ¿por qué?

John: Oye, tú no le habrás contado a nadie esto que...

Keith: No. Solo a mi hermana y a Bill Clinton, no te jode... ¡Pues claro que no!

John: Bueno, en cualquier caso, ni se te ocurra soltar prenda si te vuelve a llamar. De nada.

Keith: Oye, ¿y tú?

John: ¿Yo qué? ¿Que si he contado algo? ¿Estás loco?

Keith: No, me refiero a que si tú volviste a tener contacto.

John: No, no, nunca más...

Keith: ¿Seguro?

John: ¿Qué pasa, te vas a poner celosón ahora? Me encanta.

Keith: O me contestas o no juego.

John: Ah, peor para ti, porque tengo una sorpresita.

Keith: ¿Ah, sí?, ¿cuál?

John: ¿Quieres un adelanto?

Keith: No me voy a dejar embaucar...

John se levanta, se da la vuelta, se baja el pijama junto con los calzoncillos bóxer y le muestra brevemente su culo recién depilado.

Keith: Ja, ja, ja, ja. Me encanta. Ja, ja, ja, ja. Serás mariquita... Ahí me has ganado. Ja, ja, ja, ja.

Keith se mostró extasiado —palabras textuales— de que aceptara su invitación para conocer en persona al fantasma de Napoleon y me llevara a las niñas a pasar el fin de semana. Tanto que de nuevo me hizo barajar la posibilidad real de que le gustara. Le llevé de regalo un reloj espía con forma de timón. «Es un detalle, aunque sé que no encaja mucho en un sitio donde todo tiene tanta historia y tradición.» «¡¿Qué dices?! No digas tonterías, ¡me encanta! Es perfecto para mi yate. Lo cual me acaba de dar una idea.» Se empeñó en que el viernes fuéramos a buscar a Olivia en yate a la salida del cole en Nantucket. Lo que provocó un enorme revuelo entre los niños y profesores al ver semejante barco atracado frente al colegio. Olivia estaba encantada, como si fuera la hija del presidente de Estados Unidos y la hubiera ido a recoger su papi en el Air Force One.

A pesar de aquella traca de fuegos artificiales, no fue fácil negociar con Olivia, porque no le gustaba un pelo pasar un fin de semana alejada de Sunset y Panda y sobre todo del desván. «¿Otra vez castigada? ¡Pero si no he hecho nada malo ahora!» Le prometí que el domingo nos daría tiempo a pasar por la granja de caballos y que le dejaría ver a Oliver dos veces al día desde mi portátil. Aquello calmó su ansiedad. Eso y que Keith había diseñado un increíble plan de actividades para la niña. El sábado disfrazó de piratas a todos sus empleados, incluido él mismo, que iba de Barbarroja. Yo le había hablado de la fascinación de Olivia por los piratas y *La isla del tesoro.* Organizó una yincana alrededor de la isla e incluso en el interior del castillo —lo cual me vino muy bien para cotillear todas las habitaciones— en busca del tesoro escondido. Olivia se lo pasó en grande descifrando pistas, huyendo despavorida de los piratas «malos», navegando en busca de nuevas rutas —en un bote de plástico en la piscina—, haciéndose amiga del fantasma Napoleon para que le ayudase a guiarla en su aventura —los crujidos y sonidos raros eran su brújula, el camino que debía seguir—, atravesando desfiladeros —el caminito que lleva al embarcadero— y peligrosos puentes —del estanque— a lomos de Panda —al oír lo mucho que Olivia lo echaba de menos, Keith habló con Barbara y lo trajo desde la isla—, siendo atrapada por el pirata cojo y llevada a las mazmorras, para luego ser rescatada por un náufrago de la isla —que por supuesto interpreté yo, me venía al pelo— y finalmente encontrar la guarida secreta que la llevaría al tesoro: un cofre que juraría que era del mismísimo siglo XVIII y que contenía... «¡Oh, no, qué horror, no tiene nada! ¡Nada!» El pirata Barbarroja reía malicioso ante el inesperado giro de acontecimientos y la cara de decepción de Olivia.

—Querido grumete —le dijo Keith—, lo importante de cualquier aventura no es adonde llegas. La mayor y única recompensa es el camino, es todo lo que te has divertido, es todo lo que has aprendido, es todo lo que has crecido. El mejor tesoro al final de la aventura eres tú.

—Pues vaya caca —dijo Olivia.

Luego resultaría que, al entrar en su cuarto, Olivia se encontraría con un cargamento de regalos (educativos), juguetes (analógicos) y chuches (sin azúcares añadidos).

Nada más llegar a la isla, lo primero que hice en cuanto tuve ocasión de ausentarme brevemente fue comprobar que en efecto la pista de tenis era de WTT, pero no me atreví a preguntar nada al respecto a Keith. A cambio, dediqué el fin de semana a examinar algunas habitaciones con mayor detenimiento, con la Llave Master lista para desenvainar. Si me pillaba alguno de los empleados, siempre tenía la excusa de decir que me había perdido, porque en realidad era fácil perderse allí. Aunque también era algo de lo más normal dejarse llevar y vagar por las distintas habitaciones, porque todas tenían su historia. Era un castillo museo. ¿Y qué buscaba? Ya sabía que no había contrato de por medio con Chris. Entonces, ¿qué me movía a husmear por las habitaciones aparte de buscar una improbable cerradura que abriera la Llave Master? La verdadera fuente de información era Keith. Esa era la cerradura que tenía que abrir. Tenía que hablar con él. Ganarme su confianza, pasar tiempo juntos, como en aquel mismo instante, de noche, frente a la chimenea del salón, solos, bebiendo un vino gran reserva de Borgoña que tenía pinta de ser muy caro.

—¿Cuándo compraste la isla? ¿Tuviste que hacer mucha reforma? —le pregunté.

Keith compró la isla cuando salió a Bolsa la empresa a la que vendió la patente de semiconductores por una millonada y el 10 % de las acciones. En un solo día el valor de las acciones se multiplicó por 15 en el Nasdaq y su fortuna quedó estimada en 1,5 billones de dólares, millón arriba, millón abajo. Lo contaba con total desapego y casi cierto fastidio, porque pensaba que era parte de una burbuja que pronto estallaría y que por supuesto llevaría a la ruina a los pequeños inversores, que eran los que menos se lo merecían. «Pasé de ser un ingeniero dedicado a ser un milmillonario atormentado.» Por eso se había alejado de aquel mundo. «Claro que, por otro lado, te cuento esto, pero bien que trinco el dinero sin pestañear».

Habían pasado ya seis años desde que compró la isla, y llevaba cuatro viviendo en ella. El interior del castillo apenas lo tocó. Solo lo que no se veía: tuberías, desagües, instalación eléctrica, calefacción de suelo radiante, etcétera. Le gustaba lo añejo, la vida que había en cada habitación. Es lo menos que podía hacer por su mejor amigo, el fantasma Napoleon. Él era un afamado arquitecto, que construyó el retiro perfecto. ¿Quién era él para modificarlo? En el exterior sí que intervino más, porque las inclemencias del tiempo habían pasado factura. De hecho, acometió dos grandes reformas. Una antes de mudarse y otra, aún más grande, después del huracán Sandy, que arrasó con toda la vegetación y destrozó el embarcadero, que reconstruyó entero sin modificar el diseño original. Replantó el césped de toda la isla, la arboleda de pinos, abetos y arbustos. Se construyó un huerto —su lugar favorito—. Se hizo un jardín japonés con un estanque artificial. Puso un jacuzzi al aire libre junto a la piscina climatizada. Y la pista de tenis, claro. Quería, deseaba, necesitaba poder verbalizar las preguntas que tenía en torno a Chris que él podía responder. Pero era incapaz. Todas esas preguntas se habían ido acumulando, adhiriendo las unas a las otras en mi garganta. Se habían hecho una bola. Una bola angustiosa que no me dejaba hablar, ni respirar. Solo acerté a colar con naturalidad un par de preguntas: «¿Juegas al tenis regularmente? Está muy nueva la pista, ¿no?». A lo que él me contestó que no, que apenas la usaba, que la había puesto más que nada para los invitados. Para seguir a continuación con su retahíla de reformas y detalles. Que si el jardín japonés era de Yoshimi Kono, un arquitecto y diseñador de interiores de Nueva York superprestigioso; que si el césped era del tipo Bermuda, el mismo usado en el campo de golf de Augusta donde se jugaba The Masters; que si la madera del embarcadero era de roble blanco americano, que sin duda debía de ser la mejor y más exclusiva del mundo; que si la piscina la había diseñado un tal Cipriano, un italiano que importaba los azulejos de cristal de la isla de Murano. Pero ni un solo detalle sobre la pista de tenis, porque, al fin y al cabo, una pista de tenis es una pista de tenis. En el elegante —y un poco esnob— mundo de Keith, aquello era una ordinariez para la plebe, como quien tiene una canasta de baloncesto encima de la puerta del garaje de su vivienda suburbana, idéntica a la vivienda suburbana de al lado, y a la de al lado y a la de todo el vecindario y por extensión a la de toda Norteamérica. Pero insisto, todo lo contaba desde la distancia, como si en el fondo solo quisiera deshacerse lo más rápido posible de todo su dinero para a lo mejor volver a sentir la necesidad de crear algo único, algo que hiciera la vida más fácil para todo el mundo, y sobre todo más rápida. Cosa que chocaba completamente con su filosofía, porque si algo adoraba Keith era que las cosas sucedieran lentamente. Tan lentamente que se suspendieran en el espacio y en el tiempo.

—Brindemos por las cosas lentas, las cosas que no suceden ante nuestros ojos. Solo ante nuestros corazones.

Y brindamos. Ya casi nos habíamos terminado la botella.

—Gracias por este día tan maravilloso. Olivia estaba feliz. Quiere que te vengas a vivir con nosotros y que nos llevemos también al fantasma Napoleon, y a Melissa, Eric y Sherry. —Que eran los que habían hecho de piratas buenos.

—¿Y no sería más pragmático que te vinieras a vivir aquí

conmigo? —Y casi de inmediato rectificó—: Vinierais, vosotras, con nosotros, quería decir. El vino y el cansancio.

—Una buena mezcla.

—No has contestado a mi pregunta.

—Ah, ¿iba en serio?

—Sí, iba en serio. Desde el primer día que nos vimos, me gustaste.

Y me cogió de la mano y me la acarició. Me quedé tan desencajada que no reaccioné. ¿Qué estaba ocurriendo allí? No entendía nada. Me entró un poco de pánico porque pensé que me estaba volviendo loca —aún más—, que me lo estaba inventando. O peor, que Keith sabía lo que estaba haciendo, que sabía que el reloj espía que le había regalado escondía una cámara, que le estaba espiando, y me estaba vacilando antes de desenmascararme.

—Te has quedado muda. —Se rio—. No entiendo por qué. Solo te he acariciado la mano. ¿Acaso no es eso lo que hacen las chicas con sus amigos gays? Porque yo sé que tú sabes que soy gay, desde el primer día.

Era cierto que lo había pensado nada más conocerle, pero lo desterré de mi mente. Supongo que en parte fue por mantener abierta la posibilidad de algo —y así hacer aquella horrible cena más llevadera—. Y también porque me molestaba que en la sociedad actual gobernara cierta tendencia a calificar como gay a cualquier hombre que se saliera un poco de la norma, educado, soltero, delicado, entregado al cultivo de hortalizas y frutas, y que no te desnudara con la mirada y te quisiera echar un polvo con el primer hola.

—Bueno, algo intuía, pero no lo tenía del todo claro... —dije aliviada y prudente.

—No hace falta que seas diplomática. No me molesta... Y por cierto, al que sí que le habría gustado hacer manitas y algo más contigo es a Bill.

—Clinton...

—Me preguntó por ti con sumo interés. Qué tío, no se corta un pelo delante de Hillary. ¿Quieres su teléfono?

—¿Vas a empezar ahora a hacer de alcahueta como tu hermana?

—Calla, calla, no me hables de Karen. ¿Sabes cuántas llamadas perdidas tengo de ella hoy? Decenas. He perdido la cuenta de cuántas mujeres me ha presentado. Y de todas, la única que me ha interesado eres tú...

—Vaya, gracias. Todo un honor... ¿Y por qué no se lo cuentas?

—Lo primero, porque es obvio. Y lo segundo, porque no me da la gana. Porque mi hermana siempre se ha creído con derecho a saberlo todo sobre mí. Bueno, y sobre todo el mundo. En el fondo sé que le daría igual. Y que empezaría a buscarme novio en vez de novia. Lo cual, sinceramente, para mí sería aún más violento, porque soy gay, sí, pero no quiero un novio. Estoy bien así. Esta es la vida que he decidido tener. Pero también es cierto que no soporto que la gente hable de mí, lo llevo fatal, por eso me encierro tanto aquí.

—A lo mejor la manera de que dejen de hablar de ti es que hables tú de ti mismo.

—Puede, bien pensado. Pero soy introvertido, misántropo y solitario por naturaleza. No me gusta hablar de mí.

—Pues ahora lo estás haciendo y te veo más relajado que nunca.

—Retiro lo de que no hace falta que seas diplomática... —bromeó—. ¿Ves? Por eso me gustas. Porque sabes leer, sabes ver... Y volviendo a mi propuesta, ¿no querrías esto así todo el rato? Estos momentos, esta calma. El asegurarte de que a tus hijas nunca les faltaría de nada en la vida y que podrían ir a las mejores universidades.

—¿A cambio de...?

—Nada. De tenerme de compañero de castillo. De tomarte un vino conmigo cada noche frente a la chimenea y charlar de nuestras cosas. —Juro que en ese momento me sonaba como el mejor de los planes—. Es difícil encontrar a alguien con el que llevarse bien. Yo no suelo soportar a casi nadie. Y, cuando no hay ninguna connotación sexual o emocional de por medio, la convivencia es mucho más armónica.

—Un matrimonio de conveniencia.

—No es matrimonio ni es de conveniencia, es convivencia.

—Una pregunta: ¿tan mal me ves? —Keith arqueó la ceja izquierda—. No me malinterpretes. Me refiero a que tengo la sensación de que me estás pidiendo que me conforme.

—¿Vivir aquí conmigo y con tus preciosas hijas es conformarse?

—Renunciar al amor es conformarse.

—No hace falta que renuncies al amor. Hay dieciocho habitaciones. Puedes tener varios novios a la vez y nunca se enterarían.

—¿Y tú qué? Eres muy joven aún. Te queda media vida.

—Por eso mismo. Yo ya he tenido un gran desengaño amoroso. No quiero tener más. Quiero disfrutar del resto de mi media vida sin pasarlo fatal y pendiente de otra persona.

—Visto así... Aunque algo me dice que tu gran desengaño no tuvo que ver con la novia pelirroja con la que estuviste quince años y de la que Karen no para de despotricar.

—No. Amy Fisher, mi novia pelirroja durante quince años, es lo que me gustaría que fueras tú ahora conmigo.

—¿Una tapadera?

—No, una compañera.

—¿Y qué pasó para que dejara de serlo?

—Amy y yo éramos amigos en el instituto. Ambos sufríamos de desamor por el mismo chico: C. J. Cooper. Aquello nos unió. Nos convertimos en mejores amigos. Y cuando empezó a ser bastante complicado ocultar mi, digamos, sensibilidad, tan diferente al resto de los chicos, y mis pulsiones homosexuales, Amy se encargó de acallar cualquier duda, suposición o comentario y me convirtió en un galán respetado por los chicos y admirado por las chicas. Un tipo hecho y derecho según los estándares hetero, vamos. Así quince maravillosos años, durante los cuales por supuesto que ella tenía sus cosas, y yo las mías. Hasta que C. J. se nos volvió a cruzar en el camino, en una reunión de antiguos alumnos del instituto. Amy, borracha perdida, se enrolló con él en los baños. C. J. ya no era el que fue; estaba gordo y feo, casado, con tres hijos y un ruinoso negocio inmobiliario al borde de la bancarrota por culpa de la crisis. C. J. le prometió dejar a su mujer y le confesó que en realidad ella siempre había sido el amor de su vida. Y Amy... Pues se lo contó todo. Todo lo nuestro. Todo lo mío. Pocos meses después me pidió «amablemente» dinero para no contar nada a nadie, en especial a mi hermana. Me sacó quince millones de dólares. Uno por cada año de «noviazgo». Y eso que por entonces no era tan rico como ahora. Fin. Ah, y a todo esto, mi hermana sí que tiene razón en una cosa: es cierto que tengo debilidad por las pelirrojas. Rita Hayworth, Maureen O'Hara, Ann-Margret, Susan Sarandon, Molly Ringwald, Julianne Moore, Amy Adams, Jessica Chastain, y ahora tú, Alice Dupont.

—Vaya, todo un honor... —dije halagada, preguntándome quién sería entonces su gran desengaño amoroso. ¿John?—. A todo esto, sabías de sobra que te iba a decir que no. Por eso me lo has propuesto.

—Ah, ¿me has dicho ya que no? No, calla, no me lo digas, deja que siga fantaseando un rato más —dijo en tono acusado y melodramático, mostrando por primera vez un poco de pluma—. Y ¿sabes qué te digo? Que tienes razón: si me hubieras dicho que sí, me habría dado un pasmo. Tres niñas gritonas en la casa. No sé si podría aguantarlo.

—¿Tres niñas?

—Sí, Alice, tres niñas. Tres. —Me reí—. Me siento mucho mejor. Sienta muy bien confesarse. Al menos un poco, tampoco te creas que te he contado todos mis secretos. —«Me consta, Keith, me consta»—. ¿No te animas entonces?

—¿A qué: a venirme a vivir aquí o a confesarme un poquito?

—Cualquiera de las dos cosas. Aunque me da que para ti sería más viable la primera opción.

Sonreí, dando la callada por respuesta. Él lo aceptó y me rellenó la copa; brindamos sin brindis y observamos el relajante crujir de la leña ardiendo en la chimenea. Qué pena que fuera gay, pensé. Me acordé de Diego Sánchez Sanz. ¿Había renunciado yo también al amor como Keith? ¿Estaba intentando Keith dejar de existir en Napoleon Island? ¿Estaba intentando yo dejar de existir en Robin Island, en la isla de Chris? La hipnótica danza de las pavesas reflejada en mis ojos me ayudó a disimular las lágrimas.

Día 0. Año II d. C.

La playa está desierta. Las espigas bailan acompasadas al son del viento del nordeste. La arena forma pequeños remolinos en las dunas. Hace fresco a pesar de estar a mediados de mayo. Un hombre observa el mar erizado e hipnótico desde la orilla. No puedo verle la cara. No necesito verle la cara. La melena alborotada y encrespada por el viento y el salitre. Está descalzo y con unos pantalones caqui remangados un par de vueltas. Las olas rompen furiosas y bellas. La corriente de resaca traza surcos alrededor de las plantas de sus pies. Me acerco despacio, como si quisiera darle una sorpresa, o como si me diera miedo asustarle. Estoy desnuda a excepción de un jersey de chico de cuello vuelto muy holgado que me llega casi hasta las rodillas. Creo que acabo de hacer el amor con ese hombre y que el jersey es suyo. El relincho de unos caballos salvajes. Una gaviota suspendida en el aire. Ya no sé lo que siento por ese hombre. No sé si quiero asustarle, alejarle, pegarle, besarle, abrazarle, amarle. Llego a su altura. Él se da la vuelta y me mira. Me sonríe.

—Alice, busca cosas sencillas. La vida no es tan retorcida como parece.

Le abofeteo. Él permanece impasible.

—La vida es una sucesión de cabos sueltos, Alice. Y está bien que sea así.

Le doy otro bofetón, más fuerte. Ni se inmuta a pesar de sangrar por la comisura del labio.

—¿Por qué no me lo preguntas? Venga, pregúntamelo. Pregúntame qué hago en la isla.

Otro bofetón. Y otro. Y otro. Cada vez más fuertes, más desesperados. Pero pronto los golpes se tornan en deseo, excitación. Le beso. Su boca tiene el sabor metálico de la sangre. Me gusta. Me excita aún más. Caemos al suelo sin hacernos daño. Empezamos a hacer el amor. Las olas nos acarician los pies. Él se pone encima de mí. Sus embestidas van acompasadas al son de las olas, cada vez más fuertes por la subida de la marea, cada vez más cerca del orgasmo. Trago agua. Le intento frenar a pesar de que no quiero que pare. Las olas me arrastran. Solo a mí.

Muero de placer. Muero ahogada.

Me desperté bruscamente empapada en una mezcla de lágrimas, sudor y lubricación vaginal. Aún me estaba corriendo mientras trataba de encontrar el aire perdido.

Me dio miedo mirar el reloj, pensando que iban a ser las 00:01. La hora maldita en la que recibí la llamada de la chica del servicio de urgencias para avisarme del accidente de Chris. Pero no. O sí, porque todas las horas, minutos y segundos de esa noche estaban malditos. Era la noche maldita. La noche que Chris murió. Eran las 05:30. Lloré al recordar el absoluto desamparo que sentí hacía justo un año, a esa misma hora prácticamente, mientras veía amanecer en el hospital Saint Luke, en New Bedford, y hablaba con mi madre por teléfono, mintiendo, incapaz de contarle la verdad.

Lloré un rato más. Pensé en meterme en la cama con Olivia, pero no quise transmitir mi desasosiego, aunque ya estuviera más calmada. Así que me levanté, me puse una sudadera de Chris, cogí uno de mis cuadernos de notas y salí al porche a ver el alba.

Y dado que no estaba por la labor de hacer una recapitulación emocional, psicológica ni personal del año —eso ya lo hacía a diario con resultados no muy halagüeños—, decidí dejarme imbuir por el espíritu de mi hija y dediqué aquella templada mañana del día 0 del año II después de Chris/Christ a hacer un análisis meramente numérico del año:

–Maridos perdidos: 1.
–Total de sospechosos: 20.
–Sospechosos descartados: 2.
–Chivatos: 14.
–Peceras: 53.

–Casas y locales controlados (por alguno de los dos dispositivos): 41 (de un total de 220, más o menos).

–Test de ADN: 2.

–Personas de interés conocidas (incluye algunos sospechosos): Entre 25-30.

–Amigos ganados (complicado valorar qué considero un amigo): 6.

–Ataques de ansiedad: 5.

–Amagos de ataques de ansiedad: Mínimo 365 (uno al día).

–Ansiolíticos (o similar) tomados: 182,5 (a ojo, la mitad del año).

–Botellas de vino —o similar—: 365 x 200 mililitros = 73 litros = 97,33333 botellas. Redondeo a 100.

–Miedos nuevos: 8.

–Miedos superados: 1 (¿ah, sí, cuál?).

–Polvos con Mark: 21.

–Kilos perdidos: 3 (con respecto a mi peso antes del embarazo).

–Cortes de pelo: 2.

–Media de horas de sueño diarias: 6 (a ojo, la más baja de mi vida).

–Hijas: 2.

–Perros: 1.

–Otros animales: 3. Flint V, Sunset y Puchi Puchi (que es como si siguiera vivo). 6, si además incluimos a la saga de los Flint, enterrados al lado de Puchi Puchi.

–Días excepcionales: 3.

–Días buenos: Entre 15-25.

–Días regulares: Entre 120-125.

–Días malos: Entre 130-140.

–Días horribles: Entre 60-70.

–Días normales: Entre 0 y 0.

–Dólares gastados de la indemnización del seguro de vida de Chris: cerca de 1 millón de los 1.500.000.

–Nivel global de bienestar/felicidad/loquesea antes de Chris: 9.

–Nivel global de bienestar/felicidad/loquesea después de Chris: 4 (2 gracias a Ruby, 1,5 gracias a Olivia, 0,5 gracias no sé muy bien a qué).

Conclusión: se me da mucho peor contar cosas que a Olivia. Echaba de menos tener un día normal. Había dormido poco y bebido mucho. Me había empastillado bastante pero de poco me había servido. Me estaba fundiendo la indemnización del seguro. La muerte de Chris me había quitado más de la mitad de mi bienestar/felicidad/loquesea. Y si no fuera por mis hijas, me habría pegado un tiro con el revólver Volga que le compré a la dueña de la tienda de armas God Riffle & Gun Club durante el trazado de la ruta del rotulador rojo.

∽

—¿Cuánto ha pasado, mamá?

Me enterneció que mi hija, la reina de los números, la experta contadora de cosas, no supiera que justo ese día se cumplía un año de la muerte de su padre.

—Hoy hace justo un año, Oli.

—¿Y un año después hay que llorar?

—Si necesitas llorar, sí, claro. Lo que te pida el cuerpo, cariño.

—El cuerpo me pide cambiar las flores. ¿Puedo colocarlas a mi manera?

—Pero si has elegido tú el ramo. Está precioso. ¿Para qué quieres cambiar las flores?

—No las quiero cambiar, las quiero ordenar, porque, si no las coloco a mi manera, sí que me entran ganas de llorar.

—Bueno, pues igual es que necesitas llorar.

—Claro que necesito llorar. Pero mi forma de llorar es ordenando las flores.

—Pues nada, hija, llora, digo, ordena todo lo que quieras.

Habíamos ido al cementerio a pasar el día, a hacer de nuevo un pícnic alrededor de la tumba de Chris y dar de comer a los cisnes y patos del estanque sin que nos viera el vigilante jurado. Era un día precioso y alegre. Si no, no habría llevado a Olivia. Quería que asociara aquel sitio con algo bonito que aplacara la pena implícita de recordar que su padre ya no estaba con nosotras. Antes hablé con Ruth sobre la conveniencia de ir o no ir, al margen del clima. Pensaba que ir al cementerio no le haría mal a la niña, que el tener un sitio en el que «reunirse» y recordarle mitigaría la sensación de pérdida. Pero que era muy importante vivirlo con normalidad, casi como una celebración de la vida.

«¿Y tú cómo te sientes con respecto a ir al cementerio?», me preguntó Ruth. Había cogido confianza y me hacía minisesiones de terapia exprés. «Pues mira, Ruth, yo en realidad voy al cementerio para cumplir con mi ritual de cambiar la batería y la tarjeta de memoria de la cámara fotográfica que retrata a cualquier sujeto que se acerque a la tumba de Chris. Ya lo he hecho un par de veces, así que todo bien», pensé. «Pues a veces me siento un poco distante, como si le hubiera ocurrido a otra persona todo aquello, o como si ya no conociera a la persona a la que le pasó esa tragedia», dije. «¿Por *persona* te refieres a Chris o a ti?», preguntó. «A Chris, al principio sobre todo a Chris, pero ahora a mí, sobre todo a mí. O igual es al revés. O igual es todo a la vez: cada vez me siento más alejada de Chris y de mí misma», pensé. «No lo sé, la verdad —dije, y añadí—: Pero bueno, lo importante, lo que me preocupa es Oli. ¿Cómo la ves después de un año?», le pregunté a Ruth cambiando el sujeto de la conversación. «¿Cómo la ves tú?», me devolvió la pregunta. ¿Cómo veía a mi hija? «Bien, pero no sé si todo es un castillo de naipes que se puede derrumbar con cualquier soplo de aire», contesté. «Bueno, es un proceso muy lento, Alice. Ha pasado poco tiempo aún. No te agobies ni te preocupes más de lo que ya debes de estar.» «Ya...», dije preocupada, cosa que debió de notar porque me preguntó: «¿Y cómo te ves tú un año después?». «Pues igual, supongo», contesté tras una pausa. «Alice, tú eres tan importante como Olivia, dado el nivel de mimetismo e identificación que tenéis. ¿Te acuerdas de lo que hablamos la primera vez que nos vimos? Si tú no estás bien, ella tampoco lo va a estar. Así que no te puedes descuidar, ni por ella ni por nada ni por nadie. No es una manera de presionarte. Es una manera de... Bueno, sí que es una manera de presionarte. Pero solo un poquito.» Fin de la minisesión.

—¿A que está mucho mejor? —me preguntó Olivia.

Había deshecho el ramo y había colocado las flores a lo

largo de la tumba formando la palabra DAD.[15] Cada letra con un color y tipo de flor diferente. En la floristería había insistido en que quería tres tipos de flores distintas: rosas blancas, margaritas amarillas y lirios púrpuras. Y el mismo número de cada una de ellas.

—¿Tenías ya planeado hacer esto en la floristería?

—Pues claro, mami.

—¿Por qué no me lo dijiste?

—Porque era una sorpresa. Yo también tengo mis secretitos...

—Pues he de reconocer que tu secretito te ha quedado muy bien, hija. Es preciosa la idea.

Luego sacó cinta adhesiva que tenía en el bolsillo —lo cual indicaba que en realidad todo lo llevaba planeado desde antes de salir de casa— y se puso a fijar las flores a la lápida para que no se movieran.

Mientras, aproveché para internarme en los arbustos y rescatar la cámara fotográfica. Era la tercera vez que cambiaba la tarjeta de memoria. Las anteriores veces fueron en Navidad y durante las vacaciones de primavera, siempre aprovechando mi estancia en Providence. Nada de provecho. Me reí al recordar la primera foto que hice en el cementerio. El cochecito de Ruby y el rastrillo insertado dentro para simular la estatura media de una persona. «Por cuántas cosas he pasado en un año», pensé. Igual mi resumen numérico del año no hacía justicia al lío en el que me había metido. Lío, no se me ocurría otra manera de calificarlo. También pensé que igual mi nivel de bienestar/felicidad/loquesea sí que superaba el aprobado. Había sufrido casi el mayor de los estragos y ahí seguía. Había crecido, o me había visto obligada a crecer —crecer o madurar, no tenía claro el concepto—, más que en cualquier año de mi vida. Tal vez más que en todos combinados. Recuerdo la zozobra y los nervios de aquel momento en el cementerio, colocando la cámara. Y ahora aquello me parecía tan fácil y rutinario como cepillarme los dientes. Anda que no había hecho cosas mucho más complejas y arriesgadas. De repente, me

15. En inglés, «papá».

475

sentí un poco como Katniss Everdeen, la heroína de *Los juegos del hambre.* Me volví a reír al pensar en el mosqueo que se pillaría Julia si supiera que era una de mis sagas favoritas. A Chris también le entusiasmaba, nos metíamos juntos en la cama, cada uno con su libro electrónico, y lo leíamos simultáneamente, página a página, coordinados y al mismo ritmo. Aún recuerdo lo que me enfadé cuando Chris, en uno de sus viajes, no pudo evitarlo y se leyó el final del segundo libro. Y eso estaba terminantemente prohibido. Solo se leía estando juntos. Yo le esperé mordiéndome las uñas ansiosa por saber cómo terminaba y él me puso «los cuernos». ¿Solo me puso los cuernos leyendo aquellas páginas? Lo curioso es que le pillé. En cuanto llegó de aquel viaje, cenamos, echamos un polvo rápido, por aquello de ponernos a leer, y lo pillé. Noté casi en el acto que ya se lo había leído. Es que era realmente muy malo disimulando. Y eso que estaba callado, sin hacer ni decir nada, parapetado tras la pantalla de su libro electrónico. Pero me di cuenta. La energía, el campo magnético que existía entre nosotros estaba alterado. «¡Te lo has leído! Te has leído el final», le reñí. «¡Que no, qué dices! ¡Calla y sigue leyendo, chalada, que está muy interesante!», me dijo poniéndose rojo como un tomate. Me enfadé bastante, no en plan broma, no, de verdad. Pero bueno, en cuanto terminé de leer el libro, con lágrimas en los ojos por el desenlace, Chris me consoló, me besó y ya sí que echamos un polvo en condiciones. ¿Cómo era posible que pudiera pillarle todas aquellas mentirijillas inocentes, casi imperceptibles, y no la gran mentira que estaba viviendo? ¿No quería ver? ¿Era realmente eso?

4.344 fotos nuevas de un total de 18.358. Una buena remesa, dado que solo había pasado un mes desde la última cosecha. La primavera, que anima a los familiares a visitar las tumbas de sus seres queridos, pensé. Me hizo ilusión saber que tenía unos dos o tres días de trabajo por delante revisando fotos, lo cual no dejaba de ser preocupante. Le cambié la batería y la tarjeta de memoria justo cuando asomaban a lo lejos los Williams: los padres y la hermana de Chris. Nada más llegar al cementerio me había dado cuenta de que los tenía muy abandonados. Tuve la intuición de llamarlos porque era bastante lógico que también acudieran. Hubiera sido un poco violento encontrarnos allí de sopetón sin previo aviso. Podría parecer que los quería evitar —cosa que en parte era cierta—. Y en efecto, habían planeado acercarse al cementerio a poner un ramo de flores. Menos mal que los había llamado.

—Nosotras estamos de camino, aún no hemos llegado —mentí.

—Ay, Alice, qué bien que hayas llamado. Yo no quería hacerlo para que no sintieras presión por ir al cementerio, que entiendo que a lo mejor prefirieras no hacerlo. Pero claro, nos encantará encontrarnos allí con vosotras. He preparado un bizcocho de chocolate, el favorito de Chris. Os lo llevo y nos lo comemos.

—Genial. Allí nos vemos.

Siempre me habían adorado, y yo a ellos, tanto a sus padres como a su hermana, con la que me mandaba constantemente mensajes y compartía fotos de las niñas vía mensaje. Era una manera de cumplir y mantener la conexión, pero siempre en la distancia y en la superficie. Hola, Alice, ¿qué tal estás?... Tirando, más o menos bien, ¿y tú?... Ahí vamos. ¿Y las niñas?... Bien, las niñas bien... ¡Qué ganas de verlas y achucharlas!... ¡Te mando foto!... Qué monas están, por Dios. Ruby me recuerda tanto a Chris... Ha salido clavadita a su padre. ¿Y tus papis qué tal?... Bueno, tristes en general, pero poco a poco... Dales un besazo de mi parte... A ver cuándo nos invitas a la isla... Sí, claro, pronto, pronto... Y oye, aquí me tienes para lo que sea... Lo sé, lo mismo digo... Besos... Besos... Y así todas las semanas. Siempre que habíamos ido a casa de mis padres les habíamos hecho una visita, por supuesto, y en esas visitas, recordándole entre lágrimas y sonrisas, les preguntaba por los sitios favoritos de Chris cuando era niño —con la excusa de que me encantaría llevar a las niñas— y dónde solían ir de vacaciones en verano o de excursión, por si de repente saltaba el nombre de Robin Island. Pero nada.

Y claro, después de quedar con los Williams, pensé que si mi madre se enteraba, le iba a parecer la mayor de las traiciones, máxime después de haberme rogado mil veces venirse con nosotras y yo decirle otras mil veces que no, que luego íbamos de visita a casa, pero que al cementerio prefería ir yo sola con las niñas. Así que la llamé para comunicarle que había cambiado de opinión y que me encantaría que vinieran y que también había pensado llamar a los padres de Chris, después que a ellos, por supuesto.

—Pero por favor, mamá, vamos a intentar que sea un día feliz y bonito para las niñas. Nada de dramas ni lloros lastimeros, ¿vale?

—Pues claro que sí, hija, por supuesto. Me ofende que me lo tengas que advertir.

Contra todo pronóstico, mi madre cumplió su palabra. Llorar, lloró, claro que lloró. Todos lloramos. Pero fue un llanto liberador, acompañado de risas y anécdotas divertidas de Chris. Fue un homenaje en toda regla. A mí me vino muy bien porque me reconectó con los Williams —y me quitó parte del peso que arrastraba esos meses por no hacerles demasiado caso—, pero sobre todo con Chris. Su imagen desdibujada volvió a adquirir cierta forma y color. Aproveché para sacar a colación aquella fase de Chris, de cuando era niño, en la que pensaba que era adoptado porque no tenía un diastema como su madre, su tía, su hermana y su prima. Todos se rieron mucho recordando la perra que le dio por culpa del tonto de su primo Kenny y la dichosa separación de los dientes. Les pregunté cómo lograron convencerle de lo contrario, porque Chris era muy cabezón cuando se emperraba en algo. Betty recordó que aquello fue un drama en toda regla, porque decidieron enseñarle el vídeo de su nacimiento, pero por más que lo buscaron en las cajas del sótano, no lo encontraron, y Chris se puso aún más nervioso e incluso hizo un intento fallido de fugarse de casa con su primo Kenny, pero no llegaron ni al final de la calle porque se puso a llover, Kenny se cayó de la bici y se rompió un brazo. «Cosa de la que no me alegré, pero, sinceramente, tampoco me pareció mal», añadió Betty. Al final, lo que hicieron fue enseñarle el vídeo del nacimiento de Tricia, que total solo se llevaban unos años y un bebé es un bebé y es imposible de distinguir. Chris se quedó tranquilo y nunca más volvió a sacar el tema. Yo, por más que reía con la anécdota, me quedé con la mosca detrás de la oreja tomando notas mentales al recordar mi sospecha fundada —pero ya descartada— del posible parentesco entre Chris y Stephen, y pensando que tal vez me había equivocado. ¿Y si era Jennifer la que estaba emparentada de alguna manera con Chris?

Esta línea de pensamiento se vio interrumpida de golpe porque Olivia se echó a llorar. Pensé que al escuchar el relato se le habría metido en la cabeza que ella también era adoptada, pero no, no era por eso, era porque Poni se había tumbado encima de la lápida de Chris, estropeando su obra de arte, y encima se había comido los lirios que conformaban la segunda D de DAD. Para ayudarla a superar el disgusto, la abuela Betty sacó el bizcocho de chocolate y mi madre la animó a soplar una vela por el año que Chris llevaba en un sitio mejor. Olivia, aún de morros, dijo que vale, pero quería soplar la vela 365 veces porque a ella le gustaban más los días que los años. Yo le propuse dejarlo en 12, un soplido por cada mes, y ella, tras rechazar mi oferta, lanzó una contraoferta de la que no pensaba moverse: «52, una por cada semana». Mi hija era Rainman, y su tabla de salvación era la tabla de multiplicar, sin duda. Luego, por supuesto, sacó el tema de su posible adopción y exigió ver el vídeo de su parto, que, por suerte, yo tenía localizado.

Días 1-7. Año II d. C.

Apenas iba por la foto 625 de 4.344 cuando una de las peceras reclamó mi atención. Una nueva discusión —que parecía la definitiva— entre Jennifer y Summer. A Jennifer nunca le gustaba discutir delante de Stephen, como si no quisiera perturbar su paz comatosa. Tal vez por eso, porque Summer sabía que jugaba con ventaja en ese terreno, decidió soltar la bomba allí.

> Summer: Me voy.
> Jennifer: ¿Vas a salir?
> Summer: Sí, de la isla. Para siempre. Bye bye, Robin Island. Esta mamá se pira de Mom's Island.
> Jennifer: ¿Cómo que te vas para siempre?
> Summer: Habíamos quedado en darle el pecho a la cría tres meses.
> Jennifer: No, habíamos quedado en seis, que luego negociamos bajar a cinco. Y ni siquiera se han cumplido los tres meses que tú dices.
> Summer: ¿Y me puedes enseñar dónde tenemos eso firmado?
> Jennifer: ¿Cómo que firmado? No hemos firmado nada.
> Summer: Por eso mismo... Yo no me paso otro verano aquí muerta del asco. Dame el resto de la pasta y ciao.
> Jennifer: Summer, tengamos la fiesta en paz.
> Summer: ¿Sabes qué pasa? Que cuanto más tiempo paso con la cría, más me encariño con ella. Así que elige, tía Jenny: o me piro o me quedo con la cría. Que no se puede tener todo en la vida...

Casi simultáneamente vi apagarse la pecera del despacho de Karen's Petite Maison. Karen estaba hablando por teléfono con una empresa de mantenimiento de piscinas para que vinieran a limpiar la suya de cara al verano. La imagen se fundió a negro y el audio se cortó de cuajo. Se había perdido la señal. Comprobé que todas las conexiones estaban bien. Todo en orden. Se había fundido la cámara. No era la primera que fallaba. Algunas veces la señal tenía interferencias, era deficiente o desaparecía durante unas horas, incluso días, y luego volvía. Dependía de multitud de factores climatológicos, ambientales, estructurales y fortuitos. En ese momento no le di mayor importancia. Estaba demasiado centrada en mis deliberaciones en torno al caso Olivia II. Mi dictamen: Jennifer se iba a quedar con el bebé de Summer. Lo que aún no tenía claro era cómo se había quedado embarazada Summer y de quién. Aunque aquella expresión de «el padre está muerto», desechado que fuera Chris, parecía una clara referencia a Stephen. Todo esto me hacía pensar que tal vez Jennifer y Stephen siempre quisieron tener un hijo. Cosa que habían intentado sin éxito hasta que Stephen tuvo el infarto cerebral en el velero y su anhelo quedó irresuelto. Entonces apareció Summer, la cabra loca de la familia, para pasar una temporada alejada de problemas, y a Jennifer se le ocurrió la idea de proponerle, a cambio de una jugosa cantidad de dinero, que fuera su madre de alquiler, su hornito. Ahora quedaba por averiguar si Summer había sido inseminada artificialmente con el esperma de Stephen. ¿Tendría semen guardado en un banco de esperma? ¿O era Stephen el que tenía el problema de fertilidad y el óvulo fecundado pertenecía a Jennifer? Todo esto podía parecer irrelevante —al no estar involucrado Chris—, pero para mí no lo era. Necesitaba resolver el misterio, probarme a mí misma que podía llegar al fondo del asunto. Tener el control. Acabar lo que había empezado. Eliminar lo accesorio. Quitarlo de mi cabeza. Encajarlo en la isla. Además, aún me quedaba por aclarar si era Jennifer la que estaba emparentada con Chris, aunque sabía de sobra que cuando tuve esta azarosa corazonada, respondía más a mi propio deseo que a la realidad. Me hubiera encantado tener una hermana como Jennifer. «Como Jennifer, o como Miriam, o como Julia, e incluso como Karen. Igual deberías hacerles a todas una prueba de ADN, Alice. A todas las mujeres de la isla.»

Se notaba que Jennifer estaba inquieta. Le costaba centrarse en la acuarela que pintaba. Entre pincelada y pincelada mordisqueaba nerviosa la punta del pincel, cosa que por otro lado hacía a menudo.

Olivia II comenzó a llorar en la distancia. Fue como si saltara una alarma, sin gimoteos previos. Berridos de cero a cien. Jennifer reaccionó de inmediato. Dejó el pincel en el vaso de agua y salió disparada hacia la habitación de Summer. ¿Tenía miedo de que la estuviese raptando?

—Ahora vuelvo.

En cuanto salió, saqué de mi bolsillo una bolsita de plástico con autocierre, cogí el pincel que acababa de chuperretear Jennifer y lo introduje con cuidado en la bolsa, antes de cerrarla. Reemplacé el pincel substraído por otro que había preparado para la ocasión, que había mordisqueado previamente en casa para que tuviera la misma apariencia. Luego me acerqué a Stephen y cogí una nueva muestra de saliva. De Olivia II no necesitaba porque tenía varias guardadas de antemano. Cuando terminé, el bebé aún seguía berreando. Esa vez no me regodeé. Lo que antes consideraba pericia detectivesca, ahora simplemente lo consideraba trabajo. Mi trabajo.

Decidí proceder como si fuera la primera vez que iba al laboratorio de ADN. Nada de cháchara y anécdotas. Rellené el formulario y le entregué a la recepcionista las muestras —todas debidamente señalizadas y preservadas— de Olivia II (bastoncillo 1), Ruby (bastoncillo 2), Stephen (bastoncillo 3) y Jennifer (pincel).

—Quiero saber si el bastoncillo 1 es descendiente directo del bastoncillo 3 y/o del pincel. Y además, saber si el bastoncillo 2 tiene algún tipo de parentesco con el pincel.

Me releí la novela de Julia —esa vez la edición impresa que ella me dio— para intentar por segunda vez leer entre líneas y encontrar alguna pista de Chris. Pero una vez más, a poco de empezar me volví a ver atrapada, olvidé mi propósito y abandoné el cuaderno y el lápiz para tomar notas.

—He estado a punto de no venir —me dijo en cuanto entró en Le Cafe—. Me daba miedo verte.

—¿Cómo que te daba miedo? Si te he mandado muchísimos mensajes, emoticonos y exclamaciones diciéndote lo mucho que me ha gustado la novela.

—Ya, pero es que odio las exclamaciones y los emoticonos. Me parecen falsos. Me ponen a la defensiva —dijo para enseguida rectificar—: No me hagas caso, es broma, es que estoy nerviosa. Lo que pasa es que si me dices que te gusta, me confío, me creo buena, bajo la guardia y la cago al final.

—¿Y si te digo que no me gusta?

—Me hundo y directamente la abandono.

—Entonces para eso es mejor no decirte nada.

—Sí, es mejor... Pero ¿entonces te ha gustado?

—¡¿Tú qué crees que significan las dos chicas bailando charlestón?!

—Ya, qué desastre. Perdona. Si en realidad me han hecho mucha ilusión todos tus emoticonos y exclamaciones. Soy una estirada y desagradecida esnob.

Siendo como era una escritora de éxito, me provocaba ternura y cercanía que tuviese tan bajo concepto de sí misma, aunque lo mismo era una pose.

—Es igual. Te perdono porque has escrito una novela maravillosa. De verdad te lo digo. Me encanta que los personajes no tengan nombre. Los hace más enigmáticos y reconocibles a la vez.

—Al principio sí tenían: los protagonistas se llamaban Paul y Samantha, como el hermano de Mark y su novia. Samantha murió en un accidente la noche del baile de graduación. Paul iba con ella.

Conocía perfectamente la triste historia de Paul y Samantha, y ya sabía que al principio los personajes se llamaban así porque recordaba la discusión que había tenido Julia con Mark cuando le pilló leyendo su novela en Navidad.

—¿Y por qué decidiste quitarle los nombres?

—Pues te podría mentir y decirte algo muy metafórico, pero la verdad es que fue por puro despecho. Estaba enfadada con Mark y decidí que no se merecía que le hiciera ningún homenaje a su hermano, ni a su novia, ni a su amor perfecto.

—Un amor perfecto solo puede ser un amor truncado, dice ella en la novela.

—Buena memoria.

—¿Tú crees que esa frase es cierta?

—No lo sé. ¿Tú?

No, no lo creía. De hecho, en mi caso había sido al revés. Mi amor era perfecto —al menos eso pensaba— hasta que fue truncado. Antes de que pudiera decir nada, Julia rectificó:

—Perdona, qué falta de tacto. No era mi intención. Se me había olvidado que... Qué torpe. Lo siento.

¿De verdad se le había olvidado? Algo me decía que no. En cualquier caso no me había ofendido ni molestado.

—No te preocupes. No pasa nada. Y no, yo no creo que sea cierta esa frase. Al menos necesito pensar que no es cierta. Y a todo esto, ¿cómo termina la novela? Debes de estar cerca del final, ¿no? Llevas 484 páginas.

—¿Qué pasa, se te ha hecho larga? Es un poco coñazo, ¿no?

—Que no, Julia, que podría leer otras 484 páginas más. Te lo digo de verdad. —Pero no parecieron calar mis palabras—. Me encanta que seas tan vulnerable a una opinión tan profana como la mía.

—Es una tortura, créeme. Y en cuanto al final: no sé, estoy muy atascada, por eso te la pasé. Hace dos semanas que no escribo una línea. A veces pienso que el mejor final es que no tenga final. Pero creo que es solo una burda mentira para justificarme. Así que no me preguntes cómo va a acabar, Alice. Dime tú cómo querrías que terminara esta historia.

—Buenos días, Oliver... Buenos días, Julia... Buenos días, Miriam y Chloe... Buenos días, jefa Margaret...

Mientras Olivia procedía con su ritual matutino de saludar a los vecinos de la isla, yo seguía repasando en mi portátil las fotos hechas en el cementerio. La mayoría eran de transeúntes que iban a visitar otras tumbas, del guardia jurado haciendo su ronda —a veces andando, a veces en bici, a veces en coche—, del jardinero y de algún animal diurno o nocturno paseando. Parecía un ensayo fotográfico, un estudio de la vida a través de la muerte. Pensé que un gran pintor de lo cotidiano —tipo Norman Rockwell, Edward Hopper, Andrew Wyeth o el propio Diego Sánchez Sanz— hubiera usado aquellas fotos como espejo de la sociedad para hacer una poderosa y expresiva colección de cuadros, siempre con el mismo encuadre. Empezando por la primera foto, la del cochecito con Ruby y el rastrillo metido dentro. Esa sin duda debería ser el primer cuadro de la serie. «¿Y por qué no la haces tú, o lo intentas al menos?»

Cuando iba por la foto 2.510 de 4.344, Olivia pegó un chillido.

—¡¡¡Mamáááááá!!!

—¡¿Qué pasa, Oli?! Qué susto me has dado.

—Las casas se están apagando.

—Cómo que se están apagando. Bueno, ya sabes que algunas van y vienen de vez en cuando.

—No, mira. No está Jennifer ni Stephen. Ni los DeRoller. Ni Karen y John. Ni el señor y la señora nomeacuerdocomosellaman...

Olivia controlaba la ubicación exacta de cada familia en cada pequeño recuadro de los monitores.

—Habrán salido de la habitación, que ya sabes que las cámaras se activan por el movimiento.

—Que no, que el señor y la señora nomeacuerdocomosellaman estaban desayunando y han desaparecido —dijo perturbada.

Me asomé para comprobar que efectivamente habíamos perdido la señal de todas esas peceras y enseguida entendí lo que no había querido entender antes: se estaban agotando las baterías.

—¿Se han muerto, mamá?

—No, siguen ahí. Todo el mundo sigue en sus casas —dije mientras comprobaba las conexiones y los *routers* a sabiendas de que era inútil.

—Pues haz que vuelvan, mamá...

—Son las cámaras, se han agotado las baterías...

—Pues cámbialas...

—No es tan fácil... —dije con la mirada perdida en mi estupidez.

—Yo te ayudo, yo soy muy buena ayudándote.

—¡Oli, que no, vístete y al cole! ¡Vamos!

No pude evitar gritarle. Me entró un ataque incontenible de ira, una quemazón interna de rabia que pagué con mi hija. Porque yo sabía que eso iba a pasar. Claro que lo sabía. Tal vez no tan pronto. Pero iba a pasar. Igual que el que se niega a comprar una vivienda y prefiere alquilar porque piensa que es algo provisional y al final se da cuenta de que ha demorado lo inevitable y ha estado tirando el dinero. Yo pensaba que todo aquello iba a ser provisional, que enseguida iba a solucionar el misterio.

—Me dijiste un año.

Parecía que no me había bastado descargar mi frustración con Olivia, ahora era Antonio el objeto de mi ira. Todas las veces que había entrado a Night Eyes era con una mezcla de miedo, nervios, clandestinidad e ilusión. Ahora solo me quedaba mala leche.

—Un año *stand by*, rubia. Y parece poco *stand by*. Las cámaras y tú. Tú siempre activa.

—Te pido por favor que no me hagas chistes.

¿Acaso Antonio me había estado timando todo este tiempo, anticipándose a mis movimientos y necesidades? Haciéndome incurrir en gastos absurdos, llevándome por un camino mucho más largo del necesario, como un taxista con un turista despistado. ¿Y si era él quien me había convertido en una *spy yonky*?

—No era chiste... Rubia, no digas no pensaste antes. Seguro que pensaste antes. Tú muy lista.

—No, me parece que aquí el listo eres tú.

—Eh, eh, para carro —me dijo serio—. No pongas agresiva que no gusta. Yo de buenas soy bueno, pero de malas soy malo, Alice.

¿Qué culpa tenía el pobre Antonio, que había aguantado siempre con una sonrisa y paciencia infinita mi locura y mal humor? Iba a bajar la guardia y a pedirle sinceras disculpas cuando me di cuenta de que había mencionado mi nombre.

—¿Cómo sabes cómo me llamo?

—Matrícula coche, Alice. Averiguar cosas más fácil que parece. Deberías haber diversificado más. No comprar siempre aquí. Error principiante. ¿Sabes que por ley de 11-S estamos obligados informe autoridades comportamientos extraños? Y esto muy claro contigo.

Me entraron ganas de llorar y de confesarle todo, contárselo desde el principio y después ofrecerle cualquier favor sexual. Lo que fuera con tal de que no me denunciara.

—¿Qué quieres que haga para que no me denuncies?

Tardó dos segundos en contestar. Ni que decir tiene que se me hicieron eternos. Me empecé a marear y quise salir corriendo, pero de nada servía correr en este caso.

—Alice, dos cosas: si no importa prefiero seguir llamando rubia. Ofende mucho que todavía no des cuenta soy aliado de ti. Y nunca denunciaría aunque tú maltratarme.

—Perdona, Antonio, lo siento, de verdad es que...

—Eh, eh, espera. Falta segunda cosas. —Aquí es donde pensé que vendría el giro dramático o me pediría algún favor sexual—. Sonríe un poco. Sonríe para mí. Una sonrisa, rubia.

No sonreí de inmediato, pero Ruby sí lo hizo, debió de pensar que se lo pedía a ella. Su risa despreocupada y complaciente me contagió.

—Qué maravilla. ¿Ves fácil ser feliz uno cuando quiere?

Qué razón tenía Antonio. Una sonrisa de mi hija me bastaba para que el cielo se despejara, pero de alguna manera yo ahora mismo no estaba interesada en mi propia felicidad.

—Sí, sí que lo pensé —dije completamente agotada de mí misma—. Claro que pensé que tarde o temprano se apagarían...

—¿Puedo hacer pregunta?: ¿qué intenta averiguar? ¿Qué investiga? ¿Por qué lleva tanto tiempo y esfuerzo? ¿Plantea a lo mejor estás haciendo algo mal?

—Todos los días a todas las horas.

—O igual pasa que estás haciendo todo bien.

—Una vez más, Antonio, no te entiendo.

—Y una vez más, yo creo sí entiendes.

Supongo que se refería a que igual todos mis empeños estaban encaminados a *no* averiguar. A engañarme. Podía ser. En ese momento me daba igual. Todo me daba igual. Antes de que pudiera irme, Antonio, haciéndose cargo de mi abatimiento, sacó de debajo del mostrador una cámara.

—Conexión wi-fi, calidad HD, no interferencias. Permite visionado remoto y grabación. Activa con movimiento.

—No veo la diferencia con las cámaras anteriores que me llevé.

—Hay diferencia que igual no conocer: cable alimentación. Conectar un enchufe y bingo, señal toda vida. ¿Suena algo?

Al ver que no reaccionaba, añadió:

—Mira, hacer una cosa. Hoy mejor ir a casa y descansar un poco. No comprar nada. Pensar en ti y qué querer hacer con vida. Yo siempre estar aquí para que tú quieras. Pero permite hacer regalo. Permite te regalo cámara.

Aquello era como dar una papelina a un adicto a la salida de Narcóticos Anónimos. Aquello avivó el rescoldo de sospecha de que Antonio me estaba manipulando, que era su precioso juguete, su videojuego favorito, y quería que avanzara al siguiente nivel. En cualquier caso, por supuesto que acepté el regalo.

Cuando iba por la foto 3.510 de 4.344, vi a John y Keith jugando al strip póquer, prácticamente desnudos ya. No habían vuelto a mencionar a Chris. «Vaya mierda —pensé—, qué poco les importa.» ¿Qué había sido para ellos? Nadie. Un conocido de la universidad para John. Un tipo que instalaba pistas de tenis para Keith. Si había estado más de dos años entrando y saliendo de Robin Island, ¿cómo es posible que John no le hubiera vuelto a ver? ¿Estaba mintiendo? ¿Y eso de hacer la pista sin factura ni contrato, cobrando al contado? Chris era muy escrupuloso con la legalidad. No entendía nada. Estaba rabiosa. Quería encararme con ellos. Castigarlos por seguir ahí con sus juegos sexuales como si nada.

Encima de la mesa tenía la cámara que me había regalado Antonio. No pensaba abrirla. No tenía intención de hacerlo. Al menos de momento. Tenía que replantearme seriamente lo que estaba haciendo y hacia dónde iba. Había caminado, más bien corrido, no, ni siquiera eso, había huido, con mucho debate interno, pero sin apenas reflexión, siempre nadando en la superficie de los asuntos, chapoteando, espantándolos, tapando en vez de profundizando. Las peleas conmigo misma, el constante machaque al que me había sometido, me habían llevado a cometer el mayor de los errores. Error que ya me anticipó Ruth en su día: no escuchar. No escucharme.

Karen's Petite Maison. Oficina de recepción. Día 7. 01:35 horas.

Keith y John juegan al strip póquer.

Suena el teléfono de la recepción.

John: ¿Qué raro? ¿Quién será a estas horas?

Keith: No lo cojas.

John: Sí, no vaya a ser una urgencia. No quiero despertar a Karen. (Descuelga.) ¿Sí?

Yo: (Con el cambiador de voz.) Hola, soy Chris Williams y sé lo que estáis haciendo.

Colgué.

Y entonces apareció. La foto 4.209 de 4.344. Iba pasando rápido por la galería de imágenes, sin apenas prestar atención, preocupada porque había perdido la señal de tres cámaras más y sintiéndome fatal por haber cometido la noche anterior un acto absolutamente deleznable a todos los niveles. Pobres John y Keith. Menudo susto. Cortaron la conexión inmediatamente. No se lo merecían. Injustificable.

Así que pasé de largo. De la 4.209 a la 4.221 hasta que reparé en que la persona que había entrado por el lado izquierdo de la pantalla pasaba de largo por detrás de la tumba para acabar volviendo sobre sus pasos y colocarse frente a ella, de espaldas a la cámara. Y ahí se quedaba, sin moverse.

Primero pasé por una fase de negación —que debió de durar en torno a dos o tres segundos—, como si desconfiara de la veracidad de aquellas imágenes, o como si no conociera a aquella persona —que claro que la conocía—, o como si aquello fuera algo tan fortuito e irrelevante como un arrendajo azul posándose en la lápida. Luego todo se precipitó o se paralizó, no sabía muy bien, aunque si tuviera que apostar lo habría hecho por la segunda opción. Porque lo que recordaba con más claridad era tener un pensamiento cercano a la euforia al darme cuenta de que mi primer instinto, mi primer movimiento, que había sido colocar una cámara frente a la tumba de Chris, era el que me había dado la pista más definitiva hasta entonces, y que la persona que allí salía, la culpable por llamarla de alguna manera, estaba en mi lista de sospechosos. Pero a la vez, en una realidad paralela, también suspendida en el tiempo, estaba temblando y llorando. En otra estaba pensando que era la hora de darle el pecho a Ruby. En otra veía a un petirrojo estamparse contra el cristal de la ventana. Era yo. En otra recordaba que me había quedado sin queso, vino blanco y el pan integral de centeno que le gustaba a Olivia para sus sándwiches. En otra sentí que me estaba muriendo. En otra me sentí muerta. En otra vi claramente cómo el cielo se despejaba. En otra quise borrar las fotos. En otra quise llamar a alguien para compartirlo pero no sabía a quién. En otra vi el mapa de la isla con la X que marca el lugar del tesoro. En otra quise olvidarlo. En otra la Llave Master por fin abría un candado, el candado. En otra era una niña pequeña que no sabía ni quería vivir sin sus padres. En otra no podía respirar ni pensar. En otra no quería respirar ni pensar. En otra vi el puzle resuelto, porque el puzle solo tenía una pieza. En otra me dieron ganas de darme mi primer baño del año en el mar. En otra me quería ahogar en el mar. En otra era de noche, tenía sueño y me quería dormir, para nunca más despertar. Y en otra, no la última, porque todas eran a la vez, oí el llanto de un bebé, el de Chloe, y vi en uno de los monitores, en la pecera de la cocina de Miriam, cómo esta se había mareado, en lo que parecía una hipoglucemia —le habían dado en alguna ocasión estando conmigo—, mientras calentaba en un fuego al baño maría el potito de Chloe y en otro se cocinaba algo que no distinguía. No se había caído de milagro porque se había sujetado al borde de la encimera. Tropezó y golpeó con el codo el cazo con el potito, que cayó al suelo, con el consiguiente susto y llanto del bebé. Se incorporó a duras penas para alcanzar la nevera y coger una inyección de glucosa que guardaba allí para estos casos, pero no llegó a tiempo y perdió el conocimiento, y en la caída se golpeó la cabeza con la puerta de la nevera. Miriam me había comentado hacía tiempo que sus hipoglucemias eran especialmente traicioneras, que nunca daban síntomas previos, al revés, se encontraba pletórica, como alguien en kayak por aguas tranquilas y cristalinas, a favor de la corriente, sin anticipar la catarata que tenía a pocos metros —metáfora con la que me sentí muy identificada en ese momento—. Siempre llevaba en el bolsillo un par de sobres de azúcar, pero en más de una ocasión no le había dado tiempo a engullirlos. Y que lo único que echaba de menos de Mike era la tranquilidad que le daba el estar acompañada en caso de que le diera, sobre todo en presencia de Chloe.

Esperé. Poco pero esperé. No podía intervenir. Se suponía que no estaba viendo aquello. Esperé a ver si recuperaba el conocimiento, se tomaba algo para subir la glucosa, apagaba el fuego de la placa de la cocina y consolaba a Chloe. Sin embargo, no sucedió, y cuando la sartén del fuego comenzó a arder, salí corriendo hacia allí.

Yo corría una media de diez kilómetros diarios, y en cada kilómetro hacía un sprint de medio minuto a toda velocidad. Estaba muy en forma. Correr había sido una de mis grandes vías de escape en ese último año y en mi vida en general. La vida siempre era un poco mejor después de correr. Aun así, durante los escasos cien metros que separaban mi casa de la de Miriam, me sentí como si fuera la primera vez que ponía un pie en el suelo, como si estuviera en una pesadilla de esas en las que no avanzas por más que lo intentas, sin apenas resuello, como si tuviera los pulmones de un fumador empedernido y obeso que hace años que renunció a levantarse del sofá. Pero, aunque a mí se me hiciera eterno, estaba segura de que llegué superando alguna plusmarca mundial.

Cuando entré en la cocina, la columna de fuego de la sartén se había empezado a propagar por el papel de la pared devorando los motivos florales que lo adornaban, y amenazaba con pasar a los armarios de madera superiores. Cogí la sartén. La solté de inmediato porque me quemé. Repetí la operación protegiéndome la mano con un trapo de cocina y tiré la sartén a la pila. Abrí el grifo. Sofoqué el fuego. Apagué los quemadores de la cocina y con la misma sartén eché agua sobre el papel de pared chamuscado.

Tuve que empujar a Miriam de mala manera porque bloqueaba la puerta de la nevera. Sabía dónde guardaba el Glucagón, la inyección de glucosa para casos como aquel, la había visto en varias de las visitas que le había hecho. No sabía la manera correcta de administrar la inyección, pero asumí que, al ser para casos de urgencia, valdría cualquier parte del cuerpo. Se la administré en la tripa, que es donde ella siempre se inyectaba la insulina. Mientras esperaba y rezaba sin rezar para que le hiciera efecto, puse a Miriam de medio lado, me aseguré de que respiraba y no tenía obstruida la garganta con la lengua o con vómito, y le palpé la cabeza para comprobar que no se había hecho sangre. Después me fui a por Chloe, que seguía llorando desconsolada. La cogí en brazos y traté de calmarla.

—Ya, ya pasó, Chloe, ya pasó. —La acunaba mientras pensaba que si se muriera Miriam, me la quedaría encantada. Siempre en aquellas situaciones se me asomaban pensamientos retorcidos—. No llores, mi niña, ha sido solo un susto.

Entonces Miriam recuperó el conocimiento. Me sonrió como quien se despierta del mejor y más placentero de los sueños.

—Hola... —musitó—. ¿De dónde has salido? No estás aquí, ¿verdad? Estoy muerta.

—Saltó la alarma de incendios y la oí —le mentí en susurros. Chloe acababa de dejar de llorar y se había dormido fulminada por el estrés.

—Te quiero mucho, mi ángel de la guarda —dijo con todo el amor que le permitía su debilidad.

Volví a casa embebida en la euforia de haber salvado dos vidas tan queridas. Jugar a ser Dios sentaba muy bien. Yo que siempre estaba cuestionándome el sentido de todo aquello, y de pronto quedaba plenamente justificado. Había merecido la pena. ¿Era aquel mi propósito en la vida? Ser el Dios de la Isla, el ojo que todo lo ve, la que mueve los hilos invisibles que manejan el mundo, mi mundo, la isla. Había hecho relojes para colarme en las casas. Ahora la propia isla se había convertido en un reloj, y yo tenía acceso al mecanismo interno que todo lo controlaba.

Pero entonces entré en casa, vi la puerta del desván abierta y recordé lo que había visto antes del accidente. Se me había olvidado por completo. La sensación pletórica, mis delirios de grandeza y mis ínfulas supraterrenales se esfumaron de un plumazo. Por no hablar de que todas esas peceras que me conferían la categoría de la nueva Mesías se estaban apagando lentamente. Me quedé paralizada frente a la puerta, sin saber si entrar o no. ¿Y si me había equivocado? ¿Y si la persona de la foto 4.209 no era quien yo creía que era? Las fotos tenían buena resolución, pero estaban tomadas desde bastante distancia. Y no había hecho zoom para confirmar mis sospechas, no me había dado tiempo porque el llanto de Chloe había reclamado mi atención. «Bueno, pues sube a comprobarlo, venga. ¿Qué te da más miedo: que sea o que no sea? Aunque tú sabes de sobra quién es. Claro que es.»

Ruby estaba en el salón, dentro de su parque infantil; había dejado de jugar y estaba de pie, sujeta a la barandilla. Era la primera vez que se ponía de pie sola. Me miraba en silencio, curiosa por saber qué iba a hacer. Cuál iba a ser mi siguiente y decisivo paso. Parecía que trataba de mandarme un mensaje. Como si hubiera adquirido la habilidad de incorporarse hacía tiempo pero hubiera preferido guardarla para enseñármela en una fecha señalada, un momento importante. Y aquel desde luego que lo era. O igual tan solo me estaba mirando francamente decepcionada porque no le había hecho ninguna fiesta al respecto. Creí oírla balbucear su primer «mamá», pero debió de ser fruto de mi delirio y mis realidades paralelas. Me alegré de que todavía no hubiera aprendido a hablar, porque me daba la sensación de que no me habría gustado escuchar lo que opinaba al respecto.

Cerré la puerta del desván con llave.

Olivia estaba en el cumpleaños de Beth Yoxhimer. Llamé a Julia para pedirle el favor de que la recogiera —Oliver también había acudido— y se la llevara a su casa. «Claro, no hay problema. Pero ¿estás bien? Te noto un poco rara», me dijo. Hablaba despacio porque me costaba mucho articular las palabras y no quería fallar. «Sí, claro, estoy bien. Luego voy a buscarla», y colgué antes de que me pudiera seguir dando conversación.

Pasé toda la tarde sentada en una silla de la cocina, donde había dado de comer a Ruby antes de devolverla a su parque de juegos para que se echara la siesta, mirando en dirección a la puerta del desván, como si dentro hubiera un monstruo que temiera que me fuera a devorar. Y es que de hecho lo había, gigantesco: la foto 4.209. Uno de los pocos pensamientos nítidos que aún puedo recordar de aquellas horas es que esa foto, la 4.209, debería ser la última imagen de la serie de cuadros Chris/Christ. Causa, efecto. Colocas la cámara, obtienes resultado. «La 4.209 no, mejor la 4.221, la que está delante de la lápida, de espaldas a cámara, sin enseñar la cara. Eso es, no enseñaré la cara. Nadie la reconocerá. Ni siquiera yo la reconoceré. No, a partir de ahora la voy a ignorar. No quiero saber nada de ella —sí, es un «ella», una mujer—. Voy a olvidar lo que sé de ella. Ese tesoro no se va a abrir. Esa parte de la isla no se va a investigar. Ese misterio no se va a resolver.» Tenía miedo. Pánico. Rechazaba de manera visceral lo que había perseguido con tanto ahínco. Pensaba si realmente era tan importante saberlo. Me escudaba en el respeto a Chris, a nuestro pacto tácito, en preservar su intimidad, pero era ridículo refugiarse en eso a estas alturas. Refugiarse. Refugio. Eso es lo que sentía, que me había quedado sin refugio. Mi refugio era la mentira de Chris. Aquella era mi única verdad, y estaba a punto de perderla. ¿Qué podía hacer para remediarlo? Porque por mucho que pensara en tapar, en olvidar, sabía que era solo una reacción natural al miedo a lo desconocido. Que era cuestión de tiempo que volviera a aquellas fotos y siguiera aquella pista. Pero me resistía. Me estaba ocurriendo lo mismo que a Julia con su novela: tenía pánico al final. No quería acabar, porque apenas acababa de empezar. Apenas acababa de conseguir mi primera gran victoria sobre la vida. Entonces me puse a llorar al recordar el accidente de Miriam y mi intervención, como si aquello hubiera acabado mal. Porque de hecho había acabado mal. Porque ahora debería estar con una copa de vino en el desván, celebrándolo, mirando cómo Miriam limpiaba el papel quemado de la cocina, asegurándome de que no le daba otra hipoglucemia, pensando en maneras de solucionar el desfallecimiento de las baterías y buscar formas ingeniosas de habilitar nuevas peceras. Eso es lo que debería estar haciendo. Eso era lo que quería hacer. Y estaba muy triste porque no podía hacerlo. Por eso lloraba.

Abandoné mi puesto de mando en el desván, evité asomarme a las peceras de los monitores porque uno de los relojes espía —aún activo— estaba en el salón de la mujer de la foto 4.209. Por eso, por no mirar, me perdí un incidente que tendría graves repercusiones. Inmediatas.

Solo tenía ganas de que acabara el día. Pero era el día el que iba a acabar conmigo. Cuando llamaron a la puerta era ya bien entrada la noche. Me alivió comprobar por la mirilla que era Miriam. Abrí.

—Hola, Miriam.

Estaba tan cansada que no me percaté de lo que sujetaba en sus manos hasta que su semblante serio y la omisión del saludo me obligó a preguntarme qué estaba pasando. Tenía un reloj en las manos. El reloj con forma de luna que yo le había regalado.

—Mi alarma antiincendios lleva meses sin pilas. Se disparaba con demasiada facilidad...

Pavor. ¿Por qué le dije lo de la alarma antiincendios? Podría haberle dicho que había ido a por sal, o simplemente de visita. No necesitaba ninguna excusa para pasar por su casa, igual que ella no la necesitaba para pasar por la mía. ¿Había provocado aquella situación? Un grito de socorro subconsciente de mi continua necesidad de encontrar a alguien con quien hablar, una voz externa que pusiera orden en mi caos de voces internas, que me entendiera e hiciera mi locura más pequeña, o al menos más llevadera.

—¿Qué estás haciendo? ¿Ha sido Mike? ¿Te ha pedido él que me grabes, que me vigiles? ¿Ha sido él? ¿Le estás ayudando a quitarme la custodia de Chloe?

«Cuéntaselo, Alice, confiésale la verdad.»

—No, no ha sido Mike —dije fría.

—Entonces, ¿qué? ¿Eres una pervertida? ¿Te pone cachonda mirarme? ¿Con cuántas más lo estás haciendo? ¿Todos los relojes que has vendido llevan cámara? Enséñame dónde lo tienes todo. Quiero verlo. Lo tienes dentro, ¿verdad?, en el desván. La Isla de Mamá, ahí lo tienes todo, ¿a que sí?

«Le has salvado la vida, está en deuda contigo. Y te quiere.»

—No hace falta ni que vaya a denunciarte —prosiguió ante mi silencio desquiciante—. Basta con que se lo cuente a una persona, solo a una persona, para que en cuestión de segundos lo sepa toda la isla. ¿Es eso lo que quieres?

«Lo que te viene ahora por delante va a ser muy duro, probablemente la parte más dura de todas: la verdad. Necesitas un aliado, un adulto, una amiga.»

—¿No vas a decir nada? ¿No vas a intentar aunque sea poner una excusa?

—He salvado tu vida y la de tu hija —dije al fin, impostando mis ínfulas de supergrandeza.

—¡Me estabas espiando! ¡A mí y a mi hija! ¡¿Por qué?! ¡Explícame por qué! Cualquier cosa que quisieras saber te la habría contado. YA te la he contado. Te he contado TODA mi vida. ¡Eres mi mejor amiga, joder! ¡¿Por qué me espías?! ¡¿Por qué?!

Miriam lloraba y yo estaba a punto de hacerlo; necesitaba sucumbir, pero estaba peleada conmigo misma. Remaba en contra de mi necesidad. Lo que yo quería podía con creces a lo que yo necesitaba, al menos de momento.

—A un juez no le gustaría ver cómo puedes desmayarte en cualquier momento y poner en peligro la vida de tu hija.

No recuerdo si me abofeteó la cara y me llamó hija de puta, o simplemente era lo que yo deseaba que hiciera. Cerré la puerta y me apoyé de espaldas sobre ella. Ahí sí di rienda suelta a los nervios y comencé a sollozar y a temblar tratando en vano de no hacer ruido. Me ardía la cara como si acabara de entrar en el infierno. Me rompía en pedazos del contraste entre la frialdad que había mostrado y el incendio que devoraba mi interior. Aún no entendía cómo había sido capaz de comportarme de esa manera.

Me precipité al desván con la intención de desmontarlo todo. En parte agradecida porque aquello me ayudaba a olvidar lo que no podía olvidar. O al menos a postergarlo. Ahora había algo mucho más urgente, y era eliminar pruebas y cualquier elemento que me pudiera delatar. Pero en cuanto subí la escalera y observé todo, me quedé congelada. Era imposible acabar con todo aquel operativo en cuestión de minutos:

los ordenadores, los monitores, los *routers,* los repetidores, la mesa de montaje en cadena de los relojes espía, todos los diferentes *gadgets* que había ido acumulando, la pizarra, el mapa, los libros, las películas, las series, los cuadernos, las notas, las listas. Una parte de mí sintió una admiración profunda, pero otra, aún más poderosa y dolorosa, desolación absoluta. Había dejado la isla llena de cadáveres, de peceras ciegas, de chivatos sordos. Mi castillo de naipes. Aquel era el castillo de naipes al que me refería cuando hablé con Ruth. Y una ráfaga de viento lo había abatido. ¿Solo una ráfaga de viento? Las cámaras que se apagaban, la foto número 4.209, Miriam y su accidente. Tres ráfagas de viento seguidas. Había desperdiciado mucho tiempo y dinero, ¿para qué?, para poner en peligro mi vida, mi mundo, y encima involucrando a mi hija. Yo que me sentía tan lista y profesional. La que había madurado/crecido tanto. La del casi aprobado en el nivel de bienestar/felicidad/loquesea. La de las dotes detectivescas. Todo eso a la mierda. Fuera de golpe. Al otro extremo. No era más que una niñata jugando a ser detective. Se acabaron las vidas extra. Se acabó tu videojuego. *Game over.* Idiota. Gilipollas. Estúpida. Patética. Fuera de mi vista. Fúndete a blanco. ¿Sería bipolar?

La emprendí con la pizarra de manera obsesiva, violenta, triste. Era mi guía, mi muleta, mi lazarillo para no perderme en la isla, donde acudía cada vez que me despistaba o me olvidaba de algo. El altar donde reflexionaba y buscaba inspiración. Era donde estaban todos los nombres, todas las relaciones, todos los vínculos, todas las cuestiones que me rondaban la cabeza, todas las preguntas que ya no necesitaban respuesta. Y sobre todo, aquella información era única, no había copia de seguridad, estaba ahí y solo ahí. Más de una vez había pensado que debería hacer fotos, por si se borraba, pero no lo había hecho, y ahora me alegraba. Arranqué los pósits y borré todas las anotaciones hechas con tiza. Primero con el borrador, luego con la furia de mis manos, porque no quería que quedara nada, ni rastro.

Dejé para el final dos frases, no sé si de manera consciente, pero, en cualquiera caso, significativas y reveladoras.

¿QUÉ HACÍA CHRIS EN LA ISLA?
¿POR QUÉ NO PREGUNTAS Y YA ESTÁ, ALICE?
¡¡¡¡¿POR QUÉ?!!!!

Las miré sin apenas aliento. Me dolían los brazos del esfuerzo. Tras una pausa, las borré a medias porque ya no aguantaba más y me dejé caer al suelo, exhausta y arrepentida de lo que acababa de hacer. Todo ese trabajo no se merecía ese final. No quería que todo acabara de esa manera. No, ese no podía ser el final.

Revisé la grabación de la pecera de Miriam. Esto es lo que me había perdido durante mi ausencia en el desván:

Miriam cocina un pastel, probablemente para mí, a modo de agradecimiento.
Lo mete en el horno y ajusta el temporizador de la cocina.
Se queda pensativa.
Mira al techo durante unos instantes.
Se sube encima de una silla para intentar alcanzar la alarma antiincendios. No llega ni siquiera de puntillas.
Se baja y vuelve con una escalera pequeña de cuatro peldaños. Ahora sí que llega.
Descuelga la alarma antiincendios.
Se baja.
Le quita la tapa del compartimiento de las pilas para confirmar lo que sospechaba: que no hay.
Su primer instinto es coger el teléfono; parece como si fuera a llamarme para comentármelo con normalidad, entre risas incluso, porque habría alguna otra explicación chorra de cómo había llegado allí y simplemente tenía curiosidad. Era probable que incluso yo le hubiera dicho alguna otra cosa y me hubiera entendido mal porque aún estaba grogui.
Pero antes de marcar se frena.
Mira alrededor sin saber muy bien lo que busca hasta que su vista se centra en el reloj de pared. El reloj lunático, como lo llama ella.
Se acerca como si no quisiera asustarlo.

Lo mira con detenimiento.

Lo descuelga.

Lo vuelve a mirar y le da la vuelta.

La imagen de la cámara se va a negro en el instante en que lo posa encima de la mesa.

Ruido de un cajón que se abre.

Ruido de una mano hurgando en el cajón en busca de un cuchillo.

Ruido de cuchillo desatornillando la tapa del reloj. No lo consigue.

Ruido de otro cajón que se abre.

Ruido de un martillo golpeando frenéticamente la tapa y arrancando trozos de contrachapado.

Silencio.

La imagen vuelve.

Primer plano de Miriam mirando de frente a la cámara espía que acaba de descubrir.

No quería perder a Miriam. Había sido mi mayor apoyo en la isla. Si no la hubiera conocido a ella, es probable que no hubiera acabado allí. Saber que iba a ser mi vecina me ayudó a tomar la decisión, que tuviera una hija con la que Ruby pudiera jugar, y yo alguien con quien hablar, y que me cuidara. Miriam se había convertido en una de las mejores amigas que había tenido en mi vida, o que más importancia había cobrado, porque yo siempre había estado muy protegida y arropada por multitud de personas, pero en la isla casi solo la tenía a ella. Y aunque sabía que todo era endeble, porque mi gran mentira hacía que todo fuera una ficción con personajes de cuento, quería acabar bien con ella. Y, sinceramente, quería asegurarme de que al menos no me denunciara o se lo contara a alguien.

Me fijé en un reloj a medio hacer que tenía en la estantería. Era uno de mis múltiples intentos fallidos. No me valía cualquiera. Intentaba que todos fueran especiales y bonitos, que me gustaran a mí. Quería que de verdad cumplieran un propósito decorativo. Aquel no superó mi estándar de calidad. Tenía forma de guitarra eléctrica, pero lo había abandonado porque no me convencía cómo había quedado el mástil y el clavijero, mucho más pequeños en proporción al cuerpo. Sin embargo, ahora me parecía perfecto para lo que pretendía. Ahora los niveles de exigencia habían descendido notablemente porque no tenía tiempo que perder.

~~~⁓~~~

En ese año, había tenido mucho miedo, todo el rato, de casi todo tipo, pero nunca miedo por mi integridad física. Hasta ese día, cuando inauguré ese apartado. Antes de salir de casa, recordé el revólver Volga. Aún seguía dentro de su caja. «Menos mal, ¿no?», pensé. Lo guardaba en el desván. Barajé llevármelo, aunque fuera descargado, pero desistí: por esa vía nunca iba a salir victoriosa. Si Mike descubría que llevaba un revólver, justificaría cualquier acto en defensa propia. «Tu revólver es el reloj, Alice. Y tu bala es la cámara.»

Cuando llegué a Dirty Works eran las doce del mediodía y el luminoso que rezaba «Alguien tiene que hacerlo, ¿no?» aún estaba encendido. Previamente había dejado a Ruby en la guardería de Tina. Era la primera vez que lo hacía, hasta entonces no había tenido la necesidad. La llevaba conmigo a todas partes, en su mochila portabebés, pero en este caso consideré que podría ser un lastre, sobre todo porque no tenía del todo claro hasta dónde iba a llegar con mis intenciones, ni Mike con las suyas. Aun así, no me iba a ir de allí sin lo que quería. Ruby se quedó tan descolocada allí, rodeada de niños, juguetes y paredes de colores, que ni lloró ni se quejó. A Poni la había dejado en casa. Tampoco estaba acostumbrada a quedarse sola y a saber el lío que me encontraría a la vuelta. Bueno, peor que el lío que ya tenía montado no podía ser, pensé.

Mike es el jefe y dueño de Dirty Works, vamos, que ya casi nunca hacía el trabajo sucio, solo salía a hacer un servicio cuando sus dos chicos —su primo y un amigo de su primo, Pat y Junior— no podían apañárselas solos. Así Mike tenía más tiempo para lo que de verdad le gustaba: quedarse tirado en el sofá viendo la tele en calzoncillos aunque fuera pleno invierno, beber, fumar, trasnochar y trapichear con droga. Desde que le vi recogiendo el alijo en Nochevieja, no había vuelto a seguirle la pista, no me interesaba, la verdad. Suficientes movidas tenía yo que investigar como para perder el tiempo en aquello. Hasta ahora.

Desde su separación, Mike vivía allí mismo; había acondicionado —por decirlo de alguna manera— la trastienda. Vamos, que había puesto un sofá cama que siempre tenía desplegado —para qué perder tiempo— y un televisor LED de 70 pulgadas, propio de todo narcotraficante que se precie de serlo. Por suerte para mí, cuando Mike me abrió la puerta y me invitó a entrar, ya había bebido un par de cervezas.

—Qué honor su visita, señorita. Pensé que me tenías hecha la cruz por obra y gracia de mi ex. ¡Vade retro, Satanás!

—Pues un poco sí te la tenía hecha. Pero claro, si en mi casa empieza a apestar a cloaca y no sé muy bien de dónde viene el olor, algo tendré que hacer al respecto.

—A mí el olor a mierda me tranquiliza. Si hueles la mierda, la puedes controlar. La mierda que no se huele es la peor, es traicionera. Y cuando menos te lo esperas, te ha rodeado y te ahoga.

—Visto así... Pero, en cualquier caso, prefiero que le eches un vistazo.

—Pues sinceramente, no sé si me apetece. Muy bien no me has tratado tú a mí que digamos...

Yo solía ser muy discreta, pero con Mike nunca disimulaba el asco que le tenía cuando me cruzaba con él.

—Por eso te he traído esto. Digamos que es mi manera de ofrecerte la pipa de la paz —dije tendiéndole el reloj guitarra eléctrica, que a todo esto era otro distinto.

Cuando terminé el que no había dado por bueno en su momento, seguía sin convencerme, y total, como ya eran las cuatro de la madrugada e intuía que no iba a pegar ojo —porque yo o dormía mis seis-siete horas o me daba igual no dormir—, me lié la manta a la cabeza e hice uno nuevo, mucho mejor —al menos ante mis ojos—, en tiempo récord. Lo que tiene la experiencia, la prisa y la desesperación. Aún olía a pintura fresca.

—¿Lo has hecho tú? —preguntó admirado.

—Como sé que eres músico y que la guitarra es tu instrumento preferido, pensé que te gustaría.

—Joder, Alice, cómo mola, ¿no? Menudo detallazo...

—Me alegro de que te guste.

—Mogollón. Pero oye, no se retrasará ni se adelantará, ¿no? Que ya ves que tengo unos horarios muy estrictos... —Se rio.

—No te preocupes, lo he comprobado personalmente... Bueno, pues yo ya te dejo que debes de tener mucho lío.

—No, pero espera, espera, ayúdame a colocarlo, ¿no? A elegirle un sitio en mi pequeña mansión. ¿Me ayudas?

Sabía que iba a picar. Estaba convencida de que me iba a invitar a entrar, sobre todo si insistía en irme rápido.

En cuanto entré, mi vista vagó discretamente por la estancia en busca de la perra Sandy o al menos de alguna pista que demostrara que seguía viva, pero estaba todo tan sucio y desordenado que lo hacía casi inviable. ¿Dónde la tendría escondida? ¿De verdad habría sido capaz de cargársela?

Decidí que el mejor sitio para el reloj era entre una placa robada de la Ruta 66 y un neón de Foxy Girls, un bar de topless de Las Vegas. «También robado en el mismo viaje que hice con mis colegas recorriendo la mítica ruta, que, aunque no pasa por la ciudad del pecado, tomamos un obligatorio desvío para desfasarnos un poquillo», me contó.

—Pues nada, aquí queda perfecta, entre tus trofeos de caza —dije provocando la risa de Mike. Ya se había tomado otra cerveza. Yo había declinado su oferta—. Bueno, pues ahora sí que me voy...

—No, no, espera, espera... No puedes ofrecerme la pipa de la paz e irte. La pipa de la paz no se ofrece, se fuma.

—¿Quieres que nos fumemos el reloj guitarra?

—No, quiero que nos fumemos algo mucho mejor.

—No sé yo...

—Si no fumamos la pipa, la paz nunca quedará sellada, Alice. Y el olor a mierda de tu casa no se irá. Tú verás.

Una vez más volvió a picar mi señuelo. Me dio bastante asco sentarme en la cama deshecha, con ropa sucia por todas partes. Mike volvió con una caja en forma de cofre. Para entonces él iba por su tercera cerveza —más las que ya se había tomado antes y las de la noche anterior—. Yo al final había aceptado una porque me daba miedo fumar con el estómago vacío. Ya sé que la cerveza no es la mejor manera de alimentarse, pero necesitaba sacudirme un poco los nervios. Quería que todo resultara casual, que Mike estuviera relajado y confiado para que me rajara lo que acabó rajando.

—Ríete tú del tráfico de drogas en la frontera de México —me dijo mientras metía marihuana en el quemador de un bong—. La frontera entre Canadá y Maine. Eso sí que es un auténtico coladero.

—Y tú, ¿qué haces? ¿El trabajo sucio de traerla a la isla? Como bien dice tu lema: alguien tiene que hacerlo, ¿no?

—Ahí le has dado... —dijo riéndose de mi ocurrencia—. Aunque, ojo, también trabajo el producto local. Tengo una pequeña plantación de maría en un invernadero que me monté en el garaje. Mira, compruébalo por ti misma.

Prendió la hierba, aspiró por el tubo y me pasó el bong. Hacía muchísimo tiempo que no fumaba marihuana, desde mi estancia en Madrid, en una fiesta, para que Diego no pensara que era una mojigata. Bastaron un par de caladas para marearme y vomitar. Y encima Diego no fumó, no le gustaba, le provocaba amnesia, me dijo. Desde entonces no la había vuelto a probar. Al coger el bong, mi fobia al desmayo se activó de inmediato. Ahora mismo sería el peor sitio en el que perder el conocimiento. Esperaba que la taquicardia y el subidón de adrenalina que tenía en ese momento compensaran los efectos. Aspiré por el tubo. «Hala, que sea lo que Dios quiera. Si me desmayo y me viola, al menos lo tendré grabado en cámara», pensé.

—Muy rica. —Realmente lo estaba—. Bueno, pues ya está, fumada la pipa de la paz. —Noté una relajación casi inmediata. Me vine arriba. Esperaba que la caída no fuera más dura y vertiginosa—. Pero a ver, ¿qué otros tesoros tienes en esa cajita?

Aunque ya contaba con suficiente material grabado para mi propósito, quería que se pringara, que se rebozara en su propia mierda como el cerdo que era.

—Pues aquí guardo un pequeño muestrario de todo lo que te puedo ofrecer. Uno siempre tiene que probar la mercancía, ¿no? —«Eso es, muy bien, Mike, ánimo, sigue»—. Es como un chef, ¿no? Yo no cocino una mierda, pero veo ese programa, el de «Pesadilla en la cocina», y el que lo presenta, que es un hijoputa muy gracioso, siempre echa unas broncas tremendas a los chefs que sirven comida sin antes probarla. Pues esto es lo mismo. Todo lo que traigo, primero lo pruebo yo. Gajes del oficio. —Rio. Y abrió el cofre—. A ver qué cositas tenemos por aquí: coca, oxi, marihuana, polvo de ángel, metanfetamina azul, porque la serie esa de «Breaking Bad» la puso de moda, azul, la gente la quiere azul, hay que joderse lo gilipollas que somos con las modas de la tele. Qué más: éxtasis, esteroides anabolizantes, propofol, la mierda esa que mató a Michael Jackson, que esto sí que no lo he probado. Y a ver, a ver, ah, mi favorita, el MDMA, la droga del amor. —Me guiñó un ojo—. ¿Nos animamos?

—Pensé que me lo ibas a poner mucho más difícil —le dije sonriendo. «Te has caído con todo el equipo, estúpido», me dieron ganas de escupirle a la cara. Estaba tan exultante por dentro que le di otra calada al bong.

—Y dime, querida Alice: ¿por qué te lo iba a poner difícil?

No sé muy bien cómo logré salir de ahí de una pieza porque llevaba tal globo que ni me acordaba. Pero lo hice. Cuando llegué a casa me di cuenta de que llevaba en el bolso una bolsita con marihuana, dos pastillas de MDMA y una de propofol que tiré directamente al retrete. Lo otro me lo quedé.

Edité el vídeo para eliminar las partes en las que nombraba a otra gente de la isla. Porque, después de enseñarme su arsenal, Mike comenzó a contarme su extensa lista de clientes. No me apetecía que se supiera que Conrad tomaba propofol de vez en cuando para dormir —lo cual explicaba el susto que me dio en su día, cuando pensé que estaba muerto—, solo los fines de semana, cuando no abría el banco, probablemente para mitigar el vacío y acortar la soledad que sentía; o que el padre Henry usaba de cuando en cuando polvo de ángel porque le hacía sentirse más cerca de Dios; o que Lorraine y Peter consumían éxtasis para copular como animales en celo; o que John, sí, John, le había comprado MDMA —Mike pensaba que era para usarlo con Karen, pero yo sabía que no era ese el destino final de la droga—; o que la mayoría de los chavales del instituto que practicaban deportes se metían esteroides anabolizantes. Ninguna de estas transacciones de droga las hacía en persona, lo que pasa es que él, con el tiempo y la experiencia, se había acabado enterando de quién era quién. «Hay gente que me deja pedidos en el buzón del taller, pero ahora ya casi todo se hace por internet», me dijo, y acto seguido me explicó que en la página web de Dirty Works tenía un apartado de chat donde se podían dejar comentarios o resolver dudas sin registrarse ni nada. Ahí la gente se creaba un *nick*, de manera anónima, y hacía su pedido, en el que indicaba el lugar de entrega preferido. Por ejemplo: «Éxtasis, 50 dólares, tótem de la tribu nativa de los wampanoag». Mandaba a los chicos en la furgo con el pedido y al llegar debajo de la placa estaban los 50 dólares —«Si no está el dinero no se deja nada, obviamente»—, depositaban la droga y a través del chat informaban a la persona en cuestión que ya estaba disponible su pedido. «Fin de la transacción. Chimpún. Mola, ¿no? ¿Me lo monto bien o no me lo monto bien, eh, Alice?» Estuve muy tentada de informar a la jefa Margaret de lo que estaba ocurriendo. Pero ella no era la destinataria del vídeo. Además, quién me decía a mí que ella no se escondía tras algún *nick* para consumir no sé qué droga, que a veces la veía demasiado acelerada en contraste con la aparente —solo aparente— calma y modo de vida lento que reinaba en la isla.

—¿Qué coño quieres? —me dijo Miriam muy seria y dolida al abrir la puerta de su casa y verme.

—Sabes de sobra que no soporto a Mike y que nunca haría nada que pudiera hacerte daño. Te quiero pedir perdón por haberte hecho lo que te he hecho. Lo siento mucho, de verdad. Siento haber traicionado tu confianza. No volverá a ocurrir.

Y ahí es donde debería haberle confesado la verdad y echarme a llorar en sus brazos, buscando consuelo, complicidad y comprensión. Pero lo único que hice fue entregarle un *pendrive* con la grabación de la confesión de Mike y el vídeo en el que se le veía secuestrando a Sandy.

—Toma, para que Sandy vuelva a casa y por si algún día Mike intenta quitarte la custodia de Chloe o deja de pasarte la pensión.

Miriam no dijo nada. No acababa de entender a qué venía todo aquello. Se limitó a coger el *pendrive* y cerrar la puerta. No fue un portazo. Lo hizo suave porque debía de intuir que lo que contenía el *pendrive* la iba a poner muy contenta y nos iba a reconciliar.

Días 11-16. Año II d. C.

«¿Y ahora qué? —pensé—. Ahora no me queda otra que enfrentarme a lo que me tengo que enfrentar. A la foto 4.209.» Pero de pronto, como si al solucionar el asunto de Miriam se me hubiera despejado parte de la espesa niebla de mi mente, caí en algo que tenía toda la lógica del mundo: a lo mejor aquella visita al cementerio no significaba nada. O sea, significar claro que significaba, pero igual no tenía mayor connotación que la de honrar la memoria de Chris. Rendirle homenaje un año después de su muerte de parte de una persona conocida que le tenía afecto. Chris había estado visitando la isla durante mucho tiempo. Teniendo como tenía tanto don de gentes y siendo tan extravertido y simpático como era, seguro que habría establecido lazos de amistad sólidos. Y además, ¿por qué había dado por hecho que ella sabía que yo era su esposa y Olivia y Ruby sus hijas? Lo había estado ocultando. No tenía por qué saberlo.

El hecho de quitarle peso a la pista que había encontrado me activó y levantó el ánimo. ¿Por qué había considerado que los acontecimientos de los últimos días habían desmoronado mi castillo de naipes? Ahora pensaba que era al revés: tenía más cartas para seguir elevando la altura, añadiendo pisos.

La foto 4.209 de 4.344. Había estado allí el mismo día que nosotras. El día del aniversario de la muerte de Chris. Poco antes. ¿Cuánto antes? ¿Horas? ¿Minutos? No me había fijado en la hora marcada en la esquina superior izquierda de cada foto. Por eso pasaba las fotos rápido. Pensaba que ya nada interesante podría encontrar. Solo a nosotras cuando llegamos hasta allí. Del shock me quedé clavada en la 4.221. No termi-

508

né de ver la secuencia de fotos. No la vi salir del plano. ¿Cuánto tiempo había estado?

Llegó a las 09:56 de la mañana. Eso significa que cogió el primer ferri para salir de Robin Island, el de las 07:30. Bien temprano, para no cruzarse con nadie, pensé. De la 4.221, que es cuando se posicionó frente a la tumba, a la 4.222 había un salto de tiempo de tres minutos. Había estado tres minutos frente a la tumba sin moverse un ápice. Entre la 4.222 y la 4.224 se sentó en el borde de la tumba. En la 4.226 se levantó para marcharse, cinco minutos después. Para salir de cuadro por donde había entrado nueve minutos después y desaparecer en la 4.233. A las 10:05.

Revisé de nuevo la secuencia de fotos intentando no entrar en demasiados juicios. Mantener la frialdad, conteniendo a duras penas el tumulto de emociones que se apiñaban en las salidas principales de mi ansiedad: cabeza, corazón, pecho y estómago.

Había dejado algo encima de la lápida. Antes de levantarse lo había colocado allí. Como se encontraba de espaldas a la cámara no se apreciaba el gesto, pero había algo que antes no estaba. Parecía un papelito, una cartulina, una nota. Por más que hice zoom, no pude realmente distinguir lo que era. Algo que el viento se debió de llevar, porque en la foto 4.254 ya no estaba. Quince minutos antes de que asomáramos nosotras, en la 4.267, a las 11:35 —poco más de una hora y media después de que ella se marchara—, y copáramos el resto de las fotos hasta que me acerqué para sacar la tarjeta de memoria.

¿Estaba segura de que no había estado antes? Me entró la duda. Porque, a lo largo del año, Chris había recibido la visita de muchos familiares y amigos. Los tenía a todos localizados. Incluso apuntados en una lista. ¿Me habría equivocado? ¿La habría confundido, no sé, con alguna de las primas de Chris? Al mes de colocar la cámara, perdí completamente la fe en obtener resultados por esa vía. De hecho, esta última hornada de fotos había tardado días en revisarla porque siempre encontraba cosas más «importantes» que hacer.

En cualquier caso, ¿era relevante aquello? Pues sí debió de parecérmelo, porque revisé las 18.358 fotos de nuevo. Tardé dos días, en los que apenas dormí, aprovechando cualquier respiro que me dieran las niñas.

El resultado fue aún más desconcertante. No me había equivocado. No la había confundido con nadie, pero sí que había estado. En tres ocasiones más a lo largo del año. No se acercaba a la tumba. Pasaba de largo por detrás, por la carretera, y se quedaba sentada a lo lejos, en un banco. Era prácticamente imposible distinguir su rostro. Normal que no me hubiera dado cuenta. Parecía que estaba visitando otra tumba, o simplemente descansando después de dar un paseo por allí. Las tres veces se había sentado en el mismo sitio, de cara a la entrada al cementerio. ¿Estaría pendiente por si aparecía yo? ¿Y por qué tan lejos? ¿Por temor, por respeto? ¿Vergüenza?

Tres veces. La primera, veinte minutos. La segunda, dieciséis. La tercera, once. Con un intervalo de un mes y medio entre la primera y la segunda visita. Dos meses entre la segunda y la tercera. Dos meses y doce días entre la tercera y la cuarta, la última, la de la foto 4.209, durante la que dejó algo encima de la lápida.

Habían pasado trece días desde que el papel echó a volar. Era absurdo ir a buscarlo. Una pérdida de tiempo. Y tal vez por eso mismo lo hice.

Mientras iba al cementerio con Ruby y Poni, ambas dormidas en los asientos traseros del coche, me preguntaba qué significaba que cada vez las visitas fueran más cortas y más espaciadas en el tiempo. ¿Estaba superando su muerte? ¿Su luto? ¿Me podría tal vez ella ayudar a superar el mío? Cuatro visitas en un año. ¿Eran muchas o pocas? Eran muchas, claramente. Cuatro veces implicaba mucho más que el simple gesto de ir a despedirse de alguien conocido, incluso amigo. Aquello creaba un vínculo tan evidente como sospechoso entre ellos. Y sobre todo que fuera sola. Ella también estaba escondiendo algo. Ella necesitaba un sitio donde llorar a solas, y aquel sitio era el cementerio, aunque fuera a cierta distancia. Pero espera, ¿cómo sabía que estaba allí la tumba de Chris? Desde el banco en el que se sentaba no se podía leer la lápida. Eso significaba que ya había estado con anterioridad. Que había re-

510

corrido el gigantesco cementerio y descubierto la tumba para luego retirarse discretamente hasta el banco. La primera vez que estuvo fue antes de que colocara la cámara, seguro. Cinco veces había estado, como mínimo. Sentí mucho odio y hostilidad en ese momento. Estaba muy cabreada. Necesitaba estarlo para seguir en pie y no hundirme —aún más—. «No sé qué has hecho con Chris. No sé qué rollo os traíais. Y sí, pobrecita la amante sufridora en silencio, que no tiene a nadie con quien llorar su muerte y su pérdida. Vale, sí, te guardas lo tuyo para ti, pero ni se te ocurra acercarte a mi terreno, a mi espacio. Quédate en el tuyo. No cruces al otro lado porque te arranco la cabeza. ¡Estuviste allí una hora y media antes de que llegáramos! ¿Quién te crees que eres para dejar algo encima de la tumba de Chris? ¿Tú eres idiota o qué? ¿Quieres que lo vean sus padres, o los míos, Olivia, yo? ¿Quieres restregarme por los morros lo vuestro, sea lo que sea? ¡¿Cómo te atreves, hija de puta?!»

Lo primero que hice nada más llegar fue echar un vistazo a las fotos nuevas en la pantalla LCD de la cámara camuflada. 802 fotos. Había pasado poco tiempo, pero quería saber si había vuelto. No lo había hecho.

Me puse a peinar la zona en un radio de unos diez metros, buscando entre los setos, arbustos, árboles y tumbas de alrededor lo que fuera que dejó allí, como quien busca una aguja en un pajar, aunque ya me había demostrado a mí misma que eso era algo que no me asustaba, al revés: cuanto más difícil de encontrar y menos posibilidades hubiera de acercarme a la verdad, más en mi salsa me sentiría. De ahí que el hecho de tardar apenas cinco minutos en encontrar la foto, curiosamente muy cerca del arbusto donde tenía escondida la cámara de fotos, me dejase del todo descolocada. Estaba boca abajo. El blanco del reverso del papel mate de la foto estaba sucio, casi mimetizado con la tierra. Era una foto Polaroid combada por las inclemencias meteorológicas sufridas. Cuando me agaché a recogerla, supe que era lo que buscaba. Al darle la vuelta no se veía nada porque estaba cubierta de lodo y tierra reseca. Pasé el dedo por encima para limpiarla. Lo primero que vi fue mi cara.

Era una foto de familia. De mi familia. Olivia sentada a lomos de Panda, con su casco, sujetando ella sola las bridas, orgullosa de no necesitar ayuda. Ruby encima de Sunset, mientras yo la sostenía para que no se cayera. Y Poni gimiendo asustada porque creía que Olivia y Ruby estaban en peligro y se iban a caer. Esa foto fue de nuestra última visita a Horse Rush Farm.

Después de limpiar el anverso, hice lo propio en el reverso, y descubrí una nota manuscrita. Podría hacer mucha poesía en torno al ejercicio de arañar la suciedad con el dedo, pero ¿para qué? Lo único importante era que lo decía: «Al final lo conseguiste, LeCaptain. Tu viaje mereció la pena, mi querido Hombre Invisible. Fdo.: Bresnam».

La foto la tomó la misma persona que la había dejado en la tumba de Chris. La misma que había acudido al menos cinco veces a honrar su memoria. La sospechosa número 13. La sospechosa que se convirtió en sospechosa durante mi tormenta mental de fin de año. La sospechosa que fue sospechosa porque tenía ojos de gato azul celeste y me daban envidia sus hoyuelos, y porque estaba dándose un tiempo con el piloto Jeffrey, su novio de toda la vida. La del padre con alzhéimer que ya era como un abuelo para Olivia. La de Frank. La de Panda. La de Sunset. La del mareo cuando di a luz. La veterinaria de la granja de caballos Horse Rush Farm. Barbara Rush. Pero todas esas Barbaras que yo conocía habían desaparecido de golpe. Ahora solo una ocupaba mi mente: la Barbara de Chris.

Aquella foto confirmaba que claro que sabía quiénes éramos, y que lo había sabido desde el principio. Fue un empeño suyo tomarla. «Venga, vamos a hacer una foto. Una foto de familia. No, tú, no, papá.» Y Frank: «¿Por qué, si es mi familia?». Y yo: «Déjale que se ponga, Barbara». Y Barbara: «No, no. Esta es una foto de chicas. Solo chicas. Las cinco chicas». Y Frank: «Ah, vale, okey, haberlo dicho antes». Y Barbara: «Venga, Poni, quieta, estate quieta. Sonreíd. Pa-ta-

ta». Foto. «Venga, otra, por si acaso, vamos a hacer otra.» Foto. Me dio una. Se quedó otra, la que colocó en la tumba. ¿Qué significaba aquel gesto? ¿Por qué lo hizo? ¿Quería averiguarlo? No, igual no lo quería averiguar, pero sí lo necesitaba averiguar. No puedo, no quiero, me repetía entre lágrimas. No puedo, sí quiero. Sí puedo, no quiero. Sí puedo, sí quiero. ¿Y por qué dejó la foto de esa manera? Podría haberla pisado con alguno de los jarrones para las flores, o pegarla de alguna manera, como hizo Olivia con las flores del aniversario de la muerte de Chris.

Podría regalarle diez relojes espía, colocar cámaras y chivatos en cada rincón de la granja, colarme en su casa, ponerla patas arriba y buscar el candado que abriera la Llave Master, seguir cada uno de sus movimientos, incluso hacerme aún más amiga de ella. Pero sabía que no serviría de nada. Ella sabía quién era yo. ¿Lo sabía desde el principio? En cualquier caso, había tenido mucho tiempo para esconder cualquier prueba. ¿Y por qué nunca me había dicho nada? «Eh, hola, tú eres la mujer de Chris, ¿no?» Pero el hecho de dejar la foto, ¿no era acaso como dejar una tarjeta de visita?

Repasé mentalmente nuestros primeros encuentros. Intenté hacer memoria para descubrir si se me había pasado por alto algún comentario o gesto. La primera vez fue durante el parto de Ruby, poco recuerdo salvo el pánico, el miedo y el olor corporal de Mark. Estuvo muy atenta y tomó las riendas junto con Mark. Al mando de la situación hasta que le dio el mareo, justo después de envolver a Ruby en una toalla y ponerla sobre mi regazo. Entendí que había sido fruto de la impresión, al aflojar la tensión después del momento vivido —a mí me hubiera pasado lo mismo—, pero ¿podría ser porque me reconoció?

Sí había algo llamativo: ella nunca se había acercado a saludarme, o a hablar conmigo *motu proprio*. Siempre había sido por encuentros casuales que ella nunca había propiciado. Y Frank, claro. Frank, su alzhéimer y sus visitas a casa en busca de Rose. Eso había estrechado nuestros lazos. Y luego los ponis, claro. Panda y Sunset. Pero antes de eso, ¿me había estado evitando? Lo cierto era que Barbara apenas se dejaba ver por la isla, vivía bastante recluida en la granja con sus caballos. ¿Estaba huyendo de algo? «Como tú, ¿no?» En la granja, además de caballos, tenían un huerto del tamaño de un campo de fútbol, donde cultivaban todo tipo de verduras y legumbres. Vamos, que se autoabastecían en gran medida. Antes de la cena de cumpleaños de Karen, en el Inn, apenas nos habíamos cruzado, y eso fue a finales de diciembre. ¿Y después? Después sí. Frank apareció en nuestra casa el día de año nuevo, en medio del melodrama de Olivia con la nieve. Lo llevamos de vuelta a la granja. Olivia conoció a Panda. Frank se convirtió en el abuelo Frank. Y de esta manera Barbara entró en nuestras vidas, y nuestras visitas a la granja se convirtieron en algo habitual. Algo que nos había hecho mucho bien, sobre todo a Olivia, por más que ahora me revolviera las entrañas y me dieran ganas de vomitar. Nuestros encuentros eran siempre amables. Cordiales. Nunca íntimos. Las conversaciones giraban en torno a Frank y su incipiente alzhéimer, y sobre todo Olivia y los ponis. Barbara nunca hacía preguntas personales. Lo cual yo agradecía porque pensaba que era yo la que tenía más cosas que callar. Ya veía que me equivocaba.

¿Y Frank? Una descarga de terror me atravesó el cuerpo. ¿Y si todo había sido mentira? ¿Y si estaba fingiendo su demencia? Una treta para colarse en mi casa, en nuestra vida. Para averiguar cosas, para espiarnos. No, eso no tenía sentido. Tenía un reloj espía en Family Pet Land y otro en el salón de su casa. Frank y Barbara vivían juntos. Los habría pillado intercambiando opiniones. A no ser que supieran lo de los relojes espía. Pero no, era imposible. Frank nunca subía a la planta superior de mi casa. Nunca se había acercado al desván, que además siempre estaba cerrado bajo llave. Se quedaba abajo, con la actitud tímida y educada propia de un adolescente que va a visitar a su amada. Esperando pacientemente a que Rose bajara.

El reloj espía que tenía instalado en casa de los Rush era un cuadro con unos caballos salvajes, los suyos, corriendo por la playa. Era probablemente uno de los más bonitos que había hecho. Lo habían colocado en el salón comedor, encima de la chimenea. ¿Y qué había visto a través de esa pecera? Poco y menos. Nada relevante. Una cotidianidad muy cercana y tradicional. Barbara y su padre Frank cenaban todos los días juntos, sin ver la televisión ni nada, charlando, contándose sus cosas. Una vez a la semana, los domingos, se unía a la comida Jeffrey, porque, a pesar de que Barbara y él se estaban dando un tiempo, para él, que era huérfano, Frank era como un padre, y para Frank, Jeffrey era como un hijo. ¿Y de qué hablaban durante las cenas familiares? Pues casi exclusivamente de animales. Frank enumeraba los perros y demás mascotas que había atendido en la clínica y Barbara hablaba de sus caballos. Hacía un repaso rápido de casi todos los caballos y su estado actual. Hablaban de ellos como si fueran parte de la familia. Casi nunca les oí mencionar a nadie de la isla, a no ser que estuviera directamente relacionado con sus mascotas. No eran nada cotillas, para variar. ¿Y de mí? ¿Hablaron? ¿O de Olivia? Sí, claro que lo hicieron. Pero siempre era Frank el que sacaba el tema, contando nuestras idas y venidas a su clínica y anécdotas de Poni. O la anécdota de Olivia y la saga de los Flint. O un día: «Fíjate qué curioso que vivan en la misma casa que vivía Rose de adolescente, donde yo solía ir a cortejarla, escuchar discos y comer tortitas, bajo la atenta mirada de tus abuelos, claro». Barbara siempre escuchaba con atención, sin querer saber más, sin mostrar especial curiosidad. Solo sacó ella mi nombre en una conversación. Cuando compré a Sunset. Estaba contenta porque para ellos sería un alivio económico, no solo por el dinero de la venta, sino por la manutención del animal. Y nada más, ninguna mención más.

No recordaba casi nada de esto, porque apenas había llamado mi atención. Esta recapitulación la hice tras revisar obsesivamente todas las grabaciones de su pecera. Una por una. Buscando miradas, gestos, silencios incómodos, palabras escondidas. No encontré nada en concreto, pero sí algo en general. Había cierto halo de distancia forzosa. A simple vista podía parecer que lo que le pasaba a Barbara es que andaba preocupada por los despistes de su padre y trataba de detectar fallos de memoria, ayudarle en la medida de lo posible. Como si, más que charlando, estuviera inspeccionando, alerta. Sin embargo, yo notaba algo más, y era consciente de que igual me lo estaba inventando, pero parecía haber tomado la decisión de no implicarse emocionalmente con casi nada que tuviera que ver con nosotras. Al menos al principio. Poco a poco fue soltando lastre, dejándose llevar. Incluso mostrando a las claras su alegría ante los progresos de Olivia a lomos de Panda. Aunque ya digo, era probable que todo fuera producto de mi imaginación. Ya no me podía fiar.

—¡Viaje gratis en Panda! ¡Bien!

Me estremecí al oír la frase. Frank acababa de entrar en casa. Por un momento, tuve la intención de quedarme arriba, parapetada en el desván, hasta que decidiera irse. Pero algo dentro de mí necesitaba, por llamarlo de alguna manera, vengarse.

Bajé casi corriendo.

—Mami, ha venido el abuelo Frank. ¡Vamos a la granja!

—Hola, Barbara —me dijo Frank. Me había confundido en más de una ocasión con su hija. Lo que antes me hacía gracia ahora me provocaba repulsión.

—Frank, no soy Barbara. Soy Alice —dije muy seca. Y antes de que pudiera decir algo, si es que lo iba a hacer—: Esta no es la casa de Rose, es nuestra casa. Rose no está aquí. Así que te pido por favor que te marches. Ya. Por favor.

—Mami, no le hables así al abuelo Frank. Deja que se quede.

—Que te calles, Olivia. ¡No es tu abuelo!

Esta bofetada de realidad debió de despertar a Frank, porque se sintió inmediatamente avergonzado. Bajó la cabeza como un niño que se hubiera orinado en mitad de la clase.

—Perdón, yo... —Se dio la vuelta para marcharse.

«¿Qué tendrá que ver el pobre Frank en todo esto?», pensé arrepentida. «A lo mejor mucho, ¿tú qué sabes?», me repliqué.

—Espera, Frank —dije sin intención real de frenarle, cuando ya sabía que no iba a volver. Se había dejado el viejo tocadiscos portátil.

—Jo, mamá, me has puesto triste —dijo Olivia al borde de las lágrimas. Aunque más que triste, parecía asustada de su propia madre.

Reaccioné al segundo. La abracé y la besé. Lloró.

—Perdona, Oli. Es que he tenido un día muy malo.

—¿Más malo que el día que se murió papá?

—No, no tan malo, pequeña. Ya nunca vamos a tener un día tan malo como ese. No te asustes, ¿vale?

—Vale... Pero una cosa, mamá. —Sabía perfectamente lo que venía a continuación—. ¿Por qué ya no vamos a la granja de caballos?

Desde que la foto 4.209 irrumpió en mi vida, hacía casi una semana, no nos habíamos vuelto a acercar a Horse Rush Farm.

—Si no ha pasado ni una semana. Te dije que está de reformas.

—Mi amiga Kendall me ha dicho que ha estado este fin de semana... —Pausa—. ¿Se han muerto Panda o Sunset?

—Que no, Oli, no empieces.

Las burdas excusas que le ponía a mi hija empezaban a ser insostenibles. Además, ¿cómo podía privar a mi hija de uno de sus mayores placeres, de su mejor terapia? Podía haber llamado a la madre de Kendall, Maureen Heise, la del pavo Joe, y pedirle que llevara a Olivia a la granja, cosa que habría hecho encantada. Pero, en la furia que aún bullía dentro de mí, pensaba de manera malsana que no iba a darle el placer a Barbara de hacerse —aún más— amiga de mi hija, como si pensara que quisiera robármela.

No me atrevía a ir a verla porque no sabía cómo iba a reaccionar. No creía poder disimular, fingir normalidad, ser simpática, cercana y afectuosa como siempre que la había visto. Puede que la atacara, que me abalanzara sobre ella, o me derrumbara y me echara a llorar. Puede que le suplicara una explicación o la torturara para sacarle información. O puede que todo a la vez. El caso es que cualquier excusa era buena para evitar enfrentarme a ella, a la verdad. Pero me estaba empezando a quedar sin recovecos en los que esconderme.

El problema fue que me empezó a dar miedo salir a la calle, ir de compras, ir a correr o a pasear a Ruby y a Poni. Miedo a encontrármela. Así que me descubrí a mí misma cada vez más encerrada en casa, saliendo lo justo y necesario, y a ser posible en horarios poco transitados. De repente la isla, en lo que para mí era su mejor momento climatológico del año, se había convertido en un sitio incómodo, hostil y demasiado pequeño. «¿Acaso no lo ha sido siempre, Alice? Y sobre todo: ¿hasta cuándo piensas estar así?»

Días 17-27. Año II d. C.

Los días pasaban y las peceras se iban apagando sin remisión. Me iba quedando sin vidas que observar. Aquello no hacía más que elevar mi nivel de ansiedad. Sentía que estaba perdiendo asideros a los que agarrarme. En sentido figurado y literal. Me acordaba mucho de aquella frase de Olivia cuando sufría los mareos en casa de mis padres: «Mamá, ¿se está moviendo la Tierra?», «Mamá, ¿las islas se pueden mover de sitio?». Así era justo cómo me sentía yo. En un barco en plena marejada. La isla se tambaleaba bajo mis pies, la Isla de Mamá se estaba hundiendo, y no sabía qué hacer para sacarla a flote. Bueno, sí lo sabía, pero no me atrevía a hacerlo.

Al igual que yo —de nuevo el mimetismo—, Olivia llevaba fatal que se fueran haciendo añicos las peceras, y eso que se las había apañado para sacar del dormitorio de Oliver el reloj mapache, traérmelo —«Mamá, no quiero que a Oliver le pase como a los demás. No quiero que se vaya»—, hacerme desmontarlo para cargar la batería y devolverlo a su sitio. Pero, al margen de esa pecera, solo quedaban cuatro activas. Tenía bastantes pesadillas a pesar de sus redoblados esfuerzos dando vueltas en la cama. Me tocó ceder con respecto a la granja de caballos. No podía mantenerla alejada de allí. Maureen, la madre de Kendall, la recogió y la trajo de vuelta el sábado y el domingo siguiente. «Yo encantada, así le doy la murga a Barbara», me dijo. Maureen y su marido, Pat Heise, llevaban mucho tiempo detrás de Barbara porque querían comprarle un terreno colindante a una parcela suya para construir un campo de golf, pero Barbara se negaba. (Cosa que, aunque me fastidiara reconocer, me parecía bien.)

Hasta que una serie de eventos en cadena me obligaron, forzaron o animaron a salir de mi encierro, el físico y el vital. Como si se tratase de la gran traca final de los fuegos artificiales del Cuatro de Julio. Casi todos a la vez, solapados, una serie de explosiones que daría paso al vacío más absoluto, como si una avalancha de nieve me hubiera tragado, dejándome sola, aislada, flotando en un espacio blanco, ominoso y asfixiante, con un silencio imposible de callar, sin salidas ni entradas, sin caminos que seguir. Un sitio sin origen ni destino. Un sitio hostil donde las mentiras ya no podían sobrevivir. Un sitio que se llamaba verdad.

～∽

Stephen falleció. Jennifer le desenchufó. Ocurrió una semana después de que Summer se fuera de una vez por todas y se disipara la congoja de que se pudiera llevar al bebé. El bebé que su marido y ella siempre habían deseado y nunca habían podido tener. Jennifer ya no necesitaba a Stephen para aferrarse a la vida. Después de muchos años conviviendo con la muerte, ahora por fin podía abrazar la vida. Lo hizo con la asistencia de un médico del hospital Cape Cod y la presencia del padre Henry. Algunos pacientes comatosos, cuando les retiras el soporte vital, despiertan e incluso recuperan la conciencia. Por eso, Jennifer me preguntó si podía estar presente con ella. Era algo casi imposible, pero aun así le daba miedo. Acepté encantada. Lo que fuera con tal de sacarme de mi círculo vicioso. Unos días antes me había llegado el sobre con los resultados de los test de ADN. No los había abierto porque, ¿para qué? Estaba en pleno shock por estrés postraumático. Me gobernaban la desgana y la confusión mental.

Jennifer puso a Olivia II en el regazo de Stephen. Lo habían sedado para la desentubación, para evitar convulsiones y episodios desagradables. Stephen se fue en cuestión de minutos, en paz y, probablemente, a un nivel infra o supraconsciente, feliz de su reciente paternidad. Aunque estaba asistiendo a una muerte en directo por primera vez en mi vida —y con mi familiar miedo a que me diera un desmayo—, fue un momento muy emocionante y vital. Pleno de amor. Una lección de vida y superación que me hizo reflexionar en torno a soltar lastre, dejar atrás cosas que ya no podemos tener, personas con las que no podemos estar, amores que han de quedar en el pasado para poder seguir avanzando, creciendo, viviendo. Y pensé entre lágrimas: «Alice, al igual que Jennifer tiene a Olivia II, tú tienes a Olivia y a Ruby. Tú también tienes que dejar marchar a Chris».

Al terminar, justo después de que el médico certificara la hora del fallecimiento, el padre Henry bautizó a Olivia II allí mismo: Bertha Stephanie —el femenino de Stephen— Fay.

Jennifer no me dio explicación alguna en torno al hecho de quedarse al bebé, en plan que Summer no quería hacerse cargo, que se había arrepentido o algo así. Nada. Y desde luego que yo no le pregunté. Ella probablemente sabía que yo lo sabía. Porque incluso sin chivatos, ni peceras, ni test de paternidad, hubiera podido armar aquella historia y darle forma.

Al regresar a casa después de aquel momento tan catártico, decidí abrir el sobre con los resultados de los test. Stephen era el padre biológico de Bertha/Olivia II. Jennifer no. Summer había sido su vientre de alquiler y madre biológica de la niña. En cuanto a Chris, no tenía relación consanguínea con Jennifer. Aunque lo tenía bastante claro, me dio pena. Me hubiera encantado que Chris y Jennifer hubieran sido hermanos o algo así. Y entonces me quedé pensando: «Espera... Stephen llevaba tres años en coma. Chris, dos y medio yendo a Robin Island. ¿No tendría más sentido que, en vez de estar emparentados, Jennifer y Chris estuvieran emparejados?». Me asustó mucho el asalto de esta reflexión. ¿A qué venía? Había brotado más allá de la razón y mi control. Mi mente seguía fabulando, caminando sola, investigando por su cuenta. Como la cola de una lagartija. O peor, como pollo sin cabeza. Y no podía pararla. O no quería. Porque la única manera que había de hacerlo era enfrentándome a Barbara. A la verdad.

Llevaba dos semanas sin noticias de Miriam. Nada desde que le había entregado el *pendrive* con la grabación de Mike. Hasta que un día su pecera se encendió. Miriam se las había apañado para recomponer el reloj luna de su cocina, volver a colocar la cámara espía en su sitio, cargar la batería y encenderlo. Miró directamente a cámara. Seria, como si estuviera asegurándose de que todo estaba en su sitio, o preparando la evidencia para entregarme a la policía. El miedo que todo lo dominaba se volvió aún más espeso. Hasta que sonrió. Y habló. No oí nada porque se había estropeado el micrófono, pero pude leer perfectamente sus labios porque solo emitió un mensaje: «Cuídame». Después dejó el reloj en su ubicación original.

Minutos después pude observar que la perra Sandy correteaba feliz por la cocina. La había recuperado. ¿Habría usado el vídeo? Sí, o al menos parte de él, porque esa misma noche descubrí que alguien me había pinchado todas las ruedas del Cherokee, las del cochecito de golf y las de las bicis. Además de romperme los retrovisores y haberse cagado literalmente en la puerta de entrada de casa. No me importó porque en esos momentos yo seguía en estado de shock y sin capacidad de reacción. Tampoco quise poner una denuncia. Mejor dejar las cosas como estaban. Quería parar aquella cadena de represalias. El no denunciarle era mi manera de aceptar el castigo, que estábamos en paz y que si yo dejaba de dar por saco, él también lo haría. Y así fue. Llamé a un taller mecánico de fuera de la isla, para no levantar rumores ni sospechas, y cambié las catorce ruedas y los cuatro retrovisores. Casi 2.000 dólares la broma.

Había dejado de acudir a mi cita diaria con Julia en Le Cafe. Así que un día decidió hacerme una visita sorpresa.

Cuando sonó el timbre, me dio un vuelco el corazón: pensaba que podía ser Frank, o peor aún, Barbara. Al ver que era Julia, pensé que, en plena cadena de infortunios, vendría, yo

qué sé, a decirme que había descubierto que le había hackeado el ordenador, o que la espiaba, o que sabía lo mío con
Mark. Y no fue eso, pero casi.

La invité a tomar un té helado en el jardín, aunque ella
prefirió un vino. Y ya puestas, yo también.

—¿No avanzas con la novela?

Había dejado de meterme en su ordenador a cotillear la
novela. Otro más de los daños colaterales que provocó la foto
4.209.

Julia negó ligeramente con la cabeza.

—He perdido la historia, mi historia. Se me va de las manos. Y siento que ya no puedo hacer nada para evitarlo.

—Pero ¿por qué? No lo entiendo, Julia, la novela es una
maravilla. Escribe un final y ya.

—¿Te acuerdas de que te pedí que me ayudaras con el final?

—Sí, claro que me acuerdo, y ya me gustaría a mí, pero yo
no puedo hacer eso.

—Tienes razón. Me equivoqué. No quiero que me ayudes
a terminar. Quiero que me ayudes a continuar.

¿De qué me estaba hablando: de lo que estaba escribiendo
o de lo que estaba viviendo? ¿De su novela o de su relación?
¿Qué me estaba pidiendo? ¿Me estaba pidiendo lo que yo
creía que me estaba pidiendo?

—Mark se va. Va a coger el barco y va a navegar bordeando
toda la Costa Este, hasta el golfo de México, cruzar el estrecho
de Panamá y yo qué sé qué más. Pero vamos, que se marcha
dos meses... Antes de irse definitivamente.

—¿Cómo que definitivamente?

—Nos separamos. Cuando acabe el verano, se va a mudar
a Nueva York.

Julia se echó a llorar. Y yo casi con ella.

—No me preguntes de quién ha sido la decisión porque
no sabría decirte. Bueno, sí sé qué decirte. Es una decisión
de los dos, aunque no de ahora. Hace muchos años que la
tomamos, cuando nos empeñamos en ser Samantha y Paul.
Él, mi Paul; yo, su Samantha. Pero está claro que ha acabado
siendo un lastre, para mí y para él. Yo me escudo en la fic-

ción para completar mi realidad. Él también ha hecho lo mismo. La fantasía de encontrar a su Samantha es tan grande, tan irreal, que no cabe en una sola mujer, en una sola relación.

Me asustó mucho cuando alzó la mirada entre lágrimas y me miró.

—No quiero que se vaya, Alice. No porque quiera que nos reconciliemos. No busco eso. Hace mucho que lo dejé de buscar. Él y yo. Pero... No quiero que su hijo se críe con su padre en la distancia.

Me costaba mucho interpretar el rol de amiga comprensiva, intentar consolarla con palabras razonables, porque lo único que sentía en ese momento eran unas ganas casi febriles de ver a Mark. De refugiarme en sus brazos y en su sexo. Pero sabía que si lo hacía, me rompería. Me desmoronaría ante él. Y sé que a él le encantaría: recogería mis pedazos y los pondría juntos, me salvaría, una vez más, como ya lo había hecho en otras ocasiones. Y yo me dejaría salvar. Pero ¿adónde me llevaría eso? ¿Adónde nos llevaría?

—Nueva York está a hora y media de avión —acerté a decir—. Seguro que os podéis organizar casi todos los fines de semana para que Oliver pueda...

—No me refiero a Oliver... —me cortó. Y tras una pausa, dijo, vulnerable y pequeñita como nunca antes la había visto—: Estoy embarazada. Y ya, ya sé que no debería estar bebiendo vino, pero apenas le he dado un sorbito... —añadió al tiempo que dejaba la copa en el suelo, arrepentida.

Mi cabeza no daba para procesar tanta información.

—¿Se lo has contado?

Julia negó con la cabeza.

—Pues cuéntaselo; si se lo cuentas, seguro que se queda.

—Ya, ya lo sé. Y sé que lo haría sin pestañear. Lo tengo clarísimo. Pero no sería feliz. Porque estas concesiones, aunque las hagas convencido, por amor a tus hijos, al final siempre acaban pasando factura. Lo sé, le conozco. Y no es cuestión de que se quede. Es cuestión de que deje de quemarle la isla. Porque, ahora mismo, a Mark le quema la isla.

Qué familiar me sonaba ese concepto.

—¿Por qué no hablas tú con él? —me propuso.

—¿Con Mark? ¿Yo?

—Aunque tú nunca me hables de él, sé que... Os lleváis bien. Que os habéis llevado bien. —Fue en esa rectificación del tiempo verbal cuando supe que se refería a que conocía nuestra aventura, ¿o debería decir *affaire,* como ella?—. Tu llegada a la isla le sentó muy bien. Nos sentó muy bien...

Por primera vez en mi vida deseé desmayarme. Deseé que mi fobia se hiciera cargo de la situación y me sacase de allí.

—No entiendo muy bien qué quieres que haga yo.

—Ya te lo he dicho, ayudarme a continuar —me contestó ya recompuesta, para que no pareciera una petición desesperada ni impulsiva. Todo lo contrario. Muy meditada.

¿Estaba insinuando que sabía que yo era la de los mensajes, la de la escapada frustrada a Nueva York, su amante? Y no solo eso, sino que no le importaba, que le parecía bien, que lo necesitaba, que me daba luz verde, que se apartaba del camino. ¿De verdad creía que lo más sano y beneficioso para ella era que su marido siguiera en la isla con otra mujer mientras ella estaba embarazada?

¿Y yo? ¿Qué es lo que quería? Pues no lo debía de tener tan claro cuando me descubrí a mí misma saliendo a correr —a partir de las diez de la noche, para no cruzarme con nadie— y pasando por delante del velero de Mark, viendo la luz encendida del camarote y planteándome si entrar a charlar con él. Bueno, a charlar y a lo que surgiera. Pero no me decidía. Estaba completamente atorada. ¿Me habría inventado todo aquello? ¿Era parte de mi castillo de naipes, mi gran mentira? Que ese final/continuación de Julia fuera en realidad el mío, el que yo deseaba. Tal vez Julia solo había visto en mí una buena amiga en la que confiar para que Mark no se alejara. No, no podía ser eso. Solo eso, al menos. Yo siempre había pensado que fui yo la que se había empezado a acercar a Julia. Sin embargo, ahora tenía claro que fue ella quien lo hizo. Todas las cosas que me confió en Le Cafe, casi a las primeras de cambio, parecían un señuelo para captar mi atención, para hacerme sentir importante en su vida, para poder observarme y nutrirse de mí para escribir. Vivir.

«Pero a todo esto, ¿qué más da, Alice? Eso no cambia nada. Eso no borra la foto 4.209 ni a Barbara. Eso no soluciona nada de lo tuyo. ¡Nada!» Quería que mi cabeza parara. Estaba desbordada. ¿A qué venía toda aquella vomitona de acontecimientos? Ya, pero ¿no lo agradecía en el fondo? ¿Acaso no estaba cosechando lo que yo misma había sembrado durante más de un año? «Disfruta de tu cosecha, Alice. Ha sido abundante, desde luego.»

Hasta que una noche —no recuerdo qué número hacía, pero sí que supuestamente iba con la intención real de entrar en el barco de Mark—, ya no estaba. Se había marchado. Lloré todo el camino de vuelta a casa.

Me dormí en la cama aún con la toalla puesta, recién salida de la ducha, extenuada, y no precisamente por el esfuerzo físico. Me desperté horas después, empapada en sudor, desorientada. Tardé en ubicarme. Tenía el estómago revuelto; el pecho me ardía y me picaba; me había salido un sarpullido. Mientras me miraba el pecho en el espejo y trataba de decidir si me provocaba un vómito para aliviar mi malestar, se abrieron de golpe todas las diferentes líneas de pensamiento en torno a Barbara. Empezaron a funcionar a pleno rendimiento como quien abre las compuertas de una presa que está a punto de desbordarse. Eran hilos, líneas, tramas, preguntas, hipótesis, especulaciones y alguna que otra certeza que acudían a mí a diario desde la aparición de la foto 4.209, y se reproducían en bucle pero de manera aleatoria. Siempre era la misma música, las mismas canciones, los mismos estribillos pegadizos y machacones. Hasta que el disco se rayó de golpe, provocándome una convulsión en forma de chispazos bruscos. Frases de Barbara que afloraron en una serie de latigazos, flashbacks, que me atravesaron el cuerpo entero y me dejaron la piel en carne viva:

«Seguro que el dueño no viene hoy por aquí.»

«No pasa nada, puede seguir viniendo a montar a Panda. Hasta la primavera casi nadie se anima a venir por aquí.»

«Tú deja que lo monte y luego ya lo vamos viendo. No pasa nada porque se encariñe con el animal. De aquí no se va a ir...»

Panda, el poni. Lo había comprado Chris. Era de Chris. Estaba convencida. En parte porque cuando tuve esta convicción el reloj del móvil marcaba las 00:01 horas. La hora maldita se acababa de apiadar de mí. O todo lo contrario.

Vomité sin necesidad de provocármelo.

Día 28. Año II d. C.

Vi a Barbara en uno de los establos.

Y ella me vio a mí.

Y por mi mirada supo a lo que iba.

Y yo por la suya supe que lo sabía.

Y que estaba lista para lo que necesitara de ella.

—He pensado mucho cuánto te iba a contar cuando llegara este momento, porque sabía que iba a llegar —me dijo Barbara con tanta delicadeza que me asusté aún más—. Y creo que lo deberías saber todo. Porque si no, te vas a ir de aquí sintiendo que te has quedado a medio camino. Creo que tenemos que andarlo juntas, hasta el final.

Había estado poniendo cebos por toda la isla y de repente me sentía como si fuera yo la que hubiese picado. Barbara me había tendido una trampa, que me había conducido hasta su propia casa, a Horse Rush Farm, y temía que me devorara. Pese a llevar más de un año preparándome para aquel momento, no me sentía capaz. Todo era irreal. De hecho, no sabía ni cómo había llegado hasta allí. Cómo había sido capaz de despertar a Olivia, darle el desayuno, llevarla al hidroavión, darle el pecho a Ruby y dejarla en casa de Jennifer, que se quedó encantada con ella.

Quise darme la vuelta e irme, pero Barbara no me dejó recular. Intuía lo difícil que debía de haber sido para mí dar aquel paso y no quería que fuera en vano.

—¿Cómo quieres que lo hagamos? ¿Prefieres hacerme preguntas?

Mi cabeza negó por mí.

—Solo una —dije—. Luego quiero que tomes la palabra. Quiero que me lo cuentes todo. Como si yo no estuviera.

—Vale. ¿Cuál es la pregunta?

Antes de comenzar a llorar, consigo decir con un hilo de voz:

—¿Qué hacía Chris en la isla?

horse rush farm

CUARTA PARTE

—

El hombre invisible

«Soy un hombre invisible.»

«Repasé mentalmente todo cuanto un hombre considera deseable. No cabía duda de que la invisibilidad permitía obtenerlo.»

«La invisibilidad, en resumen solo sirve en dos casos. Es útil para escapar, es útil para aproximarse.»

H. G. WELLS, *El hombre invisible* (1897)

Día 299. Año III a. C. – Día 0. Año I d. C.

No recuerdo si fue en forma de afirmación: «Me tienes que ayudar a ser invisible, Barb», o en forma de pregunta: «Barb, ¿tú me podrías ayudar a ser invisible?». Lo único que sé es que, poco después de escuchar esa afirmación o pregunta, me empecé a enamorar de él. Intenté que no sucediera, Alice, de verdad que lo intenté. Pero no pude evitarlo.

La primera vez que le vi no le vi. Estaba de espaldas, junto al molino. Me asusté hasta que se dio la vuelta, me sonrió y me saludó con la mano como si nos conociéramos de toda la vida. Yo iba al paso con mi caballo Nessy, dando nuestro paseo diario. «Perdona, pero esto es propiedad privada.» Esa fue mi manera de corresponder a su saludo. Se disculpó de inmediato e hizo amago de irse. Me sentí tan mal que le dije que no, que no pasaba nada, que se podía quedar. «No eres de por aquí, ¿no?», le pregunté todavía con cierta desconfianza. Negó con la cabeza y me contó que había llegado a la isla casi arrastrado por un encuentro fortuito con un exalumno de la Universidad de Virginia, un tal John no sé qué, al que ni siquiera conocía. Pero John sí le conocía. Al parecer coincidieron durante un par de años, cuando John era ya exalumno y coordinador de defensa del equipo de fútbol americano. Al parecer, a John le encantaba el tenis y acudía a verle jugar a menudo. Después había seguido su carrera, estaba convencido de que iba a llegar muy lejos en la ATP, así que cuando leyó lo de su lesión en el tendón de Aquiles, le dolió como si le hubiera ocurrido a él. Habían pasado años desde que le perdió la pista. Por eso, cuando se lo encontró esa misma mañana en el New Seabury Country Club en Mashpee, mientras él jugaba con un cliente potencial y John con su cuñado —con Keith, claro, aunque cuando hablamos él no recordaba el nombre—, se volvió loco de alegría y se empeñó en juntar los dos partidos y así charlar y ponerse al día. Pero eso no le bastó, porque luego se empeñó en invitarle a unas cervezas, y cuando le tenía ya medio borracho le contó que «aquí donde le ves, mi cuñado tiene una isla, suya, para él solito, y la está redecorando o como se diga. Y quiere poner una nueva pista de tenis porque la que tiene es muy vieja y de césped y es una mierda, hablando en plata. Y de repente llegas tú, mi ídolo, que resulta que encima tienes una empresa dedicada a montar pistas de tenis. Las casualidades hay que aprovecharlas cuando se presentan, inmediatamente». John, venido arriba, sugirió que fueran a la isla sin mayor dilación para inspeccionar el terreno, pero su cuñado, que sintió que le estaba avasallando, frenó el ímpetu de John y le pidió a Chris su tarjeta para ponerse en contacto con él y verle otro día con calma. A John le pareció bien, porque así podrían aprovechar para dar una vuelta por Robin Island. «¿Conoces Robin Island?» «No, nunca he oído hablar de ella, ya lo siento.» «¡No lo sientas! Es mejor, es perfecto. ¿Y sabes por qué nunca has oído hablar de ella? Porque es el secreto mejor guardado de todo Estados Unidos.» Y antes de que pudiera reaccionar, estaban en el ferri camino de la isla. «Todo el mundo habla de Martha's Vineyard y Nantucket, pero la nuestra es la buena de verdad, y digo *nuestra* porque somos muy poquitos los que vivimos allí, es muy selecta», remató John. «Vamos, el típico pesado que te coge por banda y no te suelta en todo el día... [Pausa ante mi silencio.] No me digas que es familiar tuyo. Es familiar tuyo, ¿verdad? Seré bocazas...» Me reí, ya relajada tras su explicación, y le aclaré que no, que conocía a John, por supuesto, pero de hola y adiós y poco más. Estaba casi siempre fuera destacado en su submarino, y que su cuñado megaforrado se llamaba Keith y su islote Napoleon Island, porque su primer dueño fue Napoleon LeCaptain. Chris aceptó ir a Robin Island porque estaba en plena expansión de su empresa, tratando de echar raíces en los estados colindantes a Rhode Island. Y después se acercó a mí, me tendió la mano y se presentó:

—Perdona, no me he presentado. Soy Chris Williams.

—Barbara —le dije estrechándole la mano, sin bajarme del caballo. Me sentía mucho más segura allí arriba.

—Encantado, Barbara. ¿Quieres que te construya una pista de tenis?

—Gracias, pero no creo que a Nessy le guste jugar al tenis... —Se rio—. ¿Y cómo es que has acabado aquí, frente a mi molino? —le pregunté ya no por desconfianza, sino simple curiosidad.

Chris iba a coger el último ferri, pero de camino al puerto, como iba bien de tiempo, decidió darse una vuelta y se quedó enganchado a la isla, embelesado por su paisaje y su paz, y de pronto se había dado cuenta de que ya no le daba tiempo a coger el último ferri. Él viajaba mucho y conocía muchos lugares, pero aquel le había atrapado de una manera inesperada. Tal vez porque Cape Cod nunca había sido santo de su devoción. Pero nunca había oído hablar de aquella isla. Le resultaba familiar y exótica a la vez, nueva y reconocible, acogedora. «Un poco como mi mujer», soltó de cuajo, como si quisiera eliminar cualquier posibilidad de ligoteo, para que no me llevara la impresión equivocada, lo cual a mí me pareció encantador y, efectivamente, me relajó.

La mujer de John le había insistido mucho en que se quedara a pasar la noche en el Inn. «En la suite te pongo —le decía—. A una estrella como tú la pongo en la suite, que tiene jacuzzi y todo.»

—Así que antes de volver allí y lidiar con la excesiva hospitalidad de John y Karen, me he colado en tu granja sin pedir permiso.

Entonces recibí un mensaje de mi padre, avisándome de que nuestra poni Snow White[16] se acababa de poner de parto.

—Me voy al galope que viene uno de los enanitos —le dije despidiéndome—. Ah, y por supuesto, merodea lo que

16. En inglés, «Blancanieves».

quieras. Estás en tu casa. La puesta de sol desde aquí es espectacular.

Me cayó bien, y yo a él. Un primer encuentro agradable, amistoso e inocente.

No volví a saber de él en no sé cuánto tiempo. Él me lo recordó, incluido su nombre, que también había olvidado a pesar de la fugaz atracción que sentí. «Ha pasado un mes y medio. Me llamo Chris. Y tú, Barbara.» También se acordaba de Snow White y se preocupó por saber cómo había ido el parto. Yo le dije que muy bien y que si quería le mostraba el resultado. Fue entonces cuando conoció a Panda. «Parece un panda», dijo. «Por eso se llama Panda —contesté—. La madre es blanca, de ahí lo de Snow White, y el padre, Batman, es negro. Se ha quedado con lo mejor de cada uno.»

Chris me contó el motivo de su nueva visita. Keith le había llamado un mes después de aquel encuentro. En efecto, estaba muy interesado en reconstruir la pista de tenis. Acababa de estar allí. Keith le había propuesto que lo hicieran en secreto para darle una sorpresa a John, al que le encantaba el tenis, ya que probablemente acabaría siendo el que más la usara, por no decir el único. A Chris le pareció una idea genial porque así se ahorraba lidiar con John. «Pobre, no me malinterpretes, si me cae bien, es buena gente, solo que... Pues eso, que es un poco acaparador», se excusó. Mientras estaba en Napoleon Island, Chris se había interesado por el origen de aquel islote y la vida de Napoleon LeCaptain. Keith le había contado la curiosa historia del arquitecto y su sueño de crear una isla de retiro para su familia y las generaciones venideras. Sobre todo le fascinó su empeño en que aquello fuera una sorpresa, y cómo se las ingenió para que ni su mujer ni nadie de su familia se enteraran de nada. Y eso que sus hijos Pierre y Michel trabajaban codo con codo con él; de hecho, los hizo socios del estudio y lo llamó LeCaptain & Sons. Pero lo consiguió con la connivencia y complicidad de su fiel amigo el jefe de batallón John J. Bresnam y sus muchachos del cuerpo de bomberos del Precinto 8 de la Ciudad de Nueva York, cuya estación había diseñado y construido Napoleon.

540

Me recordó que el día que me conoció y que pisó por primera vez la isla fue un día complicado y farragoso. Pero que el paseo que se dio por la granja de caballos le pareció una merecida recompensa. Había descubierto un sitio maravilloso al que llevaros un día, a ti y a tu hija. Ahí se quedó la cosa. Sin más. Pero decidió no hablarte del sitio, porque le encantaría llevarte por sorpresa, y porque además vuestra hija tenía debilidad por los caballos en general y los ponis en particular.

—Mi problema es que se me da mal disimular. No me gusta mentir. En parte porque siempre se me nota. Sobre todo con Alice. Siempre me pilla. Alice es el ojo que todo lo ve: no se le escapa nada a su atención, y nuestra hija Olivia lo ha heredado. Son muy parecidas, demasiado. Así que para mentirle, primero me tengo que mentir a mí mismo, creer mi propia mentira, porque si no me la creo, se me va a notar.

Entonces volvió a mencionar a Napoleon LeCaptain y cómo había sido una fuente de inspiración para él. Eso y mi granja, mis caballos salvajes, mis ponis y ver el atardecer desde el viejo molino de viento que quedó devastado tras el paso del huracán Sandy.

—Recuerdo que saqué el móvil, en ese precioso instante, para llamar a Alice y compartirlo con ella y decirle que me iba a quedar allí a pasar la noche, pero por suerte no había cobertura. Porque en cuanto el sol se puso, tuve la idea.

Él tenía una visión, un sueño, y simplemente necesitaba saber si era posible; si no, lo entendería de sobra y lo desterraría de su cabeza. Por eso me lo contaba todo de golpe, porque no creía que pudiera mantenerlo oculto durante mucho más tiempo sin que tú te dieras cuenta. Yo estaba realmente intrigada —incluso divertida— acerca de sus propósitos. Chris parecía tan salvaje e indomable como mis caballos, pero a la vez noble y dócil. Le animé a que siguiera hablando, a que me contara qué tenía en mente antes de que reventara.

Chris me contó que WTT, su empresa, era su gran proyecto profesional, y le gustaba mucho su trabajo, pero desde hacía varios meses sentía que le faltaba algo. Había estado jugando al tenis a nivel competitivo desde los seis años. Aquello le había hecho un yonqui de la adrenalina, de la competición, del protagonismo, del riesgo, de estar en la cuerda floja, del esfuerzo, de la victoria, de la derrota. Todo eso para él se resumía en una palabra: *pasión*. Necesitaba recuperarla y no sabía cómo hasta que se encontró a sí mismo caminando por la granja, paseando entre las dunas hasta llegar al molino, justo cuando el sol se estaba poniendo. Y después de contarme esto, Chris dejó de dar rodeos.

—No sé si el poni Panda está en venta. Me encantaría regalárselo a mi hija.

El poni no estaba en venta porque acababa de nacer, pero claro que lo acabaría vendiendo, siempre asegurándome de que el comprador fuera una persona responsable que cuidara bien del animal en un entorno apropiado. La venta de caballos era parte de nuestro negocio familiar: no podíamos quedarnos todos los potros, sería la ruina económica, o peor, tendríamos que acabar sacrificando algunos.

—Aún es muy joven para venderlo. No ha destetado.

—Me imagino. No tengo prisa. El poni es solo una parte, bastante pequeña, de la sorpresa que tengo en mente. Porque lo que de verdad me importa es comprarte el molino. Rehabilitarlo yo solo, sin la ayuda de nadie, como reto personal y porque cuanta menos gente haya involucrada, mejor. Hacerlo poco a poco, buscando huecos que encuentre en mis viajes de negocios, a espaldas de mi mujer y mi hija. Convertirlo en un hogar. Nuestro castillo, nuestra segunda casa, nuestro retiro, como Napoleon LeCaptain, donde podamos pasar temporadas felices y donde mi hija monte en su poni. Pensar en eso, en crear ese momento, mientras disfrutaba de la puesta de sol, me aceleró el corazón y me puso la piel de gallina, como ahora, mira. —Me enseñó el vello erizado de su brazo—. Recuperé la pasión. Así que, si todo esto te parece algo realmente viable, yo te cuento cómo lo llevaría a cabo, sobre todo porque necesito alguien que me ayude a perfeccionarlo y a ejecutarlo, a sortear todos los obstáculos que surjan a lo largo del camino, que los habrá. Necesito un jefe de batallón al igual que LeCaptain tenía a John J. Bresnam. —Hizo una pausa, y luego añadió—: Y ahí es donde te necesito. Barb, ¿tú me podrías ayudar a ser invisible?

Dijo eso, o: «Me tienes que ayudar a ser invisible, Barb». El caso es que accedí. Por supuesto que lo hice. No vi por qué no, aunque pronto no lo tendría tan claro.

El molino de viento es de difícil acceso porque las propiedades colindantes son privadas. Eso lo convierte en un rincón muy especial, y al tener orientación sur permite disfrutar tanto de la salida como de la puesta de sol. Está situado en una loma junto a un riachuelo, Haven Creek, que desemboca en el mar. No estaba en venta. Maureen y su marido Pat Heise llevaban años intentando comprármelo, el molino y el terreno en el que se asentaba, que apenas usábamos. Solo los caballos iban a pastar allí de vez en cuando, a beber agua del riachuelo y a comer manzanas de los árboles. Querían construir un campo de golf. Y curiosamente era un terreno mío, que me había dejado en herencia mi abuelo, así que no tenía en mente desprenderme de él. Sin embargo, me pareció un gesto tan maravilloso por parte de Chris que me hizo planteármelo.

No le dije que sí, es más, le dije que casi seguro que no y que lo tenía que consultar con mi padre, lo cual era mentira. Le conté que estábamos muy aferrados a esa parcela. «Pues no se nota», bromeó Chris haciendo referencia al destartalado molino. Aunque le iba a decir que no, le pedí un tiempo para pensármelo, no me gustaba ser tan radical y me resultaba menos violento así. Él aceptó y me pidió que no lo dilatara mucho, por aquello de sacarlo de su mente, o poner su energía en otro sitio, aunque ninguno le iba a gustar tanto como aquel.

Antes de irse, por si me servía para despejar dudas, me recordó una regla zen, que decía algo así como que los asuntos de vital trascendencia hay que tratarlos con ligereza, y los asuntos ligeros con máxima trascendencia. «Esa es la máxima que me ha traído a mí aquí y ahora.»

No compartí nada de esto ni con mi padre ni con Jeffrey. No es que quisiera que fuese una decisión mía, porque la decisión ya estaba tomada de antemano y era un no. Era que aquella aparición rutilante de Chris me había despertado. Me había hecho cuestionarme cosas que antes no me había permitido. ¿Cuándo fue la última vez que yo había sentido ese tipo de arrebato? Los caballos me apasionaban, eran mi vida. Pero también eran mi refugio. Jeffrey decía muchas veces en tono jocoso —porque casi nunca se enfadaba, o al menos no lo demostraba, sobre todo conmigo— que ojalá hubiera tenido hocico, cola, crin, patas y cascos, en vez de boca, pito, vello, piernas y pies, y que fuera capaz de relinchar en vez de hablar, que seguro que así le haría más caso. Y supongo que en parte tenía razón. Pero igual era lo que yo entendía como una buena relación de pareja, lo que había visto de pequeña. Mis padres siempre tuvieron una relación cordial y fácil. Pasaban todo el día juntos, pero apenas se comunicaban verbalmente, no lo necesitaban. Trabajaban codo con codo en la clínica y la tienda de mascotas. Iban y volvían juntos a casa, y compartían casi cada detalle. Sin discusiones, pero sin grandes muestras de cariño. A veces parecían más hermanos que otra cosa. ¿Había convertido a Jeffrey en mi hermano? No, claro que no. Teníamos relaciones sexuales muy a menudo. Pero había algo tan cómodo que resultaba sospechoso. O al menos empezó a parecérmelo desde la llegada de Chris a mi vida, con sus mentiras buenas, invisibilidad y amor por ti.

Estudié la carrera en la Universidad de Cornell, en Ithaca, Nueva York, donde tienen uno de los mejores programas de veterinaria equina del país. Tenía claro que me iba a volver a Robin Island a hacerme cargo de la granja de caballos y me costó irme, porque pensaba que ya sabía todo lo que necesitaba saber sobre caballos para criarlos sanos y felices. Lo había mamado desde muy pequeñita. Pero mi madre insistió: llevaban ahorrando toda su vida para proporcionarme la mejor de las educaciones, así que para allá que me fui. Terminé la carrera en tres años, así regresé antes a la granja. En esto influyó sobre todo el fallecimiento de mi madre cuando yo estaba en segundo de carrera. Me urgía volver a hacerme cargo de la granja y estar cerca de mi padre. Alquilé una avioneta de carga para ayudarme con la mudanza de vuelta a Robin Island, y el piloto era Jeffrey —antes de montar por su cuenta un servicio de aerotaxi—. Una semana después estábamos saliendo. Y hasta ahora. Siete años juntos. Récord absoluto. Y estaba todo lo enamorada que se podía estar después de siete años. Con Jeffrey siempre era primavera, nunca hacía frío, nunca hacía calor. Con el termostato del amor a 22 grados. Muy agradable y confortable. ¿Tenía algo de malo todo eso? No, no tenía nada de malo. A mí era lo que me gustaba. Me gustaba la vida pacífica y ordenada. Simple. La estabilidad para mí era uno de los grandes pilares de mi vida. No entendía ese concepto de pasarlo mal por alguien. No le veía el sentido a querer a alguien que no te quiere. O desear a alguien que ni te mira. O seguir amando a alguien que te ha puesto los cuernos o no te trata bien. Tampoco soportaba alargar lo que sabía que ya no funcionaba. Y no tiraba la toalla a las primeras de cambio: las relaciones había que trabajarlas y no dar las cosas por hechas, pero tenía que ser algo mutuo. Además, quería casarme, formar una familia y tener dos hijos con Jeffrey cuando llegara el momento. Lo habíamos hablado en muchas ocasiones. Pero entonces, ¿a qué venía aquel debate interno? ¿Qué me pasaba? O mejor dicho: ¿por qué pensaba que me estaba pasando algo?

A Chris se le aceleró el corazón mientras veía la puesta de sol desde el molino. A mí se me aceleró mientras me lo contaba. ¿Qué quería? ¿Que alguien hiciera eso por mí? ¿Hacerlo yo por alguien? ¿Que Chris lo hiciera para mí? ¿Hacerlo yo para Chris?

Cuatro días después de la visita de Chris, en medio de aquella disputa mental, me desvelé, salí a montar a Nessy para ver el amanecer, pasé por el molino y lo vi todo claro y despejado. Me reí de todas las vueltas que le había dado al asunto. Todo era mucho más sencillo. «Los asuntos de vital trascendencia hay que tratarlos con ligereza.» Era cierto. Me apetecía ser John J. Bresnam, quería ser la jefa de batallón de Chris, ayudarle a ser invisible, a que por fin pudiera sorprenderte. Ser parte de aquella muestra de amor. Y, ya de paso, sanear un poco las renqueantes finanzas de la granja, porque entre la crisis económica y el huracán Sandy habíamos pasado unos años difíciles. Sería una agradable brisa económica vender aquella parcelita. Y además, yo casi nunca rondaba el molino, en parte porque se me caía el alma a los pies cada vez que veía

545

el estado ruinoso en el que se encontraba. Ni me iba a enterar de que ya no era mío.

Me engañaba. Aquella mañana me engañé. Me mentí a mí misma sin saber que lo hacía. Me creí todo lo que pensé. Tardé bastante en darme cuenta y lo lamenté y me alegré casi a partes iguales muchas veces. Y desde aquel día, empecé a frecuentar el molino muy a menudo.

—Me acabas de hacer el hombre más feliz del mundo. —Me abrazó efusivo, con una confianza que aún no teníamos.

—Todavía no hemos negociado el precio —dije calmando los ánimos y mis calores. Estaba roja como un tomate.

—El dinero no va a ser un problema. Pero tampoco te creas ahora que soy millonario y me des un sablazo. Además, si te pago en efectivo, me harás algún descuento, ¿no?

Chris me contó que todas las transacciones y gastos derivados de la compra y restauración del molino tenían que ser al contado y sin tocar ni un solo céntimo de las cuentas suyas o en común contigo. Ni que figurara un solo movimiento en las tarjetas de crédito, Paypal o lo que fuera. No era que controlaras los movimientos bancarios ni nada por el estilo —tú pasabas bastante, eras la bohemia de la familia—, pero sabía que tarde o temprano cualquier desembolso sospechoso echaría al traste su plan. Y aquel era un plan a medio y largo plazo.

Ahí reconozco que me asusté un poco porque pensé que a lo mejor era una operación de blanqueo de capitales, un dinero sucio sacado de algo ilegal. Chris debió de notármelo en la cara porque se apresuró a explicarme de dónde había salido el dinero. Cuando cumplió doce años, decidió empezar a ahorrar un dólar al día. La culpa en gran parte la tuvo su padre, que ese mismo día le regaló un billete de cien dólares, algo que nunca antes había visto en su vida, y le dijo: «Esto no es un regalo. Esto es una responsabilidad. Porque algún día vas a necesitar este billete de cien dólares. Necesitarlo de verdad. Puedes gastártelo en lo que quieras. Nunca te lo voy a reprochar, créeme. Es tuyo. Es tu decisión. Pero lo único que te pido es que, antes de hacerlo, pienses si eso en lo que te lo vas a gastar es algo que realmente necesitas. Insisto, no me

vale con que sea algo que quieras. Tiene que ser algo que NE-
CESITES».

—Y claro, después de esta charla, imagínate el agobio que
me entró. El billete era peor que la kriptonita para Superman.
Tenía pesadillas en las que me lo gastaba en algo divertido y
me despertaba llorando. Desde entonces me obsesioné con
ahorrar por si pasaba alguna desgracia y nos quedábamos sin
dinero y ni siquiera el billete de cien dólares bastaba. Me marqué el objetivo de ahorrar un dólar al día. Siempre he tenido
un gran sentido del ahorro. Unos lo llaman ser agarrado, yo lo
llamo ser hormiguita. Mi madre me daba dos dólares para el
almuerzo del cole. Yo me hacía un sándwich todas las mañanas sin que ella me viera: de jamón, queso, mayonesa, kétchup
y patatas fritas, delicioso. Así me ahorraba un dólar. Ahora
tengo treinta y tres años. Llevo veintiún años guardando un
dólar al día. ¿Sabes cuánto dinero es eso?

—No soy muy buena con las matemáticas —le dije realmente intrigada.

—Yo sí. 21 años por 365 días son 7.665. Por 1 dólar al día,
7.665 dólares.

—¿Y con 7.665 dólares quieres comprar una parcela frente
al mar con un molino que, por muy maltrecho que esté, es un
molino histórico?

—No, 7.665 más el billete de 100 dólares. Son 7.765 dólares, Barb.

—Ah, bueno, entonces ya está, solucionado —dije riendo.

—No, ya en serio, aquella promesa me la hice cuando tenía
doce años y la cumplí a rajatabla. Pero llevo trabajando ininterrumpidamente desde los quince. No te voy a aburrir con la
interminable lista de empleos de mierda que he tenido. Pero
desde mi primer trabajo empecé a elevar la cantidad de dinero que ahorraba. Pasé de uno a dos dólares. A los diecisiete, a
tres. A los dieciocho, a cinco. Y luego en la universidad... ¿Tú
has visto *El color del dinero*, de Tom Cruise y Paul Newman, que
juegan al billar y van haciendo apuestas y timando a la gente
por los billares de todo el país? —Asentí—. Pues yo hacía lo
mismo en la universidad jugando al tenis. Gané mucho dinero
dejándoles ganar a niños pijos ricos y luego doblando o tripli-

cando la apuesta en la revancha. Después terminé la carrera y empecé a jugar al tenis como profesional, y digamos que esa cantidad que ahorraba cada día se elevó ostensiblemente. Y nunca, ni un solo día de mi vida desde los doce años, he dejado de cumplir mi promesa.

—Y una curiosidad: ¿dónde guardas todo ese dinero en efectivo?

—El billete de cien dólares en la cartera, siempre lo llevo encima. Soy bastante supersticioso y un poco maniático. Creo que mi hija ha heredado algo de eso.

—¿Y el resto en el banco?

—Cuando tenía doce años no me fiaba de los bancos. No entendía por qué la gente dejaba su dinero en un sitio tan lejos de casa y en manos de gente a la que no conocía. Por desgracia, al final la vida me ha dado un poco la razón. En cualquier caso yo necesitaba sentir que siempre lo tenía a mano.

Sacó del maletero de su todoterreno una mochila infantil de una de las Tortugas Ninja.

—Esta mochila me la regalaron el mismo día de mi duodécimo cumpleaños. Un regalo de mis tíos. Me pillé un buen berrinche porque como puedes ver es de Donatello, y yo era de Leonardo a muerte, así que odié la mochila y nunca la usé. Se quedó en el altillo de mi habitación hasta que decidí que era el sitio perfecto para ir guardando mi dinero.

—Pero esto lo debe de saber tu mujer, ¿no? Que guardas no sé cuánto dinero ahí.

—No lo sabe nadie. ¿Te acuerdas que te dije que necesitaba creerme mi mentira para poder mentir? Pues desde los doce años tuve que hacer un esfuerzo terrible para olvidarme de ese billete de cien dólares, porque deseaba gastármelo en una consola, o en invitar a Laura Holmes al cine, o comprarme una mountain bike. La única manera de aliviar mi ansiedad fue pensar que no existía, y para que no existiera, no podía ni mirarlo, ni contarlo, ni nada. Y mucho menos decírselo a nadie. Lo primero porque me lo podrían robar, y lo segundo porque yo quería ser un héroe. Fantaseaba con encontrarme un día a mi padre llorando porque no teníamos dinero y sacar el billete de 100 dólares y dárselo. Eso y todo lo ahorrado. Ya sé que era una fantasía muy macabra, pero es que mi padre siempre me tenía un poco acojonado. El caso es que esto no lo sabe nadie. Ni Alice. Porque esto —dijo señalando la mochila— no existe.

No sé por qué, me alivió un poco el saber que sí era capaz de mentir, que no era tan transparente como decía ser, que tenía su lado oscuro, que incluso podía ser un pillo que timaba a niños ricos despistados. Curiosamente me relajó y me generó más confianza.

—¿Y nunca has tocado ni un solo centavo de ese dinero?

—Ni uno solo. Porque sabía que algún día lo necesitaría, yo o alguien de mi familia o algún amigo íntimo. Quería asegurarme de estar preparado para el momento. No sé por qué, pero siempre pensé que usaría el dinero para compensar un evento dramático: un tratamiento médico, un robo, un accidente, una catástrofe natural. Y fíjate que no, que al final va a ser para lo que espero que sea el gesto más bonito de mi vida. Porque todo esto en realidad tiene más que ver con mi mujer que conmigo.

Me contó que, desde que estabais juntos, había notado que habías ido haciendo pequeños sacrificios sin importancia, que habían salido de ti misma, por supuesto. Renuncias que uno ni siquiera las considera como tales porque son parte de la vida, de madurar, de elegir caminos. Y todos las hacemos, constantemente, a diario. Pero en este caso, el tuyo, le daba la sensación de que te habían alejado de tus sueños de artista. Alice, me dijo, es profesora de Artes Plásticas en Primaria, que le encanta y es feliz, pero... Él tuvo la oportunidad de brillar como tenista. Se dieron todas las circunstancias. No salió, no pasa nada, pero lo intentó. Y sentía que tú nunca lo habías intentado, que te habías ido cortando las alas poco a poco. O tal vez te las había cortado él inconscientemente, cosa que le atormentaba pensar. No se lo perdonaría, nunca. Aquella tarde en el molino recordó todos los pintores de los que le hablabas con tanta admiración, y lo mucho que le recordaba el paisaje que tenía ante los ojos a los cuadros que tú tanto adorabas, y pensó que desde allí podrías tener una oportunidad real de intentarlo. Ya sabía que no valía con tener una vista hermosa y

549

evocadora para convertirse en una gran pintora. Tú se lo recordabas todo el rato, que había que pintar desde dentro hacia fuera, no desde fuera hacia dentro. Pero Chris sabía que tenías mucho dentro que aún no habías sabido sacar. Y en cuanto llegó aquí y vio el nombre de la isla, le pareció una bonita señal. Robin Island, la Isla del Petirrojo. Imaginó a su petirroja desplegando sus alas, revoloteando a sus anchas. Eso es lo que quería regalarte. Alas. Una ventana para que te asomaras a mirar, dentro, fuera o donde sea. Volar. A donde quisieras. En la buhardilla del molino. Crear tu espacio. Tu sitio exclusivo. Tu estudio. Tu isla...

—Y ahora estarás pensando: Sí, vale, muy bien todo esto, pero ¿tiene este tío suficiente dinero en esa mochila para hacer su sueño realidad? ¿Cuánto ha ahorrado en estos veintiún años? Te lo estás preguntando, ¿verdad?

—Sí, un poco sí.

—Pues la verdad, ni idea. —Alzó la mochila—. ¿Lo averiguamos?

Había suficiente para comprar la parcela y el molino. Él sabía que lo había, y yo me alegré mucho de que lo hubiera. En cualquier caso, más adelante me contaría que guardaba un as en la manga. Todo el dinero que iba a ganar construyendo la pista de tenis de Keith lo iba a invertir en el molino. En parte como gesto poético, porque fue lo que le acabó llevando hasta allí, y porque no quería que figurara en los libros contables de WTT ni que hubiera contrato de por medio. A todos los efectos, aquella pista se la haría bajo cuerda a Keith. Solo le dijo una cosa para convencerle de que le pagara en negro: tú quieres darle una sorpresa a John, y yo a otra persona. Accedió.

Una vez acordado el precio y las condiciones, antes de cerrar el trato con un apretón de manos, Chris se frenó y se disculpó. Le parecía una falta de respeto absoluta no hacerlo delante del molino, como si hubiera que pedirle permiso de alguna manera. Me hizo gracia y fuimos caminando hasta allí. Veinte minutos de paseo desde la granja, durante los cuales le hablé brevemente de la historia del molino. Le conté que era un molino de viento, de estilo *smock,* en referencia a su forma de bata femenina. Medía unos 18 metros de altura. Tenía forma octogonal, con una base de ladrillo marrón de tres plantas, una torre de madera de dos plantas y la cúpula giratoria. Lo construyó en 1752 Nathan Wilbur, un marinero de Nantucket que había pasado una temporada en Holanda. Lo llamaron Wilbur Mill. En 1828 estaba en condiciones deplorables y se vendió por 15 dólares a un carpintero, Donald Herring, para usarlo como leña, pero en vez de desmantelarlo, Donald decidió reformarlo para que pudiera volver a moler grano, y así fue como se ganó el nombre de Herring Mill. En 1894 dejó de operar como tal. Y en 1899 fue vendido en subasta pública, junto con todo el terreno que ahora comprendía mi granja Horse Rush Farm, por 1.550 dólares a John Francis Rush, mi tatarabuelo, con lo que pasó a llamarse, cómo no, Rush Mill. Fue añadido al Registro Nacional Histórico en 1978. Y por cierto, una de las condiciones que le puse a Chris es que el nombre ya no se podía volver a cambiar. Aceptó. Nos estrechamos la mano y me abrazó de nuevo. Estaba feliz.

Chris me contó el plan que había diseñado para pasar absolutamente desapercibido en la isla. La idea era que la reforma pareciera mía y no suya, como si yo le hubiese contratado para llevarla a cabo.

—Nadie puede saber hasta el final que me lo has vendido. Nadie se hace preguntas en torno a un carpintero que está haciendo una reforma, pero sí sobre el dueño de un terreno y un viejo molino inscrito en el Registro Nacional Histórico, que pretende convertirlo en un hogar, en una casa de recreo, como Napoleon LeCaptain.

Había comprado una furgoneta de segunda mano gris —un color neutral y soso— para entrar y salir de la isla y el traslado de materiales. Porque si lo hacía en su Cadillac Escalade iba a llamar mucho la atención. Así podría pasar por un honrado trabajador de la construcción, que en el fondo es lo que era.

—¿Y John? ¿Qué pasa si te cruzas con John? ¿Qué le vas a decir?

Chris se quedó lívido.

—Mierda, no lo había pensado. —Pero enseguida recuperó la sonrisa—. Pues claro que lo he pensado. Pero no te puedo contar todos mis secretos.

Más adelante me confesaría que en realidad lo había pensado, pero no lo había solucionado, aunque quería darme la impresión de que no había dejado nada al azar, que pareciera un plan que llevaba años urdiendo, cosa que no dejaba de ser cierta. Llevaba desde los doce años esperando aquel momento. Ahora por fin lo iba a ejecutar.

Me ilusionaba mucho la idea. El secretismo de todo. Me hacía tanta gracia que, una vez más, decidí ocultárselo a mi padre y a Jeffrey. No habría pasado nada si se lo hubiera contado, habrían guardado el secreto, les habría gustado también aquel gesto grandilocuente de amor. Pero lo único que les dije a los dos era que un señor con mucho dinero de Rhode Island había visto fotos en nuestra web del nacimiento de Panda, se había encaprichado del animal y lo había comprado para su hija soltando una pasta. Lo cual era cierto. La mentira que urdí fue que con el dinero iba a reformar el molino porque Miriam me había dicho que el mercado inmobiliario estaba reavivándose —también era cierto— y, como llevaba varios años con la idea de vender la parcela del molino, había pensado que sacaría mayor plusvalía si estaba en perfectas condiciones. Mi padre, desde la confianza que me profesaba a sabiendas de que era una persona responsable, ni preguntaba ni cuestionaba nada. Igual que Jeffrey, que se ofreció a echarme una mano en lo que hiciera falta, que no dudara en pedírselo. Cosa que nunca hice.

Podría contarte hasta aquí, Alice. Enseñarte el molino, tu molino, completamente reformado por fuera, y solo a falta de amueblar por dentro. Pero me dejaría gran parte de la historia fuera. Porque aquello solo fue el comienzo. Aquello fue solo lo que pasó durante los tres primeros meses. Y estuvo más de dos años viniendo.

Chris venía cada mes más o menos, aprovechaba sus viajes por los estados de Nueva Inglaterra para «escaparse», o directamente planeaba viajes fantasma de trabajo para poder estar tres o cuatro días completos —lo máximo que podía justificar sin que resultara sospechoso— y avanzar en los trabajos de restauración. Hizo los deberes y se empolló todo lo relativo a los molinos de viento de tipo *smock*. Incluso llegó a hablar con un estudio de arquitectura especializado en la reforma, conservación y traslado de algunos de esos viejos molinos de la Costa Este. Le asesoraron en los pasos que debía seguir y se ofrecieron a colaborar, pero Chris siempre rehusaba amablemente: lo quería hacer él solo, o casi solo. Yo le busqué un par de chicos de la isla para ayudarle en las labores de desescombro. Todo supuestamente bajo mis órdenes. Órdenes que Chris me transmitía previamente. No usaba ni email, ni teléfono, ni nada que dejara rastro en el mundo 2.0 en el que vivíamos. Recurrió a una tradición perdida: las cartas.

> Hola, Barb:
> ¿Qué tal? ¿Duro el invierno? Bueno, tranquila que ya queda menos, solo cinco meses más...
> Llegaré a la isla el 10 o el 11 de este mes a más tardar. Estaré un par de días. Para aprovechar mi estancia te adjunto una lista de materiales y direcciones donde conseguirlos a buen precio en caso de que no los encuentres en la isla. Deberían estar allí de sobra para cuando llegue (esto no es una orden, es una súplica).
> Ya sabes dónde está el dinero. Y ojo con lo que gastas que Donatello tiene mala leche e igual te arranca el brazo si te pasas de presupuesto...
> ¿Tiraron los chicos las paredes que dejé marcadas con una X?
> Espero que acertaran o cuando llegue no habrá molino ni nada y los del Registro Nacional Histórico me demandarán. Ya, lo sé, soy un poco controlador y el no estar allí día y noche no ayuda.
> Pero bueno, confío en ti —casi— a ciegas.

¡La X, las paredes de la X, por Dios! ¡Las dibujé bien grandes! Ay, madre, es que tengo pesadillas con el tema de las X.

Tengo ganas de estar allí, jefa de batallón Bresnam. ¿Te puedo llamar Bresnam a partir de ahora?

¿Alguna petición o capricho que necesites de tierra firme? Ah, no, que no puedes escribirme. Se siente...

Hasta pronto,

C.

Me encantaba recibir sus cartas, no tanto no poder contestarlas y devolverle parte de sus pullas. La comunicación solo era en un sentido: de él hacia mí. Ejecutaba sus órdenes —o súplicas— a rajatabla. Era tan obediente y diligente como cuando estaba en el colegio/instituto/universidad. Es más, aquellas paredes que mencionaba con la X las había derribado yo misma, porque, al igual que él, no me fiaba de dos postadolescentes fumados que solo iban allí a sacarse unos cuartos sin comerse mucho el tarro para poder seguir costeándose la marihuana de Mike.

Para cuando Chris llegaba, todos los materiales que me había pedido estaban en el molino, y no solo esos, sino otros que yo consideraba necesarios. Además, me preocupé de cubrirle las necesidades básicas para quedarse allí a dormir sin morirse de hambre ni de frío. En su ausencia habilité el molino de electricidad, algo de lo que nunca había gozado. Le instalé puntos de luz para trabajar por la tarde noche porque los días eran muy cortos. Varios calefactores para mantener el sitio a una temperatura aceptable, aunque siempre hacía frío. Un colchón y un edredón de plumas para dormir en el suelo, claro. Un hornillo para calentar latas de conservas. Una nevera portátil para cervezas y demás. Una base dock para cargar el móvil y escuchar contenido multimedia por unos altavoces. Vamos, todo lo básico para llevar una vida cómoda a la par que rústica.

Siempre que llegaba y veía que había avanzado mucho más allá de lo que él esperaba, hacía como que se mosqueaba. «Bresnam, deja algo para mí...» «Bresnam, te has tomado tu apodo al pie de la letra... Te pasas el día apagando fuegos...»

554

«Bresnam, parece como si te quisieras librar de mí cuanto antes...» «Bresnam, parece que te molesto; si quieres, no vengo, si total...» «Bresnam, que es *mi* molino. Búscate el tuyo propio y deja el mío en paz...» Todo siempre en tono desenfadado y encantado de la vida.

Yo no sé cómo me las ingeniaba, pero los tres o cuatro días que Chris pasaba al mes en el molino, conseguía liberarme de cualquier carga doméstica o profesional y que mi padre y Jeffrey entendieran, sin darles demasiadas explicaciones, que no iba a estar disponible. Solo para emergencias.

¿Y qué ocurría durante su estancia? Nada, todo, mucho, poco. Trascendencia en las pequeñas decisiones. Ligereza en las grandes cuestiones. Trabajábamos. Escuchábamos música en unos altavoces portátiles. Nos turnábamos y cada dos horas cada uno podía enchufar su móvil y poner lo que quisiera. Ya sabes que él era más de heavy metal, que me dijo que es lo que escuchaba antes de cada partido de tenis para venirse arriba. Y yo era más de divas del pop: Madonna, Adele, Amy Winehouse, Alicia Keys, Lady Gaga, Katy Perry, Avril Lavigne, Rihanna y sobre todo Taylor Swift. Una mezcla un poco explosiva.

Nos hicimos amigos. Muy amigos. Forjamos ese tipo de amistad que se suele entablar entre los supervivientes de una catástrofe, con un vínculo muy férreo, único y casi inmediato. Solo que en este caso el origen había sido algo bueno, un objetivo común. Ahí empecé a equivocarme. ¿Objetivo común? No, no era común, era su objetivo. Pero yo me involucré tanto que parecía que era yo la que había pergeñado todo el plan. Incluso le dije a mi padre y a Jeffrey que se abstuvieran de ir por allí para que lo vieran solo cuando estuviera terminado y así darles una sorpresa. Y vaya que si se la di, para mal, pero se la di.

Nos reíamos. Nos criticábamos las manías, que eran muchas. Bailábamos, él mis canciones ñoñas y yo las suyas macarras. Bebíamos cerveza y eructábamos —él, el himno nacional; yo, el abecedario—. Comíamos latas de alubias negras con chile picante de Campbell's —sus favoritas—. Nos sujetábamos el uno al otro para no caernos —en sentido literal y figurado—.

No nos juzgábamos. No teníamos que soportarnos porque apenas pasaba tiempo allí. No había conflictos. No pretendíamos gustarnos porque él estaba feliz contigo y yo con Jeffrey. Aquello no era trabajar, aquello era el recreo del colegio. Aquello era lo que hacíamos cuando no teníamos nada que hacer. Aquello era inocente. ¿Inocente? Un roce de manos a cámara lenta cuando le pasaba una herramienta. Una mirada con el sol a ras de suelo sacando brillo a mis ojos y hoyuelos. Una sonrisa que no sabía que tenía. Un tocarnos que solo existía en nuestro deseo. Un cosquilleo que había olvidado. Una embriaguez sin alcohol. Una noche sin dormir mirando las estrellas, iluminados cada diez segundos por el haz de la luz del faro.

Un campamento de verano, primavera, otoño e invierno. Un campamento que nunca quieres que acabe.

—Hace frío, ¿no? —dije sin tener frío—. ¿Están encendidos los calefactores?

—No hace falta que te quedes, Bresnam.

—Soy la jefa de batallón, LeCaptain.

Un dormir abrazados sin tocarnos. Un despertar que nunca me atreví a desear.

Pero esto no fue de un día para otro, esto fue de un mes para otro, por eso parecía algo tan natural, tan adecuado. Porque no había más que eso. No había nada sexualmente explícito, nada condenable a segunda o tercera vista. A primera tal vez sí, pero con facilidad para desmontarlo ante un tribunal de cuentas amorosas.

Y mientras, en los largos periodos de tiempo que pasaban entre cada encuentro, él seguía con su vida, yo seguía con la mía, y sus cartas seguían llegando, cada vez más a menudo, siempre con la excusa de ver si podía hacer tal o cual cosa con respecto al molino, pero con el espacio dedicado a las típicas pullitas haciéndose a un lado lentamente, como quien no quiere la cosa, para dejar paso a los sentimientos.

Vamos, espabila, Bresnam. Me gustaría terminar el molino a tiempo para mi jubilación.

¿Sabes lo que más me gusta de escribirte, Bresnam?, que tú no me puedes contestar.

Tengo ganas de estar allí, Bresnam, pero no por verte, ¿eh? Solo porque empieza a hacer bueno...

No vale ponerse muy morena en mi ausencia, Bresnam, que luego me da vergüenza quitarme la camiseta para currar y hace muuucho calor.

No te comas mis latas de alubias negras con chile picante Campbell's, Bresnam. ¡Que te veo! Espérame al menos y las compartimos...

¿Sabes?, yo siempre he sido muy individualista, no me gusta trabajar en equipo. Pero contigo es diferente, Bresnam. Somos un buen tándem. Me gusta tenerte a mi lado.

Te echo un poco de menos, Bresnam. Solo un poco, ¿eh?

Qué ganas de otoño, Bresnam, guarda alguna puesta de sol bonita para verla juntos.

Oye, una cosa importante, Bresnam: te recuerdo que la cláusula de confidencialidad que firmaste también incluye no contar que lloré como una nena cuando leimos juntos el final de la segunda parte de *Los juegos del hambre*.

Menos mal que te he conocido, Bresnam. Si no, nada de esto habría sido posible.

¿Sabes qué, Bresnam? He dejado de comer alubias negras con chile picante Campbell's, pero no porque no me gusten. Al revés, ya sabes que son mis favoritas. Pero ahora solo las asocio al molino. Bueno, y a ti. Solo las quiero comer allí contigo.

¿Me echas un poco de menos, Bresnam? Mira, ahora sí lamento que no me puedas contestar.

El molino ya no es el molino. El molino es el molino y eres tú. (Me gusta mi molino, cada vez más.)

Te echo de menos, Bresnam. Las cosas como son. ¡Echo de menos hasta a Taylor Swift!

Tengo ganas de verte, Bresnam.
Beso,
C.
Posdata: En mi vocabulario, un beso vale más que muchos.

Entonces se cumplió un año desde que nos conocimos. Me hizo especial ilusión recibir carta suya aquel día. Yo me acordaba porque era el cumpleaños de Panda. Pero no pensé que él lo tuviera en mente.

¡Un año, Bresnam, hoy hace un año que nos conocimos!
A veces me planteo si quiero acabar la reforma. Cada día disfruto más. Al principio estaba muy agobiado porque pensaba que Alice me iba a pillar. Cada vez que iba o volvía me costaba mucho disimular. Por eso tomo una ruta más larga tanto para ir como para volver. Para ir porque necesito tiempo para dejar de sentirme mal, y para volver porque necesito desintoxicarme de los efluvios de la isla. ¿O serán los tuyos, Bresnam? Pero ahora que ya está todo encarrilado y mi plan completamente en marcha y perfeccionado gracias a ti, no veo el momento de escaparme allí. Eso sí, sigo con la misma ruta. Soy un animal de costumbres, ya me conoces.
Hasta pronto, Bresnam. Ya no te digo que te echo de menos porque lo sabes de sobra.
Beso.
C.
Posdata: felicita de mi parte a Panda. Porque te recuerdo que es mío, bueno, y un poco tuyo también...

Siempre era más atrevido por carta que cara a cara. Como si solo se permitiera ese flirteo ya no tan inocente en la distancia. Cuando estábamos juntos, nunca se decidía a decirme las cosas que me escribía. Tanto era así que a veces sentía que tal vez me lo estaba inventando. Que aquellos te echo de menos, tengo ganas de verte y besos en singular no eran más que coletillas cariñosas sin ninguna connotación romántica. Cosa que supongo que en parte agradecía para no sentir que estábamos haciendo algo malo. Aunque si arañaba la superficie sentía cierta rabia, ganas de más. Ganas de él. Si Chris no hubiera estado casado contigo, es probable que hubiera dejado a Jeffrey y me hubiera intentado agarrar a esa liana.

Empecé a creerme tanto nuestra mentira que parecía que aquello lo estaba haciendo para mí, para nosotros. ¿Le estaría pasando a él también? Tu nombre y el de Jeffrey empezaron a desaparecer de nuestras conversaciones. Ya apenas se mencionaban. Tomábamos decisiones conjuntas en cuanto a los azulejos del baño y de la cocina. Los colores de las habitaciones. Los tipos de madera para el suelo y la escalinata. Decisiones que al principio Chris tomaba sin pestañear y que, con el tiempo, necesitaba consensuar conmigo. Quería que a mí me gustara tanto como a él.

Lo único que quedaba absolutamente al margen de cualquier tipo de intervención era la buhardilla del molino. Esa estaba destinada única y exclusivamente a ti, Alice. No se tocaba. Se dejaba inmaculada, limpia y diáfana para que tú hicieras lo que quisieras. Para que la hicieras tuya.

Incluso hasta aquí podría contarte, Alice, obviando algunos párrafos de algunas cartas. Pero aún nos quedaba un año más de historia.

La primera y única «crisis de pareja» que tuvimos fue cuando se enteró de que estabas embarazada de nuevo. Desapareció. No acudió a su cita y yo me preocupé mucho: pensaba que podría haberle pasado algo porque las cartas también cesaron unas cuantas semanas. A pesar de que estaba terminantemente prohibido que le llamara, no pude evitar hacerle una llamada oculta al teléfono de su empresa. Cuando contestó sentí tanto alivio como rabia. Colgué sin decir nada. ¿Se habría olvidado del molino? ¿Habría perdido el interés? ¿Se habría olvidado de mí?

¡Bresnam!

Perdona mi ausencia. He estado hasta arriba de trabajo, me surgió un imprevisto y tuve que cancelar mi viaje a la isla. De verdad siento no haberte avisado.

Y es que además, ¡¡voy a ser padre otra vez!! ¡Tachán! Alice está embarazada de cinco semanas. Estamos muy contentos, la verdad.

Obviamente aún no tenemos ni idea del sexo del bebé. Así que no pintemos las paredes del dormitorio 3 hasta saberlo, ¿ok?

Me estoy organizando para ver cuándo puedo ir para allá. Te aviso, ¿vale?

Saludos,

C.

«¿Saludos?» Lloré media hora después de leer la carta. Fue una bofetada de realidad y tardé tiempo en reaccionar. Me sentí traicionada, engañada y estúpida, pero no era culpa de Chris: era yo la que me había traicionado y engañado a mí misma. ¿A qué había estado jugando? Coleccionando sus cartas como una tonta, contestándole a todas pero sin mandarlas, guardándolas en la misma caja, intercaladas, carta suya, carta mía de respuesta, y así todas, por orden cronológico. Porque quién sabía si algún día aquello sería una bonita historia de amor para contar a nuestros nietos, pensaba.

Las dos siguientes visitas de Chris a la isla fueron horribles, interminables. Lo pasé fatal, disimulando, sonriendo, haciendo como que no pasaba nada. Podría haber optado por estar ausente, o más a mi bola, más ocupada con mis cosas, pero no, quise demostrarle que todo estaba mejor que mejor, que estaba supercontenta por la buena nueva y que era capaz de bromear al respecto. Vamos, de demostrar que nada había cambiado. Y él, a pesar de que igualmente se empeñaba en disimularlo, también estaba raro. Habíamos estado jugando a los veterinarios, y ya no teníamos edad para eso. Él se había dado cuenta, yo me había dado cuenta, y nos moríamos de la vergüenza, al menos yo. Habíamos llegado demasiado lejos sin ir a ninguna parte.

¿Por qué le había hecho algo así a Jeffrey?, me preguntaba. Pero había algo que me irritaba casi todavía más: ¿por qué Jeffrey no había hecho nada al respecto? Si hubiera sido al revés, me habría enfrentado a él y probablemente dejado. Había descuidado la relación, estaba menos cariñosa, un poco esquiva y ausente. Llevaba meses así. Era obvio que me pasaba algo. Jeffrey debía de notarlo. Hasta mi padre me preguntó un día:

—Hija, ¿tú estás enamorada de Jeffrey?

—Pues claro, papá —dije mecánicamente—, ¿por qué lo preguntas?

—Porque no lo parece. Pero no pasa nada, no tiene que parecerlo, basta con que lo sientas. Yo estaba muy enamorado de tu madre y ella de mí, y sé que podía no parecerlo y que probablemente te lo hayas preguntado muchas veces, porque no éramos muy de tener excesivas muestras de cariño. Pero lo estábamos. Enamorados. Así que por eso te lo cuento y por eso te lo he preguntado. Pero si tú me dices que sí, ya está.

Sentí aquello como una encerrona. Una trampa de mi padre, un empujoncito para que me planteara mi relación y lo que estaba haciendo con ella. Antes era mi madre la que solía preguntarme —cuestionarme— si de verdad estaba enamorada de mis novios a lo largo de todas las etapas de mi vida. «Hija, yo creo que tú no tienes novios, tienes lianas para ir de un sitio a otro», me dijo en más de una ocasión. Ahora mi padre había asumido su rol. Lo hizo hasta tal punto que el siguiente domingo por la noche, momento en el que siempre nos reuníamos para ver una película en el proyector del salón, mi padre, como si quisiera seguir hurgando en la herida, eligió *Los puentes de Madison*. Lloré mucho. Jeffrey estaba a mi lado y también lloró bastante. Todos lloramos. Me sorprendí a mí misma sintiéndome identificada con Francesca Johnson, y veía a Chris en Robert Kincaid. Un hombre que se cruza en tu vida de manera fortuita, algo inesperado, un amor fugaz pero más intenso de lo que nunca hayas sentido antes. Un amor al que acabas renunciando en pos de tu familia. Aquello me asustó tanto que esa misma noche eché un polvo con Jeffrey en su hidroavión —como si fuéramos adolescentes— antes de que se fuese a dormir a su casa —no vivíamos juntos, nos gustaba más así, aunque pasáramos dos o tres noches a la semana juntos—, pero no sirvió para mitigar la angustia que me había asaltado: ¿estaba enamorada de Jeffrey? ¿Había estado enamorada alguna vez? O peor aún: ¿me había enamorado de un hombre casado con una hija y otra en camino?

Incluso hasta aquí podría contarte, Alice, quitando algunos detalles. Pero aún nos quedaban seis meses más de historia.

En la siguiente visita de Chris lo vi claro. Decidí distanciarme. No pasar todo el día con él. Solo acercarme para asegurarme de que todo iba bien. Escudarme en mi trabajo. Mis labores en la granja. Lo pasé fatal. Tenía mono. Me vibraba todo el cuerpo. Ni siquiera sujetándome a mis caballos podía frenar la inercia que me empujaba hacia él. Estaba sufriendo. Estaba enamorada. Decidí que no podía seguir así. Al menos con Jeffrey, no se lo merecía.
    —No sé si estoy enamorada.
    —Yo tampoco sé si lo estás.
    —Necesito averiguarlo.
    —Si necesitas averiguarlo, es que no lo estás.
    —¿Por qué no has hecho nada?
    —¿Hubiera servido de algo?
    Lloramos juntos y cortamos.
    No volví a casa esa noche. Bueno, sí, pero solo para coger la caja con las cartas de Chris y las mías. Salí por la parte trasera sin que me viera mi padre. Me iba a derrumbar delante de él y probablemente a confesarle todo. Me fui al molino, a estar sola. A quemar las cartas, a comer alubias negras con chile picante y a beber cerveza. Iba a pasar por un doble luto.
    Entonces sucedió lo que Chris y yo sabíamos que tarde o temprano sucedería: se cruzó con John. Estaba esperando para coger el último ferri a Hyannis. En invierno, los horarios

son más restringidos y el servicio termina a las siete de la tarde. Cuando vio a John un par de coches por delante del suyo a punto de desembarcar, se dio la vuelta y abandonó la estación. Perdió el ferri y la posibilidad de salir de la isla esa noche.

Cuando entró en el molino, yo estaba acurrucada en el colchón, con el edredón sobre mis hombros, comiendo las alubias frías directamente de la lata. Ya me había bebido dos latas de cerveza. Lo primero que dijo fue:

—Ya sabía yo que te comías las latas a mis espaldas.

Pensé que había venido a por mí, como si se hubiera enterado de mi ruptura con Jeffrey y ya no viera impedimento para que lo nuestro fuera una realidad. Pero no era así.

—¿Te acuerdas de que te dije que si me encontraba con John tenía un plan? —Asentí—. Pues te mentí. No lo tenía. Me lo he encontrado en la estación del ferri, a punto de desembarcar, y me he escabullido como una rata. He perdido el ferri.

—¿Por lo menos has evitado que te viera?

Chris asintió.

—¿No me vas a preguntar qué hago aquí?

—Esta es tu casa.

—No, no es mi casa, es la tuya y la de tu mujer y la de tu hija y tu futura hija.

Quise que no sonara con resentimiento, pero no creo que lo lograra. En cualquier caso, no pareció darse cuenta, porque había puesto toda su atención en el fajo de cartas, las suyas y las mías, que yacían encima del colchón. Aún no me había decidido —atrevido— a quemarlas.

—¿Qué es eso? —preguntó mientras intentaba cogerlas.

Se lo impedí.

—Ni se te ocurra tocarlas —le amenacé, aferrándome a ellas.

—¿Me has estado escribiendo?

Permanecí callada.

—¿Has contestado a mis cartas?

—A algunas —admití. Aunque era a todas—. Solo son chorradas.

—Me encantaría leerlas.

—Después de quemarlas, todas tuyas.

—Barb...

—¿Ya no soy Bresnam?

—Barb, déjame leerlas —dijo con mucha suavidad—. Me encantaría leerlas.

—¿Por qué?

—Porque me las has escrito.

—No te las he escrito a ti. Las he escrito para mí. —Me mostraba enfurruñada como una niña—. No deberías estar aquí.

—Ni tú.

—No deberías estar en mi vida.

No contestó.

—He cortado con Jeffrey —dije a ver si eso desviaba la atención sobre las cartas. Fracasé.

—¿Y quieres que hablemos de eso antes o después de que lea las cartas? —continuó con voz suave y firme.

Repasé mentalmente todas las cartas, como si tuviera capacidad de escanear su contenido en dos segundos y detectar cualquier improperio ofensivo, o cualquier muestra excesiva de amor. No tenía capacidad de hacer tal cosa, y menos en ese momento, aunque estaba segura de que había un poco de todo.

—Después no va a hacer falta hablar de eso. Y no las leas en voz alta, por favor.

Se las entregué, estaba sin fuerzas. Quería que me abrazara. Permitir que leyese las cartas era la mejor forma, tal vez la única, de que aquello sucediera.

Claro que me puedes llamar Bresnam. De hecho, me gusta que me llames Bresnam. Ser tu Bresnam. ¿Te puedo llamar yo a ti LeCaptain?

Espabila tú, LeCaptain, que te recuerdo que, al contrario que vosotros, las mujeres podemos hacer más de una cosa a la vez.

A ti puede que te guste escribirme porque no te puedo responder. Pero a mí me gusta escribirte porque sé que no me vas a leer. Mucha mayor libertad para insultarte, dónde va a parar.

En efecto, tienes razón, LeCaptain, ya estoy muy morena, pero básicamente porque ¡me tienes negra! Ah, y por cierto, me encanta que te quites la camiseta, soy muy fan de las tripas cerveceras...

Yo también tengo ganas de que estés aquí, LeCaptain, pero no por verte, ¿eh? Solo porque... Sí, quiero verte.

Me como tus latas Campbell's de alubias negras con chile picante si me da la gana. Me dejas aquí tirada semanas, ¡qué menos! Y también, un poco, solo un poco, me las como porque me recuerdan a ti. Upsss, lo sé, me estoy pasando de la raya...

Es curioso, porque aunque sepa que no me vas a leer, no me atrevo a escribirte muchas cosas.

¡Pero ¿qué me pasa contigo?! ¡Me tienes atontada! ¡Qué asco! ¡Tonto, imbécil, chulo!

Ya no te voy a contestar a ninguna carta. Estoy enfadada contigo porque me da la gana enfadarme contigo.

En realidad, estoy enfadada conmigo misma porque me gustas mucho. Pienso mucho en ti. Por cierto, ¿recuerdas esa camiseta de los Cavaliers de Virginia empapada en sudor que te quitaste y nunca volviste a encontrar? Adivina quién la tiene.

No me escribas un beso. Dámelo.

Te guardo todas las puestas de sol del mundo. Las guardo todas para ti, en mis ojos.

¡¿Cláusula de confidencialidad?! ¡Yo no he firmado ninguna! ¡Nenaza! Je, je. Pero tranquilo, que no se lo voy a contar a nadie, porque sería incapaz de describir lo que sentí mientras leíamos juntos el final de *En llamas,* acurrucados bajo la misma manta. Yo sí que estaba en llamas...

¡¿Por qué no me dices a la cara todas esas cosas tan bonitas que me escribes?! Claro que yo hago lo mismo. Vaya dos cobardes...

¿Sabes qué, LeCaptain? Yo también he dejado de comer alubias negras con chile picante Campbell's porque cuando me las como me recuerdan tanto a ti que me pongo triste y me entra morriña. Ven pronto, anda. Ya no me sale ni insultarte.

A veces lamento que no me puedas leer.

Me gustas mucho, LeCaptain. Creo que me estoy enamorando de ti.

Oh, LeCaptain, mi LeCaptain...

Pienso mucho en tu primer beso por escrito. Aún recuerdo el sabor de la carta. Necesito que me beses. Necesito besarte.

Hola, LeCaptain:
¡Qué ilusión recibir tu carta!, y que te hayas acordado de que ha pasado un año desde que nos conocimos y que encima hayas mandado la carta antes para que llegase justo hoy. He de reconocer que estaba nerviosa, deseando que no te olvidaras, porque yo desde que me he levantado lo tenía en mente. Después de leer tu carta le he hecho un pastel de manzana a Panda con una zanahoria a modo de vela y le he cantado el cumpleaños feliz de tu parte.
A mí me pasa igual que a ti, y aunque yo no tengo viaje de ida ni de vuelta porque vivo aquí, sí que necesito airearme antes de volver a la vida real. Normalmente me voy a montar a Nessy durante un par de horas hasta que ni ella ni yo podemos más y he esparcido por toda la isla mis sentimientos hacia ti. No los puedo ni quiero meter en casa. Creo que nunca en mi vida había sido cursi. ¡Es por tu culpa!
¿Has pensado que a lo mejor todo lo que nos pasa es porque nunca nos hemos besado? A lo mejor deberíamos hacerlo para

quitárnoslo de la cabeza de una vez por todas. Esto es un poco tortura, ¿no? ¿Lo es para ti?

Bresnam

Posdata: Yo tampoco quiero que acabe la reforma. En tu ausencia he estropeado cosas aposta. Lo reconozco. Probablemente siga haciéndolo. Demándame.

Me siento fatal por Jeffrey. En condiciones normales ya le habría dejado. No es justo para él. Pero es que, en realidad, no hemos hecho nada. ¡Todo esto no es más que una fantasía! Aunque el solo hecho de fantasear no debe de ser buena señal.

En mala hora apareciste en mi vida, LeCaptain. Vete, desaparece...

No, no te vayas nunca. Quédate a mi lado. Yo ya estoy al tuyo.

No sé realmente en qué momento acabó de leer las cartas, porque las risas del principio fueron dando paso a un elocuente silencio a medida que se acercaba a las partes más íntimas. Y yo hacía rato que había dejado de mirarle. Empezaba a ser tarde y había bebido demasiadas cervezas. Estaba acurrucada en posición fetal en el colchón, de espaldas a él.

Primero noté el sonido de su mano reagrupando el fajo de cartas y apartándolas con cuidado. Luego se desvistió. Se quitó las botas, el vaquero y el jersey de cuello vuelto que tanto me gustaba como le quedaba. Se deslizó bajo el edredón. Noté su calor y sus pies fríos. Noté como me olía el pelo. Yo estaba en un estado de semiinconsciencia en el que no me atrevía a moverme, como quien acecha una presa y no quiere espantarla. Me abrazó por la espalda. ¿No era eso lo que quería? Sí, era eso lo que quería. No quería nada más. «No hagas nada más», pensé. Y no hizo nada más. Su respiración acompasada me contagió y liberó todas mis tensiones hasta quedarme profundamente dormida arropada en sus brazos.

Cuando desperté no estaba. Me había dejado escrita una carta.

Hola, Bresnam:

Me gustas mucho. Nadie, salvo Alice, me ha gustado tanto como tú. Nunca en la vida. Es más, incluso sospecho que la idea de todo esto que estoy haciendo no la tuve al escuchar la historia de Napoleon LeCaptain, ni al ver el molino al atardecer. Creo que la idea la tuve al verte a ti.

No he podido dormir en toda la noche recordando todo lo que me has escrito. Y mientras recordaba y te tenía entre mis brazos, se me han ocurrido muchas más cosas que escribirte, y todas bonitas, pero tenemos que parar. Al menos yo.

No va a ocurrir nada entre nosotros. Nada más, porque está claro que ya han ocurrido muchas cosas. Te juro que me encantaría, fantaseo todos los días con hacerlo. Me encantaría saber cómo son tus besos y olerte el pelo sin disimular, pero me convertiría en una clase de hombre que siempre he aborrecido. No le puedo hacer esto a mi mujer, porque la amo, la amo de verdad, y amo todo lo que hemos creado juntos, y tampoco te lo puedo hacer a ti, pero sobre todo no me lo puedo hacer a mí.

Sabía que iba a haber obstáculos en el camino, pero este me ha pillado por sorpresa. Ahora tengo que convertir todo esto también en una mentira. La mentira sobre la mentira. Tengo que convencerme de que no siento nada por ti. Y esta mentira me va a costar mucho más que la otra mentira, para la que llevo preparándome desde los doce años. Y ya no sé si alguna de las mentiras va a tener un final feliz.

¿Y ahora, Bresnam? ¿Qué hacemos? No sé muy bien cómo proceder, raro en mí... Necesito la ayuda de mi jefa de batallón. ¿Me ayudas a que por lo menos alguna de las mentiras acabe bien?

LeCaptain

Pensé que se habría ido. Casi lo hubiera preferido. Pero no, estaba sentado fuera, observando al sol asomarse tímidamente sobre un mar en calma. Llevaba las cartas en la mano, las suyas y las mías. Me senté a su lado. Me miró un instante y me sonrió. Le noté tímido e inseguro por primera vez. Le sonreí de vuelta aunque él ya no me miraba. Me encontraba bien, muy bien, de hecho. Me había dado mucha tranquilidad saber que los sentimientos eran mutuos, que no me había inventado todo lo que había pasado sin pasar. Aquello me valía, no necesitaba más. Habíamos vivido una breve historia de amor imposible. Había que terminarla. Cogí el bastón de mando que parecía haberme cedido. Había llegado a la conclusión de que durante todo este tiempo nos habíamos estado llamando Le-Captain y Bresnam porque eso nos alejaba de nosotros, de Chris y de Barbara, y de ellos, de Jeffrey y de ti, nos alejaba de nuestras vidas, nos convertía en actores, así podíamos interpretar, sentir y vivir cosas que de otra manera no nos permitiríamos.

—Vamos a quemar las cartas —le dije—. Juntos. Y después vamos a terminar lo que hemos empezado. Porque tú y yo no soportamos que las cosas se queden a medias. —Me di cuenta de que podía parecer que estaba hablando de nosotros en vez del molino—. Toca recular para poder llegar al final. Toca volver a llamarnos Chris y Barb. Toca terminar el molino.

Quemamos juntos las cartas, y pude observar cómo a Chris le iba cambiando la cara a medida que liberaba tensiones durante el proceso. Fue un momento de catarsis, de borrar, de purificarnos, de soltar lastre y volver a estar en paz entre nosotros y con la vida. Cuando terminamos, me dijo con los ojos acuosos por efecto del fuego y el humo —al menos en apariencia—:

—Me encantaba que me llamaras LeCaptain... Y ya sabía que te habías quedado con mi camiseta.

Incluso hasta aquí podría contarte, Alice, quitando bastantes más detalles. Pero aún nos quedaba un poco más de historia.

Durante el resto del invierno y el comienzo de la primavera, seguimos trabajando muy duro. Reservábamos menos espacio para la contemplación y el relajo, pero había desaparecido la pesadez de aquellas últimas visitas. Haber cortado con Jeffrey desarmó parte de la zozobra que sentía al lado de Chris. Incluso llegué a pensar que tal vez mi fijación y enamoramiento había sido un mero instrumento para dejar mi relación. El caso es que me di cuenta de que había sucedido lo mejor que podía suceder. Agradecí que no se hubiera concretado, que no hubiera llegado más lejos. Era lo que esperaba de Chris. Porque Chris era un hombre que merecía la pena. No quería sentir que me había enamorado de alguien capaz de ponerle los cuernos a su mujer embarazada. Aquel final no sé si era el más bonito, pero al menos era el mejor. Para todos.

Volvimos a pasarlo bien, a disfrutar de aquella aventura. Como amigos. Era muy bonito sentir que habíamos sido capaces de colocar las cosas en su sitio. Incluso a veces bromeábamos sobre lo que nos había pasado como si hubiera ocurrido hacía años, cuando éramos niños o adolescentes. Y es que nos habíamos comportado como tal. «Mira que llamarnos Bresnam y LeCaptain. Bresnam por aquí. LeCaptain por allá... ¡Anda ya! Qué espanto...», nos reíamos.

Durante ese tiempo estuve planteándome volver con Jeffrey, pero no daba el paso porque sentía que no tenía derecho, a pesar de que le echaba de menos. Él seguía viniendo a cenar todos los domingos a casa y a ver una película, y sé que además tenía bastante contacto con mi padre. Parecía contento, tranquilo. Sentía que estaba más hecho, más fuerte tras la ruptura, algo de lo que había adolecido estando conmigo. Me parecía caprichoso intentar volver a sus brazos, porque la había cagado y estaba dispuesta a asumir la responsabilidad. Mi padre no pudo evitar soltarme un día que Jeffrey estaba viendo a una chica de Martha's Vineyard. Me lo contó a ver si me ponía celosa y reaccionaba. Celosa me puse, inevitablemente, aunque no reaccioné, o lo hice, pero respetándole. Tocaba reflexionar, darme tiempo y saber exactamente qué quería. El problema era que, por mucho que me hubiera creído la mentira de que todo estaba en su sitio y en orden, seguía enganchada a Chris. Pero prefería tenerle como amigo y potencial vecino a no tenerle. Eso creía o quería creer al menos.

Sin embargo, mi nivel de elucubraciones había descendido casi a mínimos. Apenas me planteaba estas cosas ni me preocupaban, porque estaba bien y la primavera siempre traía una energía positiva a la isla. Había recuperado mi vena práctica. La reforma estaba avanzada y se acercaba al final. Acababa una de las etapas más intensas de mi vida. Ese breve y fugaz amor de campamento de verano. Un campamento de verano que había durado algo más de dos años y que siempre ocuparía un lugar especial en mi corazón. Me daba pena, claro, pero nada más. No había resentimientos ni añoranzas. Terminar el molino acabaría por colocar las cosas en su sitio, y tanto Chris como yo podríamos seguir con nuestras vidas.

Por eso me pilló tan de sorpresa recibir una nueva carta de Chris. Su última carta. Me la había dejado en el pomo de la puerta de entrada al molino. No tenía matasellos, supuse que me la habría escrito allí mismo. Era nuestro último día. Por fin habíamos finalizado la reforma, solo quedaba por terminar la buhardilla, la mejor estancia del molino, con un enorme ventanal circular y vistas panorámicas espectaculares del estrecho de Nantucket. Tu estudio de pintura. Chris no lo había tocado. Seguía completamente despejado para que tú lo pusieras a tu gusto.

Habíamos quedado para hacer una limpieza general y brindar por haber culminado la hazaña. Por eso llevaba una botella de champán y una cubitera con hielo, para celebrarlo con él. Pero no estaba. Ni él ni su mochila de Donatello.

Querida Bresnam:

Te escribo entumecido y débil, con la visión borrosa. Mareado y con el peor dolor de cabeza de mi vida. Llevo dos noches sin dormir. No me puedo concentrar y estoy asustado, que es algo que rara vez me ha pasado en la vida.

No me he creído la mentira de la mentira. Curiosamente lo he disimulado bastante bien, cosa que tampoco me gusta. No me gusta sentir que soy un buen mentiroso. Creo que he logrado que te la creyeras, e incluso que se la creyera Alice. Las dos mentiras. Pero no he conseguido engañarme a mí mismo. Me he quedado contigo instalado en una fantasía sin resolver que se ha ido haciendo más y más grande. Y noto que está a punto de estallarme en la cabeza. Por eso me voy.

Voy a dejar de venir, mi querida Bresnam. Hemos fingido superar esto juntos, como dos personas adultas y razonables, que saben colocar las cosas en su sitio y convivir en armonía. Pero lo cierto es que yo he seguido deseando todos los días besarte los hoyuelos y olerte el pelo sin disimular, entre otras cosas. Así que no tiene sentido seguir.

No soporto fracasar, y ahora mismo siento que lo estoy haciendo. Con todos a la vez. Y alguien tiene que salir ganando de todo esto, ¿no? ¿Qué ha pasado, Bresnam? ¿Qué me ha pasado? ¿Qué nos ha pasado? Este tenía que ser el sueño de mi vida, por el que llevo ahorrando desde los doce años, ¿no? Tiene que serlo. Entre otras cosas porque nos ha llegado el dinero justo para terminar el molino. Lo digo en plural porque tú lo has administrado casi mejor que yo. La mochila de Donatello está vacía. No puede ser una simple casualidad que vaya a Dan's True Value a comprar un candado para colocarlo en la puerta de entrada al estudio de Alice, para que ella y solo ella tenga la llave de acceso a su mundo, y Dan me cobre 15 dólares, justo lo que queda en la mochila. Eso y un poco de calderilla. Eso tiene que significar algo, ¿no? Es una cosa buena. Esto no puede acabar mal. Esto no puede acabar así. Pero no puedo dejar de plantearme si esa pasión que echaba de menos, que necesitaba, que encontré en el molino, junto a ti, tenía que ver con carencias en mi relación, con falta de ilusión. Si mi gran gesto de amor tenía que ver con la ausencia del mismo. Yo que pensaba que tal vez le estaba cortando las alas a Alice, que le quería dar unas nuevas para que volara, ahora me planteo si era yo el que tenía las alas cortadas, si todo esto en el fondo era para mí, para volar yo. Porque es a mí al que le da miedo volar. No a ella. Me niego a creerlo. Porque esto era un sueño para nosotros, para la familia, pero sobre todo para Alice. Y sin embargo, por más que quiero convencerme de lo contrario, no lo consigo. Quiero borrarlo de mi mente y no puedo, y es algo que debo averiguar, despejar.

Así que de momento no voy a volver porque me da miedo vivir cerca de ti y averiguar qué pasaría o dejaría de pasar. Siempre pensé que esto no duraría, que el poder de la novedad pronto me soltaría. Pero han pasado más de dos años; la novedad hace tiempo que dejó de ser novedad y sigo igual o más atrapado. Necesito tiempo. Vuelvo a la realidad, voy a abandonar esta mentira. Deseo estar contigo, pero quiero a mi mujer. Ella es mi realidad, ella y mis hijas. No es un acto de sacrificio y generosidad, es un acto de egoísmo. Estoy haciendo lo que considero mejor para mí. Quiero ser un buen marido, un buen padre, una buena persona. Por mí, para mí. Y, para que eso ocurra, tengo que volver a casa, que es algo que no he hecho de verdad en estos meses. Me toca volver junto a mi mujer y traer una niña preciosa al mundo.

Pero te juro que volveré con los problemas resueltos y las preguntas despejadas. Limpio. Pueden pasar semanas, meses, tal vez años, pero volveré. Solo que aún no sé con quién, o a por quién. No te estoy pidiendo que me esperes. No lo hagas, Bresnam. Aunque esté en mi lista de fantasías. Sobrevivió a la quema de cartas porque estaba en mi cabeza, y ahora me arde por dentro. Necesito que me deje de quemar la cabeza.

Y sé que habíamos quedado en dejar de llamarnos Bresnam y LeCaptain. Pero es que tú para mí siempre serás mi Bresnam. Y yo, tu LeCaptain. Siempre tuyo.

TQM, Bresnam.

Y a ti también, Barb.

Posdata: Has conseguido lo que nunca nadie ha conseguido antes: que acabe siguiendo a Taylor Swift en Instagram. (Necesitaba terminar tratando de arrancarte una sonrisa.)

Me la arrancó. Sorprendentemente, me la arrancó. Y entonces me di cuenta de que yo sí que me había creído la mentira de la mentira. No me refiero a su mentira de la mentira. Me refiero a mi mentira de la mentira. Seguía enamorada de él. Y le esperaría hasta que volviera. Tardara lo que tardase.

Incluso hasta aquí podría contarte, Alice, quitando muchísimos más detalles. Y ya sí que no quedaría más historia. Como tú ya sabes, Chris murió horas después.

Día 31. Año I d. C. – Día 28. Año II d. C.

—Barbara, tu empaste va a tener que esperar, pero nos vas a venir muy bien. ¿Nos ayudas a traer un potrillo salvaje al mundo?

Al principio no te reconocí, te habías cortado el pelo. Hasta que no vi a Olivia, con sus pecas y mejillas sonrosadas, entrando más rezagada de la mano de la jefa Margaret, no me di cuenta. Había visto decenas de fotos vuestras. Chris me las había enseñado. Ahora tú estabas en la isla, dando a luz a vuestra segunda hija en la consulta del dentista. Me dio un mareo de la impresión. Al principio no, porque pensé que era la que más experiencia tenía trayendo criaturas al mundo y que me necesitaban. Tú me necesitabas. Chris me necesitaba. Aguanté hasta que tu bebé asomó la cabecita. Y cuando pensé: «No viene de nalgas ni tiene el cordón umbilical enrollado al cuello. Todo bien», ahí me dejé llevar y me dio. «¿Qué esperabas, que saliera un potrillo de mis entrañas?», te oí con eco, ya a lo lejos.

Había pasado más de un mes desde que Chris abandonó la isla. Había entendido su silencio como el proceso necesario de reconexión con la realidad a la que se estaba sometiendo. Sabía que no iba a recibir cartas ni visitas, y estaba bien, no tenía ansiedad. Había entrado en un estado autoprogramado de hibernación, como la tripulación de una nave espacial para atravesar la oscuridad silenciosa que separa la Tierra de un lejano y desconocido planeta. Aquel encuentro me trajo de vuelta de inmediato, sin la descompresión necesaria. ¿Dónde estaba Chris? ¿Qué hacíais vosotras allí sin Chris? No entendía nada. Pensaba que en cualquier momento iba a aparecer. Igual había ido al molino, a empaquetar su regalo para daros la sorpresa, y se habían precipitado los acontecimientos. Pero no, no hubiera vuelto sin avisarme. Y sobre todo tan pronto. Lo que él quería resolver no se iba a resolver hasta que por lo menos ocurriera lo que acababa de ocurrir: el nacimiento de vuestra hija. Además, mientras te trasladaban a la lancha ambulancia, oí que llamabas a tu madre para contarle lo ocurrido y decirle que te estaban llevando al hospital Cape Cod, que estabas bien, que no se preocupara, que la niña parecía estar en perfectas condiciones. Ni una sola mención a Chris.

En cuanto estuve de vuelta en la granja, le hice una llamada oculta al teléfono de su empresa. Sonaron cinco tonos y saltó el contestador. Aquello me asustó aún más. Chris me había contado que nunca tenía el buzón de voz activado. Colgué sin dejar mensaje. ¿Qué estaba pasando?

Cogí el ferri para ver si su furgoneta estaba aparcada en el parking de la estación en Hyannis. Allí estaba.

Llamé a Mark para pedirle una nueva cita para el empaste. Y ya de paso, le hice varias preguntas sobre ti. Qué fuerte lo de esta chica, ¿no? ¿Cómo es que estaba en la isla? ¿Y el marido? Qué faena perderse el nacimiento de su hija. ¿No estaba con ellas? Pero Mark tampoco me aportó demasiados datos útiles. Me dijo que todo había sido tan rápido que no hubo mucho espacio para charlar de prácticamente nada.

Intenté convencerme de que todo estaba bien, y por *bien* me refería a *vivo*, que el parto le habría pillado en alguno de sus viajes de negocios, que habías hablado previamente con él. De poco me sirvió este pensamiento porque no tenía ningún sentido que estuvieras en la isla sin él. Ninguno. Llamé un par de veces más al teléfono de su empresa, siempre con el mismo resultado: saltaba el contestador. Algo estaba pasando. Algo muy malo.

Tecleé en Google: «Chris Williams + WTT + Providence». El tercer resultado me mandaba a la página web del *Providence Journal*, a la sección de obituarios, donde encontré su esquela. Una foto suya sonriendo encabezaba el siguiente texto:

WILLIAMS, CHRIS M. 35, falleció el 13 de mayo de 2015. Querido esposo de Alice y padre de Olivia Williams; hijo de Christopher Sr. y Betty Williams; hermano de Tricia; y nieto de Arthur y Lisa Williams y de los fallecidos Alfred y Josephine Reis. Chris se graduó *cum laude* en la Universidad de Virginia en ADE y era propietario de WTT. Era un hombre inteligente, efervescente, sincero, trabajador y fuerte que vivió la vida como una serie interminable de aventuras. Chris era un entregado padre y marido. Siempre apoyó a la gente a la que amaba e hizo el mundo más brillante con su presencia. Chris será amado y extrañado por todos los que le conocían. Nunca te olvidaremos. DEP.

Chris había muerto. Y yo perdí las ganas de vivir.

Me costó mucho reunir las fuerzas necesarias para ir al cementerio de Swan Point. Me daba pánico encontrarme contigo, pero lo necesitaba. Necesitaba estar a su lado. Tardé mucho en localizar la tumba porque no quise preguntar a ningún empleado, y una vez que la encontré, pasé de largo, con el corazón encogido y a punto de derrumbarme, para asegurarme de que no había nadie antes de volver sobre mis pasos. Quería despedirme de él. No lo logré.

No volví a montar a Nessy desde el día que me enteré de su muerte. Montar a caballo para mí es como respirar, una función autónoma e involuntaria. Me da la vida. Mi padre se asustó. Jeffrey se asustó. Era incapaz de contar nada. No entendían lo que me estaba ocurriendo. «Hija, cuéntame qué te pasa. A lo mejor te puedo ayudar», me decía mi padre. Pero estaba catatónica. No reaccionaba y empecé a encerrarme todo lo que me podía encerrar. Por las noches, me iba al molino, me echaba en el colchón y me abrazaba al edredón a pesar de que era pleno verano. Ya no olía a Chris, aunque yo imaginaba que sí y lloraba toda la noche arrepintiéndome por no haber forzado más la situación, por no haber intentado arrebatártelo de los brazos, aunque estuvieras embarazada.

Reescribí las cartas que nos habíamos mandado, las suyas y las mías. En su momento fue fácil quemarlas porque me las sabía de memoria. Las había leído decenas de veces. Estaba segura de que olvidaba algunos detalles y omitía información, pero lo que importaba, lo básico, nuestra historia, seguía intacta. Y cuando terminé de rememorarlas y de completar la colección de misivas —con sus pertinentes fechas de envío incluidas—, me puse a escribir más cartas. Nuevas. Continué nuestra historia. Cartas que introducía por la ranura de la puerta de entrada al molino. No me atrevía a volver a entrar.

Hola, LeCaptain:
Aquí Bresnam esperando tus órdenes.
¿Recuerdas que tú y yo nunca dejamos las cosas a medias?
Terminamos el molino pero dejamos a medias lo nuestro. No tuvo un final. ¿Llegó a tener un principio? Sí, tuvo un principio.
¿Por qué no nos besamos? ¿Por qué no nos acostamos? Aunque un poco sí lo hicimos, ¿no? Lo hicimos todo. Yo lo sentía todo. Lo sigo sintiendo. Todo.
Te echo de menos, LeCaptain.
Te espero, LeCaptain.
Te quiero, LeCaptain.
Vuelve, LeCaptain.

Me sentía culpable. Muy culpable. En mi mente no paraba de analizar todo tipo de variantes que pudieran haber evitado que se fuese. No conocía los detalles de su muerte. Solo que había fallecido el mismo día que se marchó de la isla. Los dos días previos no había dejado de quejarse —y eso que no era nada quejica— de sentirse mareado, con la vista borrosa y con mucho dolor de cabeza. Síntomas que parecían psicosomáticos, el preludio a tomar una decisión tan complicada como dejar su sueño a medias. Tendría que haberle llevado al médico. Obligarle a ir. Sin embargo, me limité a sugerírselo y darle un ibuprofeno.
Pensé en ir a verte, necesitaba hablar, compartir mi luto, pero apenas tenía fuerzas. No me atrevía a salir de la granja.

Como si tras las vallas que delimitaban la propiedad no hubiera oxígeno. La última vez que había salido ya no solo de la isla, sino de la granja, fue cuando estuve en el cementerio. Mi padre trajo a un psiquiatra muy prestigioso de Boston, amigo de un amigo de un amigo, que estaba de vacaciones en Nantucket. Me diagnosticó depresión y agorafobia.

En el momento en el que todo esto se desencadenó, Jeffrey estaba feliz y recuperado de nuestra ruptura. Había rehecho su vida sentimental con la chica de Martha's Vineyard, Shirley Kurc, de muy buena familia y formal. Incluso nos la había presentado a mi padre y a mí y nos caía muy bien. Aun así, estaba tan o más preocupado que mi padre y venía a verme todos los días, aunque muchas veces ni siquiera saliera de mi habitación. Hasta que un día se enfrentó a mí.

—Esto es por el hombre ese, el que venía aquí, ¿verdad?
No contesté.
—No hace falta que me cuentes qué ha pasado. No necesito saberlo. Porque lo que sé es que estabas enamorada de él. A veces sobrevolaba la isla, no porque te quisiera espiar, sino porque no tenía otra opción, y pasaba cerca del molino y os veía desde arriba trabajando, arreglando el tejado, serrando madera, pintando tablones, dándoos un chapuzón para refrescaros o tomándoos una cerveza, y lo podía notar. Desde arriba notaba lo que desde abajo negaba. Pero desde arriba no me importaba. Porque ahí arriba todo se ve con otra perspectiva. Te das cuenta de lo pequeños e insignificantes que somos. Y eso es lo que vamos a hacer ahora mismo, subirnos a mi hidroavión.
—No quiero salir.
—¿Salir adónde?
—Fuera.
—¿Fuera? Ya estás fuera. Fuera es esto. Fuera es todo. Fuera es cada rincón del mundo.
Me arrastró con suavidad hasta el hidroavión. A partir de entonces cada día me daba un paseo de una hora. Primero por la costa, por Cape Cod, en círculos, siempre sin perder de vista la isla, y poco a poco empezó a alejarse, casi sin que me

diera cuenta, de manera natural. Parecía como si estuviera trazando de nuevo el mapa de mi vida, tejiendo un manto protector en el cielo que me abrigara y cobijara una vez en tierra. La marea de culpa y aflicción que todo lo había anegado por fin empezaba a bajar, dando paso a una honda y pesada pena. La pena no me importaba, la sentía como una amiga con la que me gustaba estar. No era agresiva. A la pena la dejaba subirse a la cama a dormir conmigo. Recuperé el apetito poco a poco y mi actividad en la granja. Recuperé mi sitio y mis caballos. Empecé a abrir mis puertas, bueno, al menos a no cerrarlas.

Entonces llegaste tú, Alice. Te mudaste a la isla. Y lo que parecía que podría suponer un nuevo revés dado mi delicado estado, obró al contrario. Me gustó. Me provocó tanta intriga que me despertó. ¿Por qué habías decidido venirte a vivir aquí? ¿Te habría hablado Chris de la isla? No, no tenía sentido. Porque en ese caso habrías venido a reclamar lo que es tuyo. El molino, su parcela y el poni. ¿Y por qué habías mentido en torno a la fecha y las circunstancias alrededor de la muerte de Chris? A Miriam le habías dicho que tu marido había muerto —dos meses antes de la realidad— en un accidente de avioneta. ¿Qué estabas ocultando? ¿Por qué no preguntabas por Chris? No encontraba explicación a todo eso.

A lo mejor habías descubierto parte de la mentira de Chris, o parte de la verdad, según se mirase. En cualquier caso, habías tenido que seguir alguna pista que él hubiese dejado para llegar hasta aquí. Habías encontrado una fisura en el plan maestro de Chris, una grieta por la que colarte. Pero estaba claro que esa pista no te había conducido a mí, porque no te acercabas por la granja ni el molino, y porque me crucé contigo en numerosas ocasiones —algunas provocadas por mí, previa virulenta taquicardia— sin obtener ningún tipo de reacción o respuesta. Te notaba perdida. Aunque igual no estabas perdida, simplemente buscando. Buscando a Chris.

Nunca iba en tu busca, ni iniciaba una conversación contigo por pura precaución, porque siempre quedaba dentro de mí la duda de cuánto sabías, de que tal vez me conocieras. No quería parecer falsa o hipócrita haciéndome la simpática contigo cuando a lo mejor sabías mi historia con Chris. Así que te di tu espacio, tu tiempo, para que las cosas ocurrieran de manera natural, preparándome para el momento que tarde o temprano tendría que llegar. Porque si no, ¿qué sentido tenía que te hubieras venido a vivir aquí?

Alice, tú me ayudaste a salir de mi encierro. Fue un proceso muy lento. Al principio te tenía miedo, pensaba que me estabas acechando, buscando, siguiendo, espiando. Que en cualquier momento me ibas a plantar cara, y no estaba preparada para tal cosa. Recogí las cartas apiladas en el suelo de la entrada al molino. Vaya, cuántas le había escrito, pensé. Revisé todo para que no quedase rastro de mí. Pero cuando me empecé a dar cuenta de que no me asociabas a Chris, me relajé y me acerqué poco a poco. Sentía tanta curiosidad que en ocasiones te seguía —a veces sentía que te estaba espiando—. Incluso fui al cumpleaños de Karen solo por estar contigo.

Entonces mi padre entró en juego con un papel estelar. En su lento despegar de la vida, en su camino al olvido, en su ansia de reencuentro con mi madre, empezó a frecuentar tu casa, la casa de mi madre cuando era niña. Llegué incluso a pensar que mi padre lo sabía todo. Y cuando digo todo, es todo: que fingía sus episodios de alzhéimer para provocar nuestro encuentro. Pero no, por desgracia lo de mi padre era involuntario e irreversible.

Alice, tú me ayudaste a superar la muerte de Chris, porque conocerte a ti y a vuestras hijas me acercó a él. Vivía anclada en una fantasía no resuelta de un futuro juntos que su muerte había hecho añicos, y las esquirlas seguían aún dentro de mí, me hacían cortes y heridas. Vosotras fuisteis quitando poco a poco todos esos cristales punzantes que se me habían incrustado en el cuerpo, y con eso fue abriéndose paso la certeza de que Chris había hecho lo que tenía que hacer y que yo no era su alma gemela. Eras tú, Alice. Quería odiarte y acabé poniéndome de tu lado. Al lado de vosotros, de los dos, de vuestra familia. Ya no quería robarte a Chris, quería ser parte de vuestra familia. Lo conseguí el día que Snow White dio a luz a Sunset. Ese día os hice una foto, una auténtica foto de familia.

Aquella foto me hacía sentir que por fin había recuperado a Chris. Me había reencontrado con él a través de vosotras. Tú me habías ayudado a despedirme de él, a superar el luto y a seguir adelante con mi vida. Además, después de todo lo que habías hecho por mi padre, ahora me tocaba a mí ayudarte a ti. Para que también te pudieras despedir, reconciliarte con él y seguir con tu vida.

Cuando dejé la foto sobre la lápida de Chris, pensé poner una piedra encima para que no se la llevara el viento. Para asegurarme de que la vieras, pero no lo hice porque esa foto no era para ti. Tú ya tenías la tuya. Por eso hice dos. Esa era para Chris. Su sueño, nuestra aventura, se había culminado. Había funcionado. Y ahora él, desde su tumba, era el que tenía que hacer el gesto final. Hacerte entrega de su sorpresa, de la llave que abriera el molino, tu casa de retiro, tu estudio de pintura. No me competía a mí hacerlo. Era cuestión de Chris que esa foto siguiera allí cuando llegarais —porque sabía que lo haríais— unas horas más tarde. No podía forzarlo, solo dar un pequeño empujoncito.

Por eso al verte llegar hoy a la granja, muchos días más tarde de lo que imaginaba —supongo que por tu propia lucha interna—, he sabido por tu mirada a qué venías. Y tú por la mía has sabido que lo sabía. Y que estaba lista para lo que necesitaras de mí.

rush Mill

QUINTA PARTE

—

Alicia en el País de las Maravillas

«Siempre se llega a alguna parte
si se camina lo bastante.»

«Alicia se daba por lo general muy buenos consejos
a sí misma (aunque rara vez los seguía).»

«No puedo volver al ayer, porque ya soy
una persona diferente.»

«¿Quién soy en el mundo? Ese es el gran rompeca-
bezas.»

«—¿Podrías decirme, por favor, qué camino debo
seguir para salir de aquí?
   —Esto depende en gran parte del sitio al que
quieras llegar.
   —No me importa mucho el sitio.
   —Entonces, tampoco importa mucho el camino.»

LEWIS CARROLL,
Alicia en el País de las Maravillas (1865)

Día 91. Año IV – Día 117. Año VI d. C.

Ocurre durante la presentación de la cuarta novela de Julia: *Bresnam y LeCaptain*. Es un acto pequeño e íntimo en el jardín de Le Cafe, sin nada de prensa ni maestro de ceremonias. Así lo ha querido Julia: estar ella sola, rodeada de familia y amigos. Unas breves palabras, un cóctel con picoteo —«Que es en realidad a lo único que viene la gente», me decía— y un ejemplar firmado de la novela para todos los asistentes —«Que la mayoría no leerá ni una de sus 616 páginas»—. Viene de una intensa gira por las ciudades más importantes de Estados Unidos. Todo el revuelo de *El vestido del funeral* se había consolidado con su tercera novela, *Las palabras prohibidas*. La novela fue un éxito de ventas, pero sobre todo, y más importante, le hizo salir del bache que supuso la siempre difícil y traicionera segunda obra. La crítica la había aplaudido unánimemente, aunque seguía considerando su primera novela el punto álgido de su aún corta carrera. Pero esto, lejos de frustrarla, la había motivado todavía más de cara a esta nueva obra.

Apenas iniciada su intervención, se oye a lo lejos el sonido del helicóptero de la policía. Me gustaría decir que todo ocurre de una manera discreta, pero no es el caso. Lo paso fatal por John. No hacía falta someterle a ese escarnio público, allí delante de todo el mundo, tratado como si fuera un terrorista.

He tardado más de tres años en dar con el cadáver de Keith. Es lo menos que podía hacer por él después de lo bien que se había portado con las niñas y conmigo. Nuestras visitas de fin de semana a Napoleon fueron muy frecuentes desde que nos invitó por primera vez. Para las niñas era el tito Keith.

Más de tres años desde que su barco encalló en la costa y su cuerpo se esfumó. Estaba enterrado en una zona boscosa muy espesa, llena de zarzas, malezas espinosas y hiedra venenosa. Un sitio salvaje e impracticable, un muro de vides agresivas colindante al campo de golf del New Seabury Country Club, a la altura del hoyo 5.

La clave me la dio una serie de vídeos grabados con el móvil de John —que tenía hackeado—. Unos vídeos que no había borrado porque los consideraba inocuos y en absoluto incriminatorios. Es cierto que no lo eran. Los había visto decenas de veces sin prestarles mayor atención, todos prácticamente iguales: están jugando en el campo de golf. John se enfoca con el móvil, hace un gesto de complicidad a cámara riéndose por lo bajini y susurrando: «Ya verás, ya verás». Enfoca a Keith, que se dispone a golpear su bola. Están en el hoyo 5. John: «Venga, ánimo, Keith, que tú puedes, apunta bien. A por la bandera». Keith: «No me grabes, déjame en paz, tramposo, déjame concentrarme». Keith finalmente golpea la bola y la manda fuera de límites. John se parte de risa: «¡Otra vez! ¡Lo has vuelto a hacer otra vez! ¡Me meo!». Keith le saca el dedo a la cámara. Fin del vídeo.

Keith y John jugaban juntos al golf tres veces por semana en el New Seabury Country Club. El hoyo 5 ni siquiera es de los más difíciles, pero Keith, cada vez que lo jugaba, acababa mandando la bola a los tupidos matorrales, como si tuvieran un imán. Y claro, John, que se lo veía venir, lo grababa con su móvil, porque además así le ponía nervioso. Ocho vídeos grabados en diferentes días, siempre con el mismo desenlace.

Tras la desaparición de Keith, superados los primeros meses de paranoia, desconcierto, tristeza, angustia y ganas de dejar el mundo —frustré *in extremis* dos intentos de suicidio—, John comenzó a pasar mucho tiempo en el club de golf. Cuando no estaba destacado en el submarino, iba todos los días y salía al campo a jugar, hiciera el tiempo que hiciera.

Me hice socia —junto con las niñas— del New Seabury Country Club. Me apunté a clases de golf intensivas —nunca me había gustado, pero lo cierto es que no se me daba nada mal— y en siete meses empecé a estar lista para salir al campo a jugar sin destrozar las calles ni los *greens*. Me lo tomé muy en serio.

Todos los sábados jugábamos una partida en parejas. Karen con Mark y John conmigo. Y siempre, cuando llegábamos al hoyo 5, al dar el tercer golpe, John mandaba la pelota fuera de límites, a las zarzas. Un sitio inaccesible. De hecho, había carteles que advertían del peligro. «Cuidado: hiedra venenosa. No internarse.» Pero John era buen jugador. Tenía hándicap 10. Era raro. Repasé una vez más los vídeos de cuando Keith y él jugaban el hoyo 5 y llegué a la conclusión de que lo hacía a modo de homenaje silencioso. Era su manera de decirle a Keith que le echaba de menos, porque tras perder la bola ni siquiera se lamentaba, y eso que John era extremadamente competitivo. Le había visto montar en cólera consigo mismo en multitud de ocasiones por fallar un simple *putt*. Pero en este caso no. Asumía el golpe de penalización por perder una bola y seguíamos jugando.

Coloqué una cámara en el vestuario de hombres del campo de golf, justo frente a la taquilla de John. Descubrí la combinación del candado. Me interné en varias ocasiones, cuando sabía que no había nadie. Cotilleaba la taquilla. Las primeras veces no vi nada relevante, porque apenas entraba unos segundos por miedo a que me pillasen. Hasta que un día, durante un simulacro de incendio en el club —que ignoré—, aproveché para colarme y buscar más detenidamente. Así es como encontré un jersey dentro de una bolsa de plástico, que a su vez estaba dentro de una bolsa de deportes, al fondo de la taquilla, debajo de la bolsa de los palos de golf, las raquetas de tenis y varios pares de zapatillas. El jersey tenía jirones en las mangas y restos de sangre. Tenía que ser el que llevaba la noche de autos. Seguro. Ya no me cabía la menor duda de que era el autor del crimen, y eso que en los dos años que habían pasado hasta ese momento, había llegado a dudarlo —e incluso desearlo, porque le había cogido mucho aprecio— en multitud de ocasiones.

Dos semanas después me las apañé para coger varias muestras de sangre del jersey y las llevé al laboratorio —a otro diferente, lejos de Cape Cod, ahora siempre iba cambiando— para cotejarlo con muestras de ADN tanto de John como de Keith. Coincidían ambas. Había sangre de los dos. Esto me puso muy nerviosa. Pensé en avisar a la policía, pero de poco iba a servir aquella prueba sin el cuerpo. Tenía miedo de que se deshiciera del jersey, que destruyera la única prueba sólida que tenía, aunque si no lo había hecho en todo este tiempo, era probable que ya no lo hiciera. ¿Por qué no se había deshecho de él? ¿Por qué lo había guardado? Porque se lo había regalado Keith. Esto lo deduje después de encontrar otro exactamente igual en Napoleon Island, en el ropero de Keith. Tenían el mismo jersey. Keith debió de comprarlos —porque eran bastante bonitos y con clase—, uno para cada uno. Un guiño a su amor prohibido.

Y entonces caí: John no le estaba haciendo un homenaje a Keith. Cuando jugaba el hoyo 5 y golpeaba mal una bola aposta, no era para homenajearle. Era para saludarle. Los desgarrones del jersey. La sangre de los dos. Las zarzas. El yate varado en la playa, a la altura del hoyo 2 del campo. No había mucha distancia. Diez minutos andando. Quince a lo sumo. Había cargado con el cuerpo hasta allí y lo había enterrado. Sin duda.

Usé pantalón y chaqueta de caza de material muy resistente, zahones para protegerme de las serpientes, botas de caña alta, guantes, casco con visera, una linterna led de cabeza y un detector de metales. Peiné la zona —equivalente a dos campos de fútbol— durante diez noches seguidas —aprovechando que las niñas estaban de campamento en Horse Rush Farm— hasta que di con el cadáver. Bueno, con los dos clavos que Keith tenía en el fémur como consecuencia de un accidente que tuvo de niño durante un partido de fútbol, en plena fase de negación de sus impulsos homosexuales.

Antes de poner a la policía sobre la pista del cadáver de Keith, tuve mucho debate interno. Me planteé si tal vez bastaba con que dieran con los restos de Keith para poder hacerle un entierro como Dios manda y ya; si John ya había pagado por el crimen que había cometido (había pasado tres años de infierno). O a lo mejor tenía que hacerlo por Karen. Iba a ser un revés duro. Suficiente tendría con asimilar el asesinato de su hermano —porque se había negado a aceptar su muerte— como para encima soportar que el culpable fuera su marido.

Tal vez por todo esto había estado tan obsesionada con averiguar los motivos del fatal desenlace de Keith. No era lo mismo un asesinato que un homicidio involuntario. Todo parecía apuntar a una discusión de amantes que se les había ido de las manos. No es que eso le eximiera de pagar por ello. Para nada. Pero estaba segura de que John no deseaba la muerte de Keith.

Pero no ha sido posible. No he podido averiguar los motivos ni nada que lo justifique. Todavía hay cosas que se escapan a mi control, y supongo que está bien que sea así. Así que sustraje el jersey de la taquilla de John y lo enterré junto a lo que quedaba del cadáver.

Mientras la policía se lleva a John esposado bajo la perplejidad generalizada de los asistentes a la presentación de la novela de Julia, no puedo evitar sentir cierto arrepentimiento, aunque creo que, en el fondo, John me lo va a agradecer, y de alguna manera va a poder descansar. Le pesa demasiado cargar en silencio con la muerte de su amado Keith.

Días 28-31. Año II d. C.

—¿Cómo quieres que lo hagamos? —me preguntó Barbara—. ¿Prefieres hacerme preguntas?

Mi cabeza negó por mí.

—Solo una. Luego quiero que tomes la palabra. Quiero que me lo cuentes todo. Como si yo no estuviera.

Pausa.

—Vale. ¿Cuál es la pregunta?

—¿Qué hacía Chris en la isla?

—Ven, vamos a dar un paseo —me dijo Barbara.

—Me tiemblan las piernas.

—Ya, pero a la vuelta probablemente no. Confía en mí.

Comenzamos a caminar.

—Lo primero que quiero decirte es que gracias a ti y a vuestras hijas estoy bien. Estamos bien. Mi padre y yo. Os debo tanto... Me habéis ayudado muchísimo. Ahora me toca a mí ayudaros a vosotras.

Barbara me engañó en una cosa: a la vuelta del molino también caminaba con piernas temblorosas.

Cuando regresé a casa era como si hubiera estado más de dos años ausente, dos años viajando por la vida de Chris. Temí que mis hijas no me reconocieran de lo cambiada que me sentía.

Fui tres días seguidos. Escuché tres veces la historia. Ni le preguntaba ni la interrumpía. No es que estuviera buscando incongruencias u omisiones, simplemente es que no me salía decir nada. El primer día, por miedo. El segundo, por vergüenza, como si me sintiera una intrusa. Y el tercero, porque ya no lo necesitaba. Se notaba que Barbara llevaba mucho tiempo esperando y preparando ese momento. El relato siempre duraba lo mismo, siempre era igual. Sin embargo, a mí cada día me parecía una historia distinta. El primer día me pareció la historia de Chris. El segundo día, la historia de Barbara. El tercer día, la historia de los dos. Nunca me pareció una historia sobre mí. Yo no estaba en esa historia.

Barbara puso las cartas que se habían escrito a mi disposición, pero no quise leerlas. Al igual que tampoco quise entrar en el molino ninguna de las tres veces. Y Poni menos aún, a juzgar por sus leves gemidos al ver las temibles aspas. Si era un regalo de Chris para todos, debía «desenvolverlo» con Olivia y Ruby. Además, lo sentía como un espacio casi exclusivo de ellos, de Chris y Barbara. Secreto. Prohibido. La única manera de contrarrestar esa percepción era entrando de la mano de mis hijas.

Y así, al cuarto día, el 13 de junio, el día del primer cumpleaños de Ruby, las llevé. Habían pasado trece meses justos desde la muerte de Chris. Trece meses desde mayo. Trece meses desde el 13 de mayo. Barbara era la sospechosa número 13. ¿Debería esperar un día más para evitar tanta coincidencia de treces? No, ese cúmulo de treces era mi manera de reencontrarme con la suerte de mi número. De reconciliarnos. Porque me di cuenta de que en realidad Chris tuvo el fatal accidente el día 12. El día 13 simplemente vino a arroparme, a acompañarme para que no me sintiera tan sola en aquellos momentos de absoluto desamparo. Me quiso ayudar y no me di cuenta porque estaba peleada con él. Nunca más volvería a dejar de escucharle.

—Cariño, tengo algo que contarte —le dije a Olivia—. Y te lo voy a contar porque sé que ya eres una niña madura.

—Claro que sí, mamá. Soy muy madura.

—Oli... ¿Serías capaz de cuidar a dos ponis en vez de a uno?

Olivia no supo qué contestar de la emoción que la embargó.

—Panda es para ti también. Para ti y para tu hermana. Panda y Sunset son vuestros, para que los cuidéis. Siempre. Toda la vida.

Olivia comenzó a llorar.

—¿Por qué lloro, mamá? Si estoy muy contenta...

—Porque estás muy emocionada. A veces se llora de alegría.

—Entonces, ¿es bueno?

—Claro, mi amor, muy bueno.

Fuimos en poni hasta el molino. Olivia a lomos de Panda y Ruby encima de Sunset, sujetada por Barbara. De camino lloré al imaginar a Chris viviendo aquel momento, llevando a sus tres chicas. Cuatro en este caso, pensé fijándome en Barbara. Ella también era su chica. Y, contra todo pronóstico, sonreí sin dejar de llorar. Me sentí reconciliada, no sabía si con Chris o con Barbara, pero me daba igual, me sentía bien. Olivia vio mis lágrimas.

—¿Tú también lloras de alegría, mamá?

—Ahora sí, Oli.

—¿Es también la primera vez como yo?

—No, ya he llorado de alegría alguna que otra vez. Por ejemplo, cuando tú naciste.

—Ah, claro —dijo. Luego señaló algo con el dedo—: Mira, el molino bonito.

—¿Lo conoces?

—Claro, muchas veces venimos aquí a dar paseos en poni. Ya te lo había contado.

Era cierto. Una vez me contó que en la granja había un molino y que Barbara le había explicado para qué servía antiguamente. Yo también lo había visto en multitud de ocasiones, desde el ferri, el barco de Mark o la Montaña del Árbol de los Besos. Y siempre reaccionaba igual que mi hija: «Mira, el molino bonito».

No le dije que era nuestro, que nos lo había regalado su padre. Demasiadas emociones para un día. Además, no quería que se empezara a hacer preguntas. No era un día para preguntas.

—Hala, ¡si está todo nuevo! —exclamó Olivia mientras entraba en el molino y subía por la escalera en espiral, contando los escalones, por supuesto. Aunque esos números, en ese momento, me parecieron una bendición. Olivia bendiciendo cada rincón del molino con su inocencia y su luz.

Entonces llegamos a la buhardilla del molino. A la puerta.

Y vi el candado que la custodiaba. Mi mano se aferró por instinto a la cadena que colgaba de mi cuello con la Llave Master. Por fin. Sé que es imposible, pero creí notar que vibraba. Una corriente de energía. Un campo magnético imaginario. La ley de la atracción entre dos objetos. Dos personas. Como si lo único que me hubiera llevado hasta allí hubiera sido aquella llave colgada de mi cuello. Nada más. Mi pluma de Dumbo.

Barbara se hizo cargo de la situación inmediatamente. «Huy, si de aquí ya no se puede pasar a ningún sitio, vamos para abajo, Oli.» Cogió a Ruby en brazos y a Olivia de la mano y se las llevó escaleras abajo, a enseñarles dónde se iban a quedar a dormir cada vez que fueran allí. «Ah, ¿nos podemos quedar aquí a dormir?», preguntó Olivia extasiada. «Pues claro, las veces que queráis.» «¿Y Panda y Sunset también?» «Por supuesto, Panda y Sunset también. Pero fuera, esperándote a que salgas, para llevarte donde quieras.» «¿Y Poni puede también quedarse fuera?» «No, Poni no puede quedarse fuera.»

Me equivoqué de llave. Inserté la del desván de casa en vez de la Llave Master. Y eso que a pesar de ser iguales las había diferenciado con una marca de pintura roja lo bastante abultada como para notarlo solo con el tacto. Me reí. Me provocó mucha ternura aquel momento. Un momento de clímax absoluto roto por un leve despiste. O a lo mejor no era un despiste. A lo mejor lo que entendía es que las dos llaves abrían lo mismo: el mismo candado, comprado en el mismo sitio, custodiando lo mismo, con el mismo fin. Mi isla. Mi mundo. La gran diferencia era que la puerta que abría la Llave Master no llevaba al confinamiento. No llevaba a una pecera. Llevaba a una ventana. Mi ventana a la isla. Mi ventana al mundo. Un sitio de realización personal para hacer lo que quisiera. Un sitio en singular. Un sitio donde pudiera ser yo misma. Simplemente yo.

Entré mirándome los pies —porque sabía que Chris me hubiera hecho entrar con los ojos cerrados— y me senté en el suelo, en mitad de la estancia. Tarima blanca de madera de roble. Mi favorita. La acaricié. Noté cómo se me erizaba el vello del brazo. Una lágrima cayó sobre una de las vetas de la tarima. La recorrí con el dedo. Tardé un rato en alzar la mirada y contemplar las vistas panorámicas del enorme ventanal.

La playa, las dunas, el mar embravecido. Me di cuenta al instante de que la playa que tenía ante mis ojos era la de mi pesadilla recurrente. Mi inconsciente no quería atormentarme, quería darme una pista que no supe ver.

Entonces reparé en algo: un dólar. Estaba en el centro del ventanal, pegado al cristal con cinta adhesiva transparente. Me incorporé y me acerqué. Tenía algo escrito a mano por Chris:

> Comencemos a ahorrar para nuestro nuevo sueño.
> Te quiero, C.

Y volví a llorar, pero esa vez mientras reía, y en aquel instante, a pesar de que todas las emociones aún estaban turbias como el mar y los pensamientos tan desordenados como la arena de la playa, entendí que yo también llevaba mucho tiempo preparándome para aquel momento, porque me sorprendió la capacidad que tuve de colocarlo todo en su sitio. Me alegré de que hubieran pasado trece meses. Necesitaba esos trece meses para enfrentarme al secreto/mentira/misterio de Chris. Para no marearlo, revolverlo, desmantelarlo, volver a montarlo en un intento de desentrañar los mecanismos que escondía. En definitiva, no traté de entenderlo, ni juzgarlo, ni encasillarlo para averiguar si era bueno o malo. Me limité simplemente a asimilarlo y asumir su historia como cierta. No me quería enredar en analizar o intentar descubrir si era verdad todo lo que contaba. Entre otras cosas porque había muchas partes que no me gustaban, que me dolían. Era un relato con un principio maravilloso y un final trágico, con zonas oscuras y agridulces, y en cuanto me descuidara me podía perder por sus vericuetos y pasarme otro año sufriendo, cuestionándole a él y cuestionándome yo. Fui capaz de no dejarme llevar por la ira, los celos y el rechazo. Sentí alivio. Que me quitaba un peso de encima. El peso de la culpa, del qué habré hecho mal. No había hecho nada mal. Creía que tenía que encontrar a Chris antes de buscarme a mí misma. Me equivocaba. Tenía que buscarme a mí misma antes de encontrar a Chris.

Risas, ruido de juegos y una frase de Barbara dieron por

finalizada esta línea de pensamientos. No sabía cuánto tiempo había pasado.

—Venga, Olivia, vamos a hacer una foto a Poni en el poni.

—¡No, eso no, eso no! ¡Noesunponi no! —gritó Olivia.

—Que sí, ya verás qué divertido —insistió Barbara.

«La que se va a liar», me dije. Me incorporé y me asomé al ventanal justo a tiempo de ver como Barbara cogía en brazos a Poni.

—Vamos, Poni, arriba. Ale hop —dijo encaramando a la perra encima de Panda.

No fue esto lo que me enterneció. Fue el berrido escandalizado de Olivia fundiéndose con una carcajada incontrolable. Fue que consiguiera tolerar que Poni se acercara, tocara e incluso montara a su bien más preciado. El último regalo del último viaje de su padre: Panda.

Luego se giró hacia el molino, hacia mí, como si supiera de antemano que estaba asomada —esa indestructible conexión—, y me dijo:

—Mira, mamá, Noesunponi en el poni.

Y volvió a chillar y reír.

Y yo a reír y dejar de llorar.

Días 32-120. Año II d. C.

Durante las siguientes semanas pensé seriamente en marcharme. Abandonar la isla. Ya me podía ir. Ya podía volver. Desmontarlo todo. Pero no lo hice. ¿Volver adónde? Tenía una casa, un molino, dos hijas, dos ponis, una perra y un guppy de salud quebradiza. Tenía muchas cuestiones por resolver. Había resuelto una, la primigenia, la madre de todas las cuestiones, pero sentía que aún no había terminado. «Ayúdame a continuar», me había pedido Julia. Aquellas palabras no dejaban de resonar en mi cabeza. Yo también quería eso, continuar. Lo necesitaba.

Tenía una inevitable sensación de vacío. No, vacío, no. Ingravidez. Porque era una sensación buena, como cuando haces limpieza general y tiras las cosas inútiles que llevas tiempo acumulando. Porque la mayoría del espacio en mi cabeza lo ocupaban cosas sucias y pesadas. Ruido. Agradecía la sensación de ligereza. El espacio diáfano que me había regalado Chris. Pero también me daba miedo perderme, quedarme sin objetivo. El motor y las motivaciones habían ido mutando, transformándose, creciendo, echando raíces que seguían fuertemente aferradas a mí. Había encontrado algo que se me daba bien. Algo que me gustaba. No era solo una vía de escape, era una vía de vida también. Mi vida.

Pero ni siquiera me encontraba en el punto de justificarme. Milagrosamente había dejado de juzgarme, al menos de momento. E iba a aprovechar la ocasión.

Y así, de esta manera:

Que si me fijé en la cámara, la que me había regalado Antonio, que estaba sin desembalar encima de la mesa, y pensé que necesitaba algo a lo que aferrarme para no volver a perderme en el camino, para entretenerme y no pensar, para no dar rienda suelta a mi diálogo interno. Sentí el mismo cosquilleo que cuando mi padre me regaló mi primer juego de acuarelas con cuatro años, una pulsión poderosa de querer usarlas, mezclar los colores, pintar, sumergirme en nuevos mundos. Crear. Quería usar la cámara para crear. Desplegar alas. Echar a volar.

Construí una réplica en pequeño del tótem de los indios wampanoag, en madera y absolutamente fiel al original, para convertirlo en una lámpara de pie donde instalar la cámara oculta, escondida dentro del armazón, asomándose a través de los ojos del petirrojo. La primera pieza de mi nuevo puzle. Un petirrojo que mira sin que lo vean. Como yo.

Al terminar la lámpara tótem, la enchufé allí mismo en el desván para comprobar la iluminación y la señal de la cámara y me quedé mirándome a mí misma en el monitor, ensimismada y emocionada al saber que esa pecera nunca se apagaría. Y además, comprobar que la luz led roja anaranjada que emitía el pecho del petirrojo me favorecía mucho.

Al día siguiente fui a Night Eyes y le encargué a Antonio cincuenta cámaras más, iguales a la que me regaló, y él se puso muy contento de que hubiera picado el anzuelo, pero sobre todo de verme en plena forma y sonreír. «Ya no nube negra encima ti —me dijo para luego añadir—: Si ya no nube negra. Ya no necesita aportar luz tu vida. ¿Para qué quiere cámaras?». «Para aportar un poco de luz a la vida de los demás», pensé en contestarle, pero no dije nada y me limité a sonreír. Antes de irme, Antonio me dijo: «Dentro poco introduzco en futuro de espionaje: el dron. Va a encantar».

Empecé a construir en cadena lámparas decorativas de pie, de sobremesa, de noche, apliques, espejos y cuadros con luz, con todo tipo de motivos y formas, en las que iba colocando su pertinente cámara oculta. Peceras que nunca se iban a resquebrajar.

Quedé con Miriam para que me enseñara locales en alquiler. Habíamos pasado unas semanas sin vernos, dejando correr un tiempo prudencial para que todo se colocara en su sitio de manera natural. Para no tener que hablar de los relojes espía ni de mis intenciones detrás de ellos. Para limpiar y retomar nuestra amistad sin tachones. Pero por más que disimulábamos que todo estaba bien entre nosotras, nada era como antes, no había la misma complicidad. Y solo había una forma de remediarlo. Al igual que ella había tenido un gran gesto conmigo —reconstruyendo el reloj y volviendo a colocarlo en la cocina—, yo debía tener otro con ella. Y solo uno estaría a la altura: contarle la verdad. No toda la verdad, claro. No lo que había estado haciendo en la isla, sino lo que me había llevado allí. Hablarle de Chris, de Barbara, del molino.

Semanas después, cuando por fin resolví alquilar un local muy bien de precio justo frente a Le Cafe, en Grand Ave, decidí contárselo. Pero mientras descorchábamos una botella de champán y brindábamos para celebrarlo, Miriam se adelantó y me dijo que considerara el chollo que me acababa de conseguir —renunciando a su comisión— como un regalo de despedida, porque se iba, abandonaba la isla, se marchaba a vivir a Pasadena, California. Necesitaba empezar de cero y alejarse lo más posible del indeseable de su ex. Luego me sonrió y me dijo que se notaba que yo había encontrado en la isla lo que fuera que estaba buscando y que se alegraba mucho, pero que ella no había encontrado lo que fuera que estaba buscando. Y nos fundimos en un largo abrazo después de prometernos que nunca perderíamos el contacto.

No le conté lo que supuestamente le iba a contar.

Que si me seguía sintiendo fatal por haber cortado de cuajo las partidas de strip póquer entre John y Keith. Además, a John le notaba un poco paranoico. Me recordaba a mí cuando llegué a la isla, temerosa de todo y de todos. Desconfiado. Así que decidí remediar aquello y llamé a John con el cambiador de voz, con tono de mujer —que da mucho más el pego— e imitando el acento de Georgia de mi prima Jodie. Le dije que era del FBI, del departamento de Crímenes Cibernéticos, y que recientemente habíamos practicado la detención de alguien que se dedicaba a asumir identidades falsas, suplantando a personas por lo general fallecidas para extorsionar y chantajear a familiares y amigos. Que no le podía dar más detalles porque era material clasificado, pero que la persona había confesado y estaba cumpliendo pena en una prisión federal y que todo el material requisado había sido destruido para preservar la intimidad de los afectados. Que no se preocupara, que era un tema que se había tratado con la máxima discreción y que no había habido filtraciones.

Tres semanas después reanudaron sus timbas nocturnas. Nunca pensé que me alegraría tanto de volver a ver el culo peludo de John.

〜〜〜

Que si desde que eché a Frank de malas maneras de mi casa no había vuelto a aparecer. Y la pecera de Family Pet Land hacía ya tiempo que se había apagado. Estaba preocupada y me sentía mal.

Me quedé mirando su tocadiscos portátil Victrola, el que se dejó en casa, el que siempre traía. Era precioso, la verdad. Una joya *vintage*. Qué pena que ya no funcionara. Pensé de qué manera podría darle uso.

—Hola, Frank —dije entrando en Family Pet Land con Ruby y Poni. Olivia estaba precisamente en la granja con Barbara, montando a Panda.

—Hola, Alice, Ruby y Poni. ¿En qué os puedo ayudar? —me contestó un pelín seco. ¿Estaba dolido o era cosa mía?

—No hemos venido a comprar nada. Hemos venido a traerte un regalo.

—A mí, ¿por qué? No es mi cumpleaños, que yo sepa. Aunque últimamente a veces no me entero de en qué día ni en qué año vivo. —Sí, sí que estaba dolido, aunque fuera a nivel subconsciente.

—No, no es tu cumpleaños, que yo sepa tampoco. Ni falta que hace para recibir un regalo, ¿no? Pero es que el otro día Barb me dijo que Rose solía vivir en nuestra casa cuando era pequeña. ¿Es cierto?

—¿Vives en el 48 de Shelter Road? —me preguntó como si nunca hubiera estado allí antes. Asentí. Se relajó de inmediato—. Pues entonces sí, qué simpática coincidencia.

—Es que verás, ayer, trasteando en el desván, que lo utilizo de trastero, y lo tengo manga por hombro porque casi nunca entro, encontré una cosa. Y me dije: huy, esto no es mío. Y pensé: a ver si va a ser de Rose.

—¿Y qué es lo que encontraste?

Ya le tenía comiendo de mi mano. Bastó mencionar a Rose para que toda su atención se centrara en mí.

Le mostré el maletín del tocadiscos. Lo reconoció de inmediato.

—¡El Victrola! Madre mía, qué recuerdos me trae ese trasto.

—Lo enchufé en casa para ver si funcionaba, pero nada.

—De tanto usarlo se acabó estropeando. Lo poníamos a tope para que no nos oyeran sus padres mientras nos besábamos y hacíamos manitas —dijo emocionado. Había conseguido rescatar al niño pillo y enamoradizo. Le echaba de menos.

—Pues con tu permiso y el de Rose, me he atrevido a hacerle unas pequeñas modificaciones. ¿Tienes un enchufe?

Me fui detrás del mostrador, donde Frank me señaló, y enchufé el tocadiscos. Lo coloqué en la mesa y abrí la tapa.

Había sustituido el plato giradiscos por un plástico duro translúcido con una rosa —pintada por mí— justo en el centro. Sé que era un pelín cursi, pero no se me ocurrió nada mejor.

—Ahora, cuando lo enciendes, no puedes escuchar tus canciones favoritas, pero al menos podrás recordar la luz de Rose.

Lo encendí y la rosa se iluminó impregnando la estancia de una luz cálida.

—Y aquí, donde antes cambiabas las revoluciones del disco, ahora cambias la tonalidad del color que emite.

Frank estaba visiblemente enternecido y nostálgico.

—Gracias, hija —me dijo. Y esta vez no me molestó.

—Ah, y cuando quieras pasarte por casa para recordar viejos tiempos, no hace falta ni que llames a la puerta ni que traigas el tocadiscos. Es mejor que se quede aquí.

En el interior del tocadiscos, a la altura del altavoz frontal, había colocado una cámara.

Que si Jennifer conoció a alguien. «Qué rápido», pensé. Pero resulta que era un viejo amigo de Stephen, que, al enterarse de su fallecimiento, telefoneó a Jennifer para darle el pésame. Después de aquella señal de cortesía, se intercambiaron algunos emails y llamadas —algunas vía Skype—. Él se fue de vacaciones a Nantucket. Y ya que estaba tan cerca, quedaron para tomar un café. Conectaron. Empezaron a verse una vez a la semana más o menos. Él venía a buscarla en su barco y salían a navegar con Bertha/OliviaII, porque a Jennifer no le gustaba el cuchicheo de la isla. A mí me daba mucha rabia, porque a pesar de que el tal Chad Miller era atento, educado, bastante atractivo —aunque menos que Stephen—, había algo en sus formas, en su afilada corrección, que me chirriaba. Me parecía todo un poco forzado. No me acababa de fiar de aquel hombre. Tenía mucho aprecio a Jennifer. Lo había pasado muy mal y había tardado mucho en rehacer su vida, y me encantaría que se volviera a enamorar, claro que sí. Simplemente quería asegurarme de que fuera del hombre adecuado, no el primero que aparece a la vuelta de la esquina en Nantucket como quien no quiere la cosa.

Así que decidí seguirle la pista, colocar un chivato en su barco —que era de alquiler— y convertirle en sospechoso. Pero espera. ¿En sospechoso número qué? ¿Debería empezar de cero? ¿Borrar todos los anteriores? No, decidí que no. No quería olvidarme de dónde venía. No quería borrar el historial. Se me habían roto peceras. Hechas añicos, desaparecidas. Al igual que chivatos. Esos números no se reasignaban. Avanzar. Siempre avanzando. Y aunque la naturaleza de la sospecha había cambiado, un sospechoso era un sospechoso. Por todo esto, Chad Miller se convirtió en el sospechoso número 20.

～

Que si Mark volvió de su travesía en barco por la Costa Este para pasar un par de semanas con Oliver, cerrar su consulta y recoger sus cosas antes de irse a vivir definitivamente a Nueva York.

Julia estaba muy triste, no estaba tomando antidepresivos por los riesgos que podría conllevar para el feto, pero había abandonado su novela y me había confesado que aún no le había dicho a Mark que estaba embarazada, porque insistía en que no quería condicionar su decisión y que se quedara por obligación. Para completar el panorama resulta que Olivia estaba muy afectada porque Oliver últimamente no quería verla ni jugar con ella, y yo le pregunté por qué y ella, en un mar de lágrimas y en un caos de argumentos, dijo frases como: «Porque dice que yo no tengo padre... Y que a lo mejor él se va a quedar sin padre por mi culpa... Que yo le he contado cosas de no tener papá... Y que ahora esas cosas le van a pasar a él... Y que ya no quiere que seamos amigos... Amigos no, pero novios sí seguimos siendo, ¿vale?, le digo... No, novios tampoco, dice. Novios menos... ¿Yo asusto a los papás, mamá?... ¿Ya nunca voy a tener un papá, mamá?».

Aquella relación, aquella familia, estaba completamente desmadejada. Sentía que había sido un poco por mi culpa. Primero por mi intromisión; luego por mi abandono. Todo me sonaba muy lejano. Como si fuera algo que hubiese hecho en otra vida. Hasta entonces todas mis intervenciones habían tenido resultados positivos en la gente —Miriam, Frank, Jennifer, por poner algunos ejemplos—, pero con Julia y Mark había fracasado. Aún recordaba esa imagen de ellos durante el pícnic del Día del Trabajo, sentados bajo una sombrilla, dándose la espalda. Aquella estampa tan gráfica sobre la incomunicación y la crisis en una pareja. Intervine, me metí en medio, y durante un tiempo conseguí que todo fuera mejor para cada uno de nosotros por separado y para los tres en conjunto. Y ahora volvíamos al punto de partida. No, era peor. Mucho peor. Julia, embarazada y deprimida. Mark, abandonando la isla sin tener ni idea del embarazo de su mujer. Oliver en medio de todo esto, sufriendo. ¿Y yo? ¿Yo qué? «Tú también cuentas, Alice. ¿Cómo te sientes con respecto a esta situación?»

Había estado buscando el equilibrio perfecto entre Mark y Julia, de qué manera posicionarme para no perder a ninguno de los dos. Y cuando me di cuenta de que eso no podía ser, me eché a un lado. Pero me parecía un poco injusto y caprichoso, como si hubiera estado jugando, usándolos, y luego deshaciéndome de ellos sin importarme las consecuencias. Y no me gusta hacer así las cosas. Yo no soy así. Mi abandono había causado estragos, por eso me sentía en la obligación de hacer algo. Durante meses no había hecho nada porque no sabía qué camino tomar. Y eso se debía a una sola razón: no había decidido cómo quería que acabara —o continuara— esa historia. En cuanto tuviera clara la respuesta, sabría exactamente qué pasos dar. «¿Qué es lo que quieres, Alice?»

Mi mente viró hacia lo más inmediato, lo más rotundo. Chris. Chris y Barbara. Aquella historia. Aquella experiencia me tenía que haber enseñado algo, abierto los ojos. Ahí tenía que encontrar mi respuesta. Todo viaje que merezca la pena de verdad deja poso. Sacas experiencias de provecho que te valen para enriquecer tu existencia. Para mejorar tu día a día, tu normalidad.

Entonces me di cuenta de que no había culminado el viaje. Había recorrido el camino hasta el molino cuatro veces de la mano de Barbara. Pero nunca había llegado al final. No hasta que leyera las cartas.

Barbara las tenía guardadas y ordenadas en un pequeño cofre. No hubo sorpresa cuando fui a visitarla a la granja y se las pedí. Al revés, sabía que acabaría sucediendo. «¿Tienes copia? No vaya a ser que las destroce», le pregunté tratando de quitarle peso al momento. «No, no tengo copia. Llévatelas a casa. Léelas y haz con ellas lo que tengas que hacer.»

Sin duda fue la vivencia más intensa que experimenté desde el nacimiento de Ruby. Y digo *vivencia* porque estaba vinculada con la vida, no con la muerte —como venía siendo costumbre hasta entonces—. Y porque también fue como un parto. Fue sacar algo que llevaba gestando en mis entrañas más de trece meses. Porque le vi. Vi a Chris. Delante de mí. El Chris de verdad. El que yo amaba con locura. El que había desaparecido. No era la figura distorsionada llena de interrogantes con la que había convivido desde su muerte. Le vi con más intensidad que repasando sus fotos y vídeos. Vivo. Era como si estuviese en otra dimensión. Le podía tocar, acariciar, abrazar, besar e incluso abofetear, gritar y maldecirle por habernos dejado. No pude parar de llorar. Y quise odiarle, de verdad que lo intenté. Quise sacar la rabia y la aversión que me provocaba leer algunas partes. Pensé que lo necesitaba para poder seguir con mi vida. Era necesario descargar el rencor y el rechazo absoluto. Pero no pude —tal vez porque era algo que ya había hecho—. Ni con él ni con Barbara. Como tampoco pude destruir aquellas cartas. Por muy doloroso que fuera admitirlo, probablemente era el mayor de los tesoros que había encontrado. Pero ese tesoro no era mío.

Me reafirmé en que yo no había hecho nada mal. Pero Chris tampoco. Porque todo lo que había hecho lo había hecho por amor, ya fuera hacia Barbara o hacia mí. Y pensé: «¿Y qué más da hacia quién fuera? ¿Acaso importa? Había conseguido que fuese una bonita historia de amor tanto para Barbara como para mí. Claro que esa hazaña imposible le había costado la vida».

El día después de leer las cartas, fui a ver a Mark a La Oficina. Tenía que dejarme llevar por ese caudal de energía y emociones.

Pensaba que iba a despedirme de Mark, de verdad que lo pensaba. Soltar amarras. Y no era nada fácil para mí porque aún le deseaba, claro que sí. Emocional y sexualmente. Pero iba a restablecer el equilibrio porque eso era lo que había decidido hacer. «Mark, lo nuestro no ha sido una historia de amor, ha sido una historia de supervivencia», pensaba decirle. Aunque claro, las historias de amor, las buenas de verdad, nunca comienzan como tal. La de Chris y Barbara desde luego que no empezó así.

De camino al velero, no dejaban de resonar en mi cabeza frases sueltas que definían el hábitat natural de mis contradicciones: «Donde voy no puedo llevarte, Mark, y de donde vengo menos aún, pero donde estoy te necesito». «No es compatible.» «No es cuestión de compatibilidad, es cuestión de deseo, de querer, de lo que necesitas.» «¿Y tu propio equilibrio interno? ¿Ese quién lo restablece?» «¿Vas a terminar o continuar?» «Piensa en el ahora.» «¿Ya nunca voy a tener papá, mamá?» «A Mark le quema la isla.» «Mark te ayudó a que la isla te dejara de quemar.» «Por mucho que te hayas distanciado, los sentimientos hacia él no te han abandonado.» «"Cuídame", me dijo Miriam.» «Eso es lo que voy a hacer. Cuidar.» «¿Y quién cuida de mí?» «Para cuidar hay que cuidarse.» «¿Qué necesita Alice para ser Alice?» «Mark.» «Ahora.»

Al verle comprobando los cabos del aparejo, todas estas frases se fundieron y el nudo de dudas, vaivenes, angustias, miedos y confusión en torno a Mark se deshizo. Dejando paso a algo mucho más nítido, cristalino. Y en efecto, solté amarras. Pero no de la manera en la que yo imaginaba. Le vi reseteado, calmado y triste, pero sobre todo limpio. O a lo mejor era yo la que estaba limpia, no sabía.

En su momento, cuando le pregunté a Mark por qué no me había contado lo del *affaire* de Julia, me dijo algo que fue lo más parecido a una declaración de amor: «Cuando alguien te gusta mucho, intentas ocultar tus defectos a toda costa. Defecto, fallo, error, carencia, imperfección, gran bola de mierda».

Así que, mientras seguía de espaldas a mí sin percibir mi presencia, decidí parafrasearle:

—Yo también te he ocultado algunos de mis defectos, fallos, errores, carencias, imperfecciones, gran bola de mierda. Llámalo como quieras. Muchos. Casi todos.

Mark se dio la vuelta solo cuando terminé. Sus ojos conectaron con los míos sin necesidad de más palabras. Debió de entender todo aquello como mi forma de corresponder a su declaración de amor, porque bajo la frondosa barba que se había dejado se dibujó una sonrisa. Y sentí lo más parecido a mariposas en el estómago que me podía permitir en ese instante.

—¿Damos un paseo? —me propuso.

Asentí.

Hicimos el amor en alta mar. Sabía que iba a ocurrir. Todo lo llevaba pensado y decidido. Las palabras elegidas. Los momentos planeados. Parafrasearle. Acostarme con él. Nada fue fruto de la improvisación. Porque todo iba encaminado en un sentido: despedirnos.

Y así lo intuyó él.

—Tengo la sensación de que te estás despidiendo de mí. De que nos estamos despidiendo. ¿Nos estamos despidiendo?

Entonces me di cuenta de que no era cuestión de elegir entre terminar o continuar. Se trataba de terminar para poder continuar. Había que despedirse de ciertas cosas para seguir avanzando.

—Sí, lo estamos haciendo. Nos estamos despidiendo... Pero para poder continuar.

Y cuando me aseguré de que había entendido el lado positivo de mis palabras, añadí algo fundamental para que ese continuar fuera posible:

—No puedo ser tu Samantha. Ni tú mi Paul.

—Lo sé... —dijo sin atisbo de frustración—. Me conformo con que puedas ser mi Alice. Y yo tu Mark. No me refiero a hoy, ni a mañana. Porque sé que ahora tú no puedes. Y yo tampoco puedo, la verdad. Pero me gustaría pensar que algún día va a ser posible navegar juntos, no solo dentro del velero. ¿Crees que será posible?

Le contesté con la mirada. Una mirada que sí que no estaba pensada ni ensayada. Una mirada que dibujé con la brisa del mar. Para él.

Yo que creía que había diseñado una bonita despedida, y resulta que en realidad había elaborado un emotivo reencuentro. Darme cuenta, lejos de asustarme o ponerme a la defensiva, me gustó. Me reconfortó y me dejé llevar. Me hizo sentir una embriaguez que poco tenía que ver con la copa de vino que me estaba tomando en proa, junto a Mark, desnudos, tapados solo con una manta, la misma manta. Recosté mi cabeza sobre su hombro, me aferré a su brazo y le dije:

—Creo que es hora de volver a casa.

Y también debió de entender perfectamente que no me refería solo a regresar al puerto.

Cuatro días después fui a la playa con las niñas a pasar el día, y pude observar a lo lejos a Mark y a Julia paseando por la orilla del mar, en silencio, con Oliver en medio, agarrado —o aferrado— a la mano de sus padres, sirviendo de hilo conductor. Le acababan de contar dos buenas noticias: que iba a tener una hermanita y que iba a tener dos casas en la isla: la casa de mamá y la casa de papá. Todas las cosas buenas en dos casas. Dos veces. En algún momento, no sé si antes, durante o después de que se cruzaran frente a mí, Julia, con una apenas visible pero incipiente tripita, se giró para mirarme y me dedicó una sonrisa tan mínima como significativa. Aquel día era el que Mark supuestamente se iba a ir definitivamente de la isla.

⁓

Que si salía a correr cada mañana cambiando mi ruta para acabar siempre en el molino. No había vuelto a entrar desde el día que fui con las niñas. Aún me intimidaba. Y cada vez que llegaba hasta allí, mientras bebía agua y recuperaba fuelle antes de volver, me planteaba si convertir el molino en mi nuevo centro de operaciones. Hasta que un día lo descarté porque ese no era el propósito de Chris. No le habría gustado. Iba a ser para lo que fue concebido. Un sitio de realización personal. Un sitio en singular. Un sitio donde pudiera ser yo misma. Simplemente yo.

Quedé con Barbara para formalizar el traspaso del molino, y me contó que una de las condiciones que le puso a Chris cuando se lo vendió era que no podía cambiarle el nombre, y él había accedido, pero que ahora sí se lo quería cambiar y llamarlo Chris Mill.

—¿Te parece? —me preguntó.

El Molino de Chris. Las aspas. La X en el mapa. Allí estaba el tesoro que tanto había buscado. Su secreto/mentira/misterio. Al final no era nada de eso, sino una sorpresa.

—Me parece —contesté.

Quería que dejara de ser la Isla de Chris. Ponerle su nombre a algo tan concreto en un sitio tan concreto liberaba el resto de la isla para mí, para tomar posesión. Conquistarla. Hacerla mía. Y por fin poder mirar sin miedo a sentirme observada.

Rescaté el cuadro de Diego Sánchez Sanz, que seguía contra una pared del garaje, sumido en el más absoluto de los exilios, y lo llevé a la buhardilla del molino. Allí no me importaba mirarme. Tras colocarlo, quité el candado de la puerta porque no necesitaba estar bajo llave.

Luego me bañé desnuda en el mar. No había nadie. Saqué la Llave Master de la cadena y la arrojé lejos, lo más lejos que pude, a las profundidades del estrecho de Nantucket. Ya no la necesitaba para volar.

～⤳

Que si Olivia insistió en que la apuntara a un campamento de verano de matemáticas en Barnstable, y ganó varias medallas de oro en las Olimpiadas que organizaron y en las que compitió con niños de hasta nueve años. «¡Me han dado medallas por contar cosas, mami! ¡Esto es el paraíso!»

Ruby comenzó a hacer sus primeros dibujos —garabatos—, aprendió a decir «Mamá, Oli, Poni, Panda, Sunset y Puchi Puchi», le cogió el gustillo a aporrear las teclas del piano blanco —por fin una concertista en la familia— y empezó a caminar sola y a intentar abrir en repetidas ocasiones la puerta del desván. Me mosqueaba mucho esa querencia innata de las Williams-Dupont.

Vi los dos capítulos finales de «Breaking Bad», y me los pasé enteros llorando por Chris y por Walter White, pero me puse muy contenta porque terminaba como tenía que terminar. Y es fundamental en la vida que las cosas terminen, y que terminen como se merecen terminar, aunque no sea del todo bien.

Flint V murió y lo reemplacé por Flint VI antes de que Olivia se diera cuenta. D. E. P. Flint V. Larga vida a Flint VI.

Y casi sin darme cuenta, había pasado el verano entero, la reforma del local estaba terminada, tenía preparadas 28 lámparas espía y había decidido llamar a mi local de iluminación creativa Alice in Wonderlight. Ya no había motivos para retrasar su apertura.

Inauguré el local el fin de semana del Día del Trabajo. El mismo fin de semana en el que hacía un año me mudé a la isla. ¿Objetivo conseguido? ¿Final? ¿Continuación? ¿Principio?

Mis padres vinieron a apoyarme —yo los invité sin que me insistieran—, y se quedaron todo el fin de semana y a mí me pareció bien y acudimos en familia al pícnic organizado en la playa, donde mi madre entabló animada conversación —entre otros— con: Karen, el padre Henry, Gail, Ben, Maureen, la jefa Margaret, Amanda y Alex —con su retoño Alex Jr. y ya embarazados de nuevo—, Mindy, Jodie y Keevan O'Gorman, los Nguyen, los Burr, los Wilkins, Conrad, la alcaldesa Gwen y finalmente con Frank, Jeffrey y Barbara. Y, contra todo pronóstico, no me agobió nada. Bueno, casi nada.

Que si miré la pizarra del desván. Las preguntas originarias. «¿Por qué no preguntas y ya está, Alice?» Ya he preguntado y ya está. Borré la pregunta. «¿Qué hacía Chris en la isla?» Ya lo sé. Borré la pregunta. Y como me había quedado sin titular y necesitaba un titular, pensé. «¿Qué es lo que busco? No busco. Miro. Observo. Vigilo. Conservo. Cuido. ¿Qué es lo que voy a hacer ahora? No, no es cuestión de lo que voy a hacer. Es cuestión de lo que van a hacer los demás.»

Escribí en su lugar correspondiente:

¿Qué hacen los demás en la isla?

Y así fue como, por fin, sentí que Robin Island ya no era la Isla de Papá. La Isla de Chris. Ahora era mi isla. Mom's Island. La Isla de Mamá. La Isla de la Petirroja. La Isla de Alice. Equilibrio restablecido.

❧

Que si fui al molino. Y pinté.

Día 131. Año II d. C.

La playa está desierta. Las espigas se mecen acompasadas al son de la ligera brisa del sudoeste. Es un día sereno y templado de finales de septiembre. Una bandada de petirrojos ejecuta una hermosa coreografía de formas abstractas. Chris observa el mar en calma desde la orilla. Está descalzo y con unos pantalones caqui remangados un par de vueltas. Está al borde de la orilla. El mar a sus pies. Olivia, Ruby, Poni y yo caminamos por la orilla. Pasamos a su lado por detrás. Se da la vuelta. Me mira. Nos mira. No le miro. No necesito mirarle. No le busco porque ya le he encontrado. Chris lo sabe, se siente encontrado y sonríe. Pasamos de largo. No nos sigue, nos deja marchar, alejarnos, porque sabe que ya no nos vamos a perder, y que si lo hacemos, siempre tendremos un punto de encuentro, el molino. Su molino. Chris Mill.

—Oye, Oli, una pregunta. Ahora que ya llevamos un año viviendo en la isla. ¿Te sigue gustando?

—Sí, claro que me gusta.

—¿Más o menos que la última vez que te pregunté?

—Más, porque el verano me ha gustado mucho porque no ha hecho frío y porque ahora tengo a Sunset, a Panda y una vida aquí.

—Me alegro. Pero que sepas que el trato sigue en pie. Y si en algún momento prefieres que nos volvamos a Providence, me lo dices, y nos vamos. ¿Trato?

—Trato. Pero una cosa, mamá.

—Dime.

—¿Tú me podrías enseñar el juego de Dios?

—¿Cómo que el juego de Dios?

—Sí, porque tú juegas a ser Dios.

—¿Por qué dices eso?

—Porque resucitas a Flint todo el rato. Cada vez que muere, lo *resucitas. Está muerto en el agua, lo toco con el dedo y no se mueve y, de repente, vuelvo del cole y está tan contento. Lo resucitas.*

Miro a Olivia como si no supiera de qué me está hablando. Se ríe.

—*¡Te he pillado, mami! Siempre que haces algo bueno o malo me doy cuenta.*

Me dan ganas de abrazarla, besarla y decirle lo lista, a la par que obsesiva y compulsiva, que es. Pero decido inculcarle una pequeña lección:

—*Oli, vivimos en una isla. Estamos rodeados de miles, millones de peces. ¿Por qué te empeñas en tener un pez en una pecera?*

Y la lección me la da ella a mí:

—*Porque nosotras somos como Flint. Vivimos en una pecera. Somos peces y la isla es nuestra pecera.*

Me asombra e inquieta esa capacidad de hacer metáforas. Esa conexión mental. Nunca le he dicho que llamo peceras a mis peceras.

Y encima va y dice:

—*Y tú, mamá, cuidas de todos los pececillos. ¡Eres el dios de los pececillos!*

Me rindo ante el monstruo maravilloso en el que se está convirtiendo (o la estoy convirtiendo).

—*¿El dios? ¡Yo no soy el dios de los pececillos! ¡Soy el Puchi Puchi de los pececillos! ¡Y me los voy a comer!*

Salgo detrás de ella como si fuese un mapache rabioso y hambriento. Olivia huye despavorida. Corre, chilla y ríe. Y yo corro, chillo y río con ella.

Y me doy cuenta de que la pesadilla se ha convertido en sueño. Y el sueño en realidad. Y la realidad en final. Y el final en continuación. Y la continuación en comienzo.

Y así hasta el principio de todo lo que está por llegar.

Agradecimientos

A mi padre y a mi hermano Ignacio, por ir siempre por delante de mí en cuestiones literarias y cinematográficas y forzarme a seguir su senda. Cosa que casi nunca consigo. Os quiero.

A Ana Hernández y sus ojillos, que fueron los primeros que se asomaron a la novela.

A Sara Muñoz, que se leyó tres versiones distintas con igual pasión y preocupación (por que no la desgraciara).

A Oskar Santos, mi amigo/lector más fiel, cascarrabias y crítico.

A Curro Novallas por, entre otras cosas, cuidar de la Brigi en mis viajes por Estados Unidos para documentarme.

A David Serrano por, entre otras cosas, acompañarme en varios de esos viajes y ser el primero que me animó a convertir esta historia en novela.

A Elías León Siminiani por, entre otras cosas, mostrarme siempre otros caminos, aunque casi nunca los tome.

A Quim Gutiérrez, por, entre otras cosas, estar siempre a mi lado para cogerme al vuelo en caso de desmayo.

A Andrés Torbado, por ser mi amigo antes que mi agente. Cuídame, por favor.

A otros nombres propios importantísimos de mi isla: Antonio, Raúl, Jaf y Joserra.

A Ainhoa Ramírez, Sandra Collantes, Cristina Sutherland y Lola Castejón por ayudarme a limar asperezas y barnizar la novela.

A Belén Rueda, Lluvia Rojo y Gail Siegal, por acogerme en Nueva York en busca de inspiración.

A mis sobrinas Olivia y Ruby, por prestarme sus nombres, sus sonrisas y su expresividad para mis personajes.

A Héctor Colomé, por ser mi ejemplo de vida. Esta novela va de una mujer que para superar la pérdida de su marido, se aferra a un secreto por desvelar y a una isla. Yo, al igual que Alice, me aferré a la novela como tabla de salvación, me refugié en ella, Olivia y la isla para soportar la larga y oscura enfermedad que se lo llevó. Te echamos mucho de menos, Héctor.

A mi madre, sí, otra vez. Porque es mi madre y porque estará llorando ahora mismo tras leer el párrafo anterior. No te preocupes, mamá, que todo va a estar bien, ya verás.

Y a ti, que has llegado hasta aquí, que me haces sentir cada día absolutamente privilegiado y que me permites seguir convirtiendo mi ficción en realidad. Mi vida en vida.

Índice

Impreso en
Unigraf, S. L.
Móstoles (Madrid)